Письма
1922—1936
годов

[俄] 玛·茨维塔耶娃
[俄] 鲍·帕斯捷尔纳克
———— 著

刘文飞　阳知涵
———— 译

茨维塔耶娃 和 帕斯捷尔纳克 书信全集

最后的远握（下）

Души
начинают
видеть

SPM
南方传媒

花城出版社

中国·广州

图书在版编目（CIP）数据

最后的远握：茨维塔耶娃和帕斯捷尔纳克书信全集：上下／（俄罗斯）玛·茨维塔耶娃，（俄罗斯）鲍·帕斯捷尔纳克著；刘文飞，阳知涵译. -- 广州：花城出版社，2024.8
ISBN 978-7-5360-9887-9

Ⅰ.①最… Ⅱ.①玛… ②鲍… ③刘… ④阳… Ⅲ.①书信集－俄罗斯－现代 Ⅳ.①I512.65

中国国家版本馆CIP数据核字（2024）第071501号

出 版 人：张 懿
责任编辑：许泽红 杜小烨 凌春梅
技术编辑：凌春梅
责任校对：汤 迪
封面设计：介 桑
内文版式：董茹嘉 邢晓涵

书　　名　最后的远握：茨维塔耶娃和帕斯捷尔纳克书信全集：上下
　　　　　ZUIHOU DE YUANWO : CIWEITAYEWA HE PASIJIE'ERNAKE
　　　　　SHUXIN QUANJI : SHANGXIA
出版发行　花城出版社
　　　　　（广州市环市东路水荫路11号）
经　　销　全国新华书店
印　　刷　广州市岭美文化科技有限公司
　　　　　（广州市荔湾区花地大道南海南工商贸易区A幢）
开　　本　880毫米×1230毫米　32开
印　　张　26.75　2插页
字　　数　630,000字
版　　次　2024年8月第1版　2024年8月第1次印刷
定　　价　168.00元（全2册）

如发现印装质量问题，请直接与印刷厂联系调换。
购书热线：020-37604658　37602954
花城出版社网站：http://www.fcph.com.cn

抱歉写了一封长信，连亲吻的地方都没有了。

生活无法放在信封里邮寄。

——帕斯捷尔纳克

目录

帕斯捷尔纳克 致 1927—1936 茨维塔耶娃

帕斯捷尔纳克
1927—1935
茨维塔耶娃 ㊝

茨维塔耶娃

1927—1936

帕斯捷尔纳克

㉧

茨维塔耶娃
1927—1936
帕斯捷尔纳克 ㉆

193	133	1927年11月12日
200	135	1927年11月19日
205	136	1927年11月下旬
206	137	1927年11月30日前后
215	141	1927年12月30日
242	148	1928年2月1日
243	149	1928年2月上旬
253	153	1928年3月4日
278	160	1928年6月
311	171	1929年12月31日
314	172	1929年12月31日
343	184	1931年3月18日
351	187	1931年7月2日——10日
355	188	1932年5月27日
361	189	1932年10月末
362	190	1933年5月初
374	197	1935年7月
380	199	1935年10月
387	200	1936年3月

帕斯捷尔纳克
1928—1930
埃夫隆 ㉆

220	143	1928年1月初
258	154	1928年3月6日前后
283	163	1928年6月20日
322	175	1930年1月20日

埃夫隆
1927—1930
帕斯捷尔纳克

209	138	1927年12月1日
237	146	1928年1月12日
315	173	1930年1月7日
325	176	1930年3月2日
328	178	1930年4月24日

茨维塔耶娃、埃夫隆和罗德泽维奇
1928 ㉆
帕斯捷尔纳克

279	161	1928年6月4日

茨维塔耶娃 致 帕斯捷尔纳克
1927年1月

鲍里斯，

奇怪的是，这一切都是重复的。你还记得那封来自捷克的信吗？[1] 还有你的眼泪。你兴奋地说：父亲说，他还活着。

现在眼泪来了。请你等待欣喜吧：父亲会告诉你，他还活着！

还有一件事：我颤抖着意识到，关于我们两人《房间的企图》的事情不是关于我们的，而是关于……我在写这首诗的时候，我不理解：为什么如此惊心动魄（等待显灵）。我很悲伤：为什么仍然不被喜欢。请重读一遍《哀歌》：你会加倍理解。

噢，鲍里斯，鲍里斯！整首诗就是一个预言！结局太可怕了。

这不是我们天生就应该面对的。

我开始深入领会消息。来自各处的迹象和号召。

---

[1] 指茨维塔耶娃告知帕斯捷尔纳克，里尔克已经离世的不实消息的信。

帕斯捷尔纳克 致 **茨维塔耶娃**

1927年2月3日 前后

亲爱的朋友！

　　我是偶然给你写信的，然后我会再次沉默不语。但是决不能把你的忍耐力当作儿戏。在我获悉他的死讯时，天上飘着大雪，模糊的窗外可见大团大团纷乱的雪花。可这有什么可说的呢！我听到这个消息后病了一场。我似乎垮了，被悬在什么地方，生活在一旁走过，一连好几天，我和生活彼此都听不见对方的声音，彼此都不理解对方。顺便提一句，这里正经历着一场冷酷的、几乎是抽象的、混乱的严寒。

　　你是否会**完全**无礼地认为，你我已经成了孤儿？不，我觉得不会的，也不应该这样认为：过分的孤立无援感会贬低一个人。在我这里，一切似乎都失去了目标。如今，就让我们活得长久一些吧，忍辱负重地长寿，——这就是你我的义务。这种沉默对我来说并非易事。在收到穆尔的照片以后，我来不及告诉你处于初期拿破仑式的傲慢中的他是多么出色，此时再开启这种沉默尤其痛苦。我是收不到《里程碑》的：任何时候都不应该从海外寄来俄语书籍，它们会受到审查。泽林斯基把它们给我了。我有一个奇怪的习惯：我一旦有时间高兴和兴奋，我就会立即用这种兴奋的源头去让我的某个朋友感到幸福。甚至有一个比例定律，因为这次的感觉到达了极限，《里程碑》只在我这里停留了一个昼夜。但是，当然，我一下子读完了所有内容，只是没有读完（对此我感到遗憾）舍斯托夫的文章。在这本书里，就像在旷野之中，在与小传单的对抗中，《山之诗》取得了强势的胜利。尤其是在没有《终结之诗》和《捕鼠者》的情况下，它占据了真正的位置，那两部作品当天在阿谢耶夫手里。当然，我现在要说的是，"山"是从属于《终结之诗》的。但那时我是在脱离它的从属关系之下读完这部作品的，仿佛那些非同寻常的诗不存在了。你的长诗，当然是你的。特别是所有片段和交替出现的：高山悲伤——高山说话。

出了一件事。应该让你知道，我稀里糊涂地将《施密特》第一部分的校对糊弄过去了，由于这个意外，东西好像归你所有，也就是说，贯顶诗被发表出来了。起初它没有被读懂（大写的一栏没有被突出来），当（我的一个好友好心帮忙）这个"秘密"在它出版两个月以后被发现时，与这里其他许多人不同，对我很好的这位编辑开始大发脾气，说我忘恩负义，再也不想看到我，或听到我说话，或为自己辩解。《新世界》的秘书们赶忙来安慰被所发生的事情吓坏了的友人，他们说的话让我对因误解而冒犯到这个人感到深深的后悔。他们说，他太爱茨维塔耶娃和帕斯捷尔纳克了，这件事会过去的，这场小小的争执不会持续太久。想象一下，他认为我把这东西悄悄塞给他是为了要欺骗他。我给他写了一封信，我在信中让所有的东西（包括他的想法）都回归了几经动摇的尊严。这是一个非常好的人，他办杂志要比他门下负责该杂志的编辑们办得更好。他们喜欢《里程碑》。你明白这件事的要点了吗？你在国外，也就意味着，在这里你的名字是一个声音的幻影。据悉（我没在现场）在全俄作家联盟对过去一年散文、诗歌等领域的工作总结大会上，阿谢耶夫在进行了关于诗人的报告后，有人问他为何没有提到你，难道茨维塔耶娃不是诗人吗？他好像回答说不是，茨维塔耶娃是一个**伟大的**诗人，但她不在这里。你不要生他的气，即使是我也没有为你而感到委屈：马雅可夫斯基和科利亚都不能容忍我能原谅的许多事情。人们在责任和名望等框架下理解他们。而我则处于不负责任的位置，也就是说，真正的孩子，所有的孩子，有时是坏孩子，他们认为我是一个孩子。然而我的生活比许多人（在精神上）好得多，（在物质上）差得多。你可能已经注意到了，在信的中间部分，我和你聊天时就像什么也没有发生过一样，就像我们昨天才分开一样。你现在在做什么，目前在忙些什么？

（写在空白处）

我收到了你的附笔（斯维亚托波尔克－米尔斯基的来信）。我不知道他的名字和父称。请告诉我。

我当然会通过你来回复。热忱地感谢他的来信和他的善意。

茨维塔耶娃 致 **帕斯捷尔纳克**

1927年2月9日 前后

亲爱的鲍里斯：

　　你的信是一份书面通知，也就是出于一种崇高的精神上的礼貌而写成的，这种礼貌战胜了不愿写信的隐秘心态和对书信的抗拒心理。不过，那心态也并不隐秘，因为第一行上就写着："然后我会再次沉默不语的。"

　　你的信没有打破沉默，我完全感觉不出曾有过那样的东西（一封信）。因此，一切都很正常，我也很正常，仍坚持着自己对你的态度，坚持着我对你的归属，里尔克的死亡最终确定了我的这一态度。他的死——**在其动态中**——就是我与你一同存在的权利。

　　我并没有感觉到这种打击的无礼性（你的话："我们多么**无礼地**成了孤儿。"）。你会从我在昨天写完的那封给他的信（在31日，在得到消息的那一天开始写的）中得知我有什么感觉，这封信也像私人信件一样，请你不要给别人看。将里尔克和马雅可夫斯基并列，对于我来说，这是出于我对马雅可夫斯基所有的（？）爱（？），——但这样的并列仍是一种亵渎。亵渎——我早就知道了——是一种等级上的不协调。

　　有一个很重要的作品，鲍里斯，我早就想告诉你了。一首写我和你的诗，我是夏天开始写的，后来却变成了一首写他和我的诗，**每一行都是这样**。出现了一个有趣的偷换：我这首诗是在我极其关注他的那些日子里写下的，可就最初的意愿和动机而言，它是为你

5

而写的。结果却发现——写他写得很少！——写他——如今（在12月29日之后），也就是写预感，也就是写远见。我直截了当地向活着的他说道，**我想去他那里！**——写和他的见面——**在那里**。这部作品叫作《房间的企图》，针对你的，变成了一种奇异的……回避和不爱的情感。请你认真地读一读，深入每一行诗中去，**检查一下**。这个夏天，我总共写了三部作品：

《代书信》①，《房间的企图》和《楼梯之诗》——后一部是为了摆脱对他的关注而写的，——在这里，在这几天，由于**他的**、**我的**原因：生（曾有过的！）和明日的死——都是无望的。《楼梯》你大约读过了吧？因为阿霞已经读过了。你到她那儿去取，请订正一下拼写错误。

如果泽林斯基还在莫斯科（如果他在巴黎，无论如何还是要去取），你就去他那里取《里程碑》第二期，那上面有我的《忒修斯》，一部悲剧，是第一部。秋天开始写第二部，但后来因给里尔克写信而中断了写作，直到昨天我才写完那封信（在忧伤中）。

谢谢你对穆尔的厚爱。很荣幸（发自内心）。对了！在你的信中有声音的幻影；而在我的《忒修斯》里则有："游戏是幻影，欢乐才是声音。"顺便问一句"声音的"之后的"幻影"一词具有多大的力量啊，这样的"声音的幻影"又被赋予了多大的力量啊——你想一想。

你什么时候走？斯维亚托波尔克-米尔斯基的名字和父称是德米特里·彼得罗维奇。

对了！还有一件最重要的事。今天（2月8日），我做了关于他的第一个梦。其中不是"并非其中的一切都是梦"，而是什么也不

① 《来自海上》最初的题目。

是。我很晚都没睡，在看书，然后不知为什么突然想点着灯睡。刚刚闭上眼睛，就听到了阿丽娅的声音（我们睡在一起）："我们当中有个银白色的头。"我的理解是：不是银白色的，而是花白的，金属才是银白色的。然后是一个大厅。地上摆着灯和点着蜡烛的烛台，全都摆满了。衣服是长长的，必须跑过去才能不触及它们。蜡烛在舞蹈。我跑动着，不触及它们，拂动着它们——许多人都穿着黑色的衣服，我认出了鲁·斯坦纳①（我在布拉格见过他一次），于是猜到这是一场圣人们的聚会。我向坐在稍远处一把椅子上的那位先生走去。我望着他。他带着微笑自我介绍说："莱内·马利亚·里尔克。"而我说道："Ich weiss！"② 我走开，又再次走近，环顾四周：人们已经在跳舞了。我等一个人对他说完一番话，牵着他的手，把他带走了。一个房间，这是一个普通房间。都是一些熟悉的、亲近的人。有着共同的话题。他分裂成两人：一个他离我很远，是站在角落里的年轻人；另一个他坐在我身边，是一个现代人。我的膝盖上放着一口沸腾的铁锅，我把一块小木片放进去：你们看，在此之后，人们还敢出海航行呢！——"我爱海，爱我的日内瓦的海。""既然您的俄语讲得这么好，您怎么会不懂我的诗呢？日内瓦的海，是的。而现在的海，尤其是大洋，我却仇恨。在St. Gill……"而他却mit Nachdruck③："在St. Gille一切都很好。"他显然是把St. Gilles和生活混为一谈了。我一直在与他交谈——他向我半侧过身来说："您的那位熟人……"既不报出名字，又不将我交出去。

---

① 鲁道夫·斯坦纳（1861—1925），德国哲学家，人智学创始人。
② 德语：我知道！
③ 德语：强调。

总之，我在他那里做了客，他也在我这里做了客。

我靠他而活着，和他一起生活。（我还要面对生活中的一个遭遇，那就是你。这将是一个考验。）我真的牵挂着两个天空——他的天空和我的天空——之间的区别。我的天空不高于第三者的天空，他的天空就是最后的天空，也就是说，这一次之后我还有很多很多次，他却只有一次了，也许是倒数第二次。我所有的牵挂（生活的）就是不放过下一次（他的最后一次）。

这个死亡，也就是**在这里**裂开的缝隙，就像一切都符合我的秩序。离去难道不是自然的吗？对于我而言的好东西和人间的好东西的首次吻合。离去是最好的，难道不是自然的吗？显然，你还尊重生命或者希望从生命中有所获得。对于你来说，他的死是反常的，对于我来说，他的生是反常的，是另类的，是我虚构的方式。

现在谈一谈《里程碑》。第三期要出版了，如果有诗作的话请给它提供一些。这一期内容不多。我提交《一封书信》，而你提交诗歌，不会再有更多的诗歌了。别偷懒，请马上寄去，最好的是没有发表过的诗，我们要注明是转载的。

是的，这是主要的一点。结果是这样的，你的书信注意到的（不是我们和他的分别），而是你与我的分离，隐没在我们同他的分离的宏大之中。对我来说，从他死去的那天起你和我都是原来的替代，这是延续性。鲍里斯，难道你看不出，**我们活着的时候，**那种错过即是不值得被当面提起的细节。那里还在说"愿望""想要""决定"等等，这里已是：**出事了**。

我还可以跟你说很多。

如果有时间，我会重写并把两部作品都寄给你，一部是夏天写的，一部是冬天写的。而现在要说再见了。

你得知他葬礼的消息了吗？我听说了一些他死时的情况：别人在信中告诉我，他是早晨死的，似乎死得很平静，没留下什么话，喘了三口气。不久我将与最后两个月当他秘书的那个俄国姑娘见面。对了！在他死后两周，我竟然收到了他的一份礼物—— 一本1875年出版的德文版《神话集》——那正是他出生的那一年。他读的最后一本书是Paul Valéry[①] 的诗集。

我住的地方非常拥挤，两家合住一套房子，三个人挤在一个房间里，我永远不能一个人独处一方，太痛苦了。

你凭经验也知道，总有一些难以处理、无法写顺的地方，对它们你只能**漠然处之**。瞧—— 一天之内有24个这样的地方。这种情况我还从未有过。

我靠他而活着，和他一起生活。我真的牵挂着两个天空——他的天空和我的天空——之间的区别。我的天空不高于第三者的天空，我担心他的天空就是最后的天空，也就是说我还有很多很多次，他却只有一次了。从今以后，我所有的牵挂就是不放过下一次（他的最后一次）。

这个死亡，也就是在这里裂开的缝隙，就像都符合（我的）秩序。**对于我而言**的好东西和**人间的**好东西的首次吻合。离去是最好的，难道不是**自然的**吗？你把生活当作什么？对你来说这个死亡不是理所当然的，对我来说这样的生命（我说的是他的生命）是不正常的，是处于另一种，正在慢慢消磨的秩序中的。

---

① 法语：保尔·瓦莱里。

9

是的！这是主要的一点。结果是这样的，你的书信注意到的不是我们和他的分别，而是你与我的分离，隐没在我们同他的分离的宏大之中。总之，你是从你最后一封信的最后一行写起的，而不是从我的书信（31 日的）的第一行开头的。鲍里斯，难道你看不出，**我们活着的时候**，那种错过即是羞于当面提起的细节。那里还在说"决定""想要""希望"，这里已是：**出事了**。

这也许是有意识的？那就请你记起他的苦难（Leid[①]），并把后者转移到我身上来，**在这样的损失之后**，除了**再一次出现这样的损失**，再也没有什么能伤害我了。

你得知他葬礼的消息了吗？我听说了一些（不是亲口说的，因此不准确）他死时的情况：别人在信中告诉我，他是早晨死的，似乎死得很平静，没留下什么话，喘了三口气，好像不明白自己正在死去（我确信！）。不久我将与最后两个月当他秘书的那个俄国姑娘见面。对了！在他死了两周后，我竟然收到了他的一份礼物——一本 1875 年出版的德文版《神话集》——那正是他出生的那一年。他读的最后一本书是 Paul Valéry 的诗集。（请回忆一下我的梦。）

我住的地方非常拥挤，三个人挤在一个房间里，我永远不能一个人独处一方，太痛苦了。

俄国诗人（我们这里没有俄国诗人）中有谁珍惜过他？你把我的问候转告给《格林纳达》的作者了吗？（我忘了他的名字。）

[①] 德语：苦难。

……是的，新的歌声，
还有新的生活。
小伙子们，不该
因歌声而悲伤。

不该，不该，不该，朋友们！

格林纳达，格林纳达，
我的格林纳达。^①

玛·茨

（写在空白处）

请把信中所附的信交给阿霞。她没有收到
我的信。

---

① 这是斯维特洛夫的《格林纳达》一诗的结尾，但引文不十分准确。

茨维塔耶娃 致 帕斯捷尔纳克

1927年2月9日 **贝尔维**

亲爱的鲍里斯，

你的信是一份书面通知，也就是出于一种崇高的精神上的礼貌而写成的，这种礼貌战胜了不愿写信的隐秘心态和对书信的抗拒心理。不过，那心态也并不隐秘，因为第一行上就写着："然后我会再次沉默不语的。"

你的信没有打破沉默，而仅仅宣布、挑明了沉默。我完全感觉不出曾有过那样的东西（一封信）。因此，一切都很正常，我也很正常，仍坚持着自己对你的态度，里尔克的死亡最终确定了我的这一态度。他的死就是我与你一同存在的权利，说它是权利——这还不够，这是他亲自下达的一道命令。

我并没有感觉到这种打击的无礼性（你的话："我们多么无礼地成了孤儿。"）——顺便说一句，我的第一行诗便可立即对这消息做出回答：

27日，星期三，有雾的一天？

晴朗的一天？——没有报道！——

成为孤儿的不仅是你我，

在大前天的那个

早晨……①

---

① 这是茨维塔耶娃的《新年书信》中诗句。

您会从我在昨天（7日，他的日子）写完的那封给他的信（在31日，在得到消息的那一天开始写的）中得知我有什么感觉，这封信也像私人信件一样，请你不要给别人看。将里尔克和马雅可夫斯基并列，对于我来说，这是出于我对马雅可夫斯基所有的（？）爱（？），——但这样的并列仍是一种亵渎。亵渎——我早就知道了——是一种等级上的不协调。

有一个很重要的作品，鲍里斯，我早就想告诉你了。一首写我和你的诗，我是夏天开始写的，后来却变成了一首写他和我的诗，**每一行都是这样**。出现了一个有趣的偷换：我这首诗是在我极其关注他的那些日子里写下的，可就最初的意愿和动机而言，它是为你而写的。结果却发现——写他写得很少！——写他——如今（在12月29日之后），也就是写预感，也就是写远见。我直截了当地向活着的他说道，我**想去**他那里！——怎能不见面呢，怎能**以另一种方式**见面呢？由此而来的就是当时折磨着我的一种奇异的……不爱、回避和**拒绝**每一行诗的情感。这部作品叫作《房间的企图》，它在拒绝每一行——用每一行诗。请你认真地读一读，深入每一行诗中去，**检查一下**。这个夏天，我总共写了三部作品：

《代书信》（写给你的），《房间的企图》和《楼梯之诗》——后一部是为了摆脱对他的关注而写的，——在这里，在这几天，由于**他的、我的**，还有我们的原因：生（曾有过的!）和**明日的死**——都是无望的。《楼梯》你大约读过了吧？因为阿霞已经读过了。你到她那儿去取，请订正一下拼写错误。

如果泽林斯基还在莫斯科，你就去他那里取《里程碑》第二期，如果他已不在了，你就买一本，那上面有我的《忒修斯》，一部悲剧，是第一部。秋天开始写第二部，但后来因给里尔克写信而中断了写作，直到昨天我才写完那封信（在忧伤中）。

谢谢你对穆尔的厚爱。很荣幸（发自内心）。对了！在你的信中有：声音的幻影；而在我的《忒修斯》里则有："游戏是幻影，欢乐才是声音。"顺便问一句"声音的"之后的"幻影"一词具有多大的力量啊，这样的"声音的幻影"又被赋予了多大的力量啊——你想过没有？

斯维亚托波尔克–米尔斯基的名字和父称是德米特里·彼得罗维奇。如果你不采用同样的方式给予他太多回报，他也会为你做很多好事。我以后再告诉你。

在你通向他的道路上的最后一个路标：请为他写一封信，并用公开信的形式寄来，好让批评家懂得等级，并让公爵懂得礼貌。（对于等级的注解：诗人与批评家在一起就不可能有瞒着诗人的秘密。我从不利用名字，但在这样的上下文中，我们的名字会发出声音的。）当然，你给他的信，一封公开信，——我是不会读的。

对了！还有一件最重要的事。今天（2月8日），我做了关于他的第一个梦，其中**不是**"并非其中的一切都是梦"，而是什么也不是。我很晚都没睡，在看书，然后不知为什么突然想点着灯睡。刚刚闭上眼睛，就听到了阿丽娅的声音（我们睡在一起，有时候还加上穆尔，三个人同睡）："我们当中有个银白色的头。"我的理解是：不是银白色的，而是花白的，金属才是银白色的。然后是一个大厅。地上摆着灯和点着蜡烛的烛台，全都摆满了。衣服是长长的，必须跑过去才能不触及它们。蜡烛在舞蹈。我跑动着，不触及它们，拂动着它们——许多人都穿着黑色的衣服，我认出了鲁·斯坦纳（我在布拉格见过他一次），于是猜到这是一场圣人们的聚会。我向坐在稍远处一把椅子上的那位先生走去。我望着他。他带着微笑自我介绍说："莱内·马利亚·里尔克。"而我则带着少许的寻衅和责怪说道："Ich weiss！"我走开，又再次走近，环顾着四周：人们已经在跳舞了。我等一个人对他说完了一番话，更确切地说是等他听完了一个人对他说的一些话（我记得，这是一个身穿褐色长裙、兴高采烈的中年女人），牵着他的手，把他带走了。再谈谈大厅：灯火辉煌，不见一丝暗淡，所有到场的人虽然表情严肃，却都是最富活力的。男人们照过去的样子穿着常礼服，太太们——大多是中年人——身着深色衣裙。男人更多一些。有几个难以确定其身份的神父。

　　另一个房间，这是一个普通房间。都是一些熟悉的、亲近的人。有着共同的话题。离我很远站在角落里的是一个年轻人，另一个坐在我身边，是一个现代人。我的膝盖上放着一口沸腾的铁锅，我把一块小木片放进去（直观的船和大海）。"你们看，在此之后，人们还敢出海航行呢！""我爱海，爱我的日内瓦的海。"我想象到：正像里尔克所说的那样，"日内瓦的海，是的。而现在的海，尤其是大洋，我却仇恨。在St. Gill……"而他却mit Nachdruck："在St. Gille一切都很好。"他显然是把St. Gilles和生活混为一谈了。（他以前在给我的一封信中曾这样写过：St. Gilles-sur-Vie〈survit〉.）"既然您的俄语讲得这么好，您怎么会不懂我的诗呢？""现在懂了。"（等读了《一封书信》之后，你就能判断出这个回答的准确和那个问题的幼稚了。）我一直在与他交谈——他向我半侧过身来说："您的那位熟人……"既不报出名字，又不把我交出去。总之，我在他那里做了客，他也在我这里做了客。

15

结论：如果对"逝者"能持有这种平静、自然、毫无恐惧、超越肉体的情感，那么，这就意味着逝者是存在着的，这就意味着逝者将在那里。哪还有什么恐惧呢？害怕，我不害怕，平生第一次，我因逝者而感到了真正的喜悦。是的！还有一点：腐烂的感觉（如果有的话）显然是与（迫近的）腐烂的作用联系在一起的；例如，两年前去世的鲁·斯坦纳就永远不再是一个逝者了。

我把这个梦当作里尔克给我的纯洁礼物，就像昨天（7日——他的数字）的整整一天那样，昨天我一下子就解决了《书信》中**所有的**（约30处）的难点，所有的段落都各就各位了—— 一挥而就。

你凭经验也知道，总有一些难以处理、无法写顺的地方，对它们你只能漠然处之。瞧—— 一天之内有24个这样的地方。这种情况我还从未有过。

我靠他而活着，和他一起生活。我真的牵挂着两个天空——他的天空和我的天空——之间的区别。我的天空不高于第三者的天空，我担心他的天空就是最后的天空，也就是说我还有很多很多次，他却只有一次了。从今以后，我所有的牵挂和工作就是不放过下一次（他的最后一次）。

粗鲁无礼地沦为孤儿——是以什么为背景的呢？是以儿子的温情和父亲的温情为背景的吗？

对于我而言的好东西和人间的好东西的首次吻合。离去难道不是**自然的**吗？你把生活当作什么？

对于你来说，他的死是反常的，对于我来说，他的生是反常的，是另类的，另一种方式。

是的，这是主要的一点。结果是这样的，你的书信注意到了你与我长达一小时、一年、十年的擦肩而过，却没有注意到我们与他长达整个一生、整个人世的分离。总之，你是从你最后一封信的最后一行写起的，而不是从我的书信（31日的）的第一行开头的。你的书信是续集。不奇怪吗？难道有什么东西还在延续吗？鲍里斯，难道你看不出，我们活着的时候，那种错过即是已被毁灭了的**细节**。那里还在说"决定""想要""希望"，这里已是：**出事了**。

这也许是有意识的？是对苦难的无意识的恐惧？那就请你记起他的Leid，记起这个词的声音，并将它转移到我身上来，在这样的损失之后，除了**同样的**损失，再也没有什么能伤害我了。就是说，你别怕沉默，别怕写作，既然还活着，所有这一切便都无所谓了。

你得知他葬礼的消息了吗？我听说了一些他死时的情况：别人在信中告诉我，他是早晨死的，似乎死得很平静，没留下什么话，喘了三口气，好像不明白自己正在死去（我确信！）。不久我将与最后两个月当他秘书的那个俄国姑娘见面。对了！在他死了两周后，我竟然收到了他的一份礼物—— 一本1875年出版的德文版《神话集》——那正是他出生的那一年。他读的最后一本书是Paul Valéry的诗集。（请回忆一下我的梦。）

我住的地方非常拥挤，两家合住一套房子，共用一个厨房，三个人挤在一个房间里，我永远不能一个人独处一方，太痛苦了。

俄国诗人（我们这里没有俄国诗人）中有谁珍惜过他？你把我的问候转告给《格林纳达》的作者了吗？（我忘了他的名字。）

是的，新的歌声，

还有新的生活。

小伙子们，不该

因歌声而悲伤。

不该，不该，

不该，朋友们！

格林纳达，格林纳达，

我的格林纳达。

《里程碑》遭到侨民出版界的疯狂攻击。**许多人都不愿伸出手来。**（霍达谢维奇头一个跳了出来。）如果你感兴趣，我再给你详细地写一写。

请把这页纸交给阿霞，她没有收到我的信。

帕斯捷尔纳克 致 **茨维塔耶娃**[①]

1927年2月9日

（写在长诗文稿的最后一页上）

　　通海阀是通向双层底压载舱的通道。

　　（船舶上的）厕所是位于船头的一个地方（厕所和垃圾堆放的地方）。

　　在"普鲁特号"上有一部分"波将金号"暴动的罪犯（在那件事5个月之前发生的）。"波将金号"战列舰随后被重新命名为"潘捷列伊蒙号"。"普鲁特号"被用作为一个浮动的囚犯监狱。[②]

　　这就是第二部的内容。如果审判和处决的场景不会比这些更好，即不够严肃和人性化，我不得不在这封信里就给出结尾。但是，关于审判我还有一些想法，我打算试一试，也就是说，现在我还不认为这封信是结局。全部内容最终完成要到第17节。也许我会改写第17节到书信的部分。当时我需要钱，所以这部分我大概是在20日之前赶出来的。特别是这部分还和战斗有关。也许两行省略号会被填满，第16至第20节的诗句也用同样的方法书写"奥恰科夫号"被轰击的关键情节。这也可能是不必要的。一般来说整个作品

---

① 帕斯捷尔纳克在此信中附寄了他的长诗《施密特中尉》第二部的第 11—18 节。

② 写在长诗文稿的最后一页上。

要接近最后的时刻才能完成。夏天和秋天就这么白白过去了，一事无成。但肯定也阅读、思考，打了一些草稿。果真一切都在圣诞节的时候变好了。1日晚上尤其精彩。我从不去任何地方参加新年晚会。我想在这个夜晚给你写信，没有丝毫与热尼娅有关的玄妙的背叛的阴影，她和阿谢耶夫、马雅可夫斯基，还有整个有左翼阵线一起迎接新年。那么，就像我一直以来没有给你写信一样，甚至更加鲜明和强烈，我决定**不给**你写信，而是集中想法和意志，就在这个晚上，第二部作为一个整体形成了。早上六点的时候热尼奇卡（儿子）咳得很厉害，我觉得他可能得了百日咳。我就去给他热牛奶，因为过于心不在焉，在使用煤油炉子的时候干了蠢事，炉子上的火每次要不是爆炸就是蹿起一条火柱，没有造成危及生命的后果，仿佛它只是在生动地讲述自己的能力。写到这里，我想起了穆尔出生的时候。热尼娅和马雅可夫斯基从新年晚会回来了。他是这个晚上第二个祝贺新年的人。第一个向我祝贺新年的人是哈拉佐娃[①]，她在12点的时候来待了一会。你不认识，大概也不知道她。对我而言她的存在（即和她的相识）始于阿霞。也许有一天我会跟你谈谈她以及她和里尔克的关系。这种联系是遥远且轻松的，但它却构成了我对她罕见的父辈一般的（即宽松散漫的）态度的唯一基调。如果第二部比令人厌恶的第一部好，那这都多亏你的批评。

我很快就写完了，连同一封写给斯维亚托波尔克-米尔斯基的信。

---

① 莉莉·哈拉佐娃（叶莲娜·格奥尔吉耶夫娜）（1903—1927），数学教授格·阿·哈拉佐夫的女儿。

茨维塔耶娃 致 **帕斯捷尔纳克**

1927年2月 **中旬**

（写在长诗《房间的企图》于手稿的背面）

鲍里斯！

　　他是第一个向你祝贺新年的人！^① 通过一个女人。通过一个俄罗斯女人。几乎就是通过我。^②

---

① 茨维塔耶娃指哈拉佐娃的祝贺即里尔克的祝贺。

② 写在长诗《房间的企图》手稿的背面。

帕斯捷尔纳克 致 **茨维塔耶娃**

1927年2月22日

　　我得到了一张信纸。我不愿意用这张纸给你写信。我刚收到《房间的企图》，你自己清楚它有多么好，和现在失落的我多么亲密。但你瞧，我刚一开口就是不讨人喜欢的没有分寸。不，我不是在比较。我没办法不嫉妒你，但骄傲和喜悦比我的嫉妒更强烈。你的成长如此稳定而连贯，令人惊讶。在你不断完好地展现的世界里，最让我震惊和兴奋的是你的财富所对准的轴心。我画掉的差不多是后面表达得不好的内容。思想，即"思考"本身的噪声，在你身上被诗人奴役得仿佛诗人是一个胜利者。胜利者似乎从没有像在你被压缩和定义到极点的句子里一样，如此欢快和自由地到过任何地方。你的诗歌表达如此适合她（胜利者），如此接近她，以至于好像她本人（思想）就是你无可比拟的音乐源泉。确切地说，从任意假定的无节律中净化出来以后，她不得不变成歌唱，就像噪声被净化为音调。也就是说，这就是巴拉丁斯基①所梦想的［当然，现在依旧借助于所有的作品梦想着（即他们存活所依赖的这个梦想）］。我知道你不会喜欢这一切。当然，无论你喜欢与否，**我都**非常感动。我想以一种让你高兴的方式给你带来惊喜。但是，让我们联系在一起的不仅是那些与我们个人密切相关的事情。这种联系的规则在很多方面都和我们没有关系。顺便说一下，这甚至在《房间的企图》上有所体现。遵循你的意愿，我认为《企图》是写给里

---

① 叶·阿·巴拉丁斯基（1800—1844），俄语诗人。

尔克的。你无法想象我多么希望它通过自己所有的动作向他飞去。在碎步前行的日常生活的气息里，在一代人的踏步声中，我们应该和他保持一种声音上的联系，也就是说，需要打一个物质的诗意绳结，这个绳结在某种程度上将由他发出声音，或是发出有关他的声音。但《企图》与我有很大的关系。请你不要生气：你的题词我既不会想要，也不会不想要。问题不在于此。但即使不是一个生物，即使是一个情感角色，一个有名字的面具，但这里提到的、评论的是我的面具。我的意思是说，你还没有向里尔克表达敬意。主观上，即我自己直接说，你与我更近，超过你与他的距离。为了和他接触，需要中断意志的波浪，要有大量客观思考、探索的努力。可以相信关于自己和关于附近某人的梦：这样的梦**部分**是实质性的。这样的梦总是包含很多涉及吸收进它的范围内事物的本质论述。虽然遥远，梦对我们而言越是亲近、越是丰富（在现实中的时间、年龄、距离等方面的遥远），远景就越是充满激情，总是被梦境所抛弃。如果不是因为这种我描述得很糟糕的相关性，那么我自己在读过以后也不能明白，艺术和梦一起都将不复存在。它正是被这个远景所引向存在，遥不可及的和心灵相近的事物的存在，这无望的梦是永远不能应对的，从未被赋予其应有的评价。《捕鼠者》的哲学里就体现了最高限度、超人水平的这种努力。但我把对同一个问题不相关的想法混了一起。你听到这一切背后我的声音了吗？请写信告诉我，告诉我这封信没有惹恼你。他们向我保证，我会在一个月后收到《里程碑》第二期，以及《楼梯》和能弄到的所有东西。我转告斯维特洛夫（关于《格林纳达》）：这是我和他第一次相识。这里有很多有才能的人。我认为谢尔文斯基是唯一有才华的人。他很真实，很了不起。

这是哈拉佐娃的诗，产生于对里尔克的思考，是献给他的，据她说，诗是她在年末、在午夜时分来到我这里之前的一两天内写完的。我希望你能读到这些诗。她有着非凡的经历，是个很可爱的人；去问问阿霞，她会跟告诉你哈拉佐娃的故事。她是一个非同寻常的人，非常让人受启发。我说的是她这个人，不是说她落在纸面上的内容。你知道，这是两码事。但也许我是盲目的，你就会更公正地看待她，那时就会发现我什么也不懂，因为自己枯燥迂腐的准则而忽略了过人的天资。[1]

我用着重号标出了感人之处。

（写在空白处）

> 给斯维亚托波尔克-米尔斯基的信我会附在下一封信里，是一封很长的信。手里握着你的馈赠并看着他的眼睛，这是多么快乐的事情！这是无与伦比的满足。
>
> 你收到《施密特》第二部了吗？如果你不喜欢，请随意批评。

---

[1] 帕斯捷尔纳克在此附上了哈拉佐娃用德语写的《致里尔克》一诗。

茨维塔耶娃 致 帕斯捷尔纳克

1927年3月 初

亲爱的鲍里斯，

请允许我这次不谈《施密特》，关于《施密特》（比第一部好得多！）我会在给谢·雅和苏福钦斯基①朗诵后再写信告诉你，我会写下我说的、由此感受到的和了解到的一切。即刻对听力和其他知觉进行直接的追踪。我会在听众千变万化的击打下写作。你明白我的意思吗？

目前不是关于你的《施密特》，而是关于我自己的"施密特"。我现在处于德国和死亡的巨大浪潮中，整个浪潮都置于从歌德到里尔克的彼岸世界。上帝还给我送来了一个活生生的天使，一个来自彼岸世界的20岁德国青年（来自这个世界的莱茵河），无论是精神上还是书面上，更不用说在口头上，我都不断地和他交谈。请考虑一下1905年，或者任意一年到我的距离，除了1875年和1962年。

我马上就写完了——三次死亡，或者三和弦，关于两次死亡，在里尔克去世前到他去世的时候。（这三次都在三周的时间里）。我感到非常遗憾，你还没有从我的"散文"里读出任何内容（即**思想**），斯维亚托波尔克–米尔斯基在他的英文版《俄国文学史》里把我的散文评价为"俄语中有史以来**最为糟糕**的散文"②。顺便

---

① 彼得·彼得洛维奇·苏福钦斯基（1892—1985），俄语音乐学家、评论家、随笔作家。

② 斯维亚托波尔克–米尔斯基：《俄国文学史》，刘文飞译，商务印书馆，2020年，第654页。

说一句，他现在很恨我，恨我的全部，我也理当同样恨他，作为回应。

（你承诺长期……

你打算、承诺未来给他写信的长度和你所有的不情愿是相等的。但是，鲍里斯，你的lune de miel^①就在眼前，第二任妻子，不要相信第一任妻子！）

鲍柳什卡，显然，你在自己的道路上表现得并不英勇。你永远不会像托尔斯泰、陀思妥耶夫斯基等人一样成为俄罗斯土地上伟大的作家（诗人）。你是独立的，你在他们停下的地方起步，把箭头从已经理解的地方开始翻译→向下↓在那里你又全部从头开始……

你没有继承任何东西，也没有继承任何人，你不是存在，你是隐秘地生存。你的道路是不同的，属于那些**独立的人的**未来。对你来说，鲍里斯，即使在100—200年之后也不会成为陈词滥调。（我说的是除了《施密特》之外的所有东西。）

《1905年》是一个错误的举动，一部不适合你的作品，整部作品在所有方面都占了上风。你想要一个普通人，但你塑造了一个庸俗的人（书信）。你不知道普通人是什么样的。

现在，请注意：

错误的进程，如果说《施密特》作为一个阶段是最后一个的话，那么在后续作品存在的情况下，也就是说，《施密特》作为一个等级，如果说它不正确，那么也是正直的。

在《施密特》（《1905年》）里你对人的、人性的、暂时的东西表达了敬意。已经献出来了，就*дост*（捷克语：足够）。别再联系了。

---

① 法语：蜜月旅行。

我想要你送我散文，没有情节的大部头，阴暗的，你的作品。

我谈谈《房间的企图》。

难道你不明白，这首诗不是**我们的**？它从未出现过（房间），因为在将来**它不存在**，只是——既没有木板，也没有横梁。（**有的**只是将要出现的。只有已经有的东西才会出现。）

请你评价一下：双面的萨伏伊[①]，在笔下就是**那个**房间。

前途无望的梦境？我还需要考虑一下这个问题。你似乎是对的。（对了，这里有很多写过你的人都说你前途无望。）

（没有前途——）做梦？

春日来临了，零零散散的，还在不断地分散着。一阵黎明的穿堂风吹过，令人不快、不适。冬日的必需品已消失不见……

"你和我的关系比你和里尔克的关系更亲近……"不，鲍里斯，因为更年长的原因，里尔克跟我的关系比你更亲近。（我们在各方面都算是同龄人！）尤其是现在。在你我之间是**你的**时间，你被迫的时间。我**流进**里尔克体内，对你我必须突破。（请考虑一下，我不是在谈论个人，谈论里尔克，谈论你，谈论自己，**在这个世界上**。）你会在某个时刻和我对立，只是第三国际，也不仅是第三，是你的，但依然是国际，对你来说这是一个有声的**词**。这些词语没有为此发声。

朋友，这是不久前我发表在*Revue Française*[②]上的书信[③]，（还有一封，发表在《俄罗斯思想》上），vers de méchants

---

① 法国东南部历史地区，位于阿尔卑斯山脚。

② 法语：《法兰西评论》。

③ 指茨维塔耶娃写给里尔克的两封信。

ivrognes[①]，你能认出来吗？那些"有才能的人"。

鲍里斯，你多少次让我感到心寒，在心灵深处似乎因你而痛苦不堪，因此你会原谅我这句话的真实性：我——里尔克，我——你。

要知道，如果**那个人**不是我最亲近的，我的损失就不会这么大，而我在那里的收获是难以言说的。

对了！**有件重要的事**。鲍柳什卡，你别害怕我，也就是说，也别让别人害怕我，把泽林斯基或者其他什么人的地址给我，我好通过这个人把信转交给你，我想给你寄*Druineser Elegien*[②] 和《俄耳甫斯》，里尔克没来得及（没有多余的印本），我帮他寄给你。

我会匿名寄出（给泽林斯基），书是无辜的。

请在贝尔维和我道别吧，我将于1日搬走，去哪里还不清楚。这一年我们处于贫困之中，煤炭、天然气和电耗尽了。对了！鲍里斯，如果《施密特》的第一部被转载有报酬的话，我可以暂时借用吗？我是在绝境中向你提出请求的。我一定会还给你。（这对于你来说不过是些小钱。）

贝尔维注定是我和里尔克告别的地方，自然，这就要结束了。有机会我会给你寄明信片，是我上一次是写给他的。

我不会再读他的信，但我又读了一遍*Malte Laurids Brigge*[③]，以任意一个身份和他在迂回的、普通的公路上相遇。

过一段时间我会把早就写好的书信寄给你。你不给《里程标》

---

① 法语：恶醉鬼的诗。
② 德语，即里尔克的诗集《杜伊诺哀歌》。
③ 德语，即里尔克的小说《马尔特·劳里兹·布里格手记》。

（第三期）提供新的诗作吗？我们会标明是转载的。

对了，我还会把没能寄给他（因为誊抄的缘故）而意外保存下来的倒数第二封信寄给你。

又及：我的德国人似乎受不了我。在第一次见面之后他病了两天/你明白他遭遇了**什么**吗?!

鲍里斯，我有一个巨大的梦想：写一本关于里尔克的书，你的和我的书。我会看到这本书翻译成德语（**原文!**），并因此欢呼。

哪怕就是为了这件事，你也来吧。

又及：你总是给我写信……

附：

茨维塔耶娃关于帕斯捷尔纳克的长诗《施密特中尉》所做笔记

1927年2月 末

对帕斯捷尔纳克的《施密特》进行评论的梦想。

史诗中的史诗。《1905年》的核心人物。我们的旧爱。选择的非偶然性。施密特是合法的。

情节的简要介绍。在第一部中施密特中尉的所作所为，他的感受以及表现的方式。

读者对施密特和对帕斯捷尔纳克的感觉。

一个双重印象。只要施密特保持沉默，帕斯捷尔纳克开口说话……但只要对帕斯捷尔纳克保持沉默，对施密特开口说话。引文。

作者和内容之间显著的不和谐。是什么不和谐？本质？检验。主要的不和谐在于**词汇**，书信中最粗俗和描述中最具选择性的词汇。帕斯捷尔纳克笔下的施密特中尉写信的方式不大可能在生活中出现，正是这样，而且要糟糕一千倍，因为迁移到诗歌中的施密特的那些陈词滥调简直让人无法忍受。

施密特在长诗中应该说什么语言。施密特式的1905年的语言，我们确信这是不可能的。帕斯捷尔纳克的语言是不符合实际的，因为正如施密特不可能是帕斯捷尔纳克一样，帕斯捷尔纳克也不可能是施密特。那应该说什么语言？任何语言都不可能。**长诗中的施密**特根本就不该说话。帕斯捷尔纳克的失误就是想在语言里塑造施密特。

最出色的发言人的有韵演说。在11月集会上，旗帜、树木、眼睛、黑海的波浪都应该替施密特说话。

倒影中的施密特的演说——

第二部。第二部的转述。书信的缺失。 病人的状况明显改善了。

茨维塔耶娃 致 帕斯捷尔纳克

1927年4月 中旬

鲍柳什卡，没有你我怎么活？没有我你怎么活？

我的新地址（请重新记在墙上）：

Meudon（Seine et Oise）

2，Avenue Jeanne d'Arc

请转告阿霞。

鲍柳什卡！我给你写了两封长信，两封都搁置在一边。（现代性不就是**时效性**吗？）第三封没写完，已经寄走了。我现在正为已经刊载了第一部的杂志抄写《施密特》第二部。（《1905年》的主人公们取得了巨大成功！）他们因为第一部而原谅第二部[①]。

请为你的protégé[②]霍达谢维奇高兴吧。**懦夫的**回应。毕竟，阿达莫维奇（我没读那些文章，我拿到后寄给你）写的**是你**，而这个人绕过你，写的是你的那些混蛋。等着来信吧，感谢你做的一切，吻你。[③]

玛

---

① 此处可能在誊抄时出现错误，或可理解为："他们因为第一部而索要第二部。"

② 法语：受庇护的人。

③ 写在1927年4月11日《复兴报》上，当日《复兴报》刊有霍达谢维奇的《群魔》一文。

帕斯捷尔纳克 致 **茨维塔耶娃**

1927年4月29日

亲爱的玛丽娜！

你又和我在一起了，世间有什么能与之相比的呢！正好在我向国家出版社提交整部《1905年》（连同前一晚写完的《施密特》）的那天，你的信就寄到了。我是完全按照你说的那样来完成这部作品，也准确地按照你说的话来思考它的。我说这件事只是为了让你意识到你对我再一次的帮助，你自己也许都不清楚。顺便说一下。只有通过《1905年》我才最终获得了《主题与变奏》第一版的版权，而且不是单册，而是收录在《姐妹》这部作品里发行一卷本。请尽快给我写信，谈谈你的晚会，还有你答应要告诉我的所有事情。

你的《忒修斯》精彩极了。只有最杰出的人才会那样开头。悲剧立刻就开始了。高尚、均匀、没有偏差的真理层层堆积，它的深渊和它的顶点——在有酒神的场景中，这个场景简直是无法言说的。在这里，处于一个出其不意的高度，独立于剩下的悲剧，并在其之上**实现了**最具酒神式真理的悲剧，正如这世间高耸的律法。

他在《忒修斯》背后以一种特殊的、彻底的绝对性体验到一种快乐：这种快乐是令人惊奇的，无论将要着手做什么，在所有方面，在任何地方，自己的手，自己的声音，自己的经验，这一切都有着极限的、不可比拟的强度和深度。在《忒修斯》里这一点**尤其**明显，这是很自然的。这些品质本身在他身上可能不比在其他地方强烈，但在这里，它们违背了你的意愿，成为主题的一部分：他们归结为一个完整、崇高的精神特征，也就是希腊精神自古以来的主题。简而言之，在这个悲剧的背后我将你当作女主人公来体验：作为一位绝对会永远署下自己姓名的诗人来体验。当然，我没有女主人公，她在别人笔下溜达。

请告诉我，你是怎么想的，玛丽娜，能否考虑在法国或者德国干点真正的工作（即默默无闻地写作，不参与任何派别的政治文学活动），还是勉勉强强争取在这里完成一年内的工作，也就意味着，把一切都再推迟一年更好？这是一个愚蠢的问题，而且是以最荒谬的方式提出的，但去年你的回答比我在孤独中一个人的意志所能做到的更多。是否应该告诉你，我是多么向往当下，多么向往你，向往忍不住要在你的气息中思考的一切？你曾经建议我干脆离开一段时间，就像成百上千的旅行者那样远行，并"容光焕发"地顺利返回。但你知道这是荒谬的，跟我毫不沾边。我无法接受这样的痛苦。

（写在空白处）

请干脆而冷静地回答我，这是我应得的，重要的是，谈谈你自己，谈谈你的晚会。我无法描述出我一直沉醉的道德地狱和忧郁。不要曲解了。我只是在这诡辩中感到窒息，每一个实际的思想都坚决地撞碎在上面，没有任何影响。

我收到并读了霍达谢维奇的文章。奇怪的

是，我并没有因此而生气。说一通胡言乱语以回应某人更加离谱的胡言论语，不也是一种卑鄙的行为？弗拉迪斯拉夫·费利齐奥诺维奇①居然知道我。真是奇怪。

---

① 霍达谢维奇的名字和父称。

帕斯捷尔纳克 致 **茨维塔耶娃**
1927年5月3日

亲爱的玛丽娜！

当我忙于这个回溯性的作品时，这部作品使我在面对"现代性"的时候处于一个比较轻松的位置，我一直在想，时间慢慢平稳，作品快到结尾，到了该回忆自己的时候，这将是可以想象的，即在周围可以呼吸得更加自由。令人惊讶的是，它的结局恰好和我在这点上最强烈的失望相吻合。我不能也不会告诉你所有的情况，当我经历的时候，它们一个比一个更令人费解，更可怕，我只会告诉你其中一个，因为这几乎是一个家庭事件，参与其中的人你都认识。为了彻底弄明白：这些绝望和困惑的所有计量都伴随着对我的关注和异常的热情，有时甚至是对我的爱，也就是说，我想说我没有权利因为个人的原因而怀疑自己的悲观情绪。满口谎言和卑躬屈膝的虚伪是没有止境的。道德堕落已经成了一种精神典范。

有一次你在《里程碑》上表达了对《列夫》的赞扬。我从来不理解《列夫》的空虚，这种空虚被视为作品中的杰作，其中教条式的冷漠和愚钝让我觉得非常压抑。我在某种程度上容忍了和它的相关性，因为这种感觉并未从耐心的海洋里脱颖而出，我在这片海洋里无法不感到窒息。然后这本杂志圆满收场了，我并不为它的终结感到惋惜。现在，比方说，在最近几年，可想象的、可听到的、人类的东西已经复苏，但当然是以狭隘日常的、完全平庸的、次要的形式，这些形式泛滥于杂志和某些没有大脑意识的谈话里。

冬天的时候《列夫》又开始集会了。我去了，是作为客人去参加晚宴。那时正在写《施密特》，我朗诵了这部作品，马雅可夫斯基认为这是一部精彩的作品。你知道吗，玛丽娜，我**完全赞同你**对事物的判断，这个词不应该让我们感到困惑。这不是问题所在。我想说的是，不仅是沃洛金[①]对我的态度令人感动，还有我之前对他的爱（你还记得和别雷在克列切特尼科夫胡同的朗诵吗？），也不能缓解我对他们的计谋和随后即将出版的杂志产生的愤怒与惊讶。噢，对我来说这并不是什么发现，我在1919年就跟马雅可夫斯基谈到《一亿五千万》，现在人们开始在刊物上发声，但（我的信就是从这里写起的）我有些模糊地希望马雅可夫斯基最终能说些什么，而我会大声宣扬，甚至因真理而声嘶力竭，我们会被别的什么东西遮蔽，都是一样的。取而代之的是一些被阉割后残缺的小册子[②]，守旧的卑劣行为在其中与被认可的污言秽语相混合（即逆着众人的意愿不满地向当局呼吁），在官僚主义的喋喋不休里，术语早已取代了所有的意义（**即使在精神上对我来说是异己的**），但相较于那些小册子，似乎比那种半警察式的背弃更为亲近，更易接受，也更加高尚。争论随之而来，争论中官方沼泽以其停滞和虚伪冷酷的永恒词汇驱散了由非官方无足轻重的人构成的边缘团体。你明白问题所在，而且你会了解，不论我离它多远，这种令人发指的野蛮会对我产生何种影响。我想向你倾诉的，已经说得够多了。但是，服从事实的推动，我再补充一点。他们知道，我不站在他们一边。在日常生活中厚颜无耻的马雅可夫斯基令人难以忍受，但在我的圈子里他却发生改变，和我在一起他有时候就是形而上学的。也就是说，他

---

① 弗·谢·沃洛金（1891—1985），俄语轻歌剧演员。
② 指1927年开始发行的《新列夫》杂志。

知道我的一些情况，而阿谢耶夫，尽管我和他在生活中有长久的友谊和亲密的关系，但他作为一个有经验温度的人，却不知道这些情况。这就是为什么，在回应我将离开《列夫》的声明时，在旷日持久、一直拖到早上6点的谈判结束时，他们一方要求我不宣布与他们脱离关系，仅表现为在一期又一期杂志上看似偶然的缺席，我在马雅可夫斯基犀利目光的影响下做出了妥协，他的目光沉重、专注而沉默，穿透了一切话语，明确无误地表达着他的过去。你曾经警告我不要把马雅可夫斯基和里尔克**等同**起来，这让我感到诧异甚至委屈。难道你认为我需要这样的提醒吗？但我是在和你谈论马雅可夫斯基，如果里尔克还活着，那么在同他的第三次交谈中我会跟他谈到马雅可夫斯基的情况。这就是全部，而且很多：马雅可夫斯基参与了我的叙述，不论在哪儿、在哪一年，都无所谓。他甚至还参与了你的叙述：那时你在采特林家，你记得你自己、别雷和萨巴什尼科娃①，《人》和《战争与世界》②。因此我为自己、也为你而感谢他。我最早是从他那里得知（你的）《里程碑》的。早于一年前，我也是从他那里得知了《姐妹》的**存在**。你明白吗？最后，在这一切之外：我敢说，即使是你，玛丽娜，也不能完全了解我生活在一个多么令人憎恶的陌生世界。这个世界没有一丝光明，在所谓的成功和"声望"的上流社会里更是暗无天日。你不能对此进行充分评价，因为作为我赖以生存的东西，你永远都在自己手边。这意味着你无法真正想象你不存在的情形。但如果能在这里以某种方式（像一个人对另一个人那样）提醒你就好了：通过良知的形式，可能是语言或者逻辑，不论多么遥远和苍白，怎样都可以。你知道，

---

① 玛·瓦·萨巴什尼科娃（1882—1973），画家，沃罗申的第一任妻子。
② 指马雅可夫斯基的长诗《人》（1916—1917）和《战争与世界》（1915—1916）。

只有马雅可夫斯基的这种眼神，在他沉默时，才能在这方面被接受，在某种程度上是合适的，才能让人想起诗人和诗人的生活。我完全不知道该如何谈论那些处在中间的、向四面扩散的事情，我可能让你十分厌烦。

我将不带任何逻辑地继续下去。我在这里再留一年。我感到无限的快乐和幸福，因为我平静下来了，经过两个星期的不安，我可以心平气和地写下这件事情。这也是我必须留下来的原因：处于陌生的领土上与回归自我是不可能**相吻合**的，也就是说，和哲学、和基调相吻合，它们当然和这里的一切都要背道而驰。必须在这里开始尝试，公开地，在杂志上，在现场，在与书刊审查官的冲突中。这一点你明白吗？在这里的不是日常生活的考虑。不是日常生活的，也不是出于"勇气"，当然，而是因为我不会想到要维护"纯洁"。你的环境是我所熟悉的，我会毫不犹豫地为你跟我指名道姓点出的人倾尽所能。也就是说，这里根本不是对于有条件的、完全虚假的"声誉"的担心。不是。但你能想象吗，如果我说的不是来自沃尔洪卡的三个人，我会把所有二维空间的人们的任务减轻多少？他们将在地理上制造出真相，从国家的任何地方寄给朋友们和杂志社，并同样摆脱这些真相。我不想把这最轻的印章交到他们的手里。如果不是为了去说服，不是为了改写某些东西，那么无论如何我都想给他们和我自己一个难堪。我不会去润色这些信并把它们写完。但有一个实质性的请求。请一定告知我收到这个信封的日期。别忘了。然后，在回信里不要涉及所有这些话题。这也是一个严肃的请求。最后，请原谅还有第三个请求，即如果可以的话，请替我向斯维亚托波尔克-米尔斯基请求原谅。我至今都还没有给他回信，这让我很不安。是否需要对这所谓的自我回归进行评论？如果需要，那么这就是一个简短的评论。我从未背叛自己。我无所事事，变得困惑不解，直至丧失理智；我放弃了文学，担任过图书编目员，翻译过一些作品，最终在对往事进行追溯时找到了出路。出于很多原因，我写成了一个水平低下、内容空洞的东西，它的不足有一些是我自己造成的。但在这部作品背后，我感到是以牺牲过去为代价，根据主题准许感受和相信这个过去（虽然这里有一些内容被书刊审查机关删掉了），在主题的特权下，我自己脱离了灵魂，以至于这部作品竭尽所能成为解放的道德杠杆。但你不要指望我写出一首抒情诗，在这里，人们已经对我提出了这样的要求，原因同样是我"为《1905年》争取到了写作抒情诗的权利"。你知道，当你写诗需要被赋予"权利"时，我是从来不写的。你知道，如果抒情诗开始了，它会再一次始于被神化的生活；你知道这一切。但散文，还有我自己的散文，也许是散文主人公的诗歌，我想写，也会写的。拥抱你。

（写在空白处）

又及：请祝我今年能够获得成功，并请你与我同在。如果什么时候我或者别人告诉你我不幸福，请不要相信。我从不敢奢望这样的朋友和这样的感情，这是一份无功受禄的神秘馈赠。你别被我们命运的单调吓倒（也就是说，我们还是我们，还有书信，还有岁月）。只有宇宙如此单调。

茨维塔耶娃 致 **帕斯捷尔纳克**

1927年5月7日—8日

亲爱的鲍里斯，

我是5月7日收到你的信的，在一场美妙的雷雨中。信是在第四天的时候寄到的。听上去像是给我的回信，但就时间来看，其实是我给你的回信。你写道，"写抒情诗，要在抒情诗被期待且有权利写作的时候再写"，而我在这个问题上会这样写道：我不期待你的抒情诗，需要休息，等等。但在那封信中我呼唤了你，在这封信中你没有来，这已经是一次错过——确切的生活次序，时间的准则：按照日期的顺序。

那么，鲍里斯，我要和你一起复活日耳曼的浪漫主义者，没有骑士，没有更完美的神话。（特洛伊战争持续了多久？这毕竟出自现有的全部）史诗。克里姆希尔特① 心怀仇恨地为复仇准备了多少年？为了相爱也等待了这么多年。只是，请依然在这个世界上，不要出现俄耳甫斯和欧律狄刻的神话（最真实的神话之一）。不要把我流放，不要将我**送到**那个世界，因为我要活着（孩子们）。是的，鲍里斯，你是否认为，诸神预见了俄耳甫斯的转身并因此许可了它。而在这个转身里是爱和普通男性（以俄耳甫斯为例）的不够耐心。爱得不够，所以他转过身来。或者爱得太深？你不会转身的，鲍里斯，但你并不会为我而来，你不会来找我的。欧律狄刻**年**

---

① 德国英雄史诗《尼伯龙根之歌》的女主人公。

纪大一些，该如何把她带回地面，爱的（大地的）Handfläche[①]。但这一切你都知道。

你未能按计划到来。我既不相信你，也不相信论据中的自己，总是有理由，总是会听从。你是一位诗人，也就是说，在某种意义上（比如找到四行诗的第二行）依然是精神连接的**杂技演员**。原因更加深层，或者更加简单，我先从简单的说起：不能在炎炎夏日，家庭（无论你接受或是不接受，都很困难），跑步，而且都是一大早就开始，还没有期限，等等。还有更深层次的：**恐惧**（对于一切）。

但你的论据（理由）是真实的，因为我一直以来认为你和社会是真理［荒谬绝伦的（对照），一致］。最终，简单的，qu'en dire-t-on[②]，善良和关怀。噢，我说起话来，简直就是Pestalozzi[③]。我没有恶意也非讽刺。这就是回答。

鲍柳什卡，把保姆辞退了吧，甚至要让我脱离我对于长篇散文的请求——见鬼去吧！别让他们围着你转（我说的是作家的冲突）。在冲突中似乎有一群鸢。这是你的事。《施密特》还没有让你成为一名社会活动家。这是个人的尊严。我准许你什么都不写，我为你感到平静。去高加索吧（是**我**从未去过的故乡!），在大自然中度过夏天，在人们走了之后。

你的生活过得多么**完美**，多么令人羡慕的经历。

一个卑微的任性：

---

① 德语：手掌。
② 法语：怎样说。
③ 裴斯泰洛齐（1746—1827），瑞士教育家。

石子。浮岩。

像批评家那样臃肿。

像面对天启的审查员，

面容忧愁。

"审查员睡着了！"

我们长诗的审查员

就是朝霞。①

在这段诗之前，一切都包含在内。你的战争就是瓦格纳的战争，荷尔德林的战争，海涅的战争，**所有人的战争**。你的战争由来已久。

关于马雅可夫斯基，**你是对的**。他的目光像公牛一样，忧郁压抑。这样的目光可以做任何事情。马雅可夫斯基是上帝面前一个完整的罪过，罪孽深重到（无从讲起），必须沉默。巨大的过失。堕落的天使。天使长。

亲爱的朋友，你写到真空。我只相信用肺呼吸的空气。那个，**他在哪儿**？事物（Ding②）比人（任何一个女人，任何一个男人）完美得多，最笔直的灌木恰好等同于最弯曲的灌木。我和人们待在一起感到厌烦，聪明的、愚蠢的、不现实的、常见的，都让我感到厌——烦。我向你发誓，作为一个站在门外的人，我这样行事就不会浪费时间。对西方的期待不是人，而是东西，还有选择这些东西的自由。我谁也没有，连阿谢耶夫也没有，当他们召唤我的时候，我的第一个念头是：能让我吃顿饱饭吗？如果不能，我就不去。

① 引自茨维塔耶娃的长诗《自海上》。
② 德语：东西，事物。

你和俄罗斯有联系，我**没有**，你有债务（私人的），他们在想什么，怎么解释。鲍里斯，我不是在劝说你，但请想一下现有的：终于，你挣脱了束缚（得到了！）。最终这些诗从地域性上进行解释，这对你意味着什么？《施密特》无疑是从阶级层面进行解释的（最多不过从知识分子的角度进行解释！），很奇怪，我比你**更好斗**，更冷静。我知道我自己的激情，我不会去，因为这一切都不值得。但当我偶然被发现（被拖去），不久前就发生了，耳朵，同时还有被解放的舌头，立刻警觉起来，我扰乱了会议。能者多劳，而生活，就是底部连续的划痕，一个你甚至不会溺水的地方。

一年以后，我会在此看到你的生活，不与别人在一起的生活，我不会让你承受折磨，在荒郊野外，在深处，在山区，没有忧虑，带着笔记本和一只警觉竖立的耳朵。要做一个人，就要停止与人在一起。

（而马雅可夫斯基的目光和苦役犯一样。在实施了犯罪行为**以后**。一个杀人犯的目光。他与那个世界有联系，从那里产生的脱离实际的情况：通过血液。现在他在巴黎，我想让他帮我带点东西给你。）

我对你不急于来见我并不感到惊讶和失望，因为我也不急于去见你。五年都急切地想要去见对方，这不适合我。这是一个时间和地域的问题。哪怕你在华沙，我也会向你奔去，如果在柏林，我会痛苦不已，诸如此类。五年时间都撞在空间的墙壁上，是吗？我也不急于去见里尔克，不急于去见任何人，我像圣人一样安静。我会扑向笔记本，因为它就在这里，而我不能。（眼睛可以看见，但牙齿……）我曾扑向你，从（早已废弃的）波希米亚山上，我在空桶的响声中（放下桶去打水）听到你，我在月圆时的圆月里（提起装满水的桶）看到你，我在所有铁路小站上与你在一起，哦，鲍里斯，**这份爱你永远无法得知**。我的诗集①，穿过所有事物和所有人，你，在我向别人喊得最激烈的时刻，关于上层，关于我的，关于你，关于《忒修斯》的喊声……**这些痛苦的主题透过当前的一切会非常有趣**（在医生以同样的方式剖开同样的东西时，他也会觉得很有趣）。

说说我自己。昨天，在你的信送达的一个小时以前，谢·雅对我说：玛丽娜，我很惊讶，这样的光明为何对你不产生影响。我就是做不到。（他站在窗边纹丝不动。）"奇怪，你具备的，作用于你的究竟是什么……"在家里我什么也感觉不到，一点感觉都没有，很长一段时间我在家里都是匆匆忙忙的。只有在大街上我才有所感觉。这是真的，这种奇怪的生活，有思想（一次性的，现成的），却缺乏感觉。感觉需要时间，至少在，嗯，一个小时的范围内不受限制？如果我要去感受，那么没有什么是存在的——Nur Zeit②！

一个重大的请求：去避暑吧，**克制自己**。别去俄罗斯中部，而是在更远的地方，去一个新的、有些像我的地方。我是你和自己的独处，**仅此而已**。诗歌，鲍里斯，自己会来的，不可能不来。高山的等待和人的等待毕竟不是一回事。因为高山不着急，所以诗歌立刻就出现了。

你不要为我感到伤心。在这条线路上我已准备好等待多年。（沿着心灰意懒的线路！）谁又知道，在见面后，在整个地图上，彼此绕过的并不是那个地方，用眼神、听觉和嗅觉。也许某个人，

---

① 指茨维塔耶娃的诗集《俄罗斯之后》。
② 德语：只有时间。

只是珍惜……

我知道，鲍里斯，没有**走进**我们的和没有远离我们的是什么。

（你，这在我的生命中可能是对一个完美的梦境和一个完美的儿子的渴望，在千里之外、多年以后你也能感知到。我会对你的父亲身份有贪婪的欲望。我这么说是因为这无论如何都不会发生。）

某一天，请把我带到你的床上，带到最夏日炎炎、枝叶繁茂的一张床上。

我所写的关于我为自己赢得的第五年的权利（离开，等等），一个普通的地方，回到一个普通的地区，毕竟我不知道任何这样的收入，因为虽然感到诧异、讽刺，但依然**崇拜**别人的（你的）古怪行为。

我会给斯维亚托波尔克-米尔斯基写信，告诉他我从侧面听说，你在信中发誓要保持一年的沉默，时间够吗？一年内你也许能下定决心。（我在五年内都没能下定决心。）

请给我回信。

（补笔）

鲍里斯！为什么我总能把**窗帘**和**玫瑰**联系起来，难道是因为字母 з 吗？[①]但字母 з 本身并非联系的作用吧？是联系的**意义**。

① 俄语中的"窗帘"（занавес）和"玫瑰"（роза）两词中均有字母"з"。

茨维塔耶娃 致 **帕斯捷尔纳克**

1927年5月11日 左右

　　鲍里斯，你从没想过有一个完整又巨大的神奇区域，是诗歌禁止的地方，在这里你会发现庞大的法律，它们只能通过词语来展现。因此，今天走在街上，我明确了：给予水分的男人，像依偎在泉水边一样依偎在一个女人身旁。男人像依偎在泉水边一样依偎在一个女人身旁——他自己就是泉水。——他自己在灌溉，却认为自己在喝水。/真相就在男人在女人身旁的依偎中，他就像依偎在泉水边一样，而他自己就是泉水。灌溉的人在喝水！**不可靠的真相。**/或者/存在这样的世界，鲍里斯，是的，惊讶吧/那些两人一起时你了解到的，我是那样称呼的，那就是它的名字。鲍里斯，没有什么是两人一起了解到的（会忘记一切！），荣誉、上帝、树木，一个都不能……只有（你身体的秘密）你的身体，你没有通向它的入口。你想一想，奇怪的是：整个灵魂的领域，我（你）不能独自一人进入，**我不能独自一人**。而且需要的不是上帝，而是人。Sesam, thue Dich auf![1]

　　我是在今早清晨之后偶然发现这些想法的，当时我突然觉得你就在身边，在触手可及的地方，只需伸出一只手（稍微伸出），将其从身体上移开，只是稍微动一动。我躺在那里，想着：多么**容易。**

　　我想，如果我和一个我非常爱的人在一起，**这是不够的！**我非

---

① 德语：芝麻，开门吧！

常爱诗歌的主人公，与那些人内心和哥伦布一样的人（**就像我**）不能相提并论，［所以，请你不要生气，和你在一起（毕竟这比以"你"开始更好）］，我会说，即了解、确定、肯定了一系列惊人的，在那里没有被发现的作品：没有说过的，也许是难以表达的（但是我说出了），（不是猎奇的诗人，）我突然发现我是完整的自己（第二个自己），另一个自己，世俗的自己，我为了某些东西而活着！**我不知道**，是的，与《终结之诗》相反。有一种出于喜爱的震惊（从来没人敢这样，像爱任何一个女人一样爱我!），被别人的迷惑所迷惑，窒息于别人的窒息，在山间有回音（《山之诗》）、污染和充电（但我发现了这块大陆），最强烈的一种灵魂的反应，这种反应发现了**世俗的**话语。

鲍里斯，说起来很可怕，无论在爱情中还是在母性里，我从没有**以肉体的形式**存在过，全部都借助于别的东西：借助于翻译过来或是翻译过去。

我给你这样一个远在天边的、陌生的、看不见的（除了在梦中!）人写这些东西真是可笑。（在这个领域我从没想过你，哎，手放在嘴唇上，哎，头靠在胸前。）在这个领域我很少想到你，以灼烧的方式，不是为了（持续）。在过去一年里完全没有想你，你变成了里尔克的弟弟。而今天! 遗憾令人灼伤一般疼痛，没有实现的再也不会发生了! 毕竟，整个世界（会下沉隐没），跌入谷底! 他可能还会回来。我会找到这些词，最纯净的词（我说的是线路?），最准确的词。读者当然会认为我写的是天国，这里的所有人都指责我（布宁，吉皮乌斯，青年人，批评界），他们指责我的诗歌是色情文学——

　　［确切地说，灵魂可以用不同于通过身体的方式被赋予! 确切

地说（关于没有写出来的？）身体并不通过灵魂。]

你，鲍里斯，在这个世界已经存在于《生活是我的姐妹》这部作品，这本书火焰般的纯洁，火焰般的净化！在我写作的时候，我隐瞒了**秘密**。（有些句子确实让我脊背发凉。）但你没有在夜晚把秘密封锁，白天四处散布，将树木、云朵等纳入这个秘密中去。每个人都浏览过你的书里的它（秘密）。

我说的不是Liebeslieder[①]，我说的是……有些诗句是**相同的，它们同义**，等效。你知道是哪些句子。

多么神奇的发现之地，是你的和我的发现。整个相似性、对应性的宝库，一整套法律的集成（洞穴！）。这一切都不可能。[②]

我是在给《俄罗斯之后》一书打上最后一个句号以后，在喘口气的第一秒钟给你写信的。明天我就把它交上去。两部已经开始的作品：一部是出于意愿，一部是出于需求（名声的责任）。

那个世界，鲍里斯，这是夜晚、早晨、白天、风以及和你在一起的夜晚。这是**整整一昼夜**！然后就该睡觉了。

鲍里斯，为什么我不觉得任何东西是长久的？也许因为我是永恒的？

鲍里斯，这封信，把它撕了，亲爱的。这封信你没有读过，而我也没有写过。让它就像你自己的想法（猜测）那样留在那里吧。

---

① 德语：情歌。

② 我此刻像与一位盟友一样与你说话，完全不顾……我此刻在呼唤你走向共同愤怒，你看出来了吗？像呼唤一位共同被盗的人／完全像是呼唤一位共同被盗的人。"请你们想一想……诗人……"普希金有这样一句诗，还是我杜撰的？——茨维塔耶娃附注

不要误解我：我活着不是为了写诗，而是为了活着才写诗。（谁会把写诗定为终极目标呢？）我写诗不是因为我知道，而是为了知道。我暂时不谈作品（我不看它），它不存在。我的认知方式是陈述：顺带的知识，从笔下流出的就有知识。我现在不谈作品，我不去想它。（你本来也是这样。）笔是经验的渠道：是存在的经验，也是休眠的经验。因此西比拉在说话**之前**是不知道的。（西比拉拥有阿喀琉斯。她从未想过阿喀琉斯。西比拉立刻就知道了。）词是通往作品的道路。因此我需要和你在一起，不是为了写诗（不要跑偏了!!!），而［是为了在写作以后明白，它存在过（是什么）］，为了通过诗歌知道什么是夜晚。诗歌，要知道，是洞察力的觉悟（觉悟的洞察力）。

我需要你，鲍里斯，就像需要一个秘密，一个摆脱不了的命运，一个鸿沟，一个沼泽。这样就可以有地方扔东西，而听不到底部的声音了。（古老城堡里的水井。石头。一、二、三、四、七、十一。是的！）这样就可以有爱的方向。我不能（**如此**）爱一个非诗人。（我没有得到足够的回应）你也不能。［问题不在于另一个人会明白，也不在于奉献什么，而在于**传达**什么，你再继续传达给他，他再传达给你……请向深处、向高处发展，去你想到的任何维度（我确切地说：它们一共有37个!），都是一样。］毕竟，你和我隐秘的梦想都变成了乞丐（最低等的人）。和非你在一起，这是无法实现的。无论你是受屈辱，还是被奴役，为你而存在，超越你，代替你，都是这样。［而在这里，平等的力量，即（notre cas①）超人的力量。我不知道在生活中（notre cas）可以把这一切放置到哪里。］请了解失败的高度（自高处!），如果出现的话。你比我更

---

① 法语：我们的例子。

强。（强者关于平等的梦想——关于因平等而失败的梦想。）平等
就是有东西可以去破坏（波塞冬撼动大地）。不是神圣的，不是任
何一种：平等。（共同的上帝，或者共同的任何东西——在另一个
世界！）

你还记得里尔克献给我的哀歌吗？（除了你，我到死都不会给
任何人）。Liebende können, dürfe nicht...[①] 我不记得了，要知道
的东西太多了。他是对的。我，当然不是（恋人）Liebende[②]，我
想成为吗？我想说：Wissende.[③]——不，他在另一封信里写道：
Ahnende[④]。那对你来说，不比爱情更珍贵吗？

括号。我当然会爱你，超过任何人在任何地方爱任何一个人，
但并不根据自己的规模。根据**我的**规模来说，这太少了。因为我就
像你一样，会把让爱情通过张力炸裂四散，或者炸裂接着消逝不见
的东西纳入其中。然后，它像片片云雾一样，从四面八方穿过缺口
回到我这里：从天空，从树木，从左右伸出的手，从脚下（绿草丛
生的大地）。鲍里斯，一切都可以！而且这是如此自然，你现在可
能坐在书桌前，它摸起来和我的书桌一样坚硬。左手拿着烟卷，右
手在奋笔疾书。（在我的书桌上方，一张巴黎地图铺满了整面墙，
这是前租客—— 一个俄罗斯司机留下来的，我没有勇气、没有时
间，也没有别的理由把这张地图揭下来。还有一张非常好的星空
图。我不喜欢法国人。）此时，从我的窗外传来了士兵的军号声，
到军营睡觉的时间了。军营（房屋）是活的，而凡尔赛的士兵（我

---

① 德语：相爱的人无能为力……
② 德语：恋爱的人。
③ 德语：知道的人。
④ 德语：有预感的人。

就住在凡尔赛附近）是木质或铁皮的玩具。因为军营是Ding^①，而士兵连人都不是（否则就是一个坏士兵）。

通过最下层的、最不体面的事情知道是一种耻辱。［我不想从（通过）不平等来感受。］最好完全不知道。现在是喜欢的，但五分钟以后就变成蔑视了（我记得1919年至1922年期间我在莫斯科的那些伙伴们）。［我一离开，他们就会蔑视我了。或者说不是蔑视，而是评价，怜悯，屈尊俯就。我不会屈尊俯就，你们居高临下吧。］兰就更好了！他们来找我学习灵魂，而我去找别人学习肉体（我自己的）。（实话实说。一无所获。）第一个试图、敢于叫我肉体的人，就是那个长诗中的主人公。我至死为渴望、为这姿态的无畏和盲目而感激他。我的书会向你逐一解释。

从没有人在我身上看到过灵魂！多少人因此而抱怨；从没有人在我身上看见过肉体，这不是抱怨，而是我的思索。即使是最粗鲁的人。就这样散去了。

那个主人公，在我身上看到了肉体，但……不是我灵魂的肉体（第二个灵魂），而是所爱之人中最珍贵、最渴望的女性肉体（但你会为之献身）。请理解我的幸福，很快，我的幸福就会回来。我正在逃离这个让我窒息的空间。一段自白。忘了吧。

是在早晨：帕斯捷尔纳克没有清晰，没有和谐，你们还是读普希金吧，我怎么能……

————————
① 德语：物。

茨维塔耶娃 致 帕斯捷尔纳克

1927年5月11日

鲍里斯!

　　你从来没有想过,存在着一个巨大的神奇世界,一个禁止诗歌进入的世界,那里正在揭示,并且已经揭示出了如此之大的规律。比如,此刻,走在大街上,我就想到了:一个正在请人喝水的男人会像俯伏在泉水上似的俯在一个女人身上,这难道不奇怪吗?请人喝水的人在喝水!——这是一个变化无常(彻底改变)的事实。接下来:喂水不是活下去的唯一机会吗?无论我怎么命名,无论这怎么称呼,你都要等两人在一起时才能明白这一点。

　　鲍里斯,两人在一起时什么都认识不了(会忘记一切!),无论是名誉,是上帝,还是一棵树,都会被忘记的。只有你的**身体,你没有通向那身体的路**(没有入口)。你想一想:真是奇怪,灵魂的一片完整区域,我(你)却无法一人前往。**我无法一个人前往**。需要的不是上帝,而是一个人。通过第二个人再生。Sesam, offne dich Auf!!①

　　我想,如果我与一个人在一起,这个人我非常爱——还不够!——我也非常爱长诗的那个主人公,不,如果与诸如哥伦布这样的人——即内心像我的这种人在一起,那么我就会说出,也就是会知道,会提出,会强调,会发现一系列最惊人的事情——它们之所以说不出来,仅仅是因为没有被说出来过。恍然大悟,原来我并

---

① 德语:芝麻,开门吧!!

不了解完整的我（不，是我的一半），第二个我，另一个我，尘世的我，也不知道我为什么活着，是的，与《终结之诗》不同。这是一种震惊……来自爱（从未有一个男人敢于像爱一个普通女人那样爱我！），来自因他人的迷恋而起的迷恋，是因他人的气喘而气喘，——群山中的回声（《山之诗》）。被感染和被充电——这是找到了尘世语言的心灵反应的最强烈的形式。

鲍里斯，这说起来很是奇怪，我从来就不曾是一个身体，无论是在爱情中，还是在母性中，一直是一道反光，借助什么，通过翻译（译过来或译过去！）。给一个不认识的人（难道你也在此列），而且还隔着这么老远的距离，写这种信，这会让你我觉得很可笑的。我很少关心这种样子的你——像是烧伤——不是目的（而是持续）。而在最近一年里……你完全成了里尔克的弟弟，我不会由于迷信而结束的。

今天呢？如此强烈的惋惜，这从未有过，从未有过！要知道，整个世界（但愿是开放的世界）都将要沉没了！（它也可能会爆炸。）要知道，整个世界都不会再从水底浮上来了。我也许能找到这样一些纯净的话语（读者当然会以为我谈的是天国，就像此刻，仰仗鲍里斯和里尔克，我相信了这行诗的真实，全诗是这样的）：

> 我的裙摆像裹着一座山，
> 整个身体的疼痛！
> 我认识爱情，凭借
> 整个身体的疼痛。
>
> 我的体内像有人开垦田地，

迎接每一场雷雨。
我认识爱情，凭借所有人的
远方，爱情却在身旁。

我的体内像被掏了一个洞，
直抵漆黑的骨架。
我认识爱情，凭借
流遍全身的血管。

匈奴人掠过，
马鬃似的穿堂风：
我认识爱情，凭借
最忠诚喉咙琴弦的撕裂，

喉咙峡谷的
铁锈，活的盐。
我认识爱情，凭借裂缝，
不！凭借
整个身体的颤动！

　　你，鲍里斯，早在《生活是我的姐妹》中，你就已经置身于这个世界（水底的世界），——这本书那火热的纯洁，火热的清洁！当时，我还在写（而且写得很糟），还在偷，像是在偷取秘密。但是，你并没有用黑夜来封锁世界，把白昼分派给了四周围，把树木和乌云带入其中。你把它分赠了出去，把它钉上了十字架。众人在你的书中都看到了这一点。我指的不是Liebeslieder，我指的是诗句。有一些诗句是相同的，是合成的。

你是知道的，什么样的神奇诗句才能表达你我的发现。一个硕大的类比（协调）宝库。

那个世界，鲍里斯，这是黑夜、早晨、白昼、傍晚，以及与你一起的黑夜，**这就是整整一昼夜！**然后……

你别误解我：我活着不是为了写诗，而我写诗却是为了活着。（谁会把写诗当作最终目的呢？）我之所以写诗，不是因为我知道，而是**为了去获知**。只要我没有在描写一件东西（没在看它），这件东西就不存在。我的认知方式——就是道出，这样的认知是源自笔端的。只要我没有在描写一件东西，我就没在想它。（要知道你也一样。）笔就是体验那存在着、却沉睡着的一切的渠道。比如，女巫并不识字，女巫却能迅速地知道。话语就是事物在我们体内的背景。话语就是通向事物的路，**一去不返**。（即便能够返回，需要的也是话语，而不是事物，而事物却是最终的目的。）

鲍里斯，我需要你，就像需要一道深渊，一个无底洞，好让我跳进去，而且达不到底部。（古堡里的水井。扔入一块石头。一、二、三、四、七、十一……到底了。）好让我有爱的方向。我无法（这样地）爱一位非诗人。你也无法做到。你和我的秘密理想，本来就是要成为乞丐。但是，既然在你的身上（无论愿意与否）具有崇高的东西，又如何能成为乞丐呢？请你理解你我之失败的价值，如果我们失败的话。不是由于上帝，不是由于任何人，而是由于势均力敌（另一个世界中共同的上帝或共同的身份！）。期望平等，期望由于势均力敌而导致的失败。平等也像个竞技场……

当然，我将会比任何任何时候都更爱你，但不是根据自己的规模来爱。根据自己的规模（全部的自我，在别人身上的自我，全身心地）——还不够。不知为何，我常常会将一种东西掺进爱情，而这种东西却会使爱情无法兑现，会使它分心或中断。爱情会在其他人那里得到两次发展：作为循序渐进的发展和作为堕落的发展。然后，它会一片一片地从爆炸范围的四面八方回到我身边：从天空，从树上，从左从右地从脚下伸出来的手臂。（从地下伸出，像青草一样。）（另一个人爱我，我却爱一切东西。另一个人爱我，我却爱所有的人。就算是**置身于他吧**，但还是要爱**一切东西**和**所有的人**。）

　　但是你在这里干吗？在那里，在彼岸世界的分界线上，我们的一只脚已经踏在那儿，彼岸世界的神奇或许就在于，我们在这里不能不通知上帝，我们的鞋后跟歪向了哪一边。我无法想象自己会变样，但只要你一来，我就会变样。变了样的我就是你。你想一想……

　　我是在返回此信的前半部分。

　　也许——正是上帝吧？？？

玛

帕斯捷尔纳克 致 **茨维塔耶娃**

1927年5月12日 左右

亲爱的玛丽娜！

　　这是给斯维亚托波尔克–米尔斯基的一封信。请帮我转寄这封信。昨天我收到了你的来信。你生存得是如此艰难！难以理解，是在什么样的时间里进行的创作，从而产出奇迹般的作品。关于你的书我想了很多。真正的谈话当然会是关于书的，也就是说，它是一个总结性的最终理由，可以去归纳在这些长诗背后感受到的（无论由谁感受到的）一切。我像期待节日一样期待着它。

　　让我在更愉悦、更热情、更明确的时候给你写信。现在，就像一个黑暗的梦。

　　难道人们一直是这样生活的？难道这样的秘密总是组成看似圆满，即符合活动期望和愿望的背景？如此取决于金钱？谈论自由是可笑的。自由就像主要的参与者，也就是说，按照猴子那样来描绘他才是适合的。但如果决定即将到来，那么没有自由也是行得通的。我们还会继续存在。我不是在谈论超越现实的东西。我说的是喜欢和不喜欢，它们仿佛违背空间和时间一样地分布着。

你的鲍

（写在空白处）

　　　　　别忘了转寄这封信。你收到我关于《列夫》的那封信了吗？

附：

帕斯捷尔纳克 致 **斯维亚托波尔克－米尔斯基**

1927年5月10日

（茨维塔耶娃写在此信抄件上的话）

　　鲍·帕致斯维亚托波尔克－米尔斯基的信，我拥有阅读和转抄此信的权利。[①]

尊敬的、亲爱的德米特里·彼得罗维奇！

　　请原谅，请让我相信，您没有注意到我这么晚才回信，您已将一切都忘记了。我希望您能宽恕我，这比其他任何事都更紧急和迫切——您收到我的来信。我立即给您回信，但在这个时刻我又面临一种困难，这种困难在五个月以前决定了我尝试回信的命运。第一次开始同您说话，意味着要谈论很多痛苦不堪的事。这意味着要开始谈论十年来的自己，这是个令人哀伤的话题，难以描述。不要让这成为我们的第一次交谈。请让我相信，您自己也猜到了，这种存在就像一个半睡半醒的可怕梦境，几乎没有内在的生命迹象，外在的可见性也很微弱；彻底拒绝以前形式的活动，取而代之的是非人为的阻碍和被削弱的活动，而后者则被一阵阵新的绝望所代替；构成1917年夏天几乎形而上学的自然属性的时间感，让位于一种赤裸裸的、尚未得到满足的需求，即了解和感受一整代人，在1927年所有痛苦和不幸的整体中，这种需求不再单靠直觉来满足，而是注定要长期痛苦地沿着无序四散的未经探索的事实之路和他人为时尚早的概括之路饥饿地行乞。

---

① 茨维塔耶娃写在此信抄件上的话。

请您告诉我，这次谈话已经发生且一切都被您知晓，那么我将准确无误地重新开始给您回信。将来如果有缘分，我会和您谈谈细节问题。

我无法告诉您这让我多么激动。甚至您明显高估了我的能力，更不用说其他的了，这也让我深受感动，就像一个**不相称地描绘您的特点**，而不是以某种方式与我相关联。因为超出主题的范围，我不会向您解释，但我自己很清楚，为什么正是这个特点把我抛回童年最初的觉醒年代，当时在托尔斯泰的时代和圈子里，在人们的谈话和判断中听到了同样慷慨、出人意料的宽广音符。我的父亲那时才开始给他画插图。我对列夫·尼古拉耶维奇[①] 本人的印象非常模糊。在一种复合的感觉中，他几乎被另一个老人的形象所替代，这个人就是画家尼·尼·盖[②]。虽然很奇怪，但是随后发生的一切之根源，都汇聚于那个时代的不可分割处。甚至里尔克（那时他正前往亚斯纳亚–波利亚纳）也发迹于此，只不过接近尾声了，即 1900年前后。在传统上，我对您的感觉也可以追溯到那里。您可以很容易地想象到，在阅读1905年的材料时，我偶然发现了那些给您的名字和您的家庭带来荣誉的事实[③]，我个人对您是怎样一种感觉。此外，这也是历史，还是由整个奇怪的统治中最耀眼的例外所构成的历史。

而这种将个人叙事的意外转变为历史写作的声部的力量，让我最悲哀的是，恰恰是这种力量，正日益将我奴役。它在我们之间的某处闪现。也许，我很早以前就死了，积极而痛苦地沉浸于它的一个方程式。

此时提到*Commerce*杂志的提议是绝对荒谬的。他们不配得到

[①] 托尔斯泰的名字和父称。
[②] 尼·尼·盖（1831—1894），俄国画家，"巡回展览画派"的创建人之一。
[③] 米尔斯基的父亲彼·德·斯维亚托波尔克-米尔斯基（1857—1914）曾任俄国内政大臣，1905年革命就发生在他任期内。

喜爱。毕竟，那些决定性的不值一提的东西已经得到了翻译。能在这本杂志上发表译文对我来说是莫大的幸福。如果他们没有放弃稿费的想法，那应该可以通过某个银行将稿费根据我的地址转账给我。从杂志上得到的关注，尤其是翻译本身，是更加切实的奖励。我非常喜欢他们。如果您认识叶·伊兹沃莉斯卡娅[①]，请替我向她转达最真挚的感谢。我非常感谢您翻译《柳韦尔斯的童年》的提议。即使假设这部作品值得您的付出和法国人的关注，并且最终没有被您放弃，如果不是您自愿削减自己的稿费或者和我分享一部分稿费，那么您说的稿费将从何而来？当然，从任何一方面来说这都是不行的，应当放弃关于这件事的讨论。我给您写信是很困难的，就像有时和玛·伊[②]通信一样困难（甚至更困难）。这是名副其实的伤口的腐蚀，它不断让你感觉到自己。和妻子还有孩子去旅行的钱我都没有。

（写在空白处）

请您不要因为我通过玛·伊把这封信转交给您而生气。这不在我的控制范围内，我不知道为什么会这样，但在所有事情上我都信赖她和她积极的优势。我祝愿您度过一个快乐顺利的夏天。

忠实于您的
鲍·帕斯捷尔纳克

---

① 叶·亚·伊兹沃莉斯卡娅（1896—1975），翻译家、文艺学家。

② 即茨维塔耶娃。

61

94 ●●●

茨维塔耶娃 致 帕斯捷尔纳克

1927年5月 **中旬**

（写在此信前的附记）

寄给帕斯捷尔纳克的信：5月8日（星期日，关于《列夫》的回复）和5月12日关于沉没的世界。①

亲爱的鲍里斯，

我不仅转寄了您的信，我还读了一遍并做了转抄。让每个人都读这封信的诱惑是道德上的：这样给米尔斯基的就更少了，但实际上，要让米尔斯基只读到一些碎片。现在我不知道哪种情况更糟糕：手里拿着你的信，不是写给我的，而是写给米尔斯基的（在用自己的手击打自己的同时，给他带来欢乐），或是在我没有信的时候，除去所有罕见的例外，在我生命中的每一个钟头思考，现在，就在这一刻，那封信（即我的）绕过我，落在米尔斯基的手中。简而言之，因妒生恨。完全就是一种侵蚀。在读完你信里那些为自己辩解的部分时——"我不知道为什么会这样。玛·伊知道这一点。"我忍不住要说"糊涂虫！"在场的阿丽娅当时平静地说："才不是。他是苏联人。"首先，鲍柳什卡，我也不知道为什么会这样，我说的根本不是同一个信封，也就是说，我无法避免将信拆开。信封里套信封（双黄蛋，套娃，竞赛和科谢伊②之死）给

---

① 写在此信前的附记。

② 科谢伊是俄国民间故事中的人物，拥有宝物和长生秘方，是一个吝啬的恶老头。

某某人，或者**在信封上**写：某某给某某。你，就会重新茨维塔耶娃化。其次，为什么要**跟他**谈里尔克（提起），我用手肘挡住了在一期《环节》① 杂志上他的照片。为什么要跟他谈亚斯纳亚-波利亚纳？跟他只能谈斯维亚托波尔克-米尔斯基（无法预料的春天还是什么？我很生气。）不，鲍里斯，这是他的地址：Tower St.，17，London WC 1（别把Prince② 忘了！我会嘲笑的）。而你，亲爱的德米特里·彼得罗维奇，这是鲍·列·帕斯捷尔纳克的地址：沃尔洪卡街14幢9号（别忘了**列昂尼多维奇**：画家的儿子）。（我很享受。）顺便说一句，在某一本和诗人相关的书里他确实提到了儿子的关系。

我半开玩笑半生气，完完全全地受苦。没什么，鲍里斯！还会发生些什么的。

最近给你的两封信（在这封信里，有给斯维亚托波尔克-米尔斯基的信，是通过他那里寄出来的③，都没有收到），分别是5月8日和12日寄出的。第一封是对《列夫》的回复（"我们长诗的审查员是朝霞。"这句作为标杆摘抄给你），第二封信是黎明之前的，关于不会从底部升起的禁止的世界。

是的，鲍里斯，说说稿费的问题。我们这里有一条规定：在最坏的情况下，是**平均分配**。别的译者分得三分之一，**原作者**分得三分之二，也就是你。不要放弃正当的收入，你可以给儿子买双鞋。

是的！我亲爱的，别难为情，别考虑了……如果我还算活生生

---

① 俄国侨民 1923—1928 年间在巴黎创办的文学杂志。

② 法语：公爵。

③ 米尔斯基的父亲是内政大臣，此处约指书信受到过暗中检查。

的人（即还算在你的生活里）。这是那些什么都没有的人的嫉妒心，他们没有手牵手的，只有想法。这个想法突然被转移，转移到别的什么人那里去了。

米尔斯基也许会非常有益于你。他不会停止爱你，因为你不是一个女人。无论远近，他都会为你做很多事情，

对你来说，给他写信和给我写信（同样地）困难。**谢谢**。但我提醒你，和他说话会比和我说话更困难。

帕斯捷尔纳克 致 **茨维塔耶娃**
*1927*年*5*月*27*日

亲爱的玛丽娜，

我正在匆忙中全心全意地给你写信，毫无畏惧。你会看到一切，你会看到这封信是如何写的，何时写的。你会充分了解实时的情况，不会一无所知；事实不会让你感到迷茫。

我没有考虑到，也没有想清楚，因此没有告诉你这一切在多大程度上取决于金钱。即便是高加索地区，你想象一下（在家庭部分，在综合问题上），都还实现不了。

但我有一件很高兴的事。我的心变得完全轻松了。这是变得轻松的基础。我把困扰我的思想圈带到了终点，带到了某些普通人的立场。这些人你多少认识一部分。你对他们的评价很好（Pestalozzi[①]）。

这些公式走向了夜晚与时间共存的底部，在头发的生长中，在步伐里。我忘记了这些三段论，它们的结论在信仰中具体化了。我开始存在于一个可能不存在的、被创造的社会里。在**这种**对其本质的认知道路上，也许会有麻烦，甚至是大麻烦在等待着我。但我会像迎接意外一样来迎接它们。对它们表示**欢迎**可能是难以接受的。我很高兴我摆脱了这件事。

这些年不管你怎么追赶我，你将在秋天离开我，天知道会是在哪里。根据1924年的诗歌，你的书在激情和力量上绝对是无与伦

---

① 约指裴斯泰洛齐（1746—1827），瑞典教育家。

比的，你自己还不知道它的电荷。而我必须去实现没有使用的开头（片段）。我将努力完成《斯佩克托尔斯基》。你关于这部作品的意见一点都没有跟我谈过，也许你不喜欢这部作品。但我会尽力把它写完。与《1905年》相比，这部作品中的个人动机更多。在这部作品的构思里，它几乎处于对诗意世界完全赞扬的边界点。你会说这在部作品中是不需要的。那么你就不能完全想象得到这里发生了些什么，我有多么**依附于**——不是依附于时间的预言，而是依附于**流淌**在不断言语的时光中的**生命**。谁的生命？你的，里尔克的，两倍于我的生命。但你会觉得它不是这样流动的吗？

《斯佩克托尔斯基》几乎是倒数第二级，我就是这样构思的。顺便说一下，你曾提到《施密特》第一部在某处被转载。具体在哪里呢？至于第二部和第三部，只是出于顺序的考虑，我转寄给你了，但请不要转载：我可能还会在校对的时候修改一些内容，那时，有些人之前说好像有很多迹象都表明，我宁愿在你们那里出版，在这里转载，他们其实是对的。我想，这本书会在秋天出版。

你关于第二句、体操运动员和沟通的天才谈得很精彩。这也是你当时在从伦敦寄来的信涉及的主题，关于真实性，甚至意志明确指示的偶然性，这几乎就是我们系统中人们对命运的**预定**。我不记得你的话了，观点是一样的。正是这种结构背景，尽管在你看来很奇怪，把我与历史、年代的精神、Pestalozzi等有关的所有故事联系在一起。有时在最无望的预兆中，是它没有让我失去希望。你说的关于马雅可夫斯基的言论已经被采纳了，所有人都被其中贴切和详尽的深度所震撼。说到我的联系和你善意的悲剧，你补充说："比如，我的确正在失去我的名声，生命中自己的时刻。"你说这话不是没有苦衷，这让我很激动，由于这个原因，我想把我知道的以及那些加深我对你的感情的一切都告诉你，但你说得太宽泛和含糊了，请你揭开并明确这个暗示，这个暗示包含三种解释。这个说法在任何解读中都与事实相悖，但我想知道你究竟想的是什么。请尽快写下来，一定要这么做。

你是不是说得有点过火了，过于夸大了（关于布宁、色情文学等等）？但在这种情况下他们怎么办？这是令人难以置信的，难以想象的！而这是一首多么纯洁有力，多么年轻完美的真理之诗啊！关于书信（一个充满发现的世界，我不能独自一人，给酒喝的——喝着酒的），嗯，当然，玛丽娜！我的这句"嗯，当然"你是知道的。噢，玛丽娜，一切都会好起来的，别光只是说说。一切，一切，一切都是决定性的。最重要的是：你的书会是无与伦比的！

这封信变得越来越愚蠢了。我无法向你描述那种逐渐占据我心灵的轻松。我不能想象，也永远无法想象，你对我而言会变得比以前和现在更少。我什么都不愿去想了。前几天我特意安排阿谢耶夫和马雅可夫斯基见面，以便协商甚至直截了当吵一架。他们说，对立性会被加强并增长，尽管如此：这些都不要紧。我们三个人都注意到，他们彼此都比自己意识到的（关于这点）更爱对方。这和状态的特征是一致的。这个例子和你相比完全是微不足道的。我就想这样度过夏天。我开始相信，有一天我会再次成为一名诗人。

拥抱你。我是属于你的。

（写在空白处）

　　　　谢谢你因为给斯维亚托波尔克-米尔斯基的信对我的数落，他的玩笑话已经传到我的耳中。也许我真的做了些什么蠢事。

茨维塔耶娃 致 **帕斯捷尔纳克**

1927年5月31日

鲍里斯，我是一只动物，我昨天（30日）收到了他17日的来信，就把你给斯维亚托波尔克-米尔斯基的信寄出了。可是？连同向米尔斯基请求给我照常寄来资助，我将你的抒情诗包裹在……用抒情诗搂住它。他当然首先会扑向你的信，我的信会被当成下酒菜，嗯？（资助的数目不大，每三个月他替我向英国朋友们讨要这些钱。）

鲍柳什卡，你为**名誉**而担心。请让我弄明白……我正在失去我的名誉时刻。其中有苦涩吗？烦恼，也许，这就是为什么。〔如果我在100年前就被理解了（我疯了！当然了，向前看）。当我写作的时候，除了作品，我什么也不想。然后当我写完了，我想的是你。当作品出版时，我想的是所有人。〕因此，我深深地相信，如果我的作品能在俄罗斯出版，我将被**所有人**理解，而且立刻就能被理解，你猜猜，是谁的理解？为了——是的，是的，所有人（由于我头脑简单），因为每个人都会找到**自己的**理解，因为我能找到**大量的**理解，多种多样的。而我会被这种爱所承载。

（当然，这样更好，一切都这样就好了。）

（我只想要海浪，一个海浪之中的整片海洋，模糊不清的、缺席的、成千上万的——啊——在呼唤我的名字。以我抬起的头作为回应，以我的缺席作为回应。）

（鲍里斯！左边是诗，右边是给你的信，我交替地写着。）只是现在在俄罗斯有一个空置的宝座，理由充分，但并不如我所愿，这个宝座是我的。我跟你说话，就如同和我的良心说话。人们永远不会像爱勃洛克那样爱你（叶赛宁是空缺期，是缺鱼期……**试图建立**），你比我**优秀**，必须生来如此，而我要通过诗歌来产出这些东西。（似乎是对的。）或者，更准确地说，我的姿态**来自于**：血管、力量，随心所欲。正在收回。你引入。作为被引入的，必须活着。我退出并以此提供。我是读者生命中的一秒钟，一次跳动。其余是他的事，别的他不需要了……对你，（你把可见的变为不可见，我把不可见的变为可见。）你将显而易见地变成隐秘，我把隐秘的变成显而易见：我抽身步入清新之水。

但要回归名誉，在俄罗斯没有我的书，因此没有诗人。他们不该爱马雅可夫斯基——一个公职人员，不该爱阿谢耶夫——一个冷酷无情的人，不该爱你——在本质**之下**，当他们看不到本质，看不到我，还有我的隐秘与启示的中断和交替。我，鲍里斯，闪电，昨天那道蓝色的闪电，在凌晨2点打在我的窗户上。我爱这道闪电！噢，比爱月亮爱得**更多**！

第一部和第三部的不可通约性。第二部是过渡。现在可以从结尾开始读《施密特》！第三部是真正的你。在读"创作的头生子"时我笑了，我不是唯一一个，所有在场的人都笑了，其中有一个：你已经得到了！

续

1927年6月2日

　　鲍里斯，这些都是征兆。今天是疯狂的一天，伦敦式的雾气朦胧。我的心从早上开始就腾飞起来。（你无法想象我的感受有多么稀少，我多么机械。在从波希米亚山走向你的我和现在的我之间，也是不可比的。在回应各种自我感受时，我的第一个感受就是惊讶：**怎么会？**这就意味着还会有？……）所以，伦敦似的莫顿，烟熏的黄锈色，每一刻都在变暗。哦，我竟不能到街上去，太阳从未如此热爱发号施令。走出门去，向外奔跑，我被淹没。我没有（回家！）——我被带走了。经过两夜的雷雨，蓝色的雷雨！！雾蒙蒙的早晨。（在写了有雾的早晨后想的完全是别的东西，雾是一种自然力。①）总之，在你之后还有你（顺带说一句，我崇敬你）。噢，鲍里斯，鲍里斯，这一切都是如何连接在一起的。顺序如下：1.我终于给米尔斯基寄去了一封信；2.你的信；3.同一天的《施密特》！雷雨；4.在同一天晚上读《施密特》，雷雨；5.昨天收到一封捷克来信②，信里写到马雅可夫斯基的表演和初读你的散文的印象；6.今天，我会同时把蛋星云（我在这个星云里）和米尔斯基回复你的信一起寄走。鲍里斯！

　　我亲爱的！（可以这么说吗？）《施密特》的第三部如此有力，如此有你的特点，我只有一种胜利者的感觉。（你会明白为什么。）噢，鲍里斯，人们边这样唱着歌边冲出监狱。你在第三部里

①　指屠格涅夫屠格涅夫的诗《多雾的早晨，灰白的早晨……》。
②　可能是茨维塔耶娃的捷克好友安娜·捷斯科娃的来信。

70

已经脱离了《施密特》，**因而**如此迷人。不能这样开始，只能这样结束。（我不能不提到施密特的**讲话**，某些地方让人厌恶，和书信类似：暴君和其他**普通人**）。这几个世纪以来，当我看向你和施密特这一对，我笑了。一辆车子上驾不住一匹骏马和战栗的废物（破烂①）。如果我不怕得罪你，我会说一些草率的话。不，鲍里斯，施密特是个好人，愿上帝与他同在，第三部是宏伟的，神灵与你同在。在你的与历史相关的故事里，我很难理解你，毕竟，在某个深度上，我独自一人不负责任地**抛弃了**历史。但不是关于我的。我为《施密特》这本书**感到高兴**（对精神分析来说，这是多么好的材料），现在我考虑它的共性。我想，在小册子里第三部要飞走了，飞向哪里，我不知道：在远方！里面有一个跳动的弹簧。第三部和《波将金号》相当。最后，我可以怀着一颗纯粹的心给你写信，关于现在的你。

　　在我身上把你放大，在时间中神秘莫测的存在（如果有什么是神秘莫测的，如果不是所有的东西都毫无意义！），与我在诗歌中被放大的生活相吻合。现在我正写一部作品②，一部非常孤独、断断续续的作品，这部作品让我热情迸发。我在给你的信和下一首四行诗之间左右为难，我在说：右边是你，左边是诗句，两个都（更好更多）更不错。〔突然，出乎意料地，一个18世纪女人的回答，从一个18世纪女人口中说出：不管您在船上做什么，不管您，（您的丈夫和您的朋友）在哪里，都应该是两个人：Je sauverais mon mari et je me noierais avec mon amant.③ – Noyade（差不多

---

① 对普希金长诗《波尔塔瓦》中"一辆车子上驾不住一匹 / 骏马和一只战栗的牡鹿"一句的改写。

② 指《空气之诗》。

③ 法语：我会拯救我的丈夫，我会和我的爱人一起淹死。

就是naïade!①），这是《美少年》的结局，走向蓝色的火焰！这是我对自己全部的权利，**但是什么样**的权利？] 对你而言，我永远不会比现在、比曾经更少。当然，不会的。我知道。只有被人们从整体（寒冷的）截取时，我才会变少，如果从成长过程中截取，甚至是你，鲍里斯，也不能在成长中将我吞噬，预料，压迫，咽下（envoûter②。多么神奇，这个岩洞，将大海卷入喉咙）。亲爱的！"不用说了。"当然不用，我只会告诉你，我会**怎么说**。一个想法，根本不是**一个词**。我需要一个盟友，在想法里，除了你还能是谁？（手边是皮毛，你的头通过这皮毛能够清楚感受到想法。皮毛和想法。不是从后脑勺，不是，是从前额，就像是抓住自己的头，把头发向后拉，将手指尖缠绕在一起，在手掌下有一个难以捉摸的力量之地。）

怎么能从维特的歌德那里接受Euphorion③的歌德？

想法。你不存在于我的内心，你就像存在于这个世界上，你是在心中的停留而不是**从中**脱离。安然无恙。为什么一切都会结束，因为在外部和内部生活的人们走向爱情，对外或对内，他们破坏，他们不能够。更好的人"下降"，俯就，其他人统一上升：不是他们的空气，他们不能够。中断。再一次回家。从生活中撕裂的碎片最可怕的分散现象。我说的也是我自己。加强，按照同样的……本该如此。或者从自己身上**完全抽离**自己，从世界抽离世界，请原谅我的无理，在尼农·德·伦克洛斯④ 床上的那两昼夜（我说的不是

---

① 法语：溺水，茨藻（此处为文字游戏）。

② 法语：引诱。

③ 法语：欧福良，《浮士德》中主人公浮士德和海伦的儿子。

④ 真名为安妮·德·伦克洛斯（1616—1706），法国美女，沙龙女主人，茨维塔耶娃曾想以她为对象写作一部长诗。

床），一无所知，毫无感觉，就让房子烧了，没有起身。（我说的不是……我说的是她的压力。）（请你理解我对相似性的态度！）

在夜深人静的时候，忽然意识到在**他们**眼中你是个贵族，是的，说是像"施密特"之类的人，然而……一半滑稽，一半恐惧。躲避。

Entfremdung.[1]

我想跟你说说伟大的作家康拉德[2]，出生在波兰的英国人，我总在读到他的书的结尾时难以释怀。Lord Jim，Victory[3]。还有，关于对Valéry[4]完全的漠视和对A.Gid′y[5]激进的蔑视。还有关于Hofmannsthal′a[6]散文的哀伤，法国人翻译了……书（难怪如此！）。关于里尔克的难以企及（一旦达到！）。

补笔

鲍里斯，我在写一部作品，这部作品会让你毛骨悚然[7]。这作品是我孤独的源头，我通过这部作品从某些东西里面走了出来。

---

[1] 德语：异化。
[2] 约瑟夫·康拉德（1857—1924），英国作家。
[3] 分别是康拉德的小说《吉姆老爷》（1900）和《胜利》（1915）的主人公。
[4] 法语，即保尔·瓦莱里（1871—1945），法国象征派诗人。
[5] 法语，即安德烈·纪德（1869—1951），法国作家。
[6] 胡戈·冯·霍夫斯塔尔（1874—1929），奥地利作家、诗人。
[7] 指《空气之诗》。

帕斯捷尔纳克 致 茨维塔耶娃
1927年6月19日 穆托夫卡村

亲爱的玛丽娜！

我们在别墅。一周前已准备好给你的信，以对你的信（关于名誉，《施密特》第三部的重新评价，关于马雅可夫斯基和抒情诗创作的几句话）进行回复。信还搁置在一旁，但我不会把村里的地址给你，因为我不信任当地的邮政。尤其是海外的信函，这超出了地方邮政的能力范围。我不会寄出这封信，我要另写一封，因为本想托人捎走这封信，但是出乎我的意料，要来的人迟到了。弟弟没有像之前想的那样在星期天从城里到来，明天我亲自去莫斯科。只是因为这封信搁置的时间比我预计的久，在我看来它有些过时了。这恰好发生在与每周计算相比增加的日子里。

首先说说我自己，我会很快厘清，没有任何细节上的困难。在这儿一切都好。这里离霍特科沃有五里远。旁边就是阿布拉姆采沃，在很久以前那里是阿克萨科夫庄园，后来是马蒙托夫庄园。你还记得彼得罗夫线路上一个窗口的商店，有波连诺夫、马柳京和弗鲁贝尔①的画，还有别的橡树、胡桃木制品和乌釉陶器。你的狮子，被我当作烟灰缸已经第三年了，好像也来自那里。好了，我们现在处于被他们抛弃的故乡，离莫斯科60俄里远，在一个漂亮的新木屋里，树叶繁茂的悬崖边上，与之相符的开阔从此延伸，沃利河

---

① 瓦西里·德米特里耶维奇·波连诺夫（1844—1927），谢尔盖·瓦西里耶维奇·马柳京（1859—1937），米哈伊尔·亚历山德罗维奇·弗鲁贝尔（1856—1910），均为俄国画家。

从森林的高处冒出来，在我们眼前、在我们下方、在灌木丛里、沼泽里，还有其他难以描述的惊喜中缩成两条完整的河湾。在抵达后的第三天或者第四天，我在四处尽情闲逛，我在这个世界醒来，按照你的说法，是一个让我不寒而栗的世界，正如你所预感的那样。你现在正忙于此，我坚信你的这股劲头，我喜爱你即将出版的书和你在此之前的夏天：根据今夏欧洲的历史时钟（即它本身就在头顶上，在心里，在大地的表面），这也是可以想象的，必要的，期待的，可实现的。一个战后的人醒来，略显苍老的眼眸中带着一种梦境般的本性，渴望弥补没有梦的睡眠。某些类似的东西作为接近的工作类型，在我心中摇摆不定。我忙于创作《斯佩克托尔斯基》，考虑了一些内容，写下一些东西，再一次发现，丘特切夫一如既往地经得住潮湿的绿色接壤、邻近的区域的终极考验，选中了教训：去穆拉诺夫，那是离此地8俄里远的丘特切夫庄园，写下郊游的事情，他们允许说以下这些话题：时间、自然、诗歌（歌德式的感情交集，在这里被交还给森林或者河流的每一条沟壑、每一个钟头所唤起）。从一开始这里就是这样，我满怀信心和快乐向前看。突然一切都变了。我知道，你工作的条件，在时间、手段和生活能力方面，比我的差了一千倍，我却无法改变这种状况，这令我感到可耻和痛苦。什么样的道德偶然性（就前景和情绪方面来说）在每一步都窥视着你，不但是对你而言，而是对一整天来说最好的那几分钟，你却不了解！现在也是如此。在周末的时候人们会把报纸从城里送过来。相较于有一些事情，出于完全沮丧和震惊的沉默更自然。自1914年起，13年来，就像习惯热爱自由的时代的"日常现象"一样，似乎到了习惯死刑的时候！而现在，注定不可能，彻底激怒，遮蔽地平线。该说什么呢？明天我会从城里带回一份报纸，一个身穿西服、肩负家庭重担、以此挣钱谋生的记者会给我写道，分尸和钉入木橛子是在图书馆读马克思而不是在洞穴里啃噬他的进步人类最后的发现，而后天，另一个狗娘养的（请原谅，玛丽娜）因为公务要证明我是一个英国间谍，因为我收到的信件上有英国邮票，而且这封信是从伦敦寄来的，与人和世界保持联系的需求在穷乡僻壤的山野乡民眼中就是胡闹，它比我更清楚我需要什么来拯救我。请不要回答我的这些话，也不要让别人更加轻松，如果有人要问我，我会回答：是的，这就是英雄们赴死的原因，这就是人类的梦想——以便洗净虱子，摆脱内心窥视的精神欲望，让良心布满寄生虫，灵魂得到梳理。

此外，寒冷袭来，雨纷纷，儿子病了。我不知道他害了什么病。他高烧了三天。我走了5俄里的林间小路（为什么我要描述？有一次是在晚上），两次去找医生。他答应了但没有来：有一次是因为在医院忙着；另一次是因为帮他雇的马车夫半道中消失在了一位农民家里（一个目的完全相反的文化机构）。医生突发奇想给儿子吃了蓖麻油，还有些别的什么东西。原来是麻疹。今天是他第一次出门散步。

因此，这段时间无暇顾及工作，更糟糕的是，像往常一样，在这种广泛特性和无限传播的行为的原因下，必定会对亲人造成影响：儿子反复无常、任性哭闹（纤薄的隔板没到顶，当眼睛没空的时候，相较于没有隔板，耳朵受到的痛苦是双倍的），还会和妻子吵架。

今天第一次出太阳。儿子出去散步。我在给你写信，也就是说，我觉得我的灵魂被带走了。总而言之，让我们承认吧，我需要更"光明地"看待自己，看待自己的事情和工作繁忙的夏日，我不能屈从于情绪。也许这一切都会真正改善，一切都会再次顺利起来。

在离开前我见了阿霞两次。她和高尔基通上信了，她给我读了一封，其智慧和诚恳令人惊讶：高尔基邀请她和她的朋友去意大利，并愿意给他们提供帮助，不仅是资金上的，还包括办理签证的事宜。想一想，你可能会和她见面的！我衷心祝愿她实现这个梦想。

我不知道我是否给你写过，我对《施密特》第三部，即审判和处决的主题感到不舒服，也就是这种不曾消退的锐利感，即使在如今也是残忍和黑暗的。我认为，这部分比其他部分好。但你把它夸过头了，你因为挑剌的愿望而开心，送上大把的赞美，同时又让人难堪。如果这部分如你所想的一样好，我就得牺牲这本书应得的一半的钱，把长诗缩减二分之一，才能与假想的优越性匹配。我对此还没有任何方面的准备，尤其是对书的质量不关心，从一开始就接受了这部作品的水平，总的来说，我对此不太重视。就像时而会发生的那样，我有一个愚蠢的问题要问你。如果可以的话，请给我写信，我该怎么办，不要拖延。将现成的、几乎是提前偿清的罪过变成一些有价值的东西，或者为了这部出版物而吝惜时间和金钱？顺便说一句，明天我要去进行第一次校对。请回复我，以便我能在校对的时候收到信。我甚至将你当作最亲近的人，当作圣哲，而不是把你当作一位诗人来征询意见的：对于后面这种情况而言，问题提得太含糊不清、没有道理了。

我这里给斯维亚托波尔克-米尔斯基写了封信，用的是给定的地址。我也给了他我的地址。老实说，就算是当成笑话，我也不能理解你对这件事的评论。冬天的时候，我如你所愿，不假思索地接受了。现在看来。你放弃了这种秩序。你为何要戏弄你自己和我呢？

这些都是微不足道的。我怎能不想挽着你的手跟你说话呢，但我如何能想象，和你在一起会怎样，从你那里会得到什么！我热切地期望你有一个适宜的情绪，有必要的安宁和自由，完完全全的健康，风和日丽的天气，能够聚精会神，将这些时日变回到最初那样，未来拥有可想象的无限的时间。噢，我总是荒唐地草草了事，还未经过思考，就一下子脱口而出，想道出千言万语。我热切地祝愿你能有一些闲暇时光，并取得成功，我热切地期盼着。这不仅是我对你最强烈的愿望，也是我自己最强烈的愿望。我相信你，也相信，无论你定下什么样的目标，你都会完成的。

从你关于名誉的那些话看来，只有考虑到你的书不在这里才有意义。顺便说一句，到目前为止我的情况还是一样，只有到了秋天才会有所改变，我不知道对我来说会是什么样的结果。但还是回过头来说你吧。你的评论是正确的。它们的缺席不能被低估。但结论（"因此也没有我"）是错误的，作为一个证人，我保证，这是错误的。这是我观察到的和相应的推测。

一，从广义上来讲，你还需要**成为**地方文学边缘地区的**先锋**，为了数不胜数的例如地方报纸的那些人。你无法避免，也不必等太久。好吧，应当祝贺你。别笑。在所有流行的种类中，这**仍然**是其**活生生**的一种形式。在它的伴随下，非个人的不确定群体进入你的生活，他们被惊异和狂喜的顿悟所净化。在这种形势下，因第一次相识而感到兴奋，算数平均值进入你的生平，还没有破坏它的胃，仍然因其新鲜度有利于走向你的道路。这是关于再次普遍的知名度的前景。

二，在更狭小的圈子里，也就是我正生活其间且将度过一生的圈子，在这个圈子之外我不存在。你近年来一直过着一种不寻常的、令人羡慕的改善的生活。这些关于玛丽娜·茨维塔耶娃的谈话特别令人惊讶，因为尽管它们始终如一，却丝毫不失其新鲜感。而在4月，它们的热情并没有因为2月和3月的相同版本（当然是非官方的）同样意外地进行而受到影响。这种存在并没有被名义关系的钉子钉住。它沿着未知的路径散开。长诗在名单中行进。

有一本杂志给自己设定了一个非人类的目标，即谴责一切人类的东西，这本杂志名为《在文学岗位上》。有一次，在这本杂志上我读到了《俄罗斯意志》的一篇引文，说你在这里也可能受到广泛欢迎，作为一种新的、革命后的现象。《俄罗斯意志》的这个推测像真理一样正确，与现实如此一致，看起来就像是从这里发出的通信报道。但是当然，该杂志否认了这件事。在同一期杂志中，我的"新方向"得到了肯定。但称赞我的那个人也宣传我的《生活是我的姐妹》和《主题与变奏》，他称赞我，好像我就在他口袋里的杂志上一样。这究竟是什么样的口袋！但我真是写得太累了！我得睡了。明天6点就要出发。

你的鲍
于穆托夫卡村

帕斯捷尔纳克 致 **茨维塔耶娃**

1927年7月10日

亲爱的玛丽娜！

  弟弟已经连续两个星期没有来我这里了，我和城里的住宅也没有联系。在此之前我亲自去了莫斯科两次，那时给你写了信。也许这个星期能从你那里收到些什么，但我却无从得知。你的最后一封来信，就是我已经回复了的那封。当然，两手空空地坐在车厢里，也就是说，手中没有你的来信，这尤其让我难过。这总是发生在傍晚时分，太阳从左侧斜斜地照在座椅上，在座椅下方闪烁，从普希金城开来的火车变得空荡荡，好像连司机也没有，也就是说，在这个时候，即便没有书信，一切也都与童年很相似了。即使到现在还没有你的消息，不论意识中所有迷信的指示如何反对，我主要的情绪也只为你的沉默找到一个快乐的解释，因为只有这才能让人满意。也许你在工作，我在想象你是如何工作的！我已经从侧面告诉你，我的什么感觉逐渐占了上风，超过了以前和最近的感觉。我好像活过来了。尽管我们所处的条件差异巨大，但那些让我振奋的东西，比这些差异更多。我的意思是，我认为（我的这种感觉依然存在），你同时经历着与我类似的东西，你从中也得出了一样的结论。事件本身也发生了一些事情，这就是问题所在。它好像厌倦了它被赋予的角色，它想再次成为一个有机体。如果你不做同样的观察，那么你根本不会因此让我难堪：毕竟你自己在写一本诗集，也就是说，秋天的时候你会提醒我，你生来就是一个抒情诗人，并且也作为一个抒情诗人活着，只有紧邻着完整的时代，对把我们联结、融合在一起的活生生的符号碎片敏感时，才能做到这一点。我不小心说漏了嘴。如果我搬回城里，我将没有什么可以向你展示的。我将如何躲避这些形而上学带来的羞耻呢？但我充满信心地展望未来！我多么热爱并理解你的书，但我又一次打扰你了。在这种幸福的状态下，由于一些尚不明确的原因，最好保持沉默。拥抱你。

你的鲍

茨维塔耶娃 致 **帕斯捷尔纳克**

1927年7月15日

鲍柳什卡:

在上一封信里我对你说，我会写一部分关于《施密特》的内容。这大体上就是我和米尔斯基看法不一致的地方（正如经过十天的友谊，我们几乎没有观点一致的地方），他前不久来我这里听了第三部。我们在这部作品面前因为这部作品而拍手称快，在这方面我们不谋而合，在对第一部，也就是书信那部分的评价上，我们是有分歧的。要知道，米尔斯基是以历史学家的身份在为那些书信辩护［（这样是必要的）寄托于未来，要知道，我不为它们辩护，但也寄托于同样的未来］，要知道，我是以人的身份而不为它们辩护的。不为那些书信辩护，只为作品中的你辩护，完整地辩护，是的。鲍里斯，你是一个如此庞大的现象，我和其他爱你的人都无法独立看待《施密特》。施密特就如一个阶段。比方说，是《斯佩克托尔斯基》以及之后我也不知道的语境中的《施密特》。施密特是被流放到精神领地的document humain①——鲍·帕（作为一个阶段的浮士德）。鲍·帕本身作为精神历史的一个阶段。诸如此类，因为总会**进一步**：它**永远**存在。

有关这一切，尽管有些不一样，我已经都写信告诉你了，现在谈点别的，让我担心的事——信还没有收到吗？写信真是令人绝望啊！噢，鲍里斯，鲍里斯，我总是在想你，身体上也会转向你寻求

---

① 法语：人的证明。

帮助。你不了解我的孤独（请注意，我一生中从来都没有抱怨过这孤独）。我写完了《空气之诗》，给一些人读了，我又给另一些人读，一个音节都没有落下！完完全全的沉默，在我看来是有失体面的，而且根本不是因为感情充沛，因为完全不理解，因为什么也不清楚，因为一个音节也不懂！而我明白，我什么也做不了。不久前我给捷克的朋友写了一封信：我在想鲍·帕，不论他觉得有多困难，他都比我更幸福，因为他有两三个**诗人**朋友，他们了解他作品的价值，而我却没有一个人，哪怕只在一小时内爱诗歌胜过一切。就是这样。我没有朋友。有一些女士、熟人、好友、赞助者，某些爱慕之人（相对于诗歌，更喜欢我，如果把诗歌也加进去，那么心里的秘密当然是1916年的诗歌）。这一切工作都是为了什么？这一行行的连篇累牍，为了寻找**一个**词，往往连韵脚都不是，而是一行之间的词，这是为什么，我不知道，但应该听起来神圣如——而意味着——这你是知道的。鲍里斯，我注定要爱你，一切都将我推向这种爱，我被冲向你，像把木板冲向岸边一样，每一面都被你折断了。还有一件事：有一天我忽然睡着了。我的房间里有一个灰色的小沙发，鼠皮色的，是别人送的，如果我伸展双腿，就会向下垂一俄尺，就这样，倒下，我睡着了。这样一个最深沉的梦，并不是无名的，不是某个人，是你。我没有想你，什么都没想，只知道：睡觉！当我睡醒，我想起了女巫：就是如此，不是别的。总之，鲍里斯，请给我解释，同时你要知道，空气中这种自由自信的移动从何而来，我这辈子都没有呼吸过这样的空气！毕竟，我一生都没有经历过招魂（我很胆怯!），没有参加过一次人智学会议，没有注射过一次可卡因，**什么都没有**。从何而来——**经验**，准确的知识，处事不惊，特性，灵通的消息。这就是为何我需要你，对什么寄予期望，**对你**！手拉手走入另一个世界。那么：走出家门，顺楼而下，经过看门人，一切都是规规矩矩的，突然，在没有商量好的情况下，一起推开了门，噢，推了一寸！鲍里斯，还有一件事：我的空虚。我没有目的地飞行。奇怪的是，在这里似乎超越了感觉的门槛，我的感觉才刚刚开始。在生活中我几乎没有感觉了，而它还在增长。我不知道我已经变成什么模样。也许人们殴打我，愚弄我，某些东西变得冷酷麻木，停止了。我只是习惯了疼痛（注意！我唯一能感觉的机会），疼痛成了一种状态和短暂的停留，所有疼痛的感觉都进入疼痛中。你是否能理解我？对锋芒的无感，实在的。甚至在肉体上：手拿烧红的东西也毫无知觉。所有人都说：椴树开花了，我听不见，仿佛有什么人小心地做了决定，够了，给没有皮肤的我浇水，倒进不可渗透的东西里。你还记得齐格弗里德①和阿喀琉斯吗？你还记得一个人的椴树叶子和另一个人的脚踝吗？你——

我亲爱的，也许你对我的诗集评价过高。它里面唯一有价值的东西，就是苦恼。我把它当作最后一本抒情诗集，我知道，这是最后一本。毫不悲伤。能做到的，就不用做了。这就是全部。在那里我可以做任何事。抒情诗（我笑了，似乎长诗算不得抒情诗！但让我们假定一下，抒情诗就是指一些单独的诗句）对我而言就是信念和真理，它拯救我、搬运我、淹没我，每时每刻都以它的方式、以我的方式拨动我。我厌倦了撕裂，厌倦被撕裂成奥西里斯②的碎片。每部诗集都是一本离别之书和撕裂之书，多马的手指③探入一

---

① 德国史诗《尼伯龙根之歌》中的屠龙英雄，他刀枪不入，但后背被椴树叶遮盖过的地方成为他唯一弱点。

② 古埃及神话中的地狱判官，后被其兄弟杀死并切割成碎片。

③ 多马是耶稣的十二门徒之一，因对耶稣复活表示怀疑而将手指探入耶稣的伤口，被称为"怀疑者多马"。

首诗和另一首诗之间的伤口。我们当中有谁不是要沉下心才打下一个破折号的：然后呢？从一首长诗到另一首长诗间隔越来越小，一次又一次，伤口逐渐愈合。大部头的作品，请你回忆《施密特》，stable fixe①，抒情诗是一次性的，按天计数的，类似从快乐时光中乞讨或者抢劫。（如果落入你的抒情浪潮，你就一笑置之吧!）

　　最近我在街上遇到一个和你长得很像的人，他看了我好久，明显是一种种族吸引。

　　鲍里斯，你有没有读过《特里斯坦与伊索尔德》②的原文：与所有那些不连贯的歌曲和小说完全一致的转述。最不道德和真实的作品，没有有罪之人，有完全的无辜者，有被马克王欺骗的人，他爱特里斯坦也被特里斯坦爱着，有伊索尔德的虚假的誓言，有对圣神的誓言不断的违反，最后! 有特里斯坦和另一个伊索尔德（好像有另一个似的!）的婚姻，aux Blanches mains③，出于胆怯，出于无望，如果你愿意，出于心里的盘算。为何**一无所获**，为何所有的爱情都没有结果，因为他们分别死去了，她意识到了特里斯坦的背叛。［另一个伊索尔德出于嫉妒告诉第一个伊索尔德，追赶特里斯坦的那艘船返回时会扬起**黑色的**帆，也就是说，没有带特里斯坦回来（带着不情愿的特里斯坦，即没有他）。］接着伊索尔德就死了。这个与凯和格尔达④无异的故事，他们相爱——失去——又走到一起。

　　我将把《自海上》（去年夏天寄给你的）和《新年书信》（致

---

① 法语：持久的稳定性。
② 欧洲中世纪骑士传奇，由法国学者贝迪耶（1864—1938）改编为传奇小说。
③ 法语：白色的手。
④ 安徒生的童话《冰雪女王》中一对青梅竹马的恋人。

里尔克的信）交给《里程碑》杂志，为《俄罗斯意志》抄写《空气之诗》，我不知道他们会不会采用，现在我要开始动笔写《费德拉》了，在第二幕的时候（1926年12月31日）被搁置了。名誉的义务。在三幕和四幕（总共五幕）的间隙我会写一写你和《施密特》（鲍·帕和《施密特中尉》）。夏天还没有实现就要过去了。一天会出现三次没有摆脱掉的雷雨天气，下两场好雨。（我非常喜欢《生活是我的姐妹》，但……）穿着夏天的裙子有些冷，急忙掏出冬天的毛皮衣。昨天，7月14日，我在我们的莫顿铁路大桥看焰火，不禁打了个寒战。而这一点我不再喜欢，不是那么喜欢，更多是职责所在。

但穆尔让人怎么都看不够。**可爱的**脑袋，像狮子一样。一个大额头，浅色的鬈发像海浪一样在额头上卷起。是这样说话的：妈妈在挠胡萝卜（挠——梳——洗）。妈妈，亲一下小穆尔的肚子。去找爸爸，把东西拿走（东西，一条很喜欢的编织毯子，从六个月起他就像小猫一样在睡前用爪子紧紧抓住毯子，准备一站就是几个小时，扇风驱蚊）。他不想一个人睡觉，半夜时分他的头出现在纱罩上。"穆拉想去另一占川（张床）上睡觉。"他爬出来。"把旁友（朋友）给我：毯子！""朋友"也跟着爬过来。[1] 一分钟后我们睡觉了，左边是阿丽娅，中间是穆尔，"朋友"睡在穆尔身上，我在最边上。床很窄，极其艰苦朴素的条件。早晨他坐**在我的头上**，从类似阿特拉斯的感觉中醒来（我想，它们用头脑维护世界。）

鲍里斯，我总是在第一时间回信，如果没有信件，那你要知

---
[1] 牙牙学语的穆尔发音不准。

道：是邮政的问题。我希望有机会托人捎几本书和一件毛衣给你。每一次经过男性用品的橱窗时，我都会因为你而生妒意。至少让我用衣袖拥抱你，因为没有手。

帕斯捷尔纳克 致 **茨维塔耶娃**

1927年7月17日

　　我亲爱的朋友！你的信在城里整整搁置了两个星期。别生气，谁也不可能知道我弟弟会生病，不再来我这里，他也不会想到把信装进新的信封里转寄给我。他会为此受到责备的！即使你的仇已经报了，我还是无法释怀。当一次又一次，根据铺天盖地的理由，其中每一个都会在下一分钟被遗忘，我想起并再一次用无限性衡量 was ich in Dir habe[①]，我不顾及你，打算直截了当地问你：请再告诉我一次，你不是编造出来的，你是一个穿裙子的人，你不是一个包含无数心灵故事的罕见想法的标题，你不是由我的童年，然后由诗人和哲学家，然后由我自己的孤独在他最渴望这样一个故事的时刻首先告诉我的幸福故事。但你会说这正是你，噢，我知道，但你低估了你有地址和双手，我因为能够亲吻它们而无休止地亲吻你，**我罕见地**以如此的温柔说着话。你存在着。没有任何情况让我觉得自己不幸福。

　　你对斯维亚托波克–米尔斯基和蜈蚣的解释完全正确。你说得太对了！但毕竟他是如此亲切的人，如此真实的人，是我们面对的精神财富，为此我们必须有所付出，也成为他的精神财富，即付出你所说的那些东西。我表达得不太贴切，结果变成了计算：而我本想说的是关于历史共同性的被动转向（你理解吗？）。他给我寄

---

① 德语：我在你身上有什么。

了一期*The London Mercury*[①]，上面刊载了他的一篇文章。你读了吗？我和你一样，想必都不能接受greatest（"first greatest"）和second greatest[②]，因为这对我们这类人而言**毫无意义**，就像它对于其他人而言意味着**一切**一样，我们已经就这个问题进行过一次通信。但很多关于你我的真实事情被说了出来，我很满意。因为你比我更出人意料，更新颖独特，更难以**描述**。他在这里取得了一些成果。我怯懦地赞美他，却不清楚你的观点，否则我会更坚决地赞美他。我已经写信告诉你，人们在这里是如何理解你的。我也不能抱怨。但我们不习惯这种为了抓取**本质**而进行的紧密的解析，我惊叹于他的眼光和深邃的思考。在关于诗歌经验的指示里谈及了关于我最重要的事情。如果你有其他想法，不要生气。亲爱的玛丽娜，根据这篇文章（瞧，就是蜈蚣！），在未来一年里不要指望我创作出什么有价值的东西。**我每周都得赚钱。**也就是说，**必须**完成《斯佩克托尔斯基》，即便是在我认为这种体裁断然是错的情况下，我也必须完成。你知道这一切都意味着什么。拥抱你，亲爱的，我不该拥抱的你！

你的鲍

（写在空白处）

这些捕鸟者[③]究竟是什么人？你不知道

---

① 英语：《伦敦信使报》。
② 英语：最伟大（第一伟大）和第二伟大。
③ 指巴黎一家名为"捕鸟者"的出版社。

他们的地址和联系对象吗？如果你不认识他们，他们要出版谁的作品，他们对我来说又是谁?!

茨维塔耶娃 致 **帕斯捷尔纳克**

1927年7月24日

亲爱的鲍里斯。捕鸟者是个骗子，我认识其领导，没有协议，于是乎……我心烦意乱，大概不亚于你的程度，因为我是为了你而心烦意乱。这个画面很熟悉：你手中（手肘）的果实不被收割，而是被另一个人吞食了，他的双手就是用来做这件事的。过去如此，将来也如此。

米尔斯基的文章我没读；你不仅没有寄给我，而且也没有提到过，从中我什么也不能推断出来，因为我已经一年没有想过他了，从来没有，我告诉你关于他的一切都没有说服力，因为是通过**交谈**得知的。此外，你不仅比我善良，你就是善良本身，你不能因为先天的丑陋讨厌一个人。我对米尔斯基和他的作品不熟悉，而我在过去一整年里只对不熟悉的人来说才是熟悉的。这里还有一个奇怪得多的人类案例，他的好朋友是有缺陷的，**精神上**也有缺陷，但是偏向于精神**内心**（心脏）的，而米尔斯基是精神上的，只是（关于米尔斯基）什么都没有：既不是树木，不是面孔，也不是直接的，不通过文学并不会感觉到，也不会因此而受苦。而那个人（《里程碑》的第三编辑）感知到了一切，他不想有任何感觉，也不会因此而痛苦。米尔斯基，直接点说，是个蠢人，苏福钦斯基是个天才的直觉者，有时令人生畏。我为什么要谈论他们？因为有一天你会看到，如果没有缘分注定，我就不会写了。"我不是活着——我在大地上煎熬。"这句诗是谁写的？勃洛克或者阿赫玛托娃，它写的就是我，但不是**出于爱**，对我的喜欢，而在爱中，就像我刚出生时，总是没有爱。我最近对一个垂死的、爱我的女人①，就像兄弟曾经不爱我那样爱我，我最近对一个垂死的女人说："我**干吗**出生？这毫无意义。最好出生的是别的什么人。"而且完全不是因为不幸福，是因为我存在这一事实的不合理性。这就是悲哀所在，鲍里斯，有地址和一只手，否则我早就和你在一起了。在我临终的时刻，我只想要你陪伴，我只信任你一人。

鲍里斯，你不知道《自海上》《给里尔克的信》《空气之诗》，这些是我写过的和即将要写的最枯燥的东西。我知道我需要振作起来重新写，但誊写对你来说比签字付印更不可逆转，就像在小时候，把某个物体从特别快车的窗口突然扔出来一样，刚从特别快车的窗口扔了东西的孩子的手空空如也，是什么？母亲的手包，某个致命的东西。

鲍里斯，我想念（俄罗斯的大自然），想念这里没有的牛蒡，想念没有爬满常春藤的森林，想念处于那种忧愁的自己。如果可以重生一次，我会在一百年前出生在沃罗涅日最荒凉的省份。那时也会有不少的女怪人，男怪人也一样。我会离去。他们会离去。

忍受了两天的离别，

客人沿着金黄的田地来访，

在客厅亲吻祖母的手，

在陡峭的楼梯吻我的唇。②

---

① 指薇拉·亚历山德洛夫娜·扎瓦兹卡娅（1895—1930）。

② 引自阿赫玛托娃《河水顺着山谷缓缓流动……》一诗（1917）。

我会有一只狗（一间公寓，甚至没有鸟和窗台上的花！），一匹自己的马，一条粉红色的裙子，一个保姆，一些知己女友……150年前的庄园和忒修斯国王的宫殿一模一样。只有那里才是乳娘和费德拉们该在的地方。而希波吕托斯是个射手！鲍里斯，为什么我不能从搭在椅背上深红或者粉红的裙子透出的霞光中醒来，带着第一感觉：至你到来还有39天！或者还有这么多小时。然后，割……草……场，干……草……棚，游蛇们沙沙作响，干巴巴的，我丢失了戒指，梯子，星星。你明白，如果你想的话，就笑吧——《特里斯坦和伊索尔德》，没有别的，有悲剧的必要参与者，strict nécessaire①，没有苏联人的超负载，移民的新发明，所有被你读过和吸收的，所有我读过但没有被吸收的书籍，是的，没有《施密特》，鲍里斯，也许没有我所有的诗，只是变成了一本纪念册！……在此期间它，鲍里斯……

和你在一起，这是我生命中第一次希望有一种伊甸园的感觉。伊甸园——容器中的极度空虚。被填满的伊甸园已经是一种悲剧。

① 法语：有最必要的。

帕斯捷尔纳克 致 **茨维塔耶娃**

1927年7月27日

　　这是对你7月15日那封信的回复。别担心信的问题。它们都会按时送达的。只有我是视情况随性收到这些信的。你的来信我还没有好好回复，它放在那里已经十来天了。就在这封信送达的前一天，我就在城里，也就意味着，当我在为你的沉默而忧伤的时候，这封可怜的信躺在那里，无力帮助我，也无法为你挺身而出。但我不想屈服于附属的感受，不论它们有多自然，也就是说，我不会当着你这封**精彩的**来信所唤起的强烈而直接的感情面，放纵自己时常空虚的多愁善感。这封信是如何写就的，你在其中说了多少话啊！在回信中我有很多想对你说的。当然，我不会说欠你的那部分。毕竟，这出自最广泛、最严肃的成熟性的领域，你的信都散发着这种气息。而且这不能被简化为条例的目次。它曾在歌德的祝婚诗中完整地表达过：Ich ging im Walde / so für mich hin / und nichts zu suchen / das war mein Sinn. [1] 也就是说，这是一种不断展开发现的行走，一步一步落于你的脚旁。但你不是一个能舀尽一切的大勺，不能把一切都舀走，大自然关切地赋予你漫不经心和疏忽大意的天赋；你是意外的亲兄弟，会周期性地看到并流露感情，你注意到了这件事，就会忽略另一件事。因此，我不会按顺序告诉你任何事，但随着时间的推移，由于各种来自于你的原因，未来的信件一下都

---

① 德语：我在树林里 / 茫然漫游 / 我的思想里 / 无所寻求。[引自歌德《发现》（1813）一诗，钱春绮译文。]

来了。你这封惊人的信简直是放射性的。我不知道明天它还会产生什么。它治愈了我今天最严重的疾病：日常的繁杂慎重，这是我根深蒂固的特性。在我的家庭里，这是感人和高尚的。我所具有的这个特性在其他相近的气质的环境下退化成一个遗传性的缺陷。正如你经常从我的信里和我的言行中准确地注意到的那样，它让我着迷于完全异于我的东西。我在其中终结了自己，像肉冻里的小牛肉一样。这种详尽在很大程度上潜入了我不久前的"历史主义"。正是这种详尽写出了施密特的信，想必比你甚至德米特里·彼得罗维奇① 还要严格，但你**没写**它们。然而我必须为它主持公道：正好是这种详尽帮助我度过了这十年，避免受到心灵的伤害。有多少活生生的了不起的人，曾经不再将时代的金属电线网和自己的神经与纤维区别开来，有多少人把后者误认为是前者！我不幸地详尽解开了这些扭曲的绳索，我不敢说，绳索的两头似乎在我手中：解开，看看四周，无影无踪。有些东西结束了，有些东西开始了，别人会这样说。听到这些我们会很高兴。在我们最幸福的时候，他们就是那样谈论我们的事情和我们所珍视的东西的：关于自由延续的东西。因此，在经过障碍物的时候，某些东西又延续下去了。但我开始用腹语说话。我会先打断，之后再回过来。我在我应当开始的地方打断。你的《空气之诗》和《致里尔克的信》② 在哪里？为什么你不把它们寄给我呢？我以为我会在这封信中收到它们，因此在之前那封信里我没有提到它们。太草率了。我不应该在没有收到它们的时候感觉自己拥有它们，这一点让我很惭愧。请原谅我，把它们寄给我吧。但我对于**你和我**的一切平静的信心，与任何个人的感情毫无

---

① 即斯维亚托波尔克-米尔斯基。

② 或者说《致里尔克的信》就是我知道到的那首《房间的尝试》？——帕斯捷尔纳克附注

95

关系。我本人没有经历任何你在现场所感知的东西。但对我而言，林德伯格①变成了一个新的阿里埃尔，因为那封信里你有一两处说得不清不楚。它们只能通过报纸传递到这里。但我不读报纸。我知道我应该这样做，我正在努力，但是我做不到。我说的是我们的事情，这里的事情。这就是为什么不能阅读它们。他们对现实赞不绝口，就像是自己的一样，这个现实比他们夸赞的好一千倍，他们就像赞美破烂一样赞美它，如果没有他们的广告，地球就不会有这样的破烂。总的来说，那些观点、思想和语调似乎是革命的，听了这些以后，我就准备认为革命是一个谎言、虚构的东西，需要严加保护以免意外暴露。但发生在我们所有人身上的事情无论如何都要有一个称谓吧？然而这种偷窃的风格如此有说服力，以至于人们开始对自己的回忆产生怀疑。但不可以读这些书还有更简单、更有力的原因。不管这种习惯有多强，比它更强的是这张彼得一世之前全都信奉、无人质疑的纸张所显示出的不合时宜。此外，在村子里我也很高兴可以不读它们。你几次想到要写一写《施密特》，现在甚至想写一篇文章。我很抱歉没能及时阻止你，虽然还有时间。无论如何都不是我，玛丽娜！求你了！你自己迫切需要的都不够多。不要反驳说这也是你"自己的"。那么我不如告诉你什么是你的，但不是我的，反对你说的什么是我的，我们就会无休止地争论。一篇文章，一篇分析批评！这是西西弗斯的工作，而且比最原始的纳雷姆②还要严酷十倍。谁又需要呢？你吗？我吗？顺便告诉你，我因为此书失去了打算用来买衣服的四百多卢布。是的，我把到手的钱

---

① 查尔斯·林德伯格（1902—1974），美国飞行员。1927年5月20日至21日驾驶飞机从纽约市飞至巴黎，此事激发了茨维塔耶娃写作《空气之诗》的灵感。
② 纳雷姆边疆区位于俄罗斯托姆斯克省北部，为政治犯流放地，茨维塔耶娃和帕斯捷尔纳克把"纳雷姆"一词用作"苦役"的近义词。

又掏了出来。我不知道，这本书（《施密特》）是否会因为这次缩减三分之一以上而获得很大收益，但在校对过程中，我觉得它能缩减一些是有好处的。是你这封搁置过久的信把我从这些担忧中解救出来的，这是一封许可信。

1927年7月27日

真是太致命了！为了回复你那坦诚、庞大、**亲切的**来信，不是通过你对我的信任，而是通过对我们苦役直接传达的准确性，我应该说些什么（比如，第聂伯河）。至少让我解释一下我为什么以婚礼歌来开始一段胡说八道。当我读到：关于你的孤独（阅读和沉默），排成队列的绝望（第聂伯河，应有的意义，十音节和单音节的意义），对一切没有精神和肉体的可卡因的诗意认识，空虚和飞行的无目的性，生活的无感，我的经验以自己全部的存在对你的经验进行了回应。它在同样的孤独中，以同样无法补偿的痛苦予以回答。它没有用独立的想法或者坦白的击打来回应，而是用你熟知的全部事实来回应。这是一场静止不动的原生领域的对话，比勃南森林移动的隐喻更令人惊叹。只有一件事你不知道，或者没有说出来。你本人比自己诗意的成熟度更加年轻。这个事实是你飞行的无目的性的唯一原因。玛丽娜，请原谅我，今天我留给你的是一张几乎空白的纸，而不是一封回信。关于上述的一切，我必须告诉你我对自己的理解。如果还有来信，不管你在最近一封来信中会得出什么样的结论，关于这点我都会在下一封信中写到。请你原谅我。在我值得你回信之前，也就是无话可回之前，请不要回复我。夜晚，我在精疲力竭中写完了这封信。明天早上6点我要进城一趟。

茨维塔耶娃 致 **帕斯捷尔纳克**
*1927*年*8*月

亲爱的鲍里斯，

　　我们肯定是从两个外省小地方在给对方写信，你给我寄往首都，我给你同样是寄往首都，最后发现是两个外省小城：莫斯科和巴黎。鲍里斯，世间不到处都是外省小城吗？在大都市里我看到了一切，因为纽约不是首都，不是居住地（必经之地）！（首都，是守护王位的城市。）我还要说：所有所谓首都的堕落带来的第五感恐惧，在我看来似乎是对乡土观念荒谬的消遣，因此也是幼稚的行为：**都是胡言乱语**（在大众意义上）。还有一件事：在这世上任何事都不让我感到惊讶，曾经一成不变地对它存在的事实感到惊叹［不是技术的征服，在我看来这是自然而然的，因为这个完整的世界，有多少头脑在思考这些问题。跟一辆没有马拉的汽车相比，比**我在其中出生的**、作用相同的蒸汽机车更让人惊讶（蒸汽机车就像一个国家和情感系统，你的也一样）］。不，甚至更简单：跟一辆没有马拉的汽车相比，比没有马拉的我，比**没有马拉的马**本身更让人惊讶。以穆尔为例：汽车和马对他来说是同一回事，除了都有一个字母"ш"①。等他再长大一点，他就会知道：马是上帝创造的，汽车是魔鬼创造的。对我来说，在我纯洁内心的深处，所有的技术都是对权利的逾越和侵犯。

　　"早上6点我要进城一趟"，（听上去）多么熟悉。我从来不在早上6点去城里，因为我在那里无事可做，我很遗憾。我疯狂地

---

① 俄语中"汽车"（машина）和"马"（лошадка）两个词都有字母"ш"。

热爱，在刮风的乡村与城市之间，菜和乳品市场清晨的6点。我昨天还跟别人说：我不喜欢巴黎，因为（我不认识这个人）我从没有在早上6点的时候去过Halles①。就这样。只有一个人了解巴黎，那就是里尔克，只有布洛涅森林②的豪宅主人和脚手架工人才能了解巴黎，对他们而言一切都是同样开放的，前者借助金钱，后者通过砍伐。

> 想亲吻。工厂怒吼。衰落的
> 贵族走向床铺，干枯的内脏走向祷告。
> 废物。③

我在两者之间，噢，这是我生命中最大的痛苦（也许我该靠钱生活）。

"诗意的成熟度胜过了生命的成熟度。"鲍里斯，我在生活中该借助什么来学习？借助锅？但锅也是一样。我也学会了。针线活也是一样，还学会了其他很多事情，我每天需要做的事情。而**孤独**已经是诗句，一棵树也是诗句。只不过：为了简化任务，我必然要打一个严密的生活草稿，这样就不会看得出神！所有不令人反感的东西都**已经**是诗歌了。诗歌里不包括让我远离它们的东西：我的一整天，我的整个生活。但为了直截了当地回答你：我只是没有时间去**理解**我的诗，因为我从不思考，因为我总在想别的事情。诗歌为我而思考，而且是立即的。飞行的无目的性，就是与此有关，不是

---

① 法语：带顶的市场，此处指巴黎中心市场。
② 布洛涅森林是巴黎市内两大森林之一，森林所在的16区是巴黎夫人居住区。
③ 引自茨维塔耶娃《早晨五点或者六点……》一诗（1918）。

吗？我从它们那里了解到，我思考的是什么，关于什么以及如何思考，如果……

　　亲爱的，请原谅我在给你寄《致里尔克的信》和《空气之诗》的时候耽搁了。永恒的非此即彼，有数不清的细分。（或者**自己**想要的；给你的信，重写长诗，重写另一份手稿，给别人的信件，诗歌。或者应得的——不必一一列举，每一个或者再一次意味着几个或者。我不会使用打字机（我鄙视它），不会速记，我学过，是左手写字。（信件还在原地停滞不前……）

　　鲍里斯，可以谈谈亚马孙女人吗——

　　　　弓弦——绷得更紧，
　　　　弓弦：射向女人的胸口，
　　　　在（忧伤中！）合流。①

---

① 茨维塔耶娃的悲剧《费德拉》第三幕的台词，有改动。

茨维塔耶娃 致 帕斯捷尔纳克

1927年8月 初

　　鲍里斯，我走进你的房间，走进它的尝试，我坐在你身边，这就来跟你讲述。

　　17日是我的命名日。我收到了一个装在盒子里的烟嘴（苏福钦斯基送的），所有金发的英国女人戴的那种角质眼镜（他妻子送的），一条带花粉色连衣裙（好朋友送），一件粉色衬衣（女朋友送的），所有文字的东西（谢廖沙送的）和一条围裙（阿丽娅送的）。还有玫瑰花。鲍里斯，我第一次作为一个成年人庆祝自己的命名日，而且如此奏效。以后我会一直这样庆祝。现在穆尔两岁半了，你很快就会收到他的照片，因为照相时隔着一段距离，他还满脸泪水，所以在照片上看不清：号啕大哭了40分钟，像害怕一辆马上驶来的东西，处于极度的惊恐中。在我生命中最重要的时刻（穆尔的出生），我忽然意识到我是被爱着的。显然，要敢于**爱**我，就需要看到我身体处于平躺状态的我，即身体上看起来低于自己，或者在圣人的庇护下（就像现在名义上的庇护），也就是说，身体上变得低于普通人。为了被爱，我愿一生都平躺着，但由于到目前为止都没有发现这样一个愿意听这些话的聪明人，而我不会讲出来……不知道这一点的那个人，我不会说……

　　鲍里斯，Geschichten des lieben Gotts[①]。（《善良上帝的故

---

① 德语：正确的写法应为"Geschichten vom lieben Gotts"，意为"善良上帝的故事"，引自里尔克的散文随笔集（1904）。

事》，这个翻译好吗？）

鲍里斯，我今天站在厨房煮着东西，思考给你的回信，突然想到，你应该知道这件事！半侧着身体，欢欣喜悦，好吧，就像突然间（陡然转身），双手搭在肩上，面对空气。我如此想你，以至于我把双手搭在你的肩上，不是思考中的我，而是没有思考的我，这也是我最喜欢的我，思考中的我把一切都归功于没有思考的我。鲍里斯，纯粹的胡说八道，像我们的那些人之间的友情（或者爱情，同样纯粹的胡说八道——爱情）。是什么让我不把双手搭在你的肩上？不光会搭上去，也不会拿下来。鲍里斯，我从来没有我生命中的任何一秒里感到自己属于一个人，显然，由于所有那些更简短的：一切，因此在"背叛"里没有一秒钟良心的谴责，只有坚定的决心：同灰烬一起折磨。"背叛你就是背叛我"，和你一样，我在生命中从未有一次说过这样的话，没有好运气，或者不够卑劣，以便说出这种话。怜悯，爱护，珍惜。令人惊讶的是，还有对丑陋、修饰语和刻板陈规的恐惧。对毒眼的恐惧非常强烈。更强烈的是对秘密的嫉妒心。

我想到你：那么一定会实现的，你和**谁**在一起，我就只能**和谁**在一起。回家，回去。只是，在这世上吗？……

续

我还在想一件事：我们本来就在转变中，我们像接受赞美一样承受夸大的指责（是否有毫不夸张的赞美？而夸张本身不就是对创造**这些事物**的造物主的赞美吗？），带着那种困惑不解的彬彬有礼的态度对已知事物进行回应，不论我们、你和我会将爱情、夸张的元素、亲切的怀抱转变为什么。哎，巴尔蒙特和他的"胸膛"①，普希金和他的"秀足"②，问题就在于，爱情里有水，不是水和泥土，不是泥土，无法辨认的熟悉，熟悉得无法辨认（请你检查十遍，全部都是对的!），这就和所罗门的故事③接近得多，不管有自己全部的胸膛，和他形象的异样④（注意! 我不喜欢《雅歌》）。胸膛**就像**胡说八道。将胸膛**单独**放在一边，或者干脆取消它。脱离翻译的比较，给像我们一样的恋人，给**同类人**的象形文字，就让其余人在森林里穿行。我不知道在哪片森林里，对事物有一种亲近的难以辨认，因为在这之前，爱情是不存在的，不是那个东西，之后又是另一种难以辨认，在爱情之后，曾经看到的事物，躲开并落入爱情，与爱共存。（"错的那个人"，完全正确，错的那个人，因为我还爱着的时候，那个人还在，他**存在过**。）你知道，鲍里斯，以我们对每一个曲折、转弯和失败的了解，我们，你和我难道不能够通过力量——意志——血脉来诗意地引导爱情，抵抗又服从爱情，就像一首长诗的进程，让声音与意义对照，让意义和声音对照。有一些残酷的琐事，我羞于谈论它们，羞于用笔写下

① 见巴尔蒙特的《我想要无畏，我想要勇敢……》（1903）一诗。
② 见普希金的诗体长篇小说《叶夫盖尼·奥涅金》第一章第30—34节："我爱她们的秀足……"
③ 指《所罗门之歌》，即《雅歌》。
④ 你的（漏掉一个词）就像小鸽子……爱人就是亲切的森林。——茨维塔耶娃附注

一个字，最简单的：**神经**。在爱情中，而不在其他任何地方，我是**神经质的**，就像一匹马一样。那双警惕的马的耳朵竖立着，躁动的猎犬，它探出鼻子，嗅到了狐狸，也许**没有**嗅到，而是脑海中对狐狸挥之不去的想象！但是，**俗不可耐**！简直无法避免。在这一点上你应该比我老成，更冷静，是一个智慧的领路人。在这里，在马、耳朵、猎狗、公狗、狐狸的事件中，你应该**带领**、拯救。因为我在其中**神志不清**，总是走向对自己不利的一方。骄傲的疾病。我警告你。（我自己也笑了，你明天一定要来！）

我似乎还感觉到一点，请让我提前为赛马道歉。爱情，用生活俗语来说，就是一场彼此之间的战斗，即一种性别与另一种性别的战斗。显然，双方天真且极其短暂地想象着，她，他们独自抵抗所有人。敌方的"我们"不可避免地挫败。Die feindlichen Brüder[1]，阿喀琉斯和赫克托耳[2]，他们自视为阿喀琉斯和帕特洛克罗斯[3]。（脱离不忠的支点，彼此关注。图示：支点——彼此。）既然强调彼此，那么已然是对立的，即是战斗。阿喀琉斯和帕特洛克罗斯，（友谊）一方，支点/阿喀琉斯和帕特洛克罗斯，友谊/阿喀琉斯和帕特洛克罗斯——友谊，第三方的联合支点，反击，即共同战斗。爱情的罪恶，鲍里斯，其结局是相互的，而不是共同奉若神明——斗争——燃烧。因此，鲍里斯，知晓这一点，我们，你和我，**兄弟**，鲍里斯，难道不能够把这种互相吞噬的残酷细节变为共同的事业，cause commune[4]，一箭双雕的结局……

---

[1] 德语：互为敌人的兄弟。
[2] 赫克托耳是荷马史诗《伊利亚特》中的英雄，后为阿喀琉斯所杀。
[3] 帕特洛克罗斯，同为《伊利亚特》中的英雄。
[4] 法语：常见的原因。

在某个未知的转折点，我得以遇见：

……已忘却骑兵的突袭，

去攻打彩色的帐篷，

他数着满天繁星，

歌唱祖先的功绩……[①]

星星的计数，在歌曲响起的时候，边唱边数，这是你的，我的，**我们的**"布景"，鲍里斯，我们所有的草稿。我从未像害怕你、害怕你所有的财富这样害怕过任何一个人，我有通向你所有财富的权杖。Sesam， thue Dich auf[②]，这个词是无法逆转的！还没有一个关于芝麻的故事是吸收而并非释放的。还没有一个关于一个人不想回到以前，地板上有部分宝藏的故事。不，这个故事是有的，只是不太一样，欧律狄刻，她不想（因为俄耳甫斯的转身是**她**的事——眼睛）。芝麻，冥王，其一，从事物内部出来以后一去无回。（沉睡的芝麻，因为你，当然，你和笨拙而匆忙的客人们一起睡觉）因为面对你感到害怕。沉睡的芝麻，因为你肯定在睡觉，因为芝麻对自己的宝藏知道些什么？他：他们是一体的。他本身就是宝藏的概念。对别人来说是"宝藏"，对自己而言是"我"。芝麻要意识到自己是宝藏，即意识到自己的力量，需要和宝藏相同的贪婪，和宝藏相同的敏锐，和宝藏相同的容量。当想拿走一切的客人到来时，芝麻就会醒来，客人连手都无须动一下。你所歌唱的世纪，能够从你手中拿走施密特中尉瘦弱的骨架，将永恒的你，

---

①　茨维塔耶娃对莱蒙托夫《争辩》（1841）一诗的引用。

②　德语：芝麻开门！

"ich der in Jahrtausende lebe"①，领向甚至不是一代人的一部分，而是其中的几十年，在地球的一个切块上，当它是整个宇宙！鲍里斯，鲍里斯，我不认识你的叶莲娜②，但最好……

混沌于是再次覆盖人间……③

那么，在1917年的时候，你有了一个与你相配的敌人，我说的不是它，不是它，爱情，痛苦，整个女性，**叶莲娜**，鲍里斯！你写道：上帝不知所措。现在，在1927年，你有了与你不相配的朋友，而你，**你**，在创作《施密特》。我想从你那里得到一部史诗，我不会对它感到绝望，没有一个人，只有Dinge und Kräfte④，开始和结束，мiрного⑤。你的一种类型写了《启示录》，鲍里斯。你还记得，我曾经像年轻人那样，马虎地、肤浅地、但**确信地**将你列入创世的第三天⑥，而你，亲爱的，一直碰撞着……第八天，该隐和亚伯，去往那个世界，你没有去往那个世界的通道。亲爱的，即便是旁人也能看到这一点：一点海，一点雨，一点非人的东西（人类的东西还是和雨、和光等一样），你就是你，就是力量，快活，你的种族，你的家。在这一点上我和伦敦的律师，一个资本家达成了共识，也就意味着这是真的。而你真正的朋友们怎么会不知道这一点呢？

关于我自己。忒修斯–费德拉的第二部，《费德拉》的第三

---

① 德语：生活于千年的我。
② 指叶莲娜·维诺格拉德。
③ 引自帕斯捷尔纳克诗集《生活是我的姐妹》中《爱人是恐惧！当诗人恋爱……》一诗。
④ 德语：实物和力量。
⑤ 乌克兰语：平静的。
⑥ 指茨维塔耶娃的文章《光的骤雨》。

幕。我注意到一件事，没有什么是取决于我的。一切都是我陷入韵律的问题。我的诗带有韵律，就像我的词汇，声音……我也陷入其中。一旦那个韵律不在（**哪一个韵律？我不知道，我只知道不是这一个!**），我就慢慢爬行，一天三行，不仅没有羽翼，也没有尾鳍。简而言之，时而被引领着疾驰，时而自己慢慢爬行。显然，我现在不在变化过程中，那些不属于我的恒久的感觉令我厌倦。你将来读的时候会注意不到，就像我，重读时也注意不到，就因为毕竟写得**很好**。此外，现在我对语义有着明显的服从，不仅是因为情节的发展，而只是因为缺乏直接的汇入，缺乏我生活中的一个人，他显然超越了自我，超越了头脑。在《空气之诗》里，我想我处于千钧一发……

帕斯捷尔纳克 致 **茨维塔耶娃**

1927年8月7日

　　玛丽娜，我为上一封信感到非常羞愧：我想给你一些有益的信息，一些对于我自己的观察，以对你的信做出回复，这封信将你蓝色边框的笔记本都写用完了。同时，在鼓舞人心的准备工作和这个"本质"的序曲之后，事情没有什么进展。我很抱歉，我是在短期工作结束时写的，也就是说，我的工作总是这样，在一个星期或者十天的最后一天，通常从这段时间的一半开始，失眠、空虚紧张和难以忍受的、无意义的痛苦、对情绪的敏感都会让我感到害怕。即使现在，在另一个同样典型的期限结束时，我也不能纠正这一点，我通过这些期限无意识地平衡了第一个阶段的影响，并将其作用于阅读、家务和其他类似的事情，这些事情从来没有顺利做好过，因为我不知道如何休息，也就是说，为了休息，我甘愿变为一个多少离我有些遥远的偶像，只有当睡眠恢复，激发工作加速的惯性消失，我才能立即摆脱这偶像。如果我更年轻、更健康一些，或如果已经完成了一大部分应做的事情，我绝不会牺牲这些轻快的、不断加速的储备。我更会相信它们，而不是从零点到他们初始的高度，在此之后，只能通过心脏的耐力开始无尽地和有限地上升。我在十年前后所做的一切都归功于这个水平，而不归功于初步的上升。当你说到飞行的无目的性，那么除了这些话中包含的所有直接的内容外，我对你的理解是，你对自己更不宽容，你不放弃那些直接起源于天赋的基本技能，简而言之，你在全速飞驰的丘陵上工作，而不像我近年这样，处于向它们的过渡。我为什么会这样，说来话长，最重要的是，这在和你的交流中是多余的：因为任何将出现**在你面前**的猜想都是生动逼真的，即是真实的。正是这样：这种精神策略的根源完全在于当代现实，在于其难以抗拒的现实主义。只有伟大的想象力能够立即将它一下子拥抱，才能解释这种半意识的移动。但是，虽然这说来话长，我似乎开始进入这个话题了。让我们打断这个话题吧。

你写到你在初读时的不理解，写到它背后循环的沉默无语。在这方面我的经验即使不完全正确，那也非常接近正确。只有最早和最原始的作品，才能在大约15年前（即字面上最初的和最基本的作品）被立即理解（但只有一个半人理解）。很快，我开始把作品和它到来之间的两年视为一个瞬间，视为不可分割的一个单位，因为只有在极少数情况下这两年时间才会逾期，更常见的是三年，甚至更长时间。

当然，你不仅不算在其中，而且还如此格格不入，以至于同样偏离这一规律的两三个无常的例外（今天一个人，明天是另一个人）也属于你，也就是说，我将它们作为历史的一部分来感受，作为它的第三者，事实上它们本身也属于你：你长诗的抄写者，你的传播者，你的信徒。

你在写给捷克朋友的信中说道，鲍·帕"有两三个**诗人朋友**"。那么，如果考虑到这两个意义，有关鲍·帕的说法也只能是关于阿谢耶夫和马雅可夫斯基的。谢尔文斯基和吉洪诺夫并不会更糟糕，也不会更充满敌意。但你，比如说你，让我目不转睛。你，亲爱的，主要是一个巨大的诗歌世界。在一点一点变得亲近之前，它就是巨大的。然后内心的故事（母亲，音乐，里尔克，德国，如果要说些什么的话）开始惊人地相似。在其他所有事情之前是尺寸和强度（纯度）。就是这样。现在需要某些**那样的**东西把它带入我的生活，不论关于此的空缺是如何被接受的。无论是谢尔文斯基还是吉洪诺夫**大概**都不可能提出来。否则他们会占据这些位置，而我自己都不会注意到是在什么时候、是如何占据的。我不打算诋毁他们，就像不会通过进一步谈论他们而诋毁马雅可夫斯基和阿谢耶夫。马雅可夫斯基提出的是同样重要的东西。我记得这一点，也不想忘记。它已走入遥远的过去，我对他们的友情同样亲密无间。但这种亲密无间仍会有足够的热度，从这种回顾联系的长久、回顾**那个**莫斯科、回顾**那些**岁月和曾经的我们（特别是和阿谢耶夫一道）的感觉看来，这种感觉会带来一个好处，胜过谢尔文斯基、吉洪诺夫和其他青年才俊新产生的兴趣。但阿谢耶夫和马雅可夫斯基的活动目前只具有**行为**意义，对我所爱的一切都怀有敌对态度，长期以来一直是敌对的；他们认为，他们对我无节制的奉献可以使我同**这一点**、同这种分歧和解，和理解真正的生活以及生活的前景如此背道而驰；这一切有一种可悲的满足感，一种市场相对主义，不是在莫斯科我那里的某个地方，而是在一个远离现实的外省某处发生的，我终于（最近）有理有据地和他们决裂了。我已经尝试20次从《列夫》退出，到春天的时候毅然决然地退出了。别人告诉我，在最后一期的封面上我还是被列为撰稿人之一。因此，不久前我给他们发了一封声明，这封声明的语气在他们失去理智的状态下看起来是极其卑鄙、忘恩负义的。"恳请发布……"除了请求不要再视我为合作者并刊登这项请求外，别无其他。

我对这个损失感到遗憾。莫斯科的冬天，而且还没有了他们，我不知道之后会怎样！但这种相互接触所产生的连带意义（不是对局外人而言，而是对于这种感觉本身）太多了。应当维持亲密关系的简单事实（我是多么希望维持它；噢，当然，比他们多一千倍地希望），我参与过，**积极地**通过《列夫》鸡肋的棱镜让他们**驱逐**我，"列夫"就是一个需求少得可怜的机构。

1927年8月8日

当然，你已经和阿霞通过信了，你和我一样对这实现了的"夙愿"[①] 感到惊讶。你能说什么呢！你还应该知道，她在这里过得如何！突然间，在这英雄般的、为生存而斗争的中心，不带一丝杂音地击退最具侮辱性的散文——这样的梦想，这样的旅行！这是如此特别，以至于比我亲自去旅行时收获的满足感还要多。我是如何奔跑的！……也许，旅行者本人也没有像我这样体验过这种快乐。和书信一样，我与这个城市的联系在其他方面也是非常偶然的。是我的兄弟带来的这个消息，他没有亲自和她通电话，而是邻居转达的。她在去火车站的路上打了电话！！毕竟你们会碰到的，连问一下都会很奇怪？我可能对她犯了很多的错误，因此她都没有提前告知我这次旅行，再加上启程前的手忙脚乱，就不值一提了。我还能做什么呢？也许有什么要转交的？我能有什么可转交的呢？尽管如此，她还是有一些可说的话，可以转达的东西，如果要与你会面这种过度的、迸发出的试探没有取代关于梅尔兹里亚科夫斯基胡同和沃尔洪卡街的所有记忆。它会有些怎样的日子：再次是完全当前的，属于整个内心的，是震耳欲聋的真实！我既不了解她的地址，也不知道她旅行的情况（除了我告诉你的那些猜测），以至于最后

---

① 指阿霞去拜访高尔基一事。

我不确定我是否白白高兴了：也许被误解和歪曲了。

和这个消息一道，我收到了妹妹从慕尼黑寄来的包裹，*Duineser Elegien*[①]，这部作品直到现在我才知道。

所有以及任何的"如果"，无论它们是什么样的，都是令人厌恶的，都配得上为它们编出的俗语。我仍敢于去做的那些并不比它们更好。因此，哪怕去年春天我对这本书有一丁点的想法，指引我的就将会是这本书，而不是我的计划或者想法。在这本书之后，《俄耳甫斯十四行诗》可能会以不一样的形式呈现出来。在我眼里，没有哀歌，或在哀歌之前，十四行诗（我的愚钝可能是罪魁祸首）与当今人类的命运息息相关。历史对他们而言是一种负担，对他们的语气、对他们主题来说都是一种负担。要解释这一点很困难，也很漫长。但我没有给他写信，因为首先我必须和他亲自见面。对于这次会面中可能会出现的事件、意外和天气的保证与证明，这些哀歌是由他其他那些所有作品在一小时前写就的，**在那些日子里写下的，为它们而写的**。我不知道，这些哀歌**确实已经写就**，但他本人不需要别人这样震惊的展示性帮助，就在历史的肩膀上站立起来，获得**超人的自由**。我悲惨地经历了这一切，这个悲剧需要通信交往高度的可触性。我应该知道，对于**这样**一个人来说悲剧是不可想象的，这样的悲剧即便他自己允许了，也没有解决，**来不及解决**。我会写信给他，写一整个夏天，就像给一个更年轻、幸运的人写信，我对这个人提出的请求让我感到安心，好像周围的一切都如往常，岁月没有增加任何人的年纪，没有枪杀成千上万的人，没有发生任何可怕的事情。你是如何忍受我对这本书的不了解的，你对这本书有什么看法呢？

---

① 德语：即里尔克的《杜伊诺哀歌》。

（写在空白处）

请你尽可能地把这三部作品寄来。我一部也不了解。我出乎意料地结束了：人们匆匆忙忙，在这之前发生了不愉快的事。

你的鲍

茨维塔耶娃 致 **帕斯捷尔纳克**
1927年8月

　　鲍里斯，你拥有自己的观念与理想。在这方面我自愧不如。我所拥有的是思想与信心。简而言之，你有的是**世界观**，我有的是处世态度，或者说诠释，一连串的闪电，只与我同样的夜晚联结？我采用**自然**一词，我知道它是真实的。"那蠕虫呢？"摧毁我不需要付出任何代价：我不会在语言上（报复），我不会在本质上（结合！），在别的、任何比我强大和我并未生活的地方。从"我热爱一切"这一主张开始，到承认除了自然我什么都不喜欢（没有例子！）：一棵树，以及它所带有的全部后果和影响。**无论**历史、文化还是艺术，没有什么不是赤裸裸的，或者说没有什么不能以赤裸的形式存在。在许多方面我不是你的对话者，你会因我而感到无聊，你会发现我是个聋子，我会发现你是受约束的。

续

在那里，山对你而言是历史，对我来说则是毫无疑问的。很多东西都不被列入我的生命。比如说，历史。什么圣女贞德的故事？但这也是一部史诗。啊，看来**是的**！对你来说，它是历史，对我来说，它是史诗。"站在历史的肩膀上"（你指的是里尔克），也就是说要克服、要超越历史。你不要说越过史诗的肩膀：**走进**史诗，就像走进黑麦田。请你向我解释：当有史诗的时候，历史为何在你生命中，历史又会是什么样。为何对它如此关注？永恒的你，又是怎么看你所处的时代的（现代性）。"历史主义"是什么意思？

茨维塔耶娃 致 帕斯捷尔纳克
1927年8月 末

　　鲍里斯！每一个出纳员、每一个电话接线员都比我幸福，因为她有**时间**工作，而这时间是神圣的，受法律庇护的。而我没有，我有时间做任何事，除了……

　　我的工作，也就是我的**收入**，我和其他人最不重视的东西，根本就不作数。

　　鲍里斯，我没有朋友，没有钱，没有自由，**什么都没有**，只有一个笔记本。就连笔记本也**没有**。

　　为什么呢？

茨维塔耶娃 致 **帕斯捷尔纳克**

*1927*年*8*月 末

亲爱的鲍里斯。怎么可以在如此**美妙的**感觉之后，人们还能忍受对方的不美好，在这个奇迹之外——没有。

如此美妙的感觉怎么可能不随即扩散到一切，它怎么可以停留在范围之内……

只需要理解它就可以了……

怎样将这种感觉封锁住，不让它扩散到所有事物上。

（一个曾经是神的人，怎么会不可避免地成为一个神？）

人因此而注定走向神性。

在他之后怎会不懂诗歌，不懂万物的死亡，他将这种**认知**放置于何处……

帕斯捷尔纳克 致 **茨维塔耶娃**

*1927*年*9*月*8*日

亲爱的玛丽娜！

　　你的沉默是意味深长的吗？你是否因为某些原因对我不满？我反复思索，却不知道我说什么或做什么会让你不高兴。当我转向一些幻想的、难以想象的、不可思议的事情时，正如你所知道的那样，这个领域是没有边界的。这只是举个例子。我失了分寸，听从了你的请求，不和阿霞谈起你（你记得吗？）；你见过她或者她通过信，你会感到惊讶，你构成了我生活中多么小的一部分，并蔓延到其中。或者，你和阿霞见过或者通过信，她**去年春天**跟你说起过**我**的情况，她忘了，这一切都发生在你的请求之前，你对我没有服从你的请求感到气愤，怨恨阿霞知道你为我考虑了什么，等等。不管是什么让你感到委屈，不管是无限大的还是无限小的错误，我求求你，清醒过来，原谅我。有时我想到，着手重写许诺的三部作品①后，你在列表里改动了两三个字，从这里突然就出现了改写的内容，把你与一切撕裂开来。而更自然的是：为了和阿霞见面去奔走斡旋，你当然必须是主动的一方。这些猜测令人心安，它们是很有可能的。但如果你甚至对我生气，那么，我相信，在生气的同时，你非常清楚，如果你在这里，我会因我的祖国感到非常幸福，要么根本不会考虑"国外"，要么只考虑我父母和姐妹的那部分。但那时他们不也在这里吗？并不是因为我在这里如此着迷，而是因为，为了生活而起起落落，并因为某些事而被压倒，我应当觉得特别俄式的黑暗和困难，那时似乎被明天或者

---

① 指《自海上》《新年书信》和《空气之诗》。

未来一年所拉扯。既然上述假设是一个空想，我将利用这个冬天去学习忘记德语或者法语，以便明年夏天的旅行成为活生生的事实，而不仅是一个空间上的事实。我今天给你写信，既可怜也非常不自由。说实话，关于你的猜想的这种悲哀的不确定性，即关于你可能假想的不满，是我现在唯一的主题，它从里向外透过窗户看着我，借助整个秋天、彻底的寒冷和阴霾的天空。既然我现在无力摆脱它宽阔的闭环，那我宁愿结束。

能告诉你一些什么新的、有益的和"实际的"东西呢？我还是想写一篇关于里尔克的文章，投给当地的一个批评杂志。这个打算是无望的，但我会努力。我有没有告诉过你，就连对我颇有好感的编辑[①] 在冬天的时候也说，关于他（也就是里尔克）的文章，**他们无论如何也不会交给我来写**，而是由国家学术委员会的一位值得信赖的专家来写，因为我将只会在这个话题上火上浇油。水是必要的，这样一来，除了低声絮语和污垢外什么都不会剩下。奇怪的是，我会把自己的所有谈话都归结为这种流言蜚语。对于女仆来说是可以原谅的，对当前这个女仆来说却不可原谅。也许在我从别墅离开搬到莫斯科后，我会去彼得堡待一个星期。我需要休息一下，虽然整个夏天我没做什么实事。也许我会从那里给你写信说说我的计划，但严格来说只是给你写：如果阿丽娅或者谢·雅了解这些计划，那它们就有无法实现的风险。你肯定自己已经注意到，没有任何一件小事不被共同的穿堂风刮走。你会觉得无聊，但这之后你会从另一个城市或者相当遥远的地方了解这件事。

我用我整个灵魂和秋天全部的惘然若失，紧紧地拥抱你。

你的鲍

---

① 约指波隆斯基（1886—1932），苏俄批评家。

帕斯捷尔纳克 致 茨维塔耶娃

1927 年 *9* 月 *18* 日

亲爱的玛丽娜！

我迫切地期待着阿霞和你的故事。我们不会长久地亏欠彼此。我们最近的书信不知为何不属于我们。我说的是你的信。可能我的信也一样。在倒数第二封信里，与《终结之诗》主人公① 有关的嬉笑语气让我感到痛心。很久以前，你给我写信说到自己的"仇恨"。现在你告诉我，你对人的思考方式正是**如此**，如果我不喜欢，那这是我的事。还有，你大体上就是如此，诸如此类。但既然有人比你更清楚所谓"性格"的根源是什么，那就无需多言了。其本质当然在自我认知意志的阴影下，在它们的选择中。也许这一切比我认为的还要复杂，也就是说，在我看来，自然反过来要复杂两倍，但我觉得，我只会因你而嫉妒你，如果你不那么无情地写他，我会感觉很好。这也曾是你关于里尔克的一些话。三言两语很难说清楚，但也许你会从这些话语里明白一切。你冷漠的气息向我袭来，你**自愿无益的自知之明**的任何表现都唤起一种类似嫉妒的感觉。但现在你为这种风格而大发雷霆，也就是说，因为这种心理散发着香火气而生气。

昨天我们搬到了莫斯科。我有没有及时写信告知你我们居住的那个地方？起初那里出乎意料的好，村里人也是少有的亲切。这里的一切都可以在过去得到解释，但说来话长。我走了很多地方，根

---

① 指茨维塔耶娃在布拉格的恋人罗德泽维奇。

本没有工作，现在我不知道三个多月的时间我都干了什么。所附的五首诗在编辑部赢得热烈反响，但你会告诉我，关于《施密特》，这是不是变体的霍达谢维奇，也就是说，我是否让自己被歌德和丘特切夫的诗所支配，这些诗历史上笼罩于这个地方本身（阿布拉姆采沃和穆拉诺沃），受到某种类似于霍达谢维奇"古典主义"的吸引。我还要补充的是，这些都不是"里程碑"，我没有追求什么，也没有给自己设立任何目标，也就是说，这一切都是顺便的，但回到了非常强烈且真实的印象。如果他们以一种可笑的方式呈现出来，那就太可惜了。在我的感觉里，历史回到了自然中去，回到了它应该在的地方。马雅可夫斯基和阿谢耶夫逐渐醒悟过来，十年磨一剑，写出了一首好长诗①。这让我感到高兴。他们安于享乐，游手好闲，而我却一直尽力摆脱贫穷，这种情况近几年才开始伤害到我。现在开始变得均衡了。他们没有将我的信刊登出来，但把我的名字从封面上去掉了。和阿谢耶夫友好地见了面。在作者的朗读中，我发现他的长诗在某些地方是相当出色的。只要一出版，我就给你寄去。我和马雅可夫斯基还没有见面。然而，在内心深处，这种关系有着无法补救的矛盾。最糟糕的是，阿谢耶夫在为自己"世界观"的厘米级尺度辩护的同时，也开始轻视你，却也感到惊讶，爱《捕鼠者》的我却不明白为何爱他。看来你也是一个"形式主义者"，像他们一样有意识，或者，在他们看来，像我一样无意识。这些都是完全琐碎的小事，但在有些心境下，即使用餐时的位置，或者谁和谁一起散步，也能清晰体会到这些事件。正是这种高度敏感性让我在和你的关系中受苦。时间性开始变得稀薄。它们会越来

---

① 指马雅可夫斯基的长诗《好!》（1927）和阿谢耶夫的长诗《谢苗·普罗斯卡科夫》（1927—1928）。

越少。这个冬天我仍将致力于修补最后的漏洞：完成《斯佩克托尔斯基》等。接下来，即关于你最感兴趣的：关于你，我不敢谈。到目前为止，一切都按计划进行。谢谢你一年前对我的阻拦。我知道并理解了为什么会这样。如果我的忍耐得到同样的证明，那将会是惊人的。穆尔的身体如何？有"肚皮"——好极了。你写的关于我们"友谊"的内容当然是**不真实的**。你什么都很清楚，只是在戏弄我。这又是自我意识的一个极端。但我也曾陷于其中。这是我（在给你的一封信里）将阿赫玛托娃与沃罗申配对时发生的。你自己知道，对于她而言这是不光彩的。我不知道为什么，或者说，不知道我是怎么做的。你没有阻止我，因为你明白这是什么，而我是如此尴尬和愚蠢，以至于我可以切身感受到你对另一个人的冷漠。

附：

铃 兰

清晨便暑热当头。
但拨开灌木，沉重的正午
会在身后全部裂开，
被钻石压成碎珠。

正午泛出颤动的光点，
破裂成不规则的碎片，
就像沉重的玻璃缸，
从汗湿的肩头滑落地面。

它盖上夜晚的被褥，
白色被煤炭染黑。
这里的春天无比新奇，
像童话般的乌格里奇[①]。

酷暑的无情大屠杀，
不会从林边蔓延这里。
你若走进白桦林，
便会与它相互凝视。

---

① 伏尔加河畔的俄国小城。

可你已得到预警。
有人在下方打量你俩：
潮湿的山谷缀满铃兰，
带露的花像凝固的雨。

它躲开，欠起身，
还挂着一串水滴，
离叶片一指，两指，
离根部一指半距离。

像锦缎一样无声，
它的花序像手套依偎，
树林的傍晚齐心协力，
把花序和手套拆分。

空　间

金刚砂沾在脚上。
钻孔稍稍静音。
小路上方的雨滴
像小鸟在枝头歇息。

白桦的花序变暗。
柳叶亮出背面。
阴天像车队扬起烟尘，

按标记走走停停，

搅拌公路的果羹，
像沉重的四轮马车，
只等一声令下，
再次冲出泥坑。

不用等待太久。
阴郁高天的运动，
连绵的雨像撒尿，
悬挂它的串珠。

森林般泛紫的红菇，
像斑驳的硬币，
做深陷车轮的枕头
的确恰如其分！

铁锹在沙中铿锵，
冻得直打哆嗦，
这铁道的路基，
不愿与任何人合作。

已经将近四十年，
路基落入我的眼帘， ①

---

① 帕斯捷尔纳克写作此诗时年近四十。

125

轨道的足迹延伸,
把玻璃和水泥思念。

周二有祷告和典礼。①
他们只是因此而着急?
用枕木指引道路。
他们并非为了此事。

这执着的铁龙,
为何日夜兼程,
向着北方,在道口,
溅出水星与火星。

进城,去重温
莫斯科会议的诱惑,
阴雨天燃烧的皮毛,
漆黑发出的勾引?

进城,请你看一看,
夜间的城灯火通明。
城里装饰一件往事,
像装饰一盏油灯。

它用石头的奇迹

___

① 指学校开学日。

包裹鸣响的生日礼物。
它纸牌似的内城
被置入偶然性的蜡烛。

它在山坡抛撒路灯，
为了塑造并点燃历史，
就像点燃一支
没有商标的蜡烛。

历　史

当松树致命的断裂声，
用喧闹的树林掩埋腐殖质，
历史，你站在我面前，
像未被砍伐的另一片密林！

细密交错的神经千年沉睡，
但一百年会有一两回，
在此打猎，抓捕偷猎者，
带着砍伐者的斧头。

用柳条的欢闹淹没四周，
官员的、可怕的躯体
开始出现在树林上空，
护林人的勋章和木头。

结实的体格脚步咚咚，
霞光中的森林从梦中起身，
残疾人的笑容飘在天上，
肥厚的腮帮像中国灯笼。

我们不喜欢对吼。
我们欣赏余晖，而他，
他五颜六色，像痛风患者，
亮得像僵死的彩灯。

暴雨的迫近[①]

你近了。你从城里
徒步走来，用同样的脚步
占领悬崖，你挥动麻袋，
让雷霆滚下山谷。

像古代的炮弹，
它蹦跳着滚过草地，
沿途撒下一堆木柴，
像跌落一旁的屋顶。

---

① 此诗有两个版本，一首献给茨维塔耶娃，一首献给雅科夫·切尔尼亚克（1898—1955），后者是俄语文学史家、批评家。

于是，忧伤像征服者
包围远方。战壕的气息。
落雨。燕子勃然大怒。
一株白杨完整地步入黄昏。

树梢响起一个传闻，
说你似乎接近了瑞典人。
寒意从前哨侦察队
传至殿后的大军。

突然，你清扫悬崖，
改变主意离开田地，
你会消失，并未解开
头盔和制服的谜底。

明天我会潜入露珠，
脚踩圆形的手榴弹，
我将故事带入房间，
像是带入兵器馆。

丁 香

或许，蜂箱的轰鸣，
花园淹没于杂乱，
草编椅子的靠背，

牛虻像黑色的颗粒。

突然宣布休息，
四处扔满了活计：
蜂窝里漫长的青春，
白发的丁香在开放！

已有大车，已是夏天，
雷声为灌木丛开锁。
阵雨落入这暗匣，
闯入调试好的美景。

大车用隆隆的响声，
刚刚充满天幕，
蜡制的淡紫色建筑
高耸入云，在漂浮。

乌云玩起捉人游戏，
传来一位长者的话语：
丁香也要好心情，
借助积淀和流淌。

帕斯捷尔纳克 致 **茨维塔耶娃**

1927年9月29日—10月1日

我亲爱的！太可怕了！我又一次没有满足你的请求。你要求立刻告知信已送达。这封信写于14日，20日送达，和之前的所有信件一样，无一例外。你所列出的所有信件，正如它们应该的那样，每五天寄出，按时送达，邮局准确无误，有问题的是我。我去了圣彼得堡，我带着预期的旅行计划前往那里，带着预期给你的一封信前往那里，这封信是我打算在某处做客的中途写的，比如在我姨妈和表妹家。在预期的寂静中写信，这种寂静中交织着各种新与旧的偶然印象。这种仓促行事对你来说并不陌生。这就是你一直以来的生活方式，我也是这样。一切都不一样了，我还遇到了其他意想不到的小事，但我并不因此而失望，有利但无关紧要，只有一个例外，这件事我会在末尾简短说两句。昨天我从彼得堡回来。我没有从那里给你写信，因为我待在过道间，在那儿的所有时间里，我都在众目睽睽之下，回答姨妈和表妹漫无边际的问题，并参与到这些重要的、以自己的方式与我保持紧密联系的女人的混乱哲学。家庭中的每个人都有例外，这些例外显示了每个人的性格和最好的能量。事情就是这样的。

但我很难保证有一定的规律性地给你写信。有一段时间你夺走了我给你写第十封和第二十封信的轻松快乐，置于第一封信虚假的必要性之前，无数次的又是第一封信。你谈及冬天降临于我们友谊之上的转变。你把这些日子（这将是第三个冬天）与捷克的未知相比较。你一直都在，你在《里程碑》上向我敞开心扉，但不要混淆，我们之间联系的完整与不可侵犯的真理始于那里，正是在那里，在一封信里对你说的"你"这个字撕裂了我的声音。我在这里把它告诉你，在冬季它什么也不会发生，一切都在，只有它没在捷克出现。为鸟儿们说话，它们正是那些随机的东西，那些路人，我们头上的那些屋顶，还有法语，它们只好在我们周围说一些我们已经对彼此说过的话，这是我力所不及的。现在有时，在最近一段时间，在我看来，它会在这里，我尚未弄清楚的任务，以便你带着这股力量，以叹息、睡梦和心的空缺的形式生活这么多年的地方，第一次看到你活着；不仅是意料中的，独一无二的。在分离时吃力地道出的那个单词，你可能很高兴听上20次，这个词从诗句里翘出来，你应该不想看见它，也不想听见它。你现在在哪里？穆尔恢复健康了吗？阿霞还和你们在一起吗？请你将《1905年》副本转寄给斯维亚托波尔克-米尔斯基好吗？他可能已经不在法国了，我也不知道他的新地址。我想寄给你两份——一份是我自己的，一份是普通的，上面有不同温度的题词。我**像平常一样**开始题词，在这个任务里还剩下一个词：同时代的女性（伟大且杰出的同时代女性）；停滞于优秀的**品质上**，停滞于活生生的你，两个任务汇聚成为一个，可以隐藏和展示。拥抱你。

你的鲍

（写在空白处）

关于圣彼得堡的一个细节（非常重要）我

下次再谈。请提醒我。请告诉我苏福钦斯基的名字和父称（**以及地址**）。在不认识他的情况下给他寄《1905年》是否妥当呢？

茨维塔耶娃 致 帕斯捷尔纳克
1927年10月2日

　　鲍里斯，一个相当惊人的问题，而让我在这个问题上思索两个星期的是空虚、无聊。**我是在卧床的时候**思索这个问题的。你为何而活，你，因为不是普通度日的人/不是为什么而活着的人，恐怕，你和我都被排除在这个共性之外，不，正是你，是最为相关的。阿霞说，为了变得更好。她是对的，因为这些年来**她变得更好**了，一切都会转好。也就是说，她对自己生活的定义是正确的，令人信服的。但我不能这样说自己，因为我没有变好，而是变得更糟了：更笨，更冷漠。在躺卧的两周时间里，我清楚地相信，我是**白白活着**的，即一个小时接着一个小时。当前琐碎的快乐——下一首四行诗，天气，一个旅行的梦，**什么都没有**。与里尔克会面（昏昏沉沉的）？是的，如果他还活着，会一次又一次会面，但他已经不在了，不在这里，我只能想想他，我甚至不能给他写信。里尔克像一个偏离的目标。和你一起？但与你见面是**注定的**，因此意志早就听之任之。在一瞬间，大海也会透过窗户展现在身陷囹圄的人眼前。这不会有任何结果的，难道你不知道吗？穆尔有多高？但是上帝知道他会成为一个什么样的人。在我囊中羞涩的情况下，我能给他什么呢？（没有信心，没有钱，只有对汽车和人的疯狂恐惧。我可以教他什么？去爱别人？我讨厌，我感觉不到宗教、道德、精神……噢，我不是在装可怜。我所说的，每个诗人都了解自己的情况。）

帕斯捷尔纳克 致 **茨维塔耶娃**
1927年10月2日

　　亲爱的！真是太不幸了！这个消息①让我非常震惊。照顾好自己，注意安全。不要读或者写任何东西，避免和阿霞还有亲属们进行长谈。这点非常重要。最好是想念或思念，但至少要避免想象中的、最起码是难以察觉的紧张。当你恢复过来，而你恢复的时候不能留下任何忍受的痕迹，除非你魔鬼般地任性干扰了自然的进程，它比我更大、更炙热、更深情，当你恢复的时候，你会感到你的记忆重生了，它的锋芒在你一生都习惯于找到的地方变钝了。不要惧怕这种情况的变化。以后你会在一个新的地方找到别的记忆。这既不会改变你，也不会改变世界。也许这也不会发生在你身上。其余的我不记得了，1909年我就有这个毛病了。但医生会来给你问诊，将一切都告诉你吧？可怜的孩子们，尤其是穆尔！什么都别写，尽量别去想任何事情。这是我写给你的最后一封长信。我会慢慢给你写一些轻松简短的信，供你消遣。我非常懊悔给你寄去了《1905年》，希望谢·雅或者阿霞能知道别把它交给你。你不要给我写信，不光是因为你不应该写任何东西，还有别的原因：我这里周围都是孩子（不仅有我自己的孩子，但肯定也包括他），而猩红热极易传染人。它可以通过一封信来传播。我的妹妹触碰了曾经消毒了一个月后（可能消毒不彻底）的课本而被小妹传染。如果可以，请安排别人通知我你的健康状况，而不要从你的住所直接发出

① 指茨维塔耶娃患病的消息。

信件，我将因此永远感激这个人。也许是斯维亚托波尔克-米尔斯基？或者娜杰日达·亚历山德罗夫娜？她一周后就要前往巴黎了。不，她会为她的儿子担心，除非他们不会得猩红热。请你像植物一样。想象一下，你是一株横卧于山脊的爬山虎，所有的茎秆上都在开花。我全身心都躺卧下来，让时间在你身上流淌凝结，让你的亲人在需要时用爱抚来浇灌你。将懒惰的灵魂置于你所有的魔鬼之上，躺下，尽你所能地懒惰。这也是为了孩子们。将自己提升到完全的无虑状态，睡了一觉又一觉，从一个词到另一个词，每个夜晚一次；这将是你对他们最好的也是最困难的关怀。你们三个人同时生病，生活上既麻烦又困难。然而，除了这个困难之外，**更深层的**是，穆尔把阿丽娅和你带回了变为医院的育儿室。屈从于他的暗示和痛苦，就像他的同龄人一样。我诅咒我昨天的信件。它可能会让你兴奋。我一直在想你，并会一直想你，我的思绪和今天这些摇篮曲一样，具有同样的镇静和舒缓的力量。

　　吻你。早日康复，尽可能多躺卧，尽可能保持愚蠢。

帕斯捷尔纳克 致 **茨维塔耶娃**

1927年10月3日

亲爱的玛丽娜！

你睡得好吗？在我们对面的救世主教堂广场上，苹果树正第二次绽放花朵。我把这难得一见的十月盛况寄送给你，祝你好运。当我在圣彼得堡时，我没去哪儿，也没见什么人。我萎靡不振。尼·吉洪诺夫硬把我拽到他那里去。他很好，很真实，对我非常好。他有一个好妻子，是那种非常少见的女人，年龄不会从她的女性气质，甚至女人味里带走一丝一毫。她身上所具有的聪慧和亲切，在言行举止中表现出来之前就通过外表展露出来了。我本想给你写点轻松愉快的内容，却写得复杂无聊。在比较和接近之外，只有谈论历史和社会中的手艺时，吉洪诺夫是我在独一无二的你之后停顿一个半小时可以叫出的名字，嗯，就像你有时把我叫作某个威尔斯托维茨①。在他名字之后的停顿，不再被任何人打断，在一个半小时内完全回到你身边。也就是说，如果说到杂志，你会问我，次序从谁开始。他的妻子出身于一个受过教育的军人家庭，也许有一些波兰血统。他在前线待了七年，是一名骑兵。一个聪明的、有内涵的人，一个好朋友，没有牵强附会的浪漫情调。非常简单友好，不是平民化地（这里的狂热始于舞台）处理名声和成就。

但这不是一件小事，我没在上一封猩红热书信中提及的那件小事。是这样的。他们在那里朗读，人很少。很晚才聚在一起，在11

---

① 指杂志《里程碑》的撰稿人。

点的时候。康斯坦丁·瓦吉诺夫[1]，一位年轻的天才，他读了一个小时的长篇散文片段，让大家都十分陶醉。他的诗当中，所有的诗都不属于这个世界，其中有一些是我喜欢的诗。散文不仅不让我喜欢——事实上也不是好散文。我这么说，让作者、客人和主人都很不高兴。然而，随着围绕这件事和我的话题的谈论越来越多，到最后大家都赞同我的观点。然后人们读了诗歌并缠着我，想让我至少读一些他们知道的东西，因为"我的朗诵没有录在留声机上，机器不能启动，他们从没听过我朗诵"。我读了《施密特》的第三章。在场的人当中有一个男孩[2]，就是叶赛宁曾用鲜血给他写过"再见，我的朋友，再见"的那个男孩。这种阅读对他产生的影响，无论是他还是我，当然，都不会有不同的评价，除了以死者和我无声的争论最终在夜晚那紧张的几分钟里得到解决的那种精神。曾经使我陷入狂热的东西化为乌有，成为传奇。那时是早上5点多，我和这位来自彼岸的年轻代表乘马车从彼得堡返回。吊桥在我们面前打开，当驳船通过时，我们被迫停留在被遗忘的涅瓦河全景广阔而难以描述的寂寥中。在它黎明前的矜持里，在它退后到可想象的海岸最边缘，是俄罗斯的精巧和神秘在某个时候赋予人们的一切。我和你一起属于它，我想和这个沉睡的海岸睡在一起，我现在不想，也很难谈起它，什么也不能让我把这个遥远的、被拉长的影子划分成独立的房子和影子。但这里有普希金和勃洛克，以及在这一刻，为了亲情而想要见到的所有人。我会将在吉洪诺夫家发生的这件小事和花朵一起寄给你。它也是同一种类。

你生病了，正在康复中，我可以想到。但你什么时候才能完全

---

① 康斯坦丁·康斯坦丁诺维奇·瓦吉诺夫（1899—1934），俄语散文家、诗人。
② 指沃尔夫·约瑟福维奇·艾利克（1902—1937），俄语诗人、翻译家。

康复，并写信告诉我呢？

　　你和孩子们同时患病，不能不和那些困难联系在一起，将耻辱笼罩于你的时间和远方的仰慕者之上，然而他们对此一无所知并且毫无罪过。近期你会通过邮件收到一些钱。如果你对此哪怕提起一个字，玛丽娜，那将是一个无声的信号，表明你在和我决裂，你在故意侮辱我。

　　最后，对这封信表示抱歉。这不是给病人写信的方式。还有一个请求。如果对你直接的态度（包括笔记和风格）让你感到厌烦，请阿霞告诉我，我会通过她给你写信。我向她和谢·雅表示衷心的感谢，亲吻穆尔和阿丽娅。

你的鲍

茨维塔耶娃 致 **帕斯捷尔纳克**

1927年10月5日

　　亲爱的鲍里斯。这封信会消失的——不论何时！我还要隔离三个星期。但无所谓了。对我们来说期限不算什么。昨天我收到了《1905年》和第一封信，现在是第二封，摇篮曲。我昨晚读了两遍《1905年》，读的是米尔斯基的那本，以便不弄坏（？）自己的那本，不去预想它完整的喜悦。你明白了吗？我受到了最初的冲击：一本精彩的、强大的、完整的书。《施密特》转变了——当我读到关于嫉妒空间的台词时，我的心沉了下来：直击我心。不是它亲昵我，而是我，它紧贴着窗户，暗中监视孤独，先是像一个心怀感激的褴褛乞丐安顿下来，一天以后带着所有的星星和深渊，又过了一天取代了住户走入了我。噢，鲍里斯，他们总是离开我——走进我，走进死后的、出生前的、未出生的我，进入**它**，进入那个。对于和我在一起的人来说，我变小了，他走到窗外去寻找我在哪儿。这就像是一个人把洋娃娃放进壁龛里（在杀死它之后），把它称作圣母，每十年路过一次，向它祈祷。但是，我要谈《施密特》。相当精彩，和谐，严谨，大量的自然风景，人很少，既没有愤怒的女学生（我太感激你了！），也没有不体面的公共财产损失，施密特几乎没什么语言，这就是我想要的。**现在**我接受题词，傻瓜，你在草稿上弄乱了。相当好的父辈①，完全应该如此，被母亲和……母亲的朋友们遮蔽（注意！谢尔盖的母亲丽莎·杜尔诺

---

① 指长诗《1905年》里的《父辈》一章。

沃，佩洛夫斯卡娅的朋友，热利亚波娃，瓦列里扬·奥辛斯基的**爱人**，沙皇宠臣的女儿，她在参议院广场（骑着马）被拍下来，有一幅木刻画。她在流亡中死于巴黎，曾面临死刑的威胁。她从16岁到56岁在交际场上都一直是个美人。）当然：加朋[1]。我为一处替换感到遗憾，很多人也和我一样，请在第二版中纠正过来，换成穿着工作衬衫的海军准尉。无论是作为一种含义还是一个声音都要好得多。弟兄们总穿着弄脏的衣服，他什么也不给他们。既然是兄弟，那就穿自制的上衣：绒布的。但这是个别情况。你的《1905年》是对1905年的辩护，因为我讨厌它。我恍然大悟——我打开了萨巴什尼科夫版的马可·奥勒留[2]——我感激我的父亲，我感激我的老师，还有其他人，等等。毕竟，这是你。从天而降的你，为了表示感谢，显然没有摔坏，你亏欠自己一切。1905年，甚至亏欠1905年。这是什么样的一年，可以说吗？**幻想的**一年，也就是……你，最可靠的就是亏欠自己幻想。1905年，没有一个真实的想法，全部都是错误的姿态，最深刻的自欺欺人，哑口无言。其中有什么是好的呢？**孩子们**！你在《1905年》里带来了孩子，因为你的施密特也是一个大孩子，还记得他在体育馆的演讲吧！

我的胆怯达到了这样的程度：我有时希望我们的会面已经结束，一切都已经过去，延续，山脊已经愈合。你从彼得堡寄来的信？你还觉得不够，我们写作，以取代相互交友；我们幻想，以取代彼此写信（我们也用关于书信的幻想来取代书信）。**我**也和你一样！

---

① 指《一九〇五年》中写到的人物加朋：神父，沙俄警察局的爪牙。加朋凭借自己的影响倡议工人向沙皇请愿，工人队伍进行到冬宫时遭到血腥屠杀。1906年，加朋被发现其真实面目的工人吊死。史上的加朋相貌英俊，却导致了沙皇对工人的血腥镇压。
② 马可·奥勒留（121—180），罗马帝国皇帝，代表作为《沉思录》。

茨维塔耶娃 致 帕斯捷尔纳克

1927年10月7日

（写在笔记本上的信）

鲍柳什卡，我感谢疾病，一连三天的来信。那么，也许有一天我会感谢死亡。你能否向我许诺，说我的死亡就是你，就是和你一起的生活。活在世上不能没有一个比自己更强大的人，里尔克就是这样的人，我希望你也能成为这样的人。这不是女人的自卑欲（artiste, et par cela traître a son sexe①），我停下来：也许是印度教对自我毁灭的渴求（印度寡妇）。鲍里斯，我今天一直在校对我的书，已经排好版了，有153页（排成行的诗），整本书都是关于你的，都是指向你的，甚至在《山之诗》的高潮处也是围绕你的转折。

源于我们寻常的奇迹。昨天我给《山之诗》的男主人公②展示了《1905年》。"除了他之外，现在俄罗斯就没有其他人了吗？"（当时你是他最猛烈的嫉妒，还有一些东西。）出于谦虚，我说："还有，吉洪诺夫……顺便说一句，他从帕斯捷尔纳克那里学到了最好的东西。四分之三的帕斯捷尔纳克，而剩下的四分之一，是用吉洪诺夫解释的帕斯捷尔纳克。""但他非常单调。""只在谈论大事的时候非常单调。"谈话是在剃头的时候

---

① 法语：艺术家（女艺术家），因此而背叛自己的性别。
② 指罗德泽维奇。

进行的，这是我第三次剃头，每次都在不同的地方。第一次，在谢尔盖那里，第二次，在不久前从N.Z.①回来的一个人那里（有两个"N.Z."，两个，所以不是从你所想的那个不合实际的地方回来的），第三次是在《山之诗》主人公那里。我发誓，这不是卖弄风情，这是巧合。谢尔盖现在在出演《圣女贞德》，他从来不在家。10月15日，我放手了。我剃头是为了追求新奇，一部分出于好奇心，还有就是对烫发的强烈渴望。［出疹子以后（17岁时）头发卷了十年，怎么会这样！刚搬到柏林时，变得更卷了。］大家都说我长了一个好头骨。女人闷闷不乐，男人欣喜若狂，从中你可以推断出（我和这样那样一些人的关系，我与这些关系的疏离，我与别人交往的疏离）我对当前生活的忠诚度。一件奇特的怪事发生在我身上，鲍里斯，毫不避讳的我不再喜欢任何人了。我会很高兴，是的，当你在生活中寻求等同之人的时刻，即不断完善自我的人。在我的生活里，现在只有穆尔是这样的人——阿霞会把相片带过去，你会看到的——不完全是他，他更美好，头发微微卷曲，前一夜我一时糊涂给他洗了澡，他的头发就开始卷曲了。

鲍里斯，我饮尽了你的彼得堡之夜，吸收了它，但没有喘不过气来。整个涅瓦河，它上面的整片天空，载着货物的所有驳船，所有的你——载着至少是我对你的一份爱。"水在哪儿？牛喝了。"你知道牛是怎么喝水的吗？伴着树木，伴着河岸。你的花朵惹人怜爱，因为它来自基督救主教堂街心公园，革命的春夏秋三季，我和阿丽娅总在那里散步。以我的名义，去堤坝上。那些年我所有的孤独都在那里。阿丽娅当时五岁，她读着安徒生的《小美人鱼》。堤坝喧哗作响，我在睡觉。我还会睡在岸边的狭窄地带，就在水边，

---

① 该缩写有多重含义，可能指新西兰，也可能指俄罗斯的新地岛。此处暗指苏联。

在某个墙角下。忍受饥饿，享受阳光。那些年你在哪里？

我为你和叶赛宁感到高兴。你们和解了。当然，你知道邓肯可怕的结局[①]。我的第一个想法是："叶赛宁感觉到什么了吗？"回到莫斯科，他已经不在那里了。令人恐惧无比的结局：汽车（孩子们）和围巾（叶赛宁）。围巾，她舞蹈的第二个自我，七面纱之舞[②]。吹拂——扼杀，高高扬起的围巾将人卷入车轮。她的死证明了她在生活中没有**选择**任何东西，她根本就没有这么**做**。我只知道关于她的只言片语——从她的女伴口中得知——我们是和这个女伴一同离开莫斯科的。"O les enfants ne devoient pas s'amuser du tout. C'est après 18 ans qu'on s'amuse."[③] 当时我们正在搬运她的行李：40个箱子都打开了，因此我们只能站在边上。你知道里面是什么吗？苏联炉子、砖头、喇叭。一个女仆带着她的留声机，我们车厢的人整晚都没睡，因为音乐和欢乐。叶赛宁和邓肯在前一天就坐飞机离开了，在柏林他和爱伦堡夫妇一起拜访了我们。Ein verschmitztes Gesicht[④]：该回家了。——怎么？——不管多不情愿，都该回去了！这和1915—1916年克留耶夫的情况一样。

鲍里斯，有一场关于教堂的争论，而我毫无防备，因为我身后一个人也没有，甚至没有我自己对它的挂念。只有我的空虚、空洞——可耻而明显。有众神，还有半神们，但没有上帝，无论怎样的日子，取代圣塞巴斯蒂安的都是各种各样、形形色色的希波吕托斯和忒修斯们，不只是一个，而是有许多个，还有某些忧郁的群

---

① 邓肯坐车时因围巾卷入车轮而亡。

② 七面纱之舞是一种东方舞蹈，起源于巴比伦神话中伊什塔尔下地狱的故事。

③ 法语：噢，孩子们根本不应该玩得这么开心。这是18岁以后的事。

④ 德语：一张狡猾的面孔。

魔四处乱舞。噢，我早就开始怀疑自己，如果说有什么在安慰我，那就是这一切在我内心所蕴含的**力量**。我仿佛被占满了。鲍里斯，毕竟，我知道良知大于荣誉，我却背弃了良知。毕竟，我知道《福音书》大于一切，而在入睡前我阅读宙斯的金雨等。我读了《福音书》，我可以写《费德拉》，其中说的全都是一个女人对一个青年男人的爱。如果我对此提出异议，不，我知道没有更多、更高的东西了，并且我以此而活。如果我被什么东西**诱惑**。如果我还被非福音的人所诱惑。如果我**曾是**费德拉，不……显然，我既不爱大地，也不爱天空，我在这里和在那里一样，我爱那该死的中间第三王国，我甚至并不维护它。

帕斯捷尔纳克 致 **茨维塔耶娃**
*1927*年*10*月*13*日

　　我亲爱的朋友！阿霞昨天来了。她直接从你那里来的。多余的，命运的化身，双关语：她甚至可能被你**感染**。我的朋友，你知道我为什么从未给你写过感觉？因为它的**存在**实在是大得不可估量……正所谓，一切都进入了事实和语言之间的惊人差异，并生活在其中。噢，世间竟有这样的感觉！噢，如果我或者你能存在于其中的一半就好了！但接近了，接近了。原来我听到你的艰辛和泪水时不能不感到眩晕。我亲爱的玛丽娜，请你带着所有的疲惫，带着所有的怨恨，带着所有的单纯听我说吧！我会把一切都做了，这一切将逐步完成。时间亏欠你的最终都会偿还给你。你会看到这一切的。很快，和我们当中的许多人一样，你的命运所陷入的曲折都会被理顺并成为记忆。在我能力范围之内，我将尽我所能去更接近这个时间。现在我不再对你说什么了。请你相信我，你会好起来的！我会为对你说过的这些话负责——它们就是誓言。不要看不起它们，认为它们是卑贱的象征，不具备与你相称的灵魂。噢，我从未如此自然地、一下子把自己的整个灵魂交出，即便是面对音乐也不曾交出，我此刻和将来都把自己托付给心灵的一个幻想，即希望你能更轻松、更美好、更自由地生活。我会实现它的。哦，你会看到这一切是如何完成的。现在，《1905年》已经写好了。我们之后就会明白这个环节是什么，为的是什么，在什么样的一根链条上。现在，好好养病，不要从整体上去考虑这个世界和自己生活的关系。我请求你！原谅自己，放手吧，但看在上帝的分上，不要以你解释它的方式。请你成为一个女孩，这就是猩红热想要的。已经做了多少事，有多少推动力倾注于我们世传的历史，你不值得休息吗？但我知道你是如何生活的。这种耻辱不会再出现在我们身上。改善将来自**各个**方面，你会看到的。我也是如此，我是如何热爱这些支持的表现，我是如何接受它们的。请原谅我写的这些琐事，这是因为我害怕你。如果某人和某事需要评判你，并让你与俄罗斯和解，接下来会如何，我不知道详细情况。这会充满巧合与惊喜。而且会很快。今年我们将再次（我和其他人）尝试推动这个轮子。然后它会自己继续下去。我不知道它会如何。也许其他生命会四散离去，我会把你带到这里。但不，**这**不会发生的，这是**他们**的想法，没有人要散开离去——你和我的房子里灯火通明，孩子们嬉戏玩耍，亲人在走动。他们沐浴在灯光下。但是他们被我的和你的沉思充盈了多少，他们并不知道。我们不会抛弃任何人、任何东西。在这些失之偏颇的引言背后和它们之外都有足够的力量和气息。自由，宽广，**数不胜数**！而现在，我拥抱你，爱你，爱你，吻你。

你的鲍利亚

（写在空白处）

两个目标克制和约束着这封信——不想让你激动，不想描述我的感受。我会在下一封信里感谢你的礼物和诗。

但烟嘴，多好的想法啊，玛丽娜！它已经

完成了，而且是宝贵的第一次，介于完整的现在和所有以前经历过的、写下来的东西之间。但如果你知道我有多爱你就好了！

118 •••

茨维塔耶娃 致 帕斯捷尔纳克

1927年10月13日

（书信提纲[①]）

　　1）《1905年》寄到了，重读了很多遍，超出了所有预期。如果在它上面花费了五年时间，那也是值得的。

　　2）另外一个邮件也已送达。谢谢。这件事之后再谈。

　　3）在笔记本上写了一封长信，消毒后将其重写并寄出。

　　4）他会收到自索伦托寄出的《俄罗斯之后》一书，该书将于日前出版。

　　5）我剃光了头[②]，孩子们和我都很健康。隔离期将于20日—25日结束。

　　6）所有信件都已收到。

U. R. S. S. Moscou

苏联莫斯科沃尔洪卡14幢9号

鲍里斯·列昂尼多维奇·帕斯捷尔纳克 收

---

① 茨维塔耶娃在隔离期间让罗德泽维奇根据她的这份提纲代她给帕斯捷尔纳克写信。

② 有证人证明。——茨维塔耶娃附注

附：

罗德泽维奇 致 帕斯捷尔纳克

1927年10月13日

C. Rodzevitch

14，rue Monge

Meudon–Val–Fleuri[①]

尊敬的鲍里斯·帕斯捷尔纳克！

我代表玛丽娜·伊万诺夫娜给您写信。她不想违反隔离区的限制，隔离可能会持续到10月20日至25日。

以下是玛丽娜让我向您转达的：

1.《1905年》寄到了，重读了很多遍，超出了所有预期。如果在它上面花费了五年时间，那也是值得的。

2. 另外一个邮件也已送达。为此表示感谢。这件事之后再谈。

3. 正给您在笔记本上写一封长信，暂时写在笔记本上，消毒后将其重抄并寄出。

4. 您会收到自索伦托寄出的《俄罗斯之后》一书，该书将于日前出版。

5. 所有的信件都已收到。

6. 孩子们和玛丽娜都很健康。

玛·伊剃光了头（我以证人的身份确认了这一点，光秃秃的头颅代替了"浅棕色卷发"，耳朵的轮廓更加清晰。某些东西让人同

---

① 法语：罗德泽维奇，蒙日街14号，莫顿—瓦尔—弗勒里。

时想起萨蹄尔① 和古埃及人。）

如果我的信看起来像是笔录，请原谅我——因为我想尽可能准确地传达玛·伊的话。

我们简短的谈话是在保持距离的情况下进行的，并遵守了隔离防范措施。我的信在医学上是洁净的！

借此机会，我代表我个人（作为您的读者之一）对您最近的诗歌作品表示感激。我是那些看到并记得1905年的人之一。您将它生动而真实地再现了出来。那些岁月的人、演讲和情感，甚至天气，都是真实的！

遗憾的是，您的《1905年》（它将以这样的形式存在）我只读到了期刊上发表的片段。我期待有机会能完整地读到全部内容。

忠实于您的
康斯坦丁·罗德泽维奇

---

① 古希腊神话中的酒神伴侣，长有山羊腿、胡子、角。

茨维塔耶娃 致 **帕斯捷尔纳克**
1927年10月14日

我想到你，看着地铁（地下铁路）路线图，这是我房间里唯一的装饰品，是一位曾经的俄罗斯司机的遗产。（注意！他为什么需要坐地铁?!）塞纳河的蓝色弯钩，在左下方：Limites d'arrond-issements。[1]（我说："既然是arrondissements，当然有limites！"）

接下来是Stations de correspondance[2]。（我很高兴：这就是我和鲍。）第三个：Nord-Sud[3]，即 "从北向南，我知道——不可能……"[4]

当你被送往西伯利亚，而我前往埃及治疗时，我们最终还是会相聚。

亲爱的鲍里斯，我不想和你一起共进午餐或晚餐，不想邀请客人，也不想谈事务，平日里的一切都不想。顺便说一句，你有没有想过，**生命**和日子根本不是总和与假定，生命根本不是由日子组成的，一定数量的日子根本不会赋予生命？

我想和你享有永恒的一小时，能够天长地久的一个小时。发生地：梦境；发生时间：其中的三分钟；主人公：我的爱情和你的

---

[1] 法语：区域边界。
[2] 法语：中转站。correspondance 一词在法语里有符合、相似、通信、联系多重含义，茨维塔耶娃此处用的是双关语。
[3] 法语：北—南。
[4] 出自茨维塔耶娃的《自海上》一诗，此诗是献给帕斯捷尔纳克的。

爱情。

　　给你父亲的一封信！你不懂我的法语。首先：无可挑剔。为什么用法语？因为他就说法语，他是Chère Madame，我是Cher Monsieur①。彬彬有礼的……感觉到你在某种程度上是他的一个痛点（一个**巨大的**痛点），我当然不会不为他有这样一个儿子而感到honneur和bonheur②。引用你自传中的话（说的是你的父亲）。和马可·奥勒留相类比。有这样一句话："Père Céleste ou père terrestre，c′est toujours une question de filialité."③ 临近尾声，请允许我给他寄书，同时还有一个请求，de n′en point appréhender la "nouveauté". Je tiens au passé par tout mes racines. Et c'est le passé qui fait l'avenir! ④

　　通过挂号信寄出，信会送到家。

────────────

① 法语：尊敬的女士，尊敬的先生。
② 法语：荣幸和幸福。
③ 法语：天父，或者地父，这都是一个孝道的问题。
④ 法语：不要惧怕它的"新奇"。我用我所有的根抓住过去。正是过去造就了未来！

帕斯捷尔纳克 致 茨维塔耶娃
1927年10月15日

　　亲爱的玛丽娜！下雪了，我感冒了，一个阴沉沉的早晨。对，没错，我现在坐飞机飞过莫斯科上空，钻进纷飞的大雪，亲眼看到它们对城市、对早晨和对窗边的人所做的一切。在《施密特》里，对于有关死亡的素材之本能和偶然的寻找，正是在这种雨雪交加中进行的。冬季伴随阿霞的到来而拉开了帷幕。在去火车站的路上，我在凯旋门下被第一片注定消散的乌云的第一场雪糁子所笼罩。现在又将前往布列斯特站，而不是像前不久那样去文达夫斯基站①。我把她领回家。正对着她的窗户，经过一个夏天，一栋新的砖瓦房在光秃秃的潮湿森林里长了出来，泥瓦匠和乌云从沉闷的通道里窥探着她的房间。房间里的杂物和书籍一片混乱，干巴巴的，布满灰尘，它们从摇摇欲坠的搁板和架子慢慢滑落到沙发和地板上。于是她开始换衣服，开始收拾物什，开始告诉我一些事情。我昨天跟你讲述了由那个苦恼得出的意志和实际的结论，这苦恼越来越让我喘不过气来。首先，也是最重要的，当然是我爱你，这对一个孩子来说也是不言而喻的。但如果我停留在这疯狂的泉眼处，而不是沿着时间镌刻的序列顺流而下，我就不是现在的我了。时间，你的度量和我的牵引。这就是计划、计划。对你来说，你所处的位置似乎很自然，但对我来说不是这样。直到今天，纠正这一命运的错误依然是一个艰巨的任务。但这也是唯一一个任务，我并没有发现其余

---

① 莫斯科的两座火车站，布列斯特站即如今的白俄罗斯站，文达夫斯基站即如今的里加站。

的。而且，我向你发誓，它会被完成的。顺便提一下，在给高尔基的信里，我的这一目的表达如下："……如果您问我现在打算写什么，我会回答：**任何能够让这伟大的人才（也就是你）摆脱虚假、难以忍受的命运的挟制，并将其归还给俄罗斯的东西，我都可以写**。"我不能对你隐瞒。你离我越远，你就越让我的作品疏离我。现在我的作品对我冷漠到了极点。幸运的是，一切都同这样的逻辑和意义交织在一起，同时我既没有昧着自己的良心，没有违背自己的命运，也没有歪曲可能的或者可以想象到的使命。我必须在某种意义上以主观的方式，也就是在你本人身上，得到能够将你的关系和这种现代性相融合的威望和权利。请原谅我的愤世嫉俗，但这是我吸引你的主要神经路径，可以压制住更为直接的方式：我必须引诱你去追求比你现在更光明、更平坦的命运，我有一种感觉，不是其他什么感觉，好像就是这种感觉组成了我的胸膛和肩膀。现在这一切对你来说可能是陌生的，但我们会相见，不管你怎么理解，我们都会生活在彼此身旁。它会在这里实现。如果我的计划能实现，我会在境外与你分享我的作品，它或许能给你提供一到两年的保障①。这作品会陪伴在你的左右，出于迷信我暂时还不想给它命名。我在这里获得了一定的独立，人们信任我，而且有理由去信任。但为了你，我甚至愿意像《列夫》那些人一样卑躬屈膝。幸运的是，我不是不得不这样做。我永远的请求仍然有效。当你消毒后给我写信时，不要诉之于我的感情。被一个词点燃的那一瞬间，让我无力与漫长的一年进行抗争，变得意志消沉。它们比以往更少允许我意志消沉。

据阿霞说，她试图以最糟糕的状态来谈论我的事情（以免让你

① 可能指新译歌德的《浮士德》。

不可避免地失望）。她要么诽谤自己，要么在做正确的事，我对此并不在意——她的表现并没有让我感到难过和不安。但很好的是，她在谈起你时，我总是情不自禁地流泪。显然，她对我没有任何顾虑。

她把她的那一份《自海上》和《新年书信》送给了我，叶卡捷琳娜·帕夫洛夫娜[1] 很快就会把我的书拿来。我说什么好呢，玛丽娜！第一遍读起来轻松一些，读第二遍或第三遍时就困难一些了。我读这些书，就像我曾经读勃洛克一样；现在阅读这些书，就像我曾书写自己更好的作品一样。发自内心的悲伤和透彻。你不断成长和发展的表达，在你最好的作品当中，以意义、激情、认识和激动的重合的形式而存在。尤其要感谢你的《自海上》；特别是《新年书信》。在这两部作品里，你自己知道，一切都亲密和个人到痛苦的程度。感谢你在《自海上》里的态度，感谢你引用我1926年春天的梦；如果我阅读时的感受和你倾注的不一样，请原谅我，我就是这么理解的。感谢游戏，感谢礼物，感谢地球库存信号关注的深渊，它浸没在这游戏里，感谢这些信号活生生的、沉积成层的、不紧不慢的哲学，感谢大海、浅滩和大陆，还有对出生和生命的解释：把不朽变得不再重要。（！）感谢《新年书信》在静止不动的、激荡的忧郁里同样狂野的地理环境。感谢需求的理想自然性："没有一座天堂，在它上面还有天堂；没有一个上帝，在他上面还有上帝。"[2]感谢最后这一页精彩的叙述，这一页连同其他段落一起一下子呈现出来，因此第一次看似乎是最好的。非常好，玛丽娜。我想阅读，想重读，但不想弄明白，也就是不想写下来。谢

---

① 叶卡捷琳娜·帕夫洛夫娜·彼什科娃（1876—1965），高尔基的第一任妻子。

② 出自茨维塔耶娃《新年书信》（1927）一诗。

谢，谢谢你。

你恢复健康了吗？我在等待你的相关消息。

你的鲍利亚

帕斯捷尔纳克 致 **茨维塔耶娃**

1927 年 *10* 月 *16* 日

　　你，大概像我们所有人一样，不喜欢技术上的新事物，在被接受之前，你等待着在它们的影响背后更替三代。你坐过飞机吗？你可以把这想成是一件比坐火车更熟悉、更自然的事情，更像是音乐，比骑马更吸引人。今天，我和热尼亚①第一次飞了起来，与我们同行的还有一位熟人、一名普通女兵——机场管理员的妻子。警卫室里有一个铭文，不知是谁写的，也不知道是什么时候写的，目的是什么——向亲爱的同志致敬1905。这就是霍登场事件②。即使是现在，经过了六小时以后，那四十分钟对我来说就像是一场梦。我基于全部精确的**事实**进行还原。我还原的目的不是为了**传达**一种感觉，因为我知道，这还没有被重新安置，没有被**每个人**经历过，因此暂时无法被表达出来。我还原的目的更多是为了**推荐**给你，如果你还没有坐过飞机，当它们从你头顶飞过时，你就会在下面相信它们，并且了解其中的"机械装置"，就整体比例来说，它比一台钢琴里的装置还要小，有一天你会同意和我一起重复——隆隆的轰鸣声将我们淹没，我不能妨碍你，这会由高度引起两人一起的孤独。因为这种感受十分特别，是完全没有经历过的，在**原始的体验**中它也被卷进一波气势磅礴的类比浪潮中。这是多么出乎意料的亲切啊！好了。你在大地上四处奔跑，没有注意到是如

---

① 帕斯捷尔纳克的儿子。
② 1896 年尼古拉二世加冕时，在莫斯科的霍登场发生踩踏事件。

何与它分离的。刹那间（心还没来得及上下起落两三次），整个蜕变都已完成，你没有注意到改变是如何发生的。在世上存在的只有：（1）你震耳欲聋却无声的孤独，雷鸣般无言地爱着，向距离和高度鞠躬，是的；（2）右边是巨大的、覆盖了半个城市的灰色机翼，机翼上有几个巨大的黑色字母"R.R.O.B."，在你下方，在你的舷窗边。周围一个人也没有。天空，翱翔的轰鸣声，一片片飞驰的云彩，**弥漫着"和你在一起的机会"的空气的统一**，它是100俄里的、闭塞的，就像是一场关于什么东西的梦，莫斯科（一千年前人和变化共存的城市）在这个梦的底部，靠你右边的机翼，巨大的、不可描绘的翅膀，在这灰色的无底洞里有一只翅膀，你只要和它说话，就会把它神话。哦，在这一天，在这一刻，你**降临**到这个世界！最惊人的事，有一天我将学会像谈论雨一样谈论这件事，最惊人的是（在黑色和轮廓的颜色和激情上，在迷失和韵律的悲剧演员身上，诸如此类），正是这个机翼，它是可怖的天界居民的翅膀，是云中鲁滨孙的翅膀，与整个世界同在，与大地同在，大地**本来在这翅膀之前**，现在却在它之下，然后又会在它之后。当大地不只是在自己身上，而是在它记忆深处的**任何位置**，在它1000米或者1500米忧郁的底部或者垂直线上时，它是什么样的？这是第二个值得注意的重要事件，也是出乎意料的亲切，与马或者蒸汽机车的亲缘关系极不相称。我会再一次准确无误地确认。玛丽娜，请出现在这些密切关系的混乱中，我还来不及去挑选它们，在这里给出一个鉴定，一个相近的概念——梦想的极限。突然出现在你面前的"意义"是**针对它的**（鉴定），而不是相反的。在这里**作品**是第一位的，构成作品的哲学索引的压力是第二位的。大地正发生着什么，它将从哪里沉入哪里？什么从下面反射出一个怎样的图像以回应它的沉浸？这会如何反映在你和翅膀上？这是一片被人类画满网格的平原，这是一片温情的灰色旷野，有着令人不安的单调，到处都有铁轨的爪子挠出的痕迹，这就是莫斯科，置身于镶有红砖花边的红玻璃珠，像一块茶渍印在梦幻般的冬天桌布上（瞧，花边在此终结，——多好的餐具！——往后一点是横卧的麻雀山，像长满苔藓的枕头，瞧，这里就是另一端了，是苔藓般的索科尔尼基公园）。所有这一切都被谱上了整洁的雪地八度音阶（手指点这里，手指点那里），在一片死寂中呈现。因此，这座莫斯科城如今就像陀思妥耶夫斯基笔下的彼得堡和狄更斯笔下的伦敦。如果要评判这种激动的究竟，探寻这一眼所见的全部，那么就是：这座莫斯科城已完全陷入古代工匠的神秘幻觉，其棕褐色并未破坏此刻梦幻般的单调，从这单调起，这是一个棕褐色的传说，从城门起，它闪现出银灰色。然后，你再次抬起头，把眼睛转向机翼，这炽热的、清晰的翅膀，它为你显现出生命中的一切，你能用这翅膀重新拥抱一切。结果就像在音乐中，初始调性和末尾调性的波浪再次聚集于体验本身，而不在关于体验的思索中。这是无人分享的孤独之上千公尺的高度。它的故事和它的来源都很清楚——它们已经让你耳聋了，而且这耳聋很久都不会消退——这高度是借助雷鸣般连绵不绝的压力达到的；这是当你在地面上四散跑开的那一刻升腾到控制时极端紧张的高度。这难以描绘的画面在下方展开，是在这样的孤独下，不可避免的**统一**的黄昏，是在这样的高度下，不可避免的**概括**的温柔。这些白日里随时出现的黄昏之美，如果说和什么美相像的话，那么**只有**在真正的诗歌里描绘的大地之美，是存在于隐约之间那相连的、分散的、最为渺小的存在之美，是埋藏在空间的巨大悲伤里的不确定之美，这个空间从音乐的旋律背后升腾而起，或伴随真正的小说家的想象力而建立起来。这一切在生活中被千百遍地目睹和预见，这一切都经历过，都像是与生俱来，令人惊讶。我们向下走去。空无一人的公交车停在彼得罗夫四季公园的站台旁，公园被前所未有的寂静笼罩着，沉浸于从上方展开的一切。令人难以置信的是，房屋、人和街道都已干涸硬化，它们以十字形的交叉方式维持不倒，忙得不可开交。有一种感觉，这条街会在袖子上留下印记，必须用汽油才能将它清理干净。听不到说的话。它们在周围漂浮着又落下来，还不如栎树、枫树和杨树树叶的沙沙声清楚。两个小时以后，我渐渐走进人们在我37年生活中编织的**现实**，并成为其中的一部分。同样是这两个小时（地面上很快亮起灯光），在这本书潮湿的两页之间，我的感觉越来越微弱，这本书从下面向我招手，似乎完全符合封面的标题和许诺。

我把这些胡言乱语寄给你。我自己没有留下任何记录。如果有一天把它**忘了**，我会找你要来。这些未经加工的材料大概什么也无法传达，但它能让我想起很多东西。

我拥抱你。前面的那1300法郎确实是我寄的，希望以后还有更多的钱。而之后的这些钱将不再是我寄的，而来自一位不想留名的人，只是以我的名义来做。但随后我又可以做些其他事情。请不要剥夺我的这种快乐。

茨维塔耶娃 致 帕斯捷尔纳克
1927年10月20日 左右

鲍里斯，你的信是阿霞来了以后寄到的。我很惭愧，天知道我到底说了些什么，我根本没有过得不好，我的不幸在于我不能伤心难过和加倍地伤心难过，等等，这是一种古老的不幸。我的不幸，无论虚假与否，都在于一种**不可替代的**、难以察觉的感觉。我不得不独自一人，一切都源自此。你还记得印度教千手湿婆神和俄罗斯（没有……）有三只手的圣母①。两个是不够的。24个也是不够的。我的不幸恐怕在于我自身，在（邪恶的）日耳曼人身上，天知道是在一个什么碎片上，不是一种观念，而是一种吞噬一切的责任**感**。

一股善良、仁慈的巨浪从你那里涌来，让我感到十分无力。注意！苏福钦斯基谈及《1905年》，说这是大作，数一数二的作品！你会喘不过气来，一口气不要读超过十行。

灯——孩子们——闪现大大小小的脑袋。那些**天真无邪**的脑袋。

五分钟的孤独。好像在脑袋里点了一盏灯——150支蜡烛！

不是梦，不是安宁，是闲暇（那灯光）。

一匹好马不需要过多休息，它需要得很少，因为它是一匹健壮

---

① 俄罗斯圣像画里的圣母常被画上第三只手，这第三只手属于大马士革的约翰，他在手指被切断时把断指触在圣母像上祈祷，圣母使其祈祷后入梦，醒来时发现手指已长好。

的马。让马休息一下吧。只有劣马不需要休息，反正它迟早会死。

关于烟嘴。没有主语，没有谓语，你说的话以某些方式让我理解了。这一分钟，当（一个词超越另一个词，和作品结合的结束，**就是它**。奇迹，请原谅我吧，上帝！诗人并非求学于牧师）**一个词**面临危险（再过一秒，这个词就将消失），它放弃了所有的安全证书和居住权，它变成纯粹的精神，成为作品本身，在这种情况下，成为通过你的嘴在我的嘴上讲述的东西。

……不是我看到的那样吗？我怎么都看不到，你怎么也都看不到？看得到的是灯和头。**我和你**——dans un temps inexistant①。我认为，将来会有一个巨大的让步：以保留**一切**，付出**一切**。你把我出卖给他们以换取……有一条出路，鲍里斯，这是一条不可能的、奇妙的出路，这条出路里尔克在*Geschichten vom lieben Gott*②的一篇作品中已经（！）了解了，整个未来的出路（整个现在到未来），因为我对前者的激情，我在看待家庭和爱情的问题上一定是一个未来的人，这未来从姐妹岛向我们走来。你知道，就像打牌一样。为了自己，为了房子，为了心，如何实现，如何结束，**满足于什么**。我不会从上帝、命运和你那里拿取更少的东西。

《山之诗》的主人公永远也无法理解的是（顺便问一下，信你收到了吗？），我为何如此爱他：共同生活、相互折磨的不可能、不合法、玩世不恭和亵渎。我赞成袭击，鲍里斯，支持女人的洞穴和男人的狩猎。我支持巢穴和森林。支持壁炉（噢，不是隐喻的，是红色的，冒着烟噼啪作响！）和箭筒。狼性的开始，鲍里斯。还

---

① 法语：在不存在的时代。
② 德语：《关于上帝的故事》。

有一件事：我忍受不了——你也忍受不了—— 一次撤退、一个转身，为此需要两道河岸，一条大河在中间，这样就没有房子，没有烟，只有一般的风景，它是**另一个人的灵魂**，是来自彼岸的目光。

不管不顾地回到对方那里，是彼此的命运。请你告诉柯伦泰[①]，她可能会喜欢。

这本书（最后一次校对）已经交上去了。

> 你只身一人——在所有地方，
>
> 在所有花色，在所有桥梁，
>
> 他们用我的誓言铺路！
>
> 他们用我的叹息做缆绳！ [②]

（10 月 20 日）

鲍里斯，你抢在了我的回信之前，这封回信你是第一次读，也就是说，你听到了并驳斥了我的"理所当然"。"你认为这样的生活是自然的，我却不这么认为。"不是……

鲍里斯，总的来说，我认为**整个**生活都是不自然的，也就是说，我并不生活在其中，不仅不在我自己的生活中，而是不在整个生活中。我的生活是整个生活的一个细节部分，一个炽热的细节，也就是说，生活的细节，我的生活的细节，紧密性，正是完完全全的整个生活的紧密性。**整个**生活和我的生活一模一样。如果我的生活比邻居的生活更艰难一些，比如所罗门王的生活，那么我们

---

① 亚历山德拉·米哈伊洛夫娜·柯伦泰（1872—1952），苏俄革命家、外交官。
② 引自茨维塔耶娃《我四处游荡，不是修葺房屋的木匠……》（1923）一诗。

可以说，他在高处，我在低处，都是一样的，我们拥有完全一样的权利，在阅历上：他过剩，我缺乏。然而，他的时间也不够：Nur Zeit! [1]（一个绝妙的诗句，好像是Dehmel'a[2]，某个人用自己的话转述给我的。我们拥有一切：房子、面包、孩子等等[3]。Nur Zeit.）

奇怪的是，鲍里斯，从苏维埃俄国那里我得到了一个经验和一个结论：财产的耻辱，幸福的耻辱。知足常乐对我而言是不自然的，我会觉得尴尬……我觉得这样更好。我在这里谈的是自己不朽的灵魂。

我也说说平日的我自己：是的，很艰难，是的，我想写作，是的，我希望阿丽娅能上学，穆尔夏天能离开，而谢尔盖不再为了40法郎从早上6点到晚上8点都一直在拍电影[4]，是的，还有很多事情。但（我似乎又毫无意义地卷入其中!）在末日审判上我将得到回答，而我会询问，但无论我做什么，我都是无辜的，在你这方面（向未来跳跃）是无辜的! 幸福的生活和鲍·帕——太过厚重了。你是我的每一天，越艰难越纯净。顺便说一句，我今天花了半天时间寻找你的信，并将它们按顺序整理好。这个夏天的信都是圣吉尔的，我将它们和里尔克的信放在一个袋子里。他最后对我说的话是："Erkennst Du mich so，auch so？"[5] 鲍里斯，不要因为没来得及回复他而悲伤：没有回复，有的是呼唤、回声。他在收到你的第一封信之前就读了你的最后一封信。顺便说一句，我正在建立

---

① 德语：只缺时间。
② 德语：戴默尔写的。戴默尔（1863—1920），德国作家。
③ 此句是茨维塔耶娃对戴默尔《工人》一诗中诗句的改写。
④ 茨维塔耶娃的丈夫埃夫隆为谋生，曾在电影里客串小角色。
⑤ 德语：你也是那样了解我吗？

的信心：我将死去，他会为我而来。当然，他是一个天使。他一下子就成了天使。当你来的时候，把他的信读完。既然里尔克在，那就不需要报纸或者活动了。

关于《1905年》苏福钦斯基今天也给你写信了。昨天谢尔盖向某人证明什么的时候说："鲍·帕最重要的作品就是《1905年》。"如此等等（谈及作家的社会基础）。在我们家，你就像自己人一样。

帕斯捷尔纳克 致 **茨维塔耶娃**

1927 年 *10* 月 *21* 日

亲爱的玛丽娜!

　　我刚刚收到康·罗德泽维奇亲切的来信。我无法给他回信,因为我不知道他的父称。请向他转达我衷心的谢意,谢谢他的通信和个人附言,同时也非常感谢你传达的消息。有一件事让我不太愉快。他说你正在笔记本上给我写一封长信,之后会重新誊抄:这正是你不该做的事情。不管这给你带来的压力有多小,你都应该注意这一点。想必医生和家人总跟你说,你这段时间就是稀里糊涂地过的。我非常高兴你和孩子们好转了。根据康·罗德泽维奇的信和早先爱伦堡告知的消息来看,你们观点是一致的(因为他们的意见不是独立的,而是你们意见的反射),即你和他们的健康状况良好,一切都很正常。我相信会是这样的,我不想给你灌输任何恐惧,但现在需要格外谨慎。也许,玛丽娜,有一天你又得写毫无生机的人类,就像在《捕鼠者》里写的那样。尝试把它作为一个角色来扮演,一星期后,再扮演另一个角色。在扮演角色的时候,你能够丰富自己的讽刺经验。不要生我的气,我又能怎么说服你呢?上帝啊,我希望你能多和黄油说说话,根本不要和我说话。非常感谢你热情的问候和你的赞同。康·罗在信里把这一切做了充分传达。当你开始写作时,不要夸奖我的《1905年》。你真实的态度表现在阿霞的话语之间,她没有故意强调说你不喜欢这部作品,还在于你现在为了让我高兴而说的赞美之词,还请捕捉最后这些话语中充盈的语气。这一立场的自然性不会冒犯到我们当中的任何一个人。我了解这种自然性，我一生都生活在其中，我爱它的法则，也爱其中的你。不要在中间地带被欺骗，我在那里寻找作品的真正含义以及我们对作品的态度。这并不是说作品是平庸的，而是说可以且应当对其进行判断的领域，在一旁的某处，也许在前方，根据这一点来说是不确定的。不管怎么说，相对于没有这部作品，有了这部作品，我更容易在某种程度上有益于社会（不要再皱眉头）。它的命运以最生动的方式触及我和你。也许这是一种错觉，但你越是不告诉我你自己关于作品热情的、充满诗意的想法（而这之于作品几乎是不可能的），我越容易怀有这种错觉。例如，萨维奇隐晦的谴责，或者更多的是爱伦堡的谴责①，这并没有打动我，因为它们的存在中没有结，就像在你的和我的存在里，这部作品试图帮助我们解开的结一样。这里有一个人很好地、出人意料地表达了这本书的主要益处是什么。把一些人性化的、真实的内容等写进官方文件，这是一项几乎无法想象的任务。如果还能有两三个人做了这件事，官僚做派的叫嚣气焰早就被浇灭了。但是不妨想象一下，我的经历已经对马雅可夫斯基和阿谢耶夫最近的作品产生了一些有益的影响。他们已不再如此冷酷无情。作者们在与我进行被动的争吵。他们不了解我，也不知道，我并未为此付出努力、却在我身上发生的一切，他们把这视为我对他们的个人阴谋，是想超越他们，想骑在他们的脖子上。这是一种愚蠢而可悲的状况。拥抱你。

你的鲍

请别忘了感谢罗德泽维奇。他会告知我他的父称吗？

---

① 萨维奇和爱伦堡的谴责内容无从得知。

茨维塔耶娃 致 **帕斯捷尔纳克**
1927年10月22日

（鲍里斯，昨天你那封关于飞行的信。鲍里斯，这真是妙极了！）

鲍里斯，你自己是否明白这一天对你的意义。你开辟了一个新世界，你的第二场雨，在对你的定义中，它已成为一个普通的地方，因此，我忧虑地感觉到，这个世界需要一个替代品。鲍里斯！毕竟关于飞行还没有任何作品，而关于空气，只有我的一首还未发表的诗。

鲍里斯，没有任何言语可以向你表达我所有的喜悦，所有的信念。一个新的时代，你的史诗的第二首歌，鲍里斯。这是上帝因为《施密特》而褒奖你，鲍里斯。（你的热尼亚，他肯定会成为一名飞行员吧？）记得我在一封信里告诉你：我想从你那里得到一部宇宙的史诗，没有一个人的史诗。我对阿霞说：如果可能的话，我想要一部没有人民的《圣经》。你有**那种**叹息。记住，连三天，鲍里斯在写一篇关于你的拙文。现在成真了。

坦白地说：什么能够填补**年岁**在你身上留下的可怖大洞呢？在接触了年岁、人和史诗之后，说实话，你不能再回到更小的世界中去：丁香、铃兰和**精湛技艺**的证明，这一切都是注定的。你不是大师，鲍里斯，上帝保佑，你是力量的永久学徒。现在，空气前来解救：**空——间**。

有一件担心的事，鲍里斯，就是你在愉悦时的轻信和慷慨。你会给不同的马雅可夫斯基和阿谢耶夫传播无底深渊的传染病，他们觉察到他们会飞行，他们会**写作**，这当然很好，实际上你不会是第一个，这一刻，以及在一百年以后，历史中什么对我而言是重要的。啊，如果我可以在这里封住你的喉咙就好了！如果我和你在一起，你知道我会做什么——我会啪的一声把你锁上——写作吧，然后，在你后背推一把，忍受着吧。我确切的愿望是放下其余的一切，立刻开始。澄清——剥离——无稽之谈。澄清——常常是溶解！要知道这可是一种病，鲍里斯，如果我的病是fièvre pourpre^①（圣奥古斯丁^②），那你的就是fièvre-azur^③？不，éther^④，也许，这不重要，你自己会发现的。

现在谈一个小细节。"我带着热尼亚一起"，我首先想到的是：真是一个幸运儿！有这样一位父亲，多好！还有打针。整场电影就是心灵的压抑，忧郁，回归书信的不情愿。很久之后我才恍然大悟：这根本不是小男孩的事！奇怪的是，完全的平静，就像你独自飞行一样。我在这里当然嫉妒他预见的记忆，这些记忆坚持在未来，如果他能记住70年，我肯定不在这个未来里。在他与你的飞行中有我的死亡：我在你的生活中，在他的记忆中难以计数。我的双重缺席。所以——

（而热尼娅^⑤，则是一个女同时代人。）

而这是我和飞机的相遇。在特立阿侬宫^⑥。大约三个月以前。

---

① 法语：紫热病。
② 圣奥古斯丁小时候得过紫热病。
③ 法语：蓝热病。
④ 法语：以太的。'以太'是亚里士多德假想的一种物质。
⑤ 帕斯捷尔纳克的夫人叶夫盖尼娅和儿子叶夫盖尼，在俄文中爱称形式一致，均为"Женя"，为区分起见，汉译分别为"热尼娅"和"热尼亚"。
⑥ 位于法国凡尔赛宫西北面。

盛夏时节，森林枝繁叶茂的时节，树木和这些树木的子孙后代，太子和姐妹在树下奔跑。一个人也没有！一棵被锯断的橡树。给圆圈计数。大家从中间数到外圈，苏福钦斯卡娅再从外圈数到中间——苏福钦斯基的妻子[①]。因为只有两个方向（而我是第三个），我屈服了，什么都不想，我看着天空，顺便看到当前这架飞机突然开始裂开（苏福钦斯卡娅："快看啊！快看啊！"），然后掉下来，旁边有些黑色的东西。飞机坠毁了。我们飞翔着。刚才公园还空无一人，现在四处都是人，从哪里来的。一个看门人，他弄丢了最近一处大门的钥匙。他在附近跌倒了，但在公园围栏的后面，也就是在沟渠后面，我们试着跳过去，沟渠很深还有水，我们在沟渠里跑，沟渠似乎没有尽头，总之，当我们接近飞行员必定要掉落的那个果园时，没有看到一丝飞机的痕迹：都成了碎片！急救车救人于生死存亡之际。我们挤过去——好像在夜晚给穆尔放置的玩具一样：马口铁，胶合板，丝绸碎片——最轻薄、最不结实的东西，应有尽有。这些残渣碎片被人们贪婪地拾起，尤其是妇女和男孩们。Porte-bonheur[②] 好像是一棵上吊树？我把它煮开，一分钟后，我的手里就有了一个锯齿状的碎片：给阿丽娅留作纪念。回家去，也就是到凡尔赛火车站，走向无尽的公路，途径商店和小酒馆和**泛着银光的哨所**。它们真的是银做的吗？

前几天坠毁的飞机本应该飞到……

注意！如果你看到了彼·彼·苏福钦斯基向我询问你的地址时的表情就好了（宽大、聪明、剃了胡须、高傲的脸，本是一个星期

---

① 薇拉·亚历山德罗夫娜·苏福钦斯卡娅（1906—1987）。
② 法语：护身符。

四的人，却挤出一张星期天的脸①）："可以告知帕斯捷尔纳克的地址吗？"不知怎的有些小心翼翼，恳求着，又毫无顾忌。他确信我会从他开始，就像对米尔斯基那样：据说一年以后，还有……

---

① 暗指强颜欢笑，因为星期天是休息日，人们多笑脸，而星期四是工作日，人们多苦脸。

帕斯捷尔纳克 致 **茨维塔耶娃**

1927年10月24日

　　我亲爱的朋友，如果从现在起我只会给你写信，而不再有其他任何活动能力，你不会感到害怕吗？哦，如果你在这里就好了！从转交、消息和只言片语中收集一个存在的冷漠相貌，然后因为修建的东西而感到害怕，摧毁它，以便给质朴的热流开辟道路，这股热流的光线照耀着一个可爱的名字，这是多么困难的事情啊！我今天被斯维亚托波尔克和高尔基感动了①，这种感动很少付诸在回信中，只有莫顿的地址了解它。

　　你知道俄罗斯现在是什么样子的吗？噢，当然，比以往更有可能和一个告密者坐在一张桌子前，在你身后永远留下无耻的阴影，以便把你热忱的、杰出的忠诚当作背叛。俄罗斯曾经就是这样来关心一个受约束的圈子的。现在，伴随着俄罗斯对数百万人**实际**的关心，这种恐怖已经增加了许多倍。

　　但还有一件事情，也请告诉谢廖沙，今晚将有一位客人登门拜访你的仆人，那个十八岁的梁赞农村姑娘。他是第一次到她这里来。他是她的前任和女友的同乡，女友今年夏天嫁人了。这位客人和我们现在的仆人来自同一个县，不同村。纽拉向我走来，面色绯红，两颊发热，这时我被叫去接听电话；当我回来的时候，桌子上已经乱成一团。我又被叫走了，经过走廊时，在她的房间里我看

---

① 指米尔斯基写给帕斯捷尔纳克的信，参见第96封。高尔基在写给斯捷尔纳克的信里对《1905年》表达了称赞。

到她的客人将《生活是我的姐妹》在双膝上展开。他正在小声地给她读一些无关紧要的内容。你我是亲密无间的，你很容易想象到我带着轻松的灵魂和一代人的喜悦对他们说的话。但对于放弃这种无稽之谈并从我这里借去托尔斯泰作品的建议，他的回应是一个灿烂的、理性的笑容，**并在这种情况下，**请求我把《1905年》给他们！原来，在她那里坐了一两分钟后，他是第一个问起她为谁工作的人之一。这里说到了姓氏。纽拉刚提到我的名字，他就告诉她我是谁，并让她去取一些书来。他是一个工农速成中学学员，即工人系的学生。这并非例外。去找她的人比来找我们的人还多，都是梁赞人，每次要么是要剧院的票，要么是要别的什么东西，比我们同一时期更新鲜、更简单、更幸福。小说是平淡、有所保留的，没有虚假的骑士精神，但有兄弟之情的感染力，也就是为了保护男性优越感而压抑和隐藏的兄弟之情。

你是否理解这一点，它是否让你感到高兴？

你的鲍

帕斯捷尔纳克 致 **茨维塔耶娃**

1927年10月24日

　　亲爱的玛丽娜！我现在已经知道了所发生的混乱，我急于通过你的媒介向所有人提供帮助。谢谢你的回应，你把这回应赠予他们所有人，把一切都弄乱了。如果可以的话，请把我的书送给我的妹妹约瑟芬，她会比爸爸欣赏得更充分、更准确。她几乎和我一样消极。在我们家里她是和我最亲近的人，极其善良细腻。大约在这个星期，她就要生孩子了。她嫁给了我的（也就是她的）堂兄①。那张法语的纸条就是他写的。他是德国国籍，虽然长时间生活在俄罗斯，之后作为战俘被软禁，但显然畏惧于你的文学声望，他更愿意用法语给你写信。为什么他要给你写信，只有老天知道了。如果他没这样做，就不会出现任何混乱。现在我听说爸爸要给你写信，我真的很担心他会给你写一些乱七八糟的蠢话，让你觉得奇怪，尤其是在这种情况下。更糟糕的是，据妹妹说，你的信**很精彩**，也就是说，这封信让他们激动或者欣喜的事实让我更加焦虑了。爸爸会想办法的。你曾经请求我不要根据阿霞的言语来评判你，也不要从家人的包裹中得出结论。我现在也向你提出同样的请求，我把希望寄托于你对这种焦虑的充分洞察。然后我意识到，在假装担心自己的背后你隐藏着对阿霞热切而忌妒的关心，即个人骄傲的分支，这分支倾斜着跑在家庭的后面，在家庭不知情的情况下将它掩盖住。我

---

① 约瑟芬娜·列奥尼多夫娜·帕斯捷尔纳克（1900—1993）于1924年4月嫁给费奥多尔·卡尔洛维奇·帕斯捷尔纳克（1880—1976）。

那时不仅通过它的热情，还通过它的毫无根据和缺乏理性辨认出了你的行动。客观上并不是阿霞造成的这种情况，但正是这种无端的怀疑紧紧抓住了我的心。为了完全的相似性我会带你去见妹妹；只有在她身上这种相似性才得以实现。我一直知道，总有一天她会与你相识。我当然爱他们所有人，这也是我担心的原因。她现在正经历着一段焦虑的时间，可能还要持续一个月。这就是为什么我不建议她现在给你写信。这就是为什么关于这混乱和如何解开这混乱，我不会对他们当中任何一个人说一个字。因为这件事不论我求助于他们当中的哪一个人，最后都会落到她身上，因为她是家庭的核心，或者干脆自己承担了把它以肉体呈现出来的任务。她爱你，看来，《终结之诗》被带给了她。我不知道《捕鼠者》是否也已经到她手中。他们迎接你来信的热情由来已久。她因"美"而无法忍受自己的名字，因许多类似的琐事而苦恼，且她给这些琐事赋予了极重要的意义。作为对书的回应，她会用悲观的形而上学之流来淹没你，天真、不成熟、幼稚的形而上学，尽管她已经二十七岁了。就这一切而言，这是一个有着美丽心灵的人，容易兴奋，有自己的聪明才智，因自己的柔和以及没有及时克服的自我折磨而受了很多苦。

在她关于信件的那封信中再一次了解到你正在写的信，与康斯坦丁·博列斯拉沃维奇所唤起的感觉一样。阿霞认为我们最好不要直接通信。我被她的谨慎感染了。我正在写一篇"关于诗人"的文章；进展缓慢——电话，来访，请求，不计其数的"初学者"，他们永远都不会结束。

这不是一封信。因为文章的原因，请别让我写信。拥抱你。

你的鲍

127 〰〰〰〰〰〰〰〰〰〰〰〰〰〰〰

帕斯捷尔纳克 致 **茨维塔耶娃**

***1927* 年 *10* 月 下旬**

（写在第一页左上角）

我没有及时标注日期。这是10月下旬的信。①

亲爱的玛丽娜！

前不久我给你写信，说我被高尔基感动了，然后我又收到了一封他的来信，因此我赶紧来提醒你，以避免可能的意外。显然，阿霞和她的同伴，主要是后者，一个天生的傻瓜和糊涂蛋，在那儿他们做了一些没有分寸的事，或者误解了自己的立场，或者完全进入了一个错误的境地。如果这件事发生在阿霞身上，那只能归功于祖巴金②，因为如果《钦差大臣》的作者不是果戈理，而是陀思妥耶夫斯基，那这个祖巴金就会成为赫列斯塔科夫。我对他的态度一贯是耐心的沉默，但是阿霞好像很欣赏她，因此我不得不这样做。高尔基对你的态度没有任何冒犯之处。他对你的态度和对别雷的态度一样，都是自然而疏远的冷淡；如果这种态度没有完全影响我，那只是因为他直接跟我通信。我衷心建议你保持对高尔基的消极态度，以免将这个结越缠越乱。如果你收到他的来信，只回答不涉及你不知情的内容或者想象中的情况，比如阿霞和祖巴金的旅行，或

---

① 写在第一页左上角。

② 鲍里斯·米哈伊洛维奇·祖巴金（1894—1938），俄语诗人、考古学家。

177

者我的警告，或者别的什么事情。否则，你将不可避免地在不知不觉中发现自己处于一种不愉快的境地，而通过这次旅行我们已经获得足够多的不愉快了，我再说一遍，这都是祖巴金的错。这些都是微不足道的小事，但我对于克制和被动的请求与此时我给你的一般方法完全吻合：这就是为什么我如此情愿说出来。然后你就可以放心了：没有什么会伤害你、触犯你，这一切都会在没有你参与的情况下完成。有一个计划，有一部分是阿霞同意的，包含一个为我创建的角色，我接受了这个计划，因为阿霞对这个计划的理解是我关于这个计划唯一知道的事。我**对你的**直觉是极其敏锐的，你可以肯定，只有像阿霞想象的那样开朗和受人喜爱，这个计划才能得以实现。我正在验证这个计划，你不要管了。如果在通过整个心脏时它留下任何沉重之感，这个计划就会被另一个更困难的、但我非常熟悉的计划所取代，可能我并不需要扮演阿霞给我建议的角色，虽然直到这一刻我都甘愿全心全意地扮演它。最后我谈谈最重要的事情——文学。当然，我不会向别雷眼中的高尔基让步，更不用说你了。但我们不是霍达谢维奇，因此，我们不被高尔基喜欢这个事实，并不能使他变得更渺小：最主要的是，应当记住，除了我们之外，我们的小说和诗歌和我们的文学道路也在寻找彼此，而我们并不总是知道这一点。

　　拥抱你并再次提醒你：哪怕通过阿霞的门也不要蹚入这潭浑水——我什么都不会跟她说，这会让她更难过，而且解决不了什么问题。

茨维塔耶娃 致 帕斯捷尔纳克
1927年10月 末

　　亲爱的鲍里斯，让我们从结尾开始，每个人都安然无恙，进行了消毒，我可以写作，你可以不带杂质、杜撰成分地阅读。生病后我至少洗了十次澡。说到我的头："别碰！刚剃完头……"① 我剃了七次头，剃刀逐渐钝了，谢·雅病的时间更久一些。谁愿意给我剃头就给我剃头，甚至包括那些从来没给人剃过头的，他们在我头上练手。现在我和我的脑袋有许多支持者，许多陪它共同生长的东西。今天是我的头发生长的第七天。

　　让我们从你的最后一封信开始吧，我刚把它读完。首先：对阿霞的怨恨。怎么会呢?!**我**不喜欢《1905年》?!但谢尔盖很快就让我冷静下来了：这本书是我在她离开几天以后，在她不在的情况下收到的，她没有看到或者听到任何关于这本书、关于我的情况的信息。更不可能有什么谄媚、分寸、仁慈。我不知道《1905年》这本书，也就是说，《1905年》对我而言就是施密特，而施密特就是书信。我当然知道波将金和加朋（我为这之前的名字感到遗憾），但一切都充满了施密特，尤其是第一部分，里面都是书信。有一个细节：我知道鲍曼，但读他的作品时，没有将他翻译成合乎规范的四行诗，读的是印刷体而不是手写体② 。现在我觉察到了。

---

① 此句是茨维塔耶娃对帕斯捷尔纳克《别碰》(《生活是我的姐妹》)一诗"别碰，刚刷过油漆"一句的改写。
② 指《大学生》一章。

他和整本书一样，要么听（这样一来四行诗自己就形成了）——而听非四行诗是不行的；要么读，将句子重新排列，这样有点困难，但却是可行的。

关于《1905年》我以后再谈，晚些再谈，现在我跟你重复一遍：心平气和地说，这是你最好的作品，俄罗斯革命的第一部史诗，**一个男子汉的作品。**

不是我一个人，鲍里斯，谢尔盖、苏福钦斯基、哲学家卡尔萨文，许多你认识的人，还有更多你不认识的，都明确地将《1905年》看作第一部、也是唯一一部当代现实作品，这是无可争议的，是既成事实的，就像你的雨一样。苏福钦斯基将写给你的信在心包（心外膜）里放了五天，不知是诱惑还是懊悔，仍犹豫不决，在我断言你无论如何都会有不同的理解后，他才寄出这封信。

这封信被康·罗德泽维奇的到来打断了，我让他过来的，以转达你的问候。我现在向你提出两个请求，鲍里斯。请你寄出两本，一本给谢尔盖，另一本给罗德泽维奇。昨天当我告诉谢尔盖，我打算替罗德泽维奇向你要一本书时，他很委屈地说：那我呢？不知为何我没有想到，当然首先是谢尔盖，请你这样做吧，无论如何你们的命运是相连的，你知道，不仅是因为我——**我**，因为薇拉·斯杰潘诺夫娜①，因为圈子、人和感情，一句话，所有的山都是彼此的兄弟。他对你的态度是自然的，超自然的，来自于伟大灵魂的深处。在他的"那我呢？"这句话中，有一种胆怯而动人的愤慨：为什么对他**不管不顾**，却给罗德泽维奇，他是**如此**……

那么，你可以把两本书包在一起寄给我，一本给谢尔盖，另

---

① 可能指薇拉·斯杰潘诺夫娜·格里涅维奇。

一本给罗德泽维奇，他的父称是博列斯拉沃维奇（这是什么父称啊?!）。

现在说说昨天。罗德泽维奇来了，我给他读了你来信里的一些内容，感觉我是在慷慨地赠予他。我就像从桥上跳进海里一样扑向你的第一封信，带着他一起。（听到……）你知道他说的第一句话是什么吗？玛丽娜！你应该去俄罗斯！——我的心都凉了。——什么?!——是的，是的，不是一去不复返，你去一趟，夏天再回来，你应该去那里，那里需要**你**，他们被叶赛宁吸引，因为他们还没有成长到能理解帕斯捷尔纳克，而且他们永远也不会长大，而马雅可夫斯基和阿谢耶夫是没有灵魂的，他们需要灵魂，自己的灵魂，您的灵魂。高尔基从这里去，帕斯捷尔纳克从那里来，汇聚成两种力量，也许。不能靠自己储备的物资而生活，您已经离开五年了……

（还有计划——许多计划。

作为回应，我突然坚定地相信，我坚信这会发生。

——您知道吗？）

并且，作为回应的是平静以及坚信这会发生的信念，"其实事情很简单"，随之而来的是死胡同。首先：不是你来见我，来到我这欧洲的和公寓的不自由，而是我去见你，去往**我的**、当年俄国的自由。鲍里斯，这个夏天，让我们一起旅行，为期一个月或者半年，去往乌—拉—尔（近乎乌—拉—拉）。

（现实地讲：你会在那里，而高尔基在这里必须为我的可信度做担保。）

这一点我从来都没有想过，除非是在一场最深沉的梦里。突然间，罗德泽维奇说了一些最简单的话语，与你一些拐弯抹角的话相吻合："诗人从远方领来话语。诗人被话语领向远方。"①"有时我觉得，我们应该在这里会面。"等等。

鲍里斯，因为这是你我唯一需要的，其中有**安宁**，这是可能的。袭击，突袭。第一场突袭是我的。你能否以绝对诚实和负责的态度对待自己说的话，把夏天的一个月时间给我，完全归我支配，两人共同享有。**不是莫斯科**，鲍里斯，太多拖累了，从兰夫妇②到书和笔记本，它们散落在以前的朋友那里，**不是为了生活**，鲍里斯，而是为了行走。难道不是吗，在俄罗斯各个城市举办几场合作演出，你朗诵《1905年》，我朗诵**俄国民间**主题的长诗《美少年》《叶戈鲁什卡》，还有《俄罗斯之后》里的诗。但最重要的是，鲍里斯，我需要在俄罗斯赚点钱，如此一来，我的离开不会给那些留守的人带来实际负担。甚至能带回去一些钱——哪怕就一点。为此，必须在俄罗斯筹备出版我的一本书。我正写着，突然愣了一下：路呢？生活呢？

Für heute – alles.③ 现在你将⋯⋯你注意到，行动是从结尾开始的，也就是接下来的夏天：从无限的开头起始。之后你会收到那本关于猩红热的、鲜红的编年史④——零零碎碎的，有很多，我还有一大堆没有寄给你的信，从捷克开始就有了。

这封信将以寄书的请求为结束，给谢尔盖和罗德泽维奇的书。不论如何，这两人都会是你**永远的朋友**。顺便说一句，罗德泽维奇是一名水手，他作为一名水手（毕竟比诗人强！）爱上了你的大海

---

① 引自茨维塔耶娃《诗人从远方领来话语》（1923）一诗。
② 可能指作家叶夫盖尼·兰（1896—1958）和他的妻子。
③ 德语：迄今为止——一切。
④ 茨维塔耶娃和帕斯捷尔纳克后来多次使用"猩红热编年史"的说法，指代前者在患猩红热期间写的书信草稿。

（他厌倦了一切），而谢尔盖在莫斯科的街垒上战斗了十二年。我不禁要举出一个巧合，今夏的诗句里（你的实验员的）的巧合：

云端的画师——
是我们在无所事事？
我们用孩子筑成的街垒，
在○五年。历史。

玛

茨维塔耶娃 致 帕斯捷尔纳克
1927年10月 末

写给鲍里斯的信。①《施密特》的事情让我觉得期刊是腐化堕落的。谁会想到，一步一步，事情竟会变成这样？作品不是一个总和，在期刊里恰恰给出了不存在的假定式。完成的作品是你从飞机上看到的莫斯科：现在，未来，结尾如何。打在杂志上的碎片是马路上的鹅卵石，那些鹅卵石让1+1+1=得不到预想的结果。

鲍里斯，昨天我带着一种感觉把信寄走了，"而现在是为了《费德拉》"，昨天晚上，但在这之前发生的是以下的事情。在舔信封的时候，我注意到猩红热编年史那封信下面的续篇，其实它是它的结尾，但由于时间仓促，没有修正过来，就这样寄走了。这是在早上的事情，到了晚上我发现，编年史没有结束。情况是这样的，其中有一处遗漏，即我给你父亲的信以及我对信和父亲的感受。

请和我一起回到两星期以前。那时盖着公章的包裹来了，它不是单独到的，还有一封信，信的开头是Chère Madame②。在高尔基那封信里"尊敬的"背景下，对一个陌生人的Chère，在我自己的信上和信融为一体，没有任何东西能如此触动我，让我激动不已，让我得到安慰（是的，是的，虽然这不是我的词汇，既不是精神词汇，也不是口头词汇），因此我立即给你的父亲写了一封信，将位

---

① 可能茨维塔耶娃在笔记本上写信时的标注。
② 法语：尊敬的女士。

子让给笔记本：

"给你父亲的信！两天来，我的精神都寄托于这封信，寄托于孝子光辉中的你，作为一个孩子的你。寄托于这封信的开头。"

上帝与猩红热同在！用我自己的话来说：关于在某处读到的你的自传——"我的一切，几乎所有……"关于和马可·奥勒留的一致性。自传以此开始：我身上的某些东西归功于我的父亲，某些东西归功于老师，等等。在写作的那一刻，我感觉到你就像是写作中的一个痛点——他们的、父亲的、母亲的、生活的（一个巨大的痛点！），关于拥有这样一个儿子的喜悦和骄傲，关于人间和天堂的孝心，关于我讨厌的现代性，关于我爱的你、她的诗人，关于未来在过去的根源，关于很多事情，关于一切，鲍里斯。我用法语书写，因为Chère Madame，在另一种语言里我能感受到令人欣喜的彼岸世界的自由。

用挂号信寄出。

手里拿着收据，昏暗的灯光：签名显然是F。嗯……一个久远的记忆——在柏林，在各种喋喋不休的空谈里，柳·米·爱伦堡说："帕斯捷尔纳克的妹妹嫁给了自己的叔叔，或是表哥，在慕尼黑……"好吧。也就是说，Chère Madame是由某个并非你父亲的人写的。这也就意味着，我所有的感觉……**都没有意义**，一切井然，父亲还是父亲，儿子依旧是儿子，我还是我。

我忘记了。

昨天，鲍里斯，收到了你父亲的来信——一封美妙的、青春的、善意的来信，没有Chère的称呼，但听起来像是有一样，就像是——（一封信，它在我身上打开了对你的新空间）一封信，我对你打开的一个时代。要知道，父亲的身后是**母亲**，鲍里斯，那个曾经双手捧着弓子，将弓子和小提琴组合在一起的女孩①，那个曾经第一次将你高举于大地的年轻女人——所有母亲向**上天**奉献的姿态，你记得Vom lieben Gott②，在威尼斯……（*Das Meer auch*③）。因为从她那些记忆之上，就像你从飞机上看到的东西一样，我也能看到一张地图（你的童年之地图），你，还有哨所！你的童年、你的过去和未来的**地图**，直到不朽的哨所，它们**银光闪闪**。

鲍里斯，我害怕这个自己，上帝请原谅我的懦弱！看来我是害怕痛苦，因为我想立刻去找你的妈妈，并永远留在那里。"当鲍利亚还小的时候……"请原谅，鲍里斯，但在这一点上她比你让我觉得更亲近，他们那么不爱自己，那么爱别人，她和我都有那个别人——就是你。鲍里斯，如果我生活在柏林，她会很爱我，而我会有一半更幸福，有这样的愚蠢和幸福。

如果我给她写信，我不知道该跟她说什么，我只会询问、再询问和听取。我不是**带着什么**去，而是为什么去，我一生当中第一个**为什么**。请抽象地思考，看一眼吧，这是你从我身上看到的。

爱在前方——你知道吗？爱不是吸引，而是决定。**一旦……那么**……既然这是他的母亲，我就会爱她。不论她是什么样的人。因为在父亲和母亲两个人中，任何一个都是**自己人**，扪心自问，在我生命中的这一刻，对我来说，她口头简单的，尤其是最简单的故事难道不是更珍贵吗？我以某种方式参与其中，即包含我的解释、你的柳韦尔斯式孩子气的态度和正在创作的以及已完成作品的开放空间。有一天你会为我写下你童年的故事。

---

① 茨维塔耶娃错将帕斯捷尔纳克的钢琴家母亲记成了小提琴家。
② 德语：善良的上帝。
③ 德语：大海也是。语出里尔克的散文集《上帝的故事》中的《威尼斯犹太人居住区一幕》一文。

茨维塔耶娃 致 帕斯捷尔纳克

1927年11月1日

    亲爱的，整个上午我都在为四行诗冥思苦想，这是忒修斯诅咒希波吕托斯的四行诗。三页对白与四行诗。你也是这样写的。

    昨天你关于父亲和妹妹的信，与我从前的恐惧相似。我们要明确：我永远也不想把自己交到别人手中，尤其是那些亲近的人，尤其是那些慈爱的人。如果你愿意，在这一点上需要放弃部分亲属关系。（对此你会说："那母亲呢？最初的起源呢？"诸如此类。）别人的选择不是**我的**选择……我，比方说，因为一本书而被记住，可我绕过所有的书，正好那次我**没有**读书，而是去玩耍的时候，以及从中得到了什么。顺便说一下，关于我的童年有一天我会告诉你，告诉你一些无人知晓的事情，我母亲在临终前也不得而知的，阿霞也永远不会知道的事情。

    在家庭的灯光下我觉得你是双重的：时而被亚斯纳亚的灯光照得通透，同时也被你父亲曾经的青春时代所照耀，这几乎就是在他的那个画作或笔记的光照范围里；时而是在路灯的照耀下，从母亲的子宫里抛弃的家庭。时而是**儿子**，时而是浪子。上一封信我是写给儿子的。不必替父亲担心，为**父辈**们我甘愿献上我的心，这颗心只因他们心脏的跳动而出现，我会和你的父亲成为非常好的朋友，因为作为我的心里较小的一部分，和你相比，在很多事情上我**更赞**同他们。我承诺会爱妹妹（只是我的爱不会带来幸福）。书已经寄给了爸爸和妹妹，因为在两个城市，有两个地址。我保证，爸爸会喜欢我的书。对了，我在柏林见过爸爸一次，英俊、年轻，一副轻快的样子。我那时说：Un vieux beau.① 这听上去和un beau vieux② 不一样，与un bon vieux③ 完全相反。除你之外，里尔克多次给我写信说起他，包含着**极大的**柔情，而他也会告诉我里尔克的事情。当你在艺术宫大门口读勃洛克的时候，你亲自向我介绍你的妹妹们。当时她们让我觉得似乎有些傲慢，也许因为我穿得很不体面。我记得那些拉长的脸和大家都有的贵族气质。

现在有一封谈到纽拉的信。我更希望我不知道这些事，它们从童年起就一直在撕扯我的心。这里有一个例子，我的外祖母（瑞士人，我母亲的继母）在塔鲁萨有一个切尔克斯园丁，他在某个地方杀了人，在塔鲁萨服刑，名叫安德烈。我那时六岁。我看着他给苹果树松土，我们聊了起来。"这是什么书？""《灿烂的阳光》，作者是卢卡舍维奇④。讲的是一个与人为善的女孩，她最后死了。"我把一张图展示给他看。然后我被叫走了。接着……我们在院子的沙地中间告别：外祖母，她的两个非常喜爱我的拉脱维亚女仆，安德烈，家庭教师和我。我亲吻外祖母，亲吻拉脱维亚人，和安德烈握手。笑声。"小姐，你怎么回事，干吗要和园丁握手告别呢？"（拉脱维亚人口音。）我脸红得要哭了，再次沉默，情绪激动。祖母说道："Mais tu es parfois raison, petite. Il est peut—être prince dans son pays."⑤ 如此一来，所有这些向莫斯科蜂拥而去的伊万王子们⑥都是"为了书而来"，你那颗因既定的内容和

---

① 法语：帅气的老头。
② 法语：老年的美男子。
③ 法语：可爱的老头。
④ 克拉夫季娅·弗拉基米洛夫娜·卢卡舍维奇（1859—1931），俄罗斯儿童文学作家。
⑤ 法语：也许你是对的，小姑娘。他在自己的王国里可能是个亲王。
⑥ 俄国民间故事里的主要人物之一，是与邪恶做斗争的正面人物。

《生活是我的姐妹》之间的**鸿沟**而紧缩的心，**为它感到的羞耻，**正如我为许多事感到羞耻一样。你因为一年的离去而开心。我什么都知道。出路？这是人民，而那是瘤子。我不会将它们混淆。虽然是去俄罗斯，但我想去的就是那样的地方。

茨维塔耶娃 致 **帕斯捷尔纳克**
1927年11月 初

鲍，

　　你把世界看成是某种熔化的东西，好像其中一切坚强的东西，从山脉到骄傲，都熔化了，aufgelöst①，在两者的拥抱中漫延开来。我记得那些早晨的太阳像液体一样，在我的掌心溅起水花。

　　心也在流动，推动自己的石头。

　　一股热流。

———————
① 德语：熔化。

茨维塔耶娃 致 **帕斯捷尔纳克**
1927年11月6日

鲍里斯，我忍不住想要给你写两句话，有关你手里的信和苏福钦斯基的生活。"我从来没有想过他会有这样的反应。"他特意从他所在的克拉玛尔市步行到我所在的莫顿（步行四十分钟，腿部酸痛），来告诉我他的战利品。对，正是战利品，他天生就是一个猎人，一个庞大而温柔的掠夺者，enjôleur, enrôleur, mangeur, dévideur①，想象一下！没有妇人之心，是男人的气概，而且也不属于男人的心，而属于男性本质，就像十八世纪那些艺术赞助人一样，只**可能发生**在别人身上。我可怜他，总是不断地可怜他，虽然我不理解，但我确信他更伟大，事实也是如此。（1）被嫌弃的洪亮声音；（2）被拒绝的音乐天才；（曾经）**第一个**对勃洛克的《十二个》做出回应，然后和勃洛克一起孕育了欧亚运动……读者总是与诗人在同一水平上，甚至你，甚至里尔克，这是一个惊人的现象，芝麻，和……我不知道要丢弃什么了，想必是冷酷的心的结果。狡猾的人，诌媚者，带着这种忧伤，带着这种突然爆发的巨大叹息，这种身体上用尽胸腔和灵魂所有深度释放的叹息。最终我对他一无所知。

和米尔斯基**相反**，他可以为一百万名诗人赢得一千万首诗。

还有，一个人以某些东西的名义破坏了（杀死了？）自己身上的某些东西，又向另一人身上的某些东西猛扑过去——自我斗

---

① 法语：诱惑者，征集者，挥霍无度的人。

争——神明斗争（诸神），**我公开的**敌人、我隐藏的朋友在其中。你不会离他而去（你必须给米尔斯基别上别针，这样你也会留下一丝一缕），他不会离你而去，你们当然需要见面，以书面和当面的方式，在米尔斯基和马雅可夫斯基之后的反向深渊。请你相信，去尝试，相信威望。我**非常**希望你们能通信，就像我曾经不希望你和米尔斯基通信一样。苏福钦斯基是一股明**显涌入的支流**。

133

茨维塔耶娃 致 **帕斯捷尔纳克**

1927年11月12日

亲爱的鲍里斯，我的（草稿）笔记本上的诗歌比写给你的信要少。看，在右边，前面几页的左边，有一封给你的关于苏福钦斯基的长信，由于没有时间，也就是出于畏惧（你知道，时间总是有的）而没有寄出。你别担心，我在信里赞扬了苏福钦斯基。但今天说的完全是另一件事：令人惊讶的是，所有的东西，那些作品，我在整个巴黎俄侨界根本不被需要。**没有任何人**来看我，从来没有。有人来家里找谢尔盖，但都只是坐一会儿。（顺便说一下，在苏维埃的莫斯科也是如此。）从没有人谈论诗歌，最近一次是我给阿霞读诗，但在此之前呢？？老实说，我不记得了。没人喜欢我，没人认识我，人们知道诗歌（某些杂志上的这首或者那首），人们认识开朗尖刻的女房东。昨晚我读到一些我以前可能就知道的东西，"un organe – s'atrophie"[①]，我立即说出，是心脏。我没有工作，这与诗歌毫无关系。我（没有工作这件事）没有理由去（悲哀，也没有理由去）扩大，没有理由去缩小，我整（天）整夜都在家里，一直在家，甚至连书也没有读，因为在莫顿没有图书馆，没有小说、只有游记的教区图书馆也没有。每周唯一一次外出是去当地的电影院，这已经开始成为一件大事。在捷克有树木，有最遥远的尽头，还有很多东西。有新的、第一次爱上的、引人伤痛的、优雅高贵的**俄罗斯**氛围，有与沃尔康斯基的通信（已经停止），有我前

---

① 法语：一个器官——在衰退。

去找你的无望的尝试。最重要的是——山！一棵可以攀爬和拥抱的树。面对这样一棵白桦树，我和整个捷克告别了。在捷克有**触痛**和忧伤。我爱捷克，它也爱我。捷克给了我穆尔。

莫顿？有一套公寓（那里有破旧的窝棚），煤气（那里有烟雾），还有门，一扇带有暗锁的门（无人敲响的门，我不会去），里面什么都有。在莫顿，我安排得井井有条，我去市场，打扫卫生，一切安好，我只是有责任这样做。我的一天：早晨做早餐，收拾好，孩子们去玩耍，准备午餐，零零散散地写点《费德拉》，孩子们玩耍回来，穆尔睡觉，午餐；**午餐后**，带穆尔出去溜达，喝茶，给孩子们和客人安排用餐，谢尔盖拍摄结束后回到家，想想晚餐吃什么，又写点《费德拉》，把穆尔哄睡，晚餐；**晚上**，谢尔盖在城里（业务和课程），阿丽娅在睡觉，我，不，我没在写作，我没情绪（粮草不足！）写信？没有可写的人，给你写只会打扰到工作中的你。没有书，莫顿没有图书馆，连教区图书馆也没有，无处可去，所有人要么在城里，要么——退而求其次——在家里，在自己家里，而我哪儿都不想去，我想出去，但没有人愿意，因为下着雨，大部分人都没有靴子。因此，从九点到谢廖沙的火车到达（一点），我（闲坐着）做点针线活。

帕斯捷尔纳克 致 **茨维塔耶娃**
*1927*年*11*月*12*日

　　我亲爱的朋友！糟糕的是，我已经很久没有消息了，与此同时，重要的是，猩红热编年史一天接着一天地从你那里传来，不是我的错。但我已经在加快步伐了，赶上已经说过的话：这三包东西太珍贵了，没有任何语言可以感谢你的编年史。我现在写信不是**回复**它，只是希望你不要误解我的沉默。这两个星期很多事都凑到一块儿了——就像阴雨天一样，萎靡漫长的环境。首先是钱的问题，借了十五戈比（后天，星期二，这将被一笔闪闪发光的垫款覆盖得无影无踪）。一堆信件和手稿（别人的），无穷无尽的诗和新的访客。简而言之，是即使**拒绝**也需要时间的事情，但遗憾的是，我不善于追赶（除去极个别的情况），总是去思考，如果一个人吸收文学是一个意外或者一个过失，那该拿他怎么办呢？如果你认为我利用了你的请求不给你写信而忙于工作，那么这种不可能的事都是你想象出来的。这两个星期并没有白白过去，因为有一部分以你不知情的方式献给了你。你可以很容易地想象（关于其他的快乐稍后再说），这些年来你第一次提到，或者开始想到，或者准许有来这里的想法，给我带来了多么大的快乐。无论我接下来要说什么，对你、对我们所有人、对我们真正的日子来说，都是具有重要意义的精神事件。这件事并不容易，高尔基已经谈过这件事的艰难。但这件事是**需要**做的，而且我们可能会最后会成功。这个话题不该被搁置，你接下来会看到它在空中是如何飞驰的。但我认为，明天或者一个月后，你会收到签证的。你知道，我会是第一个要求你暂缓抵达的人。我不能保证，在与你无关的某些过程中，你不会被一些第三方和没有条理的猜想的边缘所牵扯，就像这里在一系列毫无过错的人身上所发生的一样。对我来说，在这种情况下，仍然会有一个更容易的和你一起坐下来的机会（不管怎样我都不可避免地会遇上这样的事情），但无论如何我都不能召唤你走向这样的未来。但是这个主题，你意愿和愿望的主题，开始存在了，主题越是在这里扎根，愿望就越是多种多样、出乎意料，到主题实现的那一个月，我就越是平静。趁着我和《列夫》成员们的中断间隙，各种挑拨是非的人开始向我传达着难以想象的闲言碎语，就好像他们在谈论我一样。如果我不相信这些无稽之谈，我仍然会有一种感觉，他们对我很不满，我也没有与他们见面。近日来，我被尼古拉·阿谢耶夫羞辱得体无完肤。他可能知道什么能让我彻底心软，甚至将我催眠，但这种考虑也不会减少他打来电话的意义。他让我把《捕鼠者》和《山之诗》拿来，因为他获得了在自己的诗歌年鉴中写关于你的文章的许可，到目前为止，我一直被拒绝或者有条件地同意在年鉴中发表文章，这些条件对我来说（和你相关）都是不可接受的。接下来他说，他正着手处理你回来的问题，他已经和卢那察尔斯基谈过这件事了，但后者似乎大发雷霆，并宣称这件事暂时毫无可能。阿谢耶夫有意大利签证，他很快就要去意大利了，他想在那里和高尔基谈同样的事，并给他读读你的诗，如此一来，之后就不必刻意去说服他了。他把你读得很透彻。我马上要讲一个幼稚的题外话，与此并没有直接的关系，但我认为有必要让你知道，我并不嫉妒你们，我也并没有在克服这种感觉，你们越活泼生动地领会彼此，在许多问题上，即人生观方面，或许在更深层次的问题上，也就是诗歌凝聚力的前景上就会越有利。我向你发誓，我是绝对真诚地在说话，在这方面，我请求你不要以我的名义制造神话，也不要从这一方面限制与你有关的事情的任何逻辑。阿谢耶夫给我读了他为那十年（高尔察克领导的西伯利亚游击斗争历史中的一段）写的诗，这首诗里的很多地方都让我觉得很不错。但我还是没能亲自收到它。这两天他会收到稿费，可能你也会收到。为了结束这长篇大论，我插入一个被忽略的小事。在我一篇纪念里尔克（半回忆录半哲学）的散文里①，会将《山之诗》作为一个事件来谈论，也就是说，会谈到那个春天发生的所有力量，**客观地**说，它会比这篇文章更有效。我写这一切，即当我还在考虑写作，这样，别人就不会拒绝刊登我的作品。也就是说，这就像是阿谢耶夫打算在索伦托读你的作品"**那样**"。你无法想象，你给谢·雅书的暗示让我多么兴奋和喜悦。你完全猜到了我的愿望并给了我这个机会。这种运动近似于有关俄罗斯的思想，也就是说，在这种灵魂的舒展下，你和最爱你的人都会感觉更好。我不想挑选词汇弄清楚意思：如果你不明白它，就去猜吧。夏天的时候我给米尔斯基写了一封信，谈及你（在创作和生活中，即在行动方面，啊，这一切都不是那样的，但你会明白的）总是带着持续不断的高昂斗志行走，这让我非常痛苦。我的意思是，我不是作为一个诗人，而是作为希望你能快乐自在的鲍利亚而感到痛苦。在这里，在日常生活和计划分配中，应该更加爱自己，对自己更加宽容，而不是按照你的习惯那样。亲爱的玛丽娜，请原谅我说这些话时的愚蠢，不要逐字逐句地阅读我的话。现在，谈谈给谢廖沙的书。正是为了他，你一告诉我，我就跑到国家出版社的仓库买了几本新的，如此一来，收到书的那些人，并不知晓这

---

① 指《安全证书》。

197

归功于一个正与你分享且曾与你共享过生活的人。我又在胡说八道了。（你知道，我现在写着信，心里是非常不安的。）是的，就是这样。这堆印刷品的包裹从四日起就放在那里，由于临时发生的、可笑的困窘，我仍然没有机会把它们寄出。最让我恼火的是，由于这些困窘，我不能立即回应你的提议，但请告诉谢·雅，在看完猩红热编年史后，我立即跑到尼科尔斯卡娅大街去，一到家就给他的书题了词。另外两本就按自己的意愿寄出。我衷心感谢你给我父亲的信和你关于这个话题说的话。我淹没在需要告诉你的小事里，我无法投入地撰写编年史的事情，也就是说，写一写关于它如何拥抱我的心，你是多么善良、慷慨，我是多么爱你。也就是说，我又在谈论那些小事。亲爱的玛丽娜，突然出现了一个新的消息来源，不是阿霞告诉谢廖沙、然后又告诉你的那个，但关于这件事下次再说，我现在简要地说个小故事。一九二五年的夏天对我们来说非常艰难，根本没有办法从别墅搬到城里（"别墅"是借钱租的，只不过是间农家木屋）。就在那个夏天，我试着给孩子们写点东西①（儿童文学发展不错，那些成功的人都发了财）。我一无所获。因为这个原因，我和科尔涅伊·楚科夫斯基保持通信，他将我作为一个诗人捧上了天，但什么也料理不了。就这样我们浸泡在雨里，被债务压得喘不过气来，我们无法搬家回到城里去。有一次，我妻子为了十卢布去了莫斯科，带着"一切都安排妥了"的消息喜气洋洋回来，她拿出一个袋子，里面装着来历不明的十英镑，这是早上在城市公寓里，一个库尔斯克铁路管理局（!!!）一个她不认识的通讯员交给她的。显然，她期待我提供一个模糊的线索供她猜测，也正是抱着这个期望，她才接受了这笔钱，她已设法在银行兑换了其

---

① 指《动物园》和《旋转木马》两首诗。

中一半。在脑海深处，我很高兴我不在城里，因为我可能认为这笔钱是一个明显的错误而放弃。

请原谅，我下次再把话讲完。

别生我的气。我已经将照片转交给了阿霞。你身边的人都多么出色啊，我太爱他们了！

茨维塔耶娃 致 **帕斯捷尔纳克**
1927 年 *11* 月 *19* 日

　　亲爱的鲍里斯。一连串的事情，一连串的事情。你的回信正好
是10月通信高峰期时我在车厢里收到的——那是别人向我要去的，
为了写那十年的笔记。只剩下几行了，但我没再写下去，我在读
写《费德拉》的笔记本，上面也有写给你的信。我已经太久没有
写信了，对你的沉默我感到非常高兴。没有信件的每一天对我而言
都是你关于里尔克的文章（?!）又一页的保证，哪怕只有半页。你
让我伤心，不是自私，我，在那些年里，一封信接着一封信，即从
1923年1月1日到1924年1月1日，在那打破了我每天幸福的巨大的
善意浪潮之后，我可以再过几个月没有书信的日子，不，我只是觉
得可惜，**更为你失去的诗人时间感到可惜**，为浪费在别人糟糕诗作
上的时间感到可惜。这样的人我还知道两位：里尔克和罗兰，他们
被信件和诗作所困扰，疲惫不堪，不，是三位——还有我自己，生
活中的每一封信我都回复了，却耽搁了多少诗作啊！我很坚强，鲍
里斯，没人教过我，帮助过我，我没有询问过任何人，我只相信这
些人。没有人能像上帝一样造就一个诗人，也没有人能像自己这样
创作一首诗。这一点你是知道的。我再多说两句：越是赞美我，我
就越感到怀疑，越是害怕、忧伤。首先，为了更加忧伤的未来（毒
眼！）。其次，因为，这也就是说，**那个地方、那个词、那个音节**
（脓肿，溃疡!）他并没有注意到。只有立即指出最差的那一行的
人才能取悦我。只有你。

只有你，鲍里斯，这也是对阿谢耶夫到来的回应。你，在某种意义上，对我来说是一种荣誉。最后的荣誉，鲍里斯，鲍里斯，爱上**一个人**的最后机会的指望。那些年，所有这些年的浪费都产生了影响！没有皱纹，没有疾病，除了对人的冷漠，我这33年里没有得到任何东西，甚至有与年龄不相符的、心中的寒冰。我那时也是这样（一直如此！）爱所有人，每一个人！正如，现在不爱**任何一个人**一样。空荡荡的地方，最后得到保全的只有怜悯。

阿谢耶夫？？我和你共同度过了生活！可笑，鲍里斯，原谅我赤裸的言语，但在生活中我一次也没有/你第一次让我听到/你是我第一个词的填充物，（也就是说，对我而言从前那个一直无法实现的）对我而言总是陌生的/对我来说不太陌生，但仅凭自己的声音就让我超越了边界。/我们是敌人。它不想要我，我总是被排挤在外。（看，这么多年过去了，也只是渗进去了。）你被剥夺的房子多么幸福。而现在我正平静地把它写下来告诉你，我新发现的美洲大陆，在这封信之前我自己都不知道。不是友情，不是爱情，不是兄弟之情，不是伴侣关系，不是同时代，与其说是"不是"，还不如说是"一同"，在总和之中，**"不是"**与**"一同"**是联姻的，亦即就是一切的共同存在，亦即（我和你的根茎和皮毛如此紧密地交织在一起，如此深刻的血脉相连，因此只有某些卑鄙、阴险的东西，生活中的诡计才能让我们分离）。

阿谢耶夫是个外人。为什么要再次举起这块异物，再次拖拽这座高山？**为什么**？一个优秀的诗人？有书！灵魂？（假设）在天国里我们都会相见的。

他的到来就像是来自你的信息，第二个活生生的信息。我非常高兴。他会去巴黎吗？如果高尔基（**安排一下**，告诉阿霞和阿谢耶夫！）让我去索伦托，**我会去的**，以你的名义。他会告诉我关于你和俄罗斯的情况，对我来说这是意义相同的。将这个想法告诉他和高尔基吧，获得签证对我来说并不难，我有关系。我可以去两个星期，我会表现得**很好**，也就是说，我会保证不开口说话。阿谢耶夫会告诉你我的情况，带去你到现在为止还不知道的散文，也许已经是我的书了。

替谢尔盖谢谢你〔书已经转交给他了。在很多方面（比如所有的社交活动）你们俩比我和你更合得来。也许，你们还会成为朋友〕。

在单独的一封信中，我会给你写下前几天的一次会面，炽热的、可怕的……我希望得到你的反馈。多少封信被浪费了，也就是说，就这样留在了笔记本里：其中有一封是关于苏福钦斯基的。

关于俄罗斯……

鲍里斯，我对俄罗斯的思念日益增长。前不久我突然找到了被放弃的作品《叶戈鲁什卡》[①]。《叶戈鲁什卡》、巴格罗夫的孙子、阿霞的故事、你的一些信件的混合体，这一切都在召唤我。在读到此事不可能的时候，我一点都不惊讶，试想一下，我并不难过。对我来说，重要的是知道你对此感到高兴，我已经来到了某处。我和你已经开始行走和旅行，这是真实的。就像未来的莫顿，1928年已经是过去了。命运的这种迟缓有些适合我。我在这里，正如你在俄罗斯：某些东西，不，来自生活的一切都让我非常害怕（在本质上）。我从俄罗斯被四只手连根拔起，两只不在的手，两只心爱的手，虽然从另一种意义上说，我不是离开，而是逃脱了。

---

① 茨维塔耶娃的长诗《叶戈鲁什卡》的创作始于 1921 年，于 1928 年继续创作，最终未完成。

我不能要悬在头顶的**幸福**。趁没有期限，没有悬顶、负担、恐惧。"有一天……"别误会我，如果你写信告诉我将于下个星期日出门上路，我会躲开的。在5月1日之前动身，我会坐立不安的。但是鲍里斯，我知道一件事：有些事情已经开始了：**我的**愿望和哪怕与五六个人的愿望相反，阿霞的到来，其次是阿谢耶夫的到来，和高尔基的交流，俄罗斯这个词——只是一个标志。作品已经开始创作了，这是它在水下转动的气泡。剩下的我们就交给时间吧。

我说的不是回去，我说的是做客。毕竟这是不一样的："我可以去您那里做客"和"我可以和您一起生活"。我不想失去我作为一个客人的良好的、在所有方面都由来已久的地位，即一个人反对（哪怕一半反对！）所有人，反对**异物**正张开的眼睛和耳朵！

谢尔盖用一张纸对昨天的信和书进行了回应，我不怕跟你夸大其词！看起来就像是某种皮肤当中的一层，心脏的。鲍里斯！鲍里斯！快到天国去吧，那里没有皮肤，也没有人心。

阿谢耶夫会写作吗？我很好奇。我很高兴。他钢铁般的姓氏让我感到背脊发凉。为什么不是阿列克谢耶夫？更明亮。而这是刀砍在玻璃上的声音。我在读巴别尔的《骑兵军》，我想说三岁小孩的话——曾经的事！我对阿丽娅说："是谁让你大为震惊？"这是怎样一种仇恨的浪漫！如果是天主教教士，那么一定是女教民的胸衣。书里唯一的亲切之处就是当年轻英俊的师长们和他交谈时说的："真是个坏小子。"令人感动。他真的像看起来的那样坏吗？还有一个不愿投降的老将军也很棒。因暴行和丑恶感到窒息。马雅可夫斯基对你的虫子感到不寒而栗，他对死去的波兰人的场景说了什么。你有必要写下**所有东西**，甚至是以前的事情吗？对有些事保

203

持沉默不是更好吗？

我正在阅读一个又一个法国当代小说家的作品。你知道，结论是：des frais pour rien[1]。在贝尔纳诺斯[2]的血腥之间⋯⋯

---

[1] 法语：努力白费了。
[2] 乔治·贝尔纳诺斯（1888—1948），法国小说家、评论家，代表作品为《在撒旦的阳光下》《月光下的大坟场》。

茨维塔耶娃 致 **帕斯捷尔纳克**

1927年11月 下旬

　　鲍里斯！我想重生，这样就可以把**一 ——切**都说出来！

　　海洋的**伪自由**。

　　我觉得和波浪相比，树叶更不受束缚：它们放弃了运动，从此就可以在各个方面不受限制了。波浪：被捆住的自娱自乐。或者说：有的人担心波浪，它们是别人不安的结果。它们本身并不存在。美国女人，就是这样被资本追求的。我，鲍里斯，是一片叶子。

茨维塔耶娃 致 **帕斯捷尔纳克**

1927年11月30日 前后

亲爱的鲍里斯，这是一个诱惑的故事。他来自很远的地方，他的家乡是我待了15年的莫斯科。她是我所有中学同窗里最漂亮的一个，漂亮到令人哀伤。①她比我低一个年级，我总会在走廊里欣赏她。在一年的日常接触中，我自然没有跟她说过一句话。1917年，帕夫利克·安托科尔斯基。他的朋友：她的兄弟。1917年—1918年，游历或馈赠——给我——朋友和我——给朋友。起初不成功—— 一年过去了——太成功了。有朝一日，在我的作品全集里你会读到的，我不说出来更好。与此同时：在灵魂的外表下是冷酷无情。1918—1919年，爱情。怨恨。（屏幕上的云朵。）1925年，巴黎。我抵达后的第三天。一封给《最新消息报》的信被转寄给了我："玛丽娜！您可能不记得我了。我（那位薇拉·萨瓦茨卡娅）曾和您一起在中学上学，我很喜欢您，但我害怕您"，等等。我回复。还有……还有。病得很重（在治疗）。两年内见了九次。有一次我在她那里，在位于帕西港逼仄的公寓里，背景是普通小市民的家具，简洁紧凑，还有一位美丽开朗的母亲。今年夏天我去S.Y.的疗养院见了她两次。关于文学的交谈，在信件的深渊之上是反常的。东拉西扯。1927年响起（意外的敲门声）。我刚从床上起来，头发长了**一个星期**（剃了七次！），一个月之前的1927年。

---

① 这里的"他"和"她"指薇拉·亚历山德罗夫娜·萨瓦茨卡娅（1895—1930）和尤里·亚历山德罗维奇·萨瓦茨基（1894—1977），后者是苏联戏剧导演、演员、人民艺术家。

我做了一个梦，**关于**离开俄罗斯以后一次都没有想过的事情。信心：今天收到了一封她的来信。下午一点钟。敲门声。一位女士。我说："莎乐美！多么令人高兴啊！请到我的房间来。您的房间**在哪里？**"一个低沉的声音。一封信！皮毛，发热的脸颊，呼吸困难，因为从火车站到我们这里是上坡，还有楼梯，而她，你看这画面，从两片肺底部抽出微弱的半口气。**东西都被吃光了**。象棋，客人，早餐，对穆尔微笑。我们决定一起去散步。但我们那笔直的街道本身就略微上升。我变了个样子，跟她一起喘气。向后看去，渴望地想象着楼梯（就一层！）。刚进门她就说："现在我可以躺下了吗？"年轻美丽的女人躺在我黑褐色的小沙发上（绝不会认为她有32岁——大概22岁、23岁）。她沉默不语，观望着。我想在椅子上工作，她用她的头、眼睑和自己来阻止我。我坐下来。怀着房间一切事物的意愿，我握住了她的手。自然地手牵手（一只在手里，另一只在头发里），我鞠躬，脑海中"不可胜数"。在完全意识到所犯（罪行）的情况下，进入它的核心，在完全清醒的情况下。

鲍里斯！对兄弟之爱的两年。她（对我）的爱的两年。噢，这张嘴抗拒得和别人多么不同。它屈服得多么**屈辱**。我的第一个真正的吻。也许，是别人的愿望。鲍里斯，我亲吻了死亡。在一件事上要小心：想到她，想到她，现在，想到羞耻和幸福，想到自己，想到我此刻的罪行，我没有任何感觉，这是最为抽象的亲吻，**纯粹的符号**——什么？同情，怜悯。代表**生命**奖赏一切的愿望。只不过是**生命**亲吻了**死亡**。我就是**生命**。

在浴室，我手里拿着牙刷（穆尔这就要唤我过去！）停下来：和牙有什么关系？这和牙齿无关："星星在那里的寂静中燃烧了许久。"直到深夜，一整天……肉体上灼烧了整个食道。

鲍里斯，每个吻都应该是这样的，不是为了生命，而是为了死亡，充分意识到代价和付出。

鲍里斯，**可以**这样吗？**需要**这样吗？

如果你对我说："既然你可以问……"那我会回答你："噢，**所有人**都在问，总是在问，只有牲口**不会**……"

垂死之人，更糟糕的是——还是麻风病人，而我有孩子们。一个完整的罪行。**但是**，因为**没有一个人**，除了麻风病人的爱，敢在口中把她提起。结论：要么她被麻风病人亲吻过，要么被谎言的代价亲吻过。没有人完全清醒，哪怕我也不知道如何是爱上了一个人（我根本没有，一切都用在了兄弟身上，所有东西都在兄弟身上耗尽了）。没有人是生命。没有人是真理。不是死亡，就是谎言。我通过责任（实话，是的），通过此时此地的必然性感受到了这一点。我对她一无所知。想必，这也让我备受折磨。

跟我详细解释一下，在爱里，带着爱意和生命。我有些东西不明白。

这是内部的事情。最近有一个捎信去柏林的机会，我想写信告诉你他们的担忧。对了，你在慕尼黑有侄子或者侄女吗？这很重要。

埃夫隆 致 **帕斯捷尔纳克**

1927年12月1日

亲爱的鲍里斯·列昂尼多维奇，

　　我不知道该如何向您表达我对您的感谢，要感谢您的书，更要感谢您的题词。

　　我们的友谊是在千山万水的相隔中诞生的，在时间上，不是今天，也不是昨天，而是在我们最快乐和最有创造力的时候，我们所拥有的，在我们的明天，这一点比任何东西都更能证实我对我们兄弟血缘之情的信念。

　　在苏福钦斯基和米尔斯基的申明之后（本周发行的第三期《里程碑》），我关于《1905年》很难再写点什么了——在此之前我们对您和您的精彩诗作的态度已经成为共识。

　　请让我拥抱您，并祝愿您得到您最需要的东西——创作的闲暇。

谢·埃夫隆

于莫顿

帕斯捷尔纳克 致 **茨维塔耶娃**

1927 年 12 月 14 日

　　玛丽娜，没有回复你那些珍贵的来信，我很痛苦。所有信都收到了，总共有三封：一封简短的，有关谢·雅收到了书，编年史，关于很多事：关于你身边的人，关于彼·彼·苏福钦斯基，关于Radiguet[①]，关于不同的作品以及对我说到阿谢耶夫那封信的回复。第三封是有关薇拉的神话般的自传集群（最后一封和我正在写的东西出奇地相撞了）。我也很想及时且恰当地回应你亲爱的谢尔盖的信所带来的喜悦。简而言之，我很难在匆忙中写信推脱这一切。但一个月前，我的肩部韧带撕裂了，幸运的是伤在左胳膊上。我在勒紧的绷带和痛苦中度过了两个星期，为此我什么也做不了，不得不放弃一切。像往常一样，家里的一切都进展不顺。女仆的跟腱拉伤，男孩得了一种不明疾病，后来发现是肾盂肾炎，在辛苦的照料行将结束的时候，热尼娅也病倒了。由于上述所有原因，我们很快把钱花光了，向两个编辑部预支了稿费。我向一个编辑部承诺"打算"写一写"里尔克"，向另一个承诺写《斯佩克托尔斯基》的续篇，问题很多，以至于不能称之为"打算"。现在我很健康，只是手还不太对劲，但会好起来的。可是现在我必须抓紧时间把所有这些承诺付诸实践，因为在国内人们对两个编辑部又产生了兴趣，并想通过我向他们致以新的问候。当然，这里没有什么是走投无路的。我会摆脱这一切，但我必须勤恳地、加班加点地工作，现

[①] 雷蒙·拉迪盖（1903—1923），代表作品为《魔鬼附身》《德·奥热尔伯爵的舞会》。

在又有人想让我们从公寓里搬走（礼貌地、委婉地，不像以前那样蛮横），我每天的时间都不够用。因此，请你了解这一切，提前考虑，做打算，体谅这一切，最重要的是，请原谅，原谅"之前"，这是有好处的。下面我将着手专心创作关于里尔克的作品了。在我完成后寄给杂志的当天，我也会寄一份抄件给你。阿谢耶夫给你写信了吗？他在意大利，我想是在巴勒莫。我没有收到来自他的任何消息，除了一封对我交代任务的电报，但鉴于他这个任务过于烦琐，我大概不必完成，特别是，因为他比我更了解其中的困难，他是面带一无所知的愚蠢神色向我请求的。我最不能忍受的正是这种脆弱的、难以捉摸的"天真"样子。如果他给你写信，请借此机会让他转寄你的书。遗憾的是，叶卡捷琳娜·帕夫洛夫娜在书出版前就走了。如果没法让阿谢耶夫转寄，请不要做过多解释，只写上题词，直接寄给我在柏林的父母：柏林，W30，莫茨大街60号。也许有机会让他们将书转寄给我。还有一个请求。请转告谢·雅，我不知该如何向他的信和感情表示感谢，我将尽我所能，永远不丢失它们。我将一心一意地回复它们。最后，终究是这样。他跟阿霞（或者说阿霞跟他）有什么秘密瞒着你，就其本质我是知情的。请不要去试探这个秘密，即在不披露这个秘密的情况下，在必要时请他告知我，是否按照阿霞的计划发生了什么。这和高尔基也有关系。我不确定阿霞的整件事是否成功①。我进退两难，也许所有牵涉其中的人都是这样。最糟糕的是，在整件事中我完全屈从于阿霞，在她的坚持下，我不得不以隐晦保密的方式来写这件事。也许由谢尔盖来告诉你更好，我们就可以开诚布公地来谈这件事，同时

---

① 指对茨维塔耶娃一家的物质帮助。根据茨维塔耶娃妹妹的安排，由高尔基通过帕斯捷尔纳克向茨维塔耶娃提供帮助。

也不引起任何人的怀疑。通信是必要的，因为这整件事一片混乱。拥抱你。

你的鲍

是的，当真，请谢·雅将一切都告诉你，告知我（或者让他告诉我），是否有任何关于此事进展的消息，之后我会写信告诉你和谢·雅我的所想和所知。

帕斯捷尔纳克 致 **茨维塔耶娃**
1927 年 12 月 27 日

　　亲爱的玛丽娜！阿霞来过了，她让我转交一封信给你。那么，我就附在后面。《费德拉》刊载在《里程碑》第三期上了吗？最新的内容都发表出来了吗？我不会再提关于书的同样问题，因为这本书可能早就面世了。我有一个请求。**请尽快**按柏林的地址寄出两份，一份给我，一份给阿霞（虽然我不知道捎东西的人是否同意把两本都带来），如果《里程碑》已经出版，请也带上。我根本无法应付向我涌来的那一堆事情。由于这些事情不断变化，我不得不一次又一次地将献给里尔克的散文搁置在一边。拒绝的必要性在节日前尤为明显。我甚至没有时间去考虑我的胳膊。外科医生跟我通话时，为我的胳膊还没有恢复健康而感到惊讶，要求我去复查。但他住在索科尔尼基，那里比散文离得更远。阿谢耶夫没有任何消息。我甚至不知道他是否还在意大利。我必须回复他的公务电报，由于地址不明，除了让高尔基转交给他一封信之外，我别无他法，尽管我和高尔基有一个严重的误会①，是天意巧合，也就是说，他在我面前完全正确，但我在他面前也毫无过错。关于他的好意和计划我对阿谢耶夫只字未提。我从心底祝愿你在这些日子里，你设想的任务都能完成，获得赞许然后被抛之脑后，因而你和谢廖沙就能进入圈子，人们会知道你们应得的是什么，即确切地知道你是谁，人们

---

① 高尔基在给帕斯捷尔纳克的回信中提议停止通信，因为帕斯捷尔纳克请求高尔基不要参与资助茨维塔耶娃资金的计划。

会喜爱他，用美酒和忽隐忽现的美好面孔簇拥着你们，我祝愿你在1日前夕短暂的睡梦中那幸福的投射下，充分休整，快乐地迎接1928年的到来。请原谅我为你进行的愚蠢祝福。拥抱你。

你的鲍

茨维塔耶娃 致 帕斯捷尔纳克

1927年12月30日

　　新年快乐，亲爱的鲍里斯，我在新年前夜给你写信，明天写不了，因为新年的欧亚会议在我们这里举行，所以……

　　昨天是里尔克逝世一周年纪念日，今天我一早就得去医院切头上的脓肿，对了，我还来得及去一趟市场。接着我该抱怨了：你想想，鲍里斯，我那干净可爱的脑袋，剃了七次，新长出了两个月，满是绒毛，令人喜爱，忽然，脓肿一个接着一个，再没有鲜活的地方了。我忍受了两个多星期，像约伯一样温顺，但最后我再也忍受不了了。有10或12个加剧疼痛的地方。医院在世界尽头，我走过整个巴黎，走了一个小时，等了两个小时，最后——不是接种疫苗，我不可能接种，因为必须在40度的高烧中卧床十天——而是猛地一下被切破了头。我像一个伤员一样回了家，绷带有一种十分特别的**感觉**，其轮廓是飞行员和新兵的东西，总之我觉得很**荣幸**。因此，我身上的阳刚之气很足。原因有：1.尸碱，整个法国都被感染了（200万具尸体）；2.贫血，更卑鄙无耻，确切地说是营养不良。所以我一回到莫顿，就在回家的路上打听，赶忙去药店给孩子们买了鱼油。为什么要说这个故事？和里尔克有内在的联系（想想马尔特）①，新年和绷带，新年和医院，郊区，简单地说，他的死亡：他是被白细胞吞噬而死的。

　　还要说什么呢？新年是欧亚的，有好的，但不是我的。我的新

---

① 里尔克的笔记体小说《马尔特·劳里茨·布里格手记》（1904—1910）。

年是你的新年。

我曾经在旅行时带着里尔克的书，在火车上、地铁里、候车室里读，在读了这本书之后，哪怕被剥皮，你也不会叫喊一声。不过，我是有耐心的，笨拙的。你知道吗，我母亲曾在狂热中（患肺炎9年）在我的皮肤上缝了一块压布，第二天取的时候才发现。你为何沉默不语？我想，应该如此。一种疼痛的羞耻感。这种感觉的父亲是魔鬼。

但关于……的问题已经谈得够多了……

帕斯捷尔纳克 致 **茨维塔耶娃**
1928年1月1日

　　亲爱的玛丽娜！新年快乐！我还没放下阿霞的信，你的信就来了，我刚开始给你回信，流感和酿脓肿就接二连三地来了。我现在刚摆脱掉它们，还未痊愈，这就意味着，我对谢·雅和你快乐地迎接1928年的祝福，自己却无法实现了。幸运的是，这次疾病并没有持续太久，尽管这些反复出现的惊喜的频率有些让人绝望。原因只有一个：没有时间处理胳膊、牙齿和别的问题，它们利用了这一点。你关于鲍·祖巴金的几句话以最轻松愉悦的方式"准许我谈论"一个我至今都没敢触及的话题。当然，他就是你所写的那样。我对阿霞非常尊重，再荒谬的事情也永远无法改变。我对鲍·祖的态度一直是耐心地保持沉默，因为在某种程度上，他对于阿霞来说是可贵的，我不得不这么做。当然，在认识他之前（1923年或1924年），我不知道单独的、混合的和一钱不值的业余爱好可以让人多么难为情，相比之下，肤浅的涉猎似乎是永恒启示的源泉。他不是一个业余爱好者，而是一个演奏者，从这个角度来评判他是残酷的。我不知道是否需要向你解释，我并不属于那种认为神圣、智慧的日常世界始于"天才""艺术""*创造者*"等的人。我在生活中不仅从未以这种"创造性"的疏忽而冒犯过任何人，而且我一直尽力使缠绕在这些问题周围的寡淡无味、做作的胡言乱语露出真实的面目。我尝试做的第一件事就是让一个没有才华的人牢记，他的错误没有任何贬低自己或者致命的地方，如果在**这种**天赋里没有他的身影，那他一定会出现在别的领域。但你能做什么呢，有些人本身就让你感到不舒服，他们除了天赋之外还缺乏分寸和对自己命运的尊重。写这些东西让我感到痛苦，因为不是全部，但其中很大一部分都和祖巴金有关。顺便说一句，同样的混乱要归咎于这样一个事实，精彩的、神话般的索伦托故事，我不知道其真正的开头和结尾，它戛然而止，不知怎的以一种丑陋的方式结束了。在夏天的时候，我认为只是好的、出众的人，聪慧且有一个饱经风霜的灵魂，突然闯进梦境一般的地理天堂，冲向那个人，他给他们这个机会并向客人们许诺不会出任何纰漏，充分扮演好主人的角色。我不知道，这里是谁妨碍了谁，但在谈论**文学**、谈论作为诗人的祖巴金等问题时，已经出现了某些没有分寸、无情和凶险的胡话，且高尔基可能不是造成这种荒谬行为的唯一罪魁祸首。当我收到高尔基的两三封带有最终意见的信，一部分是有关阿霞的，但主要是有关祖[1]的，我压住心头的气恼，果断地站出来为他俩辩护，特别是请求高尔基将你从你并不知情也并未参与的以你的名义制造的那团乱麻里带出来，即拒绝阿霞的计划，因为我很痛心，你至少在回忆里会陷入对我而言同样未知的荒唐的，他们的旅途以此告终，最后这一切都需要我来承担后果。他让我不要再给他写信了，被我信里最后一点上的歇斯底里（真的）激怒了。用你的话说，悬在空中的一切里蕴含着巨大的幸福。我非常希望你能把整个事情深藏在灵魂里，哪怕和阿霞也不要提起这件事。你和我都没什么好生气的，在没有我们参与的情况下，事情的进展逐渐让我们从属于别人的错误中解脱出来。我不知道我是什么时候具备这种能力的，但最近我对针对我的错误认识和曲解的可能性变得非常平静，每次在某个地

---

① 即祖巴金。

方，像祖这样的人开始谈论你时，无论是作为敌人还是朋友，都同样不可避免。你显然也有同样的习惯，因为你过去关于阿霞的警告表明，你对这种背后解读的味道非常熟悉。我为这封冗长无趣的信感到抱歉，但更主要的是为这封信的延迟而感到抱歉：这封信本该一周前就写好。你是否已经按照我的要求把自己的书寄往柏林了？如果还没送到柏林，那请寄到慕尼黑的Maria Theresia str. 19[①]，因为我的柏林家人全都去慕尼黑过节了。而散文还毫无进展[②]。这让我很难过；这就是为什么这封信是这个样子的。

你的鲍

---

① 英语：玛丽娅·特蕾西亚大街19号。
② 指《安全证书》。

帕斯捷尔纳克 致 **埃夫隆**

1928年1月 初

亲爱的谢尔盖·雅科夫列维奇！

　　新年快乐，紧紧地拥抱你。玛·伊写信跟我说起德米特里·彼得洛维奇和彼得·彼得洛维奇拟去索伦托。我对这次旅行的动机有一些猜测，如果他们是对的，我真心祝愿他俩能成功，并完全与您分享这份愿望。与高尔基的接近可能会给《里程碑》一个早就当之无愧的立足点；在所有飘浮于空中的可能性中，这是最自然的一个。如果正如他们所说，我"驴唇不对马嘴"，我很抱歉。我相信，我对高尔基的态度和您自己以及您周围人的观点是一致的。对我来说，高① 是一个时代最纯粹、最伟大的**证明**，是时代能感知的、让人屈服的化身。在这种情况下，对我来说一个远超越作家的人，以至于后一种情况在我看来是一个衍生物。我远没有想过根据这个例子立即为自己构建一个必要的艺术家典范，因为这个规则与我自己的成长环境完全相反，但我也不会以您、玛·伊和我自己的方式来为世界制订方案。我已经患病很长时间，一种病接着另一种病，耽误了最要紧的（至少仅与收入挂钩的）工作。我非常想给斯维亚托波尔克–米尔斯基和苏福钦斯基写信，但在不久的将来，我将不得不放弃这种乐趣。如果你和他们有通信往来，我很想请你把我的心声和告别的话转达给他们，这份感情紧跟他们并随他们远去。我还希望他们记住，在那里的任何聚会和会面上，他们都是

―――――――――――――
① 即高尔基。

有可能或将要出现在那里的人当中我最直接的朋友。也就是说，我宁愿提前认同他们的世界观，认同他们的个人想法和他们在亚得里亚海上的梦想，也不会插手任何不是来自于他们的偶然事件。我非常难过，因为过去几天一直困扰我的**无所适从**（紧急事情的堆积等等），我无法给您写一封真正配得上您的信。但更不值得的是，我给玛丽娜写信已经是一种犯罪了。但您自己会弥补这一切的。我全心全意地与她和您在一起。

您的鲍·帕

帕斯捷尔纳克 致 **茨维塔耶娃**
1928年1月5日

　　我亲爱的玛丽娜！祝贺你完成《费德拉》，热烈地、衷心地
祝贺你。谢谢你寄给我莫顿的风景照。我以前从未看见过Rue des
Pierres①，如果没有这条街的话，我仍然会保留对莫顿的错误印
象，以为它是一个没有古风的新城镇。在我看来，你的街道上很少
有东西是我以前见过的，但在我想象中是早已熟悉的。这原来也是
一个错误。实际上，很多时候，当我想象你住在哪里，是如何生活
的时候，我看到的正是那座略高的（第二座）两层楼的房子，它在
从你家门口出来那条路的斜对过，就在你房子后方的小道对面。也
可能更简单，这都取决于照片的拍摄地点。显然，在我想象什么东
西的时候，它总是将所要求的图像面对观众，也就是说，完全描绘
出您所面对的图像。请分两次找机会寄送《俄罗斯之后》，一次借
你自己找的机会，另外一次借我写信说的那个机会。如果一次辜负
了希望，另一次还可以补救。我根据你朋友名字的首字母猜出了她
的全名。我大概在柏林见过她前夫的儿子一两次；他好像叫弗拉基
米尔，在诗歌方面做过一些尝试。后来再也没有听说过他了。你还
记得我对你以"您"相称的时候。也许，就在同一天，我产生了另
一个记忆，一个相似的，也许最强烈的记忆。我突然想起，在我对
你以"你"相称之前，你就提出断绝关系，你认为我们的关系从你
那一方面看是冒犯的、不值得的谬误。你还记得吗，这是对我未能

---

① 法语：皮埃尔大街。

及时向你所构思的长诗提供有关叶赛宁的一切（即我所有的一切）做出的回应。尽管我整个人都反对你的提议，我简单地、人性地反抗它，但克服了痛苦，我可能会在笔头顺从它一段时间，如果在这之后接连爆发两次雷鸣般的，净化、使我的整个视野明晰的打击：《终结之诗》和里尔克知道我的消息。你知道吗，这两件事是我自1914年以来一直等待的和平和亲情的第一个标志！你明白我在说什么吗？你还记得大家是如何等待和平、等待真相大白的吗？你还记得贝多芬在库谢维茨基[①]的节目单上变成了比利时作曲家的那一次吗？[②] 这些比利时作曲家出现在"集体创作"和无产阶级诗歌之前。甚至在那个时候，精神移民和良知、心灵的破坏也开始了。你是不是有时是个潜在的亲德人士，不是在柏林这个意义上，而是在贝蒂娜[③]这一方面？但那时我们更年轻、更纯真，此外，对适应的要求是国家面对的新任务；对缺乏个性的个体和被孤立的审查还没有充分建立起来。*Die Neue Rundschau*[④]9月号里刊登了几封Rilke的信。去读读它们，在某些地方认出自己；对他在那些年里不得不忍受的东西感到不寒而栗，并且……感谢上帝，这一切（以怎样的牺牲为代价!!），这一切都出现了，正走向某个重点，**都会到来的**。第一个承诺是两种现象，它确认了我周围家乡的、真诚的和智慧的环境即将闭合，甚至有可能在我有生之年发生。尤其因为它们独立于我而存在，它们彼此也是独立的，远在空间中。借偶然的机会，《终结之诗》通过旁人落到我的手中。同样偶然的巧合中，传来我与Rilke有接触的消息。这两个事实并没有看向沃尔洪卡的方向。

---

① 谢尔盖·亚历山德罗维奇·库谢维茨基（1874—1951），俄裔美国指挥家、大提琴家。

② 第一次世界大战开始时俄国社会出现反德情绪，贝多芬因而被标为比利时作曲家。

③ 约指贝蒂娜·冯·阿尼姆（1785—1859），德国作家，浪漫主义代表人物之一。

④ 德语：《新评论》。

在痛苦的孤独中，它们用两根杆子在自己高度的某处敲打着，亲切可爱得让人头晕目眩。因此，我的第一个冲动就是立即通知你们两人，让你们彼此建立联系。对我来说，从这一刻起（在12年的中断后！），别的事情开始了。几乎感觉不到的空气浪潮已经存在。Rilke在预料之中变得可以想象。我明白了，以一种最基本的、男子汉的方式，一个人可以、值得而且应该去战斗。应当用尽全力，哪怕上下颠倒，但要接受自己，并和你们在一起。《施密特》就是这样诞生的，对《1905年》已完成部分的态度就是这样聚合理顺的。在工作中咆哮喘息的时候，这个被名字命名、在12年后被呼喊、唤回的意志落到了自己身上，它认出了自己，并在对你的持续和直截了当的崇拜中欢欣鼓舞，就像置身它现在永久的、不应有的幸福命运。你还记得当时我给你写了多少有关幸福的信件吗？所以它仍然如此，现在也是。为了让你全面而真实地想起比利时作曲家，以下是他当时信件的摘录。"我感到自己被世界否定和抛弃了，这个世界的**状态**，似乎要在如此无谓的混乱中消散无踪，最重要的是，我觉得这个世界在**威胁**我。因为相比以前，这些年本该、也必定是**我的**工作最有保障的几年，而如今，**人为堕落**的不幸摆布着我那被遗弃的、可怜的、无助的生命，我该说什么呢？我对我在瑞典的朋友们有着最真诚的信任。早在1914年我就想再去一次，十年过后，如果我去到**那里**，并在那里经历这场世界动荡最糟糕的时期，我的内心会觉得**无比亲切**！请在那边向他们问好。**我试图接近他们的努力的徒劳的**。还有一件事：《旗手》是个早期的作品，人们**估计已经受够了**它，尤其是不要将它和音乐相提并论；它跟我**关系可谓疏远，跟这个时代则完全没有任何关系。啊，里尔克的想法是多么与众不同！（信中的着重号是我加的。你能猜到吗？《旗手》①大概被变成了爱国主义"军事"读物!!）"唉，他只能被想象成这个样子！"②

（摘自另一封信）

"这是一种担心和关切，是我内心持续的警告，它在里面呼喊，现在正发生着**接连不断的错误**（来自德国方面），我每天盯着五六份报纸，那么无力地、笨拙地读着它们，每份报纸都向我证实了这些错误，伴随着每一次呼吸，我都将这种责备的、抗拒的意识更深地引向自己，我知道错误，但却什么都不能说出来，**因为，我以不同的方式成长的声音**该如何突然发觉自己在为最为愚蠢的方面服务？到处都有人像我一样，出于类似警告地说话，——瑙曼近日在国会大厦，福斯特教授，亚历山大-霍恩洛厄亲王，但这些都恰恰是没有效力的声音。"③——但在整个上下文中，所有这些都更具表现力。

由于我和高尔基短暂的历史性事件似乎也在昨天结束，我想向你简要叙述一下，比之前更加详细。在阿霞到那里之前，我与他没有任何通信往来。我对他的态度，是我之后再次回到的那种态度，我最近给谢尔盖·雅科夫列维奇写信提到了这一点。对于这种历史性的认可和无比的尊重，我在秋天的时候加入了我个人对阿霞深深的感激之情。她从那里告诉我，谢·雅对我的散文，尤其是《柳韦尔斯的童年》评价很高。这让我既感动又高兴，但我只写信告诉

---

① 里尔克的散文诗，是他的早期作品。
② 帕斯捷尔纳克在信中引用的是德语原文。
③ 这段引文在原信中也是德文。

了阿霞我的情感。之后我给谢·雅寄去了《1905年》，上面有题词：赠予这个时代最伟大的证明。他在回信中简要地对这本书表达了衷心的感谢，并告诉我，《柳韦尔斯的童年》的英译本将于春天在美国出版。他还承诺，一旦明确了出版条件就立即告知我。那时我便给他寄去了第一封信，请求他不要操心这种小事，将通知我的事交给别人就可以了。我知道或者能够想象得到，他的通信量会有多大，想到他的通信会因为我而变得更多，我就感到痛苦。这种关切的感觉在随后的信中反复出现，也就是说，相比于另外的感觉，这种感觉引发了它们，也导致了我们之间的第一个误会，因为他要么不理解，要么不相信这份感情的真诚。同样在第一封信中，我补充道，如果《1905年》是我想要的那样，他肯定会提到它，他对这件事的沉默意义重大。我请求他不要在我身上浪费时间，不要让我对此次失败感到沮丧。阿霞来了。她顺便告诉我，《1905年》没有让他感到满意，还告诉我与你的计划。谢·雅会告诉你所有细节，包括阿霞在计划中为我创建的虚假角色。在所有这些计划之前，我成功地阻止了虚构的事情，这对我来说是那个晚上多么令人高兴的意外。正是在那天晚上，阿霞告诉我的一切（是的，我还忘了说，我从阿霞那里得知柳韦尔斯的英译者是玛·伊·扎克列夫斯卡娅[1]，高尔基的密友，《萨姆金》[2]就是献给她的），我被对高尔基近乎孝顺的心情所感动。我写信告诉高尔基你作为诗人的重要性，写了我不可估量的感激之情，还有我对他关于《1905年》看法的猜测被阿霞证实了，因此，既然这一切都已了然，我对不要浪费时间来回复的请求越发强烈。这是我的第二封信。第一封和第

---

[1] 玛丽亚·伊格纳季耶芙娜·扎克列夫斯卡娅（1892—1974），高尔基的朋友。
[2] 即《克里姆·萨姆金的一生》（1925—1936），高尔基最后一部长篇小说，未完成。

二封信之间有一昼夜的间隔：由于命运的巧合，我在阿霞到来前夕给他写了第一封信，第二封信则是在她到来那天写的。六天以后，同样间隔了一昼夜，连续收到他的两封回信：一封是对第一封信的回复，另一封是对第二封信的回复。在回复我第一封信里不确定的猜测时，他以"我亲爱的鲍·列"开始，以**热烈的**赞美之词谈到了《1905年》，我觉得书信不足以对其进行答复，我想用电报来回复。我的回信（在同一天）就炽热的感激之情的简短程度而言，与电报别无二致。然而，第二天就收到了第二封回信，提及我对你的评价，带有足够的分寸和隐秘性，阿霞（应他的要求）强加于我的，感谢他对世界的温情，以及我对于一个得以证实的猜测的评价。他的上一封信有多让人高兴，这封信就有多可怕。他对无辜的阿霞进行了尖刻的嘲讽，在这个我们在日常生活中都知晓的"第三张嘴"的细微特征上，构建了对阿霞几乎心理学的定义。接下来是对前夜关于我的话的一些有限评论，也许是公正的。然后是关于你的废话，出于对他名字的尊重，我就不引用了，虽然对我而言这很难，如此公文般的愚蠢和错误，就是说，**对你更大的胜利**会是数学家的断言：$2 \times 2 = 5$，而你，据说并不知道这个简单的规则。这段冗长的话的结尾是：词语掌控着你，也掌控着安德烈·别雷，反过来，你们却没能掌控它们。要回复这封信是极其艰难的。这对我而言很困难，因为摆在我面前的感情、话题和情况很复杂：一些在于其公正性，另一些在于其自然性，还有一些在于其可预见性。最主要的是，我知道我没有失去对他的尊重。我必须有尊严地离开他，也就是说，我必须以一种不会冒犯他的方式来写信。然而，一想到这场风暴的发生毫无恶意，我就陷入了绝望。现在我告诉你，我是如何给他回信以及回复的内容。我不知道我该如何是好，是否要告诉阿霞这件事。首先，他还没有和她断绝来往，他的信将我也牵连进去了。我担心，如果我将他的信**转交**给她，会使情况复杂化。但我先给你写了信，其中有许多关于祖巴金的"热情"言语以及阿霞与他接近时和在他影响之下可能出现的疏忽。至今我仍未寄出这封信。我在信里希望你对高尔基尽可能保持被动和认真，建议你只接触你知晓的东西，其他任何都不要触及，甚至包括阿霞。毕竟，你可以等待承诺的实现，我担心类似发生在我身上的事情也会发生在你身上。突然间，一种感觉告诉我，最好把一切都交给命运，不要向你提及任何与此事相关的内容，你会看到，一切都是向好的，它没有欺骗我。现在说说我回复高尔基的内容。关于你的部分谈到了两次，而且是在信的末尾。但说的是两件事。首先，我问他为什么将他对祖巴金和阿霞气恼的意见强加在我身上，他想借此把什么归咎于我。我是否应该将他的怨恨深藏于心，对我的朋友（阿霞）隐瞒他，还是他会赋予我让他们断绝往来的权利？其次，我对阿霞和祖巴金给予了**同样的**庇护，后者不应该让你感到惊讶，因为我对祖巴金的任何态度都不允许我对他有失公允，而我正是在保护阿霞和祖巴金免受不公正的待遇。我对阿霞无谓的过失（同转达《1905年》的意见一起）引起高尔基的愤慨和惊讶；我没有直接命名这些类别，而是把他从刁难者刻薄的吹毛求疵中引向生活，引向转达通常会发生的那种情况。谈到高尔基对他们不满的其他原因，我顺便给他写道：在我看来，作为一种准则，我们有权利只向别人要求高尚和体面，但天才作为一种准则，每个人都有义务只向自己提出要求。至于前两个要求，阿霞和祖巴金在他面前和在上帝面前一样纯洁。但最难表达的是，请原谅我，我的朋友，原谅我的介入，它构成了这封信的目的和理由。我应该让高尔基为你放弃整个计划，我以一种冲刷掉所有尴尬和阴影的真诚和冲动恳求他，把我从他们束缚住我俩的铁丝圈中拉出来，忘记这个许诺，因为这对你和他都没有好处。我是这样结尾的：我爱茨维塔耶娃和别雷，我不会将他们让给您的，正如我不会将您让给任何人一样。他对这封信的回复是提议停止通信。在同一天我得知，他染上了肺炎，命不久矣。我给他写了一封愚蠢、激动的信，起誓并祝福他，当然，与你和别雷、帕斯捷尔纳克一家都毫不相干。因为我足不出户，一无所知，我对《萨姆金》第二部的手稿做了一些可能的假设，"离我的床边不远"和"期望从她那里得到比医生和药物更多的奇迹"，等等。后来我才知道，这第二部分早就写好了，已经给莫斯科的杂志供稿了。但这个错误有什么是罪不可赦的呢？后来我生病了，在经历了几个不眠之夜的病痛后，我读了《克里姆·萨姆金的一生》的第一部。也是在我生病的时候，我给他写去一封关于这本书的信，提出一个请求，你可能会理解。我缠着绷带，整夜不能睡觉，每天不能洗澡，也不能用冷水擦拭，什么都不能做，一切都笼罩在肮脏、痛苦和昏昏欲睡的惆怅中，我在信中要求他给我寄来他答应我的《萨姆金》，并写上祝愿的题词。我请他祝我顺利。在信中，所有这些都是对一个不能触碰的人说的，这没有任何令人惊讶或胡搅蛮缠的地方。命运本身忽略了他与我的分离。此外，有几件事情让我希望能够和解。其中，比方说整个故事对你来说仍然是未知的，不管我的请求（他似乎愤怒地拒绝了这个请求），有关你的计划可以在索伦托和巴黎之间部分实现。或者例如阿谢耶夫的旅行，他准备了与你有关的更加快乐的计划，并再次与高尔基同行。抑或是，最后，斯维亚托波尔克–米尔斯基和苏福钦斯基的旅行。但现在这一切，不论是阿谢耶夫，所有推测的可能性，还是所有内心的尝试，都已经有了足够的时间，我彻底退出索伦托主题不会让任何人感到困惑，也不会伤害任何人。当然，我不仅不是指你，甚至在我说"没有谁"的时候，也不是指苏福钦斯基和斯维亚托波尔克-米尔斯基。正是在确信已经用尽与高尔基交往的所有方式并期待着可能结局的情况下，我于近日提醒谢·雅，我将他们看作是我在任何圈子里都无可争议的朋友，而非外人。那为何不画上句点呢？你自己判断吧。昨天我收到了一本书。引号是他打的——致鲍里斯·列昂尼多维奇·帕斯捷尔纳克。祝您"顺利"？简洁才是我衷心祝愿您的，想象力和语言的简洁。您是一个有才华的人，但您阻止人们了解您，因为您"聪明过头"了。您是一个音乐家，音乐虽然深刻，但与智慧是敌对的。这便是我的祝愿。这是我今天刚收到的来自莫斯科的书——阿·彼什科夫①。

虽然这"聪明过头"，连同"一个有才华的人"（类似于"一个年轻人"②），特别是关于音乐的哲学见解……虽然这一切，我认为与关于你的言论属于同一等级，我告知你题词，但我不会出卖他，因为这不是一封信，而是一本书上每个人都能看到的题词。我真诚友好地感谢他的礼物，并没有向他隐瞒我读完题词时的复杂心情。我向他坦白，我很难过，因为我的直觉拒绝做出决定，谴责的比例超过了他问候的喜悦，他对我的同情也被反感抵消。我们与他断然不同。在与你一起做了尝试之后，不论是关于我自己或关于诗歌，还是这方面的任何东西，我再没有给他写过一个字，即只写过关于在我看来都是共同的人类的、活生生的东西。如果我曾经希望我们中的任何一个人与他建立良好的关系，那当然只是基于这些

---

① 即高尔基的本名，指写下前文中"祝愿"的人。
② 对资力较浅的人的亲切称呼。

简单的、普通的人类感情。毕竟，这是我向他要求时想到的唯一愿望。他意识到，我是在向他要一个分数，一个文学满分，可他给了我两个减号！**我**自作聪明，而他对阿霞，对祖巴金，对你，对我的话和请求等的态度——很简单！他的题词也很简单！他不知道，一个人可以毫无限度地尊重他，甚至将他当作一种现象来爱，同时，不仅不想成为那些他喜欢的完美无瑕的艺术品中的幸运儿之一，甚至也不想成为他本人。我很难在你面前理清楚这整个故事，就像上次一样，我在匆忙中用难以想象的乏味语言讲述这个故事。我可能漏掉了其中的某些内容，它可能非常重要，这个故事太复杂了。如果你不理解遗漏背后的东西，感觉会提示你进行修正。如果你想取悦我，就不要在写给我的信里或其他地方触及这个故事。亲爱的，不要以为，为了将你从高尔基复杂到难以实现的慷慨中解救出来，我采取了轻率和头脑发热的鲁莽行为。不是的，一切都经过了深思熟虑和反复安排。

（写在空白处）

　　如果你不相信，不可饶恕的感情用事已经被否定了，那我就向你吐露一切。我想亲吻谢廖沙，划掉，写成谢·雅，画掉，替换成谢廖沙。总数是多少？我亲吻谢廖沙，我还想亲吻谢尔盖·雅科夫列维奇。

　　请别因为这冗长的报告而生气：对我来说，我写它比你读它更难。

朋友们① 的索伦托之行顺利吗？我紧紧地拥抱你，地球上最亲爱、最甜蜜的力量，拥抱你和所有与你同在的人。

不会再有这种古怪的信件了。我已经写了一上午。"报告"让我感到头疼。

---

① 指苏福钦斯基和米尔斯基。

帕斯捷尔纳克 致 **茨维塔耶娃**

1928年1月10日 前后

    我亲爱的玛丽娜！捎带《里程碑》的人来过了。那么将《俄罗斯之后》带来的人是谁呢？之后，我有一段时间愚蠢地以为《费德拉》已经在其中了，在第三期，但根据最后一封信我猜到了，第三期早就准备好了，和你创作《费德拉》在同一时间进行。但因为第三期的封皮与第四期很相似，尽管我知道其中不会有《费德拉》，但我会把这缺失看作一个积极的、蓝黄色的①惊喜。我已经读了《自海上》和《新年书信》并写信给你。玛丽娜，告诉我实话，在阅读"我"的时候，是否有一些东西总是像一个简单的自然法则的运作一样，在翻阅你的书页时，一经展开就将你围绕。作为一种基本的、不可分解的感觉，它很难描述。我们是人，还有很多人在那里的所有可能性都在我们周围。还有一些关于灵魂及其命运的谜语。有一些领域，人们因为误解被困其中，直到忽然意识到自己已经疯了（社会、历史、永恒的问题等等），才能被放出来。有一种金色的力量叫作思想、心灵、话语的声音。在大自然纷乱的咆哮中，有一些时刻，它希望重塑所有已经完成的事情，被称为春天的信仰涌动在其中，它想要孩子，并且如此爱着它三个月的希望，也爱着我们。有时，在它先前独自占据的空间里，哀叹它脚下蔓延的蚁穴，突然间，一大群与她同样大小的自然席卷而过，人们把它们写成了小说。有这一切，还有更多的那种不可估量的、本质的、新

---

① 指帕收到的《里程碑》一书的蓝黄色封皮。

鲜的、逝去的东西，日常生活透过窗户看着这一切，习惯于在浑浊的玻璃后面看到这些东西，于是把弱点变为优点，开始在文章、宴会、大学讲座等方面教授如何看得更昏暗，时间滚滚而逝，尘世间的街头过客向职务蜂拥而去，一切都变成魏尔伦[①] 意义上的文学。突然间——砰的一声，窗扇分开了，诗人说话了，他嘴唇的物理运动就像风的间歇性议论，不仅你的肺知道，头发和外套的下摆也知道。在这个脑袋后面生活着一切，被朦胧的视觉技巧所遮蔽，但只有在第一刻，它才在诗人背后，在你把诗歌作为一种访问、一种现象来体验的那一刻。因为就在下一分钟，阅读和吸收开始了，整个宇宙的街道转过来，通过文字向你飘来。这个神圣的、俄耳甫斯式的、暂时光头的人沿着抒情的航迹，把一个建立起来的世界像玩具船队一样吹进你的眼睛，吹进你激动的喉咙（吞咽吧，窒息吧，咆哮沉醉吧）。当然，不管我怎么嘟囔——我什么也没说——我如今仍无法直面未来的面对面交谈。你很了不起，你是不可言喻的。我永远无法让你明白运动和表达中的你是什么。当你在写上下文的时候，不要忘记我在最重要的——你的组合字里是什么样的。总的说来，我和你是一样的。但我是散文奴役中的未知数，而你是散文自由中的未知数。[②]

当然，我也浏览了德米特里·彼得罗维奇的文章[③]。请继续读下去，并为我做你认为必要的事情，即请你考虑转达或是不转达任何内容。如果他不相称的赞美**只是**一件无功而得的事（它事实就是如此），给他写信对我来说就很容易。那么我就会这样告诉他：感

---

① 魏尔伦（1844—1896），法国象征派诗人。
② 不，不，当然不是：但你的女性奴役不那么丑陋，不像我的男性奴役（公民奴役等等）奴一样。自来水管的奴役。——帕斯捷尔纳克附注
③ 指米尔斯基《论鲍里斯·帕斯捷尔纳克〈1905 年〉》一文。

动和难为情等等。但这件事更加复杂。你听着。他是一个绝顶聪明的人，也是一个具有高度可塑性的人。他所有的文章总是让我着迷，他登在这一期上的周年纪念和书目也很不错。这是他自己写的，没有任何干扰。关于《1905年》的文章我给他搞砸了。事情是这样发生的。秋天，我给他写信说，他是唯一一个对这本红黑封皮的书的看法也成为我自己看法的人，并且他的看法将结束我对这本书的犹疑看法。我现在仍然如此看待他关于这个有背景的、历史的、地狱般的、丑陋的男性作品的观点。但可能正是我的这些话束缚了他，不是在思想上，而是在情感上。或许，他写这篇文章时害怕情感不够，也就是说，在我的陈述之后，他觉得一切都不够，我的陈述就像出于信任伸出的手作用在他身上（并扰乱了他的心绪）。整篇文章很不错，解析和陈述都很精妙，我太受之有愧，有四个词令人难以忍受，但不能归罪于他，因为其中表现出的矫揉造作（甚至是文体上的）源于我那不幸的空泛辞藻。但首先，我指的是他写给我的私人信件，而不是一篇文章，这很清楚。其次，我没有强求他的厚待，而是谈了一个数学家对半数学作品的自主意见。（我从未如此愚蠢和公开地表示对《姐妹》的意见或别的什么个人的非数学作品感兴趣。）这几个词，你猜对了，就在最后一段。"俄罗斯诗歌的伟大革命者和变革者。"是的，但这才是重点，这都是一场误会导致的。他自己也说，我用这几个词毁了他的文章，如果没有误解，就不会发生这种情况。但是，关于《里程碑》（关于苏福钦斯基和司徒卢威[1]）另找时间再谈。

我像拥抱弟弟一样，像兄弟一般接受了谢廖沙的文章[2]：正当

---

[1] 司徒卢威（1870—1944），俄语学者，"合法马克思主义"理论家，立宪民主党领导人之一。

[2] 《里程碑》1982年第三期上刊载了埃夫隆的《俄国文学的社会基础》一文。

我力求解决问题时，向吸烟的理论家借了火。可怕的相似。但这是我告诉你的。请你亲吻他，别说是谁的意思，也别说为什么。

紧紧地拥抱你，就让此信成为一份绝密文件。我粗略地浏览了《里程碑》。

埃夫隆 致 **帕斯捷尔纳克**

1928年1月12日

亲爱的鲍里斯·列昂尼多维奇，

收到了您关于高尔基的明信片。我认为，在把您的内心的回复和对他的书面答复深化到这种程度的同时，您对自己的看法是不对的。我难以想象，或者更确切地说，完全无法想象（似乎您也并不彻底清楚），您写的这团乱麻的主要内容是什么。即使我不知道，但我确信，主要内容在于对高尔基而言是非常肤浅和典型的失之偏颇的计划。在我看来，当高尔基站在局外人的角度观察时，他被赋予了非凡洞察力；当他本人处于行动中时，他却置若罔闻。换句话说，小说的作者高尔基和小说的主人公高尔基是完全对立的。这样的结论，我并不是通过与他本人相识（我只见过他一次，而且并没有交流）得出的，而是根据从远处对他的一些周围环境、偏好和情感的观察得出的。要适应这样的人很容易（他的对立面霍达塞维奇与他的友谊就是一个例子），建立直截了当的关系几乎不可能。您关于他被您和玛通过阿谢耶夫和霍达谢维奇折磨的推测未必正确，准确地说，这件事主要是阿霞和祖巴金搞的。后者相当可怕（我是道听途说），他们引起的不适感会长期存在。请您帮阿霞远离他！

我收到了苏福钦斯基和德米特里·彼得罗维奇与高尔基会面的简短通知，似乎一切都很顺利。双方进行交谈，达成共识，彼此都很满意。但您对这次会面目的的猜测是完全错误的。根本不是关于《里程碑》，也不是关于玛，也不可能是。只是彼此相识，这对我们非常重要，但不是您设想的那样。与高尔基的任何联系都会剥夺我们的独立性，而这是我们最重要的尊严。尽管他作为局外人的同情和关怀对我们很重要，但把他纳入我们的圈子是危险的，甚至是灾难性的。

亲爱的鲍里斯·列昂尼多维奇，您所写的关于我们的内容对我们来说非常珍贵。我想，您一定要感觉到我们与您的联系是多么紧密和牢固，您在我们工作中的存在是多么持久和有效。您描述的孤独是暂时的，我相信离它结束的日子不远了。不要让与高尔基的复杂关系折磨自己，不要将所发生的事情置于您内部生活中不恰当的位置。

真诚地拥抱您。

谢·艾

（写在空白处）

这封信是在我收到您给玛的长信之前写的。不过，我还是将自己这封寄出。

帕斯捷尔纳克 致 **茨维塔耶娃**

1928年1月12日

亲爱的玛丽娜！你醉心于接近里尔克的白血病是无济于事的：不论相隔多远，你这样做都会将自己的病痛变为了一种被许可的东西，你不知道这让我有多害怕。我清楚这些脓疮，我也清楚它们的秉性。就像其他上百件由战争引发的大小事一样，可以通过长期忍耐的约束而打败它们，绝不会与里尔克的结局相提并论，它们可以被迥异的历史风格的现象打败，不会再发展。请不要取笑这种对皮肤病症的心理分析。你不知道这些事情与针对它们的心理战术有多大关系。它们和神经没有因果关系，而是由疲惫引起的。但一旦出现，它们很快就会消退，或者停留很长时间，这取决于神经系统，因为对于生物时间的管理当然属于这个部门，而这个部门收到了推迟所有作用于我们身上考验的申请。它们应当在这里被拒绝，这就是为什么你的比较让我感到不安。我的腋下也有过（脓疮），也许这和你长的脓疮一样令人讨厌，你的有可能更疼痛。医生给我开了一种很好的药膏，在敷了这种药膏和其他治疗之后，有一年没有复发了，因为这种药膏附着性很强。药剂的主要成分是某种thygenol①，你咨询一下医生，看这种配方是否适用于你的情况。之后在很长一段时间内，我通过逐渐延长停药间隙来摆脱对这种药物的依赖。请原谅关于这件事我写了这么多，请不要生气。但看在上帝的分上，不要美化细菌这种令人发指的自由，把它当作某种

---

① 英语：硫醇。

可以想象的事实来接受。可怜可怜自己吧，毕竟，直观上，你对自己身上发生的一切的了解并不亚于医生，所有这些血液的耳语都会传达到你那里。不论这有多无聊，都必须在营养和能量消耗之间取得平衡。请再次原谅我，我知道有时这有多难。为什么你说我已经开始忘记你呢？**我的信**没有多说我自己的事，这一点是有规律可循的，根植于这一年发生的许多意外，但我书信的质量本身就是一件小事，它并没有让我感到害怕。最近，我不得不用一份令人极度厌烦的关于索伦托混乱的报告来折磨你，而不是朝着你的方向发出简单的心绪，这会擦亮我的眼睛。如果你收到这份报告，那么，它可能比阿霞在信中的附言让你更加沮丧。我不想说关于听力和注意力被阻碍的双关语：某种感觉告诉我，这些**索伦托**的衍生词在你的回信中向我走来，这封信我还没有收到。但也许我被骗了。

1928年1月15日

现在你的信中出现了一串名字，并担心这些**背景**会让我们**不和**。你看，即使是沿着双关词语派生的路线，我的思维也是朝相反方向发展的。我只是忘记了从索伦托你可以衍生出带威胁性的双重音动词：我只想到了阻塞，即需要整理和清理的可克服的负担。但我总是自己承担这一切。如果我谈及我这封长信的乏味（你还没有收到），让你感到厌烦并非我的意愿，而只是你在这些不愉快的背后**看到**我一个**被迫**允许的情况。我的意思是，我很痛心，因为我把你引至这种景象和这些文字。如果对我来说你不是玛丽娜，我根本无法承担这一切混乱：我不敢也不能承受。不过我不想了解"成为玛丽娜"这个词组的意义；你应当知道它的含义。我对谢·雅有一个巨大无比的炽热请求。如果能碰上一个机会，就地读到《1905年》，那这就是完全属于他的个人财产。[①] 我会对此一无所知。那时只需将抑抑扬格汇聚成四行诗，而《施密特》将保持不变。我想给谢·雅写一封信，**但由于某些**原因，我只能顺带提一下这个话题，而且只能在空白处。采用的可能性我是允许的，因为有《捕鸟者》的先例；如果这是一个不切实际的空谈，那么请他原谅我的请求和提议。

当你忘记你对我而言是谁时，就慢慢地阅读自己吧。它总是会提醒你已经忘记的东西。

---

① 帕斯捷尔纳克在暗示，可以通过海外出版社转载长诗以向茨维塔耶娃提供物质帮助。

茨维塔耶娃 致 帕斯捷尔纳克

1928年2月1日

　　写给鲍里斯。穆尔的三岁生日。Je n'y regarde pas de si près.[①]
托马舍夫斯基夫妇[②] 的离开。奥尔沙。前往偏僻荒芜的仙境。把你
引向我，把**我**自己引向你！我消失不见，像消失在今夜的梦里一
样。莫斯科被恶人（记忆）玷污，被恶人占据，人头攒动。偏僻荒
凉之地！我和你都是对的，因为罗兰夫人[③] 是带着布里索[④] 的画像
死去的，而布里索是带着罗兰夫人的画像死去的。在青少年课本中
也写到了这件事。

　　因为你，我第一次听了时长一个半小时关于形式方法的讲座，
从中我第一次了解到诗歌语言研究会和一些未完成的叶梅尔卡
（М.Л.К.[⑤]），什克洛夫斯基的一些好想法（叔侄关系的遗产：
由此可知，普希金不是杰尔查文的继承者。我：那谁是呢？没有调
查过。一个复杂的结，诸如此类。"会不会是黑人的血脉？"他不
是黑人，而是**埃塞俄比亚人**）。

---

① 法语：我没仔细看。
② 鲍里斯·维克托洛维奇·托马舍夫斯基（1890—1957，俄语文艺学家）及其第一任妻子赖萨·罗曼诺夫娜·托马舍夫斯卡娅。
③ 罗兰夫人，原名玛侬（1754—1793），法国大革命时期政治家，吉伦特党领导人之一。
④ 雅克-皮埃尔·布里索（1754—1793），法国政治家，记者，吉伦特党领导人之一。
⑤ 可能是"莫斯科逻辑小组"的缩写。

茨维塔耶娃 致 **帕斯捷尔纳克**

*1928*年2月 上旬

亲爱的鲍里斯，我想因为一些可怕的作品向你忏悔，在这些作品中，我们和所有不是我们做的事情一样，都是无罪的。可怕的作品有三部，它们其实是同一部：我有生以来第一次感受到无聊，有生以来第一次回避写作，这种心情和怀孕期间的人完全一样——冷漠、不情愿、低落的生活情绪，包括对一切感到厌恶，一种只在故事中熟悉的情绪，因为这整整27（3×9=27）个月都像往常一样活着（注意！不要去想，因为这不可能，不是因为100次中的99次不可能发生，我的情况是百分之一：把自己从数字中删除约有四年）。因此，我越来越不想触碰笔记本，我要逃跑，寻找并找到理由，当然，是多余的。不是俄罗斯，鲍里斯，有可能是爱。当我在爱情上不走运时（总是这样），我会补偿回来，我的写作就是来自于人的补偿（如果你知道《少女王》和《红色马驹》的故事，这就是全部！）。我的最近一部作品《房间的企图》，是毫无生气的。周围人的见解很天真："我更喜欢《终结之诗》（或者《山之诗》）……"它当然不是写在骨头上的（不仅仅是我的骨头！）。正如阿霞小时候说的一样，我只是"窒息了"。鲍里斯，从1924年起，四年来，没有一场黎明，没有一点期待，没有一次送别。是的，有过里尔克，你也来过，但这一切曾经存在或已经在天国了，一切都在颅骨之下。请不要认为我不存在，我需要的**很少**，比如，知道我会在多少个月以后见到你。但这需要知道。得等待。而我现在不期待任何人。这是最主要的。其次，缺乏对话者，我永远在别人的圈子里闭关自守。从我身上升起，又落入我体内，坍塌。喷泉。而我是一条河流。我需要河岸，让一片或许并不存在的大海**流经**河岸，流入**大海**。我需要倾向我、看向我的大海，哪怕只是为了树枝以不同的方式（在我看来！）移动，而房屋以不同的方式站立或非站立。我的双肩、胸膛和脑袋都觉得自己是一条河，它无异于一个航行者，不过是承载着其他的**航行者**。在莫顿没有河，在莫顿我也不是一条河，我被**困住了**。

续

这来自一条未成形的、停滞的河流和我普通女性的无聊，因为我不期待任何人（"我只是歌唱和等待"[1]，我**等待**隔间，你将停止歌唱）带我出去，鲍里斯，现在的我：一条没有堤岸的河［注意！疾病也是岸，我把自己喂给病痛（敌人），它会把我吃掉，让我沉睡，使我软弱无力。一有空闲的时间，我就睡觉，我就可以睡觉］。

Und schlafen möcht ich schlafen,
Bis meine Zeit herum.[2]

---

[1] 出自阿赫玛托娃《祈祷吧，为乞丐，为堕落者……》（1912）一诗。

[2] 安内特·冯·德罗斯特-徽尔斯霍夫（1797—1848），德国女作家、女诗人，此句出自她的《紫杉墙》一诗，意为："睡觉，我想睡觉，/连续不断。"

150

帕斯捷尔纳克 致 **茨维塔耶娃**

*1928*年2月

我亲爱的朋友！在我不写作或不怎么写作的间隙，你不会犯错的，只会为我感到遗憾。它总是由不幸、麻烦或类似的事情引起。我不喜欢神经衰弱者这个词，我相信我的心理健康。但任何一件小事，尤其是远方敌意模糊的体现，可以追溯到1924年左右，当时我在这里被粉身碎骨，最终做出"放弃文学"的决定，1928年我突然又想起这件事，让我消沉了几个星期。某个殷勤的"不怀好意的"朋友向你传达伊万·普利布鲁德内① 的四行诗，这诗出现在那些年代，但奇怪的是你却一直不知道。这首四行诗没有恶意，只说你像一双靴子一样平庸无才。虽然你非常清楚这种权威的价值，也知道如何以及为何这样说，但是这些陌生而微不足道的声音里，异类的重要话语和你面对目前被迫的双重存在的恐惧如此相像（名义上），以至于在赋予另一重意义后成为你的财产，成为你作品的伴奏。

通常，这些日常生活的细枝末节都是由实际的、客观的不愉快奠定的。我不知道你是否足够了解，并能生动地想象出来，我在这里是完全dépaysé② 的，我的心和未来都绝对超越了我的圈子、我的快乐等一切可能，那些来自俄罗斯偏远角落的信件都被我程式化地浏览过，就像一个不投缘的我的炽热、孤独的秘书，那孤独还

---

① 真名为雅科夫·彼得洛维奇·奥夫恰连科（1905—1937），俄语诗人，叶赛宁的朋友。

② 法语：茫然不安。

有一半属于你，我就像阅读别人一样阅读关于我的文章和评论，能在经济上帮助我见到你的人，我像维护自己的利益一样维护他的利益？我不希望你以浪漫的方式来想象这件事，只是想象分离的感觉，一种可以增强和减弱的感觉，因为我说的要比这种想象广泛、粗暴和持久得多，如果存在精神状态的照片，我精神上的冷酷可以随时被拍摄下来，且无须提醒我对准镜头。换句话说，我需要出国一两年，不像其他任何人那样。你知道我不会一个人去，你大概可以想象三个人一起会有多难。可以这么说，我为账户准备了两个计划，其中一个在前几天落空了。关于第二个计划我还没有答案，但我对它已经没有什么信心了。于是我不得不直接借助笔头去挣来所需的东西，也就是说，将那些未完成的关于里尔克的散文、《斯佩克托尔斯基》等拼凑起来，即拼凑所有由于拖延而没能赶上如今需求的那些东西。我害怕时间稍纵即逝的恐慌感，我可能很快就会面临这种感觉了。而在这之后，通常一切都会从我手中消失。与此同时，你的信件颤动摇摆，像生活中的一切起伏不定。它们通常有两种。一种是由你无条件且绝对珍视的人向你传达的东西：其中的一切因其来源而显珍贵。另一种几乎是以自己结构的解剖学相似性来起作用的：所写的内容比他知道的更能说明作者的情况。你的最后两封信就是这样，第一封关于阅读《费德拉》，关于苏福钦斯基和他写的高尔基的故事，关于托马舍夫斯基等。在这封信里有多少你不由自主的、真实的、活生生的影子，你的本性如此接近，以至于我感觉到你的存在，就像收到这封信后，为了歌唱你，我在迷雾中去找阿霞，但没能碰上她在家。

　　我给你寄去一期《出版与革命》，其中有一篇关于移民文学、关于你和《里程碑》的文章。但你**甚至**连评价**这种语调**的**尺度**都没有！我该如何在信里将它给你呢？戈尔波夫[1] 也是一名党员。评价并欣赏这篇文章吧。

　　请谢尔盖原谅我没有写信给他。我很难过，因为旅行已经泡汤了。

---

[1]　德米特里·亚历山德罗维奇·戈尔波夫（1894—1967），苏联文艺学家，翻译家，此处指其在《出版与革命》上发表的《海外文学十年》一文。

151

帕斯捷尔纳克 致 **茨维塔耶娃**

*1928*年*2*月*25*日

　　我亲爱的！开始忙乱起来了①。我没有见到他们，他们应该是
直接去了列宁格勒。他写了一张明信片，用同样工整细小的书法附
上了一张表格。明信片没有送到家，我现在就去取，因为我会到邮
局去，那些冒犯到你和来自于你的东西，我在收到和拆开之前给你
写信。谢谢你。你的礼物就像浅水中的石头，就像小小的码头：你
让由来已久的长长的一段空气存在于物质中（Die Antenne spricht
zu der Antenne②）。那么，说说托马舍夫斯基。我不认识他。好像
在1922年之前，在他的一次报告会上，我向他提出了许多问题，
但没人理解我。我嘲笑语言学家永恒的"科学性"，在我看来，这
是怯弱的，荒谬的。我说过，只有在沿用基于研究对象本身的描述
时，描述性科学才有可能。因此，植物学家延续的是一种在生长、
颜色和自我特征方面描述植物的路线。苹果树之所以能被描述，是
因为在我们之前它就描述了自己。这是生物科学永恒的悖论，我曾
在心理学领域中偶然发现了这一点，同样是一门"科学"，盲目却
通顺地记录着病人随意混乱的话语。形式主义者的"科学性"，至
少在他当时所处的阶段，在于方法和对象彻底的虚无主义。他们盲
目效仿精确科学的公务犬儒主义，并认为和它保持一致，使自己的
研究对象化为乌有。总的来说，形式主义是一种对任何事情不发表
任何看法的方法。幸运的是，它现在不存在。他们现在都成了最诚

---

① 指托马舍夫斯基夫妇从巴黎返回。

② 德语：天线对天线说话。

实的文学史家，有时还学识渊博，值得祝贺。至于托[①]，我几乎不记得他了，我们吵过架，我得罪了他，现在我对他不是漠不关心，而是想将对他的兴趣推迟到死后。托马舍夫斯卡娅给我写了一封关于你的信。我给她寄了一本《1905年》作为回复，上面写着题词："赠予赖·罗·托马舍夫斯卡娅以示感谢，纪念她与我最好的朋友和最爱的人之相识。"感谢她运送并转寄。最后，她的信件如下。当然，如果以不同的方式行事，那你就不是你自己了，总而言之，也许我的责备是没有意义的，而且自相矛盾。但我仍为一些事情感到遗憾。为什么她知道你对我"特有的兴趣"，她的了解如此片面（如果这已经被许可），以至于我急于补充修正我的题词？你为何要谈论你自己？你为什么不告诉她："他爱我，正如爱着天堂之光，如果赖·罗，您不知道这一点，那么您就没有目前必需的文学知识。"你为什么要跟她说话呢？我没有见过她，或许我会后悔我说过的话。我知道，有时在孤独中很难承担持续的忠诚，但你比我幸福：以前我领你去见列夫或者阿谢耶夫，但我和他们再也见不到了；而你在身旁有亲人（谢），与托马舍夫斯基夫妇的所有表现相比，他是昨天离我而去的，他会用清醒的划分来支撑你消散的孤独。我多么希望热尼娅有一天能被这深深触动。秋天，我在彼得堡的时候，她在我不在场的时候读了《终结之诗》，并被其力量所震撼。有机会我会问你这件事的，即关于你给托马舍夫斯卡娅的信或者别的什么。对了，我不知道为什么她忽然想到给你寄去一份剪报。这本身没有什么问题，这都可能是对的，但这非常偶然，单独来看没有任何意义。这个月内，我偶然收到九篇这样的评论和三篇

---

① 即托马舍夫斯基。

长文。其中，伊·罗扎诺夫[①] 在期刊《学校母语》上发表的文章以其生动、自然、传记的真实等等，让我最为感动。还有一个孤独的普通人善良、高尚的纯真，他忘我地热爱诗歌，并了解它最后的简单。突然间，霍达谢维奇试图模仿普通的俄罗斯图书爱好者提高了声音。顺便说一句，你记得《终结之诗》并不是你寄给我的吗？它是随那一系列空洞的文章一起寄来的，其中有隐士鲁米扬采夫，也许不是由他直接寄来的。你关于订阅的提议不切实际：没办法从这里直接汇款，我在阿谢耶夫的旅行中试验过了。但你说的延迟完成作品一事太可怕了[②]，它像霹雳一样击中了我。我们必须找到一个出路。你或者谢尔盖能否在某处借上两个月的钱？事实上，我和高尔基的整个重大事件都始于他的那个消息，即《柳韦尔斯的童年》将翻译成英文并预计于春天在美国出版。我当时意识到，稿酬会给到谢尔盖，但高尔基是否能彻底落实这件事，什么时候能收到这笔钱以及数额是多少，现在我都不清楚。我在上一封信中向他提到了这一点，如果有这笔钱，不要寄到我这里来，因为我在国外有债务。但目前还没有任何消息。我会写信给扎克列夫斯卡娅。

---

① 伊·尼·罗扎诺夫（1874—1959），俄语文艺学家。
② 指茨维塔耶娃在创作《俄罗斯之后》期间遇到经济困难，延缓了该书出版。

152

帕斯捷尔纳克 致 **茨维塔耶娃**

1928年2月28日

　　我亲爱的！为何要时不时地隐瞒你**对我**丰富的了解，却不隐瞒对你自己所了解的一切呢？你知道你有多受人喜爱吗？但对我和谢尔盖来说，热尼娅、孩子以及朋友都在其中，在这种感觉里，而不是在它之外。你想象不到它有多振奋人心。恰恰因为这不是细节或者过热的影响，当影响介入生活时，有时在这种感觉采取的形式背后无法被认出。如果细节允许自己受制于感觉的气息，那么细节就不会输，它的任何权利也不会受到损害。让我告诉你一些事情。《读者和作家报》开始在这里发行了。谁在做什么、说了什么等都被调查了。我想用你和里尔克作为回复，但这不是我最上心的事，也不是**我**狂热追从的一点（因为事实并非如此），而是作为一个客观冷静的、共享给所有人的必要、合理的事实。想象一下，这些内容被刊登出来，甚至我昨天发现，不知为何在Prager Presse① 上转载了，突然（在布拉格！）三个人凑到了一起：里尔克和他去世的消息，《终结之诗》以及我对你俩的责任。但这已经让你感到厌倦了，这是第一次在苏联的版面上宣布。和编辑们几近感人的补充说明一起刊登，虽然他们对"这一切"都有不同的看法（对什么？），但他们说，鲍·帕的话如此真诚，如此真切，让他们不得不刊登。我为什么要跟你说这些呢？这就是原因。设想一下，我

---

① 德语：布拉格出版社。

亲近的人，我的姻兄尼·尼·威廉[1]，因为你而感到委屈，我有一次写信跟你提到过他。他曾为《俄罗斯同时代人》撰写过一篇关于你的文章，后来被退了回来。今年应《红色处女地》约稿，他写了一篇关于我的文章（对年轻人来说是一篇颇为高深、十分有益的文章，其中没有夸赞，而有**案例**等），同样获得了成功：文章被退了回来，因为"统觉"这个词，还因为他没有对我的"社会转变"做出应有评价。那么，在我提到你的时候，他为我将你和马雅可夫斯基、叶赛宁相提并论而感到不快。那句话是这么说的。"大约在同样的时间，我收到了玛丽娜·茨维塔耶娃的《终结之诗》，这是一部具有罕见深度和力量的抒情作品，是继马雅可夫斯基的《人》和叶赛宁的《普加乔夫》之后最为精彩的作品。"本不该说这样的话。"但我不是为您写的，科利奇卡！""无所谓，您，鲍·列，别这么想，您知道每个人有各自的价值，您羞辱了玛·伊，玛·伊不会为此感谢您的。"你看到了吧，与其把你安置在这里，还不如将你流放到圣赫勒拿岛，在离间这里的所有力量之后，炫耀我不与任何人分享对你的崇拜（这当然不会被刊登！）。

我亲爱的朋友，传记性散文的进展极其缓慢[2]。它会让你失望的。物质上的需求迫使我给《星》提供了一个短小到可笑的、微不足道的开头。它几乎没有谈到接下来的内容。也许我会把这部分寄给你，但以这样方式：通过谢廖沙或者苏福钦斯基。请允许我借助后者。你理解这种迂回吗？我想走在去找你的路上，在亲爱的面孔中多汲取一些共有亲情。我是一个帮凶吗？也许同样的感觉把你推向了托马舍夫斯卡娅？但时而是托，时而是谢，有区别。紧紧地拥抱你，无尽地亲吻你。

---

① 威廉的妹妹嫁给了帕斯捷尔纳克的弟弟亚历山大·帕斯捷尔纳克。
② 指《安全证书》。

153 ••

茨维塔耶娃 致 **帕斯捷尔纳克**

*1928*年*3*月*4*日

    亲爱的鲍里斯，我随时准备将你让出来，并不是因为我善良或者没有资格，而是因为对我来说一切都是不够的，越多就是越少，反正我早已唾弃或者不再关注这个世界了。当我看到人们相聚又分离，让人结合又拆散他们，他们的坚定（稳定）让我感到恐惧，同样的恐惧（困惑）在1918年的头几个月笼罩着我，当我看到，周围的每个人开始在空气中坚定地安顿下来，正如**大家都相信**的那样，甚至更早，在墨西拿地震发生之后。我当时在西西里岛，正坐在镀锌的浴缸里，差点死于不同的确定性。

    为什么跟你说这一切？我是想要告诉你，你的人和我的人都没有面临任何危险，不是因为我**不是**雷雨，而是因为我的雷雨，**我**，雷雨，我走过许多家庭——别人的家庭和我的家庭，经过这些旷野，我并不是如此出现的，也不是出现在这里。

    但是啊，鲍里斯，早先让出**这里**的一切后，我就不会让出、不接受也不合并内心的任何东西。我无法去爱你的热尼娅，就像**并非被我**温暖的你的心脏左侧。我会永远认为你会和我在一起，不，不是说相较于她爱自己的孩子，我会更爱我跟你生的孩子，也就是说，en plus grande connaissance de cause[①]，我还会知道更多其他的事情。我将被我所有的正义所扼杀，正义在这里等同于没有权利。我不需要给她写信，我很容易相爱，我也很容易被爱，所有的

[①] 法语：对事实有更多了解。

女人都爱我，各种各样的女人，我对她们而言是homme rêvé①，也对所有人而言，所有人。也正是因为以这种方式开始立于我和热尼娅之间的爱是无用的，不必要的痛苦，因为你无法把一个人一分为二。这一切事情都是赤裸的，粗鄙的……

说点其他的事。如果你想要了解我的另一面，那么相应地，在我的通信中，我就必须告诉你一些不能写下来的东西，我是一个极为懦弱的懦夫，我不敢动笔。因为我的手、我的舌头都很胆怯，这算什么：舌头的双手！我毁了我的生活。因为我不能说话。

从第一刻起我就在心里哀号哭喊（我的内心在哀号哭喊）。鲍里斯，请你理解我：我的一生以及此时此刻既不在户外，也没有被捆绑，既是妻子，也不是妻子，既不是**某人的**，也不是任何人的，我清醒地搞了一团糟……有一些难听的话，仅此而已，在这里，形式主义的方法能给予很多。最重要的是，我对一切都了如指掌：一位出色的医生面对无药可救的病人（顺便说一句，这就是我关于普鲁斯特所说的话）。

鲍里斯，我一直靠爱活着。这是我唯一的动力。所有的东西一个不差，没有一个是不知名的，虽然更多时候是形迹可疑的人，而不是父亲。现在，漫长的现在，整整四年了，我没有爱过任何人，没有给过任何人一个吻，四年了。起初（《终结之诗》《山之诗》《捕鼠者》《忒修斯》）靠着吃老本生活。那封来自海上的信是（和海玩的！）游戏，《房间的尝试》，我已经将《费德拉》写进了一个死胡同，对她的命运以及其中所有人的命运都无动于衷。枯竭的开始。突破——给里尔克的信，这些年在《捕鼠者》之后我唯**一需要的东西**。如果里尔克还活着，你会来的。

① 法语：梦中男人。

自1925年以来，我一行诗都没有写。鲍里斯，我在枯竭：不是作为一个诗人，而是作为一个人，一个爱的源泉。诗人将为我效力到最后一口气，活人在为死人服务，哦，诗人不会放弃，**但我会知道**，他会喊叫和哭泣。很简单：这样的生活不合我的意，在捷克有井，有桶，有树木，有**贫穷，一切**你知道的和不知道的，总之我喜爱捷克的全部，始于这里的**一切**。而现在是没有忧郁的忧郁：被欺骗的一天**依然**会伴着歌声匆忙消逝①。我把它们都赶走了，是的，将它们驱逐，有人召唤，我就去，该去博物馆就去博物馆，该去讲座就去讲座，这些我都不需要，我需要别人的心脏在我耳边实实在在的跳动声，有时我羡慕那些医生。

我需要从别人的呼吸中获得自己的灵魂，把自己吸入。当初我很喜欢的那种干涸正在毁掉我。

现在是《叶戈鲁什卡》在捍卫荣誉的义务。一个童话，前所未有的童话，我自己都着迷了，**噢，我知道自己总会有出路的**。从《终结之诗》的42°到《费德拉》的35°，再到《空气之诗》的32°。

请不要误解我。《捕鼠者》（已在我心中**被我自己**）补偿了回**来**，就像曾经的《少女王》。有两种可能来实现：要么是《终结之诗》（你，写你，写给你，用你来写，等等），要么是《捕鼠者》/要么进入伤口，在里面住下，要么用燃烧的灰烬将它铺满，在上面有一个**新**房子。《捕鼠者》就是这灰烬和这个房子。进入伤口，在伤口之上，但总是**伤口**。

啊，现在我该从何写起？我谁也不爱，不因任何人而痛苦，我也不期待任何人，我穿上我的新大衣，站在镜子前严肃地思考，衣服又宽大了。我看着自己的头发长长了，为这浓密的头发感到高

① 引自奥维德的诗。

兴。我也为天气感到高兴。其他的一切，包括卡尔萨文的煎饼，它们都**不是我**做的，我也为它们感到高兴。在耳朵里嗡嗡作响的欧亚主义者，在眼前连续滚动的电影，比如，昨天是《十二月党人》①。对了，昨天我第一次亲耳听到了来自俄国方面的"同志"一词（大厅是苏维埃式的），显然，**本地人**落后了。我想着你，看着所有苏联的年轻小姐们，她们着装得体，举止恰如其分，我笑了。

是的，鲍里斯，我朋友的弟弟刚刚去世了②，您莫斯科恰茨基（扎瓦茨基）的弟弟，瓦洛佳，我和谢尔盖曾劝他做手术。他彻底走了（肠结核），我们寄期望于一把刀——阿列克辛斯基③能创造奇迹，病人会开始好转，但随着成倍的压力扩散到肺部，一句话，一般的肺病都治愈无望。如果我被允许隔着一堵由亲戚、医生和护士堆成的墙接近他，我会对他说："沃洛佳，早一小时或晚一小时……让我打开一扇窗，让阳光照到你身上，给你喷上很多吗啡，你就会好起来的，永远。"我会愉快且一本正经地和他交谈，就像最好的医生一样，这是当然。也许，我不知道，多半我会提议和他交换，将我人生余下的时间都让给他，就像我这一生，尤其在苏维埃俄罗斯的时候，总是将东西让给比我更需要的人，无论是面包、书籍还是……一个事物的归属要根据它内含的首要必需性来判断，这是我对财产的奉献和阐释。

因此瓦洛佳会非常好地、不顾一切地利用我那白白浪费的无聊时日，不会让它们匆匆流逝，也不会毫无益处地……鲍里斯，我一

---

① 上映于1927年的苏联电影，导演为亚·维·伊万诺夫斯基。
② 弗拉基米尔·亚历山德罗维奇·扎瓦茨基（1896—1928），尤里·亚历山德罗维奇·扎瓦茨基（1894—1977，苏联导演，演员）的弟弟，茨维塔耶娃的长诗《红色牛犊》的写作与他的死有关。
③ 伊万·巴甫洛维奇·阿列克辛斯基（1871—1955），外科医生。

直都有这样的意识，就像某个老妇人一样，认为我在吞噬别人的生命。不是因为我给予得少，而别人给得更多：不是的！我**索取**得更少。没有用处。我向你发誓，我是在完全清醒和记忆牢固的情况下给你写的这封信，它没有日期，"de toutes les heures de ma vie"①。

"嗯，那我呢?!!"

你？这里的最后一个，就像里尔克在那里的第一个，是最后我想要而没有得到的。还有，鲍里斯，俄罗斯那么遥远，在昨天的阅兵式（在报上看到的）之后就更远了，在今天穆②的农妇学会向张伯伦③的画像射击后，又远了一些；里尔克在另一个世界，而俄国这个巨大的深渊是如此遥远的彼岸世界，也许我在撒谎，说着在这里的最后一个，也许在那里是第一个。

这便是给你的说明。

---

① 法语：来自于我生命中的所有时间。
② 穆希娜（1889—1953），俄语雕塑家，俄语人民美术家，她创作了一尊名为《农妇》的雕塑。
③ 张伯伦（1869—1940），英国首相。

帕斯捷尔纳克 致 **埃夫隆**

1928年3月6日 前后

亲爱的谢尔盖·雅科夫列维奇！

　　现在，在这一页还没写满的纸上，我寻求着您的帮助。早上，我来找您，没有告知玛，我和您在下列几行字之间徘徊，它们在阳光下懒洋洋的，从第五到第十行，公鸡和着它们打鸣，我似乎和您早就开始以"你"相称，无须再带上父称。我告诉您，我是多么糊涂和痛苦，有多少不幸的意外故意阻碍、延缓了我的脚步。在忘记了这些年得以教授的一切之后，突然间改变了工作时的离群索居，开始接受人们，如果不是去拜访他们，那就是去能见到他们的地方了。同情以不能接受和回应它的方式进行，由于误解，它会何等地加深和贬低我们。那些不利于被观察对象而进行的观察损害的不是他们，而是观察者自己。垂头丧气地将两手一摊，回到自己的老巢里。但它已经难以辨认了，妒忌的工作因自己不在而受辱，原来，这些天的工作已经将自己的老巢抛弃了；工作跑了，没告诉你去哪儿，你相信它会自己会来，只因为不是别人，而只有它知道它是如何惩罚你的，而且它自己无法忍受这种状况。但时间在流逝，世间有死亡，在自己和它用整个漫延的世界热爱的那些人之间有无尽的距离和障碍；为了挣钱来克服它们，需要不间断地工作才行；为何在戏弄我的同时，它自己要冒这么大的风险？这次会面是她顺路进行的，她对你们的需要不亚于我对你们的需要。还是说这是一个没有出口的圈子？你很清醒，但你的目的是失去理智的：你会陷入几乎无法忍受、令人疲惫的谨慎中——你的工作是疯狂的。就这样，我和您一起徘徊，不知不觉地走向少女村。我们相信，车轮很快就会说话，互相亲近的人们为彼此创造奇迹。我轻描淡写地回应您的故事，就像在云雾缭绕的视野下对您说的那样，我听到了您同样的反对意见，作为对我的回应。群马掠过，屋顶闪闪发光，我们分手时是醉醺醺的、幸福的，我们再一次确信，友谊是一种神话般的东西，超人的东西。能称为朋友的人，就是那个能将词语分赠给水和空气、并用这份馈赠给水和空气充电，然后留下来和你待在一起的人。

我是在又一次颓丧的状态下给您写信的。和人见面，听到一些胡言乱语，目睹一些卑鄙的行径，见到了过早陷入童年的天才。昨天看了一位富有才华的导演的新片，他是《战舰波将金号》的作者①，主题是"十月"。导演和摄影师都是高大、阳光、年轻、健硕、体面的人。有一个针对作家和媒体的放映会：有列夫派的人、有这部影片拍摄主题包含的所有人。放映结束后，人们纷纷走出放映厅，进入另一个大厅，类似休息室的地方。旁边紧挨着一个昏暗的小房间。这部电影的两位制作者就躲在里面。人们拥入大厅，他们的赞美得到了保证。鬼使神差地，导演们一再邀请我，我似乎成为第一个进入这令人激动的、节日般的昏暗的人。"您告诉我们实话，不然我们怎么能听到呢？"他们得意洋洋地站在那里，充满活力，而我不得不告诉他们一些无望的烦恼。但从影片的道德角度来看是毫无顾忌的。这就是历史?！任何不是布尔什维克的东西都是庸俗的漫画。就像爱伦堡的……讽刺。

---

① 爱森斯坦（1898—1948）的影片。

（写在空白处）

　　无论如何也不要评判这封奇怪的信。它突
然被这些电影工作者打断了。在它面前涌现了
一股向玛丽娜和您的浪潮，涌向您和妻子，还
有生活，玛丽娜，您，妻子和生活以及命运的
坦白。您知道这一切。上帝保佑，我们又会在
同一时间到来，谁也不会迟到。

　　拥抱您。

您的鲍·帕

帕斯捷尔纳克 致 **茨维塔耶娃**
1928年3月10日

我亲爱的，我亲爱的！很久没有收到你的信了，我给你写了一封愚蠢的信（你会写一封什么样的回信呢？），恐怕我期待你的第一封回信，会是一个当之无愧的回复。当我收到你的礼物时，我曾两次开始给你写信，然后把我写好的内容撕掉了；不要说我不应该这样做：这对你来说会更难。只要一提到你的名字，我就会发抖。我突然想立刻在你的怀抱中死去，热尼娅、谢廖沙和孩子们，还有所有那些拥有这么多权力的人，就会从你的手中接过我，为了这些权力他们付出了错失目标、侮辱、困惑、所有静默的"为了什么"和"为什么"的无声音乐。我只是有时能应付这种迟钝的、鲜为人知的贝雅特丽齐情结①，你在其中和时间错综复杂地交织在一起，沿着它整条钢弦，在那里你是我做的和不做的以及我发生的一切唯一且最为充分的解释、理由、关键和意义。说实在的，1923年以来的思念和分离从未结束，也从未变成其他任何东西。我求你了。请本着我们最清醒、最冷静的通信精神给我写点东西，否则一切都会失控，什么都得不到。看在上帝的分上，帮帮我，告诉我，你不需要它，你知道，你会听到，你已经听到了。这个词就像格瓦斯瓶里的软木塞，碰一下，结果不言而喻。这个词在分离时是难以说出的。我很高兴这个词没有蹦出来。没有你对我来说太难了。非常感谢你的礼物。当然，罗曼·罗兰和康拉德是我最喜爱的作家。

① 贝雅特丽齐是但丁《神曲》中引导但丁游历天国的女子。

我不了解他们。让-克里斯托夫，音乐专著，康德拉的两三部小说。你最近怎么样，**急需**用钱吗？噢，对不起，因为我知道你有。也许在《柳韦尔斯》英译本出版之前还能做点什么。

（写在空白处）

我现在要进行一个可怕的忏悔。谈论物质方面的事情让我感到轻松。稀薄的痛苦在关怀里物质化。我们是野兽，本性是善良的。

无尽地拥抱你。因为除了你，我在这里不记得任何人，不与任何人见面。

帕斯捷尔纳克 致 **茨维塔耶娃**
1928年3月31日

亲爱的玛丽娜，我已经很久没有给你写信了，我内心也是这么感觉的。当然，我本该立即回复你，特别是关于你所说的"创造力生理学"。你认为我的情况不一样吗？La sécheresse morale？① 夏天的诗呢？不是霍达谢维奇？最近有一位邻居去世了，挤进来的住户之一，一位老人，是1919年没收房屋时第一个搬到我们这里来的人。对了，你知道有多少人住在我们这套曾经属于我爸爸的公寓里吗？21个人！房间被改动了：前厅，卫生间，还有一个房间被隔板一分为二。六个家庭。好吧，我在这场安魂弥撒上没有认出自己，眼睛干涩，一切都擦肩而过。你都是对的，但也没什么可灰心丧气的。如果你有不同的看法，那就很可怕了。玛丽娜，忍耐一下，在你想要、在你知晓的时候，不要为这种情况下令人痛心的屈辱感到羞耻。这对你而言是个人的，也就是说，你自己的，取决于年龄，而最重要的是，这是不能改变的。对你来说这种屈辱感是这样的，正是因为你还年轻，就算它第一次发生在你身上有一年或更久。我没那么说。我应该说：它似乎是你个人的，无法改变的，因为你处于它的开端，既看不到它的意义，也看不到它的起源。普鲁斯特可能对此一无所知，这里也没有任何类似的东西。在与你的这场争论中，我对你的论点和反对意见不感兴趣，不是因为它们对你不利，而是因为你这种对"重生"的幼稚谬见可以在亲密关

---

① 法语：精神贫瘠。

系中打动我，使我像亲吻一个淘气孩子一样亲吻你。这些看法索然无味，也就是说，在远处它们无法生动再现。如果霍达谢维奇真的像你想的那样，那么他肯定不知道你写的是什么。我可能对他的评价要更好一些。我想，sécheresse marinienne① 和我的枯竭也**为他**所知，虽然看起来，与我们相反，他的诗和行为都**没有受到影响**。据我所知，从信中饱含的语气判断，主题是：这是一种本能地将物品转为声音的确定性。在很久之前，当我带着谢廖沙的信前往鲍里斯和格列勃胡同去找你时，我就处于这种状态的开始。那时它只是零散、微弱地出现，就像近年来你的情况一样。它以最近在你身上建立的方式也在我1922—1923年的国外旅行中形成了。你认为在《里程碑》之后我没能读到你最初寄往柏林的信——那些春天的信——你在那里道别并说出临别的赠言？对我来说，当时折磨我的不是这样一个念头，即我是**一个死人**（我不是死人），而是你的信在活生生的下一刻未来所具有的意义，与此同时，在我面前，**死寂的时期**呈一种不可停止的状态，它将我和它的日期分隔开，我不知道它真正的长度。说出的内容我现在明白了一半，另一半已经在那时反映在矛盾的感觉中。这个状态在我看来应该是我个人的，是确定的。我回到这里是可怕的。我被发现有这种sécheresse② 而惊呆了，对自己而言，在道德上被摧毁了。我在自己面前将我的羞怯和精神瓦解引向压抑的诚实，就像拿着一张填好的表格，我将自己研磨成粉末，用来抹灰装饰。我像一个被打上烙印的罪人那样行走，低垂着头，为了闻所未闻的那点小钱干着可怕的活路，最终意识到"该放弃了"，并开始寻找工作。我非常努力地找着，当然，我没

---

① 法语：玛丽娜的枯竭。
② 法语：枯竭。

能很快找到。很好的是，在这里我也觉得自己是个无名小卒，也就是说，我竟然能让自己忘记已经从大学毕业，知道一些东西，由于我曾认为自己什么都不知道，什么都不擅长，因此不在乎自己能做什么。我学习统计学，希望凭借统计学知识可以更容易找到自己的位置（我的专业是语言学）。在和叶赛宁的冲突中我比他更应该受到指责。我自己挑起的，也给出了理由。我那时说话的方式就像你现在这样。他是在用我的话把本源中的真理返还给我。而我说的和你现在说的丝毫不差，因为我被这种新的精神面貌所冒犯，我不明白其中的含义，我没有在其中饶恕自己，而是毁灭、憎恨自己。但说得够多了。这便是我想说的。当我看到这个状态是暂时的，而不是固定不变的，不是我的，即不是诗人中的我，而是我心中的诗人，即不是玛丽娜的，而是茨维塔耶娃的，我才开始工作。但我仍然没有完全明白这一点，我还抱有希望。我开始写作《斯佩克托尔斯基》，我写得很天真，同时以自己和诗人的身份来创作，也就是玛丽娜·茨维塔耶娃，我早已濒临疯狂的边缘，我开始失去控制。突然间我意识到，我必须用这种非常sécheresse的力量和激情来写作，正是以我心中的这个国家，我心中的历史，我心中这不幸的诗人惊人的怜悯来写作，相较于他目前被历史和命运的设置，**他总是更冲动、更丰富、更深切**。从中会发生点什么。会吗？这意味着会有一个出口（这不是文字游戏），我们会在这个出口再次相遇。整本书就是这样写的。它写得如此平庸，以闻所未闻的霍达谢维奇的方式，即使这些双重怜悯的技巧（自己对我内心诗人的怜悯）在半昏迷的谵妄或在梦中出现在你面前，你也**不会看到它们**，你的才华体现了这一梦境，出现在你和它之间。这些都是在一杯浓茶的基础上感受到的。请让我现在结束，否则说着说着就会开始重复了。那你什么时候能收到这封信呢？最好现在就寄出。我相信你的决心。一切都在其中。你（按时间上来说）来得晚了，但不会花很长时间。这不是最终状态，因为它还在妨碍你。否则你就不会注意到它。你的痛苦就是你的格律，你的火焰。你会如你**不希望**的那样开心的。拥抱你。

鲍

157

帕斯捷尔纳克 致 **茨维塔耶娃**

1928年4月11日

亲爱的玛丽娜！也许，这是我的轻浮，但我相信你或你的家人都没有发生任何不好的事情，你们安然无恙，而且我给谢廖沙的信没有产生任何误解。没有你的信，我感到无聊和忧郁，但当意识到我不是唯一一个沉默了数月的人，我感觉轻松多了。尽管有时是不可避免的，但这依然很艰难。我在冬季事做得很少，做了很多不相关的事，积累了很多对自己大发脾气和否定自己的理由，以弥补失去的那些最必要和最珍贵的东西。但一直以来，特别是你的签字文件寄出后①，我就想起你的情况是令人难以忍受的，我一直在寻找直接的方式来维护你，但我没有找到。请不要因为我绕弯子而生我的气。我早就在给高尔基的信里间接问过玛·伊·扎克列夫斯卡娅关于《柳韦尔斯》译本的事，但几个月过去了，我没有收到关于此事的任何消息。从迂回的方式来看，相对而言，这个办法更为直接，也就是说，这本就是我们的事，其他任何人对此没有义务。

我非常担心赖莎·尼古拉耶夫娜·罗蒙诺索娃②，我在没有找到其他办法的情况下给剑桥大学写信，由于她少见的性格，相对你我而言，她显得过于高贵了。我曾告诉你，在我们身无分文、无法从别墅搬走的情况下，有20英镑奇迹般汇到我名下。我就像往常一样不太明显地中断了这个故事，就像你中断了我的通信一样，

---

① 指茨维塔耶娃签署的同意出版《俄罗斯之后》的文件。

② 赖莎·尼古拉耶夫娜·罗蒙诺索娃（1888—1973），翻译家，作家。

然而，因为生活无法放在信封里邮寄，你带着这种只属于孩子的意图开始动笔写信。原来，这些钱来自赖·尼·罗蒙诺索娃，她是科尔涅伊·楚科夫斯基的好友，后来才弄清楚，他给她写信说过我的情况，为什么他认识她，为什么他在那个夏天对我有如此好感，这就说来话长了。我就这样认识了赖·尼，一个我直到现在都未曾听说、也未曾见过的人。她是一位英语翻译、英国文学专家，也是著名工程师罗蒙诺索夫的妻子，他发明了内燃机车，这是一种机车的改进样式。他们不是移民，恰恰相反，在革命初期，尤里·弗拉基米洛维奇作为政治人质被扣留在英国；但他的知识和才能没有得到充分利用，似乎他在国外工作。也许我弄错了，我是听热尼娅说的，1926年她在柏林的时候见过他们。她回来以后，对他们三人都进行了十分赞赏的讲述（他们有一个在剑桥上学的儿子）。据我所知的一切，他们在我看来就是那些真实、简单、快乐和亲切的人，每当我们想起文学圈是一个被诅咒和被迷惑的圈子，我们就会被吸引，成为朋友，这个圈子因两三个例外的存在而得到证明，而这个证明正是由千百个虚假组成的。我不仅确信赖·尼不了解我，而且如果她将自己面临一个选择，不论她是否喜欢我所做的，她都会放弃我，但我甚至会因此感到高兴，这一切都没有必要，这一切都存在于吸食和吞噬我的电荷之外，她自有她认为好的方式，是我无法得知、难以企及的方式。但由于我从未见过她，也许我错了，尽管我很喜欢她，但我低估了她。他们爱热尼娅，爱得淋漓尽致，爱到没有边界。如果见面的话，他们会对我感到失望。我在他们中间可能是悲伤和多疑的那一个，他们也会觉得无趣。我以另一种方式活着，是与众不同的现代人，你更是如此。我以一种容易实现的方式请求她帮我一个忙，并要求她准确地完成我的请求，因为我预料她会失望，我认为自己对她有所亏欠。你问到维鲁博娃[1] 的日记。我没读过，但它在这里也引起了轰动。看来，这并非原版。我已经打听清楚了，我很后悔没有及时记下一些细节。人们认为这是奥莉加·福尔什[2] 的作品，但这是无稽之谈，她和这完美的骗局毫无关系。现在人们又说（我将原价把它卖出去）是某个布罗什尼奥夫斯卡娅（我想我没弄错），那个圈子和阶层的重要人物，在那儿人们可以通过这些轰动一时的反响了解到很多东西。但这和你有什么关系呢？不管是不是梅里美，对你来说，无疑就是《西斯拉夫人之歌》[3]。不要惊讶，在你的询问下我也没有抓住那本日记不放。在他们之前我已经预感到，它可能会不适当地让我兴奋和分心。因此，出于其他原因，但在同样的感受中，我**不敢去**读普鲁斯特，直到我做出点事情，比他年长十倍，变得比他更简单，再去读他。我要给你寄一本日记吗？还是请你给我写信吧。拥抱你。也给我写写谢廖沙的情况。

你的鲍

（写在空白处）

最重要的是：那本书怎么样了？

---

① 安娜·亚历山德罗夫娜·维鲁博娃（1884—1929），宫廷女官，亚历山大皇后的闺蜜，妖僧拉斯普京通过她接近皇室。

② 奥莉加·德米特里耶夫娜·福尔什（1873—1961），俄语女作家。

③ 法国作家梅里美编有歌集《居士拉》（1827），普希金的组诗《西斯拉夫人之歌》（1834）中的一些诗是对这部歌集的仿写。

158

帕斯捷尔纳克 致 茨维塔耶娃

1928年4月22日

亲爱的玛丽娜！谢谢你的来信和明信片。穆尔真是让人百看不厌：我拿着明信片在屋子里四处走动，他真的让人无法抗拒。我现在的状态最好不要写信，但这封信会很短，其唯一的目的是警告你，我可能会有一段被迫沉默的时期。在受难日期间我感冒了，整个星期都在高烧，昨天终于可以下床开始工作了，因为有很多原因，我才注意到那古怪的头疼持续着，一直没有离开我，在我左眼上方尤其明显，对于严重的伤风来说是熟悉而自然的。我刚刚去看了医生，结果说是某种额窦或额窦骨的并发症，我不清楚具体是什么，但我需要做的，包括敷药和蓝光照射等一整套安排，都摆在我面前，如果这些都没有用，就不得不进行手术。最主要的是，既不能读书也不能写作，同时必须前所未有地严格做到。因为夏天就要来了，我所有的计划都基于上个月的工作，而上个月的工作将在这次感冒中化为泡影。我现在要和你说再见了。这就是我想说的，"一个病人"，对目前还健康的你说的。别用老一套折磨自己，要为自己没有病感到高兴。请告诉我这些日常建议有多庸俗，因为我现在甚至被禁止思考，但在我看来，一切都是最好的安排，因为如果情况（即被消耗的生命的意义和最后无望的结果）变得真正愚蠢的时候，你就会变得愚蠢，最终达到一个位置，且自己却没有注意到它。我不想说我现在的情况完全就是如此，但过去几天里包围我的冷漠就足以说明这一点。这是一种单纯的冷漠，单调的，不反对分裂的冷漠，在其内心的沉默类似于无意识的状态。我不想死，我想尽快康复，但我什么都不需要，什么都不喜欢。在这种模糊不清的状态深处写作是愚蠢的，我以这个忏悔开始。我会毫不犹豫地把你推开。但我宁可不写，也要把不写的情况和原因告知你们。感谢谢·雅的附言。原谅我，撕掉这封信，忘了它吧。也许，在我恢复了以后，我们（同龄的这一代）还会将它展示的。但在这些年里，在炎热的气温下躺卧早就不再是一种享受了。

159

帕斯捷尔纳克 致 **茨维塔耶娃**

1928年5月28日

　　亲爱的玛丽娜！我对你签字文件及其近乎责备的简洁感到非常高兴。没人能像你这样做到这一点。但为了给你回信，我还缺这张签字文件。我很健康。你说得对，我给你的信写得很含糊。更糟的是，我就像一个老妇人一样给你写信，带着一种假惺惺的葬礼般的意味深长，不论从哪方面看都像小丑一样可笑。但我当时感觉很不好，事实上，我意识到我在那封信中也游走在音乐的深处，这就是为什么我要求你销毁那封信。但更糟糕的是：我一点也没有告诉你关于《红色牛犊》的事情，就好像它从来没有存在过。它非常真实，而且简单得令人绝望；最悲伤和最强烈的是中间的诗句：长长的，长长的，长长的，等等，这首歌是最具歌唱性的，它吸收进一切，仿佛它是由运动本身组成的，而不仅仅是在运动之中。我没有及时感谢你把它寄给我，这是不可饶恕的。但我想你已经原谅我了。我已经完全康复，但我不必休息。我们三个人在一个美好的地方度过了一个美好的夏天，与去年不同的是，这次我就无法实现了。我可能会把热尼娅和儿子带到高加索去，但如此一来我的提升就会暂时结束。奇怪。我的收入本应该很多，比我现在的收入应该多一些，以完全不同的计数单位——以千为单位来计算，就像作家、记者、评论家和编纂者的收入以千计算那样。为什么我做不到，而且我还觉得很难？我想，这可能源于让我沉浸在其中的令人讨厌的疏离感：我一直无法抛开这样一个想法，即我暂时过着不属于自己的生活。但也许我表达得并不确切，应该说：我还不习惯这样的生活。噢，你要是在这里，那一切就将会是多么的不同啊！你对罗蒙诺索娃的称呼是错误的：她的名字是赖萨·尼古拉耶夫娜，你写的是赖·弗。关于你最近的几封信，阿霞让我告诉你，不要写她不感兴趣的人，比如弗兰格尔，这可能会让她感到伤心。甚至我也赞同这个请求。我从来没有在通信上限制你，也没有限制我自己，在这方面没有任何改变，只是要确保正确的鉴别力不背叛你。请原谅，亲爱的，原谅我不容反驳的语气。我自己更应该对阿霞的指责负责，因为我给你主题上的自由提供了基础。在生病之前，我与梅耶荷德很熟。是这样的。他以自己的方式果断地上演了《聪明误》，正如这部戏之前的《钦差大臣》（演出非常出色），也就是说，他根据作者的原稿来截取文本，包含了历史日常表达，这些语言对于格里鲍耶多夫来说是现代的，却是他没有接触过的。他赋予了时代的多重可能性，比喜剧的直接现实更加可信。演出里有很多幼稚、难以描述的缺陷，就像他一贯的风格。但是，要是你知道，胡乱瞥见的浮油在这幼稚的汤里漂着，是有多么的真实就好了！在"原谅"他的《钦差大臣》的官方批评界，这一次开始了迫害。带着这一类别固有的永恒厌恶，针对个人主义和"非革命性"，呼喊得最多的是曾经的革新者，他们用"信念和真理"服务于新的秩序，正是在其不可容忍的方面，即文学中的各种呆子和斯拉舍夫们[1]。我还没看《聪明误》（《钦差大臣》对我足够了，我永远相信它），我给他寄了一本附上题词的《1905年》。他立刻给我写了信，打了电话，我们相识了，有好几天我的精神都集中在他、他

---

[1] 雅科夫·亚历山德罗维奇·斯拉舍夫（1885—1929），俄国将军、军事领袖。

的妻子、叶赛宁的孩子[①]、他们的家、他们的客人和剧院上。他特别吸引我的是他那不可言喻的"民间小艺场"、恐怖主义的激进主义、白发、失败、顿悟和其他在他沉默微笑中的不协调构成的pêle-mêle[②]。此外，他比大多数人更知道如何与我交谈，与我谈论什么，也就是说，他非常简单和友好。那些日子我肯定外出了，只是没有到你那里去，多亏在他那里遇到的很多外国人，让我觉得很近，虽然只是在表面上。最近这些天我必须写一个东西，没有写完它，这比与这项工作相关的记忆更让我痛苦。莉莉·哈拉佐娃在秋天去世了，你还记得我曾经给你寄过她的德语诗吧，在里尔克去世的那天晚上，她顺路来看望了我。现在，她的第二任丈夫正在德国出版她的诗，根据他在那里签订的合同来看，我必须为诗集写一篇后记。她死于24岁的年纪，是个美人，她不属于这个世界，她是个通灵者，一说起她我就停不下来，她是个颇具天赋的人，根据两三个细节来看，她拥有可怕的命运，正因如此，我像哥哥一样看待她（我知道，别的方式是不可能的，因为所有的快乐都**习惯于**变成她的不幸，而她已经承受了足够的不幸）。此外，她还写诗，大多是好诗，无论如何都与上述所有内容相关，并间接地谈到了那些内容。这些数据足以让人们把生平、心理类型、命运、处境等都弄混淆，直接谈论诗歌文献，好像承载着所有这些激动人心的特征，同时人类现象和关怀注定的蓬勃恰恰在于，这不是一件事，而是两件，一场对话——可能性的特征，一个事情的特征——另一场对话。我认为，她一生中最重要的事情是，她出生在瑞士，15岁之前一直没有离开过那里，她在一所最好的寄宿学校长大，战争结束

---

① 叶赛宁第二任妻子季娜伊达·赖赫后来带着一双儿女嫁给了梅耶荷德。
② 法语：混合，混乱。

时，15岁的她独自一人，在没有听到过任何一句俄语的情况下，被送到住在俄罗斯（高加索）的父亲那里，她父亲是在战争开始时离开的。这个女孩儿独自走完了这条路（18岁至19岁!），经历了混乱、崩溃、伤寒、倒卖紧缺商品、国内战争等等，就是从吃百家饭开始的，整个战争期间没有父亲的一丝消息！但这只是故事的一半，主要的内容在后面。她的父亲是神秘的无政府主义者和平凡天才当中的无赖，一个数学家、诗人，随你想，女儿对他来说是什么，尤其是在他这个有钱人被革命毁掉的时候？如果在革命之前，根据《查拉图士特拉如是说》第五版，他的一切都是被允许的（**正是他**，这是Fr. Nietzsche[①] 在关心他），那么对于1919年还能说什么呢？他甚至有权进行报复，不加分别，女儿就是女儿，遇上谁就是谁。多亏了他，她周围的圈子变成了咖啡馆时期的第比利斯神童、意象派、尼切沃基派[②] 等聚集的环境（你还记得"多米诺宫"和"艺术宫"中的这座可卡因奥林匹斯山吗？）所以，当我刚刚看到她时，一切都以她的尺度站在我面前，而在看到完整的第二眼时，就更不用说了。我就这样写道。开始了。丈夫，阿霞，热尼娅。我"几乎没有提及她是一位诗人"。这就是她的悲剧，记住她意味着一次又一次地诅咒这个事件（搬家）和星期三，以死者的名义，为了纪念她。人们对这句话吹毛求疵："我看到，艺术在她的生活中只是一个意外，她有着不可抗拒的魅力，她也极其不幸，她是自由的，而不是被这意外所奴役。"我不知道我为什么要给你写这些，还写得这么详细。

我这封信快写完了，这封信已经写了一个多星期。很抱歉，我

① 法语：尼采神父。

② 1920年初在莫斯科出现的文学团体，没有太大影响。

花了这么长时间才给你答复。现在我知道关于后记为什么有这样的简报了。有很多很多的事。当然，已故的Lili本人并不是紧迫事件"之一"，她已经脱离了这个范畴（你应该见过她的!），但围绕文章的建议、流言以及劝说，我把这作为一个例子。

热尼娅和热尼奇卡一起去了高加索（我改日再去——我要处理不适宜的问题，很不方便）。她需要得到恢复，她非常瘦弱，脸色苍白。我留下来是因为经济上的问题还没应付过来，总之，这个夏天我必须工作，我不知道自己能否摆脱出来。以后再也不会有这种愚蠢的信件了。因为我写得很零散，一会儿添加，一会儿删除，来不及说什么。我想请你帮个大忙。我找不到巴尔扎克 *Illusions perdues*[1]的第二卷和第三卷。第一卷是有的，一定是在饥荒年代卖书的时候没有拿上第一卷，于是就弄丢了。请购买后用邮政包裹寄给我，国外的书是不会延迟的，我一直都能收到。很久以前，我向巴尔特鲁沙伊蒂斯的儿子若尔日克提出同样的请求，但他没有做到，为了避免重复（万一他做到了），请给他寄一张来自 Paris XIV Villa Virginie 5[2] 的明信片（即反过来：5号，弗吉尼亚别墅），告知他。卡尔曼–莱维版的《米歇尔–莱维小说集》，un franc le volume[3]（曾经是这样），绿色封面。我不需要第一卷，我有。我很抱歉这么直截了当地打扰你，不跟你客气，让你花钱。如果再有类似的请求，我会以不同的方式来安排，让你能更容易做到。请不要因沉默或者中断而生气。真的，有时我觉得很困难。请写信告诉我，你的书写得怎么样了。出版后请通知我，但不要邮

---

① 法语：《幻灭》。巴尔扎克的长篇小说。
② 法语：巴黎十四区弗吉尼亚别墅5号。
③ 法语：每卷一法郎。

寄，俄语书从来都寄不到。请亲吻谢廖沙，我在他面前是有罪的。但现在，说实话，我在任何人面前都没有罪，在他面前没有，甚至在你面前也没有，我亲爱的，我的亲人。

你的鲍

茨维塔耶娃 致 **帕斯捷尔纳克**
1928年6月

鲍里斯，我们如今的书信是绝望之人的书信：妥协之人的书信。首先是日期，城市的名字，哪怕在1922—1925年！日期已经从我们的信件中消失了，我们变得惭愧——什么？——只是撒谎。你完全了解我完全了解的事情。随着时间的推移，紧迫感消失了（**而并非相反！**），对彼此的需要也消失了。我们什么都不期待。哦，鲍里斯，鲍里斯，就是如此。我们只是活着，**但（我们！）**是参观者。不，曾经在前面，后来停住，在四周消散开了。

你对我（我对你）已经逐渐变成了朋友，我向这位友人抱怨：好疼——舔舐吧。（以前：好疼——烧灼吧！）

茨维塔耶娃、埃夫隆和罗德泽维奇 致 帕斯捷尔纳克
1928年6月4日

（茨维塔耶娃笔迹）①

亲爱的鲍里斯，我们——谢，罗德泽维奇，我——正坐在著名的圆顶咖啡馆②里**等着**（谢廖沙的火车）。现在是7点，谢廖沙的火车10点30分发车——你如何评价这种无限性？盲目地走——到罗扬（在地图上找到它!）。我们：我们两个和两个孩子被认为是famille nombreuse③（父亲、母亲和孩子——famille moyenne④）。

而罗扬，鲍里斯，还没到Bordeaux⑤，更往北。

（埃夫隆笔迹）⑥

我比出发去往前线时更激动。在那里，敌人在铁丝网后面——在这里，敌人在四周——在车厢里，在火车站，在海岸边，最重要的是，他以别墅主人的形式存在。我害怕他们（别墅主人）胜过大炮、机枪和敌人的骑兵，因为只有钱包才能打败他们。

除此之外，我对所有公共场合都有一种与生俱来的恐惧，也就

---

① 原著俄编者注。
② 位于巴黎蒙帕纳斯林荫道上著名的圆顶咖啡馆，是艺术家们经常光顾的地方。
③ 法语：大家庭。
④ 法语：普通家庭。
⑤ 法语：波尔多。
⑥ 原著俄编者注。

是说，在那些人面前，我不是我，而是我无法成为的第三者。这不是神经衰弱。

拥抱您，非常理解您。

谢·埃

（康·波·罗德泽维奇笔迹）[1]

谢·雅准备离去已经整整一个星期。我和他一起去过西班牙边境、日内瓦湖畔、里维埃拉……但我没法全部列举出来！我已经习惯了这种位置、景色、期望和失望的变化，以至于现在离开已经成为现实，我对回家感到难过。但是距离火车发车还有两个小时。我似乎也能突然成功继续我静止不动的旅程。不，堆叠的篮子、包裹、火车站、问询处—— 一切都在对我说话，让我留下。

您的康·罗

---

① 原著俄编者注。

帕斯捷尔纳克 致 **茨维塔耶娃**

1928年6月7日

　　我亲爱的，感谢你来信告知行程。真的，我完整地分享了这段旅程，并像你一样体验了它。我在路上有很多的乐趣和美好的时光。

　　我为帕夫利克[1]感到非常遗憾。虽然你说的都是真的。我已经发现很久了。你还记得在印刷厂的那个晚会吗？好像你和塔季扬娜·菲奥多罗夫娜[2]一起来了。发言的人有：你，他，布丹采夫[3]。即便在那时，我已经在你身上感受到了某种绝对的东西。究竟是什么呢？纯洁？正义？开放的诱惑？但那时我还不知道《里程碑》。我也不知道你是谁。在那个晚会上，我已经跟他谈了朗诵、戏剧主题、成绩斐然的书刊审查机关（你很清楚我想通过最后一句废话表达什么）。也许是我伤害了他。是的，有可能。对于这些节外生枝的误解，我已经给出了很多理由。当你收到《超越壁垒》时，你对它保持沉默，令我震惊。现在也请保持沉默吧。之后，当我对这些诗作进行修改时，我的手正是被这沉默驱使的。但那些诗句当中也有自己的**真理**，不论这真理是多么粗野，我在修改时只是在恢复它。

　　那么，如果你不是诗歌的不幸之源，你就会变得更小。当然，

---

① 　诗人安托科尔斯基的爱称。

② 　即斯克里亚宾娜。

③ 　谢尔盖·菲奥多罗维奇·布丹采夫（1896—1940），俄语作家、文学批评家。

你也有错。而你早期的浪漫主义，美丽而自然的攻击性（因为**这就是**自它发展而来的，我整个夏天都在写它的手稿，不是没有原因的），这也被理解为它的光辉里的最后一个字，这光辉是不耐烦的，即不满意给予它的。他将它作为一项完整的成就，作为一种平衡的风格加以吸收。

所以这一切都是真的，我俩都有责任，但我尽量不深究这一切，并努力将它减弱。这一切的逻辑本身太过残忍了。有一天你也会这样说起我。但这里又是另外一码事了。我知道，无论生活中出现什么，都是好事。我就是这样知道的。试想，那时我在邮局占了一下卜。如果电报在**晚会时送达**，那么一切顺利。你有权感到被冒犯，因为你关于她的命运的消息没有在你单独的一个动作中被我体会到，亲爱的。但对我而言，它替代了莱布尼茨的《神义论》。你问，有什么好的？为什么要说出毫无疑问的东西？我没有设想过你。但凡能被怀疑的东西也都是好的。谢谢你。祝你和同行的人旅途顺利。

你的鲍

163 ～～～～～～～～～～～～～～～～～～～～～～～～～

帕斯捷尔纳克 致 **埃夫隆**

1928年6月20日

亲爱的谢尔盖·雅科夫列维奇！想必您还在莫顿，您会在那里收到我的明信片。我最近也遇到了和您一样的麻烦。在过去两个星期里，我像一个苦役犯那样工作。我生病了，睡眠不足，生活在我向家里宣告的围困之中，对访客和接线员时而说（在我的教唆下，还对邻居说）我在中国，时而说诺比莱①飞去营救我了。两小时后，我就要出发去我在格连吉克的亲友那里了。地址如下：格连吉克，高加索黑海沿岸，哈兹医生街22号。地址有效期是两到三周。阿霞在索契，很快就要返回莫斯科。在等待安托科尔斯基的归来和他通电话的过程中，我的中国探险之行更加难以维持了：在这个问题上我与审讯人员达成了一致。但他到底还是没有知会一声。昨天晚上我收到了玛丽娜的书。应我的要求，玛丽娜一个热心的崇拜者，某个化名艾娃的人动身去寻找巴维尔·格里高利耶维奇和她。我还没有打开这些书，因为我怕会因读得上瘾而留在莫斯科。

您的鲍

---

① 翁贝托·诺比莱（1885—1978），意大利飞艇制造者，将军。

帕斯捷尔纳克 致 **茨维塔耶娃**

1928年6月29日

　　我向你表示最热烈的祝贺！多么惊人的摘录![1] 我焦急地等待带书的旅行者[2]（我根本不知道他在你们那儿）。我知道这将是一个大事件，是第二次诞生，是煎熬，是幸福，且不仅仅对我一个人而言如此。这是完全没有必要的坦白。

　　他（霍达谢维奇）说的所有关于你对我不利的事情都很正确，我自己也会这么说。但有一句话深深刺痛了我。难道这句话也是对的吗？不，不，请冷酷到完全无动于衷的程度，尽可能地远离我，但不要越过真理的边缘，不要陷入不公正的旋涡中。但你会告诉我吗？难道是黑暗拯救了我，如果它消散了，就什么都没有了，难道我心里真的谁也没有吗？他当真这么认为吗？

　　有时，不是关于他，他没有给出理由，我想到了西奈和大卫。的确，他们以不同的方式展示了自己。你那来自海华沙[3] 的外邦人会让我留下痛苦的泪水。难道我有能力应对这一切，改变、干预或者至少理解这一切吗？我的出生多么偶然（比你更偶然）！除了出自这一切的意外，我身上什么都没有。但即使这一点，我也不能不留给自己和我的儿子。因为这**不是人的过失**，因为让它发生的主体比我更伟大。

---

① 茨维塔耶娃在给帕斯捷尔纳克的信中附有霍达谢维奇关于《俄罗斯之后》书评的摘录。

② 指巴·格·安托科尔斯基（1896—1978），俄语诗人。

③ 海华沙是印第安人的传奇领袖，美国诗人朗费罗以他为对象创作了长诗《海华沙之歌》。

我现在要说的是蠢话。但是，在理想情况下，最好让它们处于可设想的范围内。我越完善自我，就越接近真相，我就会更多地谈论家乡，我就越想成为它的一部分。那么就越发肯定，我将给它带来痛苦，它将与我为难，它感到羞怯（这对我来说是可以理解的，也是美好的），每当我们之间出现天生的热心人，它将隐瞒它的遭遇，在这些热心人的轻松和简单面前，它为我回报给它的困难感到羞愧。一股部落的不友好气息几乎从未触及我。我也不认为其中有什么冒犯之处。当我意识到，我越是自然地、无意识地被俄罗斯的记忆所吸引，它对我就越是不自然，这就构成了一个我永远不会忘记的忧郁的循环。

总的来说，我累了。我想念热尼娅和儿子，他们在高加索地区，我一个人，就变成这种情况了。我正在为再版而修改前两本书[①]，我尽可能地让这两本书摆脱象征主义的垃圾（不是摆脱别雷，也不是摆脱勃洛克——他们都是简单的人），摆脱那些年代的古板和占星术，以及未来主义蛮横粗野的过度冲动，我只能重新做最好的，也就是那些主题和精彩之处无声无息地被淹没在平庸和方式中的内容；在最坏的情况下可以接受的是，我几乎没有改动，没什么可后悔的。至于主题，我以一种不可能的方式来加工它们，就像散文一样。我不在乎，以别的方式我做不到：这就是我现在的诗学，我只有在完全没有个性、彻底忘记自己的情况下才会兴奋，至于是否出于个人原因，我不知道。我忘记了开始。也许霍达谢维奇是对的，他想说的是，我不是一个诗人。工作很紧急，我想透透气。我不知道明天或者后天我会如何着手工作。在这个区域里或离开这个区域，我对你来说都会变得陌生，这个想法是崭新的，今天

---

① 指《云中双子星》和《超越街垒》两部诗集。

才出现。我不能习惯它，我将努力驱逐它。这样做有两个原因。无论如何，妨碍我们分享共同快乐的内心分歧，弥漫在周围的实证主义氛围，迟早都会表现出来。它们将人逼入绝境，引向沉默和简单。我很高兴，当我是一个"像诗人一样"的诗人时，它们让这个姿态变得不可能，我连现在自己的一个小指头都不如。但也许在追求清晰的过程中，我忘记了尺度，干涸了，正如你（对你自己）所抱怨的那样。但我并不害怕。有些东西正在被我发现。只要不公正的洪流不将我淹没。我要向这一切彻底屈服了。我爱你，你是一个了不起的、令人难以置信的真理。有一天，我在思考死亡，当然，你的"我知道我将死在霞光中"不可抗拒地响了起来，我几乎要哭了。我用你话里的那种语气，以我现在说话的情绪，将它写下来——

魁梧的射手，谨慎的猎人，
灵魂涨潮时带枪的幽灵！
你别无休止地追逐我，
为放纵感情让我粉身碎骨。

请让我俯瞰耻辱的死亡。
入夜时给我穿上柳丛和冰装。
清晨让我飞离沼泽。你瞄准吧，
结束了！请在我飞翔时开枪。

为了这响亮离别的高度，
哦，我可鄙的人们，感激你们，

> 亲吻你们，祖国的手臂，
> 胆怯、友谊和家庭的手臂。[①]

也就是说，是它们提升了高度。

你的，都是你的，别见怪，我没偷窃，我不记得从哪里来的。而且根本不是这样的，因为"请在我飞翔时开枪"（这就是重点）应该是一声呼喊，用一个句号隔开，也就是说，像这样：结束了。请在我飞翔时开枪!

（写作空白处）

> 我不是把这作为诗（软弱的!）写给你看的，而是为了让你听到我的悲伤。

此外，里尔克是个隐居者，在我看来，年复一年，诗学他的纯粹性越来越令人惊叹，这也影响了我。之后，与我在这里友谊最深厚的人，尼·尼·威廉（我弟媳的哥哥），我写信跟你说过他，他是我认识的许多人里仅次于我的、你的第一个崇拜者，他写了关于你的文章，但没有被采纳；也写了关于我的文章，也没有被采纳。这个25岁的威廉在我身上发生的每一件事上都支持我，他不喜欢《1905年》，天知道他对今年的作品做何评价，其中所有的浪漫主义都已经消失了，在托尔斯泰主义、歌德主义和罗曼·罗兰主义的变体之外，他看不到真理，也不去寻求真理。别期待什么了不起的东西，我只是在说语调，在说第一次终于作为元素成为灵感捕捉

---

① 引自《超越街垒》中的《魁梧的射手，谨慎的猎人……》一诗。

的叙事，也就是说，就像以前在韵律中用线条、隐喻、图像和节奏感表现的那样。

我给你写了一封多么愚蠢的信！玛丽娜，亲爱的，带着这样的无垠，在度量的世界①，事情是这样的：他对你的评价不够好，但可以接受；他直截了当地提出你的一些精彩的台词，并在台词下对我说了一些难听的话，而这些话在我看来是可以接受的，因为它们是在一个精彩的背景下说出来的。

（写在空白处）

　　　　我没有再重读一遍，就把信寄出了，可能有一些不恰当的地方。我是在和你说话。拥抱谢。

　　　　我在你面前就是一个无耻之徒。在梅耶荷德夫妇去巴黎之前，我没有机会见到他们，我也根本不知道巴维尔·格里高利耶维奇的旅行，因为我已经一年多没有见到他们了。

---

① 引自茨维塔耶娃的组诗《诗人》（1923）中的《我这个盲人和弃儿能做什么》一诗。

帕斯捷尔纳克 致 **茨维塔耶娃**

1928年10月7日

　　亲爱的玛丽娜！我从来没有像现在这样充满感激地对你感到惊讶。我想用一封电报给你回信，可惜我没这么做。如果出乎我的意料，你原谅了这未经解释的三个月，那么请暂时不要为它们寻找解释。在你的帮助下我会做的，但不是今天。我只希望你尽快康复。被顺带告知的计划赶在了我自己的计划之前。我也在尽力做同样的事情，但他们把未完成的作品拖延在离结尾还有一定距离的部分。如果我找到一个方法并得到认可，我想我可以寄一些钱。但通信中断（比如和你、和家人朋友完全中断通信）目前是不可避免的。我无法、无力也无权提前透露为何是他、以及要做什么，但在人类易于自欺的范围内，怀着最美好的愿望承认，我对你处于比任何时候都更幸福的忠诚中，我曾能吸引并将他们变为朋友的时候，对他们所有人，我也处于比以往更幸福的忠诚中。那本书呢？安托科尔斯基将它转交给你了吗？噢，当然。没有这本书的斗争，没有它的凝聚，没有它集中的力量，那爬进来并找到安身之处的东西，决定宣布自己就是边界（为了意志、选择和打算），它需要的来自我的关注和压力，比实际获得的可能更多。但现在我恰恰不想谈论，如果我允许自己这样对它，那么我不会和别人谈论任何事了。精彩的诗句比我和你在一起更幸福。如果我们都不在了，再没有别的事情可做，我们的第一场交谈就是关于它的。或者，如果我们能享受长假，可以旅行，还能过上有保障的生活。看在上帝的分上，不要以为我在夸大其词，或者自作聪明地寄生于某个以前的"无底洞"。没有任何的彼岸性：在我们目前的情况下（就历史而言），我们还得继续生活和工作。突然间，我觉得这很基本，很健康，而且是超语言的。我太想这样了。请让我来装饰你自己的枞树①，虽然这需要一整年的时间，因为你不能在黑暗中等待，只要过你自己的生活，不要思考。我会写信给你，但你不要回复。亲吻谢·雅，让他亲吻德米特里·彼得罗维奇和彼得·彼得罗维奇。

（写在空白处）

> 你竟然没有骂我，这太令人惊讶了！我走向茨维塔耶娃的出路，自负地走向这次打击，你不该因其感到委屈：希望它不是不能改变的。我应该得到一些东西，一切都将重新开始，甚至会变得更好。你写给我的东西也是最好的。

---

① 这并不像你可能怀疑的那样苛求：我当然不是在谈论自己，也不是在直截了当地谈论你，而是在谈论我们的共同点，最难以解释的、最难以捉摸的地方，而且正如敌人正确认识的那样：在命运和道路的意义上变幻无常的东西。——帕斯捷尔纳克附注

帕斯捷尔纳克 致 **茨维塔耶娃**

1929年1月3日

亲爱的玛丽娜。这远不是我应该写给你的信：我没有办法着手写下一封信；我这里一切都乱成了一团。艰难地中断了半年之后，我已连续三个月想要开始工作了。中断是怎样以及为何出现的，这也说来话长。但只有在工作时我的头脑才会变得清醒，因此，给你写一封报告信的想法一直与这个至今还未到来的时期有关。

同时，你对马雅可夫斯基、对我、对他在莫斯科的作用的幻想，以及最重要的，对你的命运的幻想，让我和你一样担心，甚至超过你。你关于这个问题的所有想法都是错误的（除了一个：马氏①与生俱来的魅力和他充满矛盾的天才）。我在这里可以看得更清楚，让我暂时不要被证实。请记住，多年来我赢得了你的信任，至少作为一个朋友和通报者。记住并相信我，你比那个马氏更没有理由伤心或对自己感到不满。这就是为什么我说我的建议是未经证实的，因为它来源于客观数据，这些数据不能在信中提及和列举。请让我高兴吧，自信地驱散所有的疑虑和怨恨。我不知道马氏是否已将与你的事件公开②。我不和他见面，我已经远离他的圈子很长时间了。在许多原因中，你在不同时间写信给我提到的他对你有失分寸的行为，让我们的友谊变得不再可能。如果你记得的话，这是

---

① 即马雅可夫斯基。

② 茨维塔耶娃在俄侨报纸上对马雅可夫斯基公开表达敬意，《最新消息报》因此拒绝发表茨维塔耶娃的文字，茨维塔耶娃在信中让马雅可夫斯基将此事公开。

从两年前关于书店、女共青团员和谢尔文斯基的故事开始的。然后我开始以一种不必要的新方式感觉到他一贯的蛮横无耻。

但这一切以及我和马氏的纠葛都是理所当然的。

我不知道，马氏的故事是否得到了城里人的支持，但自春天起，我们这儿关于你要回来的流言越来越多，越来越久。现在，在一片混乱的情况下，在这个问题上我有一些建议。我从安托科尔斯基那里不完整地了解到，我们的事被英雄化了，这能让谢廖沙受到嘉奖，而阿霞在这个意义上几乎无法满足他。因此，更接近真实的是谢·雅，而不是阿霞，纠正一下，这个真理不是被赠予的，在风格上不是内省的，不是浪漫主义的，而是给定的，是通过急剧超越的阶梯谨慎生长的，是反浪漫的，是普希金式的，而不是普希金学的，也就是说，在那里，个人天才完全消融在大量劳动作品和影响中，几乎到了籍籍无名的程度，还有……够了，原谅我说的这些相当于什么都没说的形容词。但我不知道，我是否还会回到这个提供信息的特点［在此我像吸引你的内心一样吸引他（谢·雅）的内心］，因此我简要补充一下。在我看来，我们这里的时间（和这一时间一起的还有世纪的时间，欧洲的时间）所遭受的与其说直接的政治敌意，还不如说是，即便是在友谊之中，被赋予的各种意义：潜力，承诺，faculté virtuelle①。权力指控的传统以及那些以简洁主义或彻底沉默为雄辩语言的立场都被战争终结了。在那些立场下，他们的简洁或者公然沉默是能言善辩的语言，强力和那些立场的传统被战争终结了。战争不仅摧毁了卢万②——这并不难发现，但我不知道，要经历多长时间，才能让卢万的孕育在精神上

---

① 法语：隐藏的能力。
② 比利时城市，1914 年遭到德军入侵，超过 500 座建筑被毁。

说些什么，表明些什么，对这一连串的幼苗的破坏如此之大。你恐怕难以体会到，这句话意味着什么，也很难体会到这个变化给无法避免的转变确定了怎样一个无垠的范围。简单地说：我现在只相信精神，它边痛苦地扭曲着，边在我眼前加重**物质的负担**。绞车的状态是创作成才者当前的使命。他们认为好像现在有几个自由自然的富有生命力的世界，有冷漠的，有敌对的，但又是分开的，分别是自然的，不古怪的（旧的和新的，右的和左的，这个和那个），这样的想法是短浅和幼稚的。在我们这里和你那里它都占上风。它依靠分散注意力和讲故事，在我看来，霍达谢维奇、马雅可夫斯基和高尔基都是一样的浪漫主义者。他们当中的每一个人都把任务减轻到自己的圈子这样狭窄的程度。在其他时候，对此没有什么可反对的。所有这些（主要是在这一条线上破坏的延续）存在很长时间了。这些都是干涩无味、啰里啰唆的，最重要的是，不知为何这样。我到现在都没能去找你。我是通过其他人间接地或者在出版物中得知你的消息的，例如外国人或者高尔基。我在这里可以看到他们的缺点和界限，在最简洁、最抽象的特征中，我想纠正他们的信息。这比我想象的更难。所有这些都会在某一天实现。我亏欠你的东西正在一行行地增长。关于《俄罗斯之后》，我应该给你详细地写一写。我必须告诉你，我在这里说的是什么。关于最近在这里发生的复杂、困难和挑拨离间的事情。可能还关于我自己。此外，我早就该完成你关于《横沟》[1]的请求了。一个多月前，我就为了这个请求去找我的朋友，图书领域的一位行家，我在这方面和其他领域都多亏了他。但到目前为止还没有什么进展。我今天给你寄去一个不值一提的小东西，很快我就会收到一篇军事杂志的文章，也许

---

[1] 茨维塔耶娃 1928 年夏开始写作的一部反映国内战争的长诗。

还会收到斯拉舍夫的书①，那是很久以前就出版的，现在已经不卖了。我建议你去找到格·尼·拉科夫斯基②的《白军的终结》，由《俄罗斯意志》在1921年出版。好像（图书索引）那里有一些材料。最后是我不想说的东西，以免干扰公务语气。谢谢你寄来的贝雷帽和信件。祝你和你的家人新年快乐。给你和谢·雅一个深深的吻。

你的鲍

---

① 即斯拉舍夫的《1920年的克里米亚：回忆片段》（1924）一书。
② 格里高利·尼古拉耶维奇·拉科夫斯基（1821—1867），俄国记者，曾加入白军，后流亡国外。

帕斯捷尔纳克 致 **茨维塔耶娃**

1929年5月12日

　　亲爱的，这是回复你的第三封信了。其中有一些别的称呼。但是我爱你这件事，你是知道的，你是谁，你也是知道的。你屈服于这令人不安的墨水说的胡话，在刚写完后的那一刻令人难以置信的无法忍受，正是这胡话让信件注定无法被寄出。这一次它也是由你来信的特点引起的。这种品质是你与生俱来的，它总是在你的信中表现出来，但它最多出现在你最近的来信中。你的话从未像今年这样对我产生过影响。你可能没有意识到你身上的变化，但由于我在数千里之外读你写的句子，所以我这样判断，我不得不这样判断，如果我错了，不要嘲笑我。去年你写到sécheresse morale[①]，这让你感到难过。我那时不能告诉你，只有这个发现的新颖性是枯燥的，而不是它的主体，痛苦的是出乎意料的观察，毫无准备，而不是被观察到的东西。但现在看来，这已经过去了，难题没有掩盖住出难题的人，而后者，任其自生自灭，结果比潮湿更潮湿，你已经确认，思想不仅不会将你和活生生的世界分开，相反，它又是生活中的某个新居，它将以其所有充沛的完整性闯进这个**新居**，就像闯入我们所有的转折期一样。那么，你不再痛苦了，我的朋友，你不为自己新的成熟而感到生气吗？你没给我写任何关于这一点的东西。我从你的句子中读出了激荡的平静。你必须用眼睛去看，才能读懂它们。而当你读完之后，你会觉得好像你是闭着眼睛陪伴它们

―――――――――
[①] 法语：精神枯竭。

的。这是世界上最伟大作品的影响，自然界的注定的尊严也是如此对我们产生影响的。拥有Goethe – Rilke[①]气质的人就是这样，因为你的类型我早就一清二楚，所以我知道，你不会止步于去年忏悔的苦涩中，你命中注定有新浪潮、新现实的喧嚣，这种新现实以不同的方式而充满活力，即不单单局限于一颗心。我想，如果你在这里，你和我身上的这种发展会进行得更快。我们会减轻在我们体内扎根的东西的性能，它可能会这样流动。我们会分离，互相争吵，然后再回到彼此身边。在这段时间的间隔里，你会恨我多过我恨你，我们会比分开时彼此带来更多的伤害。但是我们的成熟（它没有尽头）会更快地进行，我们只会因此互相折磨，因而我们同时也被现在分别从属的那个人折磨。

你可以猜到，我说的关于你的一些话，有一部分其实也是关于我自己的。但与你不同的是，我还变老了，甚至可能会生病。但比起衰老和生病，我体会更多的是幸福。我从未像去年那样，对世界的构造方式感到高兴。对我来说，最近的快乐不是我在上面顺便提到的那个。它不能被称为发现，因为已经有三四次我在生活中看到了它。但这些开悟的状态似乎需要提醒。而现在，当我看到成熟痛苦的负担再次将在整个世界轴上转动，就像童年、初恋和诗意最初的客观性的某些时刻一样，我意识到，生活在我们最重要的转折面前是多么贪婪，生活将我们所有的变化都当作节日一样，即使我们自己为其中的某些转变感到哀伤。

如果我现在告诉你，我早就不看那些没有经历过这一切的人写的关于你和我的废话了，而只为你和我的未来而活，即为了我们共同的作品的希望而活，与最亲近的人合作，那么我将对你说出和上

---
① 德语：歌德一里尔克。

面一样的喜悦，只是在表达上略有不同。

我会在5月把过去一年我一直忙于创作的作品寄给你。我从不同的角度看待那种伟大的平凡，我赶紧将它与我听到的关于我们两个人的所有不平凡进行对比。我同时开始了创作两部散文作品，直到我完成它们后，我才可以看一眼你，因为这是我对Rilke、你和我自己的责任。此外，只要《超越街垒》一出版，我就会把它寄给你，你会认不出它来的。我有一种感觉，它与我在未来主义放荡不羁的日子里想说的话完全一致，除了书名，其中没有留下任何旧内容的感觉，不知何故，与前一种感觉和谐共存。即使这完全是自欺欺人，没有人会在书中找到诗意，这样一个事实依然是不可动摇的，即去年夏天我看到、听到和感受到的均与我在我生命最重要年代的见闻和感受相一致。我对你有个要求，在这些包裹全部安置妥当之前，你不要单独给我写任何东西。还有一件事。你没住在这里，因此你不知道，当我在公共场合、在出版社遇到某人时，我就会喃喃自语说道："啊，某某，您好！您知道，唔……"然后那些站在我旁边的人就会开玩笑地提示我，好像警告鹦鹉一样，这句话大家都知道：玛丽娜·茨维塔耶娃……这事发生在莉莉娅·勃里克身上是如此讽刺，当我看到她和回国的马雅可夫斯基在一起，准备告诉他们我给您的献诗如何不被《红色处女地》接受（他们删去您的名字，但保留了诗），他们拒绝刊载讽刺马雅可夫斯基的题诗，不论合作编辑之一弗谢沃洛德·伊万诺夫如何坚持要刊登它。事情就是这样。问题不在于，不论在我寄给你的东西里，还是在《超越街垒》的献诗中，你都找不到我鹦鹉学舌般的句子，因为这般鹦鹉学舌不太可能取悦你，而且没有任何鹦鹉学舌，也没有成千上万的鹦鹉，这一点我接下来会说。但是根据设想的作品已经准备好的部分，您无法猜测您将占据的位置，以及在两部作品的进一步延续中，在《安全证书》的进展过程中，无论如何你必须占有的位置，我将在完成另一篇散文后着手创作它的结尾，纯粹是叙述性的，而非哲学性的。在修改《超越街垒》的过程中，如果这有可能的话，我对斯维亚托波尔克、罗蒙诺索娃、谢·雅和其他朋友爱得更多了，其中有些人你不认识，因为在这里他们没有渠道去认识你。由于我在《姐妹》之后没有时间做这件事，当时的感觉更加纯粹，我必须弥补失去的时间，似乎在突袭整本书的状态下，我让自己明白了一切不被爱的和被打败的本质——无论是像霍达谢维奇这样的文化小官吏，还是像马雅可夫斯基这样没有从自己的才华中学到任何东西的人才。对我来说，他们完全无关紧要。而在这里（你现在会被冒犯），从平庸、碌碌无为（高峰时刻）到毫无收获的整条弧线，简洁起见我将其称为浪漫主义，我不怕在**术语**上与你会有分歧。但我又突然（顺便地）看到了傻瓜和"有趣的人"以同样的方式结束的边界，以及那个赤裸裸的、巨大的诗人开始的边界，他只以我所知道的两种形式出现在世界上：天才和普通人。不要笑，这是一种类型，**平庸**比人们通常所描绘的更突出，更狠毒。

你和马雅可夫斯基的事情只是个别情况。我准备好了享受你的冬季狂欢，因为对我来说，爱马雅可夫斯基比鄙视他更容易，在你评论《好!》之前，我已经接受了这样一个事实，奇怪的是，成为苏维埃巴尔蒙特的命运落在了他的头上。诚然，《好!》有超越这种空洞的工具性的部分，但我只算了其中一小部分。此外，如果我们回顾一下，音乐是**文字的良心**，我甚至不会将这种不择手段的文字创作称为音乐性，尽管是按照谢韦里亚宁①的方式来的。但是，

---

① 伊戈尔·谢韦里亚宁（1887—1941），俄国白银时代诗人。

我知道我们在这里会有不同意见。然而，我提起他另有原因。原谅我，他本可以让你受到伤害，但这一切不会像他奇怪的遗忘那样低级。不，再次让我相信。他没有说，他真的没有告诉你这句话吗？"这不是开玩笑吗，玛丽娜，全俄无产阶级作家协会（瓦普）更欣赏作为诗人的你而不是我"——他看到你的时候，没有像鹦鹉那样把这句话脱口而出吗？勃留索夫曾经写过关于《姐妹》手抄本的流通情况（它还没有出版）。但该如何评价《捕鼠者》呢？**这种手抄本的发行量如何估量？**它可能多达数千册，唯一的问题是它们有多少。

现在这是一个没有人知道的秘密，即使对谢·雅也必须只字不提，否则你会毁了一切。即使是现在，我在你身边出现的形式也很清楚。我会接受一个无情、尴尬的提议，几乎是不负责任的无礼，只是为了把它交给你，或者与你分享。因为你的不合法性，这将暂时成为我们的秘密，我认为用自己的名字隐藏它是不体面的（假装的）。必须对《浮士德》现有的译本进行整理（无知的我只知道其中两个：费特的译本和勃留索夫的译本）；我认为其中一半必须重新翻译。我还没有谈及这个问题，但我已经被邀请了。如果不是被散文和未完成的作品所诅咒，我甚至现在就可以脱开身来做这份工作了（我只会在前往魏玛长期出差的情况下才会接受这份工作）。我对此还一无所知，因为我已经被其他工作搞得焦头烂额，而且夏天就要来了，这意味着我需要钱。有可能我会在去别墅之前将这一切都安排好，然后，如果你同意并且你有闲暇，也许你现在就开始，写信告诉我你心仪的小组。我们会互相驾驭的，不是吗，我的朋友？你高兴吗？但是，正如人们所说的那样，保持沉默——在你回忆时，请称其为工作，仅此而已。我会想办法时常给你寄钱。但是不要催我。在我开篇所写的幸福中，唯一不幸的缺陷是我的拖延迟缓和与截止日期越来越大的差距。现在，如果可以的话，请亲吻谢尔盖、斯维亚托波尔克–米尔斯基和所有我更爱的人，但由于过去几年有大量的空白必须抓紧填补，所以没有通信。我拥抱你。

完全属于你的鲍

又及：我昨天收到了弗·波兹涅尔[1]的书。早些时候他就给我寄来了他的文集。从文集中的几篇介绍性评论来看，有一部分与我自己的好感不谋而合，我期待他的文学进程具有真正的广度、客观性和高尚性。正是本着这种精神，我写信给他，请他把这本书寄给我。我只匆匆浏览了一下，发现其中一些内容（关于安年斯基、阿赫玛托娃等）越不辜负我的期待，他的失误、不可理解和不可接受就越是让人失望，不，简单地说，它们贬低、诋毁了整本书和其中包含的所有论断。我们不能在提及鲍勃罗夫们、伦茨们、罗多夫们、埃尔莎·特丽奥莱们、基尔萨诺夫们、库西科夫们、克鲁乔内赫们等人的名字时[2]，却对**阿谢耶夫**避而不谈。在专有名词表中，他甚至一次都没有被提及，这样的遗漏让人一目了然。我很惊讶，这事怎么会发生在他身上。假如对杰米扬·别德内依[3]的遗漏在我看来是他可笑的任性，对**这样的**缺失**我**该说些什么呢，你很容易想到，我多么需要这个杰米扬。阿谢耶夫是一位真正的诗人，尽管他命途多舛。这是一个生性轻浮的人，此外，他还过于沉溺列夫派对

---

① 弗·索·波兹涅尔（1905—1992），俄语诗人、批评家，他流亡巴黎后用法语出版了《当代俄国散文选》和《当代俄国文学全景图》，帕斯捷尔纳克此处所指为后一本书。

② 帕斯捷尔纳克在此提到的人均为他同时代的俄、法作家和诗人。

③ 杰米扬·别德内依（1883—1945），俄语作家，社会主义现实主义诗歌的奠基人之一。

其的影响。总的来说，波兹纳的意识显然在22岁就结束了，如果他能诚实地限定自己的任务，并预先说明或弥补自己的无知，他就会做得更好。而对阿谢耶夫的疏忽让我很沮丧，甚至觉得很难回复波兹纳，否则我就要骂他了。

（写在空白处）

在十几年的进程中对伟大的作品都有很好的看法下，这份排列二十个等级的人物名单体现了可怕的审美趣味。我给谢·雅寄去了《安全证书》，向他问好。

帕斯捷尔纳克 致 **茨维塔耶娃**

1929年5月30日

亲爱的玛丽娜！

邮局把寄给你的手稿包裹退还给了我，并解释说这种转寄服务需要得到特别许可。我不会去疏通张罗拿到包裹，并不是因为懒得去，而是因为害怕在一个可能不认识我的机关里引起对我们所有通信以及未来通信的怀疑。

我真的很想让你看看我这一年来所做的，然而我必须等待。到夏天结束时，一切都会以刊物的形式出现，到目前为止，转寄一直没有受到阻碍。在那之前，所有东西都必须搁置。

大概在这些长短不一、质量各异的加速跳跃中，最值得一看的应该是散文小说的开头，我是2月开始的，有一部分（第四部分，即不按顺序，而是按比例），我最近写完了。前几天我有幸在极其优越的条件下（在皮里尼亚克①家，在他苏维埃斯拉夫派的年轻人面前），朗读了这本书，这就是为什么批评退化为相互拥抱、爱的宣言等。在那里说的话都是梦到的，我就不引用那个幸福的梦了。

但他们想要的是绝对精神，因此他们当中的一些人就开始表达狭隘的愿望。对于这些少数人，我说如果我是一个自由艺术家，我会听取他们的建议，就像他们认为他们自己是自由艺术家一样，而且他们确实认为我是。我不是艺术家，而是一个不幸的人。我没有必要提及你和你的圈子，因为一切都是已知的，他们也理解我。我

---

① 鲍·皮里尼亚克（1894—1941），俄语作家。

在无边无际的、不应得的幸福状态下发表了关于我的美学的声明。我在亚姆斯克耶波列① 和Avenue Jeanne d'Arc② 是幸福的。

秋天的时候，因为一位出版商的失误，曼德尔施塔姆与霍恩菲尔德发生了非常恼人的误会③。这件事是通过双方写信给编辑来调解的。在冬天的时候，曼德尔施塔姆愚蠢而不幸地"在公共场合"提出了一个与他曾出现过失的领域同名的话题，或者说只是像我想的那样，高尚地燃烧了自己。他在《消息报》上发表了一篇关于苏联翻译状况的文章，写得很好，也让我觉得很反感。他称这是一个缺陷，即翻译被随意委托（简要来说）给一些人，也就是有需要的人，他们懂外语，却不是文学专家。这甚至有点打击我不断地努力和我的好感。我喜欢普通人，而我自己也是一个普通人。

现在有人对他进行了可耻的迫害，就像我们现在所经历的一切，当然都基于一个虚伪的借口。也就是说，那些作为左轮条幅的官方发言人在攻击他的时候，他们自己也许并不知道，他们是被右轮运动的驱动力带着走的。他们甚至没有想到，他们是在为他在《消息报》上的文章而惩罚他，换句话说，这是一些老妇人的行为，和《消息报》相去甚远。这是一个非常令人困惑的事情。我们有15位杰出的作家**抗议**迫害（邻居的老太太都在抗议！），其中也包括我自己，现在有一份抗议书从列宁格勒寄给《文学报》，上面有阿赫玛托娃、吉洪诺夫、托尔斯泰和其他人的签名。这一切都撞上了一堵无形的墙，他案件的审理委员会的裁决没有被印出来，作家们的信件被置之不理。但他本人很了不起。的确，站在他的立

---

① 指皮里尼亚克的住宅。
② 法语：贞德大街。指茨维塔耶娃在巴黎的住所。
③ 1928—1929 年间，曼德尔施塔姆的名字被编辑误署在翻译家霍恩菲尔德的译著《蒂尔·乌兰斯匹格》上，由此引起一场争吵。

场是必要的，但他对正义的信心令我羡慕。我在撒谎——我把他看作是出乎意料的异类。他客观上没有做任何事情，可以证明他所遭受的打击是合理的。然而，是他自己催生了这些打击，并屡屡错失获救的机会，为此我一直恳求他。在他和他妻子眼里，我就是个庸人，我们在一次交谈后差点吵了起来。我和你谈这件事是徒劳的。不完整的故事无异于歪曲。

祝你一切顺利。我似乎又走上了正确的道路。走上了你的道路。你会看到的。

你的鲍

帕斯捷尔纳克 致 **茨维塔耶娃**
1929年12月1日

亲爱的玛丽娜!

　　我绝对不是给你写信,我绝对不是沉默,一切都不一样。否则,就永远不要写信。那么,先说第一件事。我很好。你的担心是多余的。我没有立即让你冷静下来的卑劣行为连名称也没有。我在夏天接受了手术,提前拔掉六颗牙齿之后,从下颌取出一块骨头。那里有一个骨质囊肿,这是饥荒年间坏血病的后果。从外科的角度看,手术并不复杂,但非常痛苦。在面部中枢神经穿过的地方,手术在几乎没有麻醉的情况下进行,因为需要很长时间才能进入其中,所有的操作都一步完成(牙齿和剖开等),手术持续了一个半小时,当触碰到面部神经时,我疼得失去了知觉。正是这一切的痛苦,加上一些细节,让已经很长的故事变得复杂,并引起了议论和谣言。就是这样。但是你写的关于血液的一切都是真的。不管是血还是别的东西,这都不是重点,重点是我们的工作不是"文学",我们在不知不觉中一直在浪费时间。我可能不止一次写信告诉过你我那奇怪和难以忍受的疼痛,这种疼痛在过去六年中每年发生两次,而且总是出现在工作繁忙的时候,在我昏昏欲睡的时候。这是我下颌的骨头的断裂。但手术后我的外观没有改变,手术是在内部进行的,没有外部缝合,而且骨头看来再生了。

　　你读这部中篇小说了吗?其中有几个小小的印刷错误,主要的错误是没有说明这是小说的开头,大概是小说的前三分一。到目前为止只写完了这一部。你说"这部小说已经读懂了自己",而我理解这些话。当然,你是对的。但这并不是全部。即使是全部,那我还没有死。就算我死了,你也还活着。你看,还有多少章节要写。你明白吗?如果没有这些章节就太可惜了,因为我没有能力在口头和信件中提出这个话题。是的,没错。行行好,把这整段从信件和记忆中删除吧。

我孤独而悲伤地存在着。我活在一个你早已知晓的梦中。再说一次,没有必要预先决定任何事情:我说的是不大的、日常的、幼稚的、自由的事。土地和人民为我而分开,我最亲近的人不在离我最近的土地上。之前的目标仍然有效。我在接近这个目标吗?我想是的。但是你看,我走得有多慢,我离它距离越远,我向它走得越慢。你读到我的一切都是通往它的阶段。当然,这不是创造性的,而是为了赚钱。但我不想发牢骚,也没情绪发牢骚。

我完全脱离了本地文学,即我的友谊不在这里。我喜欢梅耶荷德夫妇,他和她(这意味着:我们仍然每两年见一次面)。我认识了一些哲学家和音乐家,我后知后觉地发现,在那里什么对我而言是最活跃和最可爱的,原来他们认识彼·彼·苏福钦斯基,而认识的原因是普罗科菲耶夫,我在梅耶荷德夫妇那里认识了他。钢琴家海因里希·涅高兹①也在那里。而且可以说,**多亏了您**(因为聚会上有很多这种气质),我见到了马雅可夫斯基,他已经走到了尽头,在和他分别近三年后才知道他在写什么。

让我们互相写些轻松的信,说些废话,说些日常生活的东西。但在此之前,请告诉我,你打算怎么处理R.M.Rilke给你的信呢?我唯一的一封将与你的那些信件命运同在。但我对此没有明确的想

---

① 海因里希·涅高兹(1888—1964),俄语钢琴家。

法（我还没有把它寄给出版商）。

你知道，我翻译了他的两首安魂曲，并发表了出来。这很困难，你不会高兴。手术后我有两星期不能说话，正是那时候我翻译了一篇（*An eine Freundin*[1]）。如果你看到了它（也登在《新世界》上），不要苛责它，上面似乎也有错别字。但这首诗翻译得很好，我在承受了痛苦之后，一直处于兴奋状态（在这沉思的岁月里，长期节制后的第一次**不受干扰的体验**），在手术室门外和之后的很长一段时间里，热尼娅也很了不起。还有——保持沉默，有一个冠冕堂皇的借口，有一个保持沉默的理由和原因，保持沉默却不必担心其中会**被注入**某个意义，这是值得体验的，这就像音乐一样！

我这封信马上就写完了，我会尽快把它寄出去，以免它耽搁太久。我如何才能得到冈察洛娃插图的《美少年》[2]呢？会有机会托人捎来吗？是散文还是韵文——你所写的是家庭的毁灭吗？如果是散文会更好。虽然你的处境与我不同，但你却超越了抒情诗的界限，在最广阔的空间里依然是一位诗人，而我的诗体叙事从未成功过。

鲍

（写在空白处）

请告诉谢尔盖，我爱他，我需要他并且永远不会忘记他。无论对你还是对我来说，歌德的作品都让我们一无所获。

拥抱你。

---

① 德语：祭一位女友。
② 《美少年》的法语译本。

帕斯捷尔纳克 致 茨维塔耶娃

1929年12月24日

亲爱的玛丽娜！

　　这个冬天，我们生活在日历之外。我没有四处寻找今天是平安夜的迹象，如果我这样做了，我也找不到。但一场严寒袭来，我总觉得严寒中电烧得更热。他们给儿子洗了澡，地板也擦了，房子空空的，大家都去做客了：但这些都是巧合。

　　作为节日的新年也不会到来。我并不介意，这也是理所当然的。

　　我梦想着我们一起庆祝新年，我想和梅耶荷德一家、别雷一家还有其他人一起庆祝：然后，然后，在轻微的醉酒后，在喧嚣的高潮中，打电话给那些没有联系的人，比如马雅可夫斯基和皮里尼亚克，或者其他什么人。我想，我们都会用不同的笔迹给你送去问候，我们会烧热，用烟熏，用杯底封口；在见面时，总会有至少一个人无意中被酒浸湿。但所有这些都需要钱，我完全有理由指望它，但我被辜负了，酬劳被推迟到1月支付。或者这也是一种道德完善的形式？我已经拒绝了这一切，并祝谢尔盖·雅科夫列维奇、你和阿丽娅节日快乐，我独自亲吻穆尔，不装模作样地亲吻你，这些句子用的是同一语调，在夜里小心翼翼地，以免孩子们醒来。

　　我在伤害自己。一旦我允许你和你的家人给我写信，收到这些信就成为我存在的条件了。我根据这些信件调整我的工作进程，在我的想象中以它们为起点，开始每一个明天。那么两种情况二选一：要么必须经常写，要么根本不写。前者曾经是自然的，后者是不可避免的；现在我对两者都无能为力。

我们有一个名为沃克斯（全苏对外文化协会）的官方机构。他们最近给我打了电话：波兰方面有人向他们提出，要他们说服我去波兰访问。我拒绝了，理由是我现在要去法国一年，不能不顾这个想法：在那里受到法国思潮的部分影响对我来说比完全剥夺更痛苦。无论我去哪里，我都会以不起眼的个人身份自费前往。然后，最官方的劝说来了，我了解到一些情况，大意是我无权拒绝，因为苏联必须利用一切机会加强与西方的联系，苏联驻华沙大使坚持认为我应该去，因为邀请来自左翼和右翼作家圈子，那……诸如此类。亲爱的玛丽娜，你是否意识到这是多么荒诞的笑话，你是否知道，我试图向我的对话者解释我不是在谦虚或装傻，而是出于其他原因的无稽之谈是多么困难的。而且我的表达自由是被完全保证的，而且我被装扮得像个男高音一样。

比前往波兰更难的是写信。但不写信是难上加难。

请原谅我在废纸上写信，我没有纸了，都用完了。恐怕你不是因为什么事而生我的气？亲爱的，如果某件事对你来说是个负担，你不需要理由来摆脱它，你永远都是对的。但我自己，心甘情愿地，永远不会提出来，你大概不难想象，我的生活安排、它的意义和它的轮廓是如何被你束缚起来的。

请给我写信。我的生活不能再难了，写得也很困难。我想把很多重要的、极为重要的内容放到《安全证书》里，如果你没有读过它，我会很高兴（开头刊载在《星》上）。现在我开始继续写它。《小说》和后者预期的续篇材料是《安全证书》的自传性分支，即所有关于自己不能讲述的内容，也就是第一人称叙事。我这就寄走，好赶上第一封信。祝你拥有新的力量，新的毅力！祝你全家平安顺利，祝孩子们一切都好。

你的鲍

茨维塔耶娃 致 **帕斯捷尔纳克**
1929 年 12 月 31 日

鲍里斯！这与我突然决定不过新年的想法不谋而合——把阿丽娅送到一个等待我去的地方，而我自己则坐在睡着的穆尔旁边给你写信。（为什么谢不在，你马上就会知道。）"鲍里斯！阿丽娅出去庆祝新年了，我和穆尔在家，他睡着了，还有不在的你。"我料想着这些时日，信就是这么开始了。早上我跟阿丽娅说了，晚上你的信就到了——不然呢！我去了城里，坐晚班火车回来，桌子上有一张纸条："妈妈！有一封非常有趣的信。如果你想要它，就叫醒我。"（Ruse de guerre.①）我当然没有叫醒她，当然我也没有去找那封信，但我收到了信，因为我自己醒来了。

鲍里斯，和你在一起我害怕所有的话语，这是我不写作的原因。因为我们除了话语之外一无所有，我们注定要受制于话语。毕竟，与他人相处的一切——无须言语，通过空气，再由一片温暖的云彩从——到——我们借助无声的言语，没有声音的修正。少许说出的（被空气吃掉了），确定，是被无声地大喊出来了。鲍里斯，在每一种人际关系中，最坏的结局是话语只起到帮助的作用，而结局总是不好的。毕竟，他们是在道别的时候说的。斯蒂芬有一个定义，我不知道这是不是他自己的，但这是一个详尽的定义："浪漫主义者之所以灭亡，是因为他们总是活到最后。"我们写的每封信都是我们的最后一封信。一封是我们见面前的最后一封，另一封是

---

① 法语：军事诡计。

永远的最后一封。也许是因为我们很少写作，每次都是重新开始。灵魂是由生命滋养的，这里的灵魂是由灵魂滋养的，这是自我消耗，没有出路。

还有，鲍里斯，我想我害怕疼痛，害怕这把普通的刀转动带来的疼痛。最后的痛苦？是的，我想就是在那时，在旺代，当你决定不写作的时候，我的眼泪真的倾泻到了沙子里——倾泻在真正的沙丘里。（关于里尔克的眼泪不再往下流，而是往上流，就像泰晤士河退潮时一样。）

自那以后，我的生活中一无所有。简单地说：我已经很多年——很多年——很多年没有爱过任何人了。我在世时爱过的最后一个，是《终结之诗》的来源，那是六年以前了。穆尔的出生将一切都冲刷了，俄罗斯的一切。我害怕了，再一次害怕。我感受到了这种不可侵犯性。我又恢复了青春的光彩："不要靠近。"这一切都不需要语言。很简单：我已经好多年没有亲吻过任何人了——除了吻穆尔，除了在家人离开时吻他们。你需要知道这个吗？

所有这一切——我开始这么想——是为了使你周围有很多空间，如此一来，你在找我的路上不会遇到一个活人，那么你就会沿着我走向我（沿着森林走入森林!），而不是依靠战斗的胳膊和腿。而且，没有任何诱惑。不是你的一切都是虚无——对我来说，这是唯一可能的忠诚。

但我现在意识到了这一点，从表面上看，我只是变得冷漠了。啊，鲍里斯，我明白了：我只是在心里给（成长的）自己一个位置——给最后的，你的那些不会实现的，与我断绝的一切——我基于它们秘密建造的，所拥有的一切。

鲍里斯，这一年的最后一天，这天早上的第三个钟头。如果没有遇见你便死去了，我的缘分没有实现，我也没有得到满足，因为你是整个我最后的希望，那个目前存在、但没有你就不复存在的我。请理解这个黎明对我的迫切程度。

鲍里斯，我梦醒之后就忘了你，我覆盖了你，用冬日的炉灰和岁月海岸的沙子（穆尔的沙子）。只有在此刻，在刚刚感到疼痛的时候！我意识到，我真的遗忘了你（和自己）。你一直被埋在我的体内，就像莱茵河底的宝物①，有待来日。

新年快乐，鲍里斯，1930年快乐！祝我俩在一起的第七年快乐！祝20世纪的第30年快乐，祝**我们的**第七年快乐。让我们1932年见——因为32是我从小就喜欢的数字，这个数字在月份里是没有的，必须在世纪中寻找。你不要错过！

玛

于莫顿

注意！没有一个人邀请我一道迎接新年，仿佛有预见性似的——把我留给了你。只有在莫斯科我才有这样的孤独感，那时候你也不在。侨民界这匹马不吃我提供的草料！

而我正打算去参加红十字会的新年晚会，不去找谁。我没有去，因为有些羞愧，就像逃离一张空桌子一样。一封信抵得上一杯酒！

这就是我写给你的信，我一人写给你一人的信（你的我写给我的你）。还有一封紧随其后，关于**尚有的**一切。

今夜，另一封信随之而来。关于一切。拥抱你。

---

① 德国史诗《尼伯龙根之歌》中写道，哈根趁西格弗里德在泉边饮水时打死后者，夺走尼伯龙根的指环，并扔入莱茵河。

172 ••

茨维塔耶娃 致 帕斯捷尔纳克

（电报）

1929 年 *12* 月 *31* 日

Sante Courage France Marina[①]

---

① 法语：健康，勇气，法国，玛丽娜。

埃夫隆 致 帕斯捷尔纳克

1930年1月7日

我的地址：Château d'Arcine

St. Pierre de Rumilly

Haute Savoie[①]

亲爱的、亲爱的鲍里斯·列昂尼多维奇，

我在俄罗斯假期期间给你写信。我是从玛丽娜那里了解您的情况的。愿上帝保佑，在刚刚到来的1930年初您最重要的愿望都能实现。

我现在离玛丽娜很远——我在山上。医生把我送到了这里。我正以前所未有的方式生活。我觉得自己像个贪吃鬼，光索取而不付出（我希望您在这里!）。我希望在夏天到来之前把玛丽娜也带到这里来。

您还在继续写"小说"吗？您读了米尔斯基关于您的文章吗？我在一本法国杂志上写了一篇关于您的文章，最出人意料的是，您在里面开了一个俄文专栏。当我见到您时，我会给您看。

给您一个兄弟般的拥抱。

您的谢·埃

---

① 法语：上萨瓦省圣皮埃尔·德·鲁米利市阿尔辛城堡。

174 〰〰〰〰〰〰〰〰〰〰〰〰〰〰〰〰〰〰

帕斯捷尔纳克 致 茨维塔耶娃

1930年1月19日

　　我还没有感谢你的电报，你的第三封来信让我很不安。早在夏天，你就在远处拐弯抹角地提起顺带捎信的事。但从你圣诞节的信中我才第一次知道是谁。我去找了维拉·亚历山德罗夫娜[1] 三次，她都不在家。昨天我很幸运地在那儿赶上了他们的晚餐。我收到了给阿霞的围巾和手提包，太感谢你了。但我不是为这个去的，我主要是去看你关于里尔克的文章和另一篇关于冈察罗娃的文章。你能想象吗，她并没有把文章带来。这让我感到非常失望。这就是我推迟给你回信的原因，因为我要在看完文章后再写信，而且首先是关于文章的。你不能生她的气。但是，在任何时候，在任何国家，具有效力的法规都有一半来自进步的人群，来自他们的行为方式。在我意识到我所做的事情完全纯洁和无罪的时候，我不可能想到这些作品会遭到怎样错误的解释，甚至**公认**的解释。与其相信某种大气的神经衰弱，我宁愿错误地相信我呼吸的空气全面健康。出于同样的原因，维·亚没有带来文章，她没有回复，并且也不会回复谢·雅和德米特里·彼得罗维奇的信。

　　我总是带着可怕的负担屈服于外界强行要求的"阴谋"，即对这件事的首字母和其他类似的无稽之谈描述不足。而这种情况总是发生在我不得不谈论别人的时候，谈论善良的、胆小的、迷信的人等。我从维·亚那里第一次听说斯维亚托波尔克想来这里的强烈愿

────────────

[1] 指维拉·亚历山德罗夫娜·扎瓦茨卡娅。

望（普罗科菲耶夫谈到过一个苏福钦斯基）。然而，维·亚不相信他得到了许可。而这将改变我的整个生活。

你写得多好啊！最重要的是你和生活，即在你平静描述中的地心引力的音乐。法国的圣诞节已经从史诗括号里的亭子和院子里的抽水机上升起，我和你一起度过了这个圣诞节，不是因为我的任何吸引力，而是因为你习惯性均匀产生的奇迹，随意家常的、没有感叹号的奇迹，在背后从来没有任何奇迹产生的奇迹。

我昨天收到了谢·雅的信，今天我会给他回信。他让我感到非常高兴。我已经在心里给你写信了，这是我收到信时的内容。我想请你原谅我很久都没有回信，尤其是我知道你是孤单一人，根据我自己的经验，我知道这可能意味着什么。那时，我的神径正在接近堵塞，在我成家前欢快而巨大的孤独中，从未见过这种神经堵塞，在公寓里却每次都会感受到，这个公寓凭借事实承认了我和我的家人，多亏了我的家人，我才被承认。请允许我不纠结于细枝末节：你要么知道，要么幸免于它。还有，很遗憾我对谢·雅知之甚少，因为他是我这段时间以来给你写信唯一谈及的让你感到高兴的人。那些与你我有关系的人都深深地爱着他。为了想起某人，我要提到阿霞和安托科尔斯基。在他们拜访你的故事里，他在其中占了甚至比你更多的内容。而我爱他这件事不是一个句子，不是想摆出某个内心的姿态，也不是一种抒情意图：这一切都会对他造成伤害，我会将其隐藏而不表现出来。他是一个了不起的人，这一点我知道。他的本性，则是处于一定高度上的我自己，这个高度把我抛向我没有去过的领域（因为往往在他把自己提升到某种程度的地方，我却连根拔起）。然而，后者是无稽之谈，是散句的惯性，我应该画掉它；但在这个地方，您恰恰会对画掉的内容感兴趣。这就是为什么我留下这个示意图的拐弯处（我多么讨厌它们，但我自己有时也不自由！）。此外，我想向你坦白，你对别墅和公共住处的引用刺痛了我，让我看起来（违背你的意愿）比我自己认为的更粗俗。然后他的信就到了。

在维·亚那里我遇到了巴黎国家图书馆的一个职员，一个非常好的人，他跟我说了一大堆令人高兴的事情。他要和斯梅什利亚耶夫[1]一家去罗斯托夫，前往克诺泽罗湖和北冰洋。我的法语说得不好，就更感到不好意思了。他们从书商那里转了一圈回来，嚼着东西，喝着酒，整理他们买的东西，夸耀买的那些东西很相似。我看到了一本旧的别雷的《彼得堡》，你的维什年科的《离别集》，几本民歌合集；但我马上就分心了，还有其他客人，我只来得及告诉他，让他去买你的《里程碑》，而不要相信你对他们的看法，不要相信你低估了他们。斯梅什利亚耶夫夫妇曾和热尼娅在当地的阿尔辛休养过（在"乌兹科耶"；我从来没在中央改善学者生活委员会的疗养院待过，好像是所有"立体主义者"当中唯一的例外：热尼娅去过两次，阿霞去了无数次）。而且我不知道他们是在撒谎还是该相信，他们喜欢热尼娅。这时你就会领略到这一团混乱：历史博物馆；围满客人的圆桌（你认识伊·尼·罗扎诺夫，不是吗？）；你和你给我的礼物（我还不知道没有散文）；一个法国人用赞美和贪婪的目光包裹着我；阿尔辛—乌兹科耶；人们爱热尼娅，而这几乎就是在巴黎的一切。我出门了，享受着无尽的幸福；现在是6点，天色已晚，我得去彼得罗夫卡的售票处买奥柏林[2]音乐会的

---

[1] 瓦连京·谢尔盖耶维奇·斯梅什利亚耶夫（1891—1936），俄语演员、导演，维拉·扎瓦茨卡娅的丈夫。

[2] 列夫·尼古拉耶维奇·奥柏林（1907—1974），俄语钢琴家。

票。我想，现在肯定会发生一些"以自我为中心"的事情，我立即预料到了，我知道他们会说什么：在去彼得罗夫卡的路上，我会在"涅德拉"（一家书店）的橱窗里看到《超越街垒》或者类似的东西，仅此而已。但是，这里没有"涅德拉"，只有一块空地，上面挂着一个大牌子，说涅德拉搬迁到别的某个地方去了（我没来得及看搬迁的位置）……稍远一点，在20步的距离外，大剧院拐角处，在等公交车的队伍里，最后一个是热尼娅。她太让我欢喜了。你是否也一样，也就是说，你是否也如此爱着与你亲近的人，并且那时才确信，他和你有多亲近？

信被打断了。阿霞带着阿杰·格尔茨克的儿子[1]来了。他根本不需要我，提前把自己搞得情绪紧张的阿霞，大概已经设法让他明白，同我结识对他而言是多么重要。这种对人们互相刺激和碰撞的热情，是她**唯一的**缺点，没有她的介入，这些人的生活和偶然事件都不会相遇，但考虑到她的其他优点和美德，我耐心地容忍了她的这个缺点。但这往往是非常令人尴尬的。为什么把《动物园》给穆尔看，你怎么能允许这样的事发生呢？我认为这世界上没有比这更荒唐和不幸的书了：完全不知道它是为谁而写的。这里面有两三处是诗意盎然的；然而，如果这是针对成年人写的，那就必须更加严肃。它绝不适合儿童阅读，这一点不仅作者、读者和出版商都很清楚，连包容这一点和其他许多事情的公文也很清楚。这首《动物园》和同样美妙的《旋转木马》都是在我最困难的阶段，即1925年的春天写出来的；特别是《动物园》，那些天正好有一个女孩把

---

① 指阿杰莱德·格尔茨克的儿子达尼尔·德米特里耶维奇·茹科夫斯基（1909—1939），俄语诗人，翻译家。

你的信捎给我，你告诉我穆尔出生的消息（Feuerzauber[1] 和酒精灯，你记得吗！）。当时我深受楚科夫斯基的青睐，但即使是他很努力，也无法给《动物园》带来什么：在儿童部安排一刀干净的书写纸比安排这篇诙谐的手稿更为容易。楚科夫斯基给我写了一封前所未有的、情真意切的赞美信。他准备用尽全力来帮助我。然后罗蒙诺索娃出生了，你在我给德米特里·彼得罗维奇的信中再次读到了这一点，就像把《动物园》拿给穆尔一样，这封信也需要拿给你看。但是这一切是如何联系起来的，啊！出于悯恤他们于去年出版了《动物园》，是针对N岁年龄段的人出版的，其确定性最好不要去想。我有愧于穆尔。我曾希望与他建立未来的友谊，而现在却因为你们，我在他面前永远蒙羞了。我把书拿到手之后就给你寄去。

　　但是，现在是时候结束这封信了。你知道我这一年是如何开始的吗？也就是说，你的电报（France[2] 作为一种祝福真是非常好！）伴随着什么，也就是说，谁是你那天的同伴呢？我收到了R.Rolland[3] 寄来的一本书，附上了题词，末尾有祝愿bonne traversée de l'un a l'autre bord[4]（虽然是指从东方升起到日落，从青年到老年的跨越）。这是迈娅安排的（你还记得迈·玛·库达舍娃吗？）。据她说，罗曼·罗兰知道你、我的情况。她是一个金子般可贵的人，非常谦虚聪明。很遗憾这个话题已近尾声，因为不能以这种方式来写她，也不能写这份礼物让我有多激动。我不知道如何"与伟人通信"，这在我的生活中没有发生过。但对我来说，用法语回复R.Rolland比在自己的时代用俄语回复高尔基更容易、更

---

① 德语：火的魔力。
② 英语：法国。
③ 即罗曼·罗兰。
④ 法语：从一边顺利过渡到另一边。

自由。

（写在空白处）

　　　抱歉写了一封长信，连亲吻的地方都没有了。

你的鲍

帕斯捷尔纳克 致 埃夫隆

1930年1月20日

我亲爱的谢尔盖·雅科夫列维奇！

我唯一的心愿就是给您一个大大的吻，以感谢您兄弟般的题词。在今年的第一天，我被您现在所在的那座山上的人称为兄弟。我从R. Rolland那里收到一本书，上面写着同样的词，现在，在您的那封信之后，我觉得这个词就是阿尔卑斯山。

我从玛·伊的信中知道您的一切。她甚至用您的话向我描述了您周围的地区，我可以看到。您的确切地址对我来说是个新消息，而您的信对我来说是巨大的喜悦。

通过玛·伊圣诞节的来信我第一次了解到她托人捎来的散文。我去找过维拉·亚历山德罗夫娜，第三次才在家里看到她。正如她没有把散文带来一样，出于同样的原因，她将无法给您或者德米特里·彼得罗维奇回信。虽然她的良心和我一样清白，也没有任何理由陷入庸人迷信的警惕之中，但她宁愿避免与国外通信，因为在这一点上存在许多误解。

快好起来吧，利用这个机会，我们的兄弟想去疗养院可不容易。而您周围一定有很多根本不需要它的懒汉！

对我来说一年比一年更难。这不是谁的错，而是我的错。我曾经自然而然地从孤独中成长起来，而没想过这种成长会带来什么，意味着什么。然后，情况发生了变化。自《1905年》开始，我就不是以自己的名义来写作，而全部是为了某个人而写作。同时，我没有从这个代词那里得到答复，我无法用我理解的东西来引领生活。我有关的一些赞誉的冰冷的最高级词汇已经被冻结在这里，在使用这些词的时候，他们甚至懒得做出改变。诚然，我们在批评时使用的词汇是贫乏和有限的；有意义的词在其中几乎不存在，陈规旧俗就由此而来。这部中篇小说是我去年春天写的，其中有相当一部分都带着一种好的不安感。只有皮里尼亚克和他率领的年轻人才真正接受了它。但这就是我从这本书里看到的全部。我最近提醒德米特里·彼得罗维奇，我在国外的好运归功于你们的共同努力。我忘了补充一点，我的理由和来源合乎逻辑，这让我很高兴，而并不使我感到尴尬。这种"和朋友的通信"让我很幸福，这正是我在这里的机缘中所缺乏的：这一切都是狭隘、主观和有争议的，这非常好；我参加了一个公共讨论，而且我并不孤独。但有多少机会可以为所发生的一切而欢欣鼓舞，为时间难以形容的困难和艰苦等而欢欣鼓舞！它们数不胜数。忽然有某种东西出现了，嘴上说着**"诗人—预言家"**［如果您还记得，这就是丘特切夫（!!!）］；带着素食主义者平和的诗句里"普希金式的简洁"，一生中连一只苍蝇都未曾杀死。或者，比方说，您会读到柳博·斯托利察[1]关于阿杰·格尔茨克的文章。我的老天！你还在呻吟?！出版总局不合你意吗?！

那么它仍然在"写作"和"思考"！通过可见的世界，可以看穿不可见的世界吗？标记还保留着，该如何展开？还有多少亵渎不恭的行为（更不用说对形式的命运和目的的奉献了！）。可怜的传道者们尽力了，他们展示了疯狂而正确的东西，闪电般永恒的东西，锐利而年轻的东西（好像大汗淋漓的马，犹如结满露珠的

---

① 柳博芙·斯托利察（1884—1934），俄语诗人，散文家，剧作家。

草），千年过去了，只有火花如雨点般落下，如此绝妙的一股劲，而听到的是另一个这样的东西，它是一种地方性的东西，只有在头巾下才能被理解，这和他们不再嗅探烟草时**看到**的东西一样，嗯，您知道，点头和叹息表达的是什么；您知道，那种东西毫无艺术性；遗产虽然不多，但一个人需要的很多吗？我们曾想……因此他们来了，第一批被宇宙邀请的人！我们眯着眼睛——脸上带着微笑——望向天空。而这里，在放下的窗帘前，有一个年老的女人坐在扶手椅上喃喃自语，说有一只啼鸟在啄食。他们还说霍达谢维奇受不了，穿上了裙子，但我不相信。或者，他突然从对面走过来。一个镶着金牙的东西穿着剪裁优雅的西装外套，看起来像在跳狐步舞，它告诉您，它在德国溜达得多么愉快。它把剃须刀片递过来，让我写上："您的**问候**已转达；谢谢您。"但是对不起，我拒绝，我从来不把刀片当作问候，我会照实写，并按照东西的名字来称呼它们。手上的拍水声，和盘子一般大的眼睛，您不切实际，我为您效劳，而您却毁了我，等等，这整个现象，就像一块手帕，被投机、香水闷死，它们的卑鄙已经在这里被我们所遗忘。

您是否感觉到这些对立面有多么接近？在其中一个对立面上，他们只磨炼精神上的东西，但……但由于精神上的萎靡，他们不知道什么是不朽，也不渴望不朽，因为他们不能渴求不朽。在另一个对立面，他们一次也没有被它所诱惑，因为生活中充斥着股票和三明治。

革命是对被冒犯的历史的回答：它对一个出于某种原因对不朽无动于衷的人做出风暴般的解释。革命万岁。拥抱你。

您的鲍·帕

埃夫隆 致 **帕斯捷尔纳克**

1930年3月2日

我亲爱的鲍里斯·列昂尼多维奇，

谢谢，谢谢，谢谢您的来信和书。

这几天您给我寄来的诗作真是太棒了。我坚信我们会见面的，那时我会告诉您为什么。

给您写信对我来说很难，一是因为我写信时笨嘴拙舌，二是因为从来没有任何人对我有这样一种如此开放、友好的吸引力（也许因为我可以给您写的一切，您早都知道了）。

我从来没有像现在这样热爱和需要您的诗作。

我怀着感激之情拥抱您。

您的谢·埃夫隆

于阿尔辛城堡

帕斯捷尔纳克 致 **茨维塔耶娃**

1930年4月18日

亲爱的玛丽娜！

你可能已经从报纸上知道了一切①。如果可以的话，我想补充一点关于我自己的情况。三天来，我完全沉浸于发生的事件，哭过，看过，理解了，再哭，佩服不已。第四天，我与事件隔离，这足以让我被认为是陌生和遥远的感觉，在一般的仪式上不再回应此事。我无处可附关于他的两篇文章，除了承认他的自由死亡之美，这两篇文章没有包含任何可怕的内容。请对这件事保密。如果在这里人们获悉这件事你们已经知道了，我就会成为每天诽谤的对象，难以承受。

这就是为什么要说这一切都是胡说八道。在我冬天写的《安全证书》的后面几章中，马雅可夫斯基和他的意义以及他的作用和魅力，最重要的：他在我的命运中的意义，都以一种对许多人来说意想不到的方式被赋予。自秋天以来，我一直没有见过他，因为我一直在等待这些章节被重写，我甚至还没有投入这些计划中去。我亲爱的朋友，请原谅我没有给你写信。这还会持续一段时间。我还没有读过你的《横沟》，这让我很痛苦。赞美的浪潮正零零散散地传到我这里，想来这部作品是很美妙的。你的来信里，最让我触动的是一切关于法语翻译的内容，这是我今年对"国外人"的了解中最真实、最快乐的东西。你的法语诗句很有自己的特色，它将两

---

① 指1930年4月14日马雅可夫斯基自杀一事。

种语言合二为一，就像德语和法语在St. Gothard①（？）处的连接。你在这一切中是可怕的你，可怕的是我喜欢其中对你一直以来所欣赏的一切的忠实。我期待沃洛佳②有类似的表现。我以为他将以自己的方式突破生活的边界和每个人命运的可预见性，即消失在未知中或用别的东西欺骗人们的期望。但在我看来，欺骗之后，只能活着以完善这个意外，而这恰恰是我没有想到的结局。但是当然，它（即结局）属于同样高级的那一种。不要屈服于兴奋或焦虑，像以前一样工作，如果你需要，我就爱你，并用力吻你。内安德③来过，谢谢你的礼物，但钱他自己会汇去的，我现在汇不了。请谢·雅原谅我，直到现在还没有给他回信。

（写在空白处）

> 米·库兹明④在这儿发表了一首优秀的抒情诗，我恰好在弗·马雅可夫斯基自杀前夜给他写了信。

---

① 即圣哥达，指瑞士阿尔卑斯山下的圣哥特哈德公路隧道，它贯通法、德、意等多个语言区。
② 马雅可夫斯基的爱称。
③ 鲍里斯·尼古拉耶维奇·内安德（1893—1931），俄语记者。
④ 米哈伊尔·阿列克谢维奇·库兹明（1875—1936），俄语作家。

埃夫隆 致 **帕斯捷尔纳克**

1930年4月24日

我亲爱的鲍里斯·列昂尼多维奇，

我知道，马雅可夫斯基的死对您来说是多么沉重的打击。我知道，他对您来说意味着什么。

我用我所有的爱和未经表露的友情紧紧地拥抱您。

您的谢·埃夫隆

帕斯捷尔纳克 致 **茨维塔耶娃**

1930年5月

　　亲爱的玛丽娜！阿霞早就让我把这些明信片寄给你了。对不起，我上次忘记把它们放进信封了。非常感谢你的来信。我们对彼此的关心是一样的，但鉴于我过去几个月的卑劣行为，我该怎么回应你的关心呢？

　　我身体状况欠佳，疲惫不堪，睡眠不足，脑子整天都不清醒。

　　当马雅可夫斯基开枪自杀时，我在强劲、纯粹、不断加深的悲痛中煎熬了两天。我已经很久很久没有如此好地感受到——我不会说感到我自己，而是感到所爱的一切的明确位置：世纪的特殊性，你，你的家人，语言，使命，诗歌知识未发现的领域——原谅这句话奔泻而出，我就是顺便提一句。

　　我曾写信告诉你，我觉得我很快遭到了反击①。如果在这件事情上停留的时间比我实际上在其中停留的时间要长，那么这就是虚伪的装腔作势。这种小事在信里应该写在一句话当中，就像在生命中它只占有一个瞬间。

　　但从那一刻起，我就有点发寒热了。但你不要担心。这有一半是臆想出来的，尽管我生就如此，只要一接触到精神上的粗俗，我的嘴唇就会发炎；只要一想到要离开专注的工作，我就好像堕落了，血液被污染了。我很快就能控制住自己的情绪：它几乎已经发生了。

　　我的工作因所发生的事情而受到阻碍。我在冬天初步写完了有

---

① 马雅可夫斯基去世后，帕斯捷尔纳克逐渐远离了前者的圈子。

关马雅可夫斯基的作品，是大篇幅（在构思上）的，热烈，生动。但就像写活着的人一样，期望它能引起一个活人的注意，并以某种方式有利于他。现在是另一回事了，这一切必须变得更冷静更理性，才不会迷失在曾经杂草丛生的大自然面前：就目前而言，就我所理解的，写他就意味着去写整个国家的历史，第一次为了自己把这个形象挖掘出来，将它擦净，然后放进心里。（请迅速扫过并忘掉：近似的东西是不允许有非具体表现的。）

我想请你帮忙。请转告德米特里·彼得罗维奇，我非常感谢他送的Eliot[①]的作品，也很高兴收到礼物，但请他原谅我没有尽快给他写信。希望谢·雅也不会因为同样的原因生我的气。**可以把我献给你的诗**[②]**放在《街垒》的第二版里吗？**[③] 我会把它修改完。

《两书集》（非常好的版本）和《1905年》（极其糟糕的版本）的新版面世了。如果有谁需要，请写信告知我。

不要生我的气，也不要责备这些书信。我没有力量克服它们的真实性，即掩饰其真实性。你的鲍。

邮票是你的《横沟》，你注意到了吗？

---

① 英语：艾略特。
② 《超越街垒》的二版（1931）里收入《你有权亮出衣袋……》一诗，并加了"致茨维塔耶娃"的副标题。
③ 请回复斜体部分。我希望得到你的许可。——帕斯捷尔纳克附注

帕斯捷尔纳克 致 **茨维塔耶娃**

1930年6月20日

亲爱的玛丽娜！

　　我想让你知道这一点。今年春天，我一直在奔走斡旋①，最后被拒绝了。我给高尔基写了信，他在这些问题上的一句话是很有权威的，昨天我收到了回复。他以各种理由拒绝了我的请求，并建议我等待。我不能等待，但我想学会相信，等待这个词是有意义的，也就是说，时间会改变一些东西，并且会加速进行，这不会是永远，可能我会再次尝试。

　　这就是为什么我没有给你写信。我最近一直处于一种非常兴奋的状态。出于某种原因，我相信会成功。当不需要的时候，人们喜欢、谈论、购买一个又一个版本，人们原谅了对一切被提升为典范的（最强烈的）反对意见。当有必要时，你会发现你的腿被锁住了，没有人愿意动一根手指来解救你。心情是相符的。如果不开始，你就不会知道，这是一次不愉快的磨炼。

　　这件事刚发生不久，因此把这封信写完都很难。这是在信里告知你和谢·雅最主要的内容。可以告诉德米特里·彼得罗维奇，但不能告诉其他人。也再没有其他人可以说了。

　　今年，不知为何他们打算去基辅的别墅。这是某个熟人的主意，彼得·彼得罗维奇似乎认得其中的一个钢琴家涅高兹。我的家人自5月底就在那里了，明天我也要去。地址是：伊尔片，基辅

_____
① 指帕斯捷尔纳克为出国而做的尝试。

区，西南铁路，普希金大街13号，我收。骗我去那里的人最主要的就是那个涅高兹，他们都非常好。

所以，我不得不接受它，暂时不去想这件事。但我将在秋天为热尼娅和热尼奇卡再试一试。

我无法简单易懂地跟你描述，但在库兹涅茨基，就在高尔基的秘书那里，我手里拿着他的（读过的）信，还有：过马路的时候要当心汽车，正是在这种委屈下，相对的不幸中，**我想起了**诗歌，比如魏尔伦有时会写的（以免把同一个Rilke念叨个不停）。而且我也想提醒你这一点，如果你像我在这里一样，多年来**完全**忘记了自己。突然间，在悲伤中，**你必须成为你自己**，除了关闭所有的出口，**别无他法**。

在未来几个月里，我将不得不处理一本散文集和一本倒霉的、该死的诗体小说①。在那些作为整体的一部分或在杂志上出现的个别作品集的草稿之后，我总是把一本书的准备工作看成是第一次真正意义上誊清的手稿。我觉得，这对你来说更亲近，《俄罗斯之后》就是这样整理和重写的。因此我会尝试一下。我经常生病，虚假的情况越来越多，我不明白自己的命运。我最好从伊尔片给你写信。当你让我给谢·雅写信时，我的情况也是非常不好的。你和他原谅我了吗，这个请求没有得到满足吗？回答我。这种内疚感让我非常痛苦。

---

① 指《安全证书》和《斯佩克托尔斯基》的单行本。

帕斯捷尔纳克 致 **茨维塔耶娃**
1930年10月12日

亲爱的玛丽娜，

　　我前几天给你写过信。我刚刚收到一封令我非常难过的信。意图和机会都没有改变，但现在在付款方面出现了严重的拖延问题。这是一个普遍现象。出版社欠我的钱已经很久了，然而他们自己也不知道什么时候才能付款。没有钱的生活已经第二周了，由于情况越来越糟，我们将不得不在收到稿费之前找到办法。但既然这都是猜想，我已经采取了一些行动，我认为结果会赶在这封信之前出来。抱歉，这比应该的和承诺的要少得多，但还能指望其余的。但暂时不要告诉我方法，过几天再告诉我。最近几天——事情就是这样——我一直在给国外写作，这总是引起别人的怀疑，还有就是钱，我担心我对你的直接义务会被误解。

　　这正是你允许我回复的非信件。

　　请你写信告诉我开心的事情，我猜不到，还没有人捎来消息①。

　　亲吻你和谢·雅。请尽快给我写信，别生我的气。

鲍

---

① 指茨维塔耶娃自己翻译的《美少年》法语译本。

帕斯捷尔纳克 致 **茨维塔耶娃**

*1930*年*11*月*5*日

亲爱的玛丽娜！

请不要感到惊讶，我真的不能肯定，我是否已经把这一切全都写信告诉你了。

你的翻译让我大为震惊。这是精湛技艺的全部力量和意义的顶峰。这简直太精彩了，很容易预见，您对法语抒情诗的贡献将反映在其发展中。但这部作品的俄语方面更让人吃惊。人们普遍认为，最自然的、最可能的、最真实的会具有最大的可能性。可能全世界都是这样，只有我们自己除外。如果你的事件被作为一项任务提出；也就是说，如果他们问，同时代的人中谁有能力在年富力强和成就鼎盛时期从一种语言过渡到另一种语言，并且在没有过渡期的情况下立即占据之前被抛弃的位置，那么这个人当然就是你，而且无须到习题册的最后去寻找答案。这个人当然会是你，你孤身一人，但恰恰是在分散俄罗斯环境的注意力。而我们命运的传统在这里被打败的事实，在我看来是最振聋发聩的。与*Verger*[①] 相关的一切自然的东西（我只说事实，我没有看过书）在你的俄译中都是超自然的。

我还能怎样告诉你，你的专栏和所有这些新闻的影响呢？考虑到我们这里有言辞最激烈的散文，我在衰老，我也不至于夸大其词。因此，在这个无形中被困住的时间里，我失去了结束和开始的

① 法语：《果园集》。

感觉，我在你的作品中为它找到一个日期。我对自己说，这是你的法语版《美少年》之年，也是它即将出版的一年，类似于时间表的东西在周围的混乱之中蔓延。如果你将献诗撤下来，这无异于杀了我，让我一生都处于痛苦中[1]。虽然你承诺会留住它，我如此珍视这份幸福，以至于我担心在最后一刻会有什么事情改变你的想法。《美少年》在我这里的时间不超过一周。我把它拿给了马雅可夫斯基。它被放在了某个地方。这就是直到今天我对它的看法。阿霞那一本的命运也是如此。

所以祝贺你，祝贺你，祝贺你。你是好样中的好样，大地在你脚下，天空在你头顶，空气在四周，你是真实的，你是放不完的电荷，不全是幻觉，也不全是臆造。

对你的翻译真正的、瞬时的响应是给迈娅写的一封信，信里描述了所发生的事情，并请求她关照你。你知道她在巴黎吗？我是用普通的方式寄送的，但出于某种原因，我相信它被送到了，虽然没有收到她的问候或答复。但无论如何，这一切符合今年的特性，所以应当如此。这一切都停息了。我度过了一个美好的夏天，我们和一些极好的人一起住在基辅（啊，多么可爱的城市啊！）附近。其中一位是彼得罗维奇的熟人，他跟我谈到他的情况，并带我看了他的公寓[2]。他时常演奏，是一位伟大的音乐家。我们的生活充满友谊、工作和晚会，我们生活在大自然以及不敢信以为真的环境当中。我在写信的时候，觉得你，特别是男人们（谢·雅，德米特里·彼得罗维奇，彼得·彼得罗维奇）一定会在远方鄙视我这种阴沉沉的语气。那还能怎么办呢。我刚刚收到鲍·尼·布加耶夫

---

[1] 《美少年》在 1924 年出版时附有给帕斯捷尔纳克的献诗。

[2] 指涅高兹。

（安·别雷）从莫斯科郊区寄来的信，就像从撒哈拉沙漠寄往另一个撒哈拉沙漠。再次祝贺充满活力的、崭新的、毫无瑕疵的、才华卓越的你。亲吻谢·雅。

你的鲍

（写在空白处）

　　我不写自己是有原因的。这不是一个话题，目前还是最好不写。但如果没有我的内容，你读起来会觉得无趣：你和我一样了解你自己，而且只有你在这里。

帕斯捷尔纳克 致 **茨维塔耶娃**

1931 年 3 月 5 日

亲爱的玛丽娜！

我手里拿着你给阿霞的信。我看着你写的句子："现在给他写信让我有些难为情，他已经很久没有给我写信了——我不计较信件，但考虑到他已经搬走，等等，我不想那样提醒他我的存在。"我一边看，一边红了脸。你是对的。但别怪我。那么，先来说说事情。面对你我非常内疚，我之前没有去瓦维娜的母亲那里。但这恰好在随后发生的一切开始的时候，最繁忙的时候，我当时没有钱的情况也影响了我。我荒唐地将一些事情放任不管，它们现在依然没有恢复正常，但我希望这几天能安排好。然后我就会去的，这是必需的，而且可能一次就能有两段时期的帮助。到时我会告诉你的。你不要生气，我已经很久没有给任何人写信了，我会在道歉中引用你的例子：我**甚至**没有给玛·茨写信。

看来你已经知道一些情况了。你在上一封给阿霞信里的提问证实了这一点。那么我尽可能长话短说。我们和音乐家涅高兹（非常好的人！）一家人一起度过了夏天。我越来越依恋他们。有些力量是我永远无法抗拒的：他具有灵性的天赋（激情澎湃，覆盖哲学和诗歌的广阔视野）和她高雅、灵活、下意识的灵性所具有的惊人的美感。这就被称为友谊，我们每次见面都以表白结束，我将他们转向了双方，在那些吸引我并让我头晕目眩的本性的游戏中，他和她有时在我看来就像兄妹（你明白吗？）：我无法摆脱对他俩同样无限的自由感。秋天的时候，我意识到我是爱她的，以一种迷人的、有一点可怕的明确感意识到这一点，就像在生命开始时所理解的那样。[①] 我给他们两人每人写了一首谣曲。我在这里引用第二首献给她的。当然，这比《姐妹》里的诗要差很多，如果你觉得形式和词汇都很粗俗，那么你是对的。但我给你写信说的是我之前和现在的生活，而不是我做了什么。因此，在很长一段时间的中断后，秋天的这几个月是我第一次体验到抒情诗的强烈感召力。于是我完成了《斯佩克托尔斯基》。你会看到，这不是一个完全空白的地方。它被赋予了**某种**含义。你在那里[②]，你在我的和我们这个时代的历史之中。这就是那首谣曲：

> 别墅里的人在睡。
> 绿叶在背风的花园沸腾。
> 像乘风飞翔的舰队，
> 树的风帆也在沸腾。
> 桦树和杨树舞动铁铲，
> 像是在落叶时分。
> 别墅里的人在睡，
> 掩实后背，像婴儿安睡。
>
> 巴松管怒吼，警钟鸣响。
> 别墅里的人在睡，伴着狂风，
> 伴着没有肉体的噪声，

---

① 帕斯捷尔纳克与钢琴家的妻子济娜伊达（1897—1966）相爱，两人经历一番周折后终于成婚。
② 茨维塔耶娃是《斯佩克托尔斯基》里女主人公玛丽娅·伊利英娜的原型。

伴着平和音调的平和噪声。
雨在下，下了一个时分。
树的风帆也在沸腾。
雨在下。别墅里
两个儿子在睡，像婴儿安睡。

我醒来。我被周围的一切
包围。我在思忖。
我置身您生活的土地，
您的白杨在沸腾。
雨在下。让雨丝搓捻吧，
汇成纯洁的流水……
可我却半睡半醒，
像婴儿那样安睡。

雨在下。我梦见：
我被带回满是阴谋的地狱，
姨妈们在童年折磨女子，
婚后有孩子们缠斗。
雨在下。我梦见：
我从童年被带向科学巨人，
伴着搓揉黏土的噪声，
我像婴儿那样安睡。

黎明。澡堂的黑烟。

阳台漂浮，像在驳船。

像在木筏，灌木的手指，

围栏上淋湿的木板。

（我一连五次梦见您。）

睡吧，往事。沉入生活的长夜。

睡吧，谣曲，睡吧，民歌，

像婴儿那样安睡。

　　然后我们搬到了莫斯科。在自我暗示的一种颓废中，我继续对他们两个讲话，而没有将他们分开，并且不想在海因里希·古斯塔沃维奇不在的情况下去那里。但是当我们三个人聚在一起时，我们清楚地知道，**她的**力量、她的命运和历史都在对此产生影响，是我的生活将他俩分开并推动她前进。1月1日，他前往西伯利亚做巡回演出，在那里，保暖和食物条件方面都十分艰难。我不想这样，我非常害怕他的离开。我知道我们的命运迟早会交织在一起，我的感情会喷薄而出，它不会止步于任何界限。但在他不在的情况下，这一切都可能被一些不诚实的东西所取代。然而，他不得不离开。他两周后回来。我焦急地等待着他，没有任何内疚感。我一次又一次地忘记，发生的一切都直接关系到他，完全不通过我和我对他不变的依恋，我所有的期望都以最荒谬的方式呈现出来。我不知道一切将如何解开，我们四个和孩子们会怎么样。

　　现在我想告诉你一些关于热尼娅的事情。我求求你，毁掉我在当前影响下所说或写过的所有关于她不好的内容。对我来说，这是一种不可原谅的卑鄙行为，而在过去，只有1926年的那个夏天，当我非常想去找你，在考虑和她分手时，我才能得到一些纵容。现在的情况也差不多，但分手已经彻底结束，在这里只有我看到了，这些年来对她来说我在内心是怎样一个罪人。这种悔恨不足以将不可能变为可能：在这种羞愧的怜悯旁边矗立着一个活生生的、无所不能的无限性—— 一切都被它遮蔽了。但热尼娅是一个我永远都无法与之相提并论的人，这是在我们在一起的生活中我说出的第一个关于她的实话。她定是在分离中荒唐地将我理想化了，我不知道该怎么做才能减轻她的痛苦，我怀着最深的友谊，不由自主地向她奔去，我知道这种感情（**对她来说**）比那段她想返回的糟糕而矛盾的过去要好得多，但她生活在痛苦的海市蜃楼中，粉饰过去，看不到未来。这对我来说非常困难。

（写在空白处）

我的临时地址：莫斯科40区，亚姆斯基场第二大街，甲1号，21单元，鲍·安·皮里尼亚克住宅，我收。如果我没有收到信，我会让人转寄给我。但是请不要回复我一封草率或者不公正的信，我有点害怕。不论如何，我还是会和你好好相处，不会从不友善角度去揣度你。对不起。

你的鲍

我没有画掉附言，虽然为此感到惭愧：我刚收到你的来信①。为什么你要让我想起我们的相处？你真的认为会有什么变化吗？这就是为什么我一个字也没有提到它，因为它是不言自明的，永远不会被动摇。

但你指责我说，你是最后一个知道的，这不公平。我第一个就给你写信了，我没有给任何人写过任何东西，我也不知道这件事是如何传开的。拉伊莎·尼古拉耶夫娜的消息来源对我来说是个谜。热尼娅和我都已经很久没给她写信了。还有最后一件事。我什么都不知道。也许我会回到热尼娅身边，但我爱济娜。我还爱你和帕米尔，还有热尼娅，还有拉·尼。

五六月的时候，如果我还活着，我会给你寄两本新书，《安全证书》和《斯佩克托尔斯基》。有一些审查上的约束，但一切都很顺利，我莫名其妙地很幸运。

---

① 茨维塔耶娃给帕斯捷尔纳克的这封信没有保存下来。

茨维塔耶娃 致 **帕斯捷尔纳克**
1931 年 *3* 月 *18* 日

　　这首谣曲很不错。你在17岁的时候也没这样天真地写作过，它是由两个儿子当中睡得更熟的一个写的。我为**你的事情**感到难过。但我内心是站在热尼娅、**而不是**小男孩的位置上。能拥有你作为父亲是多么幸福的事啊，一次是作为父亲，第二次是作为自由的父亲。如果他**是你的**孩子，那么他不需要更好的父亲。你在童年时期会付出沉重的代价，为了你自己，缺席的那个人。

　　鲍里斯，根据记忆：当我穿过斯米霍夫山冈（我的"山"）从谢尔盖走向罗德泽维奇，又同样穿过斯米霍夫山冈从罗德泽维奇走向谢尔盖——**那里**有过一个**溃疡**，从那里长出一个**伤口**。我不能忍受这个溃疡。（你还记得文选里的那个富人吗？他将他的朋友叫到一起，在宴席结束时，把一袭紫袍下的溃疡展示给他们看。毕竟，来参加宴会的是**他们**。）**我的**快乐，**我**对生活的需要，都不重要。更准确地说：他人的痛苦瞬间摧毁了它们的可能性。谢尔盖很痛苦，我将无法为罗德泽维奇感到高兴。不依靠爱吸引我的人，是凭借对我的需要吸引我（**没有我就不行**）。我**知道**，就这样发生了！罗德泽维奇**会应付过去的**！（也许我是因此而**爱上**他的?!）

　　只有当两者都**更需要**时才会发生灾难。但这不会发生的。对我来说，重要的是时效。不是：nous serions si heureux ensemble!

nous étions si malheureux ensemble![1]

我不是爱的女英雄，鲍里斯。**坦白说**，我是一个劳动英雄：练习本的，家庭的，母亲的，**平凡的**劳动。我的脚是英雄，手也是英雄，我的心和脑袋也是英雄。

谢和罗我一个也不爱。我经常见谢尔盖，他对我一往情深，很喜欢穆尔，但我对他毫无感觉。

这是**我**分享给你的经验。

你的情况**更为**复杂：因为她有自己的一切，这是同样的选择。但是请相信我的直觉：四个人比三个人更容易一些。有些东西似乎是平衡的：**四行诗**。三个人就是瘸腿（四条腿）。还有，所有重量都在一个人身上（中间那个人：在她身上，就像当时在我身上）。不，感谢上帝，是四个人。

另外，鲍里斯：叶·亚·伊兹沃利斯卡娅[2] 就要离开了，她像驱散野兽一样给爱书的人分发书籍，这是一首流行在佩雷亚斯拉夫尔–扎列斯基县的四句头：

> 坐在身旁的人——
> 并不为此悲伤，
> 悲伤的那个人——
> 正在远方眺望。

输的人其实赢了。

---

① 法语：我们在一起多么幸福！我们在一起多么不幸！
② 叶莲娜·亚历山德罗夫娜·伊兹沃利斯卡娅（1896—1975），苏联翻译家、宗教作家。

只是在和罗德泽维奇分手后，我才觉得有资格去爱他，在结束之前，我一直爱着他。

　　这不是建议，是例子，是解释。

　　我只知道有一种幸福的爱情：贝蒂娜①对歌德的爱，**大特雷莎**②对上帝的爱。不求回报的爱，无可救药的爱，不受接受之手的干扰。如同深陷泥潭。（陷入一个巨大的手掌——泥潭的手掌。陷入一个坍塌的手掌——泥潭的手掌。）我和你待在家里会做什么？房子会倒塌，或者，我让你长睡不醒，将熟睡的你放在心里带走，像跳下小船一样跳出房子。和你一起生活？！

　　上帝保佑，别让她知道这一切，就让她幸福地守候你，守在良心处，守候在上帝、诸神和**你**的身旁。（注意！那么她还会剩下什么？1938年。）

　　……你知道吗，一切都妙不可言！我打开歌德的*Aus meinem Leben*③，发现一句箴言——Es ist dafür gesorgt，dass die Bäume nicht in den Himmel wachsen④，即我一生都在谈论我自己和我的生活的那些事，只是我的情况是：Es ist von Gott besorgt，dass die Bäume⑤。

　　就这样吧——拥抱你。

---

① 贝蒂娜·冯·阿尼姆（1785—1859），德国女作家。
② 指圣特蕾莎（1515—1582），西班牙基督教赤足卡门教派的创始人。
③ 德语：《我的一生》，即歌德的自传《诗与真》。
④ 德语：不要让树长到天上去。
⑤ 德语：上帝让树木生长。

帕斯捷尔纳克 致 **茨维塔耶娃**

*1931*年*3*月*27*日　前后

　　亲爱的玛丽娜！我给你写了信，讲述了我的不幸遭遇和担忧等。我的那些诉苦在你可能得知的那天意外地得到好转了。我赶紧用这张明信片让你对我的事情放下心来。我甚至已经成功地给我的老太太提供了帮助，而且比她期望的还要多一倍。向你问好。为匆忙的笔迹感到抱歉。

帕斯捷尔纳克 致 **茨维塔耶娃**

*1931*年*6*月*10*日

　　我亲爱的朋友，玛丽娜，我已经有几年没有给你好好写信了。情况是这样的。热尼娅和热尼奇卡（儿子）在柏林或慕尼黑。是罗兰帮的忙，要不是他，我就拿不到护照。我父亲在信里说热尼娅是一只被射伤的鸟，还说小男孩儿的眼睛是恐惧和困惑的。这封可怕的信就像诅咒一样，带着在亚斯纳亚·波利亚纳谈话的回忆，对《复活》插图的回忆，这封信对我来说可能是公正的，而且是不太明智的，在自己的世俗哲学中经不起任何批评。他已经70岁了。他不久前患上严重的流感，其并发症对他这个**画家**的视力产生了影响。他不能阅读和焦虑，于是他写了这样一封长达20页的信。在这封信之后我觉得，我与他有过两次对话，一次是在这一生中，另一次是在这封信中。他把我当作一个被解开的误会。

　　如果对我这个罪犯的愤怒能与对受害者的爱携手并进那就好了。但令我惊恐的是，我在他的话语中读到了担心，**这一切**是否成为他的累赘，我为我自己的家人而感到胸闷，因为除了精神上的支持和游戏般的参与，我什么都不指望，我也不指望他们，经济上自给自足（我已经实现了一部分），因此，在我最主要的期待上，我也许被骗了。同时，那些已经离开的人从来没有像现在这样无条件地、纯洁地接近我，当半睡半醒、半信半疑的共存被打破时，一个人可以被整体地欣赏时，对他理所当然的温情是完全无私的。那儿子呢？当生活对他仍加庇护的信念强烈到可以触摸。不要误解我的意思：在这种情况下，我会不可避免地想到和关心他们，而且比什么时候都更多、更好，还是像第一次这么虔诚。我会与你再见的。

但目前那里被黑暗和悲伤笼罩，热尼娅会帮助我，为此付出努力并最终报以微笑的希望非常渺茫：现实对自然，然后是对自己，接着对我报以微笑，我们会成为朋友（我多么希望如此！），她会看到……但到目前为止，这不太可能，我对家人的看法错了：在那里没有人会教她这些。

而在另一个家庭中也出现了自杀的浪潮。但涅高兹是个很有修养的人；他知道**应当**克制，他是我的兄弟，而且他似乎正在逐渐控制自己。有许多细节增加了这一磨难的负担。首先，在住房紧缺的情况下，这一切都发生在原来的旧公寓里，你知道在这种情形下事物的声音意味着什么，当你必须小心谨慎地奔向一个更好的明天，周围都是事物，然后事实证明，它们的发展在最后的冲击下停止了，它们**只是**记得，刺痛和抱怨，什么都不想要。于是他去巡回演出了，那里出现了一些流言，差点就发生了些什么，我就让她去找他。因此我自己去基辅待了两天。我回到莫斯科，济娜伊达·尼古拉耶夫娜留在基辅，第二天我和格拉德科夫① 还有其他一些人去了马格尼托戈尔斯克（在乌拉尔），这是之前就安排好的，当我都已经忘记这件事的时候，出行的时间突然到了。但我无法忍受乌拉尔的忧虑、烦恼和幻想，勉强可以通过邮件来克服的距离，我们从车里雅宾斯克出发，走了三天就掉头返回（距离马格尼特纳亚还不到300海里的地方），就这样将整个旅行变成了笑话。

如果你对这个不感兴趣，请等等。主要内容在后面，也会解释我为什么要写信。但我先要说的是接下来的内容。能够在济娜伊达

① 格拉德科夫（1912—1976），俄语作家。

允许的情况下，用她与生俱来的性格去爱，就能战胜一切逆境。她和我一模一样，但在她沉默的外表下，她甚至更受本能的启发，更少受到理性的中伤。我和她几乎是生活中的同一个地方、同一个时刻的同一个影子。

她和她的一个儿子在基辅，我刚从乌拉尔来，我现在不能去那里，我有很多事情没做，加里克（海因里希·古斯塔沃维奇）[①] 在莫斯科，在同一个空的公寓里，我在他的音乐会那天从乌拉尔过来，我的熟人让我不要去找他，以免让他担心，在音乐会上我几乎躺在椅子上，躲在人们背后，避免他注意到我。他以一种闻所未闻的方式演奏，充满**这种**出乎意料的激情，以至于声音本身就将作者身份从肖邦和舒曼转移到他身上了，他战胜了这样的痛苦，我蜷缩着哭泣，准备亲吻他的脚，以为我没有被他注意到。但在幕间休息时，我被叫到他那里去。我告诉他，他必须在看护下离开音乐会。然后他去找组织者（这是一场为伏尔加河畔的德国人举办的公益音乐会），我们说好凌晨3点在一个共同的朋友家（阿斯穆斯[②] 一家）见面。随后天亮了。大家注意到我在三天的旅途后是多么疲惫。我甚至没有力气起床。然后（奇怪的逻辑），他们缠着让我读你的作品。《捕鼠者》出来了。我再次被你的力量、你的领袖地位所震撼。"真是天才啊！"从自四面八方传来这样的声音。"天才。天才。"加里克低声说，我一看，他的整张脸都湿了，听着，笑着，哭着。这是阿斯穆斯的那一本，我没有任何你的东西，都被送出去了，然后被还回来，又一次给了别人，就没再还回来，我总是不记得是谁借走的。6点的时候我们离开，海因里希·古斯塔沃

---

① 即涅高兹。

② 瓦连京·阿斯穆斯（1894—1975），俄语哲学家。

维奇带着阿斯穆斯的《捕鼠者》走了。现在他打电话来了（这也是这封信的动力）。"是的，你知道，我整个上午都在看书。多么高的水平啊！多么亲切啊，唯一需要的人，唯一必需的人！"

这封信已经放了一个星期。我甚至把墨水也换了。除了上述之外：你到处都为人所知。在车里雅宾斯克，《共青团真理报》的两个年轻人到拖拉机厂来找我，他们问起你，他们知道《捕鼠者》。我现在一个人在莫斯科。冬天，我的生活发生了翻天覆地的变化。现在，我只要一个人待久了，内心就会不安，和普通合力的关系、和日常生活的约定都完全断开了联系。同样，某种真实性（在理想情况下）已经成了唯一。4月，我写了几首简单的诗，一首接一首，不费吹灰之力，如果济娜没有离开，我整个夏天都会写诗，我也就不会掺和到这次旅行了。工作会将留我在这里，直到月底。随后我会在基辅接她，一起去高加索。这几天我会把《安全证书》的第二部分寄给你。大概会把它翻译出来的。这么多年，我第一次开始思考你的回归，自己想象着这件事。把你关于马雅可夫斯基的资料发给我。阿霞给了我第三或第四个衬页副本（手写的），非常模糊，要读它，就像用半拍子的碎片拼凑一首乐曲。如果你决定毫不迟疑地给我写信，然后去基辅，那会怎样？格尔舒尼大街（以前叫的斯托雷平大街）17/19号，9幢，济娜伊达·尼·涅高兹转我收。

茨维塔耶娃 致 **帕斯捷尔纳克**
1931年7月2日—10日

　　亲爱的鲍里斯，我现在很少给你写信了，因为我讨厌时间的制约，内容不是你写的，甚至也不是我写的——不是写的，而是被时间偶然丢失的。我希望是我给你写信，而不是某个7月口授给我的。在某件事之后，如果我昨天给你写信，我会给你写一封信，现在又给你写一封，你读的这封信，和你明天读到的信难免会有不同。在这种多样性中不是内容丰富，而是任性随意。时间的随机性和我笔下的规律——你在哪里，我又在哪里？我没有征服你，鲍里斯，我没有让你着迷。信件是写给我之外的其他活人的。就像给自己写信一样愚蠢（和孤独）。

　　我先从墙说起。昨天，我第一次（和你在一起的、在你心里的这一生中），没有考虑我在做什么（我是否在做我想的事情？），我把你挂在墙上，一个年轻的、抬着头的、典型的混血儿，这是父亲的作品。在你身下——偶然间——不知是一棵石化的树，还是一块木质化的石头，某件（就像叶夫盖尼·奥涅金一样）有百年历史的艺术品，其中有我1926年在旺代给你的"来自大海的玩具"①。我身旁是异常忧郁的三岁的穆尔。

　　当我——也就是多年以前——确信我们会见面的时候，我不会想到为了我自己将你清楚地暴露给自己或其他人，你深藏于我心，让我苦闷不已。结果——我刚将你从我身上剔除出去——又让你陷

---

① 指茨维塔耶娃的长诗《自海上》。

了进来。现在我可以说：这是鲍·帕，最优秀的俄语诗人，我的好朋友，就我自己所知的这样说。

你在我心里的（温柔的）面孔就像是殖民地的陈列品。你有没有想过自己——是埃塞俄比亚人——是阿拉伯人？关于通过血缘，与普希金——汉尼拔——彼得的关系？关于继承。关于责任。也许在普希金之后，在你之前就没有人了？要知道，勃洛克、丘特切夫，等等，又是普希金，涅克拉索夫，人民，也就是同一个阿琳娜·罗季昂诺夫娜[1]。只有你的"22岁的美少年……"我认为，从普希金开始，直线的尽头是叉子，干草叉，一端是你，另一端是马雅可夫斯基。如果是你，我强烈建议你，鲍里斯，感受到你身上的这种黑人血统（注意：1916年，某个教授写了两卷研究报告，说普希金是犹太人。**别提了**，你会更快乐，更完整，和热尼娅以及所有人在一起会更轻松）。

毕竟，普希金被杀是因为他永远不会死，他将永远活着，在1931年与我一起在莫顿同行。我从16岁起就一直在精神上与普希金同行，从不接吻，一次也没有，没有丝毫的诱惑。普希金从未给我写过《为了遥远祖国的海岸》[2]，但他的最后一封信，他写给我的最后一句话，鲍里斯，"就应该这样写历史"（儿童故事中的俄罗斯历史），对普希金我将永远保持"受尊敬的"，他是我心爱的人，从来不是心爱的：他是我的！我的！。普希金是一个黑人（黑色的血液，法厄同[3]），自杀的相反，这一切都是我在看你青春时期的画像时发现的。你没有让我更幸福，你让我更聪明。

---

[1] 阿琳娜·罗季昂诺夫娜（1758—1828），普希金的奶娘。
[2] 普希金的《为了遥远祖国的海岸》（1830）一诗是献给阿马莉亚·雷兹尼奇的。
[3] 法厄同：阿波罗的儿子，驾阿波罗太阳车来到大地，引发火灾，宙斯只好用闪电击毙他。

关于自己，我简单说一下。我通过间接的方式收到了阿霞的警告，如果我做这做那，她就会发生这样那样的事，她要求再等两年，等到安德留沙①毕业。显然不是两年，而是直到时间的尽头。因此，我又有了两本遗著。我暂且把一部大作搁置了。毕竟，我不是为这里写的这部作品，而恰恰是为那里写的—— 一场复仇，用平等的语言。我现在在写单独的东西。一系列的诗。只要你给我对的地址，我就寄给你（恐怕到基辅已经来不及！）。前几天谢·雅给你写过信，你可以毫不犹豫地满足他的要求，我敢保证。

你的妻子呢？目前的妻子。哦，哦，哦，这是在毁灭家庭啊！他想必是个好人。

德米特里·彼得罗维奇病得很重：心绞痛。瘦成了骨头架子。很久以前我和他就分开了，也许——他和我在一起，来来去去——但我一次也没见过他。谢廖沙每次来都会和他见面，和他的关系也比较融洽。回到德米特里·彼得罗维奇：情况很严重，但并非没有希望：通过节食再忍耐一下，他可以活很长时间。

这个夏天我们哪里也不去。通过晚会得来的钱全都用来交房租了，我刚好交了。这些年来，这套房子的费用都是由德米特里·彼得罗维奇支付的，现在由于治疗疾病，他无法支付了。我们将如何生活下去——我不知道，因为另一笔收入也消失了（每月300法郎，这是我一个好友在伦敦募集的）。总之，我们每月有700法郎用于支付所有开销。我耸了耸肩，继续生活。（不要写信告诉拉伊

---

① 约指安德烈·茨维塔耶娃（1890—1933），茨维塔耶娃的哥哥。

莎·尼古拉耶夫娜任何事情，你知道他儿子身患重病。）

也许谢廖沙会去村子里待上两个星期，去找他认识的工人，他们答应保证伙食，所以这是我们唯一的路。现在他想找到一份与电影相关的工作（当摄影师），他的想法很好，但他总是被骗。

因此我的地址一直都没变。

对了！你写信说寄给我《安全证书》的第二部分，我第一部分也没有。你寄了吗？

茨维塔耶娃 致 **帕斯捷尔纳克**

1932 年 5 月 27 日

鲍里斯，需要原谅的并不是你两年（三年？）没给我写信，而是403页上的诗，显然不是**我的诗**，难道也不是写给我的[①]？瞧，我正在考虑我能否原谅你，即便可以，我是否原谅（在自己内心）？"这世上有韵脚，分开它俩，会颤抖。"[②] 这就是我1925年[③] 对你这几行诗做出的**回答**。此刻，我已释然：我比你的403页早了七（？）年，你这首不是写给我的诗，你不是在与我押韵，我凭借优先权确定了我与你押韵，你永远与我押韵，我有优先权，鲍里斯！可是你，耳朵里还响彻着我的确定，却把这个确定献给了**另一个人**。没有我那句"这世上有韵脚"，你**永远**写不出这几行诗来，你在这里是**抄袭我**，抄袭我的那页诗。《俄罗斯之后》，你与我同行，却未走向我。如果你走向我，就是回头（严格的韵脚）。抄袭，鲍里斯，如果不算是形象、意义和实质的抄袭。

我在403页上的眉批：即便不是献给我的，也是**属于我的**。即便不是献给我的，也是**我的诗**。**就这样**有了这本书。（为清晰起见：这些诗要么是**写给我的**，要么是**我**写的。）

还有：

---

① 诗集第 403 页上的诗为《爱人，甜腻的称呼》（1931），是帕斯捷尔纳克写给他的第二任妻子济娜伊达·涅高兹的。帕斯捷尔纳克 1931 年与她结婚，这首诗显然让茨维塔耶娃心生醋意，尤其是其中的这几行诗："我多想在我们死后，/ 我们手挽着手离去，/ 人们用我俩构成韵脚，/ 比心脏和心房更紧密。"

② 茨维塔耶娃的组诗《两人》（1924）中第一首诗的头两行。

③ 茨维塔耶娃可能记错了她这首诗的写作时间。

灵魂离开西边，

　　它在那里无事可做……①

　　这两行诗我早就听说了（是在杂志上？），听起来像是个人的屈辱，是弃绝。你也能**这样**（沉重地？）侮辱我，弃绝我。接下来只有整个天空，天空之上也同样无事可做。（是吗？**你倒有事可做**。）

　　鲍里斯，别提韵脚：你（和另一个女人）的生活，你什么都可以列举，什么都可以纳入，我不想要清单，也不想要抒情诗，但是**押韵**（事情**仅在于**这个词），除我之外，你无法与任何人押韵，可笑，三个傻瓜组成的仲裁法庭也会因为显而易见的事情哈哈大笑。

　　（**仅在于**这个词，在这个词的所有内涵，对于你而言。我永远喜欢清晰明了。）

　　写吧，你随便给谁写诗，爱吧，鲍里斯，你随便爱**谁**。

　　如果……

　　你是我唯一的单一形象（你和我押韵的可能性），你成了流通硬币，你把脸转向另一个女人。如今大家很快就会有话说了。说我俩押韵。到那时我就会舍弃。你别逼我发出这声残忍的呼号（就像先前人们说的那样：你我不是一对）：

　　"你不是我的韵脚！"

　　因为，如果我不是**你**的韵脚，自然而然地，命中注定地，你也就不是**我**的韵脚，也许更好，也许更确切，也更完整。于是我就会拒绝在这个世界寻找自己的有机韵脚。而在另一个世界，**一切**全都

① 帕斯捷尔纳克《春的季节……》（1932）一诗中的两句。

押韵！

这些话你**不敢**说，**不敢**拒绝，你也**不敢**有此念头。

（阿丽娅说："妈妈，这好像是您的……"）

突然之间，我的？

好吧，鲍里斯，我将笑脸面对一切。

续

1933年5月底 前后

你为何要去掉《崇高的疾病》一诗前的献诗呢？我的贯顶诗[①]哪儿去了？

这是一个里程碑式的破折号，鲍里斯。这话我应该早说，这话你此刻应该忘记，以便平静、开心地继续读我的信。

一个关于你的最新明证：一位苏联作家看见你提着红菜汤上了电车。我闭上眼（在想象中），表面上则垂下眼，看见你饭盒中那漂浮在红色海面上的甜菜。也许，全都是胡说？作家，你知道的，都会撒谎，小说家嘛。我们却是神圣的甚至peinlich[②]的老实人。

我再无关于你的任何消息。

---

① 帕斯捷尔纳克的长诗《崇高的疾病》其实是题词献给茨维塔耶娃的妹妹阿纳斯塔西娅·茨维塔耶娃（1894—1993）的，但帕斯捷尔纳克的确写有两首献给茨维塔耶娃的贯顶诗：一是长诗《施密特中尉》，在1926年《新世界》杂志发表时所附献诗；一是1929年的《瞬间的雪花……》一诗。这两首诗均为15行，各行首字母纵向组合构成一句话："献给玛丽娜·茨维塔耶娃"。

② 德语：学究气的。

（你写给热尼娅的诗多么冷酷，"来一番阿尔卑斯般的交谈"，这话可以说给我这种武装到牙齿的人听，而不应该说给一个被抛弃的女人听，她一无所有，除了眼泪。残忍的男人诗句。仙鹤就这样安慰狐狸，或者狐狸就这样安慰仙鹤，你则轮流使用你湖泊的盘子和大脑的山谷……）[1]

我不知道热尼娅作何反应，我在这首诗中倒是第一次真的"用另一种方式"看见了你[2]。也可以对自己（或者对**我**，众人之一的**我**）说这种话：飞翔在自己的灾难之上，歌唱。但如果这个人不会唱歌怎么办呢？如果这灾难（山，整个阿尔卑斯山脉，你的整个高加索）落在了**他**的身上呢？？

但是也许，这一切都已是古老的故事。就算如此。但你别忘了，诗中的一切都是永恒的，具有永恒的生命，也就是说，具有永恒的现实。具有正在进行的行为的连续性。这就是诗。

但是，接下来……

简单谈谈我自己。诗写得**非常少**，散文写得非常多，用俄文和法文写散文。我本可以成为法国的第一诗人，他们只有一位Valéry[3]，他也很弱，但……这一切要等我死后才会出现，我一如既往地处在圈子之外，孤身一人，在家里，与几个偶然的人待在一起，他们无法知道我所做的一切之价值（附记：我不是在说家庭）。谢[4]在最好的情况下也只是"爱好者"。我需要的是知音。

---

① 这里谈到的是帕斯捷尔纳克的《你不要激动，不要哭泣……》一诗，热尼娅是帕斯捷尔纳克第一任妻子叶夫盖尼娅·卢里耶名字的爱称，在叶夫盖尼娅 1931 年 5 月去德国之前，帕斯捷尔纳克写下此诗，"湖泊的盘子""大脑的山谷"均为帕斯捷尔纳克此诗中的形象。

② 帕斯捷尔纳克那首诗的最后一句为："你将用另一种方式看一切。"

③ 法文：瓦雷里。

④ 即茨维塔耶娃的丈夫谢尔盖·埃夫隆。

鲍里斯，我无法在写作了20年之后再跑去编辑部，推销自己的手稿。我在16岁时都没做过这种事。我无法更多或更少地在散文中说明我是谁：一位著名的（？）俄国女作家，云云。

瞧，我就像一只鹈鹕在守护自己的小鹈鹕。小鹈鹕们也在长大。

简单谈谈我的家人：谢全身心地忙他的事①，这你也知道，我正面临一场灾难，现在只能把脑袋藏在**日常生活**的翅膀下，有意不去面对即将发生的事情，因为我，不，**主要**是因为穆尔。阿丽娅（19岁）画画非常出色，她做木版画和石印画。但是卖不出去，就像我那些法国物件，因为只有"熟人们"能看到这些画，当然，他们也赞不绝口。

穆尔（2月1日正午已满八岁）。从既理性又不理性的外表看，像13岁，一切都超常：身高、智力和愚蠢（每个年龄都有其愚蠢，从来没有年龄的我也始终有着我自己的愚蠢，同类的愚蠢），都多出五岁。他**不是**一个抒情诗人。是个活动家。**我的**所有激情，付诸行动的激情。我会从他手里抢报纸。他相信我，但是却喜欢**做他自己的事**。而且，他天生如此。我非常、**非常喜欢**他。我们家大致分成两半：谢＋阿丽娅，穆尔＋我。穆尔外表上看，很像活跃的我，只不过更漂亮，更确切地说，也更端庄，因为是孩子。他**非常漂**亮，不过这美貌很独特，尚未完全显露出来。

他**非常**任性，很冲动。像我的坏脾气（言语上的坏脾气）。有点什么事，他就说："您是坏蛋，生来就是坏蛋，一直是坏蛋。"我倒是一点也不生气："随你怎么说，我反正不是坏蛋，因为坏蛋是一条蛇，胖乎乎的。而我，穆尔，瞧，我却很瘦，**还会走路**，还

---

① 埃夫隆此时正忙于恢复其苏联国籍。

有两条腿。"

他说：是有两条腿。过了一会儿，他脸贴着我的手："我很对不起您，我叫您坏蛋，您当然**不是**坏蛋，根本不像，这是我的嘴巴自动说出来的。可是您干吗不让我梳大背头呢？"［他被广告上的人**迷住**了，主要是迷上了那种"新潮"男式发型：头发全都往后梳，梳得连两个太阳穴（**我的**太阳穴）都感到疼，出门也不戴帽子，因为涂满了肥油。］顺便说一句，他还**央求**我染发。

鲍里斯，我的头发白得很厉害[1]，我因此会让我那些"同时代人"（年长我20岁）难为情，她们清一色的黑发、红发或褐发，一根白发也没有。

我用我的每一根白发指明**他们的**年龄。

要知道，人们喜欢灰毛猫。也喜欢漂亮的狼，也喜欢白色的银子。

关于诗的一句话。

---

[1]　此时茨维塔耶娃刚过 40 岁。

189 ●

茨维塔耶娃 致 **帕斯捷尔纳克**

*1932*年*10*月 末

　　亲爱的鲍里斯，我仍然为马克斯[①] 感到悲痛。不要埋进枕头里，而是——如果你愿意——请一头扎进笔记本里，因为**那些**眼泪至少还能留下点东西。

　　一句话：20年的友谊。一句话：《**活人活事**》[②] 这一大本笔记，还有一系列诗歌，他的结局。

---

① 指马克西米利安·沃罗申（1877—1932），俄语诗人、画家。

② 茨维塔耶娃纪念沃罗申的文集。

茨维塔耶娃 致 **帕斯捷尔纳克**

1933年5月 初

　　鲍里斯，亲爱的，我收到了阿霞寄来的博物馆照片，也收到了我哥哥去世的消息。博物馆是俯拍的，前面有一栋房子，上面有一个十字架，标注着：鲍·帕住的房子[①]。我一下子就全部明白了，接受你，鲍里斯，进入我的家庭。

[①] 即莫斯科普希金造型艺术博物馆，为茨维塔耶娃的父亲创建，位于沃尔洪卡，离帕斯捷尔纳克住所很近。

191

帕斯捷尔纳克 致 茨维塔耶娃

[写在《帕斯捷尔纳克诗选》（列宁格勒作家出版社，1933）一书上]

赠玛丽娜。

请原谅我。

亲吻谢廖沙。谢尔盖·雅科夫列维奇，请您也原谅我。我本想让主要的事情回归正轨。

这也是我应得的。

请原谅。请原谅。请原谅。

鲍里亚

我起初在书上写了题词。虽说话很热情，但似乎无关痛痒，就抹掉了。因为就当没有这本书，这只是一种问候，问候你和你们。也就没有任何题词，而只有：请你们原谅。

192

帕斯捷尔纳克 致 茨维塔耶娃

1934年2月12日 [①]

　　玛丽娜，谢谢。巨大的欢乐。打算装在信封里的信会写得太久。我写起来会没完没了。你的所有疑虑都很有道理，它们让我感到高兴。这两天我会给你发一封装在信封里的信。我此刻写这张明信片是为了安慰自己，因为一想到给你的回信仍未上路，我便寝食难安。这几年里，我的生活虽然如释重负，不再受穷，但需要我直接操心的事却越来越多，简直难以胜任。亲近的朋友如此之多，他们的遭际各不相同，我简直不知道接下来会怎样。这样吧，谈谈主要情况。整整一年我都在尝试散文写作，可是一无所获，除了暂时留存在脑海里的一段情节。这并不令我担心。我清楚这种尝试之结果，这次失败给了我政治上的教益。我指的是内心的、主观的失败，因为我并未让任何人看任何东西。最近三年，格鲁吉亚在我的生活中扮演了重要角色。我在那里有许多朋友。他们中间有两三位出色诗人，很有潜力，格鲁吉亚诗歌就整体而言也很出色。我逐字逐句翻译了一本诗集，书名叫《**改编**之作》。涅高兹差点死了，在医院躺了一年（多发性神经炎），现在回家了，但很久不能弹琴，但愿将来能弹。孩子们这个冬天也生病了，麻疹、猩红热、水痘等等。我只能抽空写点东西。向你全家问好！！

[①]　此信写在明信片上。

帕斯捷尔纳克 致 **茨维塔耶娃**

1934年2月13日 [①]

　　亲爱的玛丽娜，请你原谅，我知道，收到明信片是十分令人不快的，似乎，明信片次于书信的程度甚至超过完全没有书信（沉默）。但说实话，我说装在信封里的信写起来会无休无止，我并非在说谎，并非在说暗语。我两次提笔给你写信，那两封信都会发展成长篇大论。它们没能写完，因为废话连篇，对双方都会是一种折磨。为了避免出现不对等，请你也给我写明信片吧。身边全是病人，我这一两个月都在拼命工作，以便在**我的连篇废话**中证明自己。但往后或许会轻松一些，我会更多地给你写信。重要的是，我们又开始相互交谈了，我简直不敢相信此事！参加别雷葬礼的人比皮里尼亚克和我预想的要少。我俩参加了治丧委员会，我体验到了死者家庭老太太们常有的那种务实态度（谁来了，谁没来，有多少鲜花，等等）。在留言本上我只写了三两句场面上的话，用的也不是我的表达方式。我和皮里尼亚克都没顾上主要的事情：应该为之后的音乐定下基调，这之后的音乐就是寡妇的命运、作品的命运，甚至葬礼本身的命运，等等。那份名单不仅不是我的选择，而且也不合我意。普鲁斯特位列我亲近的作家行列，在托尔斯泰和里尔克之间。别雷在离我很远的一个灿烂行列里。祝你健康。

[①]　此信写在明信片上。

194

帕斯捷尔纳克 致 茨维塔耶娃

1934年3月16日 **前后**①

　　亲爱的玛丽娜！我完全不同意你的观点，即你认为明信片不算书信，如果说我至今还没有因为你寄来的信而向你表示感谢，这只是因为，我希望用装在信封里的信来向你表达：（1）我对穆尔的欣赏（一个小拿破仑，多漂亮的男孩，多谢!）；（2）我因你们的艰难生活而感到的担忧。在稍后那封装在信封里的信中，我或许会让你不高兴，我会小心翼翼地建议你不要那么激动，或许会有失公允。但是，我这里的家庭生活也完全不配作为范例，我自己这一年过得十分艰难。我之前给你写到过家人的疾病等。最近几周，地铁建设工程正在快速推进，恰好从我们住的楼下穿过。这栋两层厢房成了一个异常复杂的结构中的一个小零件，这个结构从四面八方包裹着这个小零件。让我吃惊的是，这座在电车车厢的哐当声中不停颤动的废墟居然一直没有散架，没有倾塌。显而易见，应该搬家，可当下却无处可去。作协里的人答应帮忙，我也没什么可抱怨的，这便是这座桥头堡的现状，我就要从这座桥头堡给你寄去书信。非常感谢你所有那些想法，感谢你谈到了你自己。这几天我会再写一张明信片，说明我欠你的那封书信正处于何种方程式链条之中。祝你健康。

你的鲍

---

① 此信写在明信片上。

帕斯捷尔纳克 致 **茨维塔耶娃**

1934年10月5日

亲爱的玛丽娜！10月1日我进了城。我心情不好，我想给你写信。

只有在惯性的状态下我才会不觉得孤立无援——当我不想自己，也不想你。房间使我想到了"我自己"。啊，如果我俩住在同一座城市里该有多好啊！我俩能相互提供多少帮助啊！

需要挣钱，需要工作，需要坐下来干点什么，我也知道该干什么：写散文。这篇散文我前年就开始写了，后来扔下，今年夏天又重新开始。可这是一条多么不幸的迷途啊！这里有多少转变和过渡啊，来来回回，我骗了自己，我落到了何种境地！

10月24日

有一次我一回来就开始给你写信，在开始坐下来工作之前，因为对工作缺乏信心。如今，我因这种不必要的、应受指责的神经质而感到羞愧。

事情更简单一些，应该相互写信，哪怕一年两三次。我无法写得更频繁了，我常常因为接不到你的回信而痛苦。

请你给我写写你的家人，写写谢尔盖·雅科夫列维奇，写写穆尔和阿丽娅。写你自己，你可能会感到困难，比我还难。要知道这是永远写不完的，比一切散文都更糟。为了不产生疑惑，要做一个说明：我们身边的每个亲人都会落入这一境地，如果要他们谈一谈自己的话，所以，我才向你打听他们的情况。我们和他们在这一方面没有任何区别。因此，我为之而活的那些人，并不知道我爱他们。要知道，等同不会在空间里占据位置，你难以指明它在何处。

我很高兴地告诉你，我正在最不可能的条件下工作，换一个人，在这些条件下可能会变成酒鬼，或者发疯。这并非为了与你平起平坐，我挣了不少钱，这我不瞒你说。我养活家人，我们有黄油吃，但我永远看不到一套能在其中像真正的人一样生活的普通住宅。

看到我身着破旧的衣服出门，所有人都很惊讶，甚至生气，但是我并不像个邋遢的人，只是对衣着还不太感兴趣。这实际上对我有害。

这就形成了一种对于成功而言必不可少的风格，一种能获得成就的哑语，运用这种风格就能保证成功，拒绝它则会遭到它的报复。这便是它的若干特征。不能局限于必要的东西，应该双倍地祈求，这样便会有四倍的收获。应该喜爱广播、留声机、打字机、美式橱柜、舞台演出。应该明白这一点。

但是我别无选择。环境本身在为我正名。我或许是个胆怯的人，因为我总是觉得，陌生的环境胜过我自己，高于我自己（无论我如何用理性来评判这个环境，我在肉体上依然会迷失其间）。

正因为如此，我出门的时候总是像拍照片时那样一个惊慌失措的傻瓜。应该做出什么表情，究竟该怎样做，才能配得上摄影师和镜头呢？在照片拍下的那个时刻，这个问题始终得不到解决。

但是今年夏天，在前图拉省前奥陀耶夫斯基县（今莫斯科州奥陀耶夫斯基区），当一位前奥陀耶夫斯基的教师，一位非常可爱、非常胆小的人，用一个脏兮兮的木头盒子对准我，那东西不仅完全不像一台照相机，而且，它激起的尊重还不如一只养有会说话鹦鹉的笼子，我当时觉得自己与所有这些东西都很般配，我稍后寄照片给你。

在我们沃尔洪卡的房子里住有多户人家，大家在不同时间起床，最早的在清晨6点，整天有人走来走去，我周围响声震天，我身边有一道薄薄的隔板，似乎能像光线一样钻过这层隔板，有什么东西响个不停，晃个不停，然后又没声了——这是地铁。四处都是裂缝、墙纸碎片、窟窿、泥泞、沙土和耗子。还有噪声。我们房子下面在挖隧道，我们楼下一层处在坑道口旁，地板都刨了。后门的楼梯也拆了。后门没了，《波浪》中的一行诗①于是成了所有住户、汲水、搬运木柴和前去市场的公用大道。

但是你别害怕，因为先得知道**什么东西**可怕：可怕的对象应当是我。为了得到一套住房，就必须**抛下工作**（收入因此可能会提高），再买一套新西服（收入因此可能会提得更高）。

简单谈谈散文，你一听便能明白。我干吗要写散文呢，干吗要较这个劲呢？要知道，我不会写散文，我写得很艰难。

我不知为何相信，用通行的方式（谦逊的、灰色的方式，带有情节，几乎能将一切非情节因素排挤出作品结构），我能记录下哪怕几个当下**词汇**：反诗的、日常的、行政的、苏维埃的、生活的词汇，也就是至今仍未落在纸上的词汇。我希望它们能突然落在纸上，不是简单地落在纸上，而且充满献身精神，充满爱意。我为它们感到痛心，我与它们待在一起，就像俗话说的那样，日久生情。我想把它们，这些躲在暗处的灰姑娘，这些相貌平平、低眉顺眼的

① 帕斯捷尔纳克曾在《波浪》（1931）一诗中描写过他位于沃尔洪卡的住宅。

人，带到人间来，让它们抬起眼睛，确信并没有什么可怕的。简而言之，这有些像是苏维埃时代的陀思妥耶夫斯基风格（只是没有那些问题和焦虑，仅为他的超别尔金[1]风格，超福音书风格）。

之前我向你介绍过我与我们那些春风得意的作家们的调性差异。如果你认为这差异就是与时代或秩序的不协调，你恐怕就错了。完全不是这样。要知道在这段时间，**时代**在剧烈变化，只有瞎子才会视而不见。怎能不爱它呢，当你活着，它却在增长，**违背**你的意志，在指责你，突然之间，一切都**从你体内**生长出来，源自你最好的东西，源自你最亲近的东西。要知道，我这不仅仅是在以第一人称说话，我也在指你，也就是说，它也源自你最好的东西，玛丽娜，也源自谢尔盖。在某个地方，在某种不一样的形象中，我们会发现自己，认出自己，知道家庭和生活中最好的东西留了下来，知道依据我们自己内心由来已久的大胆愿望，家庭和生活中的什么东西**应当**留下来。古典中学高年级学生们的夜间交谈哪儿去了？如果不在这里，它们去了哪儿？之前提到的这种美国精神是何时凸显出来的，这难道不是一个身着盛装的傻瓜，不是一只身披孔雀羽毛的乌鸦，不是那种会让心脏更亲切、更嫉妒地紧缩起来的东西吗？不，我是一个地道的苏维埃人。

我会把一张明信片夹在书里寄给你，以防明信片受损。你听说过赫夫苏尔人和斯万人吗？他们居住在格鲁吉亚两处人迹罕至的山地，他们很勇敢，很原始，他们提供了极好的理由，用以构建关于他们历史起源的最为出奇的传说，他们曾将基督教和多神教合为一体，其方式除他们自己之外别人做梦也想不出。不过，他们是地理学意义上真实存在的民族。

---

① 普希金《别尔金小说集》中的叙事主人公。

格鲁吉亚的赫夫苏尔族诗人瓦扎·普沙维拉[①] 死于战前，他们在努力将他视为仅次于鲁斯塔维里[②] 的第二诗人。

当我开始逐行翻译他的一部长诗（一连带有三个字母"е"的标题会让你觉得扎眼，但你要习惯它，你要注意到，旧字母"ъ"被废止了，要是继续使用这个字母就不会出现这种情况，用"змиеед"或"пожиратель змей"，我又觉得缺乏美感[③]），是的，这就是说，当我开始着手翻译，我面前呈现的并非茹科夫斯基[④]〔这里不可能有任何比较，将老人和健在者做现代化对比，这永远是不负责任的欺骗，经典作家（所有经典作家!）永远高于我们〕，而是茹科夫斯基与孩子们、老人们组成的联盟，是他与他前面好几代人的童年和老年组成的联盟。这种精神一直左右着我。我想要的就是这种平滑度，这种传导的平滑度。为了让译文容易阅读，让老人和孩子都爱读。我写过罗蒙诺索娃的老人和孩子，我又立即很有礼貌地开玩笑说，这本书如果能出，好像也不是写给她的。

你要原谅我，如果我在听到那些恭维话之前就指望你能喜欢这种翻译调性，如果我才刚刚获得这种调性。

别给我写信谈"异议"、其他地方的押韵方式等等。我指的不是lapsus[⑤]，这里有一大堆失误。但是就连失误也可能很恰当，如果为老人孩子着想的初衷得以实现，如果这是应该吃下去的满满一

---

① 瓦扎·普沙维拉（1861—1915），格鲁吉亚诗人。

② 鲁斯塔维里（约1172—1216），格鲁吉亚诗人，被视为格鲁吉亚民族文学的奠基人，英雄史诗《虎皮武士》的作者。

③ 帕斯捷尔纳克翻译的普沙维拉的长诗《食蛇者》于1934年在第比利斯出版，这部译著的俄文标题为"Змееед"，其中有三个字母"е"，帕斯捷尔纳克弃用的两个俄文书名"змиеед"和"пожиратель змей"同样意为"食蛇者"。

④ 茹科夫斯基（1783—1852），俄语诗人，也是著名诗歌翻译家。

⑤ 拉丁语：失误。

盘荞麦粥或碎米粥。

无论如何，面粉很棒，不管我熬粥的手艺多么糟。我说的是作者。无论我译得多么差，原作的内容、思想、结构、各部分的分割以及各部分的情绪等，可能还是得以保存，透过语言的降低。不过我想，他倒是提升了我。

那里有许多与你非常近似的东西，在很多方面都很近似。精神上的简洁，天然的尼采气质，群山，大自然。当然，他对于我而言也并不疏远。

瞧，写出了一封长信。

阿霞刚打来电话。我已打算封上信封寄出去，却突然得知你的地址变了。阿霞一时找不到你寄来的那张带有地址的明信片，她过两天再告诉我。这封信又遭遇了被搁置的命运。不过现在我已经不太担心了，因为我从阿霞那里得知，你们都活得好好的。我暂时也如此。这很意外，不知该如何感谢……祝你和你的家人万事如意。

你的鲍

196

帕斯捷尔纳克 致 **茨维塔耶娃**

1934年11月2日 [①]

　　亲爱的玛丽娜！约两周前我给你写了一封信，信都封好了，本打算去寄出，可突然从阿霞处得知你们的地址有变。阿霞答应为我找地址，可是看来她不知把地址放到哪儿去了。今天我打电话给伊丽莎白·雅科夫列夫娜 [②]，问她要你们的新地址，她答应来信告诉我。我这封信搁置了这么久，感到很可惜，原本或许都该接到你的回信了。《食蛇者》一书我还是会寄出的，虽说它在朋友们那里并未得到好评。那些最贴心、最胆小的人脸涨得通红，当我问他们关于这本书的看法，因为他们也不知该如何作答。他们会说：您最好还是自己写作吧，这胜于搞翻译。但问题不在这里。这封信已失去意义。这封信我写得很轻松，写得很匆忙，本以为你过上五天就能读到，可现在却成了这样。听到一些加了防腐剂的传闻。说穆尔病了？伊丽莎白·雅科夫列夫娜写信告诉我的。我应该跑到什么地方去躲上一两年，否则在这里既无法生活又无法工作。我们这里看待一切的方式都有些孩子气，或者说是美国式。突然之间就出现了过度的、荒谬的、灼人的关注。如今只有我自己知道，我什么事情也没做，没什么东西可以示人。或许只有你一人理解我。热情问候谢尔盖·雅科夫列维奇。

你的鲍

---

① 此信写在明信片上。
② 即伊丽莎白·埃夫隆（1885—1976），茨维塔耶娃丈夫埃夫隆的姐姐。

茨维塔耶娃 致 **帕斯捷尔纳克**

1935年7月

　　亲爱的鲍，我现在明白了，诗人需要美女，也就是说，需要无休止地被歌颂的东西和从来都说不清道不明的东西，因为，空虚et se prête à toutes les formes[①]。这是一种绝对——在可见的世界，就像诗人——在无形的世界。其余的一切他均已拥有。

　　比如，你就拥有**全部的我**，不带有我任何爱情走向你的我，你要外化我——不必了，因为我依然会置身在你体内，而非体外，也就是说，我依然会成为你，而非"我"，而你需要爱——另一种东西：爱陌生的东西。

　　我是个傻瓜，我不管不顾地爱了你这么多年。

　　但我的问题却另当别论，鲍里斯。一位像我这样的女人，不太漂亮，带着个性的印记，也已不再年轻，要她去**有失自尊地**爱一位美男子，这简直就像美国老女人的恶作剧。我倒是**愿意**这样做，但我做不到。一生中一次，抑或两次？我非同寻常地爱过美男子，但很快就将他奉为天使。

　　你在我们这次相见（非相见）时对我十分友善，可是我却十分愚蠢。

　　这也符合逻辑：你不呼唤我回去，就可以呼唤别人。因为你自己不仅活在她心中，还要冲入她心中。你曾经给了我你最好的东西。但是，在所有那些与你有过爱情关系的女人们背后还藏有另一

---

① 法文，意为"随时准备接受任何形式"。

种真实：你曾**与我在一起**，坐在谈判桌的同一边。

我捍卫过人的独处权利，不是在书房里，而是在世界中，我不会离开这一处所。

你建议我faire sans dire[①]，我却总是认为，dire就是faire[②]：是做这件事情的**寻衅者**。

你们对我而言是群众，我则是许多个受苦的个体。如果群众有权自我肯定，那么一个个体为何就没有这个权利呢？les petites bêtes ne mangent pas les grandes[③]，我说的可不是资本。

人生在世只有一次，只是一瞬，我有权不知道什么叫作集体农庄，就像集体农庄也不知道什么是我一样。平等，总归是平等。

我对帕斯卡尔感兴趣的所有东西都感兴趣，对他**不感兴趣**的所有东西都不感兴趣。我如此实在，这可不是我的错，完全没有必要去回答这样的问题："您对人民的未来感兴趣吗？""哦，我感兴趣。"而我的回答是：不，因为我真的对任何人的任何一种未来都不感兴趣，那东西对我来说就是一块空地（吓人的空地！）。

一件奇怪的事情：你不爱我，我反正无所谓，可是此刻，只要一想到你的集体农庄，就会流泪。（我此刻在哭。）

有一次，一个烤牛排的和一个卖肉的当着我的面谈起米开朗琪罗，我也同样马上就哭了起来，因为难以忍受的屈辱，因为我（我是谁，要去……）不得不去"捍卫"米开朗琪罗。

我羞于在你面前捍卫人的独处权利，因为，所有有价值的人都很孤独，我是他们中间最渺小的一位。

---

① 法语：不说只做。

② 法语：说就是做。

③ 法语：小野兽吞不下大野兽。

我**羞于**捍卫米开琪基罗（孤独），因此我才哭泣。

你会说：米开朗琪罗的公民情感。我也有过公民情感，也就是英雄主义情感，英雄的情感，也就是毁灭的情感。我无法忍受大家趋之若鹜的田园诗，这不是我的错。歌颂集体农庄、工厂和歌颂幸福的爱情是同一回事。**我做不到**。

帕斯捷尔纳克 致 茨维塔耶娃
1935 年 *10* 月 *3* 日 前后

亲爱的玛丽娜！

我还活着，活得好好的，我想活下去，应当活着。你很难想象，在后来很长一段时间里，我的情况有多糟糕。"这些事"持续近五个月。我把"这些事"放在引号里，它们是指：我没去见我家那两位阔别了12年的老人，我乘车路过，过家门而不入，没去看他俩[1]；回来之后，我拒绝去高尔基那里，当时罗曼·罗兰和玛娅在高尔基那里做客[2]，尽管他们一再让我过去；我拿到了你的清样，却没阅读；有一种我感到陌生的力量，它与之前作用于我的力量全都不一样，一种陌生的、致命的力量，这种力量的作用使我像祷告一样周期性出现的梦缩短了，我期待那第一个健康之夜的到来，在那之后，我便可以在这无法辨认的、什么都没有的、伸手不见五指的黑夜之后恢复熟悉、亲切的健康生活。只有到那个时候，你们才会到来：父母、你、罗兰、巴黎以及其他的一切，错过的一切，退去的一切，在身旁逝去的一切。

也许，这一切拖得这么久，是由于我的过错。需要医生的参与，更需要时间的参与。我的急躁坏了事。我的一部分担心和观察

---

① 帕斯捷尔纳克赴巴黎开会时途经德国，他仅在柏林与妹妹见面，在乘火车路过慕尼黑时并未下车去探望父母，此举后遭到茨维塔耶娃指责，帕斯捷尔纳克本人后来忆及此事时也很内疚，因为他此后再无机会与父母相见。

② 法国作家罗曼·罗兰曾于 1935 年 6 月访问苏联，他的妻子玛娅·库达舍娃（1895—1985）是俄语诗人，两人于 1934 年结婚。

突然变成了幻想。可是接着又出现了新的幻想。这就像是一个匆忙间散开的包裹，你刚捡起这个东西，另一个东西又滑了出去。

这种情况前不久才告一段落，大家搬回了城里，我也回到了熟悉的环境。我能睡好觉了，开始让身体恢复健康。一次化验显示，胃部有个严重问题。我很担心，我不想说出是什么问题，我后天去做透视。

我如今通读了你的散文。全都具有你的风格，你在每个地方都能看清根本，并给出令人印象深刻的圆满定义，所有的作品都准确无误，但最出色的是《良心烛照下的艺术》和《老皮缅处的宅子》[①]，写沃罗申的那一篇也不错。在这几篇散文中，尤其是前两篇，分析，或者说是分析的贪食症，是由被描写对象自身的性质唤起的，你投射在被描写对象上的热情和力量也十分自然，极易辨识。在《母亲和音乐》[②]中，这种需要初看上去似乎要少一些，或者说，没有根据实质展开分析，你自己在一个地方也觉察到了这一点（升音号和降音号）。但这里有许多鲜活的形象，也有很多连字符。清样现在阿霞那里。

夏天，你发自那座别墅（娘家原姓叶尔帕吉耶夫斯卡娅的那位女士[③]的别墅）的信被转寄给我了。我未能及时给你回信，因为我病了。你还记得你谈及"绝对"的那句话吗？在那里，一切都被夸大了。而你所目睹的我的状态却被缩小了。不过，这样的不理解（这很正常）我在我父母那里也遇到过：他们因为我没有去看他们而动怒，不再给我写信了。

---

① 茨维塔耶娃这两篇散文分别写于 1932 年、1933 年。

② 茨维塔耶娃这篇散文写于 1934 年。

③ 即柳德米拉·弗兰格尔（1877—1969），她娘家的姓氏是叶尔帕吉耶夫斯卡娅，茨维塔耶娃曾暂住她家。

我想活下去，我怕会出什么事情。就让我把这仅仅当作我生命中的一次休息吧，而非结局的开端，无论这个表述多么可笑。的确，在我身上有过一系列反常现象，有一些出现在夏季，有一些稍后出现在秋初。神经质，神经病——始终只有这个话题。我现在应该已经恢复过来了，可我还是害怕走到镜子跟前去。

不过，如果我真的突然恢复了健康，一切都将返回我身边。我会又想往前看，看看前方除了你之外还有谁，那个人就力量和独创性而言，比如说，堪与里尔克相比。你为何要在信里提到什么"绝对"呢？这样的浪漫情调合情合理吗？

我不仅与谢廖沙成了朋友，比如说，我到了那里，与你的阿丽娅也无话不谈①。真的，说实话，如果没有他俩，我在巴黎简直会**发疯**的。我应该完全恢复健康，心情愉悦，以便写信给这两位出色的人。请你替我热情地亲吻他俩。

可你们何时能来莫斯科呢？或者我们再次在巴黎相见？因为我现在已经在认真地幻想这件事了，如果命运能让我恢复健康的话。

请问，我不是在强你所难吧，在你夏天写来的那封信之后？

你的鲍

---

① 1935年6月28日，茨维塔耶娃的丈夫和女儿在巴黎接待帕斯捷尔纳克。当天，茨维塔耶娃带儿子穆尔去了巴黎郊外。

茨维塔耶娃 致 **帕斯捷尔纳克**
1935年10月

亲爱的鲍里斯！

我赶紧给你回信，把一切抛在一旁（轻轻念出声来，就像你在读信时那样）。否则我就会开始胡思乱想，就会离题甚远。

谈谈你。无法像评判一个普通人那样来评判你，因为如果这样做的话，你就是个罪犯。你就是杀了我，我也永远弄不明白，你怎么可以不去看你母亲，坐着火车过家门而不入，错过12年的等待。母亲也不会明白——"你别等了"是什么意思。这是我理解力的边界，我们理解力的边界，人类理解力的边界。我在这方面，是**你的反面**：我在**自己体内**开火车，为的是相见（尽管我也许同样害怕相见，同样不太开心）。你别指望来自反面的理解。（没有比这更反面的了。我假装刻薄。）我的一个发现在这里显得很恰当：与我亲近的**所有人**——他们为数不多——全都比我温柔无数倍，就连里尔克也在给我的信中写道：Du hast recht，doch Du bist hart。① 这句话让我很伤心，因为我无法成为另一个样子。现在，做一个总结，我看到：我虚假的残忍只是一个形式，是实质的外形，是不可或缺的自卫边界，防备的是**你们的温柔**，里尔克、马赛尔·普鲁斯特和鲍·帕斯捷尔纳克的温柔。因为你们在**最后一刻**松开了手，留下我这个早已失去家庭的人，独自面对我的人性。在你们这些非人中间，只有我是人。我知道，你们这个种类更高贵，**我的角色**，鲍

---

① 德语：你是对的，但你很残忍。

里斯，就是把手放在胸前，说上一句：啊，你们不是！我才是无产者。[①] 里尔克死了，并未呼唤妻子、女儿和母亲。而她们**全都**爱他。这是对自己灵魂的关注。等我死的时候，我是来不及关注灵魂（自我）的，我有太多的事情要操心：我将来的护送者是否能吃饱饭，给我会诊的亲人们是否会破产；或许，在**最好的**、利己主义的情况下，我要操心的也只是：我的手稿是否会被偷走。或许是因为，暴风雨（就像女人）喜欢持家。

我成为自我（灵魂），只能在自己的笔记本上，在孤独的、罕见的路上，因为我终生都牵着一个孩子的手。但正因为如此，我终生都在操心，终生都在顶嘴，都在咬人。我已经缺乏交往中的"温柔"，只剩下交往：祭祀（侍奉，**无用的侍奉**）。**鹈鹕妈妈**，在食物的现成系统，即**恶**的现成系统的作用下。瞧，就这样。

谈谈你们的温柔。你们用它来赎身，你们用这块药棉堵住你们制造出的伤口，堵住因伤口而呼号的喉头。哦，你们很善良，你们在见面时**不会**率先起身，甚至在开始说道别的话时也不会先清清嗓子，以免让对方伤心……你们"去买包香烟"，然后就永远消失了。结果你们到了莫斯科，沃尔洪卡14号，或许跑得更远。罗伯特·舒曼**忘记了**他有好几个孩子，他忘了日期，忘了名字，忘了事实，只记得大女儿：她的嗓子还那么好听吗？

但是现在，是你们的辩解——只有**那样的人**才能创作出**那样的作品**。你们的歌德，没有去和席勒告别，很多年不回法兰克福探望母亲，他保存体力，准备写出又一部《浮士德》（或其他什么东西）。但是——括号——74岁的他还敢于恋爱，决定结婚，这就不

---

① 这是对帕斯捷尔纳克《我怎能忘记他们？》一诗中一行诗不太准确的引用，原句为："是我，而非你们，才是无产者！

太爱惜**心脏**（肉体的心脏！）了。因为，在这一点上你们都是营私舞弊者，你也像"众人"一样。如果我换一种活法，里尔克就会离开他的病榻来到我这里——爱最后一次！因此，你们在医治这一切（医治自我，这可怕的麻烦，医治自己身上的非人，医治自己身上的神性），像狗一样用自己普普通通的舌头去医治伤口，你们用爱情来医治，用最普通的舌头来医治。当罗蒙诺索娃在给我的信中痛心地谈到你的"不节制"，她怀着天真的善意将你混同于普希金，并以纯粹的男性激情详细叙述你的新婚，是的，说她很可爱，谢天谢地！因为这是他——最后一台拖车。

只有**性别**才能使你们成为人，甚至**不是**你们的父亲身份。

因此，鲍里斯，你要守住你的美人。

"绝对"……我不记得那些话了（这也不是一个**有个性**的词），显然是指："我指望你，像指望一座石山，这座山原来是蟒蛇弓起的背（你记得吗，旅行者在岛上生起篝火，被烧热的岛屿倾覆了，大家全都落水了……）"是这一段吗？

唉，有什么办法……总是有人在墙那边盯着我看：你的玛丽娅·斯图亚特（Car mon pis et mon mieux-sont les plus déserts lieux[①]，你送给我的这句诗，里尔克在去世前向我要过，用小心翼翼的话语。[②] 这是他在这个世界上得到的最后的东西。最后的

---

① 法语："因为我体内最好和最坏的地方／都是最荒凉的所在。"据说这是苏格兰女王、法国王后玛丽娅·斯图亚特（1542—1587）写下的诗句。

② 帕斯捷尔纳克在 1922 年发表的《几件事情》一文中曾引用玛丽娅·斯图亚特上述那句诗；在1926 年 7 月 6 日写给里尔克的信中，茨维塔耶娃提到这句诗；在同年 7 月 28 日里尔克给茨维塔耶娃的回信中，里尔克将这两行诗抄在信的最后，并写道："你的礼物：我将它转抄到我的笔记本上了。"

工钱），她在一旁盯着我看，带着那个时代（玛丽娜·姆尼舍克^①的年代?）所有女性脸上都会带有的那种假定的阴险，她身着沉重的锁子甲，一只手戴着手套，另一只手拿一串垂直的项链，两只手不知该做什么。里尔克也在看，以她的样子，最后的样子，有天赋的样子（玛·斯图亚特——你——我——里尔克——哦，一个链条!），一岁的穆尔也在看，他躺在圣吉尔的沙滩上（Ich kann nicht zu Dir nach Wallis, ich habe einen einjährigen Riesen — Napoleon — Sohn, der meiner bedarf^②），还有，鲍里斯，我还有一位布拉格的石头骑士，他是你们所有人中最有人性的男人。^③

我自己选择了非人的世界，我又有什么可抱怨的呢???

这就像罗扎诺夫有一次对阿霞说的那样："你明白吗，除了月光人之外没有任何人（没有任何有价值的东西）。"^④

我的散文。你要明白，我写散文是为了挣钱，为了能**读出声**来，也就是说，要十分清晰易懂。诗——"写给本人"，散文——"写给众人"（韵脚很成功）。我的礼貌不允许我站在那里一个小时，给我"最后的拥趸"朗诵晦涩难懂的作品，同时还要他们出钱。也就是说，我的**一部分**细致（你称之为分析）是由我的好心引起的。我没做亏心生意。我的情况就是这样，不过你那里也有这种情况（一系列例子），你只不过不记得了……布宁却这样说我的散

---

① 姆尼舍克（约1588—约1614），波兰大贵族之女，先后嫁给俄国两位冒名称王的冒险家伪德米特里一世和伪德米特里二世，被捕后死于狱中。茨维塔耶娃在诗中多次写到这位女冒险家。

② 德语："我无法到瓦莱去看你，我有一个一岁的勇士——拿破仑——儿子，他需要我照看"。茨维塔耶娃在给里尔克的信中表达过同样的意思，但这句话并不曾出现在茨维塔耶娃给里尔克的信中。

③ 侨居布拉格期间，茨维塔耶娃发现该城查理大桥上的一尊骑士石雕像"很像"自己，她因此写下《布拉格骑士》（1923）一诗，后来还多次请求布拉格友人给她邮寄布拉格骑士的画像或照片。

④ 罗扎诺夫（1856—1919），俄语作家，写有《月光人》（1911）一书，他的"月光人"指同性恋者或禁欲主义者。

文：**十分难懂**（"出色的散文，可是十分难懂"），如果是给周岁的孩子读的话。

很快我就给你寄几张夏季拍的照片，你看一看，然后再交给阿霞。（要知道，你老是喜欢烧东西，我可不想让穆尔被烧了。）总之，让我们继续通信吧——心平气和地。由于你，我与一个男人分手了，去年他爱了我一整年，在各方面帮助我[①]。你记得吗，你以突然出现的男人的警觉（闻到味了！）问我："这个男人是谁！""是个司机，俄国人。""我知道他是俄国人。可他到底是谁呢？""我的邻居，来自俄国南方……"

他总是来帮我修理什么东西，在那天晚上（夜间），夜里12点才忙完，他问："您早就知道帕斯捷尔纳克吗？""他是我最亲的人。"

直接说出来，他不敢，于是便在信中提出责问，我笑了：怎么回事？我必须在您面前说清楚吗？出于某种考虑，我不应该说鲍·帕斯捷尔纳克是我最亲的人！（他原以为我最亲的人是他！）总之，我们**分手**了（这是我的特长！）。他不再给我写信，在我们搬到这里来之后，他一次也没来过，也不会再来了。我倒是感到很高兴。因为我又一次在有形面前捍卫了**无形**，又一次——输掉了**一切**。（因为你会第一个出面指责我的残忍。）

诗人自身充满爆炸性的一个范例。诗人不动声色，屏住呼吸，——拱顶就已经倒塌了。瞧，鲍里斯，你不看我一眼，由于你的不看一眼，我失去了一个男人。

[①] 此人名叫米特罗方·艾卡诺夫（1905—1995），当时在巴黎郊区当司机和搬运工。

关于离开（到来）的事我一无所知。[1] 我要走的话，也是机械的，被动的，随大流的。关于你的到来？你应该和老婆一起来，否则你会痛苦不堪。来吧，为了住上几天，为了不成为新产品，为了哪儿也不去，为了没人去看你。地方大得很，来吧（也许，书桌没那么宽敞[2]，唉，鲍里斯啊，鲍里斯）。完全不用考虑我的问题，我们的故事——结束了。我认为，我希望，我**永远**也不会再因为你而痛苦了。流过的那些眼泪（而你以为，原因是我不想走）——是最后的眼泪。这是显而易见的眼泪：眼睛看见不可能性，便自动流出了眼泪。如今，你别害怕，在你对你的父母做出那样的事情之后，你已经无法再对我做任何事情了。这是（如今，信中写的：过家门而不入……）我在你这里遭受到的最后一次重大打击，因为我马上就想到，这绝对不是间接的打击，而是当头一棒，因为我马上就想到，如果鲍·帕斯捷尔纳克，一位抒情诗人，都这么行事，那么我还能指望穆尔做出什么举动来呢？迎面一击？（尽管还不清楚，也许会轻一些……）

你的母亲，她如果原谅你，那就是一首中世纪诗歌中的那位母亲，你记得吗，母亲的心脏从儿子的手里脱落，儿子的脚被掉在地上的心脏绊了一下。"Et voilà que le coeur lui dit：T'es—tu fait mal， mon petit？"[3]

好了，你好好地活着吧。祝你健康。别太多考虑自己的身体。

我转达了你对阿丽娅和谢的问候，他们满怀柔情地记挂着你，

---

① 指茨维塔耶娃一家打算返回苏联，茨维塔耶娃的丈夫和女儿当时力主回国。

② "我的书桌没那么宽敞"是帕斯捷尔纳克的组诗《解体》（1919）第八首的第一行。

③ 法语："心脏问他：孩子，你没磕疼脚吧？"

他们和我一样，祝愿你健康平安，写作顺利。

见到吉洪诺夫时，请转达我的衷心问候。

我当时带了一个地球仪形状的铅笔刀给你儿子，但一直放在包里，你一直在表达你对万物的敌意，我也就没敢将礼物拿出来。给你准备的礼物是一张老年巴尔扎克肖像。你不知道，我的**胆怯**就像一道深渊。

200

茨维塔耶娃 致 **帕斯捷尔纳克**

1936年3月

鲍里斯！你还能是你自己，如果你在你的全会上高声谈起荷尔德林二十岁的预见、四十岁的疯狂和无期限的不朽（顺便提一句，高尔基曾在给我的信中问起过荷尔德林，我当时绘声绘色地说明了**一切**，可原来是一场误会：他搞错了**德语人名**），也就是说，如果你高声谈起荷尔德林的名字，而不是去和别济缅斯基争论，弄脏了自己。①《文学报》（那里有你的发言），哦，上帝啊！"我们在恶劣的天气、在严寒中走向高处（尽管是**硬闯!**），我们跳舞，交友，唱歌，我们抚爱孩子，建设城市……"顺便说一句，这已经不再是别济缅斯基，而是别斯波夏德内伊②，也就是说，同样毫无才华，与这里的全巴黎诗人大阅兵一样，只不过包着另一种馅，我产生的感觉也一样：站起来，转身离去。

在你们那里被视为无畏的东西（显然应该这样理解你的发言），在"我们"这里（没有**我们**）并非如此，"我们"并非指巴黎城里的我们，而是指**抒情诗**中的我们——

你什么也不明白，鲍里斯（哦，青藤忘记了非洲!），你就是被野兽吞食的俄耳甫斯：他们在吞食你。

如今他们**全都**爱你，因为没有了马雅可夫斯基和叶赛宁，你

---

① 帕斯捷尔纳克在 1936 年于明斯克举行的苏联作协理事会全会上做了题为《论谦虚和大胆》的发言，他的发言刊登在 1936 年 2 月 24 日《文学报》上。在这次会上，苏联诗人别济缅斯基（1898—1973）曾责指帕斯捷尔纳克不像"苏维埃诗人"，帕斯捷尔纳克在会上做了回应。

② 别斯波夏德内伊（1895—1968），俄语诗人。

占据了**别人的**地盘，——总得爱个什么人呀！——但爱着爱着，他们就要使劲了（《开诚布公的交谈》①——顺便说一句，没有署名——**篱笆**的开诚布公，那里也是道出一切，甚至配了图——只是插图也没有署名），凭借脸上的白色记号。

你不可能得到任何群众的喜爱，一如你无法去爱任何群众，因为这对于你来说，要么就是沙漠热风或丰收，一场天灾或恩惠，要么就是一亿六千万一模一样的数，但**众多灵魂**并不构成群众。

说真的，**群众**凭借什么来做法官呢？（评判你的诗和你。）一个班四十个学生，能有几个爱诗的呢？你，还有我？（比例被我夸大了。）实际上，一亿六千万人中才有**一个**。那为什么要让这一亿六千万个你不爱的人来做法官呢？你会说，整个国家就是一个个体。我同意。但它的体现是千人一面的，经过许多个个体，也就是说，经过你和我这些人。**我**才是你的法官，而不是其他任何人。

Montaigne ②是从哪儿找来那句话的呢，不，是Montaigne引用了一位无名氏的话：Il me suffit de pas un.③

鲍里斯，你诗歌的法官就是你的**良心**，若用"音节"这个词会让人感到不舒服，你的法官就是你的肘部，你的太阳穴，你的笔记本。

你为何要**宣称**你会换一种方式来写作呢？这是你的事情，与子宫相关。谁在乎这件事呢？（"我生下的孩子全都是黑头发，我现在**决定**生一个**红头发的孩子**。"也许，这种事在你们那里已经付诸实施了？）

---

① 《共青团真理报》1936 年 2 月 23 日发表一篇题为《开诚布公的交谈》的匿名文章，评论帕斯捷尔纳克在明斯克作家全会上的发言。
② 即蒙田。
③ 法语：我需要的不止一人。

我知道你很难。但是，诺瓦利斯在银行工作时也很难。荷尔德林与叔叔们（姑姑们）相处时也很难。歌德在魏玛时也很难（我非得说）。

谢·雅科夫列维奇说："在那边，他们至少还能靠他（帕斯捷尔纳克）过日子，而在这里，他们或许干脆不让他说话。"

上帝啊，mais c'est le rêve! [①]

也就是说，他们或许不会妨碍他的，即便……是用各种各样的理想！

亲爱的鲍里斯，即便他们一月付我一千法郎，要我立个字据，此后终生再也不写一行诗……

不，亲爱的鲍里斯，即便他们给我整个祖国，包括阿尔泰、乌拉尔、高加索和鲍·帕斯捷尔纳克在内，明明白白地递过来，协议就是从此之后再也看不到自己的**手稿**，——就是再加上整个加拿大，整个……我依然要说：**不**。

穆尔常对我说："妈妈，您小的时候根本不自私，**什么**您都给别人，什么人您都可怜，可是长大了，您倒**非常**自私了，甚至完全不像一个基督徒。我甚至不知道您信什么教。"

"我不是基督徒，穆尔，而是**法老**，我要将**一切**都带进坟墓！"为了让这颗**种子**在一千年之后发芽。

我知道，我的事业更**正确**，胜过你们和你们的**话语**。你争取活到九十岁，以便赶上我。因为，关于诗的话语无济于事，不可或缺的——是诗。

---

① 法语：但这只是个幻想！

Письма
1922—1936
годов

[俄]玛·茨维塔耶娃

[俄]鲍·帕斯捷尔纳克

—————— 著

刘文飞　阳知涵

—————— 译

茨维塔耶娃 和 帕斯捷尔纳克 书信全集

最后的远握

（上）

Души
начинают
видеть

SPM 南方传媒　｜　花城出版社

中国·广州

图书在版编目（CIP）数据

最后的远握：茨维塔耶娃和帕斯捷尔纳克书信全集：上下／（俄罗斯）玛·茨维塔耶娃，（俄罗斯）鲍·帕斯捷尔纳克著；刘文飞，阳知涵译. -- 广州：花城出版社，2024.8
ISBN 978-7-5360-9887-9

Ⅰ.①最… Ⅱ.①玛… ②鲍… ③刘… ④阳… Ⅲ.①书信集－俄罗斯－现代 Ⅳ.①I512.65

中国国家版本馆CIP数据核字(2024)第071501号

出 版 人：张　懿
责任编辑：许泽红　杜小烨　凌春梅
技术编辑：凌春梅
责任校对：汤　迪
封面设计：介　桑
内文版式：董茹嘉　邢晓涵

书　　名	最后的远握：茨维塔耶娃和帕斯捷尔纳克书信全集：上下
	ZUIHOU DE YUANWO : CIWEITAYEWA HE PASIJIE'ERNAKE
	SHUXIN QUANJI : SHANGXIA
出版发行	花城出版社
	（广州市环市东路水荫路 11 号）
经　　销	全国新华书店
印　　刷	广州市岭美文化科技有限公司
	（广州市荔湾区花地大道南海南工商贸易区 A 幢）
开　　本	880 毫米 × 1230 毫米　32 开
印　　张	26.75　2 插页
字　　数	630,000 字
版　　次	2024 年 8 月第 1 版　2024 年 8 月第 1 次印刷
定　　价	168.00 元（全 2 册）

如发现印装质量问题，请直接与印刷厂联系调换。
购书热线：020-37604658　37602954
花城出版社网站：http://www.fcph.com.cn

最后的远握

—— 茨维塔耶娃和帕斯捷尔纳克书信全集

我们写作，以取代相互交友。

我们幻想，以取代彼此写信。

——茨维塔耶娃

作者简介

玛丽娜·伊万诺夫娜·茨维塔耶娃
1892—1941

　　俄语诗人，生于莫斯科的书香门第，作为诗人成名甚早，1922年起流亡欧洲，颠沛流离中不懈写诗，1939年回国，1941年8月31日自缢于卫国战争期间的疏散地叶拉布加。茨维塔耶娃的诗歌既真诚细腻，又孤傲奔放，极富张力和感染力，布罗茨基称茨维塔耶娃为"20世纪第一诗人"。

鲍里斯·列奥尼多维奇·帕斯捷尔纳克
1890—1960

　　俄语诗人，生于莫斯科的艺术家家庭，1922年因诗集《生活是我的姐妹》享誉诗坛，苏联时期也被视为最重要诗人之一，1958年获诺贝尔文学奖，却因此在苏联国内遭受批判。帕斯捷尔纳克的诗歌充满意象，具有哲思，以抒情的密度和思想的深度见长。20世纪下半期，帕斯捷尔纳克与阿赫玛托娃并列，被视为"白银时代最后的旗帜"。

译者简介

刘文飞

当代著名翻译家，俄英双语翻译家。中国俄罗斯文学研究会会长，北京斯拉夫中心首席专家，中国社会科学院研究员，首都师范大学教授，美国耶鲁大学富布赖特学者，俄罗斯利哈乔夫奖获得者，俄罗斯第二届"阅读俄罗斯"诗歌翻译奖获得者。

主要著作有《布罗茨基传》《耶鲁笔记》等十余部；译著有《俄国文学史》《普希金诗集》《曼德施塔姆夫人回忆录》《悲伤与理智》等三十余部；发表文章百余篇。

阳知涵

四川外国语大学俄语学院教师、讲师，首都师范大学在读博士，多次在国内外期刊上发表学术论文和译文。

曾参与编纂《俄罗斯汉学的基本方向及其问题》（2018，北京大学出版社），参与翻译《俄罗斯当代戏剧集》（2018，中国国际广播出版社），参与编写《四川旅游俄语》（2019，四川大学出版社），参与翻译《安娜·卡列尼娜的真实故事》（2023，上海译文出版社）。

目录

茨维塔耶娃
1922—1926
㉣
帕斯捷尔纳克

茨维塔耶娃 致

1922—1926

帕斯捷尔纳克

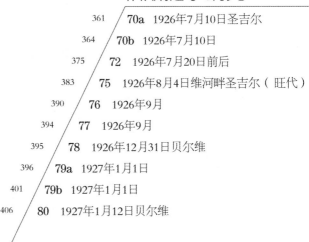

茨维塔耶娃 致
1922—1927
帕斯捷尔纳克

361 | 70a 1926年7月10日圣吉尔
364 | 70b 1926年7月10日
375 | 72 1926年7月20日前后
383 | 75 1926年8月4日维河畔圣吉尔（旺代）
390 | 76 1926年9月
394 | 77 1926年9月
395 | 78 1926年12月31日贝尔维
396 | 79a 1927年1月1日
401 | 79b 1927年1月1日
406 | 80 1927年1月12日贝尔维

茨维塔耶娃 致
1926
里尔克

399 | 附a 1926年12月31日悼亡信
404 | 附b 1926年12月31日悼亡信

心灵的相会

（代译序）

·———·· ♥ ··———·

　　茨维塔耶娃和帕斯捷尔纳克是俄国白银时代的两位大诗人，他俩与阿赫玛托娃、曼德尔施塔姆合称白银时代"四大诗人"。也有人将勃洛克和马雅可夫斯基加入，称为"六大诗人"；还有人把古米廖夫和叶赛宁也算进来，称为"八大诗人"。

　　就整体而言，这些大诗人构成俄国诗歌，乃至世界诗歌苍穹中的一个璀璨星座，但这一诗人群体自身构成也复杂：在诗歌地理学意义上，他们大致分属彼得堡和莫斯科两地，勃洛克、古米廖夫、阿赫玛托娃和曼德尔施塔姆是彼得堡诗歌传统的化身，而马雅可夫斯基、茨维塔耶娃、帕斯捷尔纳克和叶赛宁则是新兴的莫斯科诗歌的代表；就诗歌创作方法而言，勃洛克是象征派，曼德尔施塔姆、古米廖夫和阿赫玛托娃是阿克梅派，马雅可夫斯基是未来派，叶赛宁是新农民诗派，而帕斯捷尔纳克和茨维塔耶娃则与任何派别均保持距离。这些诗人间的关系也远近不等，错综复杂：茨维塔耶娃对勃洛克始终抱有温暖的敬意，甚或崇拜，像妹妹面对兄长，或女儿面对父亲；古米廖夫和阿赫玛托娃曾是夫妻，马雅可夫斯基和帕斯捷尔纳克曾是好友；曼德尔施塔姆和茨维塔耶娃有过温情的"莫斯科漫步"，帕斯捷尔纳克和叶赛宁发生过当面冲突。而在这些诗人

1

中间；茨维塔耶娃和帕斯捷尔纳克的交往可能最为独特，因为他俩的交往是在白银时代的诗歌光芒渐渐消隐之后才开始的——他俩的交往是以通信的方式进行的，在书信中他俩相互走近，倾诉衷肠，实现了心灵的相会。

———— ♡ ————

玛丽娜·茨维塔耶娃（1892—1941）生于莫斯科，她的父亲伊万·茨维塔耶夫是莫斯科大学艺术学教授，是莫斯科美术博物馆（今莫斯科普希金造型艺术博物馆）的创建人；她的母亲玛丽娅·梅因曾随著名钢琴家鲁宾施坦学习钢琴演奏。茨维塔耶娃后来在自传中写道："我对诗的激情源自母亲，对工作的激情源自父亲，对自然的激情则源自父母双方。"

1910年，刚满18岁的茨维塔耶娃就出版了她的第一部诗集《黄昏纪念册》，诗集得到勃留索夫、古米廖夫、沃罗申等当时著名诗人的肯定，茨维塔耶娃从此走上诗坛。1911年，茨维塔耶娃应沃罗申之邀前往后者位于克里米亚科克捷别里的"诗人之家"别墅，在那里与谢尔盖·埃夫隆相识并相恋，1912年1月，两人在莫斯科结婚。同年，茨维塔耶娃出版第二部诗集《神灯集》。抒情女主人公的不羁个性及其真诚诉说，躁动感受及其复杂的呈现，构成了茨维塔耶娃早期诗作的主题和基调。

1916年是茨维塔耶娃诗歌创作中一个新阶段的开始，此年编成但直到1921年方才出版的诗集《里程碑》，就是标志着她的诗歌创作成熟的一座"里程碑"。从诗歌主题上看，一方面，诗人的极端情绪有所冷静，转向固执的自我中心主义，这一时期的抒情诗成了她"灵魂的日记";另一方面,作者所处的时代和社会开始发生剧烈动荡,一战、革命、内战等社会事件相继爆发,与近乎坐以待毙的家庭生活一同在日复一日地强化诗人紧张的内心感受。

1922年夏,获悉曾身为白军的丈夫流亡国外,并在布拉格上大学,茨维塔耶娃带着大女儿阿丽娅(她的小女儿伊琳娜饿死在保育院)经柏林前往布拉格。逗留柏林期间,茨维塔耶娃出版两部诗集,即《致勃洛克》和《离别集》。在柏林的两个多月里,茨维塔耶娃写了20多首诗,这些诗作后多收入诗集《手艺集》,它们体现了茨维塔耶娃诗风的又一次"微调",即转向隐秘的内心感受,以及与之相关联的更为隐晦的诗歌形象和诗歌语言,茨维塔耶娃自己所说的"我了解了手艺"这句话,自身也具有某种隐喻成分。1922年8月,茨维塔耶娃来到捷克,在布拉格及其郊外生活了三年多。茨维塔耶娃捷克时期的生活是颠沛流离、捉襟见肘的,但她在不断搬家和操持家务的同时,在恋爱和生子之余,却一刻也不曾停止写诗,三年三个月时间里共写下139首长短诗作,平均每周一首,显示出旺盛的文学创造力。在布拉格,茨维塔耶娃与她丈夫在查理大学的同学罗德泽维奇热烈相恋,留下许多诗歌杰作,其中最著名的要数1924年写作的两部长诗《山之诗》和《终结之诗》。1923年,她还出版两部抒情诗集,即《普叙赫》和前面提到的《手艺集》。流亡捷克时期,外在生活的沉重压力和内心生活的极度紧张构成呼应,被迫的孤独处境和主动的深刻内省相互促进,使得茨维塔耶娃诗歌中"生活和存在"的主题得到了不断地扩展和深化。

1925年10月,仍旧是出于物质生活方面的考虑,茨维塔耶娃全家迁居巴黎,但在法国,他们仍旧生活在贫困之中。由于茨维塔耶娃的桀骜个性,由于她丈夫与苏联情报机构的合作,也由于她对马雅可夫斯基等俄语诗人的公开推崇，使她与俄国侨民界的关系相当紧张，几乎丧失发表作品的机会。这一时期，茨维塔耶娃将大部精力投入散文创作，写下许多回忆录和评论性质的文字，在流亡法国的近14年里，她只写了不到一百首诗作，她曾在给捷克友人捷斯科娃的信中感慨："流亡生活将我变成了一位散文作家。"但是，1928年面世的《俄罗斯之后》作为茨维塔耶娃生前出版的最后一部诗集，作为她流亡时期诗歌创作的集大成者，其中也收有她"法国时期"的最初诗作。除抒情诗外，茨维塔耶娃在流亡期间还写作了大量长诗，除前面提到的《山之诗》和《终结之诗》外，还有《美少年》（1922）、《捕鼠者》（1925）、《自大海》（1926）、《房间的尝试》（1926）、《阶梯之诗》（1926）、《新年书信》（1927）、《空气之诗》（1927）等。在茨维塔耶娃流亡法国时期的诗歌中，怀旧的主题越来越突出，悲剧的情绪越来越浓烈，但怀旧中也不时闪现出片刻的欢乐，悲剧中往往也体现着宁静和超然。1938年9月，纳粹德国吞并捷克斯洛伐克，茨维塔耶娃写下激越昂扬的组诗《致捷克》，这组诗构成了她诗歌创作的"天鹅之歌"。

1937年，茨维塔耶娃的丈夫埃夫隆因卷入一场由苏联情报机构组织的暗杀行动而秘密逃回苏联，他们的女儿稍早前也已返回莫斯科。两年之后，生活拮据、又置身非议和敌意的茨维塔耶娃被迫带着儿子格奥尔基（小名穆尔）返回祖国，可迎接茨维塔耶娃的却是更加严酷的厄运：女儿和丈夫相继被苏联内务部逮捕，女儿坐牢15年，丈夫最终被枪毙。1941年8月31日，因为战争从莫斯科疏散至鞑靼斯坦小城叶拉布加的茨维塔耶娃，在申请担任作家协会食堂洗碗工被拒绝之后，在与儿子发生一场争吵之后，在租住的木屋中自缢，在这之前她曾说："我始终在用目光搜寻悬空的挂钩。"

1890年2月10日，鲍里斯·帕斯捷尔纳克出生在莫斯科，这一天恰为普希金忌日。他的父亲列昂尼德·帕斯捷尔纳克是著名画家，俄国美术科学院院士，莫斯科绘画、雕塑和建筑学院教授，曾为托尔斯泰的作品创作插图；他的母亲考夫曼是钢琴家，曾师从著名钢琴家鲁宾施坦。帕斯捷尔纳克家经常高朋满座，列维坦、斯克里亚宾等都是他们家的常客，托尔斯泰曾专程来听帕斯捷尔纳克母亲举办的家庭钢琴演奏会，未来的诗人就是在这样一种浓郁的家庭艺术氛围中成长起来的。1908年，帕斯捷尔纳克中学毕业时获金质奖章，被保送进莫斯科大学法律系。青少年时期的帕斯捷尔纳克曾面临多种人生选择：起先是绘画，然后是音乐，他在中学和大学低年级时曾研习音乐，其音乐习作受到他们家的朋友、俄国著名作曲家斯克里亚宾的肯定，但帕斯捷尔纳克后来借口自己听觉不敏锐放弃了音乐。1909年，帕斯捷尔纳克转入莫斯科大学文史系哲学专业，并于1912年前往新康德主义哲学的重镇德国马堡大学哲学系进修，师从德国著名哲学家柯亨教授；前往马堡之前，帕斯捷尔纳克已经开始诗歌创作，但在马堡大学研习哲学期间他意识到，对于破解生活之谜而言，诗歌可能是比哲学更好的工具，于是他最终把诗歌当成终身事业。在德国马堡，帕斯捷尔纳克当年住处的墙壁上，如今悬挂着一块纪念铜牌，上面镌刻着帕斯捷尔纳克的自传《安全证书》中的一句话："别了，哲学！"

　　1913年大学毕业后，帕斯捷尔纳克开始发表诗作，他与鲍勃罗夫、阿谢耶夫等组成未来派诗人小组"离心机"，结识了马雅可夫斯基，并相继出版两部诗集，即《云中双子星》（1914）和《超越街垒》（1916），从而成为白银时代的一位重要诗人。但是，帕斯捷尔纳克认为自己真正的诗歌创作始于1917年夏，即他写作诗集《生活是我的姐妹》时，这部诗集1922年出版，奠定了帕斯捷尔纳克在俄国诗坛的地位。这一年，帕斯捷尔纳克与画家叶夫盖尼娅·卢里耶在莫斯科结婚，他们曾前往德国探亲，因为帕斯捷尔纳克的父母和两个妹妹此时已移居德国。1923年，帕斯捷尔纳克的诗集《主题与变奏》在柏林出版。20世纪20年代，他相继写出多部长诗，如《崇高的疾病》（1924—1928）、《斯佩克托尔斯基》（1923—1925）、《1905年》（1925—1926）和《施密特中尉》（1926—1927）。

1929年，帕斯捷尔纳克爱上钢琴家济娜伊达·涅高兹，济娜伊达是著名钢琴家亨利希·涅高兹的妻子，帕斯捷尔纳克爱上她后，两个家庭都经历了一番痛苦的动荡，帕斯捷尔纳克曾在涅高兹家喝下一瓶碘酒，试图自杀，幸亏济娜伊达及时抢救，帕斯捷尔纳克才保住性命，两人在1931年终成眷属。之后两人旅行格鲁吉亚，新的爱情促成新的诗歌创作高潮，帕斯捷尔纳克写出诗集《重生》（1932）。在1934年的第一次全苏作家代表大会上，苏联著名政治家布哈林在关于诗歌的报告中给予帕斯捷尔纳克极高评价，称他为"我们当代诗歌界的巨匠"，事实上想将他立为诗坛第一人，以与斯大林树立的第一诗人马雅可夫斯基相提并论；在这次大会之后，帕斯捷尔纳克成为新成立的苏联作家协会首批百名会员之一，拿到了由高尔基签署的会员证；1935年，他作为苏联作家代表团成员，与爱伦堡、巴别尔等一同前往巴黎出席国际作家保卫文化大会；1936年，帕斯捷尔纳克在莫斯科郊外的作家村佩列捷尔金诺分到一幢别墅，这里成了他后来的主要住处。就在帕斯捷尔纳克的"苏维埃诗人"身份即将被塑造成型时，他却主动与官方文学和所处时代拉开一定距离，于是，关于他的诗"晦涩难懂"、他对现实"不够热情"之类的责难不时出现。1934年，在曼德尔施塔姆被捕后不久，斯大林曾亲自给帕斯捷尔纳克打电话，询问后者与曼德尔施塔姆是否"朋友"，曼德尔施塔姆是否"大师"，慌乱中的帕斯捷尔纳克给予了得体却含混的回答，他之后一直为此深感内疚。"大清洗"开始之后，帕斯捷尔纳克的态度变得硬朗起来，1937年，帕斯捷尔纳克拒绝在作家们支持枪毙苏联元帅图哈切夫斯基等人的公开信上署名，显示出"另类"身份，此后基本失去发表诗作的机会，于是他潜心于翻译，译出大量英、法、德语文学名著。他翻译的莎士比亚的《哈姆雷特》和歌德的《浮士德》，至今仍被视为翻译杰作。

卫国战争期间，帕斯捷尔纳克留在莫斯科，其间曾去苏联作家的疏散地齐斯托波尔与家人团聚，也曾作为战地记者走上前线，写下一组战地报道和"战争诗作"。1943年底，在十余年间歇之后，帕斯捷尔纳克的诗作终于再度面世，国家文学出版社出版了他的新诗集《早班列车上》，即便在战时，这部收有26首短诗的诗集也迅速售罄。1945年，帕斯捷尔纳克出版生前最后两部诗集《大地的辽阔》和《长短诗选》，之后便开始集中精力写作长篇小说《日瓦戈医生》（1945—1955）。

1946年，帕斯捷尔纳克在《新世界》杂志编辑部遇见该刊女编辑伊文斯卡娅，两人一见钟情，由此开始了帕斯捷尔纳克一生的最后一段恋情。这是一段苦恋：受帕斯捷尔纳克牵连，伊文斯卡娅于1949年被捕，坐牢四年多，帕斯捷尔纳克一直关照着她与前夫所生的孩子；伊文斯卡娅1953年获释后，两人走到一起，但帕斯捷尔纳克始终没有离开妻子，他一直在两个女人之间徘徊；在帕斯捷尔纳克因为《日瓦戈医生》的出版和诺贝尔奖事件而承受巨大压力时，伊文斯卡娅始终是他最珍贵的慰藉和依靠；帕斯捷尔纳克刚一去世，伊文斯卡娅再度被捕，被关押八年，直到1988年才被恢复名誉。

　　1955年，经过十年潜心创作，《日瓦戈医生》终于完稿。帕斯捷尔纳克将这部小说同时投给《新世界》和《旗》两家杂志，均遭拒绝，无奈之下，他把小说手稿交给意大利米兰的出版商费尔特里涅利，小说于1957年11月在意大利米兰出版，此后迅速被译成欧美十几种语言。在小说发表次年的10月23日，瑞典皇家学院宣布将1958年诺贝尔文学奖授予帕斯捷尔纳克，帕斯捷尔纳克闻讯十分高兴，立即给诺贝尔奖委员会拍去一份电文："无限感激，感动，自豪，吃惊，惭愧。"但是，帕斯捷尔纳克获诺贝尔奖的消息却最终激怒了赫鲁晓夫当权的苏联官方，苏联国内顿时掀起一场针对帕斯捷尔纳克及其小说《日瓦戈医生》的全民声讨运动。报刊上连篇累牍地发表社论、批判文章和群众来信，帕斯捷尔纳克被斥为"叛徒""诽谤者""犹大""走狗"。面对巨大的社会压力，帕斯捷尔纳克被迫做出妥协，拒绝了诺贝尔奖。在这之后，帕斯捷尔纳克返回抒情诗写作，晚年的诗作集成诗集《天放晴时》。1960年5月30日，帕斯捷尔纳克因肺癌在佩列捷尔金诺的家中去世。

　　帕斯捷尔纳克比茨维塔耶娃大两岁，他俩几乎同龄，又同是莫斯科人，同样出身书香门第，同样曾留学德国，甚至连他俩的母亲也曾是同一位钢琴家鲁宾施坦的学生。他俩前后脚登上俄国诗坛，并与马雅可夫斯基等一起成为俄国白银时代"莫斯科诗歌"的代

表，开始与以勃洛克、阿赫玛托娃、古米廖夫等为代表的"彼得堡诗歌"比肩。但是，在茨维塔耶娃1922年流亡国外之前，他俩在莫斯科只有泛泛之交，仅匆匆谋面三两次。他俩当年交往不多，可能与他俩面对文坛的态度有关，《帕斯捷尔纳克传》的作者德米特里·贝科夫写道："帕斯捷尔纳克同茨维塔耶娃在莫斯科过从甚少，他一直为此深感自责。他们两人原本就游离于狭隘的圈子之外，均不属于那种'应招'的文学人士、有意无意地定期相聚在各种晚会、朗诵会和杂志社之类的场所。帕斯捷尔纳克勉强算是未来派边缘化组织的成员，茨维塔耶娃则根本未参加任何团体。"（王嘎译文）在俄国白银时代的文学界，茨维塔耶娃和帕斯捷尔纳克的确构成两个特例，即他俩均不属于当时山头林立的诗坛中的任何一派。他俩的特立独行，自然首先源于他俩的个性，即茨维塔耶娃的独立不羁和率直任性，以及帕斯捷尔纳克的腼腆羞涩和谨小慎微，与此同时，他俩的内心又都是无比骄傲的，诗人相轻，这或许妨碍了他俩相互走近，他俩甚至很少阅读对方的诗作。

1922年夏天，帕斯捷尔纳克突然收到茨维塔耶娃所赠诗集《里程碑》，他读后十分感动。此时，茨维塔耶娃已身在柏林，帕斯捷尔纳克于是在1922年6月14日提笔给茨维塔耶娃写去第一封信，他用狂喜的笔触写道："我用颤抖的声音给弟弟读起您的《我知道我将死在霞光中》，却像一个陌生人一样，被一阵阵涌入喉部的哽咽打断，这哽咽最终爆发成号啕大哭。"在接下来朗读这部诗集中的其他诗作时，这样的情景一次又一次复现。帕斯捷尔纳克为他和茨维塔耶娃同在莫斯科、几乎是邻居却相知甚少而扼腕叹息："怎么可以，在与您一起拖着蹒跚的脚步跟在塔吉亚娜·费奥多罗夫娜棺材后面送葬的同时，却不知道我在与谁并肩行走。怎么可以，在不只一次听说到您的情况下，我竟疏忽大意，与您的斯温伯恩式的'里程碑'擦肩而过。"帕斯捷尔纳克动情地称茨维塔耶娃是"我亲爱的、黄金般的、无与伦比的诗人"，"您将会是唯一的同时代人"。他还连声感叹："生活真是太古怪、太愚蠢了。真是太古怪、太愚蠢、太美好了。"

茨维塔耶娃显然被这封来信打动了，她在15天之后的1922年6月29日给帕斯捷尔纳克回了第一封信。考虑到帕斯捷尔纳克的信是从苏联寄往国外的，是请人（爱伦堡）转交的，难免辗转许久，因此，茨维塔耶娃显然是在接到帕斯捷尔纳克的信后立即提笔作答的，尽管她在回信的开头写道："我在清醒的白昼给您写信，克服了夜晚时光的眷恋和跑出去的冲动……我在自己的内心让您的信冷却下来。"茨维塔耶娃在回信中称，她早在1918年春就见过帕斯捷尔纳克，也发出过邀请，可是，"您并未出现，因为您并不希望生活中有什么改变"。茨维塔耶娃还以惊人的记忆力回忆起她与帕斯捷尔纳克的数次相见，并写道："那么，亲爱的鲍里斯·列昂尼多维奇，这就是'我与您的故事'，也是断断续续的。"

他俩"断断续续的故事"在通信中得以继续。

从帕斯捷尔纳克1922年6月14日写给茨维塔耶娃的第一封信，到1936年8月茨维塔耶娃写给帕斯捷尔纳克的最后一封信，两人的通信持续14年之久，留存下来的书信总共近200封。这是一曲爱的罗曼史，一场情感的马拉松。

在开始通信时，茨维塔耶娃和帕斯捷尔纳克似乎不约而同地均有相交恨晚的感觉，但相较而言，茨维塔耶娃的表白来得更迅疾、更热烈，帕斯捷尔纳克很快就感受到了来自茨维塔耶娃的"压力"："但是您极其的真诚，与您通信并不比同我自己通信更轻松。"（1923年1—2月）不久，茨维塔耶娃就主动提议在信中对帕斯捷尔纳克以"你"相称，并说她在生活中从未这样称呼其他男人。发现自己怀孕之后，她在给帕斯捷尔纳克的信中表示，她要给儿子取名鲍里斯，要以这种方式将帕斯捷尔纳克"牵扯"到她的生活中来，"我把儿子献给你，就像古人把儿子献给神灵！"（1925年5月26日）帕斯捷尔纳克的感情也很快被点燃了，一开始还有些拘谨、木讷的他，开始在书信中一次次地火热表白："我如此爱你，甚至变得粗心大意，冷漠无情，你仿佛一直是我的姐妹，我的初恋，我的妻子，我的母亲，是女人之于我的一切。你就是那个女人。"（1926年4月4日）"我实在是无法给你写信，而是想出去看一看，当一个诗人刚刚呼唤过另一个诗人，空气和天空会出现什么样的变化。""这是初恋的初恋。"（1926年4月20日）"我可以、或许也应该在见面前瞒住你的情况是，如今我再也无法不爱你了，你是我唯一合法的天空，非常、非常合法的妻子，在'合法的妻子'这个词里，由于这个词所含有的力量，我已开始听出了其中前所未有的疯狂。玛丽娜，在我呼唤你的时候，我的毛发由于痛苦和寒意全都竖了起来。"（1926年5月5日）"我无限爱恋的爱人，我爱你爱得发了疯。"（1926年7月31日）茨维塔耶娃也总是热情回应："你好，鲍里斯！早上6点，一直刮着风。我刚才正沿着林荫小道朝井边跑去（两种不同的欢乐：空桶，满桶），并用顶着风的整个身体在向你问候。门口（已经有一只满桶了）是第二个括号：大家都还在睡觉——我停下了，抬起头迎向你。我就这样和你生活在一起，清晨和夜晚，在你的身体内起床，在你的身体内躺下。"（1926年5月26日）或许正因为两位诗人相距遥远，他们彼此反而产生出信任，有了安全感。或许正因为这场书信罗曼史的柏拉图式爱情性质，他俩才彻底放开手脚，没有了顾忌，将自己内心的情感，包括爱的隐秘情感在内，全都一吐为快。

然而渐渐地，两人的情书中也开始出现猜疑和妒忌。帕斯捷尔纳克在信中写到妻子的醋意，说他给茨维塔耶娃写信时总要躲避家人；而茨维塔耶娃则针锋相对，说她总是"敞开大门写信"，她甚至将帕斯捷尔纳克的情书拿给丈夫看。在与帕斯捷尔纳克开始通信后不久，茨维塔耶娃就开始了她与罗德泽维奇的"布拉格之恋"；而帕斯捷尔纳克则在与茨维塔耶娃通信的过程中，开始了对钢琴家涅高兹的妻子济娜伊达的追求。在他们的书信温度达到最高点的时候，里尔克的加入被茨维塔耶娃形容为"你我之间刮过的一阵穿堂风"；而茨维塔耶娃与米尔斯基的"伦敦漫步"则使帕斯捷尔纳克感觉到"正是你关于旅行的消息刺痛了我的手指"。

茨维塔耶娃和帕斯捷尔纳克两人由惺惺相惜的诗人同道，成为天各一方的有情人，又从情同手足的兄妹到相敬如宾的友人，茨维塔耶娃和帕斯捷尔纳克的书信完整地记录下了他俩之间的这段情感历史。在他俩的柏拉图式爱情有所冷却之后，两人书信中虽依旧不时出现温情的语句，但茨维塔耶娃显然更多的是伤感，而帕斯捷尔纳克则开始了退避。1927年，茨维塔耶娃这样回忆她当年在捷克时对帕斯捷尔纳克的爱："我曾扑向你，从（早已废弃的）波希米亚山上，我在空桶的响声中（放下桶去打水）听到你，我在月圆时的圆月里（提起装满水的桶）看到你，我在所有铁路小站上与你在一起，哦，鲍里斯，这份爱你永远无法得知。"（1927年5月7日—8日）"在我临终的时刻，我只想要你陪伴，我只信任你一人。"（1927年7月24日）帕斯捷尔纳克则在一封长信的结尾写道："抱歉写了一封长信，连亲吻的地方都没有了。"（1930年1月19日）1935年10月，茨维塔耶娃在给帕斯捷尔纳克的倒数第二封信中这样写道："总之，我们分手了（这是我的特长！）。""完全不用考虑我的问题，我们的故事——结束了。我认为，我希望，我永远也不会再因为你而痛苦了。流过的那些眼泪（而你以为，原因是我不想走）——是最后的眼泪。"

就这样，茨维塔耶娃和帕斯捷尔纳克的书信罗曼史从"初恋的初恋"一直走到"最后的眼泪"。

帕斯捷尔纳克和茨维塔耶娃两人书信罗曼史的高潮无疑就是1926年的"三诗人书简"，就像茨维塔耶娃给帕斯捷尔纳克的信中所说的那样："你1926年的春天被我引爆了。"（1926年8月4日）在那一年，与里尔克建立起通信关系的帕斯捷尔纳克，把里尔克也介绍给了他热恋的茨维塔耶娃，同样视里尔克为诗歌化身的茨维塔耶娃情不自禁地爱上了里尔克，里尔克则将茨维塔耶娃的爱当作他生命中最后一束温暖的阳光。三位大诗人在书信中彼此敞开心扉，互诉衷肠，同时也在书信中展开关于诗歌的深刻讨论，探究抒情诗的历史命运和现实可能性，他们的通信构成了世界诗歌史中的一段佳话。那段往来于瑞士、法国和苏联之间的通信持续近一年，穿过春花秋月，夏风冬雪，就像一部四季交响乐，后来，帕斯捷尔纳克的前妻和儿子等将三位诗人的书信编辑出版，取了一个充满诗意的书名——《抒情诗的呼吸》。

三位大诗人是在孤独中相互走近的。三人通信的契机是帕斯捷尔纳克的父亲致里尔克的一封贺信，但这段信缘还有着比这封贺信更为重要的内在动因。里尔克在青年时代就十分向往俄国，并于1899年和1900年两次访问俄国，拜会过托尔斯泰。与世纪初充满资本主义危机的西欧相比，里尔克更欣赏古朴、自然的俄国，他一直将"童话国度"的俄国视为他的"精神故乡"。他学会了俄语，曾潜心研究俄国文学和斯拉夫文学，翻译过陀思妥耶夫斯基、契诃夫等人的作品，这构成其传记中所谓"俄罗斯时期"（1899—1920）。他曾想移居俄国，在逝世前的最后两个月里，他还聘请一位俄国姑娘做秘书，为他朗读俄文作品。而帕斯捷尔纳克和茨维塔耶娃对德语文学和日耳曼文化的兴趣，也并不亚于里尔克对俄国的兴趣。他俩都精通德语，都曾旅居德国。他俩步入诗坛时，里尔克已名扬全欧，他俩便成了里尔克及其诗歌虔诚的崇拜者。然而，最终促使他们走到一起的却是孤独，一种面对一战之后文明衰退而生的孤独，一种面临诗的危机而生的孤独，一种在诗中追寻过久、追求过多而必然会有的孤独。分别面对孤独的三位诗人，蓦然转身对视，惊喜、激动之后吐露心曲，交流出一份慰藉。

帕斯捷尔纳克将茨维塔耶娃介绍给里尔克，同样也出于对女诗人的爱，他想与自己所爱的人分享每一份喜悦。他没有想到，在他拉着茨维塔耶娃共同膜拜他们共同的偶像时，他也使得作为男人的里尔克横亘在了他与她之间。茨维塔耶娃从一开始就没有对帕斯捷尔纳克隐瞒她对里尔克迅速产生的爱。帕斯捷尔纳克感到震惊，但他表现得很克制，在致茨维塔耶娃的信（1926年6月10日）中，他自称"如今一切全都清楚了"，"此刻我爱一切（爱你，爱他，爱自己的爱情）"，他甚至对茨维塔耶娃说："我只怕你爱他爱得不够。"在这勉强的宽容中有一种淡淡的绝望。对爱的克制迫使帕斯捷尔纳克更深地埋头于写作，他不再给里尔克写信，却不是因为怨恨他，他继续崇拜里尔克，并在几年后将自传《安全证书》题词献给了里尔克。

茨维塔耶娃是这段三角恋史的主角，她接受了帕斯捷尔纳克的爱，然后又爱上了里尔克，她同时为两个男人所爱，也同时爱着两个男人。这种爱绝不是轻浮女人的任性作为，这是茨维塔耶娃那份过于丰盈的爱在以不同的方式展现出来。茨维塔耶娃曾说：她不爱大海，因为大海是激情，是爱情；她爱高山，因为高山是恬静，是友谊。对激情的恐惧，反过来看，正是她对自己躁动的内心世界的压抑。其实，就其性格而言，茨维塔耶娃本人就是一片激情的海洋。她需要多样的爱，也需要多样地去爱。出身贵族的她，面对丈夫是个贤妻良母，在他乡含辛茹苦地抚养着儿女。她爱帕斯捷尔纳克，但那爱情带有某种抚慰性质，有些像姐姐在爱一个"半大孩童"。她爱里尔克，爱得大胆而又任性，有时近乎女儿对父亲的爱。这是一种爱的分裂，同时又是一种爱的组合。就像茨维塔耶娃在致里尔克的信（1926年8月22日）中所说："我不是靠自己的嘴活着的，吻我的人会从我旁边走过。""爱情只活在语言中。"她追求的爱，是一种"无手之握，无唇之吻"。

茨维塔耶娃和帕斯捷尔纳克的通信既充盈着潮涨潮落的情感，也布满温馨的生活细节。他俩分别居住在苏联境内和境外：帕斯捷尔纳克身在莫斯科，茨维塔耶娃背井离乡，先后落脚布拉格和巴黎的郊外。他们两人的通信似乎也是在祖国和茨维塔耶娃所谓"喀尔巴阡的俄罗斯"，即境外俄国侨民界之间穿针引线。茨维塔耶娃向帕斯捷尔纳克介绍境外俄国作家的生活和创作，帕斯捷尔纳克则给茨维塔耶娃描述后者心系的莫斯科，她眷念的俄国；茨维塔耶娃则将帕斯捷尔纳克当作她与故土之间的联系："你就是我在俄罗斯的耳朵和眼睛。"（1926年4月9日前后）茨维塔耶娃这样请求帕斯捷尔纳克："请您描绘一下您生活和写作于其中的日常生活，描绘一下莫斯科、空气和空间里的自己。这对我来说很重要，我会不再去想（因为幸福）'无处可去'的问题。众多的路灯和街道！当我珍视一个人的时候，我就珍视他的全部生活，就连最贫瘠的日常生活也是宝贵的！公式就是：我觉得您的日常生活重于别样的存在！"（1923年3月10日）帕斯捷尔纳克虽然曾在信中感叹："生活无法放在信封里邮寄。"（1928年4月11日）但是，他仍然常在书信中谈起自己的生活。在他们相互传达的日常生活描述中有两个段落很传神，一是茨维塔耶娃的生子场景，一是帕斯捷尔纳克首次坐飞机的体验。

1925年2月1日，茨维塔耶娃在布拉格郊外的弗舍诺雷生下她的儿子格奥尔基，两周后的2月14日，她在给帕斯捷尔纳克的信中这样写道：

如果我死了，我会把您的信和书带到火里去（布拉格有火葬场），我已经把遗言嘱咐给阿丽娅了，希望能一起烧掉，就像在隐修院里一样！我可能很容易就死了，鲍里斯，一切都发生得那么突然：在村子最末尾的一栋房子里，几乎没有医疗救护。男孩一生下来就昏迷不醒，用了20分钟才救过来。如果不是在周日，如果谢（廖沙）不在家（一直都在布拉格），如果不是熟识的医学生（也一直都在布拉格），男孩也许已经死了，我也可能死了。

就在他出生的那一刻，在地上，酒精在床边燃起来了，他就出现在爆破的蓝色火焰中。暴风雪在外面怒吼，鲍里斯，雪暴＼很好，五官非常好看，长着一双细长的眼睛，清秀的小鼻子，根据大家的评论和我自己的直觉来看，他是像我的。睫毛是金色的。

帕斯捷尔纳克则在回信中写道："我先前从阿霞那里听说了您的喜事。男孩出生的细节的确神奇。您用一种具有感染力的神秘性把这件事写下来，嘴里念念有词。在我读您的来信时，我脑海中浮现出一个孩童的夜晚，想象出一个小床，您俯身于小床之上，在灯下做着一些动作。灯光被您的全神贯注所感染，重复着您的动作。"（1925年7月2日）

在1927年10月16日的信中，帕斯捷尔纳克向茨维塔耶娃详尽地描述了他第一次坐飞机的感受，描述了他俯瞰的莫斯科：

这是一片被人类画满网格的平原，这是一片温情的灰色旷野，有着令人不安的单调，到处都有铁轨的爪子挠出的痕迹，这就是莫斯科，置身于镶有红砖花边的红玻璃珠，像一块茶渍印在梦幻般的冬天桌布上（瞧，花边在此终结——多好的餐具！——往后一点是麻雀山横卧，像长满苔藓的枕头，瞧，这里就是另一端了，是苔藓般的索科尔尼基公园）。所有这一切都被谱上了整洁的雪地八度音阶（手指点这里，手指点那里），在一片死寂中呈现。因此，这座莫斯科城如今就像陀思妥耶夫斯基笔下的彼得堡和狄更斯笔下的伦敦。如果要评判这种激动的究竟，探寻这一眼所见的全部，那么就是：这座莫斯科城已完全陷入古代工匠的神秘幻觉，其棕褐色并未破坏此刻梦幻般的单调，从这单调起，这是一个棕褐色的传说，从城门起，它闪现出银灰色。然后，你再次抬起头，把眼睛转向机翼，这炽热的、清晰的翅膀，它为你显现出生命中的一切，你能用这翅膀重新拥抱一切。结果就像在音乐中，初始调性和末尾调性的波浪再次聚集于体验本身，而不在关于体验的思索中。这是无人分享的孤独之上千公尺的高度。

得知帕斯捷尔纳克是带妻子一同飞行的，茨维塔耶娃在回信中虽然夸奖这封关于飞行的信写得"妙极了"，可是作为"回报"，她却描述了她在巴黎郊外目睹一架飞机坠毁的场景。（1927年10月22日）

茨维塔耶娃和帕斯捷尔纳克的通信，首先是两位诗人之间的通信，关于诗歌的对话无疑会成为他们的首要话题。

作为当时俄语诗坛最重要的两位诗人，他俩同时面对兵荒马乱的年代，面对诗歌的社会影响开始下降的年代，都不约而同地产生了关于诗歌的危机感，以及随之而来的知音难觅的孤独感。于是，他们便试图在对方身上寻找缪斯依然存在的佐证，并借此获得继续写作的理由和动机。正是在这一意义上，他俩互称对方为"第一诗人"。在给茨维塔耶娃的第一封信中，帕斯捷尔纳克就称对方为"无与伦比的大诗人"。后来，他又由衷地写道："您写的诗太惊人了！现在您已经超过了我，真是令人痛苦！但是总的来说，您是一位大得令人愤慨的诗人！"（1924年6月14日）茨维塔耶娃也在信中毫不吝啬地写道："您是我——一生中——所见的第一诗人。您是第一诗人，让我信赖您的明天，就像信赖自己的明天一样。您是第一诗人，您的诗小于诗人本身，尽管大于其余一切诗人。"（1923年2月10日）在得知俄国文学史家米尔斯基也称茨维塔耶娃为"第一诗人"之后，或许有些心生妒忌的帕斯捷尔纳克转而改称茨维塔耶娃为"大诗人"，并解释说，"大诗人"就是那种能将"一代人的抒情统一性"纳于一身的诗人。（1926年5月23日）他俩在通信中提及了当时几乎所有俄语大诗人，如马雅可夫斯基、曼德尔施塔姆、叶赛宁、霍达谢维奇、阿谢耶夫、吉洪诺夫、巴格里茨基等，但是毫无疑问，他俩心目中最好的俄语诗人还是对方。

茨维塔耶娃和帕斯捷尔纳克都将诗歌视为生命，将诗歌写作视为存在的意义。茨维塔耶娃说："诗人，就是在超越（本应当超越）生命的人。"促使他们相互走近的，正是他们面对诗歌之命运的责任感和寻求新的艺术可能性的使命感，借助诗歌创作赢得不朽，是他们共同的信念和追求，他俩在书信中相互慰藉，相互鞭策，以获得继续写下去的动力。为此，他们相互对对方的诗作做出评判，这类"诗歌批评"构成他俩通信最主要的内容之一。这些文字十分珍贵，因为它们是一个诗人对另一个诗人的评论，而且是精神上、感情上最为亲近的两位诗人相互之间的评论。在他俩通信的这十几年间，他俩当时各自写作的每一部作品几乎都得到了对方的关注和细读，诸如茨维塔耶娃的诗集《里程碑》和《手艺集》，帕斯捷尔纳克的诗集《生活是我的姐妹》和《重生》等。尤其值得注意的，是茨维塔耶娃和帕斯捷尔纳克在他们的书信中关于长诗的讨论。帕斯捷尔纳克震惊于茨维塔耶娃当时创作的几部长诗，如《山之诗》《终结之诗》《美少年》等，他在信中认为茨维塔耶娃的长诗《捕鼠者》"结构奇妙"，是一个"种类的创新"。茨维塔耶娃也很自得于帕斯捷尔纳克对她的《终结之诗》的细读："你像狗一样在混乱中嗅出我的足迹。"（1926年4月6日前后）反过来，她也对帕斯捷尔纳克当年写作的几部长诗，如《施密特中尉》《1905年》《斯佩克托尔斯基》等发表了让帕斯捷尔纳克钦佩不已的高见，帕斯捷尔纳克自愧弗如地感慨道："虽然你的处境与我不同，但你却超越了抒情诗的界限，在最广阔的空间里依然是一位诗人，而我的诗体叙事从未成功过。"（1929年12月1日）他们两人在这一时期关于抒情长诗的探讨，对于所谓"20世纪长诗"的形成和发展做出了有益的探索。

他俩都曾在信中夹寄献给对方的诗作，两人书信中的一个话题后来也成了他们具体的写作动机，比如茨维塔耶娃的长诗《房间的企图》，就是在她从帕斯捷尔纳克的来信中得知他做过一个与她相会的梦之后写成的。书信，成了他们两人当时生活和创作的一部分，书信引发的情感起伏，有许多都在他们的诗歌创作中得到了直接的反映；而创作的甘苦，又时常成了他们书信中的话题。来自茨维塔耶娃的书信和诗作对帕斯捷尔纳克构成强大的冲击甚至刺激，是让他在当时坚持创作、勉力写诗的主要动力之一。帕斯捷尔纳克说："每一位诗人只有一名读者，而您的读者就是我。"（1923

年3月底）而后来写诗越来越少的茨维塔耶娃，却在她写给帕斯捷尔纳克的最后一封信中十分自信地写道："我知道，我的事业更正确，胜过你们和你们的话语。你争取活到90岁，以便赶上我。因为，关于诗的话语无济于事，不可或缺的——是诗。"（1936年3月）两位诗人的通信，也构成了一场诗歌创作竞赛。

帕斯捷尔纳克在1928年1月10日前后一封信的结尾写道："紧紧地拥抱你，就让此信成为一份绝密文件。"这些曾经仅仅属于他们两人的书信在尘封多年之后，如今却成了一份公共财富。面对这样一份20世纪俄语诗歌史、文学史的珍贵文本，面对这样一份诗人心灵生活的活化石，我们既可以窥见两位大诗人在特定历史阶段的心境和情感，也可以更加深刻地理解他们两人的诗歌和文字，还可以更为直接、更为直观地感受两位诗人所处时代和社会的诗歌生活和文学风貌。

通信是以地理距离或时间距离的存在为前提的，而一封又一封书信却在不断拉近两位诗人的情感距离和心理距离。茨维塔耶娃和帕斯捷尔纳克当年虽天各一方，却虽远犹近，就像茨维塔耶娃所说的那样："那本该将我们拆散的东西，却让我们更加紧密地联系在一起。"（1924年6月）当时，国际的通邮条件很差，苏联与西欧国家相距遥远，邮件可能还会经过严格检查，因此他们的书信交谈往往是严重延时的，他们的信甚至要经过一个多月的漫长跋涉才能抵达对方。但是，他们的交谈又往往是共时的，因为他们在某些时段，甚至同一天（比如1926年3月27日），不约而同地给对方写信。

他俩的许多信或许写于同一时辰，因为他俩都曾在信中说，他们通常在夜间给对方写信，等家人熟睡之后，帕斯捷尔纳克要瞒着家人偷偷写信，而终日忙于家务的茨维塔耶娃只有夜晚才有时间拿起笔来。他们的书信往来时疏时密，在他俩热恋时，书信往来频率很高，如帕斯捷尔纳克1926年4月共给茨维塔耶娃写去七封信，其中在4月11日—15日间一连写了四封，几乎每天一封，且每封信都长达数页，茨维塔耶娃在这个月份也给帕斯捷尔纳克写了四封信。他们在信中既谈诗歌也拉家常，既相互慰藉也相互角力。可以毫不夸张地说，书信成了茨维塔耶娃和帕斯捷尔纳克当年最重要的交往方式，写信和读信是他俩当时日常生活和精神生活的最重要内容之一。

令人惊讶的是，他俩的通信作为一种心灵的相会方式，反而是可以取代，甚至超越现实的相会的。在他俩通信的初始，茨维塔耶娃就做出了这样的预言："但是我的会面不在生活里，而在精神上……"（约1922年11月19日）1935年6月，帕斯捷尔纳克随苏联作家代表团赴巴黎出席世界作家保卫和平大会，他与茨维塔耶娃两人期盼已久（或许也推诿已久）的相见终于实现，但由于种种原因，帕斯捷尔纳克却表现得相当冷淡，在与茨维塔耶娃同游巴黎时，帕斯捷尔纳克不停地对茨维塔耶娃谈论他的妻子，并让茨维塔耶娃替他试衣，看他买给妻子的大衣是否合适。第二天，茨维塔耶娃不愿再陪帕斯捷尔纳克，便让女儿出面代替她。他俩这次巴黎相见的结局近乎闹剧：茨维塔耶娃一家在一间咖啡馆招待帕斯捷尔纳克，席间，帕斯捷尔纳克借口去买一包香烟，就此一去不返。愤愤不平的茨维塔耶娃因此给帕斯捷尔纳克的信中将这次巴黎相见称作"非相见"："你在我们这次相见（非相见）时对我十分善良，可是我却十分愚蠢。"（1935年7月）现实中的相见是"非相见"

（невстреча），而书信则是他俩一次次真实的相见。在他们的通信即将中止时，茨维塔耶娃又写道："我们写作，以取代相互交友；我们幻想，以取代彼此写信（我们也用关于书信的幻想来取代书信）。我也和你一样！"（1927年10月5日）

茨维塔耶娃在1926年4月的一封信中曾这样回忆她和帕斯捷尔纳克之前的一次见面："既然马雅可夫斯基是意志，那么你就是灵魂。灵魂的面容。我清楚地记得你，我们在黑暗中拿着爱伦堡的信。当我和你说话的时候，我抬起头，你却低着头。我记得这个回应的姿态。"如果要为茨维塔耶娃和帕斯捷尔纳克的通信立一座纪念雕塑，茨维塔耶娃所回忆的这个场景无疑就是一个很传神的素材：茨维塔耶娃抬着头，帕斯捷尔纳克却低着头作为回应。帕斯捷尔纳克在信中对茨维塔耶娃坦承："我身上有非常多的女性特征。"（1926年7月11日）相反，茨维塔耶娃身上却充满男性气质，尽管她的书信也时而柔情似水，这是她1927年7月15日书信的结尾："我希望有机会托人捎几本书和一件毛衣给你。每一次经过男性用品的橱窗时，我都会因为你而生妒意。至少让我用衣袖拥抱你，因为没有手。"他们的书信，其实也是他们两人个性和文体的真实体现。帕斯捷尔纳克的信字斟句酌，遣词造句都很复杂；而茨维塔耶娃的信则酣畅淋漓，感情充沛，充满蒙太奇般的跳跃。不过，随着他们两人关系的起伏跌宕，他们的书信调性也发生了一些微妙变化，在这曲"书信二重奏"中，帕斯捷尔纳克的旋律有所上升，从犹疑和遮掩逐渐趋向坚定和坦白，而相应地，茨维塔耶娃的旋律则逐渐下降，从骄傲和热情转向怨诉和嘲讽。

茨维塔耶娃和帕斯捷尔纳克的书信又是诗人的书信，甚至可以说，他们写给对方的每一封书信自身都是一首诗。茨维塔耶娃在信中这样写道："当我状态糟糕的时候，我想的是鲍·帕，当我感觉良好的时候，我想的是鲍·帕，当音乐响起的时候，我想的是鲍·帕，当叶子飞落到路上时，我想的还是鲍·帕，您是我的同行者，我的目标和我的堡垒，我离不开您。"（1924年1月）"鲍里斯！你可能会在夏天的时候去某个地方，那么每到夜晚，野外所有的声音都是我。当一棵树在风中摇曳，当一列火车鸣响汽笛，这就是我在呼唤你，无法阻挡。"（1926年4月9日前后）"鲍里斯，我梦醒之后就忘了你，我覆盖了你，用冬日的炉灰和岁月海岸的沙子（穆尔的沙子）。只有在此刻，在刚刚感到疼痛的时候！我意识到，我真的遗忘了你（和自己）。你一直被埋在我的体内，就像莱茵河底的宝物，有待来日。……一封信抵得上一杯酒！这就是我写给你的信，我一人写给你一人的信（你的我，写给我的你）。"（1929年12月31日）

1927年夏，帕斯捷尔纳克住在莫斯科郊外的乡间，他每个周末进城去取茨维塔耶娃的信，在1927年7月10日的信中，他这样描写他没有取到茨维塔耶娃来信、独自一人乘市郊列车返回时的感受：

当然，两手空空地坐在车厢里，也就是说，手中没有你的来信，这尤其让我难过。这总是发生在傍晚时分，太阳从左侧斜斜地照在座椅上，在座椅下方闪烁，从普希金城开来的火车变得空荡荡，好像连司机也没有，也就是说，在这个时候，即便没有书信，一切也都与童年很相似了。

在发现帕斯捷尔纳克移情别恋之后，茨维塔耶娃在信中愤怒地写道："你不是在与我押韵，我凭借优先权确定了我与你押韵，你永远与我押韵，我有优先权，鲍里斯！"（1932年5月27日）在书信中，一如在诗歌中，茨维塔耶娃和帕斯捷尔纳克的确是棋逢对手的，是"相互押韵"的。

　　茨维塔耶娃和帕斯捷尔纳克的通信在1936年中止，三年之后，茨维塔耶娃回到莫斯科，不久，她的丈夫和女儿相继被捕，她四处漂泊，靠做文学翻译，甚至做杂工维持生计。苏德战争爆发后，茨维塔耶娃决定随苏联作协的作家们前往疏散地叶拉布加，据说帕斯捷尔纳克曾劝茨维塔耶娃不要急于离开莫斯科，他还建议茨维塔耶娃住到他在莫斯科的住宅（帕斯捷尔纳克全家住在郊外别墅），但茨维塔耶娃拒绝了帕斯捷尔纳克的好意。1941年8月8日，茨维塔耶娃乘船离开莫斯科，帕斯捷尔纳克赶往码头相送。当时陪同帕斯捷尔纳克一同去码头的年轻诗人维克多·波科夫后来在文章中回忆到茨维塔耶娃的儿子当时与母亲大吵大闹，却没有提及两位诗人的道别场景，但他写道，帕斯捷尔纳克在码头上的小卖部为茨维塔耶娃母子买了一些吃的东西。这是茨维塔耶娃和帕斯捷尔纳克的最后一面，23天之后，茨维塔耶娃告别了人世。

　　茨维塔耶娃曾在信中对帕斯捷尔纳克这样说道："鲍里斯！给您的每一封信我都觉得是遗书，而您写给我的每一封信，我都觉得是最后一封。"（1925年5月26日）她把每一封信当作最后一封信来读，也把每一封信当作遗书来写。离世之前，茨维塔耶娃留下三封遗书，分别写给儿子穆尔、诗人阿谢耶夫和作协的"同志们"。她在给儿子的遗言中写道："小穆尔！原谅我吧，往后的日子更艰难。我病得很重，我已经不是从前的我。我爱你爱到狂热。你要明白，我再也活不下去了。如果你能见到爸爸和阿丽娅，就告诉他俩，我直到最后一刻都爱他们，你要向他俩解释，我已陷入绝境。"在给阿谢耶夫的信中，茨维塔耶娃恳请阿谢耶夫收养穆尔（阿谢耶夫后来并未这样做）。她在给作协同事的道别信中，要求大家不要让穆尔坐船（她怕他落水淹死），要求大家在安葬她的时候"仔细检查一下"，"不要活埋我！"

不难想象，帕斯捷尔纳克在读到这些遗书时会有怎样的心情。茨维塔耶娃留下三份遗书，却没有一个字是写给他的，她将儿子托付给了帕斯捷尔纳克曾经的朋友阿谢耶夫，而不是她曾经最知心的诗人朋友帕斯捷尔纳克，这让帕斯捷尔纳克此后一直心怀负罪感。后来，有人问帕斯捷尔纳克谁是茨维塔耶娃悲剧的罪人，他毫不犹豫地回答："是我。"然后又补充道："我们大家。我和其他人。"后来，他又写下《悼茨维塔耶娃》（1943）一诗，以一种独特的方式继续给女诗人写信，在诗中表达他的内疚和思念：

> 阴雨天愁苦地绵延。
> 溪流悲哀地流淌，
> 流过门前的台阶，
> 流进我敞开的窗。
>
> 栅栏外的道路旁，
> 公共花园被淹没。
> 云伸展着躺在无序中，
> 像洞穴里的野兽。

落雨天我像在读一本书，
内容是大地和大地的妖娆。
我在封面上为你画图，
画了一只林中女妖。

唉，玛丽娜，早该如此，
这件事并不轻松，
在安魂曲中把你被弃的骨灰
从叶拉布加运出。
我在去年设想过
为你迁葬的仪式，
面对空旷河湾的积雪，
舢板在冰中越冬。

我至今仍难以想象，
你居然已经逝去，
像一位吝啬的百万富婆
置身于饥饿的姐妹。

我此刻能为你做什么？
请多少给一点讯息。
在你离去的沉默中，
藏有没说出口的怪罪。

失去永远是谜。
徒劳地追寻答案，
我苦于没有结果：
死亡没有轮廓。

这里什么都有，
捕风捉影，自欺欺人，
只有对复活的信仰，
才是天赐的索引。

冬天像奢华的丧宴：
我们走出住处，
给黄昏添加些干果，
斟一杯酒，还有蜜粥。

屋前的雪中有棵苹果树。
城市裹着雪的盖布——
这是你巨大的墓碑，
像我意识中的整个年头。

你转身面对上帝，
从大地向他飞去，
似乎在这片大地之上，
对你的总结尚未做出。

这应该就是帕斯捷尔纳克写给茨维塔耶娃的最后一封书信。

————·♡·————

严格地说，这本茨维塔耶娃和帕斯捷尔纳克的"书信全集"其实并不"全"，绝非他们两人之间书信的全部，只不过是他俩现存书信的全部，据推测，这近200封书信大约只是他俩通信的一多半。

帕斯捷尔纳克和茨维塔耶娃间的通信未能全都保存下来，因为他俩都曾遭遇兵荒马乱，都曾有过颠沛流离，他们包括书信在内的文档多有遗失。比如，帕斯捷尔纳克就在自传《人与事》（1956）中写到他如何丢失了茨维塔耶娃的近百封书信：

> 我认为，茨维塔耶娃有待于彻底地重新认识，等待她的将是最高的认同。
>
> 我们是朋友。我保存过她近一百封回信。我早已说过，损毁与遗失在我一生中曾占有何等地位，但，我怎么也没有想到这些细心保存的珍贵书信有一天竟会失掉。正是由于过分认真地保管，使这些书信遭逢厄运。
>
> 战争期间，我经常要去看望疏散到外地的家属。斯克里亚宾博物馆有一位工作人员，她对茨维塔耶娃崇拜得五体投地，是我的好朋友，她建议由她来保管这些信，同时还有我双亲的信，还有高尔基与罗曼·罗兰的几封信。她把这些书信都锁在博物馆的保险柜里，至于茨维塔耶娃的信——她不肯撒手让它离开自己，她甚至不相信不怕火烧的保险柜牢靠的柜壁。
>
> 她全年住在郊外，每天晚上回家过夜，她总是随身带着装

有这些书信的手提箱，第二天，天一亮，她又带着它进城上班。那一年冬天，她下班回到别墅的家时已经是筋疲力尽。走到半路，在树林里，她忽然想起装有书信的手提箱忘在电气火车车厢里了。茨维塔耶娃的信就这样乘车走了，一去未归。（乌兰汗译文）

同样，帕斯捷尔纳克写给茨维塔耶娃的信也命途多舛。茨维塔耶娃离开巴黎回国时，把一些无法带走的书刊、文件和资料留在友人处，可友人的住处后来在纳粹德军的轰炸中化为废墟。好在茨维塔耶娃在写信时有个习惯，她或在笔记本上先写下书信初稿，或者在寄信之前将书信誊抄在笔记本上，她当年写给帕斯捷尔纳克的许多封信因此得以留存。可是，在她自法国带回的资料中却不见1928—1931年间的笔记本，她这几年间写给帕斯捷尔纳克的书信因此没有了下落。茨维塔耶娃和帕斯捷尔纳克均视对方的书信为珍贵文字。在离开莫斯科前往疏散地前夕，茨维塔耶娃将一个文件袋交给国家文学出版社编辑的编辑里亚比尼娜，文件袋上写有"莱·马·里尔克和鲍里斯·帕斯捷尔纳克（吉尔，1926年）"的字样，袋中装着她亲笔抄写的里尔克和帕斯捷尔纳克写给她的信，她是在安排好这份遗产后才走向死亡。战乱期间，帕斯捷尔纳克也始终将茨维塔耶娃和里尔克写给他的几封信装在皮夹里，装信的信封上写有这样一行字："最珍贵的。"

自20世纪中期起，在关于茨维塔耶娃和帕斯捷尔纳克的阅读限制被解除之后，两位诗人的书信也和他们的诗文一样得到传播。两位诗人的亲人，即茨维塔耶娃的妹妹阿纳斯塔西娅·茨维塔耶娃和女儿阿里阿德涅·埃夫隆，帕斯捷尔纳克的妻子叶夫盖尼娅·帕斯捷尔纳克和儿子叶夫盖尼·帕斯捷尔纳克，对两位诗人的书信做了精心的收集和细致的整理工作，其他研究者在这一方面也有所贡献。终于，两位诗人间近200封书信陆续被披露出来，但直到20世纪末，被收入本书的书信才最终完整面世，因为茨维塔耶娃的一批档案根据她女儿阿丽娅的请求，要等到茨维塔耶娃去世50年后才能解密。

两位大诗人间的每一封书信似乎都是幸存者。这些书信经过一段段奇特的旅程，才最终抵达我们。

本书以莫斯科瓦格里乌斯出版社2004年出版的《两颗心灵开始走近》一书为母本翻译，在翻译和注释过程中也参考了其他一些文献。除帕斯捷尔纳克和茨维塔耶娃两人的书信之外，本书也收入了若干与他俩通信密切相关的人士所写的信，如里尔克、埃夫隆等人的书信。此书由我和我的博士生、四川外国语大学俄语系的阳知涵老师共同翻译，其中1926年前后的书信和他们两人的最后十封书信由我翻译，其他书信由阳知涵翻译，书中的诗歌由我翻译，全书由我通校。

书信难译，两位大诗人的书信则尤其难译，因为他们两人都是语言高手，都是隐喻大师，都在用复杂化的语言写信，用诗一样的文字写信，翻译他们的书信，往往就如同翻译他们的诗作。他俩在书信中热恋，自会欲言又止，琵琶遮面；他俩谈起当时的社会和时代，自会心照不宣，点到即止；他俩论及诗歌和诗坛的人与事，自然也有他俩不言自明、他人却不知究竟之处。所有这些，都会给理解和翻译带来障碍，并有可能导致译文中的错误，因此，希望读者提出批评意见。

本书的翻译和出版，缘起我在《花城》2020年第4期上发表的《最后的远握——帕斯捷尔纳克和茨维塔耶娃的最后十封书信》，时任该刊主编的朱燕玲女士审读译文后立即来电，要我译出两位诗人的全部通信。近两年时间过后，我们终于如期交出译稿，在这里，要衷心感谢朱燕玲女士的鼓励和督促！

刘文飞

1 〰〰〰〰〰〰〰〰〰〰〰〰〰〰〰〰

帕斯捷尔纳克 致 **茨维塔耶娃**

1922年6月14日

亲爱的玛丽娜·茨维塔耶娃！

刚刚，我用颤抖的声音给弟弟读起您的《我知道我将死在霞光中》①，却像一个陌生人一样，被一阵阵涌入喉部的哽咽打断，这哽咽最终爆发成号啕大哭，当我尝试读另外一首诗《我向你讲述伟大的骗局》②时，我依然是被您抛弃的，当我转而再尝试读《漫长漫长的路和又干又硬的面包》③时，结果依旧一样。

您不是孩子，我亲爱的、黄金般的、无与伦比的诗人，您不是孩子，我希望您明白，在我们的时代和我们的环境下，众多男女诗人**比肩接踵**，但他们并非只被工会熟知的诗人，除了大量的意象派诗人，还有**比肩接踵、尚未被玷污的、与您题词里曾出现的名字**④相似的天赋，在这种情况下，到底意味着什么。对不起，对不起，对不起！怎么可以，在与您一起拖着蹒跚的脚步跟在塔吉亚娜·费奥多罗夫娜⑤棺材后面的同时，却不知道我在与谁并肩行走。怎么可以，在不只一次听说到您的情况下，我竟疏忽大意，与您的斯温伯恩⑥式的"里程碑"擦肩而过。（即便您甚至不知道作为我的偶像的他，对您有附带的影响，他在**您**身上有着自如的影响，亲爱的玛丽娜·茨维塔耶娃，正如拜伦曾在莱蒙托夫身上有着**自如的影**

---

① ② ③　此诗收入茨维塔耶娃诗集《里程碑》（1921）。

④　指阿赫玛托娃，《里程碑》出版时有阿赫玛托娃的题词。

⑤　塔吉亚娜·费奥多罗夫娜·斯克里亚宾娜（1883—1922），作曲家斯克里亚宾的妻子。

⑥　斯温伯恩（1837—1909），英国诗人。

响，正如雅各布森①和俄罗斯在里尔克身上的影响。）生活真是太古怪、太愚蠢了！一个月前我离您不过百步的距离，那时《里程碑》已经面世，那个小书店就在人行道旁，没有门槛，柏油马路上温暖的人流泛起波澜，把我引向书店！我并不耻于承认我沉溺于最恶劣的小市民习性。你不买书，是因为书总能买到！！总之，对不起，对不起。但我该如何原谅您的**两个**几乎不可饶恕的失误呢？首先，因为您同我一道走在普留西哈街上时，并没有逐字逐句地向我说出下面这句话："鲍·列，我认为您是一位诗人，因此，您不必去仰慕那些同时代人。也许，在您的记忆中只有那么一次（早期的马雅可夫斯基），其余的一切，甚至连勃洛克、阿赫玛托娃和出类拔萃的阿谢耶夫，都只有内心满足的类型，近乎对灵魂体面的**道德**评价和认可，仅此而已。我觉得，我也是一位诗人，也是鲍·列，我根据自己的经验得知，这两种类型差异之大令人苦恼。如果您愿意体验这样的仰慕，这种来自读者顷刻的狂热仰慕和崇拜者一辈子的狂热仰慕，那么，鲍里斯·列昂尼多维奇，您就去接受这些信息，并将它们转达给我们的朋友们，阿谢耶夫、阿赫玛托娃和勃洛克的亡魂，说近日有过这样的仰慕；顺便说一句，您别用那种愚蠢的声调对我说起关于马雅可夫斯基一部作品的欣赏，这似乎有些莫名其妙；您之后会为这样的失礼行为而后悔。如果您想体验心灵的日光雷电浴，就请读一读《里程碑》。这就是诗歌的里程碑。大家都说，这些诗是我写的。"

您的另一个失误是，您认为我配不上您的书，并且提前就清楚地知道，那封信会导致什么样的结果，您没有给我寄您那本书。生活真是太古怪、太愚蠢了。真是太古怪、太愚蠢、太美好了。

---

① 雅各布森（1847—1885），丹麦诗人。

现在多亏这荒谬的事，我有幸并且有理由希望一吐为快，由于这愿望不能令人满意，那么我将尽一切努力来满足它：如果您允许的话，在这封信之后还会再寄一封信，关于这纯粹的、绝对的、不包含任何权衡和要求的可能性，让我能带着喜悦的情绪去说、去写，让我们不得不采取摆脱这种正义标尺的行为。您不必读这些信。读它们，这是女人的事。顶级的杰出诗人在高于女性气质的位置上，写作，打磨，升华感情，连马塞利娜·德博尔德—瓦尔莫①都会嫉妒。您真幸福！我真为您高兴！

我自己也打算出国。我的确想要见到您，不然就会一直想，就像总想见到阿赫玛托娃一样，或者（您已经明白这是两种类型），只是以这样的期待聊以自慰，即您今天赠予我的，我也希望用同样的东西来回报您，哪怕相距甚远。若是您同意按照以下的地址来回复我这封信，那么您将给予我莫大的、我当之有愧的快乐：Berlin W Fasanenstrasse 41，Pension Fasaneneck，Herrn Pr. L. Pasternack。别忘了在信里告诉我，您是否原谅我了：我的这个请求是严肃而重要的。噢，我现在理解伊里亚·格里戈里耶维奇②了！我情愿在祭祀朝拜的时候与他互换位置。也许我将寄给您刚出版的《生活是我的姐妹》，可能没有题词，您将会是**唯一**的同时代人，您的事业比您本人更生动、更鲜活、更意外，因此，空白的题词扉页是面向有个性的人的，而在其他场合，斑驳题词则令人生厌。

现在，该如何与您道别呢？亲吻您的手。

因您而内心激动的

鲍·帕斯捷尔纳克

---

① 马塞利娜·德博尔德–瓦尔莫（1786—1859），法国女诗人。

② 伊里亚·格里戈里耶维奇·爱伦堡（1891—1967），俄语作家。

茨维塔耶娃 致 帕斯捷尔纳克

1922年6月29日（新历）

亲爱的鲍里斯·列昂尼多维奇！

我在清醒的白昼给您写信，克服了夜晚时光的眷恋和跑出去的冲动。

我在自己的内心让您的信冷却下来，如果待在两天的碎石里，有什么得以保存呢？

那么，从碎石底下会发现——

第一，我匆匆看了一眼就感觉到：**争辩**。有人争论，有人生气，有人要求回信，因为有人**没有得到她的补偿**。心儿由于绝望和不被需要而缩成一团。（我那时还**只字**未读。）

我读着信（依然不知道是谁写的），首先，陌生的手加速移动，写道：被抛弃。（接着——是我的心理：难受不已："可不是，有人不太满意，愤愤不平！噢，天哪！他读了我的诗，我错在哪儿了呢！"）——直到第二页末尾，提及塔吉亚娜·费奥多罗夫娜·斯克里亚宾娜这个名字的时候，如同重击一般：帕斯捷尔纳克！

那么现在请您听着：

当年（1918年春天）在采特林①家晚餐时，我坐在您旁边。您说："我想写一个大部头小说：怀着爱意，怀着对女主角的感情，就像巴尔扎克那样。"我就想："真好。真准确。超越了自尊心。——一位诗人。"

———————————
① 米·奥·采特林（1882—1945），诗人、记者、文学评论家、出版家。

之后我便向您发出了邀请："如果能够邀请您，我将非常高兴。"您并未出现，因为您并不希望生活中有什么改变。

1919年冬天，在莫赫瓦街上碰面。您把索洛维约夫（？）的书拿去卖。"因为家里没面包了。""你们家每天吃多少面包？""五磅。""我们家三磅。——您写作吗？""是的（或者不，不重要）。""再见。""再见。"
（书籍——面包——人。）

1920年冬天，爱伦堡动身之前，我在作家协会朗诵《少女王》，怯生生地：①破毡靴；②非常**自我的**俄语；③一大摞手稿。并向周围的人提出一个令人困惑的问题："诸位，情节清楚吗？"接着就是合唱般的夸奖："一点都不清楚。只有个别诗句能理解。"

之后，我要走了，您喊道："玛丽娜·伊万诺夫娜！""啊，您也在这里？我太高兴了！""情节很清楚，问题在于，您用一段段激情把它们隔开了……"

我沉默不语：机敏。——是一位诗人。

1921年秋。我位于鲍里索格列布胡同的贫民窟。您站在门口。来自伊·格的信。用低声絮语克制住最初的渴望，压制住喜悦（信还未启封），互相询问："最近如何？写作吗？什么——现在——莫斯科？"您说，声音如此低沉！"河流……渡轮……是河岸向我靠近，还是我向河岸靠近……也许没有河岸……也许有——"

我暗自想：**成年人**的笨口拙舌。——昏暗。

1922年4月11日（旧历）。塔·费·斯克里亚宾娜的葬礼。我和她的友谊持续了两年，也是她一生中唯一的女性朋友。这是一种严肃的友谊：完全是事务性的，仅限于交谈，是男性的友谊，没有世俗特征的柔情。

我将她的大眼睛送进坟墓。

我和柯冈[①]同行，后来又和别人，突然——手碰到了袖子——像只大爪子。是您。我那时在给爱伦堡的信里写了这事。人们经常说到他，我请您写信给他，我说起他对您无比的倾慕，您感到困惑，甚至觉得沉重："完全不明白这是为什么……难以理解……"（我为伊·格感到痛苦，但我没写信告诉他这件事。）"我读了您写饥荒的诗……"[②]"您别说了。这是耻辱。我原本想写的完全是别的东西。但您知道——会出现这样的情况——脑子里充满了想法，但一看：白纸一张。思绪飘散。来不及趴到书桌前。我是在最后一刻写下这些的：胡搅蛮缠，电话响起，这样行不通……"

接着人们又谈起阿赫玛托娃。我问起她基本的尘世特征。您目不斜视：

"很纯净的专注。她让我想起我妹妹。"

之后您夸奖了我（"虽然这没必要当面说"），因为我这些年依旧在写作，唉，我把最重要的给忘了！"知道谁对您的书喜爱有加吗？——马雅可夫斯基。"

这真是**莫大**的欢喜：来自别人的礼物，战败的空间（时间？）。

我——的确——在心里喜笑颜开了。

---

① 彼得·谢苗诺维奇·柯冈（1872—1932），批评家兼文学史家。

② 指《饥荒》，帕斯捷尔纳克于1922年3月15日发表的关于伏尔加河流域饥荒的诗歌。

还有棺材：白色的，没有花环。就在不远处——抚慰人心的新处女修道院拱门：仁慈。

而您……"我并不是和他们一起的，这是个错误，您知道：您把诗放到某些诗集里去了……"

现在是**最主要的事情**：我们站在坟墓边。衣袖里没有胳膊。我用肩膀感觉到——就像在每一次分手后的第一秒钟——您就在身边，我后退了一步。

我思索着塔·费。她最后的尘世气息。一个冲动：中断感，我没完成思考，因为塔·费太忙了，——应当把她好好送走！

当我环顾四周，您已不在：**消失**。

这是我最后一次见到您。就在整整一个月后——一天不差——我离开了。本想去看望爱伦堡，生动地描述一下您，让他高兴，但又觉得：这是别人的家，或者又因为没赶上时机，诸如此类。

之后再面对爱伦堡时，我甚至因为这不够热忱的友谊而感到惭愧。

那么，亲爱的鲍里斯·列昂尼多维奇，这就是"我与您的故事"，也是断断续续的。

您的诗我知道的不多：听过一次您在台上的诗朗诵，您那时不断地忘词，我还没看过你的书。

爱伦堡跟我说的那些话很有冲击力，充溢着叮叮当当、叽叽喳喳，同时具有一切声响：如同生活。

绕着圆圈奔跑，而这圆圈差不多就是整个世界（宇宙！）。而您——在起点处，且永远也跑不到终点，因为生命都有终结。

这些都只是按点概述的！还没清醒过来，就继续往下写。**预谋**

的诗歌——您同意吗？

我这里说的是我知道的那五六首诗。

我的诗集《手艺集》很快就要出版了，是近一年半写的诗。我很高兴给您寄去。我现在给您寄去两本小诗集，是在这里出版的，我并没有参与，只是为了抵补路费：《献给勃洛克的诗》和《离别集》。

我不会在柏林待很久，我想去布拉格，但是那里的物质生活太困难了。

除了爱伦堡一家、别雷和我的出版商赫利孔[①]，我在这里没有其他朋友。

请给我写信吧，出国的事儿怎么样了：您真的要出国吗（外面的世界需要签证、表格和许多的钱）？这里非常适合生活：不是城市（一般意义上的）——**籍籍无名**——自由辽阔！可以杳无人烟。有些像彼岸世界。

握您的手。——期待着您的书和您本人。

玛·茨

于柏林

我的地址：Berlin—Wilmersdorf,
Trautenaustrasse, 9. Pension «Trautenau—Haus».

---

① 阿·格·维什尼亚克的绰号。

3 ～～～～～～～～～～～～～～～～～～～～～～～～

帕斯捷尔纳克 致 **茨维塔耶娃**

1922年11月12日

亲爱的玛丽娜·伊万诺夫娜！

　　当我主动从莫斯科写给您关于您一人的信时，这对我而言是多么纯粹的喜悦，而关于回信的念头又让我如此苦恼和不安，您给我寄来的《离别集》《睡前的话》①和这封信，以及您关于我的文章，都要求我必须给您回信。这个念头令我如此不安的原因是，我清楚地知道自己完全无法总是随时作为一个人，或者只是认为自己是一个人，我有理由害怕，在对我忘恩负义时产生的感激，将变为我的秘密，这份感激对您而言已是姗姗来迟，既讲述不了，也无法向您讲述什么。我对于您的感激起源不同，关于这些原因我想从《睡前的话》讲起。然而首先得提一下刚才说到的我的无能为力：这封信的开头您也许读起来一头雾水。我知道，您跟我一样热爱——简要地说——热爱诗歌。这便是我的意思。在这世界上我最爱（也许是我唯一的爱）一种类型的生命真理，这种类型真理在一瞬间**自然而然**取自于艺术形式的火山口（爱短暂瞬间自然呈现的生活真实，它从艺术形式中爆发喷涌，随后又急速消失），而后在下一瞬间又在其中灰飞烟灭。这样的动作并非外界强加于生命。勃南森林②是自愿爬进火炉里。不要上当了。大概，我们都是片面的。也极有可能，生活四散开来，它的支流冲刷出一个三角洲。带着切

---

① 约指茨维塔耶娃的诗《生活无与伦比地撒谎》。
② 该形象取自莎士比亚的悲剧《麦克白》。

身的疼痛发现支流的一段，我们想象它的河口就在这河湾。而在生活的任意一个上游处，对大海一无所知，不妨闭上双眼，（借助超人的专注）对于生命流动之声调和水流汩汩声之塑造性的极端的、超人的关注，想象在自由意志下生命将会发生什么，因而，此时它的本质又是什么。即使这样的比喻还说得不够，但其中已有一些说得过头了。为了避免任何过分的言行，我要说得准确。就我个人的片面性，将我惯于把生活和急性子的、像对喜悦的渴望一样的火花等量齐观，这火花在她眼中徘徊起来，当她思考着**永生**，当她开始觉得，她爱他，并确信如此，当她忘掉其他的一切向他奔去。生命**令人激动的连贯的直观性**，或者，同样的，美貌，并不是别的什么，正如这个选择，是她带着绝望和勇气产生的；当**对她而言没有什么比成为永垂不朽更好的选择时**，在其他方面也不发生改变，即没有变得更加聪明、公正，她只在某一方面变得面目全非，在她身上投射**永恒斜面**的余晖，即那种精神的特征，这种精神使得她流动和翻滚，让她变得捉摸不定，给这些词打上引号，几乎将"斜面"与美等同。在您的文章中，您多次要吹毛求疵地责骂，且毫无根据。现在我又有多少理由来重复您的行为！我最想做的便是从远方给您描述这种感觉，如果没有这种感觉走进艺术，在我眼里是不可能的，而且看来，想要描述这种感觉，也是不可能的。在这种对于生活的见解下，从生活对于艺术家的态度上，请您自己来判断，对于完全的、绝望的、显而易见的无所事事，我到底有多少借口。基于如此这般的理由来写信是令人忧伤的。在那些非工作的或者"非倾斜"的时间是什么阻碍了与朋友们会面以及给他们写信呢？不过我认为，信是由活着的人写成的。我对生活的观点太过狭隘，因此在这些时期里我似乎觉得，我并非在活着。我不知道，这些冗长的思绪到底像什么。如果这些思绪突然被打断，它们将成为发言。我也就会这么干。

《离别集》有和《里程碑》一样的优点。同样包罗万象的冲动，即圆满丰富的内容，不间断发射的鱼雷。善感之人手中的书并不期待专家来翻阅，你在前往普希金诺朋友们那里时，当像自己的书那样爱惜它，由衷为它感到自豪和喜悦。

尤其要特别感谢您的《睡前的话》。我曾有过一种感觉（这种感觉还未散去），在许多方面，包括发音在内，《睡前的话》都有意地——极其接近《生活是我的姐妹》的世界。别笑我，如果并非如此，请原谅我。若果我没说错，请让我向您解释，我为何因《睡前的话》而特别感激您。我简直太喜欢这些诗了，当卡利古拉感到自己的头脑玻璃一般呆板迟钝，看到《睡前的话》里美好的、奇异的、有色的、不眠不休的、令人惊讶而又惊叹的头脑时，不论思绪集中到何事上，他都会停止触探自己的头脑，或者干脆彻底平静下来，甚至更糟糕的话，在想到这玻璃的好处时汲取到部分安宁。《睡前的话》是对自己心生怀疑时的支持，在这方面我是无人能及的，这需要向您解释吗？您通过自己文章的某些方面让我领会，在这种事儿莫名其妙地领会之后，还需要向您解释吗？

为了能够只限于最好的那一部分，《生活是我的姐妹》对于革命的态度的特点如下，论据中经常出现如此的巧合，以至于及时想到不为人知的无线电通信隐秘的恶作剧也不是什么罪过。

"Serment du jeu de paume[①]"，您说。"以什么为标志"，我说（这样的事件在我记忆中有过两三次，人们困惑地在标题和排版后的字母之间寻找革命性，借助这最说不清道不明的力量将它倒

---

① 法语：《网球场宣言》，被认为是法国大革命的序曲。

11

背如流，书中"革命性"的秘密在我身上被他们查明了），"革命第一次真正的爆发以什么为标志？"

作为**天生的特质**，几乎抒情诗一般，宣布人和公民的**权利**。自然权利的精神，去除在各局所和办公厅泛滥的陈规和诱导，不久前看起来好像预设的**自然性，乙醇**的形式主义，将世界短期地变为某个天堂。不，并不会变为某个天堂。只是这句话没有写完。不，的确，——**天性**——被夸大的深不可测的含义回来了，这个含义是形式主义在天堂里、在蒙昧无知的这部分历史里、在这个关于新生的产物和已经成长起来的世界的章节里所具有的。那里的一神教的神灵意识是否是**自然的**？那里的上帝是否是真实的？那本书^①从一个过失开始和发展……人的……社会性，是否在那里，就因为违反戒律招致那个知名的、引人注目的过失？

好些天沉迷于不断发展的废止和修正的空气动力学，只要是这神化的自然性精神看来是**非自然的、反宗教的**，都一扫而光。清教徒，吉伦特党人，无政府主义。这发生在春天。一切都会坍塌，消失得无影无踪。那些仍旧站着的，威胁着要离开这些组织的人，是谁？回答这个"谁"，从词源学的角度听起来很奇怪。还有**夏天**。夏天，白天黑夜都站立着，这铺天盖地的夏天，玩耍似的隆隆响着，发出嘶嘶声。这不朽的夏天，闪闪发光，对人极其仁慈谦恭，没有理由地服从夜空，在这夜空下低垂自己的头，不知为何笨手笨脚地，像一头剑齿象，被托付给幼儿园的老师照顾。换句话说。革命诞生只能是吉伦特式的。当它在历史上无法被抹去的时候，通常是雅各宾派给革命施肥，以至于成为雷打不动的事实。所说的已经足够让我们明白，艺术，对于革命而言是现代的，在革命的意志

① 约指《圣经》。

支配下将不可避免地在岁月中消逝，在**革命诞生之日**艺术就被击溃了，而这只是艺术的敏感性的过错，艺术的这个记忆里没有任何力量可以将新的缓刑犯和变性剂消除掉。直至那遥远的一天之前，在另一个阶段，当历史学家，同样也是吉伦特党人和艺术家，吉伦特式地给予返回雅各宾主义的过去的人自然而生疏的赞扬。亲爱的玛丽娜·伊万诺夫娜，也许仅是不由自主地想到您的高傲就加深了我退缩的想法。

在谈到《后记》的时候，您提起马雅可夫斯基。难道这只是巧合？或者也许您知道，这是他最喜欢的诗？

"万能的细节之主。"① 现在，这是诗里的一句，孤独而模糊的一句，像说错的一句话。是谁暗示您，说这是公式？**整本书的题目原来就是这样**。没人知道这回事。您倒是也提醒了**我**。

但是在关于下面这句话的一个意见里："如若不踩踏草原，就不能穿越道路跨过篱笆……"② 说到**每一步**的重要性，因这个念头而战栗：可**别弄坏了**，您豁达忘我地让自己受损。玛丽娜·茨维塔耶娃是这么说的：

我舞蹈着走遍大地！我是天空的女儿！
围裙装满玫瑰！保住每一株幼芽！ ③

我不禁要想，若那时我真诚地为您、为自己，也为他们感到高兴，那么您早就记不清这里提到的事情了。我故意让自己陷入困

---

① 此句出自帕斯捷尔纳克《不妨随便说几句话……》一诗。
② 此句出自帕斯捷尔纳克《草原》一诗。
③ 引自《我知道我将死在霞光中！》。

13

窘，您理直气壮地诧异，即"他到底在说什么"？也必然将我置于这窘境，在我读信的时候。

因为用放了太久而变质的晚餐招待客人终究是令人羞愧的，这次就让我们说好，有一天我热情地感谢了您，倘若不太成功，那就只是因为从听到我第一个字开始您就微微抬起眉头，打那时起我就感到十分难为情。假如您通知我收到了这本手写的小册子，不难想象，不论这封通知书理应有多短，我都会非常高兴。根据刚才说到的内容，我不敢提问题。

亲吻您的手。

您的鲍·帕斯捷尔纳克

Berlin W.15, Fasanerstr. 41. Bei u Versen

又及：没有让您留在柏林，我十分难过和沮丧。同马雅可夫斯基、阿谢耶夫、库兹明，还有别的一些人分别的时候，我依然带着同样的想法和心绪，期待着与您和别雷见面（马雅可夫斯基那时还不在）。然而我对于您的失望较之别雷给我带来的失望已然是真正的幸福。在这里所有人都在争吵，他们在随性辩论般的和做作亢奋的复制品的交会处发现了虚伪的事物，这个虚伪的事物代替了不在的东西。看来，这个组合里的所有成员都应当互相尊重，对互相的不满而感到满意，若没有互相的不满，虚伪的事物将不复存在。

这样的连贯性我甚至在别雷身上也没有看到，不敢说，他不反**对过那样的生活**。我呢，照他的话来说，呼唤着月亮，在那里不是每个人都能活得适宜且合乎性情。

4a①

茨维塔耶娃 致 **帕斯捷尔纳克**

约*1922*年*11*月*19*日

我最喜欢的交流方式是彼岸的：梦。书信就像一种彼岸世界的交流方式。最后一样我想要留住的东西——声音。信不是话语，而是声音。（我们把话语替换掉！）

我不喜欢现实中的会面：要碰到脑门儿。两堵墙。难以穿透。会面应当是一个门洞——A（门洞的图片）B——越高——（继续）——越好：越久。完整的会面：A和B在一个水平上且间距（纵向的）也是一样：无可避免地会相见。然而不起眼的，被上帝遗忘的（又想起来的！）咖啡馆——最好在码头上（您希望吗？），有漆过的木桌子，烟雾笼罩，——手肘和脑门儿。但是我也把自己的诱惑留在空气中。

如今人们将要分别太久，因此我**想要**知道明确清晰的回答：要分别多久，什么时候分别。因为不管怎样，我一定会来的。现在我要坦白自己一个不体面的嗜好：用自己过分的真实来引诱别人（试图）：这真实是**史无前例的**：准确地说，即在内部，同样也在外部。真理的诱惑。谁能经受住？尤其是如果在此时此刻的真理：和刹那！我不会抑制自己的灵魂（只会抑制生命！）。因为灵魂从来不是"我"，而总是"你"（更确切地说是"那个"！），要么是

---

① 茨维塔耶娃的信往往存有两个版本，一封是她留在笔记本上的底稿，一封是寄出件，同时写作的两封信的内容不完全相同，故一并译出，并以"**a**""**b**"加以区分。下文同类情况亦做此标注。

15

同伴把双手垂下（那句胆怯的"我并不是那样的"），要么是头晕目眩，那时我便扑倒在地上，被侮辱践踏。我接受。

我知道，在生活中应当撒谎。但是我的会面不在生活里，而在精神上，在精神上一切都是成功。我的过失——错误——罪孽，都是我从生活中获取的手段。如此一来只需沉默便可进行会面：**一切**都在内部。毕竟人是承受不住的。"我不是上帝！"

然后我因为……而被责备。这不是疏忽大意：上帝不再穿过你发出微光（爆发！），你昏暗、稠密，光消失了，我也离开了。

我现在所说的一切都为什么呢？是这样：您现在是我最爱的俄语诗人，并且我一点都不羞愧地说，只有为了您，也正是为了您，我会坐进车厢来见您。别人也会去乘车，不过是为了给自己买大衣。您的重要性不亚于大衣！

关于他非现实性的印象：我永远都不相信，您是**存在**的。您是时代，然后您就不在了。

您写的关于自己的内容（轨道、斜面）都是正确的。

您，请仔细听，就像梦，时常返回的那个梦（返回的，重复的梦），当你不在的时候，那个梦去哪儿了呢？不是梦：是梦的角色。或者像城市：你离开，它就没了，你回来的时候，它就出现了。

帕斯捷尔纳克，还有梦，这个我还没写完。如此，在生活中，我理解不了您，领悟不到您，我会弄错的，我需要另外一个途径——梦中的。让我们这样来会面吧：请您**信赖**，允许，丢弃。

不要认为：您生活中的一切对我来说都很重要：小到一套新

西服，大到钱的事情，我不去舔奶油①（他们常常**从我身上**舔舐东西：咽气吧，用希望的方式活着吧，当一个混蛋吧，只是请写出好诗！），但是在现实生活中您并不需要我，我们将生活在……里。只是打个比方，如果您当时需要来布拉格，我会打听现行的汇率和……

①　旧时蛋糕上的奶油被认为是最可口的部分，最受关爱的人才能舔蛋糕上的奶油。指茨维塔那娃尽其所能去帮助帕。

茨维塔耶娃 致 帕斯捷尔纳克

1922年11月19日（新历）

我亲爱的帕斯捷尔纳克！

我最喜欢的交流方式是彼岸的：梦，做梦。

而第二种交流就是通信。书信，也属于某种彼岸的交流方式，相较于梦来说没那么完美，但也遵循一样的法则。

以上两种都不是，不是预定的：我们并非我们希望的时候做梦写信。当我们想的时候：信应当已被写好，梦也应该做完了。（我的书信们总是希望被已写好！）

因为从最开始：永远不要让自己苦恼（哪怕是因为最细微的烦心事！），如果您不回信，也没有表达任何的感激，任何强烈的感情都是最终目的。

您的信我是在今天早上六点半收到的，您看您进入了怎样的梦境。我这就把这个梦告诉您。——我沿着某些小桥走着。——君士坦丁堡。——在我身后跟着一个穿长裙的姑娘，小个子。我知道，她不是落在后面，引路的正是她。但是因为她身材娇小，她有点跟不上，我牵起她的手：穿过我的左手，是流水一样花条纹的丝绸——裙子。

小梯子：我们往上爬。（我，在梦里：好的征兆，而小姑娘——怪事儿，奇怪。）捆在木桩上的条纹吊床，下面是黑色的水。小姑娘眼神狂怒，却不会对我做什么恶事。她爱我，但她并非为此而来。我在梦中："要用温顺来驯服！"

对了，您的信。是丈夫从"自由营地"（布拉格的俄国学生宿舍）给我带来的。他们昨天庆祝了周年纪念日，一整个通宵，我丈夫赶早上第一班火车来的。

我就是这样收到那封信的。一次是巧合，两次就要怀疑是规律了。

您的笔迹太漂亮了：快飞驰一俄里吧！还有多少俄里，还有鬃毛，还有雪橇的痕迹！突然，缰绳的鞭打声！

拼命飞驰——毫不费力！

非常漂亮的、意味深长的、男性的笔迹。立马就能辨认出来。

我一开始不理解您的信：喜悦和梦喧宾夺主了，没有话！（对了，对我来说，语言是声音的传递，绝非思想、意图的传递！）但是我听到声音了，然后语言和联系都迎来了黎明。我全都明白了。

您知道，记忆中留下了些什么吗？冰封的堤岸，几乎垂直，在落日余晖下（您的永垂不朽！），双手中，跌落的头颅。

现在请您仔细听好：我认识很多诗人，见过他们，坐下来交谈过，和他们分别，多多少少了解（猜测出）当我不在时，他们每个人的生活。瞧，在写作，瞧，在路上走着，瞧，（到莫斯科）去买口粮，瞧，去咖啡馆（在柏林），诸如此类。

而我和您，令人惊讶的是：我不去思索您的日常。（您度过了多少天，每天都是一小时接一小时地度过的！）我的**生命**里容纳不下您，显而易见，请原谅我的大胆！——**您不在其中（其中没有您或在其中的不是您）**，应当寻找您，在别的地方再观察您。并非因为，您是一位"不现实的"诗人，别雷的诗人，别雷的"不现实"，不：您书写三角形，写您生活的间断性，这是否与其呼应

19

呢？显然，这影响大到我不知不觉将它变为**习惯。您确实将您的影子代替您送入了生活**，赋予它所有权利。

《睡前的话》。那时是夏天，我在柏林有自己的露台。石头，炎热，双膝上放着您尘世的书①。（我坐在地上。）我那十天都靠这本书活着，好像在浪峰上：屈服了（听话了），就没有呛水，就像因为那首八言诗喘不过气来，我如此幸福，因为您喜欢那首诗。

我到现在都会为了一句诗而心情低落。

我不喜欢现实中的会面：要碰到脑门儿。两堵墙。那样穿不过去。会面应当是一个门洞：那时会面，**在上面**，就是被扔到一边的脑门儿！

但是现在要分别太久，因此我希望，明确清晰地：您来多久了，什么时候能来。我不会隐瞒，我很乐意和您在某个不起眼的、被上帝遗忘的（又想起来的！）咖啡馆坐一坐，在雨中。手肘和脑门儿的距离。也会很乐意见到马雅可夫斯基。显然，他的行为举止非常糟糕，而我那时将会在柏林正处于最艰难的状态。也许，我会的。

你和爱伦堡的会面怎么样？我和他断绝来往了，但我对他依然怀有依恋的柔情，知道他对您极为欣赏，但愿你们的见面是愉快顺利的。

在柏林的生活里我最美好的记忆（两个月）就是您的书和别雷。我打小就和别雷认识，但真正的交往却是从这个夏天开始的。他像灵魂一样活着：吃完女主人给他端来的燕麦粥，就离开去了野

---

① 指帕斯捷尔纳克的诗集《生活是我的姐妹》。

外。有一天就在那里，伴着暮色他古怪地同我讲起勃洛克。我还记得这件事。对了，他住在**棺材匠村**，他不了解这个情况，天真地为此感到惊讶：为什么所有男人都顶着大礼帽，女人们把花环提到腹部位置，都戴着黑手套？

我住在捷克（布拉格），在莫科罗普西的一个农舍里，村子里最差的房子。山脚下小溪流淌，我在那里打水。每天三分之一的时间都用在给贴着瓷砖的壁炉烧火。生活和在莫斯科的时候差别不大，就物质方面而言，也许还更贫困！但是却给诗歌创作增添了内容：家庭和自然。**连续几个月**一个人我都没见到。上午的时间我都用来写作和散步：这里的山非常美。

去找赫利孔（维什年科①）拿诗集，是收入《史诗》的，那就是我的生活。

在道别的时候我想给你抄写我最喜欢的诗，也是不久前写的，在捷克：

这是宝藏的灰烬：
失去的、委屈的灰烬。
这是灰烬，在它们跟前
花岗岩变为尘土。

鸽子纯净又透明，
从不出双入对。
所罗门的灰烬

---

① 指维什年科（1893—1944），赫利孔出版社的创办人，茨维塔耶娃给他起了"赫利孔"的绰号。

征服伟大的无畏。

永垂不朽的时间里
可怕的白垩岩。
可见，上帝在我的门口——
既然房子已被烧完！

梦境和白日的主宰，
未在废墟中窒息，
早到的白发变为灵魂！
像竖立的火焰

背叛我的人不是您，
是前往后方的时代！
这白发是永生力量
取得的胜利。

如果您给我寄来新写的诗，我将会很幸福。对我来说一切都是崭新的：我只知道《生活是我的姐妹》。

您写信说到几个巧合、一致和猜想，天哪，这就是脑门儿没碰到一起！在我写关于您的事情时，我的脑门儿被扔到了一边，自然，我看到您了。

玛·茨
于莫科罗普西

帕斯捷尔纳克，我对您有一个请求：圣诞节送我一本《圣经》吧，德语的，一定要是粗体字，**不是**大本的，但也**不是**口袋书：就是原本的那种。请给我题字。我白白向赫利孔恳求了四个月！

　　我会一生都将这本《圣经》带在身边。

帕斯捷尔纳克 致 **茨维塔耶娃**
1923年1月—2月

亲爱的玛丽娜·茨维塔耶娃！

　　我早就想、也早就应该感谢您送我的《少女王》了。但是您极其真诚，与您通信并不比同我自己通信更轻松。我最希望写下这些话语，对您来说大概足够明白，无须任何解释。如果需要的话，后续内容会向您解释的。

　　我在那里逗留了四个月，不能再多待下去了。我为您感到高兴，由于某些原因，也许是苦涩和窘迫的原因，您没办法住在柏林。

　　读您的长诗对我来说是真正的幸福。从铁匠巷的剧院仓库（您记得吗？不是院子，是下沉式广场，窗户上都挂着招牌）很容易流出宽短袖长衣、翻领大袍、盾形头饰和无袖上衣，以供租赁。可能正因如此，比利宾①风格才那么难看，源自阿拉伯的集体合作社原始手工业方式（即城市文明的）也是一样。这种风格这么难看，也许是因为自己的相对性。风格特征是通过剔除的方式，与其他特征相比较挑选出来的。这个方面说明了市场和出口。一个外国人，来自英国的斯特德②就在这无用的事情上花了时间。这些东西被创造出来，仿佛就是为了让人们随便看的，粗略地一瞥，半眯着眼睛。这些东西在艺术上是空洞无聊的。

---

① 伊万·比利宾（1876—1942），俄语画家，后成为歌剧和芭蕾舞舞美设计师。
② 威廉·托马斯·斯特德（1849—1912），英国报社编辑、记者。

柏林的一个股份合伙人让我觉得和她联络是极其困难的事情。您的书就在我手边，我读了两遍，我会将从文字到事物、从对这本书优点的整体描述到用铅笔给书做记号的一个简单的转变想象成一件相当麻烦的事，就像去周游世界。我会一遍又一遍地读这本书。从这本均匀美好的书里，我毫无保留地挑选出它的组成部分，这些组成部分的纯净、简洁和无瑕令人惊叹。我要把这些书页装裱起来，用整块布板，不带一丝褶皱，回荡着最纯净的、最千篇一律的、只能与自己相媲美的歌曲，这些歌曲是稀有的、绝美且诱人的。在其他页面上我会标记出这些事件和片段的开头及结尾，它们细致直观①地剧烈发展："少女王"和自己的家人道别时的动作，跑上楼梯和下楼的动作，大海的移动，风的移动，逐渐脱光衣服的动作，不合时宜打哈欠的动作，坐在船尾上的动作，上船的动作。我想再补充一下，快乐和悲伤的动作，忽而想起，再谈及关于那令人惊叹的歌曲是我已经说过了的。内容的精神：可以预想到**温和的**抒情诗与脱离限度的童话性（生动性）的结合。完全不是这样。完全无法计量的抒情色彩与流利的、详尽整洁的、并不复杂却非常成型的现实主义之少见、意料之外的结合。而风格呢？花檐、小屋顶、花栏杆柱和冰鞋，它们又如何呢？

长诗主要的精彩之处就在于此。长诗是高度原始的，而非派生出来的，没有表层的捆缚，这样的精彩也捕捉不到外国人，只能用流利而**自然的**语调叙述：动作和状态，画面和感觉，都是完全被**语言**溶解的，这语言天生连贯，是可冲洗的、流动的语言，不仅没有突兀的装潢，且完全不休不止，内容丰富，孜孜不倦。感谢您给我带来的欢喜。现在没有任何东西能与之相提并论。我说起比利宾风

①　噢，诗人，用灵魂的动作描绘肢体动作的诗人！——帕斯捷尔纳克原注。

格是故意为之。（难道您没猜到？）比利宾风格的思想性，它在一旁、邻近的存在，这一切都将您童话中无拘无束的优点转变为差点评价不足的**功绩**。

这封信我搁置了一个多月。为什么我没把这封信写完，也没有寄出呢？现在我把它重读了一遍，却没看出其中的缘由。但我记得当时的缘由。想必，我想在结尾，如通常所说，我想对您倾诉衷肠，将灵魂展露无遗，幸而这件事永远不会成功。而且对这种真情流露的需求是软弱、病态、根深蒂固的缺陷之证明。非常好的是，这种病态和软弱淡化了其表现。这样的安排很好。不然会发生什么呢？我觉得很苦恼，啊，真是太苦恼了。本来我的生活大部分是这样度过的，又似乎不是，为何要这样度过，最好直说：我想，就将如此度过余下的时间。但是，我再一次踏入这条环形的小路。没有必要。我给您寄来一本小书，这本书叫《第四本诗集》（真是胡说八道！），我不喜欢这本书。我不喜欢这本书的原因是，它的前半部分像《生活是我的姐妹》的结尾，如果可以这样命名这本书和《姐妹》的脱节。这本书剩余的部分很无聊，像二流作品。难道跟我自己比起来，这件事会让您更难过吗？

忠实于您的
鲍·帕斯捷尔纳克

茨维塔耶娃 致 **帕斯捷尔纳克**

*1923*年*2*月*10*日 **前后**

　　此时我在一生中第一次明白，什么是诗人。我见过一些人，他们擅长写诗，写过很好的诗。然后他们活着，没有莫名其妙的琐事烦扰，从不挥霍无度，把一切都累积在诗句中：不仅仅是活着，还积攒财富。变得足够富裕后，让自己能够写诗。这是老实话！他们比其他人更糟糕，因为**知道**他们为诗歌付出了什么（连续数月的节制！连续数月的诈骗！不——存——在），为此向周围人索取高额的费用：要摇炉散香，要三跪九叩，要活着就立纪念碑。我从来不曾受过诱惑，认为他们是正确的，我恭敬地施礼，然后走开。我对诗人太过了解了！我最喜欢他们单纯地想吃东西或者只是牙疼的时候：人性地缩小了距离。我曾是诗人的保姆，我根本不是诗人！也不是缪斯！——年轻的（有时是可悲的）保姆。——仅此而已。和诗人们在一起我总是忘记，我也是一位诗人。

　　但我，帕斯捷尔纳克，我已经厌倦了照料的工作。除了诗句，我喂养的小幼崽给予不了任何回报。您知道，这太少了。

　　您——帕斯捷尔纳克，真心实意地说，是我的第一诗人，也就是在我眼前正在完成的命运，我要平静地（自信地）说：帕斯捷尔纳克就像莱蒙托夫。但我现在无法谈论任何人：我是他的同时代人，如果我说了，那就是谄媚、宽容、撒谎。那么，帕斯捷尔纳克，作为您的同时代人我非常幸福。正如我写得冷漠淡然一样，请同样冷漠淡然地读这些内容：问题不在于您，也不在于我，这几乎是无个性的，这您是知道的。人们并非向神父忏悔，而是向上帝忏悔。并非向您，而是向您内在的**神灵忏悔**（不是悔恨，而是心怀敬意！）。您内在的神灵是大于您的，但是您足够伟大，您是知晓这一点的。

这个秋天的最后一个月我不知疲倦地与您一起度过，与书不离不弃。同时我也常去布拉格，就在我们这里的小车站等火车。我来得很早，在黄昏时刻，路灯还没亮。（轨道转弯处。）我在黑色的站台上徘徊着——还很远！有一个地方是漆黑无光的——路灯柱——这是碰面的地方，我就是在这儿呼唤您的，然后便是肩并肩的长久交谈——流荡的人们。我想和您到两个地方去：去魏玛，去看望，还有去高加索。（这是俄罗斯唯一让我想起歌德的地方。）

我并不是要说，您对我而言是必不可少的，在我的生活中我需要您，就如同需要那个路灯柱。——不论我想去**哪里**，我都无法摆脱您。——任何一处地方都有路灯柱跟着我，竖立在我所有的道路上。我要施以魔法变出路灯。

秋天的时候，我完全不会因为您一点都不知情而感到难为情，我也不会因为这一切您事先不知道而感到不好意思。并非我**自愿**召唤您的，如果愿意的话——当然也可不再愿意，愿望——目光。我**身上的**某些东西愿意。我……

"去火车站"和去见帕斯捷尔纳克是等同的。我并不是要去火车站，而是去见您。您要知道，我从不在这条沥青路**之外**的任何地方。离开车站的时候，我只是道别，深思熟虑地，冷静清醒地。我从不故意为之。当前往布拉格的（不必要的）旅行停止时，您也结束了。

我把这一切都告诉您，因为这一切都发生了。

不，其实，我在说谎！还有关同盟关系。当我跟某个人说某件事，但那个人不明白的时候，我的第一个念头：帕斯捷尔纳克。这个念头是可靠的、平静的。就像回家一样。就像靠近火堆一样。**无须验证**。我，比方说，了解您，在所有人之中，您最爱贝多芬（甚至**超**过了巴赫！），您爱音乐甚于诗歌，您不爱"艺术"，您不只一次想到帕格尼尼并希望能写关于他的作品，您是天主教徒（就像精神体系，类型），而**不是**东正教徒。帕斯捷尔纳克，我深入**阅读**您，但我，跟您一样，不知道您的最后一页是什么。

我想告诉您，您别生气，也别躲避，因为您是勇敢的、无私的，在您的作品中天才多于诗人（这天才高于诗人），诗人被这天才战胜了，屈服于天才的威严，臣服于他，愿意成为他的喉舌，就此得到解脱。（只有低级自私的傲慢才能与天使斗争！"自信"——如果在所有事情上，那就是自焚！）

还有，帕斯捷尔纳克，我希望，您不要被埋葬，而被烧尽。

您的书。帕斯捷尔纳克，我对您有一个请求。《就这样吉普赛人出现了……》[1]，请把这首诗献给我。（我暗自想着。）送给我吧。让我知道，这些诗句是我的。这样就不会有任何人敢认为，这些是他的。叫喊声，我忍无可忍的叫喊声：这是我，不是您——无产者！帕斯捷尔纳克就是密码。您已被完全译成密码。对于"公众"您是没有希望的。您是皇室的通信，或者领导人的通信。您是帕斯捷尔纳克和他的神迹之间的通信。如果人们会爱您，那也是出于恐惧：一些人因"愚昧无知"被责备，另一些人**觉察着**。但是**要知道**……我不了解您，因为，连帕斯捷尔纳克有时自己也不知

---

[1] 此句出自帕斯捷尔纳克诗集《主题与变奏》中《就这样开始。大约两年……》一诗。

道，是他的神迹操纵着他。帕斯捷尔纳克写下字母，然后在夜间洞察突破时瞬间意识到，要在早晨忘掉这一切。

还有另外一个世界，那里有您的密码，是儿童字帖。天神们玩笑似的阅读您。请把头向上抬起：那里有您的读者。"综合技术博物馆大厅"①。

《手艺集》——《美少年》——"女性的微不足道"——与您的天赋对话——关于您。

现在，帕斯捷尔纳克，我有一个请求：在见到我之前别回俄罗斯。俄罗斯对我而言是un grand peut—être②，几乎就是彼岸世界。如果我知道，您要去的是澳大利亚，要去的是虎穴蛇窝，要去的是麻风病院，我都不会如此害怕，也不会呼喝叫喊。但如果是去俄罗斯，那我会喊叫起来。那么，帕斯捷尔纳克，我事先告知您，我会来的。对外我会说，因故前往，实话实说，是为了见您：为您而来，和您道别。有一次您就是这样消失不见了，在处女地公园，在墓地，从自己身上去除……简单地说：您不在了。

我害怕，且时刻牢记，我在争取什么？只是一次握手。

总之，我对您的存在产生怀疑，我想象不出您的存在，它太像一个梦了：关于我对您那种自由的态度，关于那种**奋不顾身**（请您回想一下最初的目的），关于那种确信无疑，关于那种**盲目无知**。

我可以写一本有关我们见面的书，只需还原，**不带**虚构成分。我知道，**发生过**什么。那么，我的存在已被证实，我却质疑着存

① 指莫斯科综合技术博物馆大厅，此处经常举办公众文学朗读活动。
② 法语：一个伟大的可能。

在：只是您不在。

关于这个请求我不会再过多询问，除非您**没有**完成（不论以什么作为借口），但那会成为给生活带来的创伤。

我害怕的不是您的离开，而是消失。

您写道：我不想谈论自己。而我说道：我不想谈论自己，因此，恰恰要谈论您。您感觉很糟，因为您和人们待在一起。如此而已。如果您和树林待在一起，您就会非常幸福。我不了解您的情况，但是，请为了自由离开。

是的，您书信中一个黑暗的地方。您认为，我是由于"苦涩和窘迫的原因"离开柏林的？我亲爱的朋友，我祈求上帝让我一直如现在一般生活：我一个月去一次布拉格，其余的时间……

我唯一的苦楚，就是在柏林没有等到您。

永远不要听信人们对我的判定：我冒犯了很多人（这些人我曾经喜欢，后来不再喜欢，曾经照料过，后来抛弃了），对于人们来说分歧是自尊心的问题。在柏林的两个月里……

人们唯一不放弃的，是那些没有也可以的东西。别去听别人说。如果您对我的生活有感兴趣的地方，我自己告诉您。

请您多写信。没有您的呼唤，我是绝不会写信的。我给您写信／写信就是未经许可就进门。您不管在何时想起我，您要知道，对于您的思索总会有应答：我的家对您敞开大门／我自己去找您／我在去找您的半路上——不就在这里：敲门声：响了一下就停了。

您多大岁数？当有人问起的时候，我总是骄傲地回答17岁，又突然改口道，大概20岁。我心血来潮胡诌几句，《生活是我的姐妹》您是13日写完的，pour épater le bourgeois.[①] 您27岁上下？

6b ••

茨维塔耶娃 致 **帕斯捷尔纳克**

1923年2月10日（新历）

帕斯捷尔纳克！

　　您是我—— 一生中——所见的第一诗人[①]。您是第一诗人，让我信赖您的明天，就像信赖自己的明天一样。您是第一诗人，您的诗小于诗人本身，尽管大于其余一切诗人。帕斯捷尔纳克，我认识很多诗人：有年老的，有年轻的，他们当中没有一人会记得我。这是些写诗的人：擅长写诗或者写出好诗（比较难得）。仅此而已。我没在任何一人身上看到**诗人**苦役的烙印：这烙印在很远处就在灼烧着！我见过许多作诗者的标签，各式各样：不过，当**日常生活**的第一阵微风轻轻袭来，标签也很容易脱落。他们活着且写诗（分开地），没有莫名其妙的琐事烦扰，从不挥霍无度，将一切都累积在诗句中：不仅仅是活着：还积攒财富。变得足够富裕后，让自己能够写诗：进入ins Jenseits[②]闲逛一会儿。他们比非诗人更糟糕，因为知道他们为诗歌付出了什么（连续数月的节制，吝啬，虚无缥缈！），为此向周围人索取高额的费用：摇炉散香，三跪九叩，活着的纪念碑。我从来不曾受过诱惑，认为他们是正确的，我恭敬地施礼，然后走开。我对诗人太过了解了！我最喜欢他们单纯地想吃东西或者只是牙疼的时候：人性地缩小了距离。我曾是诗人

[①]　除了勃洛克，但他已经不在世！而别雷，他属于别的类型。——茨维塔耶娃原注

[②]　德语：彼岸世界。

的**保姆**，我是他们卑劣行径的迎合者①，我根本不是诗人！也不是缪斯！是年轻的（有时是可悲的，但终究是）保姆。和诗人们在一起我总是忘记，我也是一位诗人。如果他使我回想起来，我会尽力躲开。

看见他们写作（诗歌）**的过程**是非常有意思的，我开始把他们看作天才，而我自认为，如果我不是无足轻重的人，那就是笔尖的怪物，差不多就是个捣蛋鬼。"难道我不是一位诗人？我无非就是活着，感到喜悦，爱自己的猫，哭泣，梳妆打扮，还有写诗。比如曼德尔施塔姆，再比如，丘里林②，他们都是诗人。"这种观点感染了我：因此我的一切都过得去，也没人重视我，因此从1912年（我那时18岁）到1922年，我一本书都没有出版，尽管手稿有不下五本。因此我现在默默无闻，将来也会无人知晓。（对了，这件事让我痛心只是表面上的：自离开柏林的七个月里，我在过去的一个月赚了一万两千德国马克，同时不停地向各处投稿。我依靠捷克的救济金生活，否则已经咽气了！）

还是回过头来说说您吧。帕斯捷尔纳克，我真心实意地认为，您是我一生中的第一诗人。我依旧平静地为帕斯捷尔纳克的明天担保，就如为拜伦的昨天担保一样。（对了，我突然想到：您会变得很老，您还面临着**长久的攀登**，尽量别往摄政王的车轮里插棍子！③）您是唯一的人，我可以把自己称为您的同时代人，我要高兴地说出来！我要大声地说出来！正如我写得冷漠淡然一样，请同样冷漠淡然地读这些内容，问题不在于您，也不在于我，您在一百

---

① 阿丽娅偶然看了一眼我的信说："甚至不是诗人的保姆！"——茨维塔耶娃附笔
② 吉洪·瓦西里耶维奇·丘里林（1885—1946），俄语诗人。
③ 暗指拜伦对英国摄政王乔治（1762—1830）和统治阶级的辛辣讽刺，以及诗人面临的流放。

年前没有死去不是我的错，这几乎是无个性的，您是知道的。人们并非向神父忏悔，而是向上帝忏悔。并非向您，而是向您身上的**神灵忏悔**（不是悔恨，是顶礼膜拜！）。您身上的神灵是大于您的，他还没有听过那样的话！但是您足够伟大，不会因此而嫉妒。

这个秋天的最后一个月我不是和书籍，而是和您形影不离地度过的。同时我也常去布拉格，就在我们这里的小车站等火车。我来得很早，在黎明时，路灯亮之前就来了。我在黑色的站台上徘徊着——还很远！有一个地方是漆黑无光的——路灯柱，我就是在这儿呼唤您的。"帕斯捷尔纳克！"然后便是肩并肩的长久交谈——流荡的人们。我想和您到两个地方去：去魏玛，去看望Goethe[①]，还有去高加索。（这是俄罗斯唯一让我想起歌德的地方！）

我并不是说，您对我而言是必不可少的。您在我的生活中是**无法避开的**，不论我到**哪里**，路灯自己就立起来了。我要施以魔法变出路灯。

秋天的时候，我完全不会因为您一点都不知情而感到难为情。并非我自愿召唤您的，如果"愿意"的话——当然也可（也应当）不再愿意，愿望——目光。我**内心的**某些东西愿意。您的心灵很容易召唤：它永远都不在家！

"去火车站"和"去见帕斯捷尔纳克"是等同的。我并不是要去火车站，而是去见您。您要知道：任何时候，任何地方，除了这条柏油马路之外。离开车站的时候，更确切地说：坐上火车的时候，我只是道别：深思熟虑地、冷静清醒地。我没有把您一起带入生活。我从不故意为之。当前往布拉格的（不必要的）旅行停止时，您也结束了。

---

① 德语：歌德。

我把这一切都告诉您，因为这一切都发生了。

帕斯捷尔纳克，在我生活的所有火车站，在我命运的全部路灯柱旁，沿着每一条柏油马路，在每一场"倾斜的大雨"①下，都会经常地、经常地、经常地听到我的召唤，看见您的到来。

还有关同盟关系。当我跟某个人说某件事，但那个人不明白的时候，我的第一个念头（就像烫伤一样！）：帕斯捷尔纳克，在这个烫伤背后，是信赖感。就像回家一样。就像靠近火堆一样：**无须验证**。

我，比方说，了解您，在所有人之中，您最爱贝多芬（甚至**超过了巴赫！**），您对诗歌的热爱是受到音乐影响的，您不爱"艺术"，您不止一次想到帕格尼尼并希望（还能写出！）关于他的作品，您是天主教徒（就像精神体系，类型），而不是东正教徒。帕斯捷尔纳克，我深入阅读您，但我，跟您一样，不知道您的最后一页是什么——不过，修道院，正透着微光。

我想告诉您，您别生气，也别躲避，因为您是勇敢的、无私的，在您的作品中天才多于诗人（天才在肩膀上！），诗人被天才战胜了，屈服于天才的威严，臣服于他，愿意成为他的喉舌，就此得到解脱。（只有低级自私的傲慢才能与天使斗争！"自信"——如果在所有事情上，那就是自焚！）

还有，帕斯捷尔纳克，我希望，您不要被埋葬，而被烧尽。

您的书，帕斯捷尔纳克，我对您有一个请求。《就这样吉普赛人出现了……》，请把这首诗献给我。（我暗自想着。）送给我

---

① 与帕斯捷尔纳克的短诗《我不会让倾斜的画……》（1922）的第一行相呼应。

吧。让我知道，这些诗句是我的。这样就不会有任何人敢认为，这些诗是他的。

帕斯捷尔纳克就是密码。您已被完全译成密码，对于"读者"您是无法破解的。您是皇室的秘密通信，或者领导人的秘密通信。您是帕斯捷尔纳克和他的神迹之间的通信。（第三者可怎么办：刚打开——就藏起来！）如果人们会爱您，那也是出于恐惧：一些人害怕"落后"，另一些人，最敏锐的那些人，**觉察着**。但是要知道……我不了解您，有时我不敢，因为，经常连帕斯捷尔纳克自己也不知道，帕斯捷尔纳克写下字母，然后在夜间洞察时瞬间意识到，要在早晨再忘掉这一切。

还有另外一个世界，那里有您的密码，是儿童字帖。天神们玩笑似的阅读您。请把头抬高——再高一点！那里有您的"综合技术博物馆大厅"。

上香礼毕，我开始忏悔。怡然自得的1922年夏天（很快就一年了！），当我收到您的书，我的第一个动作是，合上最后一页，把自己的《手艺集》展开翻到第一页，白纸黑字：写下您的名字。这就开始了恶劣的行为。我那时正与赫利孔交好，他钟情于我的诗歌（我耸了耸肩）。这是黑色丝绒般的微不足道的人，令人感动，全部都是ш音① （天哪，要知道猫在法语里是chat！我现在才明白！）就是这样。在他带绒毛的猫鼻子旁把《手艺集》献给另一人，还是个半人半神（我谦卑又高调地认为您就是这样），我的心揪成了一团！"我——们的软弱……我——们的愚昧"……（一首小歌。请把调子记起来！）我克制着自己的心，没有填写别的东西。于是留

① 俄语发音。

下了一页空白。

（赫利孔，当然，在我离开一周以后，他背叛且出卖了我：就像猫一样，哪怕是在墓地猫都不会死！）

现在，当我慢慢醒悟，我想：这是对的。赫利孔是不算数的，但《手艺集》已成过往。我当然只会带着明天来找您。如此，心平气和不带任何激情，我只是知道：下一本书可能不是献给您的。毕竟献词是船舶下水仪式时的受洗。

（顺便说一下，这封信是与您的神迹之间关于您的交谈，您不必听。）

现在，帕斯捷尔纳克，我有一个请求：在见到我之前您别回俄罗斯。俄罗斯对我而言是un grand peut—être，几乎就是彼岸世界。如果您要去的是瓜德罗普岛，要去的是虎穴蛇窝，要去的是麻风病院，我都不会叫喊。但是：去俄罗斯，那我会喊叫起来。那么，帕斯捷尔纳克，我事先告知您，我会来的。对外我会说，因故前往，实话实说，是为了见您：为您而来：和您道别。有一次您就是这样消失不见了，在处女地公园，在墓地：从自己身上去除……简单地说：您不在了。我害怕，且时刻牢记，我在争取什么？仅仅是一个握手。总之，我对您的存在产生怀疑，我想象不出您的存在，它太像一个梦了：关于我对您那种自由的态度，关于那种奋不顾身（请您回想一下这个词的首要含义！），关于那种确信无疑，关于那种**盲目无知**。

我可以写一本有关我们见面的书，只需还原，**不带**虚构成分。那么，我的存在已被证实，我却质疑着存在：只是您不在。关于这个请求我不会再过多询问，但我会等待回复。

关于这个请求我不会再过多询问，除非您没有完成（不论以什么作为借口），**但那会成为给生活带来的创伤。**

我害怕的不是您的离开，而是消失。

我在您的信中看到了两次"苦恼"。这不过是因为，你和人们正待在一起：您是飞行员！去神灵们那里吧：去树林里。这不是抒情诗，这是医生的建议。若要住在城外，在德国比在其他任何地方都要容易。您会有书籍、笔记本、树林、尊严、空气和安宁。您的信里有一处不可理解的地方：您认为，我是由于一些"苦涩和窘迫的"原因没住在柏林？是的，柏林让我**受尽了**损失，我穷困潦倒地离开，带着锯断的碎骨和拉长的血管。笔尖的人们——恶作剧！我祈求上帝让我一直如现在一般生活：小教堂打的水井，溪水的汩汩声，属于我自己的悬崖，母山羊，所有品种的树木，笔记本，更别说谢尔盖① 和阿丽娅，是除了您和谢尔盖·沃尔康斯基公爵之外，我最宝贵的两个人！

我唯一的苦楚，就是在柏林没有等到您。如果您不会提前离开，我想在五月初过去。

永远不要听信人们（朋友们）对我的判定，我冒犯了很多人（这些人我曾经喜欢，后来不再喜欢；曾经照料过，后来丢弃了），对于人们来说分歧是自尊心的问题。对了，这自尊心有男性的和神性的，这些我都原谅。别去听信。我说得更糟糕、更空洞——但更可信！

---

① 谢尔盖·米哈伊洛维奇·沃尔康斯基（1860—1937），俄语作家、戏剧活动家。

您还会收到我的两封信：一封关于您和我写的东西，另一封附有我写给您的诗。然后我就会沉默。如果不喊不叫，我永远都写不完。写作就是不敲门就擅自入内。我的家一直都在向您靠近的半路上。不论您何时写作，您要知道，对于您的思索总会有应答。不就在这里：敲门声，响了一下就永远停止了。

从此，帕斯捷尔纳克，再见了。对了，您还得送我一本《圣经》，必须是您亲手送的，否则我不接受。

玛·茨
于莫科罗普西

Praha Ⅱ， Vysehradska tr. 16， Mestsky Hudobinec. M'S.Efron（转玛·茨收）

Худобинец的意思是——穷人的、落败者的避难所：收容所！

7 ●●

茨维塔耶娃 致 **帕斯捷尔纳克**

1923年2月11日（**新历**）

亲爱的帕斯捷尔纳克：

　　这封信谈的是您写的作品，如果空间足够，兴致也没有衰减！还有一点关于自己的内容。您的书，是烫伤。那本书是倾盆大雨，而这本书是烫伤：我很疼，但我没有轻吹伤口。（别人会用润肤膏涂伤口，撒一层土豆粉！卑——鄙——人！）看，我烫伤、发红了，夜间无睡意，白天不清醒。只有您。您一个。我本是一个收集者，我并不**来自于**我自己，我一生都在从自己身上（挣脱！），只有当没有一点我的黑暗在身上时，我才能平静下来。亲爱的帕斯捷尔纳克，请允许我转移话题：**您是大自然的一个现象**。我这就跟您解释原因。我在自己身上试验了：永远不要从第二双手上接受任何东西，而普通人就是第二双手，诗人是第三双。也许，您不是人也不是诗人，是**大自然的一个现象**。最纯洁的第一双手。上帝错将您造成了人，这就是为何您不习惯于任何事情！**当然**，您的诗也并非人类的：没有一点迹象。上帝将您预设成一棵橡树，却将您变成了人，所有的闪电都向您击去（那样的橡树是**有的**！），而您应当活着。（我并不支持橡树的观点：因为我现在也扮演着橡树的角色，我自己也**应当活着**，但是是在一旁！）

　　帕斯捷尔纳克，为了避免任何的错误和谎言：人们——第二双手，但某些人，在童年早期，分为孩子和没有诗的诗人，这就是**第一双手**！您就是没有诗的诗人，也就是说，人们是如此热爱，如此急迫，如此激动，但只要在一生中没写过一首八言诗，那就算不上拿笔的手艺人（哪怕是个天才！）。

——为何您的每一首诗听起来都像是最后一首？"因为在这之后他再也没写过了。"

我开始猜测您的某个秘密。很多秘密。首先：您对词语的激情，只是一个证据，它们究竟在何种程度上对您而言是**工具**。这种激情**是绝望**。您爱声音胜过词语，爱喧哗（空洞的）胜过声音，因为这喧哗中包含了**一切**。您在词语上是注定失败的，正如一个精疲力竭的苦役犯……您想要**不可能的事**，想脱离词语的领域。您是诗人这件事，失策了。（天主的，神灵的！）

其二，您不是一个旁观者，而是主宰者，只不过管辖的那些事务不在这里。我并不把您想象成战士，也不是国王。（但您的传教士、修士的天主教本质越来越炫目。我发誓：不是外在的表现！）由于您的**事务不在于此**，诗里的现实愈加疯狂：没有什么停留在原地。

您知道吗，帕斯捷尔纳克，您必须书写更大的东西。这将会是您的第二个生命，第一个生命，唯一的生命。您将不需要任何人、任何事。您一个人都不会注意。您会自由无比。要知道，您的"苦恼"只是因为您**试图**：融入人群，塞进诗句。难道您不明白，如果**没有足够的付出**，这是无望的。（您隐秘的激情：必须消耗到一丝不剩！）请您听着，帕斯捷尔纳克，理智清醒地听着：在这个世纪您只被赋予了一次生命，不论多少岁月时光，哪怕有八十年，也是少的。（并非用于积累，而是为了消耗。）您是用不尽这些时间的，但您会喘不过气来。灵感的泡沫会变为疯狂的泡沫，您需要**分支管道**：日复一日，甚至每时每刻。这就很简单了：笔记本。

抒情诗（这是人们通常的说法）是独立的瞬间构成的一个动作：非连续的动作，您记得孩提时代旋转的万花筒吗？或许您小时候没有这东西？就是那个动作，但稍微高级一点：比方说——手。向右，再向右，再向右一点，诸如此类。旋转的时候，它就动起来了。抒情诗就是虚线，从远处看来——完好完整的一条黑线，而仔细观察的话：接连不断的空隙……在点与点之间——真空的空间：死亡。从一首诗到另一首诗的诞生，您会处于濒死的危险阶段。（正因如此每一句诗都是"最后的遗作"！）

在书里（一部长篇小说、一部史诗，甚至**一篇**文章）都没有这个，在那里它们有自己的规则。书不会抛弃作者，书里写的那些不同的人、命运、灵魂，想要**活着**，每一天都更加强烈地想要活得久一些，不想死去！（和主人公的分别总是太突然！）您不是有一本散文吗？但我却不知道那本书。某人的童年①。不会是梦到的吧？但我却没有亲眼看见过。莫非是您自己在莫斯科无意中提到过的？好像是莉莉丝②。似乎赫利孔也说过。

请您别忘了写完。

现在要正儿八经地谈谈这本书了。从我最爱的整个诗歌谈起。

激情之前：玛格丽特（玛尔加丽塔）。"云朵。星星。在身旁……"③"我可以把他们忘记"（完全地），以及最后一首。

因它们而——灼热（烫伤）。

您把这本书的第二部分称为"二流的"。亲爱的朋友，我因世人中的庸者而脸红，我并非这里的审判员，但是——诗歌！"我可

① 指帕斯捷尔纳克的中篇小说《柳韦尔斯的童年》（1918）。
② 犹太民间传说中，莉莉丝被认为是人类祖先亚当的第一任妻子，由上帝在同一时间用同样的泥土创造了她与亚当，她因不满亚当而离开伊甸园，后成为诱惑人类的女恶魔。
③ 此句出自帕斯捷尔纳克的诗集《主题与变奏》。

以把他们忘记"，这可是第二部分！

我知道，可以不喜欢、可以讨厌这本书，就像不喜欢、讨厌一个人一样，这是无罪的。因为是**某个时候**，在**某些人**之间，在某处写就的。因为写的是**这件事**，而不是另外一件。我带着完全纯净的心灵，不敢去争辩，我也无法接受。在这本书里有一些永恒的诗句，这本书在我眼前离去，恰如蛇完成了七次蜕皮。也许，您因此而不喜欢这本书。您认为自己的哪本书名列第一呢？您觉得自己写了多少本了？

于莫科罗普西

信又被我搁置了。写这封信太难了。我想跟您说的一切是那么多！回到这封信的前半部分，准确地说，是回到修改后的那个部分（我给您写的信——给您的那封连贯的信里的间断，就是我收到您的书之后的所有日子。把这缝隙堵住后，您能发出多久的声音？）……验证过那最有激情的诗句后，回到"一生中唯一的诗人"：**对**！只出现过一次，当我和吉·丘里林（《死后的春天》）见面的时候，我就出现过这种感觉：我为明日做保证，这感觉消失了！绝望地！他把翅膀上的羽毛拔下，让自己的天赋消耗殆尽。（那您呢，会爱惜吗？）阿赫玛托娃、曼德尔施塔姆、别雷、库兹明，除了他们自己，我不在他们身上期待其余任何人。（除了他们本人，我不期待别的任何东西。）也许，同时疯狂地爱着！（完成，事毕：**抵达、超越**界线！）我当然知道您的界线，那就是您肉体的死亡。

您的书。情不自禁地想谈一谈这本书。您知道吗？您身上有来自 Lenau[①] 的影响。（为何会不断产生日耳曼式的相似性？）您曾读过他的作品吗？

> Dunkle Zypressen!
> Die Welt ist gar zu lustig, ——
> Es wird doch alles vergessen![②]

不是您的诗句吗？尤其是第二句。您自己就很像一棵柏树。

但影响我写信的，是您。诗歌向您涌去，就像河坝决堤。我将从这些诗句里面了解到这些奇怪的东西。如海浪一般，拍打过来。您在我的生活中**令人疲惫**，不论白日里躺下、倒在床上多少次，这头颅**翻来覆去**，肋间的不适**反反复复**，我的脑袋依旧沉重：时间，感觉，顿悟，还有喧闹声！请读完，请查验。某些东西出现了，又飘散了，不愿消失，而我无法制止。难道人就会出现这种情况吗？我内心有人的一面，正如也有狗的一面：厌倦了被锁链束缚。和天使们（和魔鬼们！）一起游戏更难。

您如今（今年二月）在我被洗劫一空后进入了我的生活：我刚写完一首长诗[③]（得给它起个名！），不是长诗，而是一场泛滥的洪水，不是我完成了这首长诗，而是这首长诗完成了我，和它分别，像是决裂了一般！而我得到了解放，欢喜不已：我这就去写专制的诗歌并抄写记录本，逐渐地，一切都将如此顺利地进行。

而突然，您"野蛮的、轻盈的、生长的"……（鹿？芦苇？）

---

① 古拉斯·雷瑙（1802—1850），奥地利诗人。此处引用的是德国诗人施笃姆的作品，被茨维塔耶娃误以为是雷瑙的作品。台奥多尔·施笃姆（1817—1888），德国小说家和诗人。

② 德语："黑柏树！/世界太可笑了，—— 一切都会被遗忘！"

③ 此处指长诗《美少年》。

您向普希金的提问，您的魔鬼夜莺，您的魔鬼建筑物及押解队^①！

（这就有一句诗：我不和魔鬼游戏！）

我付之一笑，这永远不会变成仇恨。在活着的时候与您见面对我来说会很难，很难，很难，尽管我的声音无可挑剔，这声音对我的各种优点怀有骑士般的嫉妒。

帕斯捷尔纳克，我在生活中——迫于诗的意志——我错过了和勃洛克的重要会面（若是我们见面了，也许他就不会死了！），我自己处于二十几岁的年纪，轻浮地预言："我不会张开双臂。"^②有这么一秒钟，帕斯捷尔纳克，当我站在他**身旁**时，在人群中，肩并肩（七年过去了！），我看向凹陷的太阳穴，看向略显棕红的、**不太好看**的稀疏头发（他剪了头，病恹恹地），看向破夹克落满灰尘的衣领。诗歌在衣兜里，伸出手去，没有颤抖。（通过阿丽娅转交，没有地址，在他启程前夜。）啊，我该向您讲述一切，请接受我的生活（？）阅历：危险的、命悬一线的游戏经验。

最终，您要能够成为**需要**听到这件事的人，成为深不可测却无法留下任何东西的大缸（**请您认真地读！！！**），那么通过您，就如通过上帝——**无底深渊**！

要知道：**斜着眼**一切都很简单，我的"凝视"总是会和**斜着眼**相遇，羞怯的、人类的斜眼。该聆听的时候，人们却在仔细观察，并从听觉上把我击倒。

我累了。这页纸也写完了。我会把诗寄给您，只是不是现在。

玛·茨

---

① 此处分别指帕斯捷尔纳克诗集《疾病》里的《从撒满星星的田野……》，诗集《主题与变奏》里的《玛格丽特》《灵感》和《普希金组诗》。

② 出自茨维塔耶娃诗集《致勃洛克》中《你走向太阳的西方》一诗。

8 ••

茨维塔耶娃 致 帕斯捷尔纳克

1923年2月15日（新历）

您的明信片带着回复的屋顶飞到了我这里。但我仍然会用屋顶①把您压倒！——拿去，请您欣赏吧！

误会解开了：书信只是碰上了（错开了）。我和爱伦堡的情况却恰恰相反，就是说，通信不太顺利，但和人的交往是可行的。

在一天长久的工作后我开始给您写信，我躺下，"查看您的诗歌财产目录"聊以自慰，这比其他的财产都更能安慰我：它们的存在和缺乏！

再见。我还会再寄一封信：诗歌。

玛·茨

于布拉格

---

① 茨维塔耶娃寄给帕斯捷尔纳克的明信片上有大片布拉格屋顶的风景。

9 ~~~~~~

帕斯捷尔纳克 致 茨维塔耶娃

1923年2月22日

亲爱的玛丽娜·茨维塔耶娃！

哪怕只是出于好奇，都不要对我能立刻回信抱有期待，因为如果没有低于您和您的认知的比较，事与愿违，我如今将既不属于您，也不属于它们。我不能不推测您对回信的期待来源于难以抑制的急不可待，我自己也同样急不可待地等待着，试图动笔，请您原谅，我将个人的感受笨拙但真诚地从自己身上转移给您。亲吻您的手。希望很快再见。

您的鲍·帕

10 •••

茨维塔耶娃 致 **帕斯捷尔纳克**

1923年2月 末

您这是客气话还是不愿让自己不快？胆怯，还是不愿接受？

您知道这叫什么吗？富足的诱惑。在平生遇见的所有人之中，只有一人能容得下：六十一岁的年纪，显而易见，是个亿万富翁，也就是说他已经习以为常[①]。

而您有一个美好的出路：如果有什么突破，那就是**天赋**的功劳。天赋可以包容（它无穷无尽）。

这不是游戏，因为参与游戏需要**闲暇时间**。而我已被现实压得喘不过气来，从诗歌到洗濯，一直干到深夜。这都是**血汗工作**。如果愿意，可以称之为血汗游戏。对我来说形容词一直都很重要。

我对您的态度可认为是破裂了，也可能是上升了。（未必。）

我不处于还有人类真实的年龄。

我不是那个（我是另外一个！）——于是我欢喜起来。但更多的不是那个——不过**谁都不是**。于是我变得忧伤，不再来往。

[①]　此处约指谢·米·沃尔康斯基。

11

帕斯捷尔纳克 致 **茨维塔耶娃**

1923年3月6日

亲爱的玛丽娜·伊万诺夫娜！

我们将于3月18日出发①。哪怕最近几天我们会见面，1925年5月我还是要在魏玛见到您，这就是我最后衷心希望的事情。我不怕之后从这里离开会变得更加困难，因为魏玛将在前方永不消逝，它会成为目标和支撑。我同样也不怕因我们的约会而被剥夺您的友谊，我不会跟您倾诉，您也不会看到任何凄凄惨惨的事情，因为二者都会是您与我无关的猜测的唯一延续，就像考虑所有的修订一样，您依然愿意想，哦，远非如此，但关于那个故乡般的稀有世界，那个被您选中的地方，也许，比我的那个世界大得多，也比您伸出自己的手，以极其熟悉的动作触碰的那个世界大得多。

我终生都希望把"一生中的第一诗人"和"帕斯捷尔纳克"等主题从我们的通信中去除。请原谅我的失礼。您的心急火燎有别的用途。很多内容，尽管您诚挚深情地为我标记了注意符号，但您并非写给我的。往后请您宽厚仁慈些。毕竟读这些东西是痛苦的。

我要为一件事而特别感谢。因为可以这么想，在向您寻求帮助时，我同样也在答复您。这是一份礼物。怀着这样的希望我不会离去。但您也许已经忘记了？这是您在第一封信中写到的。"不论您何时写作，您要知道，对于您的思索总会有应答。"这是另一个暗示，这是两个中的一个。"最终，您要能够成为需要听到这件事的

---

① 帕斯捷尔纳克和妻子最后于3月21日启程离开柏林。

人，成为深不可测却无法留下任何东西的大缸，那么通过您，就如通过上帝——无底深渊！"我不接受这个指令，我要驳斥它。我不喜欢这里面的两个词。"您要善于"和"最终"。我最不希望自己**"善于"**与您做什么，我要不带**强求**地倾听您，不指望您，问题也不在于此。亲爱的玛丽娜·伊万诺夫娜，让我们俩都严肃且长久地保持我们在这两周的时间里的样子，互相都不要给它起名。最后，请允许我剥夺您因这封信而恼怒于我的权利。这封信必须表达出两件事。其一，是最简单的一件，过分的深奥——当着您的面说。其二，也很简单，对于所有人而言深奥但异常混乱，关于命运，关于生活，关于零星的一切。从一开始这封信便把这个不轻的担子从身上卸下了。请现在就写信告诉我，您来还是不来，因为我还指望跟您进行面对面的近距离交谈。

您的鲍·帕

茨维塔耶娃 致 帕斯捷尔纳克

1923年3月8日（新历）

亲爱的帕斯捷尔纳克：

　　我从四处都听说，您要回俄罗斯了（是和施卡普斯卡娅[①] 离开的消息一起传过来的）。但这事我早就知道，早于您出发之前！

　　您的信我收到了，您很善良体贴。给我您的地址吧，我好把诗转寄给您。《手艺集》我一拿到就立刻给您寄。我已经写信给赫利孔了。也许能在柏林赶上您。

　　还要说些什么呢？请您向莫斯科鞠躬致敬吧。

　　再感谢您的关心和惦念，衷心地祝您 —— 一路平安！

玛·茨

于布拉格

[①] 玛莉亚·米哈伊洛夫娜·施卡普斯卡娅（1891—1952），俄语女诗人、作家。

13a •••

茨维塔耶娃 致 **帕斯捷尔纳克**

1923年3月9日

二月的献词。您远走高飞的翅膀。

我在轻快愉悦的热病中给您写信。（垂死挣扎的热病，我不害怕强烈的词汇，因为我有强烈的感受。）帕斯捷尔纳克，我去不了了。（我丈夫病了，签证需要两周时间。如果他身体健康，他也许能帮忙安排一下，但在这样的情形下我无能为力。）签证需要两周（德国方面的许可，亲属病重的证明，这里手续繁杂）。我在这里（和在其他地方一样）没有任何朋友，没有一点关系。我在一周前就从柳·米·爱伦堡① 那里听说了您要离开的消息：打算……但收拾准备，需要几个月时间！除此之外，我也没有您的书面许可，我不知道，您需不需要。我就这样束手无策地等待着。我现在才知道，但已经晚了。我给您写信，没有算计，没有耍滑，没有畏缩。（我给您解释！）从收到您的《主题与变奏》，不对，更早，从知道您要来的时候，我就立刻说了：我会见到他。我把这件事从您那本紫色的小书变成了现实，即开始动笔创作大部头的散文集② （通信！），预计4月中旬完成。我整日整夜地写作，毫不松懈。——要移开一座大山！——有什么关系？一目了然。我无权就这样突然开始全力以赴地工作（面对**现实的**自己！）。我（周围的人）生活**极**

---

① 柳博芙·米哈伊洛夫娜·爱伦堡（1900—1971），作家爱伦堡的妻子。
② 指茨维塔耶娃的《尘世的征兆》。

其困难，如果我一走了之，这见鬼的日子就全落在他们身上了。为了与您见面我不得不努力工作（面对自己）。我也是这样做的。但是现在晚了：书会有的，而您却不在。我需要的是您，而不是书。

最后我想说：不是因为要滑（如果我不来，您要多记住一些，若**没有**更多，——就是谎言！我已超越了这种浪漫主义，正如您一样），不是因为算计（如果我见到了您，我一定会深深地记住！比我现在更多是不可以的！），也不是因为畏缩（让别人失望，自己感到失望）。

不管怎样，这是荒唐的——不管您是从柏林站，还是从我的波西米亚林山启程，18日**一整天**（因为我不知道出发的时间）我都会在这山头给您送行，——只要我的灵魂还能支撑。

我去不了了，因为晚了，因为我孤立无援，因为斯洛尼姆[①]，譬如，一小时内弄到许可，因为这就是我的命运——失去。

现在来说说魏玛。帕斯捷尔纳克，别开玩笑。我会连续两年将**全部精神都寄托**于此。若是在这两年内我死了，这（您！）就会成为我**倒数第二个**想法。您别开玩笑。我了解我自己，16年再加两年，一天接着一天，分秒不差，爱着赖希施塔特公爵（拿破仑二世）[②]，透过一切事物、透过所有人地爱着他，**盲目地**活着。帕斯捷尔纳克，我了解自己。您是我的家，去找您我会认为是**回家**，每一秒，我都知道。现在是春天了……

（这些天我在笔记本里记录了很多关于您的内容。以后给您寄

---

① 马克·利沃维奇·斯洛尼姆（1894—1976），俄语作家、文艺学家。
② 赖希施塔特公爵，即拿破仑二世（1811—1832），本名弗朗索瓦·约瑟夫·夏尔·波拿巴。茨维塔耶娃 1908—1909 年间翻译了埃德蒙·罗斯丹的戏剧《雏鹰》，该剧主人公便是赖希施塔特公爵。

去。）现在我脑子里的思绪混乱：就像在临死前一样：需要把**一切**都说出来。

前方面临的是春与夏旷日持久的失眠，我了解自己，我亲眼看中的每一棵树，都会是您。现在是刹那的自卫：该如何与之共存？无尽的夜晚、篝火、黎明，我了解自己，我提前陷入了恐惧。夏天到了，我将这些都停下来，用启程前往异国他乡的方式与其一刀两断，这一切都停留在柏林阳台的石墙上和日记本里。但我现在哪儿都不会去，不论乘车还是步行。这（您）已经在我的**生活**中落脚了（不仅在我心里！），安居落户了。

现在问题变得尖锐起来：究竟是什么？问题在哪儿！我真诚而明确：**词语——**我发誓！对此我不了解（我将尝试一切东西！）到底有多少，我不知道，您会在二月的诗歌里发现。最重要的是：接连不断的和所有的……心灵的目的，一切存在的目的。都归为一类。明白吗？与您见面对我来说也是我对您的某种解脱，某种出路，您明白吗？正当的出路。毕竟没有更让人难以克制的诱惑，也没有更残酷的有罪无罚：距离（或空间）。

现在很简单：我是活生生的人，**我极其痛苦**。在高空的某处没有我自己，在深处，在中心处疼痛不已。您离开前的这几天（今天是9日）我会备受折磨。

我生命中1923年的2月是您的。您想对它做什么，请便吧。

帕斯捷尔纳克，离**到达**魏玛的那天还有两年的时间。（忽然——我疯狂地！开始相信！）我会给您寄诗的。我会同别人：树林、朋友，如果有的话，讲起您，这位诗人。我不会否认任何一个字，但您会觉得很难过，所以我将保持沉默。但那时将只剩下一件事：（直接）对您讲述自己我为何不想如此小心翼翼。（也都是因为您！）

有关您的思绪面对着我永恒的思绪的词依然有效。我需要解释一下另外一个您不喜欢听的词："您要善于"并不是"请您学会"的意思，"最终，实现奇迹"——遗憾的是，这是对我而不是对您。在众多非奇迹之后，看，终于有了奇迹！（正是我**想要**的！）……我们还没谈论任何事情。在魏玛我们将促膝长谈。

在这封信之后您会立刻收到另一封，附带诗歌的。让我开心一下吧，请您只在车厢里朗诵这些诗，在火车出发的时候。第二个请求：告诉我正确的地址。

我们的书信又一次错开了，明信片是第一封信的回复。我那时不明白"很快再见"，现在明白了，但是晚了。

茨维塔耶娃 致 **帕斯捷尔纳克**

1923年3月9日（新历）

亲爱的帕斯捷尔纳克：

　　我去不了了，我的苏联护照，没有亲人在柏林病危的证明，也没有关系可以帮我解决这个问题，情况好的话签证能延长两个星期。（一收到您的来信我就打听了最准确的消息。）要是您早一点写信来，要是我知道您这么快就要走了……一周前，伊·格·爱伦堡在信里一带而过：帕斯捷尔纳克打算回俄罗斯了……之后这封信寄到了：这两件事都是附带提了一下，没有指明时间。

　　亲爱的帕斯捷尔纳，除了对您的**殷切之心**，别的我什么都没有，但这无济于事。我依然等待着您的来信，我不敢在没有您的许可下行动。我不知道，您是否需要。我只能在一旁束手无策了。（我在愉悦垂死的热病中给您写信。）现在我知道了。但是晚了。

　　从收到您的《主题与变奏》，不对，更早，从知道您要来的时候，我就说了：我会见到他。这件事因您那本紫色的小书振奋起来，变成了现实（热血），我开始动笔创作大部头的散文集（通信！），预计4月中旬完成。我整日整夜地写作，毫不松懈。有什么关系？一目了然。我无权就这样突然开始全力以赴地工作（面对现实的自己！）。我（周围的人）生活**极其**困难。如果我一走了之，这见鬼的日子就全落在他们身上了。我勤勉地开始工作。但是现在晚了：书会有的，而您却不在。我需要的是您，而不是书。

　　最后我想说：不是因为耍滑（如果我不来，您要多记住一些，若**没有**更多——就是谎言！），不是因为算计（如果我见到了您，我一定会**深深地记住**！不论如何都会**深深地记住**，更多是不可能的！），也不是因为畏缩（让别人失望，自己感到失望）。

不管怎样，这是荒唐的——不管您是从柏林站，还是从我的波西米亚林山启程，18日一整天（因为我不知道出发的时间）我都会在这山头给您送行——只要我的灵魂还能支撑。

我去不了了，因为晚了，因为我孤立无援，因为马克·斯洛尼姆，譬如，一小时内弄到许可，因为这就是我的命运——失去。

现在来说说魏玛。帕斯捷尔纳克，别开玩笑。我会连续两年将**全部精神都寄托**于此。若是在这两年内我死了（我不会死的！），这就会成为我**倒数第二**个想法。您别开玩笑。我了解我自己。帕斯捷尔纳克，我现在沿着乡间小道返回（我去向刚出行归来的人询问签证的事），我摸索着前往：泥泞、凹坑、黑色的路灯柱。帕斯捷尔纳克，我怀着这样的力量想着您，不是，不是您，而是想着没有您的自己，想着没有您的这些路灯和道路，啊，帕斯捷尔纳克，在我们即将会面之前，这双脚已经走了千万里！（请原谅这爆发的真相，我就像是在临死前写下的这封信。）

前方面临的是春与夏旷日持久的失眠，我了解自己，我亲眼看中的每一棵树，都会是您。该如何与之共存？问题不在于您在那里，而我在这里，问题在于，您**在**一个我永远不得而知你是否存在的**地方**。**对**您的思念和**因**您感到的恐惧，强烈的恐惧，我了解我自己。

帕斯捷尔纳克，这都起源于《姐妹》，我已经写信告诉过您。但那时，夏日时节，我将这些都停下来，用启程前往异国他乡，开始另一种生活的方式与其一刀两断，而现在我的生活就是您，我无处可去。

现在问题尖锐起来：究竟**是什么**？问题在哪儿！我真诚而明确：**词语——我发誓**！对此我不了解（我将尝试一切东西！）到底有多少，我不知道，您会在2月的诗歌里发现。与您见面对我来说，也是我对于您的某种解脱，某种正当的，您明白吗，出路！我愿（从您身上！）在您身上呼吸。请您不要生气。这不是过度的言语，这是过度的感受：这些**感受**没有程度的概念！我说得比实际情况更少。

现在很简单：我是活生生的人，我极其痛苦。在自己高空的某处，是冰（**脱离**！），在深处，在中心处是疼痛。您离开前的这几天（今天是9日），我会备受折磨。

帕斯捷尔纳克，离**到达**魏玛的那天还有两年的时间。（忽然——我疯狂地！开始相信！）我想给您许下一个诺言，默不作声地许这个诺言。我会给您寄去诗歌，跟您讲述我生活中发生的一切。我会同别人讲起您，这位诗人。我不会放弃任何一个字，但您会觉得很难过，所以我将保持沉默。但那时将只剩下一件事：（直接）对您讲述自己我为何不想如此小心翼翼（也都是因为您！）。帕斯捷尔纳克，倘若您突然觉得很难，或者没有必要，我不会对您有任何请求，我只请您停止。那时我将向深处奔去，然后停下，好在地下腐烂，就像二月的诗。

现在是凌晨两点。帕斯捷尔纳克，您会活着吗？两年——这是什么？我不理解时间，我只理解空间。我此刻沿着山崖行走，看见飞驰的火车，我想了想：看哪！帕斯捷尔纳克，没有任何一辆火车会在这……等等：730天内出现！以便我……

您精致的礼物……不露声色！我惊慌失措。"可以认为，我在给您写信，也就是在答复您……"我是否忘记了？不，我没忘，如果我忘记了，我对您的思索也不会忘记。

您竭力躲避的东西，应当这样来读："最终，请您实现奇迹。"（我说的是："您要善于"）……"最终"并是针对您，那么，就此搁笔。

您别害怕。这不过是一封来信罢了。我并未变得更加愚蠢，也未变得更加贫穷，因为您让我喘不过气来。不仅我给您的评价是艰难的，我对您的态度也一样，您还不理解，您是恩赐者。我会把握分寸。在诗里没有。但在诗里您会原谅我。

我的帕斯捷尔纳克，我也许总有一天会成为一位大诗人，多亏您！我需要跟您说一些相当极端的话：让人撕心裂肺！在交谈的过程中这是沉默不语地完成的。要知道，笔是我仅有的东西！

有两种激情在我心中斗争，两种恐惧：害怕您不相信，还有害怕您相信，然后退缩远去。我知道，这是外部尺度的事。我的缺点不只在于外部的广大无限。表面上这一切对我而言都太多了：既来自于别人，也——尤其是！来自于自己。和您在一起我的痛苦（**已然**是痛苦了！）在于，词语对我而言也**包含**感觉：最为内在的感觉。如果我们见面，您定会认不出我来的，定会立即就安下心来的。在语言中我是会捞回本钱的，就如某天会因这个世界的扭曲和贫困而在那个公正、慷慨的世界中捞回本钱一样——您明白吗？——在生活中我是**无限野蛮**的，我是会从手中溜走的。

帕斯捷尔纳克，我有多少问题要问您啊！我们还没谈论任何事情。在魏玛我们将促膝长谈。

放下手中的笔……该从词语的国度离开了……我现在要躺下，准备想念您。开始睁着眼睛思念，然后闭着眼睛思念。从词语的国度，走向梦境的国度。

帕斯捷尔纳克，我将一直思念您，只会想您好的、真实的、优秀的方面。仿佛过了一百年！我不会放过任何一个偶然的细节，不带一丝自以为是的偏见。上帝啊，就像我的所有诗句一样，我生命中的所有日子都属于您！

明天早上我会把信写完。现在已经3点多了，您早就睡着了。我会整晚和您用梦境交流。

玛·茨
于莫科罗普西

3月10日（新历）早晨

还有整整一页要写，整整一页安然幸福的白纸——全部都写上去！接下来是我的请求：其一，请不要在称呼里带上我的父称：我记不住我的亲属！其二，请把您那美好的名字赠予我：鲍里斯（公爵一般的名字！），这样我就可以用各种方式，对所有树木，对所有的风呼唤这个名字！我不会滥用这个名字。其三（日常的方面），在娜·亚·柯冈[①]（彼得·谢苗诺维奇的妻子，勃洛克儿

[①] 娜杰日达·亚历山德罗夫娜·柯冈（1888—1966），彼得·谢苗诺维奇·柯冈的妻子。

子①的母亲）到达以后去找她，跟她讲讲我的事，请知无不言。请告诉她，我给她写了很多封信，但没有收到任何回信。请告诉她，我记着并且爱着她和萨沙（儿子），请将我的地址给她。对了，还有一件重要的事：我请人（即赫利孔）转寄了四美元给娜杰日达·亚历山德罗夫娜——给我妹妹②。收到了吗？请别忘了让娜·亚转告我妹妹，我给她写了千万篇信，但都石沉大海……帕斯捷尔纳克，亲爱的，还有一个请求：您是否能带上三本我的《手艺集》（请说明情况后找赫利孔拿），三本都可以交给娜·亚：一本给她，另一本给我妹妹，最后一本给帕夫利克·安托科尔斯基③，我和他从小就交好（革命开始时）。

关于《手艺集》。昨天，刚收到您的来信我就把《手艺集》寄给您了，我自己的版本，是小样，略显粗糙，请原谅，没有其他的版本了。**我非常希望**，您能写信跟我谈一谈《小巷》，会发生**什么**？没有人能理解**情节**（联系），只有一个人能理解：恰布罗夫④，我这首诗也正是献给他的，但是他得了两次脑炎！对我而言事情了然，就像白天，一切都讲出来了。其他人只听得到喧闹，这令我感到屈辱。这也许是我写下的最可爱的东西，对我来说重要的是您的看法。三个王国和最后的诱惑您明白吗？日常的结局是清楚明了还是拙劣粗糙？

我有一部作品您还不知道，《美少年》。我依附于这首诗从（秋天的）您活到了（二月的）您。读这首诗的时候，您也许会将很多事弄明白。这是一件严酷的事情，我怎么也不能分别。还有一

---

① 娜·亚·柯冈曾告诉茨维塔耶娃，萨沙是勃洛克的儿子。
② 指阿娜斯塔西娅·伊万诺娃·茨维塔耶娃（1894—1993），茨维塔耶娃的亲妹妹。
③ 巴维尔·格里高利耶维奇·安托科尔斯基（1896—1978），俄语演员、诗人。
④ 阿列克谢·亚历山德罗维奇·博德加耶茨基－恰布罗夫（1888—1935），俄语音乐家、演员。

个请求：请把诗寄给我，这种对我的解放，就像是我本身就有的。请您描绘一下您生活和写作于其中的**日常生活**，描绘一下莫斯科、空气和空间里的自己。这对我来说很重要，我会不再去想（因为幸福）"无处可去"的问题。众多的路灯和街道！当我珍视一个人的时候，我就珍视他的**全部**生活，就连最贫瘠的**日常生活**也是宝贵的！公式就是：我觉得您的日常生活重于别样的存在！

昨天晚上（我还没有把您的信拆开，还握在手里），传来女儿的叫喊："玛丽娜，玛丽娜，快过来！"（我心里想：是天空还是狗?）我走了出去。女儿伸出手指着。半边天，帕斯捷尔纳克，都长着翅膀，翅膀长在了半片天空上，前所未见！是不可言喻的色彩！变成了色彩的光线！这半边天猛然合上，飞驰远去。我即刻说道："您远走高飞的翅膀！"

我将把全部精神寄托在这些**信号**和**征兆**上。

我把《侨民》这首诗寄给您。我希望您在柏林就能读到它们。其余的（从第一首到最后一首）会附在信中，随后寄去。我的一个柔弱而又坚强的请求，请您只在车厢里读这些诗，在火车出发的时候。

如果在莫斯科人们严厉指责"白卫军"，您不要感到伤心。这是我的苦难。**自愿的**。我与您同在。

最后再说几句：请活着，我再没有其他渴求。

玛·茨

请留下地址。

附件：
献给您的诗

一
山

无须将她呼唤：
休憩是她的空气。
你的呼喊是她的刀伤。
在管风琴的最底部，

她惊慌失措，大梦初醒，
畏惧吧，仿佛，
她自她钟乳石的高处，
像管风琴一般唱歌。

你能行吗？钢铁和岩石
是山，像激流奔向蓝天，
和着你天使般的女低音，
它用风暴的嗓门唱歌。

会实现的！——畏惧吧！
山崩地裂……听！
和着歌手的呼喊，
我用管风琴的风暴复仇！！

1923年2月7日（新历）

二

不，不要辩驳真相！
在教堂般的阿尔卑斯山，
敲击着玫瑰园，
是无翼的低音。

女孩和男孩的嗓音：
正处于分界线。
万里挑一的声音，
却已声嘶力竭。

在最源头紧缩：
一百零一颗珍珠，
在声音的光线中，
枉然地溶解。

唱吧，唱吧，天下景仰！
摄政王说："这声音
在歌唱逝去的女亲戚，
在歌唱缪斯女神！

"我熟悉童声……"
落入灰烬和血液，

它像一束光线，
洒落棺材的罩布。

不，别再说童话：
不是脆弱的霓虹：
演唱的胸腔，
颂歌像转移的癌细胞。

我以神的恩赐起誓：
用我活的灵魂！
我珍重你的失声，
胜过所有的高峰！

2月8日（新历）

三
侨　民

你们之间，房子、金钱和烟雾之间，
女士和议会之间，
不与你们相亲，不与你们走近，
某个人，
像舒曼一样捎带春天：
再高些！隐没不见！
如夜莺的啼啭响在高空，

某个人他被选中。

最胆怯的人，因被上刑，

你们摇尾乞怜！

迷失在凸起的巨岩间，

是神庙的上帝！

多余的人！高天的人！移民！召唤！

一直向上……不接受

绞刑架的人……破碎的外币和签证里的

天琴座——移民。

2月9日（新历）

（请注意！在"某个人"之后要屏住呼吸，然后才是"像舒曼"。）

四

高些！高些！抓住女飞人！

不请示父亲的枝条，

像海神之女起舞，

像海神之女飞入蓝天！

竖琴！竖琴！蓝色的赫瓦伦①！

---

① 俄罗斯疗养胜地，位于萨拉托夫州。

翅膀在神龛燃烧！
在锄头和背脊的上空，
两场风暴在燃烧！

缪斯！缪斯！你怎么敢？
只有飘飞雪花的缠绕！
或村镇的风沙沙作响，
掠过书页，卷走……

趁着数字的堆叠，
趁着心的嘶哑，
直到沸腾，挺住！
两只肿胀的翅膀。

在你们伟大的游戏之上，
（在尸体和洋娃娃之间！）
没被拔光，没被收买，
一顶帽子在燃烧——

它殷勤，有六只翅膀，
是虚假之间的实体，
它未被你们的躯体窒息：
它是灵魂！

2月10日（新历）

五

从地心到树枝……快步小跑！
从地心到风口……吹起口哨！

鹅毛笔的记载？
这是西徐亚人①的箭矢！

格里芬②巨大翅膀上
最后的黑暗——西徐亚！

邻居，你别急！没什么
好着急，如果时辰漫长……
终有一日，我们写信，
用兑换的箭头。

伟大而静谧的西徐亚，
在你我之间……
睡吧，年轻人，我朦胧的
叙利亚人，致命的利箭
像铙钹和竖琴
振聋发聩……

---

① 西徐亚人，又译斯基泰人，是公元前 7 世纪至公元前 3 世纪生活在黑海北岸的古老部族。
② 神话传说中的动物，狮身鹰首。

不是亡者的双耳，

（百年听到一次）
西徐亚人史诗般的奔逃！

2月11日（新历）

六
摇篮曲

像沿着蓝色的草原，
像来自天上的北斗，
照到你的额头……
　　　　　　　　睡吧，
蓝天像枕头作响。

你呼吸，你吹口气，
你睁开眼睛看一眼，
看看眼前的沃伦，
看看眼前的赫瓦伦。

像沿着谄媚的藤蔓，
像树胶的珠串叮当，
是手指不停拨动……
（脚步声像枕头作响）

躺下，但别动，

颤抖吧，但别响。

沃伦五彩斑斓，

赫瓦伦神奇荒诞。

像来自于里海，

蓝色的斗篷，

箭矢嗖嗖……

（睡吧，

血液像枕头在响……）

抓住，但别触碰，

隐没吧，但别消失。

沃伦叮当作响，

赫瓦伦接受亲吻。

2月13日（新历）

七

伊什塔尔女神[1]

（月亮和战争之神。

波斯人认为，她受西徐亚人敬仰。）

---

[1] 伊什塔尔是巴比伦的自然与丰收女神，同时也是司爱情、生育及战争的女神。

远离箭矢和酒杯，
远离鸟巢和兽穴，
伊什塔尔女神，
请把我的帐幕守卫：

守护兄弟和姐妹。

我的矿藏的柏油，
我的仇恨的水槽，
伊什塔尔女神，
请把我的箭筒存好……

（带我走的是可汗！）

为了老人不再苟活，
为了病人不再残喘，
伊什塔尔女神，
请将我的火堆照看，

（守护的火焰！）

为了老人不会老去，
为了恶人不再苟活，
伊什塔尔女神，
请将我的锅炉保护，

（霞光和松脂的锅炉！）

为了老人不再苟活，
为了青年爱抚他人！
伊什塔尔女神，
请将我的马群驱赶，
赶向遥远的月亮！

2月14日（新历）

八
竖　琴

竖琴！疯女人！每一次，
当皇家的魔鬼被惊起：
"在扫罗王面前摆架子……"
（这不是琴弦，是痉挛！）

竖琴！狂女人！每一次，
弦像箭矢被拉紧：
"在扫罗王面前摆架子，
不要和魔鬼玩太久！"

悲哀！我像渔夫一样

站在掏空的珠蚌旁。
这是将锡注入夜莺的
喉咙……不会更糟！

这是将不朽的灵魂
放入头一个好小伙的裤裆……
比放入血液和灰烬更糟：
这是失去声音！

已经失去！走吧，好运，
可怜的大卫①……还有郊区！
在扫罗王面前与魔鬼游戏，
我不再游戏！

2月14日

九
亚兹拉尔②

1

离开我的手并不撒欢，
在我的怀里并不哭泣……

---

① 以色列王。
② 伊斯兰教中的死亡天使。

74

比倒置的火把
更牢靠，更坚定：

在我灵魂之上——在床头，
在我苦难之上——在床尾……
（离开我的手并不颤抖，
我也不是被你推翻！）

亚兹拉尔！在没有月亮、
没有星星的夜，道路曲折。
在这个沉重的时刻，
我不会成为你的负担……

亚兹拉尔！在没有出路、
没有星星的夜：假面被摘下！
在这个窒息的时刻
我不会成为你的深渊……

而后用火炬般的指头，
请在黎明的灰暗中
写下你的妻子，她叫你
亚兹拉尔，而不是爱神！

2

（最后的诗）

草垛用冬日的羽毛，
吹拂我们的脚步，
那是一岁的玛丽亚——
的基路伯①！

圣像像浸入水中，
浸入翅膀的六经，
加百列②——
是没有胡子的新郎！

在心的跳动之上，
在有罪双唇的祷告之上：
亚兹拉尔——
是最后的情人。

1923年2月17日（新历）

玛·茨

---

① 基督教神话中的智天使。
② 基督教神话中的大天使。

14 ～～～～～～～～～～～～～～～～～～～～～～～～～～

帕斯捷尔纳克 致 **茨维塔耶娃**

*1923*年*3*月*20*日　前后

亲爱的玛丽娜·伊万诺夫娜：

　　您看到、听到了吗？请您借助自己的想象，设想一下充满怪事和混乱的生活。请在这个图景中环顾四周：请在其中找到我献给您的克制的颂歌的解释，以及这荒谬的迟到的原因。哎，就连这封信也是暗中提前送到的。为什么呢？一个既不属于我也不属于您的时代就要过去了，与此同时，我那亲爱的、苦恼的妻子①正逐渐明白，我关于自己和您的那些话并非谎言，也不是小孩子的童言无忌。当她亲眼看见，我迫切地跟她讲述的那互相成就的伟大友谊，的确是炙热的友谊，是在其余地方绝不曾遇见的，远远地知晓和热爱她，希望她不受一点灾祸，与她在任何方面都顺顺当当，没有什么能够威胁到她，也不会给她带来委屈。我们三人没一起碰面，真是一个巨大的失败。那么我们三人都将免于这种低档的争吵。我相信，她也会像喜爱您的书一样爱上您的，我们没有任何负担和隔阂，不约而同地赞赏您的书。我该如何告诉她，我们和您捆绑了起来，**甚至于您**我也不能告诉。因为这只能通过我们最紧密的友谊来表达，这友谊在于她的付出，在于她专注的沉默，在于一种**力量**，这是我唯一认可的力量，是超越**限制的**力量，同时也是缔造和产生**限制**的力量，这力量等同于一个点，呼吸着，用自己智慧的柔情温暖无限的宇宙，被这力量的温热所延展的、克制的宇宙。我该怎么

---

① 　即叶夫盖尼娅·弗拉基米罗夫娜·帕斯捷尔纳克（1898—1965），出嫁前姓卢里耶。

跟您讲述这一切，如果现在可以给您写信或者"跟您一起着手开始"（做的事情我目前暂时被拒绝），我要用其余的作品来**替换**托尔斯泰，哪怕是我手边的这本《复活》。您就是我的姐妹，您想想，我该是怎样痛苦地紧咬双唇，读着您的每一句新诗，这样才不会让我们最伟大的男性表现力的词汇突然迸发，如此，这个词炙热的真理才不会落入不幸，或因我的琐碎，或因您的青春，或因别的什么事，就像一个人最好的、最珍贵的财富大多会遇上这样的事情。

您是**这样的姐妹**，天生就出色地了解纯粹的、**道德上纯粹**的高尚所包含的一切秘密（令人忧伤又爱笑的实质），是否需要告诉您，并非书中的叶莲娜①，而是我的妻子，告诉您**那**一切都变为灾难，变为虚无，告诉您存在是我通过付出巨大转变的代价获得的，告诉您我一直费力地学习着漠不关心，恋爱了，却不让这种感情增长，结婚了，为的是不再有诗歌和灾难，为的是不变得可笑，为的是成为一个人，告诉您我了解了分裂的、繁多的、脆弱的、残缺的感受，不在诗歌中表达的、也不知晓诗歌是什么的感受，这些感受观察人和人的内心，默默控诉着。是否需要告诉您，我远非那种轻视**感情幽灵**的人，这些幽灵不是将生命给予世上的幽灵，**而是给予活生生的孩子**，我也不会仅仅因它们不唱歌，不借助于自己孤零零的、不可分割且无影无踪的神一般的行为去动人心弦，却四顾着、凝视着、裂变繁殖而嘲笑它们。哦，太仓促了，我很难讲清楚。但这也是神圣的。然而与习惯上充满柔情的表达完全不同，更为冷淡枯燥。我们将在秋天迎来一个孩子，这件事催促可怜的她赶紧回家。我们这就要走了。——玛丽娜，如果热尼娅②醒来了，我就得

---

① 即帕斯捷尔纳克的初恋对象叶莲娜·亚历山德罗夫娜·维诺格拉德（1896—1987）。
② 帕斯捷尔纳克妻子的名字叶夫盖尼娅的爱称。

立刻停下这封信，就这样寄走。这样的欺骗于我们三人而言都是可以原谅的，它是无心出现的，当我们再次开始写信时，绝不会再出现这样的情况。

当我读完您的最后一封信，我心疼得喘不过气来。但这是误解。就在下一刻我便感谢上帝，没有让我在1917年遇见您。否则我**只会**爱上您［那么您也不会遇到灾祸，因为灾祸是两个，但这不会发生（也就是您的灾祸和我的灾祸）］。也就是说，若我们留下太多仇恨，这样的事情之后还会接连而来。

我没有把信写完。我再提一次请求，已经跟您提过一次的。不要想我，也不要想着回信，它们自己会来的。在我到达莫斯科之前把诗读完是不可能的。在我从莫斯科写信来之前，如果有写好的信，请别寄来。最令人伤心的事莫过于如果您寄来的信深深印入、感染了我的生活（**赐予**极大的**道德**和高尚的力量），在我相隔遥远的表达里，对您而言却是奇怪、可笑或者莫名其妙的。我觉得，命运让我们**如此**相会，是为了让我们的周围和身边没有曲解、虚假和背叛。再见。谢谢您的艾克曼[①]。

> **您的**
> **鲍·帕**

---

① 艾克曼（1792—1854），德国作家，《歌德谈话录》作者，茨维塔耶娃应该向帕斯捷尔纳克寄了《歌德谈话录》一书。

15 ●●●

茨维塔耶娃 致 **帕斯捷尔纳克**

1923年3月 末

　　我是耐心的，我会像等待死亡一样等待我们的约会。／我在您身上只了解您的灵魂。／我可以零散地热爱宇宙：**按照每颗星星和每个群落来**，但这是最大的诱惑，一生中就这一次：整个儿地，在聚光镜里——什么？那就是眼睛。（就像是将世上所有音乐都用同一个风琴的音调演奏出来。）应当耐心、豁达，大概还需要比年龄更老一些。只有老者（什么也不需要的人）可以承担，接受**一切**，也就是给予别人**存在**的机会。因为诺言而画十字然后叹口气（呼口气！），这是无礼、多疑的青春的问题。／最后反驳一句："这和我有什么相干?!"（"说的对象是错的"）而现在，不得不谈谈诗歌了。一生读了万卷书。就这样？还有等身的著作。最初不安的**怪事**到底从何而来？为什么被删除的是**这个**，而不是相邻的。每一位诗人只有一名读者，而您的读者就是我。现在请注意：我并非盲人，也不是聋子，您对我（诗人）的赞扬我听得到，我并不逃避：您是诗人，您看得见未来，我要将对于**今日**的赞美归到明天，我平静地接受，只要您相信，这是会发生的（因此会**存在**！）。您能看穿土地，能在种子里看见花朵。这里从不绽放的花，在**这里**的泥土中发芽的花，未来在**那里**也是一样。

　　不论谁的赞美和承认我都不需要，除了您的，我把手按在心上。噢，别因为我出格的话语感到害怕，它们的罪过在于它们只是词语，而不能作为感受。当我彻底相信您的时候，我将不再给您写信。

我非常平静，没有任何波动。我心满意足地过我的日子。一生中头一回不是鬼迷心窍，不是魔力，是认知。第一，请别将这看作是滥用权利，第二，请别看作是让自己安宁。除了极乐世界，这里还有可爱的尘世的花园，花园里长着芦茎、枝条，有鸟和兔子的毛，用额头触碰极乐世界，用双脚踩在地面上。因此只有我所控制的是平静、安宁的。为了双脚能够直接行走，需要迎面伸出的一只手。期待您的来信。

16 •••

茨维塔耶娃 致 帕斯捷尔纳克

1923年3月 末

（如果）没有和您生活在一起，我一生都不会和这样的人生活在一起，但于我而言和谁在一起并不重要：谁都行。如果我的精神寄托于您，我一生都会**像这样生活**！

您知道，这是怎么回事。我们假定，您一时激动，提出一个问题——这是第一个动作——不对，之后，更加深入：对。之后再深入一些：不对。比深入还要深入：是的……（不是四级阶梯，是四十级！）最后一个：**是的**。

您关于姐妹①的问题（因为不很确信，而是问题，在论据中就有问题！）也是如此。（我现在就已经不记得，一时冲动，**也许是的**，这个替换很重要！）正如从楼梯上下来。但在您的问题里，我并没有往深处，而是向高处走去。

一个人对另一个人的影响。心在寻找征兆，统治**存在**的征兆（峭壁——亚伦之杖②）。

我想，因为倔强我永远也不会对您说出那个词。因为倔强。因为迷信。（最为**空洞的**，因为包含了一切，也就是最为可怕的！）

---

① 参见第 **14** 封信。
② 该典故出自《圣经》，亚伦之杖传达的信息是耶稣的复活。

这个词可以因为一些小事说出来，而这分明就是言过其实。可以将这个词赠予别人，就像把十卢布赠予穷人。在大部分情况下，是沉默和谨慎。并不是因为我的十卢布对于克里萨斯王[①] 而言太少了，而是因为他自己提前就拿了这十卢布。

我什么都不能赠予您，因为这就等于擅自闯入您的宝库。

还有：赠予，哪怕是灵魂！——**分离**：我的灵魂部分，有骨头。我更愿意什么都不赠予您，也不要谈论这件事。

今晚，弹簧车冰冷的侧壁让自己整个左心侧面冷静下来（我坐在窗边），我想着，生活不会允许我这样：让您在我旁边。生活给予我捷克人、德国人、学生、天才，还有别的某些人：生活不会允许我的。

那么，在死亡的那一刻：**谁会站起来**？

我想，（在您和我之外）在临死前的那一秒钟（死前的最后一秒）——那只手，在死后的那一秒（最初的，第一秒），我的，**这只手**。

出于平静和绝望，我知道……

"不期待我，也不要期待我的信。"[②]……亲爱的朋友，我期

---

① 吕底亚国最后一位国王，据说是当时世界上最富有的人。
② 该句是茨维塔耶娃对帕斯捷尔纳克来信不准确的引用（参见第 **14** 封信）。

待**您的作品**，这是您给我最好的回信：这是一封给世界的信！

啊，您竟在考虑写下这个词吗？对我而言，自出生起，所有的词汇都太小了，一直如此。为了其中最小的一个词我发自内心充满感激。我并不听取这些词，保持沉默，也不回应它们，就像别人对叹气不予回应。这些词对我来说都太小了，我一个词也不害怕，我身边没有另一个男人会对这个词做出回应，我一个词也不回应。

您别害怕。我不是债主。我在其他人忘记之前就已经忘记了自己的和别人的债务。我不会让**别人**忘记的。（也就是说，我会把这份奢华留给自己！）

我把友情置于爱情之上，并非我这样看待，只是友情站得更高：友情站立着，爱情平躺着。
Horizontales und Wertikales Handwerk.[①]

世间的**一切**都比我的个人生活更能触动到我。

姐妹，这是苦难的缺失（并非**她的**痛苦，而是因她而痛苦！）。您别这样。

在我的山头上生长着刺柏。每一次下山的时候，我都忘了它，每一次上山的时候，我都被它吓到：以为是个人！随即又开心起来：原来是棵树。我思索着您，当我回过神来，刺柏没了，我已经

---

① 德语：水平和垂直的手艺。

走过了。我再没有近看过它。我想，这就是您。

刺柏是有两种颜色的：下面是蓝色，上面是绿色。在我的记忆里它是黑色的。

和您约定、协商好对我来说是要紧的，一旦约定，就要坚守。因为**两人都**不可靠，通常都会失败。若有一人可靠，那么胜利在望。而我俩都是可靠的，您和我。

只有一件事能（包容和限制）我，比您大一倍。包容，因为深不可测；限制，因为忍受不了女人，且因此把我的全部女性角色**取消**了。（限制，也就是**免除**。）不知为何，出于纯粹的男人的正确性，我仍然认为有义务扮演那个角色。

我的家，是额头，而非心脏。

17 ••

茨维塔耶娃 致 **帕斯捷尔纳克**
1923年8月24日

　　一切都将我抛弃了，鲍·帕，我要扑到您的怀里，我要来到您心里。很多人都会爱您，您会成为著名的诗人——这不是重点！不论以何种身份，您永远不会再如此出名了，我能读到您的意图。

18 ●●

茨维塔耶娃 致 帕斯捷尔纳克

1924年1月

　　帕斯捷尔纳克，半年过去了，不，已经八个月了！我还在原地没有离开，如此又将过去半年，又将过去一年，如果您还记得[①]！我挣脱了，离开了，显而易见，只为更加痛苦和清晰地知道，离开您我什么都找不到，也什么都不会失去。您就是我的绝望，同时又是我所有的未来，也就是我的希望。我们的见面，就像高山，陷入大海，起初我（在心里）把它当作一股洪流。不，这将会是很久，经年累月，我会再见抑或是不见。我非常平和。在这场会面中我时常会想起我生活的全部意义，以及您生活的意义。只不过：读着您的书，我因其中的一致性而颤抖。因此，从那时起写下的每一个句子，都没能避开您，我往您的方向写作，向您的方向呼吸。（就像目标一样，**前往**写作的目的地。）我知道，只要我们相见，我们就不会再分别。我是vorfühlende[②]。在**这样的**世界中会如何发生，我不知道，无论怎样吧！这会借助高山的力量来实现。

　　这不是鬼迷心窍，也不是莫名其妙，我没有被施以魔法，如果被施法了，那就是永远，因此在**那个**世界我不会醒来。如果一辈子都做梦，这个梦是什么于我们而言又有什么关系，因为梦的征兆都是暂时的。

　　我想简单平静地跟您说话，毕竟是八个月，您想一想，一天

---

① 指茨维塔耶娃和帕斯捷尔纳克约定于 1925 年 5 月在魏玛见面。

② 德语：有预感的。

又一天！任何热病都会减轻。当我状态糟糕的时候，我想的是鲍·帕，当我感觉良好的时候，我想的是鲍·帕，当音乐响起的时候，我想的是鲍·帕，当叶子飞落到路上时，我想的还是鲍·帕。您是我的同行者，我的目标和我的堡垒，我离不开您。这一切，不论是壮士歌一般的，还是以数十倍的力量将我抛向您的胸膛，抛进您的心里，我无法从您身上离开，甚至于当……

谈谈外部的生活。我如此努力地尝试爱上其他人[①]，用尽爱的全力，然而一切都是枉然，我摆脱别人，回头向您看去，看得入了神（就像是看着即将从雾霾中出现的列车一样）。这件事我并没有错，为了让这件事过去，我已经做了一切。

以前是这样，现在是这样，未来也是这样。

当我放您离去，我便不期待您的来信了，我让您离开了两年，这两年来的所有时日，每分每秒，都让您离开了。这些年头、时间我都应该睡过去。做梦就是工作，做梦就是对别人的爱。我会开始担忧，开始期待您，我想说1925年4月31日，不对，3月30日。这是我生命中的赌注，我就是如此认为的。

还没对任何一个小时负责，却预想多年以后的我，**我**感到十分可笑，看，半年已经有了。剩下的三年也会就这样过去。

我不想再多说，但是有一种让彼此都无法幸免的感觉，简单说：其他情况是不可能的。我周围是巨大的爱情旋涡，您是我唯一的固定性（在我心里，一切在外部的东西都在我心里）。我不再讲

---

① 此处指茨维塔耶娃与康斯坦丁·波列斯拉沃维奇·罗德泽维奇（1895—1988）的恋情，开始于1923 年 8 月末，同年 12 月结束。

述外部生活，也就是我白天的生活，这一切都太多！现有的一切，我从每只手中挣脱出来向您奔去，向您看去。与您的会面就是我在这世上的生命的所有意义（也有别的意义）。您要知道，那些阻挡、阻碍我接触您的东西和您的信一样，于我而言太强、太大、太令人绝望。在这里我们的一切都是等同的……

19 ∼∼∼∼∼∼∼∼∼∼∼∼∼∼∼∼∼∼∼∼∼∼∼∼∼∼∼∼∼∼∼∼

帕斯捷尔纳克 致 **茨维塔耶娃**

1924年 上半年

亲爱的玛丽娜！

给您写信是如此怪异！我觉得，您知道也看到了一切，我们从未开始，我们也永不结束。请您长久地活着，永远活着，我现在只有这唯一的期望。该如何向您解释？我本可以用简单、精确的词语来跟您讲述，都发生了什么，我的生活如何，在这里有多困难。最好这样。但我不知道，您是否能承受给您讲述这些情况时我体会的这种不安。我该给您写一写我的生活，如果在这方面描述得越详细准确，您就会越觉得奇怪和可怕，我竟如此尽心竭力地开始记事。与此同时，我愿详细准确地写一写您，写一写陈年往事里的您，写一写遥远未来里的您。您究竟是谁，玛丽娜？您属于最伟大的那一类人，这些人可以不被记住，也没有让他们受到委屈或是失去他们的风险。您是我心灵的空气，我日夜呼吸而不自知，因此不知何时、不知何故（谁又能说出是何故？），我就去呼吸它，就像人们去山里、去海边或者在冬日里去郊外一样。其他像这样的隐蔽与难以察觉的事，我这一生只听到过五六次而已，不会更多，存在的瀑布，非虚构世界的轰隆声，急速如飞驰的骑兵，如陡直而下、完整呈现的冰雹，嗅觉、假定、惊惧、欣喜、世代和隐匿之冰雹，这些声响是春夜的窗台所熟知的。关于我是如何在前一次听闻这些，我在作为诗人的时候写到过。我在接下来的一次、最后一次是从《里程碑》那里听闻的，之后又从您那里听闻，听闻您那里传来的一切，听闻我从未及时感谢的一切，就像感谢远方的、让人整晚留在窗边孤独，这孤独年轻且自负，不断打破沉寂，庄重安静，是很远很远的瀑布的孤独。如果您的耐心已经耗尽，如果我的行为已成为您的负担，我已把您丢失，我为何要给您写这些愚蠢的东西，它们不会因为被摧毁的美貌而褒奖您，它们也不会将您归还我。我经常想象，如果您在的话，那又会怎样。我害怕谈起这件事，什么都还没说，我就把一切都看得清清楚楚。唯一让人失望的只会是，在生活中您拥有的更多，因为不论我走近您，留在您身边会变得多么苍白和颓丧，我都不知道它们在我自己身后。在完全真实的震耳欲聋的巨响背后，在幸福背后，当您和别人用冷静的目光注视我，我也许会困惑和悲伤。因为没有什么可以美化您，补充您。我成为一个微不足道的人将会多么容易啊（对您而言是成为笨手笨脚的人）。有坚定的、毫不动摇的警卫队，里程碑和距离的列队，若是没有这些列队，遥远的地方将无处可去，它们的喧哗也无从响起。它们比我们更聪明。想要破坏它们是不可以的。我注意到，当我想着您的时候，总是要闭上眼睛。那时我会看到自己的房子、妻子、孩子，都在一起，还看到了自己，或者最好说是看到了他们中间的那个位置，是我应当从某处返回且正在返回的那个地方。瞧，闭上双眼时我还能继续看到处于某种喜悦和振奋中的他们，像是不知从何涌现的计划或是希望的支流与他们汇集到一起，或者他们正庆祝某个节日，却不知道这个节日的名字是什么，但我却知道（也许我会告诉他们），这个节日的名字便是您。我无法把这个念头从脑海中赶走。这件事我已经跟您讲过一遍了。我相信这种嗅觉，这嗅觉相当频繁地显现于我，并伴随着我对您始终不渝的欣赏。我盲目地信任它，即使我不能理解，也不能领会它。可能，这是某种预感，不包含任何神秘主义、多余的深奥和文学。我是如何爱您，我的妻子不喜欢我对您的爱，其中都有非偶然的标志，且这标志从属于自己，哦，要是您能明白就好了！它可能意味着什么呢？只有上帝才了解它。它只可能有两个含义。要么我们无缘相见（比方说，明天我突然就不在了，那么白白让他们伤心和疏远又是为何）。要么我们命中注定，对此我深信不疑，我们注定会在没有任何欺骗的情况下相见，不论这看起来多么不可理喻和不切实际。我发觉我已经不是在和您对话了，而是在和自己或者我的热尼娅的同貌人[1]讲述关于您的事情。要知道此处有些不通顺，也不涉及您，也许您感到无聊，我亲爱的、亲爱的空气[2]，被强行带向房间、带向陌生人的空气！我克制，隐藏，对于您像不存在一般整整一年了。顺应欺骗，毕竟这是极端的赤贫。我想给您写信。我会写下七零八碎的事情，毫不讽刺，我会跟您聊起一切。这将会是（如果有的话）平稳的、几乎呆板的书信。一旦我跟您说话，我会立刻被推向忠诚的极限，而这程度好像不会下降，令人眩晕。

您的鲍·帕

和西涅祖波夫[3]碰面的时候，请寻找机会，和他谈谈自己，尽量多跟他转达，将诗完整地寄给他，还有所有您写的东西，在我们这片天空下只有您还是诗人。

我的地址：沃尔洪卡14幢，9号。再会！

---

① 语出陀思妥耶夫斯基的《双重人格》。
② 原文即"空气"，此处指茨维塔耶娃。
③ 尼古拉·瓦西里耶维奇·西涅祖波夫（1891—1956），俄语画家。

茨维塔耶娃 致 帕斯捷尔纳克

1923年3月17日—1923年10月16日 [①]

电 线

——致鲍里斯·帕斯捷尔纳克

> "错过！您过后会明白……" [②]
>
> ——鲍·帕

一

用这排歌唱的电线杆，

电线杆支撑神的世界，

我给你送去山谷灰烬

我的一份。

　　　　　沿着

叹息的林荫道，

电报滑过电线：我——爱……

我祈求……（电报纸

---

① 1923年3月17日至1923年10月16日之间，茨维塔耶娃共给帕斯捷尔纳克写下近30首诗，这些诗作被茨维塔耶娃集中抄录在她的笔记本中，后大多收入诗集《俄罗斯之后》。

② 引自帕斯捷尔纳克诗集《主题与变奏》。

写不下！用电线更简单！）

阿特拉斯^① 将诸神的跑马场

置于电线杆……

电报

沿着电线杆：再——见……

你听见了？这是撕裂的喉咙

最后的撕裂：抱——歉……

这是田野大海的渔具，

是阿特拉斯静静的路：

高些，再高些，汇——入

阿里阿德涅^② 的呼唤：回——来，

你转过身来！免费医院的

凄凉回答：我不出去！

这是铁丝电线的送别，

这是阿依达

渐渐远去的声音……

她在祈求远方：可——惜……

---

① 古希腊神话中的擎天神。
② 古希腊罗马神话中克里特岛国王米诺斯的女儿，忒修斯与她相爱，并借助她给的线团杀死怪物，逃出迷宫，但她之后被忒修斯抛弃。

怜惜吧！（你能在这合唱中
分辨？）在支撑的激情
临死前的喊声中，
有欧律狄刻的声音：

越过路基和沟壕，
欧律狄刻的声音：呜——呼，

不——

1923年3月17日

二

为了告诉你……不，入列，
压低的韵脚……敞开心胸！
我担心，拉辛和莎士比亚
也不足以表达这样的灾祸！

"全都在哭，如果鲜血疼痛……
全都在哭，如果玫瑰中有蛇……"
但费德拉只有希波吕托斯，[①]

---

① 费德拉是希腊神话中克里特王弥修斯的女儿、忒修斯的妻子，爱上继子希波吕托斯，遭拒绝后自杀，留下遗书诬陷希波吕托斯企图对她不轨，忒修斯因此放逐希波吕托斯，并用海神的诅咒处死了他。

阿里阿德涅只为忒修斯而哭!

折磨啊! 无边无际!
是的, 因为我错误地认定,
我在你身上失去
从来不曾有过的所有人!

怎样的渴望, 当畅饮
被你充斥的空气!
既然纳克索斯岛 ① 是我的骨!
既然我皮肤下的血是冥河!

徒劳充满我的身体! 蒙住眼:
它深不可测! 没有日期!
日历在撒谎……
　　　　　　你像是分手,
我不是阿里阿德涅, 不是……
　　　　　　　　失去!

哦, 去哪片海洋哪座城市
寻觅你? (瞎子找盲人!)
我把沟通托付给电线,
我靠着电线杆——哭泣。

1923年3月18日

---

① 忒修斯在此岛偷偷离开了熟睡中的阿里阿德涅。

三

（可能性）

大家都在挑选，都在扔，
（尤其是臂板信号！）
穿过学校和解冻的
最野蛮的噪声……

（整个歌队来帮忙！）扔出
旗帜般的衣袖……
                            无耻！
我高高牵引的
抒情电线在鸣响。

电线杆！能否简要地选择？
天空一直存在，
情感的坚定发报机，
嘴巴的可感信息……

你知道吗，天穹恒久，
霞光始终趋向边界，
我在久久编织你，
如此清晰，时时处处。

越过时代的荒年，

谎言的路基，环环相扣，
我未发表的叹息，
我疯狂的激情……

除了电报（普通的
和加急的老套！)
春水流过排水沟，
消息沿着电线穿越空间。

1923年3月19日

四

一座专制的城镇！
许多根电话线！

我夸张地控制发出呼喊，
从肚子吐向风！
这是我的心吐出格律，
像有磁性的火星。

"格律和尺度？"
但第四维在复仇！
飞驰吧，口哨声，
掠过格律的僵死伪证！

嘘……如果突然，

（到处都是电线和电线杆？）

你百般思索后弄清，

这些话语只是哭喊，

是误入歧途的夜莺在喊：

"没有爱人的世界是空！"

它爱上你双手的竖琴，

爱上你嘴巴的黄昏！

1923年3月20日

欧律狄刻致俄耳甫斯①

对于剥离最后毛发的人

（无论唇须，还是胡子！）：

噢，下到冥界的俄耳甫斯，

你是否逾越了权限？

对于脱离最后尘世锁链的人……

在包厢中的包厢，

编造伟大是错觉，

---

① 欧律狄刻是希腊神话中俄耳甫斯的妻子。欧律狄刻被毒蛇噬足而亡，俄耳甫斯进入冥界，用琴声打动冥王，允许他带妻子返回人间，条件是离开地狱前不可回头。离开冥界之前，俄耳甫斯没忍住回头看了妻子，妻子便永远留在了冥界。

窥视内部的人与刀子相会。

已付清，用所有的鲜血玫瑰，
为了不朽这辽阔的大地……到达忘川的最上游，
爱慕的人，我需要失忆的

安宁……因为在这个幻象的屋中
你是幽灵，显而易见，
我已死去……我对你说的话仅有：
"忘记这些，你要消失！"

你别惊动！我也不招引！
不伸手！也不亲吻！
女人的情欲终结于
毒蛇似的不朽之噬咬。

已付清，记住我的尖叫！
为了这最后的空旷。
俄耳甫斯不应去找欧律狄刻，
兄弟也不应惊扰姐妹。

1923年3月23日

我不是魔法师①！在顿河远方的
白色书籍中我打磨视线！
无论你在哪里，我也要赶上你，
我受尽磨难，也要把你追回。

因为我带着雪松般的高傲
打量世界：航船漂浮，
朝霞在搜寻……搅动大海深处，
我要把你从海底捞出！

你让我受难吧！我无处不在：
我是霞光和矿井，是面包和叹息，
只要我活着，就一定能
赢得双唇，像上帝赢得灵魂：

透过呼吸，在你嘶哑的时刻，
透过天使长法庭的藩篱！
我刺破所有的嘴巴，
要把你从灵床扶起！

投降吧！这绝不是童话！
投降吧！箭头画出圆心……
投降吧！还没有一个人

---

① "魔法师"（чернокнижница）在俄文中有"黑色书籍阅读者"之意，故下文有"顿河远方的白色书籍"之对比。

能逃脱没有手臂的猎手：

透过呼吸……（胸脯挺起，
眼睛失明，嘴边是云母……）
我像个女先知，骗过
撒母耳①，我独自返回：

因为别的女人会找你，末日
审判时无人再争……
                              我盘桓，拖延。
只要我活着，就定能赢得
灵魂，就像嘴巴的安慰者

赢得双唇……

1923年3月25日

此刻，天上的三王②
与礼物相互走近。
（此刻我在下山）：
山开始了解实情。

---

① 先知。据《圣经》传说，应女先知召唤，撒母耳的亡灵曾向扫罗王预言后者将战败。
② 典出《圣经》中耶稣降生后，东方三王带着礼物前来朝拜的故事。

图谋聚成圆圈。

命运移动：别暴露！

（此刻我没看到手）

灵魂开始目睹。

1923年3月25日

当我可爱的兄弟

错过最后的榆树，

（大于排成一行地挥手）

比眼睛还大的泪珠。

当我可爱的朋友

绕过最后的海峡，

（回来！内心的叹息）

比手臂还长的挥手。

像两臂随后脱离双肩！

像嘴唇随后发出恳求！

话语失去声响，

手掌失去指头。

当我可爱的客人……

"主啊，看我们一眼！"

泪珠大于人的眼睛，
大于大西洋的
星辰……

1923年3月26日

忍耐，像人们等待死亡，
忍耐，像人们粉碎石头，
忍耐，像人们打量消息，
忍耐，像人们伺机复仇——

我会等你（十指相扣，
姘夫如此等待女君主），
忍耐，像人们期待韵脚，
忍耐，像人们咬指头。

我会等你（看一眼土地，
唇齿相依。破伤风。鹅卵石。）
忍耐，像人们将温情延缓，
忍耐，像人们穿珠串。

雪橇发出响声，
门的吱呀做出回应：
森林风的轰鸣。圣旨到：

改朝换代，大人入朝。

回家吧：
我的家
不在人间。

1923年3月27日

春天带来梦。我们入睡。
虽然分离，却一切如意：
梦能让一切团圆。
我们或许在梦中相聚。

洞察一切的他知道，
谁会握起谁的手掌。
我向谁托付我的忧伤，
我向谁诉说我的忧伤。①

我古老的忧伤（这不知
父亲和结局的孩子！）
哦，没有依靠的
哭泣者的忧伤！

---

① 这是俄国宗教诗《约瑟夫的哭诉》的开头一句，曾被契诃夫用作其小说《苦恼》的题词，茨维
塔耶娃在诗中多次引用这句话。

像记忆从指尖脱落，
像石块从桥面脱落……
他知道空地已被占据，
他知道心已被租借，

要终生不渝地侍奉，
要终生不幸地生活！
稍稍欠身！被活埋进
档案，残疾人的乐土。

他知道，你我都很安静，
比矿井和灾难、草和水更静……
他知道女裁缝正在缝制：
奴隶——奴隶——奴隶！

1923年4月5日

与他人躲入一堆粉色的
胸脯……躲入岁月占卜的
弹雨……我将成为
这一切的宝库，

在沙土，在精选的碎石，
在风中，在偷听的枕木……
沿着所有歉收的城门，

106

青春在城门前闲游。

披巾，你认出她了？
她伤风了，比地狱
还烫……
　　　　知道吗，裙摆深处的
奇迹，活生生的孩子：

歌曲！带着这个长子，
他胜过所有长子和美女……
我用虚构克服
最确凿的深处！

1923年4月11日

阿里阿德涅

一

被遗弃，就是被教唆
上胸口——水兵的蓝色文身！
被遗弃，这是向七大洋
现身……在甲板上被掀起，
是否被九级浪掀起？

被售出，这是成为被高价
购买：夜间、夜间、夜间的
神经错乱！噢，吹响号角，
被售出！这将延续，中止，
像预言的嘴唇和号角。

二
（对唱）

——噢，用所有贝壳的声音，
你为她歌唱……
——用每一棵小草。
——她因酒神的爱抚而苦恼。
——她渴求忘川水畔的罂粟花……

（但不论这海洋怎样咸涩——）
他疾驰而过。
——墙壁坍塌……
——她揪下大把大把的
鬈发……
——没入泡沫……

1923年4月21日

几句话

一

你永远别想我！

（我摆脱不掉!)

你想一想我：电线

伸向——远方……

你别埋怨我，可惜……

据说比所有人更甜……

只谈一件事：踏板

疼痛——延续。

二

（对话）

手掌握手掌：

生来为何?

不可惜：你看

延续——远方——疼痛。

三

被电线延长的远方……
远方和疼痛，这也是手掌，
伸开的手掌到何时？
远方和疼痛，这也是平川……

1923年4月23日

姐　妹

地狱不够，天堂不够：
人们为你死去。

紧随兄弟走入火堆——
难道可以？这不是姐妹之地，
而是鲜红的激情之地！
难道可以在墓中与兄弟一起！……
"我过去和现在的兄弟！腐烂吧！"
——这是坟墓的地方主义！！！

1923年5月11日

西比拉对婴儿说

孩子，请紧贴
我的胸口：
出生，就是坠入岁月。

自云外不存在的悬崖，
我的孩子
你向下坠落！
你成了灵魂，成了灰烬。

孩子，请为他们和我们哭泣：
出生，就是坠入时辰！

孩子，请一次又一次哭泣：
出生，就是坠入鲜血，

坠入时辰，
坠入灰烬……

哪儿是他奇迹的霞光？
哭吧，孩子，有分量地出生！

哪儿是他库藏的慷慨？
哭吧，孩子：面向精确地出生，

坠入鲜血，

坠入汗水……

（我故意中断了。）

1923年5月17日

哈姆雷特与良心的对话

"她在水底，那里有淤泥

和水草……她到它们中间去

睡觉，但在那里睡不着！"

"但我如此爱她，

对四万个兄弟的爱

也不及对她！"

"哈姆雷特！"

她在水底，那里有淤泥：

淤泥！还有最后的花冠

漂浮在河边的原木上……

"但我如此爱她，

四万个兄弟……

都比不上

一个情人的爱。"

她在水底，那里有淤泥。
"但是我

　　　　（难以置信地）

　　　　　　　爱过她？？"

1923年6月5日

裂　缝

这个故事如何结束，
爱情和友情都不知道。
你的回答日渐模糊，
你的失踪日渐严重。

我们不会再有激动，
连一根心弦也不会震颤，
仿佛跌入冰的裂缝，
跌入胸腔，我为你粉身碎骨。

来自相似的宝库
让你胡乱猜想：
你睡在我心中，像在水晶棺，
睡在我心中深深的伤口，

这道冰缝太狭窄！

寒冰嫉妒它包裹的尸体：

戒指——铁甲——印章——腰带：

永不复返，没有回应……

寡妇们，你们别诅咒海伦！

特洛伊的狼烟不源于海伦的

美丽！——冰的裂缝的

幽蓝，你在底部长眠……

你与你自己结合吧，

像恩培多克勒①跳入埃特纳……

入睡吧，梦想家！

告诉你的家人，一切徒劳：

胸口不出卖自己的亡者。

1923年6月17日

幕　布

幕布呼啸，像瀑布，

---

① 恩培多克勒（公元前 493 或 495—公元前 432 或 435），古希腊哲学家。据传说，他在宣布自己
升天成神之日神秘失踪，人们认为他可能因相信自己的预言已经实现而跳入埃特纳火山口。

像泡沫，像针叶，像烈火。
幕布没向舞台隐藏秘密：
（舞台是你，幕布是我。）

用梦中的丛林
（在高高的剧场我慌乱溢出），
我在与命运斗争地遮掩主人公，
遮掩行动地点和时辰。

我用瀑布的彩虹，丝绸的雪崩，
（他信任我！他知道!)
我将你和剧场隔开，
（我在迷惑剧场!)

幕布的秘密！用梦中的森林，
催眠的膏药、青草、种子……
（在已经颤动的幕布背后，
悲剧开始，像风暴一样。）

哦，深处，用最后一根丝线，
我将你遮挡。——爆破！
在被征服的费德拉头顶
幕布像鹰一样升空。

给你们！撕碎吧！看！它在流淌？

你们采购水缸吧！
我彻底献出最强大的伤口！
（观众是白色，幕布鲜红。）

于是用舒适的布罩住山谷，
像旗帜猎猎作响。
幕布没向剧场隐藏秘密。
（剧场是生活，幕布是我。）

1923年6月23日

信

琴弦的女建筑师，我捉住，
请你等一等再
绝望！（在这个六月
你哭泣，你是雨！）

如果雷声在我们的屋顶，
雨在屋里，暴雨如注，
这就是你在给我写信，
你不会寄出的那封信。

你用潺潺的溪水声，

打垄大脑，像打垄诗句。
（最宽大的邮箱

也容纳不下!)

你用额头观察远方，
突然撞上面包，像蓝色的
枷锁……（无法打开？
孩子！你在浪费面包!)

（未完成。)[①]

撒哈拉沙漠

美人们，你们别去！
灵魂用沙子掩埋
杳无音信的失踪者，
灵魂不会说话。

徒劳无益地寻找，
美人们，我不撒谎！
失踪者安息在
可靠的棺木。

借助诗句，仿佛借助
奇迹与火焰的国度，
借助诗句和国度
他进入了我：

干燥的、沙粒的我，
没有底部和白昼。
借助诗句和国度，
他湮没于我。

请你们不带嫉妒，
倾听这灵魂的故事。
投入眼睛的绿洲，
是沙土的干燥……

亚当的苹果
发出诱惑的颤抖……
我悄悄抓住他，
我像激情和上帝。

没有名字的沉默者！
你们找不到，他被带走。
茫茫沙漠没有记忆，
其中有万人沉睡。

沸腾的波浪翻滚，
泛起闪亮的白沫……
撒满沙粒的撒哈拉，
是你的小山丘！

1923年6月3日

兄　弟

像焦油已经烧红：
无法再承受一次！
兄弟，可是带着某种
昏暗的奇怪

混合物……（被折断树枝的
声音从何而来？）
兄弟，你突然走来，
如众多太阳闪耀！

没有姐妹的兄弟：
被人完全占有！
在阴森的篝火旁——
兄弟，但有个前提：

我们一起去天堂地狱！
沉醉于伤口，像沉醉于
蔷薇！（兄弟，
你是地狱的赐予！）

兄弟！你瞧一眼世纪：
没有比这更牢固的
接口！河流作响……
又在某处低语。

在星辰与峭壁之间，
"敞开，没有第三者！"
正如恺撒在每个夜晚
对卢蕾齐娅^①低语。

1923年6月12日

剑　刃

你我之间有一把双刃剑，
起誓后，放在思想里……
但常有激情的姐妹！
但常有兄弟的激情！

---

① 卢蕾齐娅（1480—1519），罗马教皇亚历山大六世之女。

但常有那种混合物，
混合风中的草原和唇边呼吸的
深渊……剑，请保护我们，
脱离我俩不朽的灵魂！

剑，请劈开我们，刺穿我们，
剑，请处死，但你要知道，
时常有真理的极端性
那种屋顶的边缘……

双刃的剑会分开？
它在引领！撕裂斗篷，
就这样引领我们吧，可怕的侍卫，
伤口连着伤口，软骨连着软骨！

（听！如果星星坠落……
孩子不是自愿从帆船
坠入大海……岛屿存在，
留给任何爱情的岛屿……）

双刃的剑，铸造好的剑
泛着蓝光，又变成红色……
双刃剑——我们插入自己！
然后，最好还是躺下！

然后，是兄弟的伤口！
星辰之下，没有任何
罪过……我们兄弟俩
似被宝剑捆绑！

1923年8月18日

玛丽娜·茨维塔耶娃

亲爱的朋友，我累了。剩下的我会补寄。我的地址（或许，您不会弄丢诗句吧？）布拉格Praha Smichov，Svedska ul.，c. 1373（您别害怕这个数字，这里的数字都很长）。我只选寄了直接献给您的诗。否则我只能把整本书再抄一遍！

最后三首诗用于净化良心，以便明天又可以重新开始：

抹大拉[①]

我们之间有十诫：
十堆篝火的炙热。
亲人的血向后退去：
你是我陌生的血液。

---

① 即《圣经》故事中的"抹大拉的玛利亚"。

在福音的时代
我愿是十诫之一……
（陌生的血期待，
也最格格不入!)

我被你吸引，尽管虚弱不堪，
我伸展开，鲜艳的
毛发! 被恶魔的梳子梳理，
我像倒出油脂。

倒在脚上，倒在脚下，
也会全部倒入沙土……
激情被卖给了商人，
被倒出的，流淌吧!

用双唇的白沫和梳子的污垢，
而后是所有的温情的
污垢…… 我把你的双脚
置入我皮草似的头发：

我躺下，像脚下的织物……
是他？（是她!)
向红鬈发的畜生祈求：
站起身来，姐妹!

1923 年 8 月 26 日

逃 离

披着雨的幕布，
躲开冷漠的双眼，
哦，我的明天！
我盯着你看，——像投弹手

盯着火车看，
伴着耳边的爆炸声……
（我们不仅逃离谋杀，
隐入暴大雨的马鬃!）

并非镇压的恐惧……
而是白云！而是钟声！
沿着失踪者的站台，
明天穿透所有蒸汽……

上帝啊！上帝！
穿透雾霭的路基，
像穿透墙壁……（脚下的
踏板，抑或没有脚，

也没有手?) 路标的里程……
呓语的路灯……
哦不，不是爱情，不是激情，
你，就是驶向不朽的

火车……

1923年10月14日于布拉格

我在徘徊，停在路口，
没有房屋可修葺！
不要空间的画布，
不要该死的分手床单，

与片刻的宠儿一起，
像夜晚的秘密潜行，
看到你，在所有生锈的
路灯支架下，在斗篷的边缘……

在柜台后面，
窗玻璃边缘……（一小块
窗玻璃!) 倔强的死尸，
你为何在眼中摇晃？

滨河街上，誓言的寒战，

沿着城郊，韵脚的坍塌。
他们在拥抱？"我抱得更紧。"
他们在倾听？"我听得更清。"

你独自一人：在所有地方，
在所有人群，在所有桥梁。
死气沉沉的孩子就这样复仇：
他们谄媚，成长，逢迎。

……充满爱意的竖琴，
能控制这矛盾的数字。

看着你，我虚无的朋友，
我就是在看向未来！

1923年10月16日

21

茨维塔耶娃 致 **帕斯捷尔纳克**

1924年5月

当我想到，**在时间里**，一切都消失不见，一切都立刻变为不可能，**日期的**魔法。那么，在某处（没有**地点**）、某时（没有**时间**），噢，一切都会有的，一切都会实现的。

耐心。我不会苦恼，也不期待。

22 ••

茨维塔耶娃 致 **帕斯捷尔纳克**

1924年5月

高级别的非现实。

您是唯一一个我愿意为之献身而没有任何巨大**牺牲**感的人,与自己的生命相比我更看重您的生命,您的生命并非对我而言,而是对**我的**生命而言是最珍贵的。

帕斯捷尔纳克 致 **茨维塔耶娃**

1924年6月14日

　　玛丽娜，我金子般的朋友，迷人的、了不起的、命中注定的亲人，我在清晨升腾的心灵，玛丽娜，我的苦命人，我的恻隐之心，玛丽娜。为何不是您拥有讲述幸存者故事的姓名，这些幸存者呼吸着和他们一样的东西。他们是多么痛恨书信！由于对黎明的疏忽，只要他们其中一个飞下落在一页上，可怕的混蛋——书信——就会立刻醒过来。它什么也没看到，什么也不知道，它有自己的亢奋情绪，它扬洒**自己的**逗号。只要一转身，你回望一眼，它就爱慕着，爱慕着，——但我不希望这些书信爱慕您。您不会相信，我写了多少，又销毁了多少信！有十来封了！但这最后一封，如果它任性妄为，我就会把它寄走。趁这还是我的声音。我为何要讨厌这些书信？啊，玛丽娜，它们不专注于主要内容。欣赏的漫长、感觉的极化带来的折磨与疲惫，它们都难以传达出来。而这恰恰是最动人的。激情穿过日常生活，就像透过水里。一切都在向极端发展。在街上，你笑着，和熟人交谈。你忽然战栗起来，这股推力平白无故将他们的词语分开。你又突然感到，这并非他们在行动，是他们极化了，他们被移动到了这个极地。**他们——而不是她**，他们全部的力量就在于此。这是怎样的一种力量！当心脏紧缩，噢，这心脏的**紧缩度**，玛丽娜！在这种感觉里超自然触碰的痕迹是多么惊人！**我们的它**，这种紧缩到何种程度，它就是**修辞提炼**。我们是多么理解它！这是电，就像是宇宙的**主要形式**，是在人类的心灵面前飞驰一分钟的创作形势，准备将它吸纳进自己的浪潮，通过上帝充上电，同化，**吸收**。这就是心的紧缩，自出生就像充满了电，整个少年时代几乎一直处于中立，只有在偶尔遇到杰出天赋的时候还保持成熟，不过是断断续续地进行，还借助惯性，被独立展臂动作（**不会令人疲惫的思想**、冲动、**含情脉脉的书信**、次要的姿态）修辞的折裂声打断，它再一次开始充电，同第一次一样，世界又变为极化的浴池，在其中一头涌入模糊不清的时间和地点、上升和落下的太阳、回想和打算，在另一头**无穷小**，就像心上的手指印，当心微微刺痛时，**火花的魅力让人惆怅**，这火花**消失在水中**，从底部迷惑着它。它的波动难以捉摸，令人诧异。电力在运作，海上风暴在跟前可笑又渺小地跳跃。在它表面什么也看不到，沉寂、平静的表面。但它溶解星球，就像在童年时期，它将星球都移动到自己身上，弥补关注度，分解，弄清楚。它让被人类分散、刮走的一切臣服于心脏的压缩，它消灭语言、平庸的阶层和曲解的人。它只接纳纯净的自然，它在自己的底部拖拽所有被接受的东西，把恢复的物质归到自己那一代。书信不会传达这些静止不动的风暴！这股水流将沙粒引向灵魂深处，要是沿着这些书信的纸张拖行哪怕只是那粒沙。噢，那该会是多么神奇！我又会向您讲述多少伤痕，多少皱纹和多少吃水线。感觉的**变化和内容**应当会让您感兴趣。在它的一个事实里有什么奇怪的事？

您写的诗太惊人了！现在您已经超过了我，真是令人痛苦！但是总的来说，您是一位伟大得令人愤慨的诗人！说到引发微弱的、难以察觉的让人激动的魅力，说到火花，说到爱情——我说的是**这个**。我**确切地知道**这一点。然而在一个词里无法表达这一点，若借助过多的词来表达，那就是卑鄙的行为。这就是摘自1915年《超越街垒》中的一首拙劣的诗：

> 我爱黝黑的你，
> 你被燃烧的乐句熏黑，
> 置身行板和柔板的灰烬，
> 额头沾有叙事曲的白粉。
>
> 打短工的心灵，
> 带有音乐磨出的老茧，
> 远离群氓，像爱女矿工，
> 她在井下度过白昼。[①]

噢，信啊，信，你胡说八道吧。现在就把你寄走。但我还有几句话。按照应该的那样来爱您，我是不被允许的，排在所有人之前的，当然是您。噢，我是多么爱您，玛丽娜！如此随意，如此自然，如此明晰。没有什么比这更让心灵感到容易的事了！我很抱歉给您写了关于浴池的内容，不该跟您说这些。仍然不能描绘出为了赢得您而必须付出的劳动的魅力和疲惫。不是像获得女人一样来获得您，请您不要感到委屈，这正是通过一个挥手的动作获得的，盲目的、不经心的，同热爱书信一模一样，借助一分钟的热情和辞令。（此处抹去一句。）不是，否则，我差一点又开始说到底是怎么样的，又一次没有什么结果。（此处抹去一句。）我经常涂抹修改，您看到了吗？这是因为我试图写下最真实的内容。噢，我是多么向往真实，多想和您一起生活。首先是其中的一部分，这个部分就是工作、成长、灵感、

---

① 引自组诗《帕格尼尼的小提琴》。

认识。是时候了，早就该做这些事情了。天知道我有多久什么都没写了，可能连怎么写诗也忘记了。对了，我在这儿朗读我您的诗。茨维塔耶娃，茨维塔耶娃，听众们大喊着，让我继续朗诵下去。您的一部分诗将被刊载在《俄罗斯同时代人》杂志上。上面已经有人[1]发表过一篇关于您的好文章（您不认识这个人，是个小伙子，勃留索夫学院的学生，因出身问题被学校开除，学识渊博，接受过哲学教育，是被我"带坏的人"之一）。人们看不懂这些文章，把它们退了回来。我也想写一篇文章。勃布罗夫[2]在《报刊与革命》上发表的文章您收到了吗？文章并不重要，但是是赞许的。我们约见的夏天就要到来了。我爱这个夏天，因为这将是带有熟悉力量的见面，就是说，那些让我感到我最亲近的，只在音乐中遇到的，都是我在生活中遇不到的。因为这次见面带有那样一些电流般的关怀，能够充电，复制真理，像真的一样，可以紧缩起来，我按照自己的想法了解它们。那么，我在这里和来信做斗争，努力克制自己不去叫喊。这就会像回到那遥远的故乡，那里人们还在迎娶自己的姐妹，人像神话一般既稀少又完美。之后这远方蒙上一层烟雾，当烟雾慢慢散去的时候，他们已经消失不见。您把自己称作半神，也谈了同样的内容。

（写在空白处）[3]

　　　　　　又是一封不知所云的信。也许连这封信也
　　　　　是我在用自己的话讲述您的诗歌？这些诗歌简
　　　　　直太美好了！

---

① 指尼古拉·尼古拉耶维奇·威廉（维尔蒙特，1901—1986），知名日耳曼学家和翻译。

② 谢尔盖·巴甫洛维奇·勃布罗夫（1889—1971），俄语诗人、翻译家，"离心机"小组成员。

③ 俄语原书编者所加的说明，意指下文是诗人写在信纸空白处的文字。

请您尽量托人将诗集《普叙赫》和其他所有在《手艺集》之后出版的作品捎给我。我非常需要。您寄来的一切都非常出色。《幕布》简直太迷人了。谢谢。

茨维塔耶娃 致 **帕斯捷尔纳克**
1924年6月

我了解我们的平等。但，为了让我能够感受到我们的平等，我需要感受到您年长于我。

我们的平等，是可能性的平等，明天的平等。您和我，到现在为止，还是一张平整光滑的纸。我考虑到现在为止给予我的**一切**，也**正是**因为如此。

您**一直**和我在一起。在这两年里没有一个小时我的内心不在呼唤您。我会用您补偿回来。我的保护，我的遭遇，显而易见。

通过我内心中的您，我开始在别人身上理解上帝。无所不在的无所不能。

当小男孩①不在的时候，我想着他。请您在 "Wahlverwandschaften②" 里想起歌德老头子。歌德**知道**。

鲍里斯，会有一个小时，让我把双手放在您的肩上吗？（我想不会有更多的时间。）我记得您高耸站立的样子。我看不见除了双手搭在肩上之外的姿势。

---

① 茨维塔耶娃正期待儿子格奥尔吉·埃夫隆的出生。
② 德语：亲和力。

"如果我死去，谁能写出我的诗？"[①]（把不需要的"**给您**"省略了，因为您本身就是诗）

阿赫玛托娃如此笨拙，如此幼稚，如此女人地承受痛苦的原因，被我克服了。

能写出我的诗的，是您。

6月5日

鲍里斯，您永远也不会成为这个时代最好的诗人，真正最好的诗人，就像勃洛克一样。勃洛克的主题有俄罗斯、彼得堡、茨冈人、美妇人等等。**其余的**（也就是处于纯粹的形式的他，勃洛克）作为免费的附属品被接受。

您，鲍里斯，没有主题，完全是纯粹的形式，该从哪一边来爱慕您，出于什么理由？在您的诗歌背后又将出现什么？某种东西——心灵——您。您的主题是您自己，是您正在发现的，就像哥伦布发现美洲一样，总是无法预料，并且不是之前料想、推测的。这里读者应当爱慕什么呢？

应当爱慕您。

爱您，读者不会答应的。他会对韵律**吹毛求疵**等，但他不能因为韵律而爱慕您。您是您这个时代的最大诗人，将置身于这股巨大的爱的洪流之外，这股爱从千万人那里汇聚于唯一人。

您是第一位敢于摒弃主题，敢于反对自己的人。

---

① 这是阿赫玛托娃的一诗句："如果我死去，谁能写我献给您的诗？"

鲍里斯，您，当然会理解我的，您也不会用巴尔蒙特来替代自己。巴尔蒙特**完全处于主题之中**：异国情调，女人，美貌，美——que sais—je①！ "我"只是列举一系列事物的理由（巴尔蒙特）。

"所有事物只是我的理由"，这是勃洛克。

理由——除我之外（意象派诗人）。

我——没有理由（帕斯捷尔纳克）。

渴望——渴望大于自己。否则这不值得。

情节之外。

情节：孩子们，仆人们，简洁明了。然后呢？观众们……

事件在山谷中，在山上没有事件，在山上有事件——天空（云朵）。帕斯捷尔纳克在山上。

您把自己那座山（孤独）带到各处去，不论在街上同熟人交谈时，还是在公园里一脚踢开橙子皮时——总是那座山。由于这座山的缘故，帕斯捷尔纳克，大家不会爱您的。就像荷尔德林②，还有其他一些人一样。

我的爱是多么深沉，严肃又从容不迫地蔓延着，多么顽强，多么与众不同。在如此多年之后的相见——就像在史诗里一样。

---

① 法语：我知道。

② 弗里德里希·荷尔德林（1770—1843），德国诗人。

（**8**日夜）

意识到这一点很是奇怪：那本该将我们拆散的东西，却让我们更加紧密地联系在一起。

你的儿子让我感到痛苦（现在我可以把这些话说出来了，因为我的儿子也会让你痛苦！）。我们现在平等了。我害怕地等待你的来信，你会怎么回复？

不久前我把你的书带到森林里，和书躺在一起。

我骄傲地思索着你对我的影响，不是作为压力的影响，噢，影——响，就像一条河汇入①另外一条河。

因为到现在为止还没有一位诗人对我产生过影响，我想，你不只是诗人，你是自然元素，Elementargeist②，我受到了这种力量的感染。

---

① 俄语中"影响"一词（влияние）和"汇入"（вливаться）发音相近，"в"作为前置词有"进入"的含义。
② 德语：元素精神。

茨维塔耶娃 致 帕斯捷尔纳克

1924 年 秋

　　鲍里斯，亲爱的。我不知道，我老早以前，在初夏时写给你的那封信是否已经飞到您身边。我们之间静默的时长和回音的时长一样，更确切地说：所有的空白都被回音填满了。您每一封新到的书信（总是刚到的那封！）只恰好足够等到下一封来信，频繁通信，就像某种连续发作的心律失常。击打的力量和击打的持续性相当，在物理学里有这样一条定律吗？如果没有，那现在有了。

　　鲍里斯，如果那封信没寄到，我就简要地复述一遍：我的儿子将在二月出生。因为这个孩子，已经有两个朋友和我绝交了，纯粹出于男人的屈辱、愤慨，我的确欺骗了他们，但我什么也没有许诺过！而我，毫无恶意，喜悦地跟他们宣布这个消息（两个人都爱我，更确切地说，他们是这么认为的），您知道吗，我期待但却没有等来的回复："你们的儿子！那一定是个奇迹！"还有："希望他的面容也像您一样。"我会跟您说这些话，鲍里斯，因为我爱您，我也期待着他们说这些话，因为他们爱我，但我等到的是——唉……

　　我现在孤身一人，但这不重要，所有不紧急的东西都是多余的，两个人不会被弄丢，而一个人不曾存在，我什么都没有失去，除了时而对他人的回应产生的不安（同情）。

　　鲍里斯，我非常不想重复自己的这封信，何况这封信还是我在深受打击的情况下写的，现在我已经习惯了，但那封信里有我的习惯表达，那封信务必要寄到您的手中："我唯一的绝望，鲍里斯，就是您的名字。"我要把这封信献给您，就像古人把自己的孩子献祭给神灵……

鲍里斯，自我二女儿出生起（她生于1917年出生，死于1920年）已经过去七年了，这是这七年以来出现的第一个孩子。鲍里斯，如果您因为他而不再爱我，我不会感到遗憾。我做得正确，我并没有摆放一张**生活的实验桌**（完全是歌德式的研究和定义，甚至形式，只是歌德会说自然而不是**生活**。关于《柳韦尔斯的童年》之后再说），我没有把棍子插入命运车轮的辐条。这是我唯一敬重的东西。是的，鲍里斯，就当这个孩子是我和第一位路人生下的，他终归会是，因为他想通过我而存在于世。是的，鲍里斯。

其实，您很聪明，很善良，为什么要这样？您不可能不从二月的第一封信读出我的苦楚。不论是喜悦还是苦楚，我都不打算说……

如果这是个女儿，那儿子就等以后再生。

我会叫他鲍里斯，以这种方式将您牵扯进来。

鲍里斯，我完成了一部大作品——《忒修斯》三部曲的第一部分：阿里阿德涅。正在着手创作第二部分。在《当代纪事》（第21期）里有我的散文，选自《苏联笔记》，请您去找来读一读。童话诗《美少年》已经印刷完成，临近圣诞节时面世，我会给您寄去。（但是书籍的印刷非常粗糙……）

茨维塔耶娃 致 帕斯捷尔纳克

1925年2月14日 前后

亲爱的鲍里斯:

2月1日,星期天,正午时分,我的儿子格奥尔吉出生了。在我肚子里的九个月以及来到世间的十天他曾是鲍里斯,但是谢尔盖希望(不是要求)给他起名为格奥尔吉,于是我妥协了。在这之后便轻松了。您知道,我的内心是怎样一种感觉吗?慌乱,某种内心的不安,把您,爱,引入家庭:驯化一头野兽——爱,让雪豹变得无害(变成猫,应当是这样!变小了)。简单明了:如果我叫他鲍里斯,我将和**未来**永别:和您永别,鲍里斯,和跟您生的儿子永别。那么,如果将他叫作格奥尔吉,我还保留鲍里斯这个名字的权利,也就是还保留您的权利,鲍柳什卡[1],我并没有丧失理智,我只是仔细倾听了我的内心,倾听了您和未来。

格奥尔吉是我应有的责任、忠诚、勇气和志愿,同样也是我自己,我不否认。但不是**您的**我。您的我,在鲍里斯身上。

鲍里斯,这些年我一直和您生活在一起,和您的灵魂生活在一起,就像您,同那张小照片生活在一起[2],您就是我的空气,是我在傍晚的回归自我。有时,当我在自己的内心深处沉默不语时,您就会在我的内心深处沉默不语。但稍微一句诗或者异地的微风袭

---

① 鲍里斯的指小表爱,指小表爱是俄语语言学术语,是俄语单词中的一种构词方法,一般由专门的后缀构成。可以理解为俄语表达中的昵称。

② 引自帕斯捷尔纳克《女代理人》一诗的开头一句:"我与你的小照片一起生活,就是那张,哈哈大笑的……"

来，那就是您的名字，您的脸庞，您的诗句。这个冬天我是靠《柳韦尔斯的童年》这本了不起的书活过来的。（是的，一本书，尽管只有70页。）关于这本书我已经写了很多，**可能我还会写到它**。

如果我死了，我会把您的信和书带去烧掉（布拉格有火葬场），我已经把遗言嘱咐给阿丽娅了，希望能一起烧掉，就像在隐修院里一样！但是，我完好无损：非常神奇，一切都发生得那么突然，在村子里几乎没有医疗救护。第三天我已经站起来了。这个男孩子很好，五官非常好看，根据大家的评论和我自己的直觉来看，他是像我的。这个冬天写了多少封信啊！我一封信都没有寄走，但您都读了！全部的信，就像全部的自己，我都能紧攥在一个词……

续

鲍柳什卡，我从未对任何我爱的男人以"你"相称，除非是开玩笑，在头脑突然放空时因为困窘和显而易见的情形，我总是以"您"相称。那么和您在一起，和你在一起时，这声"你"难以抑制地迸发出来，我的大兄弟！

鲍里斯，我爱了你两年，两年多，你可别说这是想象。我爱，有时在我看来这是个空洞的词，我们把它换掉：我想要，我怜爱，我欣赏，等等，如果换掉了，那么这个词就不重要了。我总想说：我对你的感情比爱更多，比爱更深。你对我而言**完全**是亲人，**非常**亲密，如同我本人，一点都不舒服，像高山一样。（这不是爱的表白，而是对命运的解释。）

我没有任何一句诗，任何一丝忧愁，任何一个念头是避开了你的。我像读日记一样读《柳韦尔斯的童年》。我们的王国，在何时何地？

当我想到和您一起的生活，鲍里斯，我总会问自己：那会是什么样呢？

我已经习惯了自己的灵魂生活在窗户里面，我一生都在透过窗户望向它，噢，只看向它！但我没有放它进门，就像人们不会让看家狗或是美丽的小鸟进屋里一样。我以我的灵魂为家，但是从未以我的家为灵魂。我在我的生活中缺席。灵魂，在屋子里，灵魂在家里——对我而言这是不可能的事，是**无法**想象的。

鲍里斯，我们创造一个奇迹吧。

是的，当我思考自己的死期时，我想：谁？谁的手？那只能是你的！我既不想要牧师，也不想要诗人（你别生气！），我只想要一个人，他只为我一人识字，因为我——通过我认识、找到这些词。我想在手的肢体触碰里获得力量的安宁。我想要你的许诺，鲍里斯，在那个生命里。

我们的生活是相似的，我也爱那些和我生活在一起的人，但这都是**命运**。（你……）还有：厄运就是悬崖。命运就是山谷。你是我站在山顶的兄弟，我生命中其余的一切都是渺小的。

我要给我将来的一本书命名为《词和意义的游戏》。通过似乎偶然的共鸣，恢复遗失的原始意义。恢复婚姻、联盟、关系。

鲍里斯，你记得莉莉丝吗？鲍里斯，在亚当出现之前是否没有其他人了？

你对我的思念就是亚当对莉莉丝的思念，顺序位于第一个，但是**不算数的**。（我因此**痛恨**夏娃！）

爱伦堡的妻子告诉我，你们是怎样一同去的火车站（他们离开，您去送行）。"那是一个美妙的夜晚。"鲍里斯，是你同我一起去火车站的，是你送我离开。

只是我并非亲眼所见，只是没有亲眼所见而已！

所有的诗和所有的音乐都是应许之地的诺言，这里没有应许之地。因此是不负责任的，没有结果的。他们**本身**就是那样！

茨维塔耶娃 致 **帕斯捷尔纳克**

1925年2月14日

这不是多愁善感，而只是三色堇①。

鲍里斯！

2月1日，星期天，正午时分，我的儿子格奥尔吉出生了。在我肚子里的九个月及来到世间的十天他曾是鲍里斯，但是谢尔盖希望（不是要求）给他起名为格奥尔吉，于是我妥协了。在这之后便轻松了。

您知道，我的内心是怎样一种感觉吗？慌乱，某种内心的不安，把您，爱，引入家庭：驯化一头野兽——爱，让雪豹变得无害（变成猫，应当是这样！变小了）。简单明了：如果我叫他鲍里斯，我将和**未来**永别：和您永别，鲍里斯，和跟您生的儿子永别②。那么，如果将他叫作格奥尔吉，我还保留鲍里斯这个名字的权利。（鲍里斯留在了我心中。）毕竟您也不能给自己的女儿起名为玛丽娜吧？让大家这样叫啊叫？变为一个共有的财产？变得无害，让它合法？

没人知道，他曾是鲍里斯。我说完这句话，就嫉妒起发音来。

格奥尔吉是我应有的责任、忠诚、勇气和志愿，是我悲惨又美

① 茨维塔耶娃可能在信中附上了一朵干花。
② 意指茨维塔耶娃不再抱有未来给帕斯捷尔纳克生个儿子的希望。

好的愿望。同样也是我自己，我不否认。但不是**您的**我。您的我（**我**），在鲍里斯身上。

鲍里斯，这些年我一直和您生活在一起，和您的灵魂生活在一起，就像您，同那张小照片生活在一起，您就是我的空气，是我永恒的自我回归（床铺）。有时您在我心中平息下来：当我自我平息的时候。这个冬天我是靠《柳韦尔斯的童年》这本了不起的、空前的书活过来的。我顺手已经写了很多评论，也许还会再写。

如果我死了，我会把您的信和书带到火里去（布拉格有火葬场），我已经把遗言嘱咐给阿丽娅了，希望能一起烧掉，就像在隐修院里一样！我可能很容易就死了，鲍里斯，一切都发生得那么突然：在村子最末尾的一栋房子里，几乎没有医疗救护。男孩一生下来就昏迷不醒，用了20分钟才救过来。如果不是在周日，如果谢（廖沙）不在家（一直都在布拉格），如果不是熟识的医学生（也一直都在布拉格），男孩也许已经死了，我也可能死了。

就在他出生的那一刻，在地上，酒精在床边燃起来了，他就出现在爆破的蓝色火焰中。暴风雪在外面怒吼，鲍里斯，雪暴能把人吹倒。这个冬天唯一一场暴风雪正是发生在他出生的时候！

男孩子很好，五官非常好看，长着一双细长的眼睛，清秀的小鼻子，根据大家的评论和我自己的直觉来看，他是像我的。睫毛是金色的。

我的儿子是个Sonntagskind[①]，他明白野兽、鸟儿的语言，还能发现宝藏。是我给自己选定了他。

---

① 德语：有福气的孩子。（在德国神话里，星期天出生的孩子会有好运气，且具有魔力。）

从黑色笔记本上摘录的：

（在格奥尔吉**出生前**。）

鲍柳什卡，我从未同任何我爱的男人以"你"相称，除非是开玩笑，在头脑突然放空时因为困窘和显而易见的情形，我总是以"您"相称。那么和您在一起，和你在一起时，这声"你"难以抑制地迸发出来，我的**大兄弟**！

你对我而言**完全**是亲人，非常亲密，如同我本人，一点都不舒服，像高山一样。（这不是爱的表白，而是对命运的解释。）

当我想到和您一起的生活，鲍里斯，我总会问自己：这会是怎样呢？

我已经习惯了自己的灵魂生活在窗户里面，我一生都在透过窗户望向它，噢，只看向它！但我没有放它进门，就像人们不会让看家狗或是美丽的小鸟进屋里一样。我以我的灵魂为家（maison-roulante①），但是从未以我的家为灵魂。我在我的生活里缺席，我**不在家里**。灵魂，在屋子里，灵魂在家里——对我而言这是不可能的事，是**无法**想象的。我在这里是个Stranger②。

鲍里斯，我们创造一个奇迹吧。

当我思考自己的死期时，我总是想：谁？谁的手？那只能是你的！我既不想要牧师，也不想要诗人（你别生气！），我只想要一个人，他只为我一人识字，因为我、通过我认识、找到这些词。我想在手的肢体触碰里获得力量的安宁。我想要你的许诺，鲍里斯，在那个生命里。

---

① 法语：滚动的家。
② 英语：陌生人。

我们的生活状况是相似的，我同样也爱那些生活在一起的人，但这都是**命运**。你就是我的意志，那种普希金式的意志，取代幸福。（我丝毫不认为，和您在一起我会幸福！幸福？Pour la galerie^①，für den Pöbel^②！）

你是我站在山顶的兄弟，我生命中其余的一切都是渺小的。

我要给我将来的一本书命名为《词和意义的游戏》。

鲍里斯，你记得莉莉丝吗？鲍里斯，在亚当出现**之前**是否没有其他人了？

你对我的思念就是亚当对莉莉丝的思念，顺序位于第一个，但是不算数的。（我因此**痛恨**夏娃！）

爱伦堡的妻子告诉我，你们是怎样一同去的火车站（他们离开，您去送行）。"那是一个美妙的夜晚。"鲍里斯，是你同我一起去火车站的，是你送我离开。

只是我并非亲眼所见，只是没有亲眼所见而已！

所有的诗和所有的音乐都是应许之地的诺言，这里没有应许之地。因此是不负责任的，没有结果的。他们**本身**就是那样！

---

① 法语：那是给穷戏迷的。
② 德语：给观众的。

147

鲍里斯，你是忠实的。你太沉重了，因此不能经常移动。我想象不到爱上（或者毁灭）了十个塔玛拉①的恶魔。你有没有想过唐璜荒唐可笑的（可怜的）一面？我欣赏他，但我不能爱他：在我之后可能还会爱上别的什么人，这会让我觉得不好意思。

　　鲍里斯·帕斯捷尔纳克，这是如此忠实，就像勃朗峰和厄尔普鲁士峰一样：因为它们**无法靠近**！而维苏威火山，鲍里斯，它在推动，但自己却不移动！通过自然可以理解一切，可以理解整个人类，甚至你，甚至我。

　　那时是帕尔纳斯派诗人②，现在是维苏威派（**我的**词汇）。其中最早的成员：你，我。

　　这是我偶然从诗歌稿本中摘抄出来的，鲍里斯，其余的那些内容从写诗的小册子上随风散去，顺水而逝。因为我的生活就是不知疲倦地同你交谈。在同一本笔记本的纸上给你写信，是我最私密的事情，好像在我灵魂的一块碎片上写信。为了你能更好地理解我：我有一张很好的纸，一整本笔记本，男性的，有点像羊皮纸，但是用别人送的纸给你写信，这是双重的背叛：把两人都背叛了（因为就和他的关系而言，**你是另一个人**！）。有一些令人压抑的东西。

　　背叛是一个奇妙的词，类似：离别。刀形的，刀子的③。但我只知道它的发音，不知道它的意义。可以背叛的只能是君王，也就是上层的人，但如果它就在我身上，我该如何背叛它？在日常生活

---

① 　指莱蒙托夫长诗《恶魔》中的主人公。塔玛拉是一位正在准备婚礼的公主，她的美貌点燃了恶魔冷漠的心，为了摆脱恶魔的情感，塔玛拉走进了修道院，向塔玛拉表达了爱意。两人相吻，亲吻的毒液渗入塔玛拉的心脏，塔玛拉香消玉殒，恶魔子然一身，漂泊于人间。

② 　帕尔纳斯派，法国文学中的一个流派，作为反对浪漫派的一种新潮流，是法国自然主义文学在诗歌方面的表现。

③ 　原文中"**ножевой**""**ножёвый**"两个词都表示"刀的，刀子的"，但是重音不同。

中这**就是**背叛，日常生活本身就是对灵魂的背叛。满怀热情地背叛日常生活，似乎在生活中我没有做过别的什么事情了。您明白，这和区分情人与丈夫是不同的。

我住在布拉格郊外，深居简出，除了阿丽娅和谢（廖沙）谁也见不着。很多的诗——我的书很快就要出版了，也许你会在收到信的同时收到它。接下来，遥远的一个阶段：巴黎。我希望一年后能与你见面：1926年5月1日。（由于深入灵魂的习惯，我的手会写成1925年！）现在我完全被束缚了：被小男孩和对他产生的新鲜感所束缚。等他一岁多的时候，我就会明白，我有一个什么样的儿子，可能还会明白，我有一个儿子。

你可以像爱自己的孩子一样爱别人的孩子，不是吗？我总有一种感觉，如果我死了，你们会生活在一起，他似乎是你的同龄人，而不是你的儿子。

鲍里斯，你想想我，也想想他，从远方祝福他吧。你别嫉妒，因为他不是一个享乐的孩子。

我像祭献神灵一样将他献给你。

玛·茨

我的地址：捷克斯洛伐克，Vsenory，c. 23（p. p. Dobrichovice）u Prahy ——收信人是我。

茨维塔耶娃 致 帕斯捷尔纳克
1925年3月20日—22日

鲍·帕，我们什么时候能见面？我们会相见吗？递过手来吧，在来世！**在这里**我可腾不出手。

鲍·帕，您将自己的东西献给别人，献给库兹明①，也许还有别的人。而**我**，鲍里斯，连一行字都没有。不过这就是我的命运：我得到的总比付出的要少，勃洛克没有给我写过一句话；阿赫玛托娃打来过电话，但是没有打通，还有旁人的谣言，说她总是将我的那几首诗②放在手提包里，随身携带；来自曼德尔施塔姆的是一些莫斯科冷漠的华美③；来自丘里林的只有糟糕的诗歌；来自索·雅·帕尔诺克④的有不少好作品，但她本人是个蹩脚的诗人；而来自于您，鲍·帕，什么都没有。但我取走了您的**心**，您知道这一点。

---

① 帕斯捷尔纳克的小说《空中的路》是献给库兹明的。
② 指茨维塔耶娃的组诗《致阿赫玛托娃》（1916）。
③ 曼德尔施塔姆有三首诗是赠给茨维塔耶娃的：《在少女合唱的不谐声中》《在铺满稻草的无座雪橇上》《不相信复活的奇迹》（1916）。
④ 索菲娅·雅科夫列芙娜·帕尔诺克（1885—1933），俄语女诗人，曾与茨维塔耶娃有过恋情。

28a ••

茨维塔耶娃 致 帕斯捷尔纳克

1925年5月26日

鲍里斯！给您的每一封信我都觉得是遗书，而您写给我的每一封信，我都觉得是最后一封。哦，你离开时我就知道是这样的。

这是我的儿子出生后给您的第二封信。我简要地重复一遍：我的儿子格奥尔吉出生于2月1日，星期天，正午时分。就在他出生的那一刻放在床边的酒精燃了起来，于是他就在**爆炸中**出生了。（他当得起您的儿子，鲍里斯！）格奥尔吉，而并非鲍里斯，因为鲍里斯是一个显露出来的隐秘的名字。在最初的那十天里，当他还是鲍里斯时，我就意识到了这一点。为什么是鲍里斯？"因为帕斯捷尔纳克。"我这样回答每一个人。您类似一位缺席的教父（东正教的）。我将儿子献给您，就像古人将儿子献给神灵！当我愿为了您献出生命时，"是为了表达敬意"！（您的生命值得我牺牲，也许值得更多！）我已经给您写过这一切了，如果信寄到了，请原谅我的重复。

格奥尔吉是为了纪念莫斯科和还没有实现的胜利①，您会理解我的。但是我还是不叫他格奥尔吉，我叫他穆尔，某些源自猫的东西，鲍里斯，和德国、和玛丽娜也有些关系。前两天他满四个月了，会讲话（非常清晰，带着法语的小舌音："heureux②"），他会笑，笑得很开心。浅色的睫毛和眉毛，眼角有些向上斜的蓝眼

---

① 格奥尔吉是莫斯科的保护神。
② 法语：幸福。

睛，鹰钩鼻子。一对警惕地竖立起来的小耳朵（竖起耳朵听！）。就像我一样。您会喜欢他的，您该想一想他。

我想起了您在那本杰出的《空中的路》里关于父亲身份的内容。我会推荐那种说法。围绕世界，围绕摇篮。或者：（那个水手）环绕天地，环绕世界。因为人是唯一可靠的世界——无边无际。我对无边无际的唯一想象是星空（依靠信仰？），是您，是鲍里斯（现实）。

这是给您的《美少年》，是我在您离开之前最后写下的东西。在这之后大的作品有：《山之诗》《终结之诗》《忒修斯》，还有现在的《捕鼠者》（刊登在《俄罗斯意志报》上，有**非常荒唐的勘误**）。我把《山之诗》寄给您，请您在任意时间、任意地点读一读它，谨防将我完全忘记。我的读者无疑在俄罗斯，不会自我吹嘘，若有所思地，大声思考："俄罗斯。"但掌控我生活的二元论，更准确地说，是没有跟我的灵魂融合的生活，它们把我带到这里，这个不读诗的地方。但这里有别的，有让诗歌产生的东西，有值得歌唱的东西。

还是关于儿子的：我的精神全部寄托在他身上。我觉得，我能应付他。生平第一次**面对一个人说：我的。**

一年后我们将见面。我知道。总之，我活着就是为了见您。

你知道，鲍里斯，《美少年》的题词是从哪里来的吗？出自俄罗斯壮士歌——《海王和萨特阔》。当我读完的时候，我立刻感觉到了你和我自己，而那些句子本身，我觉得是如此个人，以至于我毫不怀疑它们的作者是三五百年前写的。只是你别跟任何人提起萨特阔，就让他们去找吧，去大海捞针，我故意没有注明，就让这成为我们的秘密吧，你的和我的。

你会爱我**胜过**爱我的诗歌。（可能吗？是的。）爱人民，胜过爱科尔卓夫①。那么：我的诗歌就是科尔卓夫，而我就是人民。人民，是永远不会把自己说尽的，因为人民没有尽头，源源不绝。毕竟你是因此而爱我，为明天，为这些句子超出界限而爱我。哎，鲍里斯！当我们相见，这就真的是一座山与另一座山的相逢：西奈（或者摩西之山）与宙斯山相逢（会爆炸）。噢，我没有借用维苏威火山和埃特纳火山，并非徒劳（本来也没有想到！），在那里喷出**地壳的**火焰，这里，在更高的地方：一道闪电劈过，天空一分为二，耶和华和宙斯。合为一体。啊！

鲍里斯，我们无法一起生活。不是因为你，不是因为我（我们相爱，我们相互依恋，紧密相连），而是因为不论你还是我都不想**生活**，因为你和我均**来自生活**，就像来自血管！**唯独我们**！不过会相逢的。爆炸的那一刻，当导火索还在燃烧，当还可以停下来的时候，你却没有。噢，你是如此恶毒，如此聪明，因而不会直接给我一个吻。我甚至不知道，我会不会吻你。

有干柴烈火（整部《美少年》），总之，请你仔细读，我恳请你。这个故事（《吸血鬼》）可以在阿法纳西耶夫②的五卷本里找到（应该是第三卷），帮我个忙，去读一读。

---

① 科尔卓夫（1809—1842），俄语诗人，是19世纪农民诗人的代表。
② 亚历山大·尼古拉耶维奇·阿法纳西耶夫（1826—1871），俄语民俗学家、文学史家，编有《俄国童话故事集》。

我从来不会给你写我的日常生活，但为了让你知道我还"活着"：我在布拉格附近的捷克村庄弗舍诺雷住了近两年（住在捷克布拉格附近已是第四个年头）。生活很糟糕，细碎的自然风光，没什么人。出于自我地生活，同时也活在自我当中。在苏联的苦役之后便是永久的流放。我想下一个阶段是巴黎。我们会在巴黎见面吧。并不是刚好在巴黎，一半路程你走，一半路程我走，我们这样来会合。（你不是从柏林出发吗？）最好在德国。而且当然是在魏玛。不希望有**任何**人，任何同谋，让这一切自然而然地发生，这本身就像在梦中。我全部精神都寄托在这场会面上。你就是我的远方，我热爱的远方。

茨维塔耶娃 致 **帕斯捷尔纳克**
1925年5月26日

鲍里斯！

　　给您的每一封信我都觉得是遗书，而您写给我的每一封信，我都觉得是最后一封。哦，你离开时我就知道是这样的。

　　这是我在儿子出生后写给您的第二封信。我简要地重复一遍：我的儿子格奥尔吉出生于2月1日，星期天，正午时分。就在他出生的那一刻，放在床边的酒精燃了起来，于是他就**在爆炸中**出生了。（他当得起您的儿子，鲍里斯！）格奥尔吉，而非鲍里斯，因为鲍里斯是一个显露出来的隐秘的名字。在最初的那十天里，当他还是鲍里斯时，我就意识到了这一点。为什么是鲍里斯？"因为帕斯捷尔纳克。"我这样回答每一个人。您类似一位缺席的教父（东正教的）。我把儿子献给你，就像古人把儿子献给神灵！当我愿为了您献出生命时，"是为了表达敬意"！（您的生命值得我牺牲。在第一次的时候。）我已经给您写过这一切了，如果信寄到了，请原谅我的重复。

　　格奥尔吉是为了纪念莫斯科和还没有实现的胜利，您会理解我的。但是我还是不叫他格奥尔吉，我叫他穆尔，某些源自猫的东西，鲍里斯，和德国、和玛丽娜也有些关系。前两天他满四个月了，会讲话（非常清晰，带着法语的小舌音："heureux"），他会笑，笑得很开心。还会大声号哭，像雕一样。浅色的睫毛和眉毛，眼角有些向上斜的蓝眼睛（会变绿的），鹰钩鼻子。一对小恶魔或是卷尾猴的小耳朵（竖起耳朵听！）警惕地竖立着。就像我一样。您会喜欢他的，您该想一想他。你们的儿子大了两岁，不对，大一岁半。他们会成为朋友。（我的儿子知道您的名字会比您的儿子知道我的名字更早！）

我想起了您在那本杰出的《空中的路》里关于父亲身份的内容。我会推荐那种说法。围绕世界（水手），围绕宇宙（父亲）。或者是摇篮，唯一可靠的宇宙：没有实现抱负的，即**无边无际的**人。我对无边无际唯一的想象：您，鲍里斯。这并不是出于我对您的爱慕，而是爱慕出于此。

这是给您的《美少年》，是我在您离开时完成的东西。在这之后大的作品有：《山之诗》《终结之诗》《忒修斯》……你都会收到的。

你知道，《美少年》的题词是从哪里来的吗？出自俄罗斯壮士歌——《海王和萨特阔》。当我读完的时候，我立刻感觉到了你和我自己，而那些句子本身，我觉得是如此个人，以至于我毫不怀疑它们的作者是三五百年前写的。只是你别跟任何人提起萨特阔，就让他们去找吧，去大海捞针。我故意没有注明，就让这成为我们的秘密吧，你的和我的。

你会爱我**胜过**爱我的诗歌。（可能吗？是的。）爱**人民**，胜过爱科尔卓夫。那么，我的诗歌就是科尔卓夫，而我就是人民。人民，是永远不会把自己说尽的，因为人民没有尽头，源源不绝。毕竟你是因此而爱我，为明天，为这些句子超出国界而爱我。哎，鲍里斯！当我们相见，这就真的是一座山与另一座山相逢：西奈与宙斯山相逢。不是维苏威火山和埃特纳火山，在那里喷出**地壳的**火焰，这里，在更高的地方：一道闪电劈过，天空一分为二。耶和华和宙斯。合为一体。啊！

鲍里斯，我们无法一起生活。不是因为你，不是因为我（我们相爱，我们相互依恋，紧密相连），而是因为你和我均**来自生活**，就像来自血管！唯独我们！不过会相逢的。爆炸的那一刻，当导火索还在燃烧，当还可以停止的时候，你却没有。

有干柴烈火（整部《美少年》），总之，请你仔细读，我恳请你。这个故事（《吸血鬼》）可以在阿法纳西耶夫的五卷本里找到（应该是第三卷），帮我个忙，去读一读。

爆炸并不意味着亲吻，爆炸是眼神，是无法延续的东西。我甚至不知道，我是否会吻你。

请给我写信。9月前我肯定在捷克。之后可能前往巴黎。我们在巴黎见面吧。并不是刚好在巴黎，一半路程你走，一半路程我走，我们这样来会合（山与山的会合）。并且当然最好在德国，在魏玛。给我写信吧，无论何时。

写于早晨6点，伴着鸟鸣。

玛丽娜

1925年5月26日

于布拉格

地址：捷克斯洛伐克，布拉格，弗舍诺雷，č.23（p. p.Dobřichovice），收信人写我的名字。

茨维塔耶娃 致 帕斯捷尔纳克
1925年6月25日

　　此时我突然发现，我自己一个人在房间里大声说："我的所有都在那里。"就像在苏维埃俄国说起外国时那样。噢，鲍里斯，我总是在国外，不论在那里还是在这里，我在这里的东西总是在那里被摧毁（**尤其是**在那里！），但返回到呼喊声，那声和这声：是的，**我的**！——功勋的（战士的）在我体内——我的！曾经在这里，我现在所在的地方，而我的——诗人，我——我的（而诗人同样也是战士！）的确在那里，您现在所在的地方。简单说：俄罗斯，整个俄罗斯，和它的佩彻涅格人、僭称王、曾经的领袖石的膏像，还有未来的纪念碑（镭制成的？）——您，鲍里斯。除了您，我在俄罗斯没有家：Maison roulante — croulante①，就是您。

　　我认为您是这一代的**领头人**（高了整整一个巴比伦塔！）。您是摇摇欲坠的巴比伦塔的最后一块石头，还有您的名字，鲍里斯，在我的脑海里听起来就是雷电的恫吓，响起低沉的隆隆声，从很远的地方传来。不知是在受洗，还是在关百叶窗。而我在这雷电中将门大开着，或许！〔我想：莫非它有手（不是用手握笔或者用手拿住以免被夺走）——以便握住笔，用嘴唇说出：玛丽娜！〕

　　噢，我多想从您的双唇中听到我的名字！如此**低沉**，就像在嘴唇的门槛，之后（嘴巴——像红门，是阿丽娅这么说的），嘴巴就

---

① 法语：车轮上的家——破败的家。

像红门，我的名字就像庄严的战车。（p^①这个字母——雷鸣）。

　　还有，我爱，我把额头紧压在肩头上，压在手心上，你还记得，第一首我写给你的诗里，我如何有意识地用你的语言来表达（悄悄地！）？

　　对我而言爱的问题，不在于力量，而在于技巧。力量；这是隐士和熊^②。也许是力量中的技巧？

---

① 玛丽娜的俄语拼写中有字母 p，即弹舌音。
② 此处引用克雷洛夫的寓言《隐士和熊》的典故，熊出于好意帮助朋友，由于无知却酿成恶果。

帕斯捷尔纳克 致 **茨维塔耶娃**

1925年7月2日

　　一个月以前我收到了您的信，玛丽娜。天知道它是如何到我手里的。听说，您回复了我去年的信。但那封没有寄到。

　　我先前从阿霞①那里听说了您的喜事。男孩出生的细节的确神奇。您用一种具有感染力的神秘性把这件事写下来，嘴里念念有词。在我读您的来信时，我脑海中浮现出一个孩童的夜晚，想象出一个小床，您俯身于小床之上，在灯下做着一些动作。灯光被您的全神贯注所感染，重复着您的动作。

　　我过得很艰难，有些时候我还会陷入完全的绝望。我正好是在这样一个阶段给您写信的。

　　妻子和孩子在乡下的别墅里。现在农民开始建造宽敞明亮的木屋，租给别人过夏天。那里好极了。我进城去想弄点钱，但事与愿违。房租已经三个月没付了，根据这边的法律，这已经是最后的期限，这之后就会被起诉到法院，被迫搬出来。还没有缴纳的税款也同样威胁着我。父母、妹妹和弟弟在国外，住所拥挤不堪，我是唯一一个留下来的。我们还剩两个房间，但其中一个房间，按照大小来说可以算得上是室内运动场（以前是爸爸的工作室），这个区域花掉了我一半的收入。没办法把它缩小，因为会影响炉子的布局和安装。也不可能搬家，并不只是因为无处可去，还因为爸爸毕生的成果和家里的东西都在这儿，要移动这座有魔法的大山，只能由一

---

① 茨维塔耶娃的妹妹阿纳斯塔西娅·茨维塔耶娃的昵称。

个没有顾虑和想象力，而且又果断、健康、白昼不眠的人来完成。这一切在旁观者看来一定是可笑的，如果您没有笑，我会为您的宽厚感到羞愧。

而周围的人，不论其中许多人的状况多么困苦，都会给妻子准备礼物，不自甘堕落，结交朋友，消愁解闷，且不会因灰心丧气让别人敬而远之。我为自己的家人感到痛苦，为自己感到恐惧，羞于想到在构成一个活生生的人的存在的事情上，我深感平庸无能，微不足道。

我拜访各出版社和编辑部已经第四天了。我无论如何都要弄到差不多三百卢布，这样才能留住房子，付掉税款。我很不容易地弄到了50卢布，我也不知道该怎么办。这是一个非常屈辱的过程。人们的行为缺乏逻辑。他们给你打的分数越高，这个分数就越脱离实际。那些认为我在诗歌方面和叶赛宁不分上下的人，最不认为有义务从自己的观点中得出结论。他们在和后者的交际中培养出的作风和举止等——他们习惯于粗鲁、随便的性格，习惯于被蛮横无理地对待。而这让我十分厌恶。在这里我说的是生活和物质方面。如果说到这个对比的本质，那就没有比这更庸俗的了。更别说马雅可夫斯基，以及还幸运活着的索洛古勃、阿赫玛托娃，我认为曼德尔施塔姆和阿谢耶夫作为诗人的地位更高。但这不是重点。在诗歌方面我只乐意和您处于同一个水准。只有在这个结论中才有真实，客观的、生动的、瞬间的真实，没有谁是第一，也没有排序。勃留索夫曾是第一。这不是我们的事。安年斯基没有当过第一。噢，我会多么高兴地大声宣布自己的平庸，只要能让我普通地生活和工作就行了！太难了，太难了！

我有很长一段时间（六年左右）完全无法写作。偶尔也有例外，但都不算成功。我如此广泛而自由地否定《崇高的疾病》，因为和其他所有并非我创作的一流诗歌相比，它的确属于较低的水平。我的表达不太妥当：一流的诗歌非常优秀，也是我们喜欢的，但这个东西渺小到虚幻。再这样继续下去是不行的。秋天的时候我决定，正如在这些情况下通常所说的那样，放弃文学。我得到了一个图书编目的工作。收入少得可怜，得从早上一直工作到深夜。但这也是这份工作的乐趣所在。它没有让我失去空闲时间。我在对名字、进取、方向、杂志的堕落、期刊的搜查和检举的完全遗忘中浑浑噩噩地度过了五个月的时间，这是我在和文学脱离之前就遭遇到的（这也是脱离文学引起的）。临近春天的时候有些东西开始萌动，就像七年前那样。我开始创作诗体小说①。我向自己许诺，在没有完成之前先不公开这部作品。但无法克服的物质原因挡在作品面前，机械地截断了即将成为第一章的东西。我不得不将它展示出来，带到市场上去。我手里的东西被夺走。我的物质状况达到了我所期待的平庸状态。但第十二章在精神方面更复杂也更深刻。我停滞不前。后来我发现，有一部分材料应该进入第一章。我要把它补写上。我又没有估算好时间，又变得紧张起来。

我开始写一些儿童文学作品，这里对儿童文学作品的需求很大，大家都在写。我写了一部轻松愉快的作品，《旋转木马》，是文选形式的。还过得去吧。那时，在楚科夫斯基②的要求下，也算是为了他，写了更加严肃、更有内涵的《动物园》。因为期待这部作品能获得成功，我把家人送到了乡下。然而现在我怎么都找不到地方发表。真奇怪，我竟然跟您如此详细地讲了这么多。

---

① 指《斯佩克托尔斯基》。
② 科尔涅伊·楚科夫斯基（1882—1969），作家、批评家、翻译家。

在这里我认识了一个非常可爱的年轻人，丰特努瓦[1]，法国诗人。他答应把小说第一章寄给您。您收到了吗？我之后会寄给您一本散文。它应当被叫作"散文"。出版社坚持让我称之为"短篇小说"，根据他们的观点，"散文"这个称呼很可笑，而且太过"文雅"（！）。这本集子里最后一部分缺少一个结尾。是一个简短的形式，表达了死刑前内心的绝境，审查员不允许发表这部分。

您不会喜欢我的信的。我真的很想给你写信，内心很难拒绝自己的这个需求，但在写信的时候呼吸就会变得更加困难。您知道，我疲惫不堪。接下来会怎样呢？这封信几乎不太可能告诉你些什么。我明天就去看妻子和儿子。我该如何看向他们的眼睛？可怜的姑娘。我是一个糟糕的依靠。玛丽娜，请试着按照以下地址直接写信给我：沃尔洪卡14号楼，9号公寓。看在上帝的分儿上，方便时请您托人把所有新的内容都给我捎来。我连《普绪赫》都还不知道。

如果我注定还要工作，那么正值工作鼎盛时期，当世上没有任何亲密关系能与我与你的精神亲密关系相提并论时，我和您关于生活的交谈就是休闲和节日，不是谈论现在这种我讲述的屈辱生活，而是那种让人忽然陷入孤独的、没人听说的生活。

您比我更纯洁、更坚强，因为您从未改变。您或许会认不出我来。有一种才能，类似某种颈部肌肉的曲线，以特殊的方式将下巴抬起，那么这种自负、高贵的才能总能在您身上找到，并且能不停地被发现：我觉得，我可以通过认清自己诗意盎然时的感受来**描绘**您。但您自己就暴露了这个**才能**，您敞开着大门写作，您多愁善感的心境和以前一样，是青春的，一种圣洁的姿态仍留在其中。

① 让·丰特努瓦（1899—1945），法国记者。

我已经不再听到自己的声音、自己的感受和生活，我只想了解一部作品，不知为何我觉得这部作品像是低矮平铺的、被照亮的幻想世界，它的反光照射在手上和脸上，投影在所有我曾经成为过和曾经到过的一切上。请您不要离开我。

您的鲍·帕

31a ••

茨维塔耶娃 致 **帕斯捷尔纳克**

1925年7月10日—14日

鲍里斯。第一封人性的信是从你那里收到的（其余的都是 Geisterbr-iefe①），我受宠若惊，得到了恩赐，被征服了，被震惊了。这封信是自负的断裂（自负是骨气），你在其中（极度信任的姿态），你**相信我**是一个人，你越过这么远的距离向我靠近，将自己的手稿赏赐予我。鲍里斯，在信仰上，我和你是一样的人（一丝不多，一丝不少）。我这八年（1917—1925）注定都要在日常生活中**沸腾**，我就是那头待宰的羔羊，那头正不停被宰杀却没有被杀死的羔羊，我就是那碗在我的煤油炉子上沸腾（八年）的羹汤，我的生活就是一本手稿，会有人驻足阅读的手稿！**我的**手稿是最白的桌布。我被惋惜和愤怒撕碎，惋惜是对自己的，愤怒也是对自己的：为了我所忍耐的一切。我鄙视自己，因为在日常生活第一次（每天1001次）召唤我的时候就放下笔记本，**再也没有**回头。在我身上有新教徒的职责，在这个职责面前我（对你）天主教的爱甚至都是玩笑、琐事。

表面上：我没有生活"在国外"，而在小村庄里，我自己做饭，打水，洗衣，照顾格奥尔吉，教阿丽娅法语（请想起卡·伊·马尔梅拉多娃②，这就是我）。我被疯狂地激怒了，没有人爱慕我，欣赏我，害怕我。我整天都在锅炉上沸腾。长诗《捕鼠

---

① 德语：神性的信。

② 指卡捷琳娜·伊万诺夫娜，陀思妥耶夫斯基《罪与罚》里的人物。

者》已经写了四个月了，我没时间**思考**，思考的是我的笔。早上五分钟（坐一会儿的时间），下午十分钟，晚上就是一整夜，但晚上我不行，另一个我苏醒了（一个人的声音都听不到，甚至小花园里的声音也没有，因为主人家从晚上八点起就把出口的门锁上了，但我没有钥匙）。鲍里斯，我的生活**几乎是**封闭的。至少你在编辑部与编辑部之间，编辑部与房子之间还有一些零星的人行道和空间，我住在一个被山丘压得喘不过气的盆地里——屋顶，丘陵，在丘陵上躺着，乌云——肥胖的身躯。我没有朋友，在这儿人们不喜欢诗，也不需要诗，不是在诗歌之外，而是在塑造他们的东西之外，我是什么？不热情的女主人，穿着旧裙子的年轻女人，甚至还带着男性的讽刺！

我住的地方是一个村子，有鹅，有水泵。我每月去一次布拉格，去领资助金[①]，我所有的快乐就是没有**误了火车**（命运的和谐！）。如果要重新构建我的一天，一步接着一步，一个动作接着一个动作，我要试一下！——那结果会是滚轮上的松鼠，车床旁的工人（而均匀性拯救了痛苦和折磨的次序），既不是松鼠也不是工人，只是一个女侍者在……

不是8小时工作制，而是24小时工作制。

你不要以为村子就是田园牧歌。村子：自己的两只手，没有一分一秒**自己的**时间。我看不到树木，树木在等待着爱（关注），雨对我而言很重要，因为它会影响床单是否已经晾干。

我真是不理解你：你居然要**放弃**诗歌。然后呢？从桥上跳进莫斯科河吗？亲爱的朋友，对待诗歌就要像对待爱情那样：是诗歌抛弃你，而不是你抛弃它。你是竖琴的农奴啊。

---

① 和其他俄语作家、文艺工作者一样，茨维塔耶娃可以从捷克政府处领取补助。

166

两个房间，非常小，布满了管道，一个铁炉子，就像在俄罗斯。所有东西都摆在外面，一走动就会被绊倒，还会被撞到。餐具、凳子、盆子、箱子，密集的刀口和尖角，所有日常生活的**凌乱污秽**都来势汹汹。单是那些笔记本就没有位置放。吃饭和写作在同一张桌子上进行（我丈夫要写博士论文《圣诞圣像画研究》，阿丽娅要做法语翻译，我在仓促中写一写《捕鼠者》）。

我没有给您家里写信，这是下意识。方便的时机无迹可寻（"在梦里一切都有可能"），您给的地址让我必须写信。在您的愿望里我看到了对顺序的召唤。我服从了。

31 b ●●●●●●●●●●●●●●●●●●●●●●●●●●●●●●●●●●●●●●

茨维塔耶娃 致 帕斯捷尔纳克

1925年7月14日

鲍里斯:

　　第一封人性的信是从你那里收到的（其余的都是Geisterbriefe），我受宠若惊，得到了恩赐，你无意中将自己的手稿赠予我了。

　　而这是我的手稿，简略地说：八年（1917—1925）都在日常生活中**沸腾**，我就是那头待宰的羔羊，那头正不停被宰杀却没有被杀死的羔羊，我就是那碗在我的煤油炉子上不停沸腾了（八年）的羹汤，我的生活就是一本手稿，会有人驻足阅读的手稿！**我的**手稿是最白的桌布。我鄙视自己，因为在日常生活（请注意！日常生活是你欠别人的债务）第一次（每天一千零一次）召唤我的时候就放下笔记本，**再也没有回头**。在我身上有新教徒的职责，在这个职责面前，我（对你）天主教的——不是！鞭挞派①的爱只是琐事。

　　你不要以为我生活"在国外"，我住的地方是一个村子，有鹅，有水泵。你也不要以为，村子就是田园牧歌。村子：自己的两只手，没有一个属于**自己的**姿势。我看不到树木，树木在等待着爱（关注），雨对我而言很重要，因为它会影响床单是否已经晾干。一天的时间：我做饭，洗衣，打水，照顾格奥尔吉（五个半月了，**不可思议**），教阿丽娅法语，请你再读一遍《罪与罚》里的卡捷琳娜·伊万诺夫娜，这就是我。我被疯狂地激怒了。我整天都在锅炉上沸腾。长诗《捕鼠者》已经写了四个月了，我没时间**思考**，思

---

① 鞭挞派（又称鞭身教），一个基督教派别，试图以鞭挞自身来赎罪。

考的是我的笔。早上五分钟（坐一会儿的时间），上午十分钟，晚上是属于我的，但晚上我不行，我不会，因为有别的关注点，生活不是进入自己体内，而是源自体内，听不到任何人的声音，甚至连半夜的声响也听不到，因为主人家从晚上八点起就把出口的门锁上了，但我没有钥匙（哎，我所有的门都是入口的，苦闷却在**出口**，你明白吗?!）。鲍里斯，我**几乎一年**都过着封闭的生活。至少你在编辑部与编辑部之间，编辑部与房子之间还有零星人行道和空间，我住在一个被山丘压得喘不过气的盆地里——屋顶、丘陵、乌云——肥胖的身躯。

我没有朋友，在这儿人们不喜欢诗，不需要，不是在诗歌之外，而是在**塑造**他们的东西之外，我是什么？不热情好客的女主人，穿着旧裙子的年轻女人。

我真是不理解你：你居然要**放弃**诗歌。然后呢？从桥上跳进莫斯科河吗？亲爱的朋友，对待诗歌就要像对待爱情那样：只要她还没有抛弃你……你依然是竖琴的农奴啊。

和叶赛宁相比较，我笑了。我不相信他，不担心他。我总有一种感觉：做叶赛宁那样的诗人并不难！我不会将你同任何人相比较。你永远也别做**第一名**，第一名只不过是一个极大的秘密，一个极大的威胁，鲍里斯！只不过是最后一名的某种程度，也就是那个"最后一名"，不过是被装扮的、被粉饰的、被无害化了的一个。第一名旁边有第二名[①]。**唯一者就不会成为第一**（安年斯基、勃留索夫）。

① 请注意！公式："第一"就是阶梯的最后一级，而"最末"就是阶梯的第一级。——茨维塔耶娃注

169

散文和长诗都收到了。"散文"这个名字是如此固有，而"短篇小说"太刻意了，以至于拿到这本书以后，除了帕斯捷尔纳克的"散文"，我一次也没有，你明白吗，一次也没有将它叫过别的名字。从来没叫过"短篇小说"。难道你会写短篇小说？我笑了。短篇小说，是扎伊采夫写的东西。散文，这是一个**国度**，人们在里面生活，或者是大海，人们用手灌满的大海，这是**一个整体**。唉，鲍里斯，傻瓜和厚颜无耻的人何其之多啊。

　　你从阿霞那里听说了格奥尔吉？请向她转达，我按照最离谱的地址给她写了数不清的信，给她寄了无数次书、钱和物品。请向她转达，我爱她，我一切照旧。已经三年半不曾收到她的只言片语，只有一次通过来自某部门的外人得到了口信。还有，很早以前，收到过帕夫利克[①]的来信。

　　地址：捷克斯洛伐克，布拉格，弗舍诺雷，č23（p.p.Dobřichovice）。《美少年》收到了吗？我托人捎给你的。

1925年7月14日
于布拉格近郊的弗舍诺雷

---

① 指鲍维尔·格里高利耶维奇·安托科尔斯基（1896—1978），俄语演员、诗人。

32 〰〰〰〰〰〰〰〰〰〰〰〰〰〰〰〰〰

帕斯捷尔纳克 致 **茨维塔耶娃**

1925年8月16日

　　我在很多方面都对不起您。相对于其他罪过，回信滞后已经算是最轻的一桩。但有些奇怪的是，恰好是在这些情况下，在读完您的信以后，许多想回复的内容在无意间呼喊着迸发而出，回信却被搁置在一旁或者没有被写完。

　　我不由自主地在两个地方大叫起来。里尔克的死讯①和您提出要帮助我。

　　我从后者说起。让您卷入这些破事是一件卑鄙的事。我称之为卑鄙的事是因为，这种困难绝不是人类的苦难，而是庸俗的磨难，庸俗到难以容忍的地步，庸俗到哪怕您在这里，您本人也会当面这样称呼这些事。简单地说，好让您清楚地知晓一切，这就是事实。首先，这是父亲公寓的一部分，面积是我们三人所需的三倍，根据房间和灶具的数量和布局来看，面积是没办法缩减的。其次，是这一大堆来自另一个早已陌生的时代的家具和物件，我们完全不需要它们，在别人看来这些是既不体面又有害的，它们到底还是将我们奴役了，哪怕只是在数量上。最后，是居住者本身矛盾的、总是半压抑半兴奋的心理，我感觉，我的大部分努力都是徒劳的，所有越发严重的荒唐行为，都是我薄弱意志、优柔寡断、头脑迟钝最好的道德专利。看，这一切就是您想来帮助的！作为玛丽娜，作为洪亮、严厉、锐利的真理之声，作为朋友，作为您想要作为的，您当

---

① 茨维塔耶娃不知从何处获知里尔克去世的不实消息。

然认出了我的手稿，也就是说，和妻子的手稿一样，因为她比我更尖锐、更果断地看待这一切。也就是说无须再补充任何东西。但假如，上帝保佑千万别这样，我没来得及把这告诉您，而您的意图仍旧是活着，我都会把它们的存在当作一个巨大的不合理，当作给自己的一记耳光，让自己终生难忘。这是荒谬的。您要困难一千倍，您生活中的困难已被历史感知到，这困难是现实的，您身处的局促，对所有触碰到它的人来说都是一种荣誉。而我物质上的杂乱无章——陈旧的残余、胡说八道、妄想、肥皂泡，实际上就是未成年的状态。我如此热情地描绘这一切并非为了拒绝刚才的提议：想要反对是不可能的，这可能意味着要挤占公共的空间了，这您自己也会明白，我想象的狂热在这里是多余的。但我只想让您理解这件事，希望您不要将我想的比我配得上的要好，这是不成体统的，我得告诉您。同样，我会认为寄来捷克的散文翻译费是一种故意的、确认的侮辱，如果这难以置信推测成真（我认为难以置信的是由于不感兴趣，也就是说，是由于在我们这个时代这篇散文是无用的、没有生气的）。不，看在上帝的分上，玛丽娜，让一切都照旧吧，我恳求您，我以理解我一直非常钦佩的事业的名义恳求你。这意味着我仍然欠您的人情，我欠下的债不能被理解，不能被原谅，也不能被还清。它就在那里。任何其他的安排会是不符合生活的，也就是说，因为某种缘故会是虚假的。

当我读到关于里尔克的内容时，我泪流满面。有什么奇怪的呢！有一次，也就是在欧洲和俄国之间长达七年无声的分别之后，我非常担心里尔克已经不在人世了，于是怀着这样的恐惧出了国。可以简单地说，这份担忧是我精神道路上唯一的负担。在这份担忧中包含了一切，结束了。对德国一无所知的感觉，对它产生怜悯担忧的感觉。对自己的童年、对自己的根的未知和忧虑的感觉。某种时代的混合是不同的、对立的，同时安置在不同地方的，或是进攻的，或是撤离的，短时间处于不同程度的，不合时宜地处于同一个最高的、无限的程度的时代。以这样的精神书写这个主题，是纯粹的道德败坏。但如果想要说得更准确些，那么在信中就应当简略地说，在全部的这个精神困惑中，显而易见，是没有里尔克的位置的，他是最不适合作为这种混乱的化身的人，但总的来说没有人适合。为了调和和合并这些来回晃动的地平线，正在承受这些晃动的人也不适合。同时，这些非虚构、非杜撰的，在尽头和中断处以及其他某个点的幽灵，在这个点周围它们会并存，召唤。看，不知不觉，我，如果可以这么说的话，我将所有的这些感受都献给了里尔克，就像能够将自己的关心或者时间都献给某个人一样。我想，正是在这个刚形成的幻想环境里，是这个环境把我们变成了幻想，还是宣布我们是幻想：里尔克还活着吗？他是怎么看这件事的？他在什么样的框架里，如果他——里尔克还活着的话？如果他没有框架限制，他现在是谁？

令人惊讶的是，我竟然没有打算去瑞士拜访他！如果我曾经期待因我今生所受到的深深的苦难而得到回报，那么就是梦想去找他。在1922年的时候我得知他还在世，但他很久已不写作了。他们甚至答应帮我打听到他的地址。于是我就不再为他担心，确实是在得知他"就那样，没什么，正如所有的凡人一样"时，我就确信，无论是他，我，他的地址，还是我愿望的实现，都不会有结局。

一想到要和您见面，我又想去找他了。您经常问，我们在一起的时候要做些什么。有一件事我很肯定：我们一起去见里尔克。我甚至有一次梦见了他的座椅。在这个舞台上有许多基本的、自然的东西，面对这些东西，他会借助于自己的书无拘无束地畅谈起来，其中不少东西从他那里传向了我，还有部分传向了您。

　　就在不久前，在收到他去世的消息之前，回复利伯曼[①]替荷兰年鉴提出的请求时（他也曾询问过您），我在信里把最主要和最有决定性的影响归于他。我迫切希望他能注意到我的坦白。如果您知道关于他去世的更详细的消息，请务必写信告诉我。收到这个消息时，我顷刻间成了孤儿，一下老了好多岁。但这个消息落到了感恩的土壤上，我像领取养老金的人一样，按老一套刻板地说话。

　　不，这是真的。我开始思考而不是感受，您别笑我，不这样是行不通的。根据我的经验，我开始明白，如果一个人活着并保持自我，他的框架应该是由什么构成的。对已经错过的东西的兴趣，对我们在青春期因惊人的无知而没有领悟的所有隐喻或者韵脚的空白的补充，被教导着，佝偻着，让人感到羞耻，可是却有希望将无系统的东西联系起来。多少年在我们眼前过去了，那些我们记得自己的岁月是多么遥远！毕竟，我们已经不可能真正地用赤裸的手传达这种最亲密的感情了！我们日渐衰落，如果我们现在不做点什么，那么很快我们就无法衡量我们的年龄和被抛弃的痛苦，以及我们自己的和最近的人的痛苦。这是因为不论我们的记忆多么鲜活，在它的时代有意义的东西很少，也就是说，那些形成事件和确立现在这个时代的东西很少。比如，我很难展望自己和自己的未来，"一百年以前"我的率真有多容易做到，现在就有多难。在我们不知不觉中，我们就这样变成了与我们在艺术中热爱的一切完全相反的东西。远和近的秘密，模糊和精确的秘密，预知和意外的秘密，也就是说，那独一无二的节拍，将生活和诗人与文学区别开，这一

---

① 谢苗·彼德洛维奇·利伯曼（1901—1075），俄语文学家、诗人、编辑、翻译家。

切都开始从手中消失，一次又一次，双手不再关心这些秘密。这是因为许多过去属于大自然的东西，并非在新闻报刊上，而是真正地成了**历史**。它需要被当面了解，对它的了解就像估计它往房间里窥视的头一样有必要。缺少这一点，我们就会成为拜占庭人、马赛克大师，而我们的事业就会变得扁平，直至成为二维的装饰。如果我们不在某种意义上成为历史学家，我们就会承担被排除在深刻之外的风险。玛丽娜，请原谅这些胡言乱语，它应该是有秩序的，但我的这个需求现在已经扩散到了所有事情上，我珍视的和与我息息相关的事情，即周围有空气的东西，它是真实的存在，是我按照深度级别与之联系的东西。空气，生命的空气，我的、您的和我们故去的诗人的空气，强烈暴躁的诗歌的空气，意料中的和令人向往的小说的空气，对我而言将会变得和历史完全等同。我越发觉得，历史正密切涉及我们的地平线，如果缺少这个地平线，我们的一切都会变成一个平面或者一张复写的图片。我想让大气层有年龄和遗憾，使得光线可以被记得、计算、评估距离的介质折射。连黄瓜也应当生长在**这样的**酷热中，在历史时刻的酷热中生长。您能理解我的胡言乱语吗？

这就是为何我没有给您写信。在这方面我没什么好向您展示的，没什么是可以分享的，没什么是可以提问和建议的。不知这些事情什么时候才能完成！有多少是需要做的！只要你发现、摸索到金字塔是如何修建、在哪里修建的，不是为了自己去修建金字塔，而即使只是为了不去妨碍，也不荒唐地从事着修建的工作，你瞧——这儿有一个小孔，那儿有一个窟窿（这是在日常生活的环境下），绞尽脑汁要赶忙用某件没有意义的琐事和早已被你自己斥责的丑陋的手工制品将这些缺陷修补起来。这就是我会陷入绝望的时间和原因，只有在这方面我才会抱怨我们的命运。忍不住要去工作，没有工作，我们灵魂的末日就要到来，完全报废，失去斗志，威胁着呼唤工作的时代也正是不允许工作的时代。这不是一封信，这是耻辱，我要尽快将它洗净。

请原谅我。

你的鲍^①

我刚刚趁着黎明进城了。在电车车厢里离我不远处站着一个女人。她有可能是您。没有任何相似处，但在袒露而美好的五官和双眸中某些东西像阿霞，或许也像您。我看着她，为阴郁的早晨，为在森林里有油漆痕迹的莫斯科房屋，为定律的不容争辩而感到高兴，根据这条定律，莫斯科郊外的别墅在灰蒙蒙的秋晨中把这么多的人抛到第一趟火车上，您也像所有人一样，急着跟我们一起去上班。当然，当我注意到这张脸并想象她是您的时候，我一下子对来城里的前一晚在信里写下的蠢话和连篇的废话笑了。如果这种感觉哪怕再稍微弱一点，我都会犹豫是否要把这封信寄给您。但这封信又是如此忠实、古老，从遥远的地方就被加固了，因此它完全算不上是一封信。

（写在空白处）

我没有收到《美少年》，我急不可待地期待着这些书。

---

① 不，请您真的不要回复我，除非我给您寄去的是更加体面的信。——帕斯捷尔纳克附注

33 ••

茨维塔耶娃 致 **帕斯捷尔纳克**

1925年9月 下旬

为什么您的电话今天夜里没有响？（并没有这部电话。）这是我在梦里给您打电话。50—91。在我打电话的那个房子里，我被告知，50—91是一个工作室，晚上他们睡在那里。没人靠近，但我听到了您家里的寂静，也许，是您梦里的寂静。

为什么我的梦**全部是**关于您的，无一例外！都是些简短的梦，总是**不可能实现**的梦。不止一次梦见过电话，我全身心地鄙视和憎恨的电话，作为取代通信的电话，我使用它的时候，投入了所有因"使用"这个动词而引起的厌恶之情。其他时候，我记不清我是否写过，街道、雪、巷子。有时您不在家，有时是我们在街上，根本不在家，您和我都不在。

我这么久都没有给您回信（您的信让我多么开心啊！），因为我写完了一篇关于勃留索夫的长文章，差不多四页，当然，不是一篇文章：是会面和揣测的记录。写的**不是**一个人，不是一个诗人，而是勃留索夫的形象。这篇文章叫《劳动英雄》。最后几句话把所**有要写**的都说完：我的……无法平静……

这个任务是不可能的，就是说，是当之无愧的：与显而易见的厌恶相反，给予他一个高大的形象，差不多就像一座纪念碑一样，毫无疑问，他曾经就是纪念碑。也有关于您的，关于您，作为诗人的例子，少许关于勃留索夫最严酷的、最坏的嫉妒心（不止羡慕！）。您不会错过我的任何一个想法！更准确地说，您不会错过任何一个想法，如此等等，但显而易见，您处于如此频繁的移动中，但您依然不会错过。

给勃留索夫竖立的纪念碑非常好。毋庸置疑是**最好的**。我很满意。

关于里尔克。和我一样。我也把一切都寄托于他：所有的关心，所有无法解决的问题。他是我**在那里**活生生的存在。关于影响，直接的，我不知道，我第一次读到他是在柏林，在1922年，已经是在《手艺集》之后了。不是影响，而是在认识**前的**融合。噢，鲍里斯！您想知道一个真相吗？在柏林的时候，我同时看了两本书，《生活是我的姐妹》和献给里尔克的书（只有**一本**）。我那时为了摆脱您，因为您还活着，所以令人绝望、痛苦的是，您依旧是能够触及的（正如里尔克之于您），我能承受里尔克：他比帕斯捷尔纳克还多一些。这正处于我对您的爱的高潮时期。我非常幸运，因为我处在高于您的位置，您也应当是幸福的，否则就是上帝和绝境。

是的，他死了。您认为**我**不打算去吗？我知道我将怎么进门，正如知道我不会离去。我坐在脚边，将双手交叉在膝盖上，低头观望着，什么样的表情都无所谓。然后将额头埋进手里，我就这样，并不张开双唇，把我的神吃掉。（我只有站在自己的角度能够明白圣餐仪式，从表面上看来这是荒谬绝伦的。）

你是否认为，可以两人一起去拜访里尔克？可以三个人一起？不，不。两人可以一同去看望睡着的人，去墓地，去已经模糊不清的地方。在那里，那个还有人的地方……鲍里斯，你会因嫉妒而心碎的，我也会因嫉妒而心碎的，也许，会因三人的不正常而心碎。之后怎么办呢？死去？此外，里尔克不是祝福爱情之人，不是长者。（这里并不针对"托尔斯泰"，不是针对泰戈尔和其他人。）为了得到爱去拜访里尔克，为了去爱他，你应当像我一样。

我们当然会去见里尔克。

总之，如果我不断地**跟你走**，我们就不会活着。（一种具有讽刺意味的认识，是事先就被假定的！）

是的！谈谈别的事情！我所有的联络人很快就要从别墅返回。如果您收到了我的包裹（我不知道什么时候，但我会提前告诉您）——针织上衣和驼绒外套是给阿霞的，围巾是给你的，粉红色的外套是给小男孩的。对不起，真傻，竟是粉红色的，不是我选的，是别人送给我让穆尔穿的，但他穿太大了。我希望在11月1日之前到达巴黎，我会给他买上一整套蓝色的衣服，会有些从那儿捎带东西的机会。你最好别说是谁带的，就说是寄来的。毕竟你是有可能不知道的。我非常爱你。

我也想过给你的妻子寄点什么，但最好还是不寄，她不喜欢我，未来也未必喜欢我，别因为小事多愁善感了。

我的儿子非常好。七个半月了。典型的状态就是：坐着笑。**非典型的**，非常自我的：喋喋不休地吵闹，像只火鸡，充满表现力，盛气凌人，总是对准了**目标**，而且总是充满了阳刚之气。他会长大成为一个**女权主义者**。（这是对男性魅力的良好定义吗？）

你不了解我的生活，你只通过片段知晓一些，就像我已经死了一样。这还有一个片段：可能11月1日之前我会去巴黎，待三个月左右，因为未必会稳定地安顿下来。三年多以来，我的第一次出行甚至不是从捷克出发，而是从布拉格郊区，是从村子里。我会和孩子们一起去，谢·雅^①暂时留在布拉格，他要完成博士论文。我高兴吗？我不知道。如果在巴黎会出现某些重要的友谊，如果我能给自己挣得人性的灵魂（永久地），为了其他的事情不值得。还有，车厢会比其他东西更让我感到开心。

　　对了，重要的事：你的散文很可能会在春天来临之际以单行本出版。我会把稿费汇过去。早于春天是不可能的，各种各样的书都赶在前面了，捷克的市场被（破烂）填满了。

———————
① 即茨维塔耶娃的丈夫埃夫隆。

帕斯捷尔纳克 致 **茨维塔耶娃**

1926年1月4日至1月5日

　　也许，这是压死骆驼的最后一根稻草，不必再写什么了，无论什么都不会原谅我。我患书写恐惧症已经多年。如果您不清楚这个情况，我早就被定罪了，现在灌墨水也是徒劳。但是阿霞给您的信在我这里搁置了三个月，因为实在难以想象不同时一起给您寄点别的，于是我在她面前也陷入了不好的局面。有一天，正如经常发生的情形一样，我觉得我会在第二天把给您的信写完，我鬼使神差地做了一件事：在她焦急地询问信件时，我撒谎说信已经寄出去了。即便允许可以将无耻定量调节的生活诡辩，在这种情况下我都是不能被原谅的。我以为我作为一个骗子不会超过一天，但这一天延长至几周了。我在一个最不合适的时间给您写信。我牙疼得厉害，刚去看过医生，他帮不了我，牙疼得更厉害了，我感觉非常不舒服，最好的办法就是去布拉格找您了。但这一切，这一切都是胡说八道。有两件重要的事要谈，请允许我把它们整理就绪。您肯定已经得知叶赛宁去世的消息。我们为这个悲剧感到震惊。自杀在世间并不罕见。在这种情况下，这件事的细节以如此相似和扩大的方式呈现出来，使得每个人都好像亲身经历了它们，仿佛在自己的喉咙里，极其痛苦地体会到绞索那食人魔般的残暴，以及他自缢前房间里的一切，体验到这个下定决心的人的孤独、撕心裂肺的痛苦、生命中最后的渴望。

　　他度过了极其灿烂的一生。从生平的角度来看，就个人而言，这是他诗歌中最极端的体现，不能不向其表示崇拜，您也不能不对其保持忠诚，而我没有。他最后一首诗是用鲜血写就的。他的诗远远比不上他的勇敢、热情、暴乱中的独特性和激情。可能我没有读它们的本事。这些诗，尤其是最后的那些（不是临死前写的，而是最后两年内写的）向我表达得太少了。这一切早就借助音乐的自然力量挺过来了。我不记得，关于我与他、他的名字相关的不愉快，我在夏天给您写信的时候究竟都说了些什么。顺便说一句，除去其他许多事之外，他可能还遭受过这种荒谬之事。不知为何人们借我的名字去冒犯他，尽管我一次也没有拒绝这样的荒唐行为，在这个意义上来说，我们被变成了对手。为了尽力摧毁这对双方而言是野蛮的、不必要的、令人难堪的对比，我已经达到了自毁的程度。在那里有一块正在燃烧的生命，无边无际的土地、名望、所有编辑部和出版社的认可等等，在这里，安稳地无所事事，随时准备证明自己的平庸，无休止的争议，狭隘的圈子，其他无可比拟的谜语和任务，拒绝和含糊的尴尬情形。只有一次，当我突然从他的嘴里听到了所有让人不快的内容，说我为了消除生活中的假象而诬赖自己，更准确地说，当我听到我自己曾经跟他说过的那些话，被他说出来以后，所有作为补充的重要实情都丧失了。我为此——也**只是**为此而——当场打了他一巴掌[①]。在本应自然地期待大人物深刻和真挚的领域，这件事因为在这里显示出的平淡和空虚而注定了。他想趁机以说马雅可夫斯基比我更伟大来奚落我，倒是这个我，为了这个自白而一直高兴。现在谈起这件事既痛苦又难以想象。但我重新考虑，发觉那个时候我不可能有别的感觉和别的行为，当我想起那个

[①] 叶赛宁和帕斯捷尔纳克曾在编辑部发生争执。叶赛宁挥拳要揍帕斯捷尔纳克，但被帕斯捷尔纳克抓住了手。

场景，我像那时一样痛恨、鄙视其肇事者。

我不知道您那里是怎样的，但这一切都发生了，时光荏苒，他熄灭了，烧尽了，您的《美少年》我收到了，迫不及待地拆开，我在没有诗歌的空中给你写信，空气对诗歌没有回应。如果在末尾还会谈起自己的话，我还会回到这个话题上来的。

道歉、解释简直令人讨厌。可以不要这样吗？感谢，感谢，感谢。这是巨大的喜悦，巨大的荣幸，巨大的支持。巨大的痛苦：如果您还并不因为题词而后悔[1]，您会感到后悔的。岁月把我们分散到不同的方向，我会从您那里听到自己那些苍白的、不美好的话，当关于自己的那些话像新发现一样又回到你这里时。这是会发生的，因为预感已经悄然掠过。还因为我知道自己努力的意义，知道该对自己怎么办，该去哪里，我知道您和您对自己脸的忠诚，一下就涨红的脸，年轻时的脸，在诗歌中、在生活中永远感到惊讶的脸，被释放至灵魂底部的脸，就像不变的面孔永世的不安。

现在谈谈童话[2]。一个真正的童话，尽管和《少女王》相比没那么传统、规范，更自我，更古怪刁钻。但所有脱离老套神话的做法都是被许可的，即使是最离奇别致的做法。也许我承认自己的无知，但似乎有、也应该有这样的故事，不管雪中的大理石、小树还是在这些故事中创作出的一切东西是多么出其不意。戏剧性的，痛苦的，感人的。我不想屈从于感觉，从整体来看，认为童话的事件承担一种监督的、象征性的任务。不要考虑整体和统一，不是飘走，而是滚动、展开、交集。写得非常宽泛，非常分散，不得不谈到声部，最细微的划分，是几个诗节的总和。在这方面叙述结构安

---

[1] 指《美少年》的题词，参见第 **28a** 封信。

[2] 指茨维塔耶娃的长诗《美少年》。

排、契合得很好，立刻表现出了不可分割部分的广度和它们进行的速度，出色的主题速度：

……玛鲁霞高于众人……

还有：

……玛鲁霞，送我到门口。[①]

接下来为简洁起见，我就不多说了，用页码代替引文。17—18—19。外部活动与和其内心活动的一致性巧妙地传递到一头，又传递到另一头。27—28。刺探。31。重要的。书面的。38—40。誓言叙述得妙极了。您是怎么做到的！尽管所宣扬的内容如此复杂和刁钻，但接下来的阐述却很精准。地主和大理石（神话般的色彩斑斓）。62—63。**非常好**。这是您真正的抒情诗。70—71。宾客。76；79；82；**非常好**。77—78。**非常好**。重复第一部分（韵律和主题）！在村子里。宣告声，和玛鲁霞个人灵魂的声音交织在一起。结尾。所有这一切都在自己同样的慷慨中美妙地流淌，一些句子本身在语言和风格方面是没错的，在这个语流中似乎像是笔误。这是"所有感觉的缺失"（52），"成熟地审判"（65），"牙齿就是缺口"（80），我连这也写下来了，觉得惭愧。我似乎要变成利沃夫–罗加乔夫斯基[②]了。

让我最为震惊的是信的广度。三四个引用的（标记了着重号

---

① 茨维塔耶娃的长诗《美少年》中的诗句。
② 瓦西里·利沃维奇·利沃夫–罗加乔夫斯基（1873—1930），文学评论家、政论家。

的）令人陶醉的地方在整个结构上四溅开，给它定调，悄无声息地流入其中。**似乎一切都同样写得如此之好，就像是这些抒情诗的凝结物。**而这是考究的大规模结构令人羡慕的特征，让容易的部分服从主要的部分，使得容易的部分看起来像是主要部分本质上的延续。

1926年1月5日

昨天傍晚我给您写信，当时的我是由好几个人构成的。夜间我的牙出现牙龈脓肿了，生平第一回。现在我坐着，周身裹着棉絮和法兰绒，感觉自己像一个猪形存钱罐，甚至于我思绪的方向也有点像猪。在这样的情绪下，完全没有条件用自己的存在给您增添负担。我打算趁着这个机会给父母写信，我已经半年多没给他们写信了。也许在消肿之前我还来得及给爱伦堡也写一封。如果按照莫斯科的习惯，分别的时候我在门口再站一个来小时，您也不会看我一眼的。再见。不要以为这件雨衣崩开了，把碎片撒得到处都是。不是这么回事。

当我确信，我的韵脚和韵律彻底牛头不对马嘴时，我就会成为一个三流的历史学家。我正在用一部关于1905年的伟大诗歌作品修整我糟糕的事务和更糟糕的声誉。这不是一首长诗，而是一部诗体编年史。按照日历顺序，以单独的图像形式写成。有些东西已经完成了，所有的纪念日都掠过了，它将于1926年出版。当我把施密特的内容写完时[1]，我会把这部分寄给您。我知道，您对他很入迷。

您那时是从哪儿听说里尔克的消息的？感谢上帝，他还健在。

---

[1]　帕斯捷尔纳克后来单独写成长诗《施密特中尉》。

我收到了他从德国寄来的*Sonette an Orpheus*[①]，这是他在长久地休息后，在前不久，于1923年完成的作品。这本书的特殊性深深地打动了我，因为这些特殊性在诗意上对于里尔克而言平淡得难以置信。我因此而深深触动，这就像一个伟大又宝贵的灵魂患上普通且日常熟知的疾病。首先令人震惊的是，一个被置于与我们完全不同条件下的人，在他身上发生的事情和在我们身上发生的事情居然一样。时代的共性和时代非虚构的、难以克服的困难在其中得到了体现。在这本书里，他（在某些地方）被卷入了与时代精神的交谈（汽车、战争、飞机等等），他论述、教导、辩解。这些片段是沉重的、说教的。在艺术中，所有时代都总是有着相互依存的关系：（1）好的，被继承性证明了的，在某种程度上是民族和时间所共有的风格；（2）某一个人（或者几个人，没有差别），在历史中一次又一次地与其相背，追溯至艺术元素的最**开始**，追溯至它的绝对源泉。从本质上讲，独创性是对艺术中源性的吸引。就如何看待里尔克而言，我不是他的同时代人，但德国优秀的传统，包括歌德式的传统，我都理解为里尔克独特性的背景，那么应该说，在这本书里他通过背景的声音来说话。这个情况是有教育意义的。此举是无意识的，但是自愿的。这终究还是一部出色的作品。我会无止境地读它。我说的那些只是细微的差别，别无其他。

在这场"关于两种类型及其他"的令人沮丧的论断中，我忘乎所以，不合时宜地把牙齿咬得咯吱吱响。你可以很容易地想象到我到底发生了什么事。我带着一张完全扭曲的脸向您告别，不会更糟了，也就是说，比您的吸血鬼糟糕得多。请尽快回复阿霞，同时请别说太多我的坏话。我无法用语言来表达我对您的故事是多么感

---

① 德文：《致俄耳甫斯的十四行诗》（1923）。

激。我配不上它，以前配不上，未来也配不上，永远都配不上。但这不算什么。配不上的东西是物体构造的原则，是松散的原子世界，我生活在其中，跟随您的脚步。

您的鲍·帕

帕斯捷尔纳克 致 **茨维塔耶娃**

1926年2月1日

感谢您寄来的相片和书信。尤其要感谢您委托我办的事①。我相信您，当我一想到这会是您写的，并且您将自己的灵魂和力量倾注其中，我就感到十分高兴。我会尽我所能把这件事做好。我一收到您的信，就立即预订了剪报的打印稿，在这儿是可以弄到的。我给乌斯基诺夫②写信了③，他是叶赛宁自杀前一晚最后见到的人。尚未收到回信，也许他会直接往巴黎给您写信，到时我会知道的。您不要给我设定期限，我会把所有东西都邮寄给您。但必须确保是可以寄到的。我认为，如果能带着全部材料去一趟卢那察尔斯基那里或出版总局（即书刊审查机构）是最好的，以免在材料上出现什么愚蠢的误会。大概两周后会托人捎给您。

一个月前我给您写了一封信到布拉格。信里附上了阿霞的信。您收到了吗？根据您从巴黎寄来的那封信里的问题来看，那封信没有寄到。

由您告知的、与我相关的一些信息对我没有帮助。我正在应付物质上的困难。但这是一个艰难的时期，不言而喻，对所有人、所有事，在任何地方都是如此。有那么一瞬间，人们会被新的工作、

---

① 茨维塔耶娃在1926年1月18日给帕斯捷尔纳克的信中曾请求后者寄来与叶赛宁去世相关的材料，她打算写一首关于叶赛宁的长诗。但后未写成。

② 格奥尔基·费奥法诺维奇·乌斯基诺夫（1888—1932），记者，写了有关于叶赛宁的回忆录。

③ 除乌斯基诺夫外，我还往彼得堡给卢克尼茨基和弗谢·罗日杰斯特文斯基去了信。——帕斯捷尔纳克原注

新的努力蒙骗，会利用这份努力开拓自己的界限，将直觉、名誉、真理从自童年起它们就在的地方转移到别的什么地方去。每一次这样的尝试都会以绝望告终。我故意寄来了样本。这出自关于1905年的大型作品①。我想知道关于诗里的臭肉②等内容您会说些什么。但不论您说什么，我都会把这伟大的、但过分亲近的、没有前途的散文的沼泽从头到尾走个遍，把水排干，在其中死去。从《1905年》这部作品开始，我就要走向现代了。

说真的，我恳求您，亲爱的朋友，请严厉、认真地回复我，关于臭肉、谈话和其他的内容您有什么想法。在家里（妻子和弟弟都大为吃惊），说这是丑恶的，哪里是什么诗歌，大概马雅可夫斯基也是这么想的。在组诗中他喜欢的部分我并不喜欢，就是我没有寄给您的《普列斯尼亚》③那部分：浪漫主义，隐喻，无关紧要的内容。而现在重要的是我该如何战胜沼泽。请您一定给我回信。在往布拉格寄去的信中我谈了《美少年》。我为您的题词感到自豪，自豪的同时又不断抛弃它。《美少年》现在在艾娃④那里。如果您没有看到寄往巴黎的那封信，请告诉我，我会具体写信告诉您，现在不想说了，否则要重复，万一突然又全部转寄给您了呢。有三个地方有美妙的抒情，写得很广阔，是突然抛出的、明显的。

阿霞从"乌兹科耶"给我打来了电话。这是中央改善学者生活委员会在莫斯科郊外的疗养院。她在那儿待了一个月，很快就要回来了。她详细地问起还没有读过的《美少年》（艾娃会把这本书转

---

① 此信附有《1905年》中两章的手稿。
② 指长诗《1905年》里《波将金号》一章中的情节（最后定稿的题目是《海上暴动》），在暴动发生前，水兵们拒吃臭肉。
③ 指长诗《1905年》里《12月的莫斯科》一章。
④ 具体指谁，不得而知。

交给她）。她说她休养了一阵。她让我给她寄一些书写纸过去。她要写自己的故事，您知道吗？我喜欢她幻想的风格和气质，喜欢她生命形态的嗅觉，您理解吗？但她的作品没处发表，我想不出来，她也不会去想。

又及：一个人①刚从彼得堡带着材料来了。材料包括卢克尼茨基详尽的书信，其中有许多重要的细节。我认为这封信会是您要求的可靠性的关键。此外还有许多文章。已经拿去重新打印了。

我打听到，东西将于2月10日至15日期间带到。您把工作先放一个星期。如果这些东西在邮局弄丢了就太可惜了。

（写在空白处）

　　　　我会给您寄去有叶赛宁自传《红色田地》②的包裹。这是一个测试。是否收到请告知。

---

① 列夫·弗拉基米洛维奇·戈尔农格（1902—1993），俄语诗人、文艺学家。
② 一份周刊。

帕斯捷尔纳克 致 **茨维塔耶娃**

1926年2月23日

　　您收到关于叶赛宁的文章了吗？如果没有，那这两天就会收到。他们会送到家里来。

　　在饭店的称呼，无论如何也不会是老爷，多半是公民。这是一个粗俗的称呼，非常通行，就像以前在词语后加词尾"-сь"一样①。如果是他的话，可能会更直接、更热情（如果人们知道他的话），叶赛宁同志或者直接称呼名字和父称。很可能是叶赛宁同志，最为典型的（对跑堂的来说），是公民。

　　位于沃兹涅先斯基大街上的安格列特尔酒店②，离伊萨教堂广场不远，从酒店房间的窗户可以看到广场。拿上彼得堡的平面图和说明，我想您能找到。从火车站出来的路线不能确定。不论您怎么根据平面图来重建路线，都有可能是对的。说说这个地方的特点。按照《罪与罚》的情节发展，据我的记忆，这个地方主要是斯维德里盖洛夫③部分的内容。离这儿不远就是干草广场，贫民区的窝棚，拉斯柯尔尼科夫疯狂的散步④。叶赛宁在人生最后的一段时日里，在和人们见面时，时不时地会向人自我介绍：他是斯维德里盖洛夫。有一次和阿谢耶夫打招呼时就是如此。我从别人那里听说的。

---

① 19世纪时，为了表示对对方的尊重，在词语后加"-сь"。
② 位于圣彼得堡的五星级酒店。
③ 《罪与罚》的主人公之一。
④ 《罪与罚》的主人公拉斯柯尔尼科夫在干草广场有了杀死女房东的想法。

皮大衣和毛皮帽子①。根据卢克尼茨基提供的资料表明，叶赛宁晚上一个人留下来过夜，叫了啤酒到房间里，次日早晨，当他们破门而入时，发现了三个空瓶子。这些话下面还有一个脚注。卢克尼茨基要求不要把这些细节散播出去。我一读完这个附注，就立即把卢克尼茨基手稿里所有关于啤酒的内容删掉了。这就是为什么在寄给您的打印版里您找不到这部分内容。假如不是您对这件事的坚持，同时表明了对您的重要性，我（按照他的请求）本不该告诉您的。您不能直接说出这细节，这点我是赞同卢克尼茨基的请求的。对了，由卢克尼茨基提供的描述，是给您的所有材料里最全面和最有价值的。您可以根据标题找到这份材料。具体的标题现在我记不清了，但其中提到的名字有：乌斯季诺夫、弗洛曼②、什卡普斯卡娅③、埃尔利希④，还有其他一些卢克尼茨基询问过的人。卢克尼茨基本人是阿赫玛托娃的好友，我不认识他本人，也许您认识。他是一个有同情心、乐于助人的人。

最近我了解到一种说法，在我看来是荒诞无稽、不足为信的。应当再问问卡津⑤，这个说法援引自他的话。好像叶赛宁在离开前对卡津说："你这就会知道，人们是怎样看待我的。"他们似乎想把这件事和叶赛宁企图自杀的猜想联系起来，他们想以此来解释他的右手在喉咙处被绳索套住的事实。因为我不认为您对这个说法的观点会和我不同，因此我没有做任何事去确定它的来源，对它进行更正。在这种情况下，手的位置给整个悲剧的形象额外增添了极其

---

① 指叶赛宁的死亡现场，在酒店房间内的椅子和桌子上分别放着一件皮大衣和一顶皮帽子。

② 米哈伊尔·亚历山德罗维奇·弗洛曼（1891—1940），俄语诗人、翻译家。

③ 玛丽亚·米哈伊洛夫娜·什卡普斯卡娅（1891—1952），俄语诗人、记者。

④ 沃尔夫·约瑟福维奇·埃尔利希（1902—1940），意象派诗人，著有纪念叶赛宁的回忆录《歌唱的权利》。

⑤ 瓦西里·瓦西里耶维奇·卡津（1898—1981），俄语诗人。

可怕的特征。

哎，玛丽娜，玛丽娜！不管我现在跟您说了什么，这都不会比我之前那些回复更好，这些回复最终引起了这场我等待、害怕已久的爆发。您的回击不仅是公正的，甚至大大地软化和削弱了，您也通过打击宽恕了我。

该从哪里开始，该告诉您什么？我在众多此时此地就该理解、说出的东西里张皇失措。当我再次与您说话时，我不知所措，那种喜悦压倒了我，尽管是用现在的声音，尽管只是为了回应您。您告诉我说，我失去了您，而我为此感到高兴，因为我刚想对您说说您给我带来的痛苦，我就听到了我的话的十倍回声，这个回声只有在呼唤您的时候才有可能发生：这是我关于您的想象对这些话的物理性回应，就像意志的轰鸣声，这是对一个伟大的、模范般的灵魂的想象，这个灵魂不可能没有一个聪明的头脑，知晓一切并热爱自己的知识。这封信我需要写很久。我会中断这封信：我害怕陷入感觉的惯性，思绪分散。但应该按照真实的情况写作。这里说的是存在的、不可替代的东西。我没有失去您，我不能失去您。

为了收到您的来信，把我笨拙的、没有特点、毫无意义的信寄给您，像个傻瓜一样站在您的面前，接受您对我以"你"相称，让空气充满我行为举止中难以忍受的愚蠢，这是一件非常勇敢的行为。您真的认为我不明白，这一切该如何从局外人的角度来看待，看起来又会是什么样？噢，不，我看过《第十二夜》[1]和契诃夫扮演的马伏里奥[2]，我读了《聪明误》，我记得穆尔恰林[3]。但

---

[1] 指莎士比亚的戏剧。

[2] 米哈伊尔·亚历山德罗维奇·契诃夫（1891—1955），演员，作家契诃夫的侄子。他在莫斯科艺术剧院曾扮演莎士比亚剧中的马伏里奥一角。

[3] 格里鲍耶陀夫（1795—1829，剧作家）的喜剧《聪明误》中的人物。

没有想到这种可能的相似处如此惊人，看来我是说了一些冷漠的废话，对您以"您"相称，就像被麻醉了一样，让时间随心所欲地对待我，在这方面没有任何顾虑，我永远地、完整地采取这种《里程碑》和您青年时期的作品告诉我的方式。又是这个语调："方式"，"作品告诉的"。但您别在表达上耽搁时间。

我早就跟您说了很多，剩下的是感觉悄悄提示给您的。您不能不从我们关系**本质**的起点开始评价。关于这个本质，您说过，也写过，而我沉默不语。我如此自由地提及这件事，不带任何色彩，没有一丝不妥的言行，因为这既不是马伏里奥，也不是穆尔恰林，因为我知道我在说什么。因为这不是一部人道的小说，而是两种知识的碰撞和融合，这两种知识由令人颤抖的具有相似性的力量所形成，现在我不确定您是否知道我在说什么。举个例子。我很久没有听过音乐了。今天碰巧参加了一场纪念斯克里亚宾的交响音乐会。您知道他对我曾意味着什么。我听着，没有进入状态，没有忠贞之情，同您在信里注意到的一样漫不经心，对于某一次可测的深度而感到平静，这个深度的记忆是属于我的，不取决于回忆。也许，当我把生活看作钟表上抒情的停留，我在聆听违背这个时代的音乐时失去了很多。那些曾经让我疯狂的熟悉作品演奏了起来。现在，很多乐曲从耳旁掠过，它们听起来空旷而绵延。正当我开始思考，一个人在经历近些年我经历的那些变化时，在精神上会变得多么贫穷，贝克曼–谢尔宾娜[①]就演奏起了b小调（好像是）幻想曲。在这个令人惊奇的作品里有一个地方，此消彼长，紧密相连，层层堆积，承载着越来越重的和弦负担，突然，在一个可怕的、和谐的高度，柔和、舒展、停滞下来，似乎是将已达到的高度测量到最底

---

① 叶莲娜·亚历山德罗夫娜·贝克曼－谢尔宾娜（1881—1951），俄语钢琴家。

部，好像回过头去看向旋律，就像当人们回顾过去，屈从于对积累的声音的爱慕，突然间脱离开来，继续成长。

这是一份不均匀的巨大压力的意想不到的解决方式，这个压力被稍稍放开，逆流而上，然后立刻被打磨到无法承受的、从属于艺术的时效。这里有我喜欢的东西，有彰显属性的特性。音乐里有成千上万类似的手法，在这里有一个，对我而言，音乐的所有存在就在这个手法中。这一现象以其完整无缺的形式流淌着：也就是说，这和谐的偶然性从自己诞生那一刻起，便把曾在人的脸上看到过的那些泪水永远包含在声音的闪光中了，我**正是**流下了**那样的**泪水。您在这里。这里有我对您的态度，它让您不满，让您困惑。这里有天赋的开端之一，它再一次让我觉得是包罗万象的极致之一。为了能够回望这个被时间、意义和怜悯的汁液日益浸润的人，这个开端把个性推向高处，从而将个性从人身上剥离，并以前途的名义做这一切。

有必要对上述内容进行一个修正。我只把您与所引用的内容进行对照。我说的是只在您一人身上闪现的那种火花。我在这里没有说过一个关于自己的字。我不了解自己，也意识不到自己。相似性的颤抖，我说。我从人的层面上感觉到了这个颤抖，在这个层面上我认为这个感觉对所有人都是必需的，也是赐予每一个人的。如果您在所有人身上都激发出了这个感觉，并且是以这样的形式，我会很高兴与他们为伍，且赞同您的观点，认为实际上我和所有人都是一样的。这就是要对您说的。其他的我不多说了。这世上没有什么可以让我说一些不合场所、不合时宜的话。因为时间和地点都是活生生的东西，我们命运里活生生的部分。"此地"和"此时"并不是空虚的。它们在生活和变化。我不想以预判来贬低它们，让它们失去意义。它们比我更大、更老。现在您和我是分开生活的，我俩和它们是三位一体生活的。而您希望听我说，好像我们是四个聚在一起。这不单单取决于意志，尤其是现在，当它们哪怕只凭借自己的高深莫测和新颖比我们强大、崇高一百倍，就凭我们还没看清并爱上它们的脸，就凭于我、于您它们都不尽相同，到处都是。这种反常现象是由我们的平庸和懒惰造成的，当我们战胜这种现象，它们汇聚到一起，我们不知不觉地再次出现在故乡，我们将和它们结合到一起。

　　我的精神寄托于此，我的努力作用于此。我曾跟您讲过历史主义。但这里不需要说，而需要做。我下次什么时候再跟您写这个内容。有几条已经成为我的准则。我们的时代不是自然力的爆发，不是西徐亚人的神话，不是美好神话的作用点。这是俄罗斯社会历史的一章，是美好的一章，紧跟在十二月党人、民意党人和1905年相关章节之后。当这一章慢慢沉淀下来，在风格上逐渐清晰，当这一章把自己原有的风格留给后代，它会比现有的、被模仿的公式更崇高、更严肃。此外，《世界史》里的这一章会被命名为**社会主义，**没有引号，而且，在这个意义上，更加广泛的秩序里的环节会显示出饱含意料之外的道德内容，然而内容的形成，直接取决于每一次对它预测的独立尝试。这就是我缺少牙齿的眼睛所关注的东西。而且，在对我们这个时代被残忍剥夺的形式的思念中，就像在对您和对斯克里亚宾的思念里，有我永恒的、个人的、不安的点。这正是俄国历史和世界历史的重合点。这并不说明什么，但对于陀思妥耶夫斯基的追随者来说已经足够了，但路线图只是债务账本上的记录。这需要被看到，被展示。这应该是类似于某种地球的半周一样的东西，在这个半周里并不能完整地看到他，那时他是全部真实的，或者类似于人脸上的笑容。但我在跟您写些什么！这完全不是您想知道的。您的照片我不会退还的，我不会退还任何东西。晚安，我和您聊得太久了。请您不要转载我的作品。感谢您的稿费。在这里我的生活比您过得好。不需要任何稿费。我没能给您寄什么东西，真是太糟糕了。

1926年2月24日

又及。关于灵魂、纽约、叶赛宁和马雅可夫斯基，您简直没有让我平静下来。您记得吗？这些箴言并不是我提出来的，它们从旁经过，走向我从未成为过、也永远不会成为的假想的偶像。他应当是暗藏虚荣的，强忍着，因为自己的虚伪疲惫不堪，人们出于怜悯而喂他焦糖。难道我在您面前就是这样的形象吗？那时，我在您面前不合时宜地理清我和叶赛宁混乱的关系，这混乱的、完全是屈辱性的关系并不是我造成的，它处在我曾生活过并且还会生活的世界的下方。

您问我，您告诉我的消息是否能帮到我。您还记得吗？您猜到了。是的，当然，正是您写的那种（对于文学青年）爱。首先，这是无稽之谈，也就是说，要么它不存在于您的善意之外，要么，如果它是存在的，那么它**不可能有**必需的填充物。因为这份好感被分散到了两个不同的世界，两个不饱满、在不满的部分又遭遇不顺的世界。这又说到过去的事情了。

同样的感受可以用来解释"不安"一词，我一直以这种不安的情绪在期待您关于《1905年》片段的看法。我想知道我不确定的那种题材的可能性。我是否将诗人擅长的东西保留在对自己、对其中一位诗人的摧毁中，还是在追求相反的目标。也就是说，这个兴趣比您想象的（并表现出不应有的滑稽）要更广泛、更严肃。

最后，我为这封信的笨拙和冗长表示歉意。我很害怕这样的信。但依然表达不出在它们背后所体现的东西。这种表达力是不被允许的，应当避免。在这些意图的基础上总会有一些矛盾的冲动。这封信澎湃激昂，就好像它可以将读者激活，并召唤收件人，让他出现在你的面前。这封信陷入了多愁善感的情绪，确切地说，这封信正体验这种现象。在没有对现实进行奇迹般的抵抗时，这封信开始哲学思考，它的哲学思考不会有现实会面竖立起的边界。请给我回信。

您的鲍

帕斯捷尔纳克 致 **茨维塔耶娃**

1926年3月4日 前后

玛丽娜，我的灵魂深不可测的朋友，世俗锅炉房里相邻的炉膛，我们处在同样的蒸汽下，请在写信时对我以"您"相称，我请求你，我们无需一触即发。你用"你"称呼我，把我变成了一个洋娃娃、演员和一个直径无比巨大的圆形伪君子，但我既不是洋娃娃，也不是演员。我对你称呼"您"，是一种平衡，就像《1905年》的体裁，就像在难以想象的时代困难中唯一能想象到的，我带着一系列平凡无知的恶习，和**这些恶习上**、按照这个结构成长起来的家庭、特点，整个人伴随着这个时代，处于这个时代。哎，我该如何解释呢！相信，相信，相信，相信，相信我，这是最重要的。请不要因为这些"平衡""机遇""思考"而感到气愤，它们借助中立态度虚假的金色光芒启发你。这不是真的，不是！但是在这个被本世纪初所笼罩的单一性的持续雷雨中，破坏已经失去意义，我既不会在个人的毁灭中，也不会在别人的苦难中感受到雷雨。我不害怕用敷衍了事的回信里的细微和冷淡刺伤您的手，因为我就像了解自己的堕落一样了解您灵魂的堕落，我知道，这些都不值一提，除非您不想在同一个疼痛刻度表上估量您的或者我的良心（没有区别），这个疼痛刻度表是根据戏剧化的公式精心计算而成的。您没有这样做，您也不会这样做。您没有闯入我的心，是我先带着《里程碑》闯入了您的心。总的来说，这场对话，我或您，是如此不合时宜，是一种生活的模仿，我立刻想到了自己，我要无助百倍。因为我带着一种简单、神奇、包含幸福、易于理解的感觉从杂乱无章转向书信，而在信里，趁一切还在过程中，我尝试表明这是多么简单，从而让这一切模糊不清！瞧，这简直是一团糟！请您称呼我为"您"吧，玛丽娜！我坚信，可以把炸药送给可怜的亲戚，这部分的交响乐已经响起！它之所以被称作"英雄交响曲"，并不仅仅因为第一部分充满大量的打击乐！很快，它将不得不通过其纯粹的内容，通过真正的音乐来证明其名称的正确性。这时我们就有工作可干了！玛丽娜，我们将会成为新黑格尔主义者，就像年轻时的恩格斯和马克思那样，我还会和您一起抨击那些胆怯和悲观的共产主义者——我们或者那些年轻人，我们会像为自己的新一代感到高兴一样，为这些年轻人感到高兴，这些年轻人会和我们生活在一起，和我们成为朋友。玛丽娜，玛丽娜，这就是我写的关于您的一切。玛丽娜，为了让您更清楚：不久前，就在最近一段时间，我回顾了一下这些年发生的一连串死亡事件，不是我敬若神明的勃洛克的死，不是叶赛宁的死；伪装得如此接近，以至于将变成一个幻象；不是曾经爱我的共产主义者勃留索夫，而是古米廖夫的死亡[①]，在我看来是一个不可修复的灾难，是时代恶意的过失，是一个自杀性的错误。随您怎么惊讶，但我觉得，如果他活到今天，他会是一个属于革命和时代的人，正是他，凭借自己对压缩和集中文化的现代性需求引起了勃洛克厌恶的反击。同样，没有什么可向您解释、向您讲述的。但是，您哀悼的那个人，您对结果他性命的可耻行为感到吃惊，如果您被针对那个人的"错误"一词刺痛了，那就请您跟随这个词，跟随这个感觉，您就会明白，我是如何开始感受和经历这一切的。我想透过历史，在它背后感知，我不会夸大其

[①] 尼古拉·斯捷潘诺维奇·古米廖夫（1886—1921），1921年因反革命罪被处决。

词，如果我把这称作心灵的重生，并不夸张。

玛丽娜，玛丽娜，玛丽娜！您如此详细地描述了那个晚会[1]，我是多么高兴啊。继我上一封信之后，我就想问您这件事。就我个人而言，我太高兴了，和您一起转圈，我向您表示祝贺。一切近在咫尺，一切似乎就在此地，就像在我们这里一样，连编辑总是对于"不可理解的事"编造谣言也包括在内！玛丽娜，请保重，紧抓住生命不要放手，我们还有很多事要做！我要将命运的相似告诉朋友们，不光是我和您的命运相似，还有阿谢耶夫和马雅可夫斯基的命运相似。

另一个巧合（就像那个晚会，为了回应一个错过的请求）。有关谢尔文斯基[2]作品的转载。我本想写信跟您说说他的事，但又漏掉了。（你说这是自寻烦恼，尤其对您而言，您给我下的定义很对。这个特征被掌握得如此透彻，可见其余的您都知道。那么我就不害怕了。噢，我是多么爱您!）好吧，您也提醒过我这个疏忽，这正好是我想谈论他的方面。他非常有才华。谈论我或您的现代性是可笑的。只有他是现代的。也就是说，只有这样一种新生的史诗、折中主义和新阿克梅主义的汇合铁水流向革命，并驾齐驱，像白昼的头颅一样漂浮在数量的沉淀物之上，起起伏伏。随即是他对现代性令人欣慰的修正，然而，就短时间和年代性的张力而言，他暂时落后于我们。也就是说，同我们相比，他能够在更低、更贫寒的温度下发光、发热。他才华横溢，以至于后来不得不成为一个抒情的个体。同时，他的优势恰恰在于，就像他们（包括他本人）

---

[1] 指 1926 年 2 月 6 日茨维塔耶娃在巴黎举办的晚会，这对提高她在巴黎俄侨文学界的声誉有重要意义。

[2] 伊利亚·利沃维奇·谢尔文斯基（1899—1968），诗人、剧作家，构成派主要成员之一。

认为的一样，他不是一个抒情诗人。我们改天再谈他。您或者斯维亚托波尔克–米尔斯基①从刊物中是如何感受他的，令我感到惊讶。他需要被听到。去年整个冬天，不管到哪里，阿谢耶夫都能凭记忆精彩地朗诵谢尔文斯基的作品。但关于他的事下次再说吧。

玛丽娜，我很害怕，未来我会变得不幸且灵感尽失，如果您再次确认（如果背后是有意义的），您的附语："我笑这些年来和你在一起的自己。开怀大笑！"噢，玛丽娜，玛丽娜。对我来说除非与您有关，否则时间是不移动的，即"不在的这些年来"②。您当真想要提醒我，当时一切都很多，现在什么都没剩下？怎么会这样？请别说这句话，甚至只是暗自说也不要，千万别！！我不怕您，也不怕自己，不怕时间，也不怕命运。我不担心把我们联系在一起的意义，不担心这意义不间断的跳动，不担心这意义的未来。但和命运比起来，我更怕您的这句话，因为我知道您的话语分量，也知道您整个人都沉浸在这些话语当中，您真的会"嘲笑这些年来的自己"，忠于自己的每一个字，您笑着，却不再去听这笑声意味着什么，嘲笑的对象意味着什么。我恳求您，请用"您"来称呼我，请您别再笑了。

请原谅我的上一封信。虽然在那封信中，胡说八道的背后也有很多真实，闷闷不乐的背后也有长久的温柔，在这温柔之外我从未听到过自然，从未与您交谈。不要让我想起笑声和岁月。我竟跟您瞎扯了一些愚蠢的、老头似的感人话，我克制着，准备好了要搂住您的脖子，在灵魂中锻造了上百次，被喜悦、骄傲、亲近、崇拜的

---

① 德米特里·彼德洛维奇·斯维亚托波尔克 - 米尔斯基（1890—1939），文学评论家、文学史家。
② 此处帕斯捷尔纳克把茨维塔耶娃的"这些年来"（эти годы назад）改为名词短语第二格形式（этих лет назад），表示不存在、没有的。

语言照亮了上百次的您。难道您不知道？不大会，不大会。但是不必，不许，请您不要碰，请您不要笑。让我们通信的时候不要加附言。好吗？

　　如果我轻视了由您关于《1905年》的言论所唤起的喜悦，那我就是昧了良心。那么我没有错，也许在其他很多事情上也没有错。您要和伊利亚·格里高利耶维奇[①] 见面吗？如果是，那就别谈起我。关于他的事，我给他写了一封很残酷的信，可能让他伤心了。但我又能怎么办呢。

　　叶赛宁的相关材料想必您已经收到了。

①　即爱伦堡。

帕斯捷尔纳克 致 **茨维塔耶娃**

1926年3月19日

　　上周我在心里给您写了很多信，活了好些年，向前迈了一大步，又做了很多同样的事情，无迹可寻，毫无成果。事情的经过是这样的。周日傍晚，当天从彼得堡返回的阿赫玛托娃打来电话，两小时后她和尼·尼·普宁①一起来了。我两年没见过她。秋天的时候她害了病，据传她需要帮助。现在我发现她出人意料地焕发了青春。她恢复了健康，她的大理石之美又回到了身上，这种美对她具有如此的表现力，甚至已经成为她名字的一部分。当我在心里带着这种"以您相称式的"观察转向您的时候，我惊恐地说了一声"您"，并传达了这份喜悦之情。"你知道，阿赫玛托娃之类。"我想要这样并且这样做了。

　　白天如同阳春三月，接近夜晚时分，就被微凉的气温、漆黑的大街从一盏路灯到一盏路灯慢慢笼罩起来了。两天后，在同样的一个夜晚，异常激动又敏感的夜晚，当声音越是稀疏，远处的耳郭就越是急剧地炙热起来，我去找她，我们谈论她，谈论你，谈论亲近的人。但同对我扑面而来的亲近感相比，这全都是微不足道的，当她谈到古米廖夫时，不知不觉把谈到的内容简化为用以对他进行解释的模仿和影响的纲要，其中一部分是她自己最近才确定的。在讲台上看不到一丝勃留索夫或者霍达谢维奇对这个话题的欣赏。相反，这里有一种顺从课堂氛围的魅力。在这里，女生摇晃着双腿，

① 尼古拉·尼古拉耶维奇·普宁（1888—1953），艺术学家、艺术评论家，阿赫玛托娃的丈夫。

和男生讨论地理课上讲到的内容，而这个对话是在你这个同桌姐妹不在的情况下进行的，在……星光点点的学校里，临近夜晚，整个学校被薄薄的黑冰覆盖着，从一盏路灯到另一盏路灯。这些天来我一直与你交谈，建立理论，在乐观主义里疲惫不堪，即我把这个词包含的自然性全部都引入了我的步态。奇怪的是，我没有在那时给你写信，而是用同样的表达方式，跟爱伦堡说起恢复健康的阿赫玛托娃。之后我收到了你的来信，说起你的"你"如何如何。原来，它是叛逆的，人们不会对你说"你"。真的，想要在这里多管闲事真是太愚蠢了。在你看来，这是出于矛盾的精神。然而你的信和我今日的自由没有任何联系。甚至连叛逆、矛盾的联系都没有。但这种被压抑的言辞突然迸发、流淌起来，变得和最开始一样，书生气的，单纯的，幼稚的。正是这种联系让我想起了学校的秩序，想起了"我们的风气"。

现在说说伦敦[1]。13年前，或者说更早以前，我狂热地迷恋英国，作为德国富商家庭的教员（家庭教师，想想吧！）[2]，我为了去伦敦旅行而攒钱。也就是说，我为了伦敦而成为一名"家庭教师"。那时（每当回想起，这一切都是多么无能又愚蠢！），我给一名英国女教师上付费的俄国文学史课程，她非常喜欢，而我知道的并不比现在多。有一次她给我读了爱伦·坡的作品原文。我的钦佩之情自此绵延不绝。我没有接受她交换课程的提议，出于吝啬（我太看重每一分钱了），我通过自己的努力用三个月的时间把这门语言学会了。这就像在《创世纪》里开头描述的时代，即我还是一个德国家庭的年轻黑格尔，流利地用法语阅读时，勃布罗夫翻译

<hr />

① 应斯维亚托波尔克－米尔斯基邀请，茨维塔耶娃在伦敦逗留两周。
② 帕斯捷尔纳克 1914—1915 年在富商莫里茨·菲利普家里担任他儿子的家庭教师。

兰波的作品时，你和阿霞手拉手一起表演时，阿谢耶夫为参加"自由美学"①的晚会还找阿尼西莫夫②借了袖扣。这些往事都是我在听说你要去伦敦时无意回想起来的。我特别想起了那个冬天，当我对济慈和斯温伯恩的作品百读不厌时，一行又一行，我明白我在做什么。当然，我自己的伦敦在诗歌中成长并构建起来，这个伦敦在现实中也许并不存在，但我正是要给你往这个伦敦写信。我记得，在那个被暴风雪碾压、扫荡后平静下来的月朗星稀的冰冷夜晚，我那时住在天鹅胡同的金丝雀笼子里，可以透过一扇窗户看到克里姆林宫——我想象着它的样子。在那儿，蒙蒙雾气被霜冻的灰白浸染，时间感觉到自己的流逝，威斯敏斯特教堂和其他塔楼表盘上的指针**像碟子一样**，按照英文字母表的顺序，从左向右缓缓绕圈移动，钟声敲响的时候，指针落在不同的字母上，这些字母被雾气笼罩着，被语言的隐秘和难以接近掩藏着。英国的精神，就像在出租马车上生长起来的、支配着狄更斯的精神，用它的指尖触摸边框。我已经不记得这些诗了，就像不记得那个时期的其他诗歌一样，我不知道它们在哪里③。我现在不明白，为什么是伦敦，而不是明斯特或者佛罗伦萨。但正是你关于旅行的消息刺痛了我的手指，从我和你的交谈中，从文字中，从衣服上，从为想象你在那里付出的努力中分离出了轻微的噼啪声。而今天，你写道，你头顶是什么样的天花板并不重要。另外，有一点我忘了说，在这里，所有联想的弹簧都会向外显现出来，你会明白，除了用我的那个天鹅胡同房间的氛围，我无法用任何其他方式来想象你的房间，还有你的"孤

① 即莫斯科"自由美学联合会"。
② 尤利安·巴甫洛维奇·阿尼西莫夫（1889—1940），俄语诗人、翻译家。
③ 在1915年5月28日的反德游行期间，莫里茨·菲利普的家有一半被烧毁，帕斯捷尔纳克放在那里的书和手稿均被烧毁。

独，不：专制"，因此，这就是：那些年让人着迷、令人胆寒、逐渐淡忘的灵感。我当时匆匆瞥了它一眼，它就和你在一起。这是一种远见，也是一个愿望。今天我想给你写很多东西。首先我想回复你的上两封信。然后我想跟你说说妻子和孩子，说说这些年和最近在我身上发生的变故；说说人们是如何不理解这个变故的；说说我的良心是如何的纯洁，又是怎样因你而喘不过气的，如果她吃不下鱼肝油，我是又爱又担心。你知道，天边就是天边，依我看，你走遍了所有的建筑，也看到了很多东西。只有对你才能说真话，只有在走向你的道路上，真理才不会落入盐和碱里被腐蚀成谎言。祝你在伦敦开心愉快，正如此刻我和你在一起开心愉快一样，不要等待那些酸腐的话语，你都知道的。关于我想要什么的猜测，我是不会说的。不必。你全部都知道，所有的一切。晚安。

你的鲍

（写在空白处）

> 我没有再把信读一遍就直接寄走了。不要把它当成回信。我的信和你的信。我想写的东西都没说出来，我会再写信的。

帕斯捷尔纳克 致 **茨维塔耶娃**
1926年3月25日

　　我终于和你在一起了。因为我看清了一切，我相信命运，所以我本来可以沉默不语，将一切都托付给命运，这种让人头晕目眩的、不公正的命运，这忠心耿耿的命运。但是，正是在这个想法中包含着我对你的许多情感，即便不是全部的情感，我也还是难以掌控这个想法。我如此强烈、如此**全身心地**爱你，以至于成了这一情感中的一个物品，就像一个在暴风雨中游泳的人，我需要这种情感将我掀起来，将我侧身放倒，将我头朝下倒挂起来①，我被它裹住了，我成了一个婴儿，你和我的两人世界中的第一个、唯一的婴儿。我不喜欢上句话中"你和我的两人世界"几个字。关于世界的事以后再谈。所有的话一下子是说不完的。否则就会被你涂掉，被你置换。

　　我到底在做什么，你在哪儿会看见我两腿朝上倒挂在空中呢？

　　我这已是第四个晚上，将一小块黑暗泥泞的、烟雾朦胧的、夜间的布拉格塞进我的大衣，时而远处有一座桥，时而突然和你在一起，你就站在我面前，我在跑向一些人，他们突然出现在排队办事的队列中，或是出现在我的记忆中，我用断断续续的嗓音让他们了解令人伤心的抒情诗、米开朗琪罗式的大气作品和托尔斯泰式的冷

---

① 因此我才说话，因此我才写信。你如此美丽，就像姐妹，我的生活姐妹，你自天而降，来到我身边，你符合灵魂的最极端，你是我的，你一直是我的，我的全部生活都仰仗着你。——帕斯捷尔纳克附笔

漠作品的那种深奥之处，它就叫作《终结之诗》。我是偶然得到这首诗的，是打字稿，还没有标点符号。

可是，还有什么好谈的呢，难道还要描写放着这本诗稿的那张桌子吗？

你使我想起了我们的神，想起了我自己，想起了童年，想起了我的那根心弦，它诱使我总是把小说看成**课本**（你明白是什么课本），把抒情诗看成情感的**词源学**（如果你不明白关于课本所说的话）。

是的，是的。正是这样，正是**那根**用现实捻成的线；正是人一直**在做**却又一直都**看**不见的那种东西。人类的**天才**，这一失去自控的造物，他的**双唇**就该**这样**嚅动。就应该这样，就像在这部长诗的几个主要章节中那样。读这部长诗时是多么激动啊！就像是在演一场悲剧。每一声叹息和每一个细微之处都做了提示。"过度，过度"，"火车到达时，托付的时辰"，"商业秘密和舞厅地板的滑石粉"，"就是说不该，就是说不该"，"爱情就是肉体和血"，"我们是棋盘上的兵，谁在摆弄我们"，"分离，真的要分离？"（你知道吗，我在许多页上都标出了这样的句子，如："我是一个伤在肚子上的动物"，"这已被象棋所提示"）。当然，我或许漏了些什么，这部长诗就放在我的右手旁，可以看上一眼，核实一下，但是我不想这么做，这些诗句都是有生命力的，这些天来一直萦绕在我的耳畔，诸如"我的自天而降的幸福""亲爱的""神奇的""玛丽娜"，或是其他任何一个无意识的声响，你可以挽起袖子，从我的心底深处掏出这样的声响。

在别人那里也有这样的效果。在我**那样一种**朗读之后，出现了一片寂静和臣服，出现了开始"在暴风雨中游泳"的情景。这种效果是怎样获得的呢？有时就靠动动眉毛。我弓腰驼背地坐在那里，像个长者。我坐在那里，读着你的诗，心里想着你就在眼前，我爱你，我也希望你能爱我。然后，当他们因你的韵律、智慧和无可挑剔的深刻性而获得再生的时候，我只要动一动眉毛，不改变姿势地悄声一叹："啊？多棒！真是一个巨人！"就足以让我的心（它由于饶舌而袒露，尽管饶舌，它天生还是与它们立有密约的）立即潜入你所拓展的远方。

你是一个巨人，一个恶魔般巨大的演员，玛丽娜！

但是，不再谈这部长诗了，否则我就会不得不抛弃你，抛弃工作，抛弃自己的家人，背对着你们大家，坐下来无休止地写文章去评论艺术，评论天才，评论任何人在任何时候都没有真正讨论过的启示客观性的问题，评论与世界相吻合的天赋问题，因为你的瞄准镜就像任何一个真正的创造物一样，正瞄向所有这些崇高问题的靶心。只对一种说法提一点小意见。我担心，我们的语汇并不总是相互吻合的，尽管我们始自幼年的叛逆性是一模一样的，但我俩对那些始终存在的陈规旧俗的排斥方式还是有所不同的。"演员"和"客观性"这两个词，或许会被你丢进你试图逃避的那伙人的术语之中。如果是这样的话，那么你在这些单词中就只能听出，它们就是指西夫采沃-弗拉热克胡同①里的那些人，他们抽足了烟，喝够了酒，因无用而被永远地留在了这户或那户人家好客的楼梯上。

我却把它们带在身边，关于演员的高超演技我什么话也不会再说。这即便不是我的神学，也是一部厚重的书，捧不起来。我在这里谈一谈客观性。我用这个术语来指那种难以捕捉的、神奇的、罕

---

① 莫斯科市中心阿尔巴特街附近的一条胡同，为贵族和知识分子集聚地。茨维塔耶娃 1912 年出嫁前在这里住过，帕斯捷尔纳克 1915—1916 年间也在此处租住过一段时间。

见的、在最高程度上为你所熟悉的情感。这就是它的简要说法。读到这里，你看看是否与你相干，想一想你的创作，再帮我一把。

当普希金说（这你比我知道得更确切，请原谅我的无知和不准确）："知道吗，我的塔吉雅娜打算嫁人了？"这话在他那个时代也许是这种情感的一种新颖、新鲜的表达方式。

感觉上的极有趣的怪诞性是被说出来的奇谈怪论天才地临摹出来的。但是，正是这一奇谈怪论，在西夫采沃-弗拉热克胡同里抽足了烟，喝够了酒，在各个中学里被啄得满身窟窿。

也许正因为如此，客观性所具有的怪诞性在我们的年代（我的和你的年代）翻了一个身，让我们看到了它的另一个侧面。

它不那么怪诞了。为了表达我所言的这种情感，普希金该谈的并不是塔吉雅娜，而是长诗：知道吗，我读奥涅金，就像从前读拜伦一样。我不知道谁是这部长诗的作者。**作为诗人他高过我。**

那种仅仅由你一个人**写出来**的东西是主观的。而那种由你（从你的作品中）阅读出来的东西，或是那种像在**某种**比你更大的手笔写出来的条样中被校对的东西则是主观的。这一点你知道吗，你知道吗？不管怎样，我知道这谈的是你。

又是大于、小于的，这里不是指官衔，我的客观性不在于此。它那可怜的、不祥的、致命的乐趣也不在于此，而在于一份不应获得的馈赠。被提及和被载入的这一切，这珍贵的、值得记忆的一切，都像是既成的，在生活中擅自行动，就像普希金那位怪诞的塔吉雅娜——但是在这里不能停下，而要补充：**你永远与这一切同在，**在那里，在这一切之中，在布拉格的这个栖身之所，或是在那座常有母亲带着私生子从上面跳下的桥上，也正是在他们的时辰。你正是凭这一点才大于你自己的：你是在那里的，是在作品中，而不是置身于作者的版权中。

因为，由于你在作品中的客串，经验之谈被颠倒了。时光在流动，但是不会离去，也不会改变。你在同一时间里分别处于不同的地方。

这永恒的世界完全是瞬间的（就像是生活中的一道闪电）。因此，可以长久地爱这个世界，就像在生活中只能瞬间地去爱一样。没有我并不想放进术语中去的那种征兆：客观性的启示。

简直难以企及，你是一个多么巨大的诗人啊！

我俩似乎很快就将拥有的那种东西已经非常之近地、提前地涌上了喉头，因为我此刻已在呼吸这样的气息。Mein grösstes Leben lebe ich mit dir.① 我愿此刻就能用笑和激动的好奇来淹没你，回顾一下自己的生活，说一说生活的基础、侧房、柱廊等等，向你表明，你是在这一生活中的何处开始的（非常之早，在六岁的时候！），在何处消失的，又是在何处复出（玛丽娜·茨维塔耶娃的《里程碑》），说明自己的理由，却被我使劲挤回去，可是突然，伴随着其他一些偶然，你却从其他一些地方（**关于这一点下一封信里再谈**）逼近过来，你成长着，成长着，重复着各种理由，许诺要结束一切，并宣布，六岁的怪癖就是一个整体的面庞，一座楼房的灵魂。你是我的绝对，你从头到脚都是一个火热的、具体化了的构思，就像我一样，你就是对我的一份难以置信的奖赏，奖励我的出生和我的徘徊、我对上帝的信仰和我的屈辱。

《生活是我的姐妹》是献给一位女性的。客观的本能化作一种不健康的、彻底不眠的、难以想象的爱情向她袭来。**她嫁给了另一个人。**本可以继续委曲求全下去：结果我**也娶了另一个人。**可我此

---

① 德语：我以自己崇高的生活与你生活在一起。

刻却在与你谈心。你知道，无论如何，生活总是要比那些脚本上的公式更高贵、更崇高。板道式的、铁路般毁灭性的戏剧体系不适合于我。我的上帝，我这是在对你谈什么呀，干吗要谈这些！

我的妻子是一个冲动的、神经质的、被宠爱惯了的人。她通常很好，很少像最近这样，最近她的贫血症更厉害了。总体而言她是一个好人。这颗心灵在某一代上也会和大家一样，将成为一位被整个天空所武装的诗人。因为她出现得不合时宜，而且赤手空拳，趁其不备地攻击她也许是卑鄙的。因此，在舞台上，重要的角色就由她来扮演，我退后了，在做出牺牲，——**虚伪**（!!），就像她按照脚本所感受、所说的那样。

但是，关于这一点我不会再谈了。无论是对你，还是对其他任何人。对这种生活的关注，我觉得，已经被**嫁接**到那种将你送给我的命运之上。这里不会有打骂，即便是根据脚本进行的打骂也不会有。

既然你此刻不在我的身边，并且也不知道，谁与谁在相互通信，以及为什么要通信，那么我接下来的几封信会让你感到枯燥乏味的。关于里尔克，我们生活的一部分，关于这个邀请我俩来年夏天前往阿尔卑斯山的人，之后在另一封信里再谈。

现在来谈谈你。我所能表达出的最为强烈的爱情也只是我对你的感情的一部分。我相信自己还从未这样爱过任何人，但这只不过是一部分。要知道，这并非新感情，要知道，我在先前给你的信中就已经谈到过，那些信写于1924年夏天，或许是春天，或许是写于1922年至1923年间。你为什么对我说，我和大家一个样？你折腰了吗？你干吗要在屈辱中如此骄傲？屈辱是存心装出来的，不该骄傲。你折腰了吗？你真是这么想的吗？而在这种苦命的声调中，我所听到的却恰好是，这样的幸福无法用双手制造出来，也无法通过强求获得。可是我该如何强求，才能使你成为一个幸福的人呢？才能将你唤出来与我共处一个时辰呢？

　　我知道你的双手和我自己的双手，它们都是很好的手，而且还知道，回忆就浮现在我的面前，也想象得出你的回忆。制造出了多少人啊，在年少时发现过多少天才、足以信赖的人、朋友和出类拔萃的人，有过多少出宗教神秘剧啊！他们为何如此之多？是否由于童年的愚蠢，才会不断地**制造出**一个近在眼前的"你"来，可是这个"你"却由于工作、由于线的腐烂、由于念头的腐朽而开线了。可是突然出现了一个你，不是由我塑造出来的，却先天地因每一下战栗而被以"你"相称的——是被夸大的，也就是从头到脚的全身像。

　　你完全是我的，却不是由我塑造出来的，这就是我的感情的名字。你是说我和大家一样吗？这就是说，你像塑造大家一样地塑造出了我吗？那么你干吗不抛弃我，还要如此垂青于我呢？不，你也没有塑造我，你也清楚地知道我有多少是你的。

　　　　我一生都想和众人一样，
　　　　可是这美丽的世纪
　　　　却强过我的呻吟，
　　　　也想和我一样。

　　这是《崇高的疾病》中的几行，除了这四句，这首诗的其余部分我如今都无法忍受。

　　令人惊讶的是，你居然是一位女性。就你的天赋而言，这的确是非常偶然的现象！瞧，有了能和德博尔德–瓦尔摩尔[1] 生活在同一时代的机会（多么罕见的中彩机会!）之后，马上又有了能和你生活在同一时代的机会。我恰好出生了。多么幸运。如果你还没有听到我在对你谈这个奇迹，这就更好了。我爱你，我无法不长久地、用整个天空、用我们的全部武器来爱你，我不会说，我吻你，只是因为这些吻是自动降临的，是违反我的意志而降落的，还因为**我从来没见过这些吻**。我对你敬若神明。

应该安静下来。我很快就将再给你写信。

安静一些吧，像以前一样。

我祝福你。

（写在空白处）

在重读这些书信的时候，我什么都不明白。你呢？真是讲习班上那种让人感到不快的单调发言！

---

[1] 德博尔德 - 瓦尔摩尔（1786—1859），法国女诗人。

帕斯捷尔纳克 致 **茨维塔耶娃**

1926年3月27日

　　亲爱的玛丽娜，我回忆起昨天那封信，心神不宁。我本想让你了解我的幸福，却写了一篇晦涩的、关于客观性的论文。可能我又在自寻烦恼了。又开始了。但也合情合理。远距离的生活就是柏拉图主义。柏拉图主义就是哲学。这就是为什么每当我的心因你而跳动，我就思考哲学。当平时在生活中人们说起我的朋友，这无异于你的"周岁孩子的话：'给我！''我的！'"①。我的悲伤，我的类型，我的才华，我的记忆，我的母亲，听起来不一样，意义也不同。我的朋友，你听起来是这样的，没有自私的侵占和苛求，自出生起就完全沉浸在"我的"一词纯洁、轻柔的悲剧当中，是我生命的典型力量，是我特殊而唯一的死亡。我想，和你在一起比和上帝在一起会更轻松。你是共有的力量，而不是个别现象，你是诗人也是艺术家，所有的干扰都来自于你在很久以前，还是一个小姑娘的时候造成的偶然事件，你已经进行了自我转变，不必因为一个目光，因为一场和你的交谈而把生活简化，这是一场纯粹的对话，这是两个自我转变的叙述的相互验证，这是无与伦比的幸福，你是那么优秀，那么重要。我把将和你的见面看作**极致简单**的幸福，即使是在和自己的家人在一起的童年时代也不会出现这种极致的简单，它只出现在童年的孤独中，当独立构建的无知物理学并未被不请自来的启蒙爆破时。我们都知道（在童年爆炸发生的那一刻，很少有

---

① 茨维塔耶娃《终结之诗》中的句子。

人在观察自己和生活），我们知道，在一般的爆炸中，**启蒙都会粉身碎骨**。然后人们从共有的、混合的残骸里建立起第二个、永远属于自己的、用不朽浇筑的物理学。材料新鲜而杂乱，构思陈旧而原始，一如爆炸之前。

这个星期我没有更爱你，在世间没有这种可能，我只是有些迷失了方向。我让自己失了神，在我看来，我的生活已经朝着一个未知的方向滚滚而去，被今日普遍的历史和存在的面孔吞噬到难以辨认。我对历史、对现代史诗的向往是对溺水女子潜意识的渴望。事实证明，这个神秘的人物还活着，距离、时间、贫穷（你不要按照字面意思理解后者，但我的确没有钱来把一切安排妥当）把她同我分隔开，她还远在天边，但关于她的消息传到我这里，那么我就知道，我该朝着哪边向她爬去。我在这里说的不仅是你，也说的是我自己和其他很多事情。

又要拓展成一篇论文了。我们聊点别的吧。关于《捕鼠者》和你在国外写的所有新作品（除了《离别集》《手艺集》《少女王》和《美少年》），我进行了一个尝试①，我给在巴黎的拉科夫斯基②的秘书科尔涅利·泽林斯基③写了封信。你真是太可怕了，你写了些什么，说了些什么。我以简明扼要的请求形式给他写了封信，断然而简单地确定了实际情况的程度。我想，你水母一样的特质阻止不了他，他会来找你的。那么《捕鼠者》以及其他你觉得必要的，请准备两三份，以便在需要的时候展示。（不在阿尔巴特大街上，就算不是在阿尔巴特大街，人们也还是爱读，而在时间的中

---

① 指帕捷尔纳克试图设法出版茨维塔耶娃的作品。

② 克里斯蒂安·格奥尔吉耶维奇·拉科夫斯基（斯坦切夫，1873—1941），保加利亚和亚美尼亚政治家，国际社会民主革命运动参加者。

③ 科尔涅利·柳齐安诺维奇·泽林斯基（1896—1970），苏联文学评论家、文艺学家。

心，在弹簧下面，在障碍的王国里。）托马斯·阿奎纳[①] 服务于浪漫主义也许是不错的，但思想的实质并不会消除浪漫主义相对的、历史—文学形式。你不是历史—文学的，你不是一部分，不是主观万花筒中的一段。我更喜欢我自己关于你的那些话。你是客观的，主要的一点是，你是有才能的——是天才的。

请你把最后一个词画掉。在我个人的使用习惯中，这是一个船夫用词，理发师用词。我一遇到这个词，就会感到不自在，大约就像你一样。总有一天人家会对你说这个词的，或许不会说。反正都一样，像一个充气屋顶一样悬挂在你头上的，是这个词正面的神秘性，而不是其反面的可疑性。在这个充气屋顶之下，你年复一年地推算着你的物理学。重要的是你在做什么。重要的是你正在研习的东西。重要的是你正在建造一个世界，一个以天才之谜为顶点的世界。在你的岁月里，在你活着的时代，这个屋顶消融在天空中，消融在城市上空充满生机的蔚蓝中，你就生活在这座城市里，或者说，这座城市是你在研习物理学时想象出来的。在其他的时候，在这片屋檐下将会有人来来往往，将会出现其他时代的土地。城市的根基是由其他世纪的神秘天才支撑起来的。它的历史渊源是毋庸置疑的。论文又来了！该如何摆脱它！但关于托马斯还有两句话要说。上个月我一直在构思一篇关于诗歌的文章，以几个诗人为例。在初步清单中列入了将要写的诗人和相关内容。勃洛克——时代精神，历史，风格，社会。茨维塔耶娃——才华，客观性。古米廖夫——诗（用文化武器同主观性作斗争）。阿谢耶夫——观念（内容的精神，作者的形象，席勒式的人道）。天赋，精湛的技艺，个性里的无限性，对一瞬间的把握，大部分你都具备。然而这些

---

① 托马斯·阿奎纳（1225—1274），意大利神学家、哲学家。

想法（我指的是文章）从来没有被付诸行动。一位名叫威廉的年轻可爱的哲学家在《俄罗斯同时代人》杂志上发表过一篇关于你的文章①，在谈到诗人的时候，就不得不涉及诗歌，他在文章中说你就是一个罕见的现象。你恰恰并不特别，就像里尔克也不特别一样。也就是说，以整个领域所特有的那种极度的独创性为原则。够了，又是论文。威廉的文章也是一篇论文，这篇文章被退还给了他。对不起，对不起。这一页可能已经让你厌烦了，我也不需要它。

你悲伤地说，我对你没什么可回忆的，也没什么可期待（伦敦的信）。四年来，这些话没有一次是公正的。它们无疑是荒谬的。但在你写下这些话的那天，它们是相对真实的。发生什么了？想象一个人即将启程。他难得的极度兴奋完全由快速的、功利的、有目的性的思想和行动构成。他看着手表，心跳得厉害。他试图把需要的东西塞进行李箱，同时看到了过去。在赶往火车站的时候，他想，可别迟到了，他看到了其实并不可能看到的东西：道路，目的地，下一年。为什么要写这篇散文？为了提醒你，极度的兴奋和头昏脑涨不是堂吉诃德式的作风，而是一场思考的风暴，是一束合理性的射线。这就是现在我身上正在发生的。

我从知道的事情当中明白了很多。我为你找到了名字，也为曾经的自己，为我的生活和命运找到了名字。既然这些天许多想法在我的脑海里不停涌动，那么你就不必再添加上你心里想的事情了。

我意识到我低估了命运，但我感到欣喜。如果我高估了命运，可能会更糟。我不知道，它那么愁眉苦脸、闷闷不乐是因为**它太幸福了**。我低估了它，我抑制住心中的孩子和诗人。我从19岁起就开始这样做了。我没能像其他最强大的人（比如马雅可夫斯基）那样

① 参见第23封信。

219

迅速看到成效。我去年才开始做到（《斯佩克托尔斯基》《1905年》，历史主义，和公众结成对子，帕斯捷尔纳克开始被理解，和你的斗争，给你的回信）。现在我意识到，这条老路是自由的，我**不需要**待在时代的儿童室里，咿呀儿语，玩着社会活动家的玩具，带着自己的理解力。然而这样的优待必须在命运中才能看到。我不相信个人的奇思妙想，我不是尼采哲学的信徒，不是唯美主义者，不是超人。但命运是绿荫，是夏天，是温暖的真相，是物种的真实，是植物学家的计划。虽然实在令人恶心，但我相信时代，应该喝这种蓖麻油，我拖了六年，终于下定决心，开始喝咖啡加柠檬（《1905年》），忽然间，一个庞大且惊人的命运走了进来，就像母亲一样，说应该把这种垃圾扔出窗外。要读了《终结之诗》才知道，伟大的诗歌是活着的，可以出人意料地活着。《终结之诗》里还加入了一个事实[1]，也出自于伟大的诗歌。之后再谈它。

1917年夏天，伊·格·爱伦堡到纳晓金胡同来见我，是勃留索夫提议让他来的。然后就不了了之了。他的一些诗我是喜欢的，但他对我一无所知。当我回答他我喜欢谁，喜欢什么时，他根本不懂。我说：在世间我最爱才华的体现。他回答说，这恰恰是他不喜欢的，从他的言语中我意识到，他就像是遇到了一个唯美主义者，后者想要说服他改变主意。《生活是我的姐妹》的本质，主体诗歌那时已经写好了。我同所有人疏远，我知道这是什么，但夏天充斥着过度的敏感性，我在每一次雷雨中，在每一次熟悉的回避中，在我的女友的每一次回避中，在每一次突然去巴拉绍夫县拜访她时都如此热爱才华的展现，因而被这股唯一的力量封闭起来了。我是在结束以后才去采特林那里的，在《决裂》之后。我不知道身旁坐

---

① 指帕斯捷尔纳克从父亲的来信中得知，里尔克读过他的诗。

的是谁。我不知道，坐在我身旁的是那时我在世间最爱的，也恰恰是我借以疏远伊·格的东西。而神奇的是，我当时还不知道。那么是不可能的，那么一切都毁了。在这些日子之后，或者说一年以后，我过上了一种不一样的、暴力的、教学性的生活。我开始打破内心与生俱来的冷漠，开始学习人性。我在1922年出了国，像一个彻头彻尾的傻瓜。在出发前往那里的时候，我隐隐约约寻找到了现在落在我身上的东西。这就是八年的意义。

我得继续写《1905年》并把这本书完成。我想在这里说一下我的计划。事情是这样的。在这八年来生活导致的扭曲中，我没有欺骗过任何人。我在这段时间里对所有人做到了言而有信。我不会写信。但你全部都知道。我不会再像这样给你写信了。陌生和诽谤的框框就会落在家庭身上。如果有人对我说，这两个人从目的变为手段，而我又让他们成为受害者，那我一定会忧愤而死。你要知道，这不是因为你，不是因为你的"你"，不是因为你的信，而是因为震惊，因为我内心的东西。因为我意识到，在这个世上我最爱的是才华的体现。

今年夏天，我想将妻子和孩子送到国外妹妹那里去（慕尼黑）。我不会去。我希望能在一年后得以脱身，当然也希望去找你，和你一起去拜访里尔克。让我们再像以前那样通信吧。请原谅我的两面性，如果你和大家一样，认为我虚伪，那就和我分手吧。

茨维塔耶娃 致 帕斯捷尔纳克
1926年3月27日 前后

鲍里斯。当你和阿赫玛托娃在莫斯科谈论我的时候，我在伦敦的舞台上读你和阿赫玛托娃的作品。按照下列顺序：阿赫玛托娃、古米廖夫、勃洛克、曼德尔施塔姆、叶赛宁、帕斯捷尔纳克、我自己。因为嗓子不舒服，我没有读马雅可夫斯基，但读了献给他的诗。我的听众——但不能写这些人的名字[①]。只能告诉你，我最好的听众是被禁止出席的。鲍柳什卡，从我读的献给马雅可夫斯基的诗里你推断一下，我的听众是谁。

最奇怪的是，叶赛宁来了。（是不是伊莎多拉[②]——死亡的丑闻光环？）听众们惊异地听着，虔诚地听着。在空中：他们告诉了我们什么？？？就像是一个启示，无辜地，感人地。在伦敦，我见到了几乎所有的幸存者和近亲。一个非同寻常的大厅。空气中有善意，延绵的琴弦，信任。我知道……

伦敦。我给你寄来了火灾前伦敦旧城[③]的邮件。此伦敦非彼伦敦。不是你的。我的第一印象——没人理解！惊讶于砖头搭建的房子，房子划分的街道，街道组成的伦敦。这座城市在我眼前分崩离析。我什么也没辨认出来。我的伦敦是街道的拐角和路灯。而周围

---

① 茨维塔耶娃暗示她的听众里有罗曼诺夫家族的人，有沙皇尼古拉二世的近亲。
② 伊莎多拉·邓肯（1877—1927），美国舞蹈家，现代舞创始人。1922年她与叶赛宁结婚，后分手。
③ 茨维塔耶娃寄给帕斯捷尔纳克伦敦风景明信片，上有捷克艺术家瓦茨拉夫·霍拉尔（1606—1677）所作版画，画的是伦敦遭遇大火前的风景。帕斯捷尔纳克在第43封信中为此向茨维塔耶娃表示感谢。

的一切，是李子树的灰蓝色。（也许是为了和**鸽子**相互映衬？）对了，这里有鸽子，威斯敏斯特教堂旁边有很多。

就和你听到的诗句是一样的（声音在这里向右转，在那里向左转），突然看到被打印出来了。字母—诗行—诗节—诗在哪儿呢？（是它。）

尔后又恢复了。我有一个高贵的（忘恩负义的）记忆。可能，我看东西不过是为了忘记（区分）。

鸽子。天鹅。这个当然……而你的金丝雀笼子在天鹅胡同，当然，我的在伦敦（塔楼广场9号）！

现在我要走了……

对了，我和你一起在一场知名的讨论会上被抨击了。一通胡言乱语，类似帕斯捷尔纳克和茨维塔耶娃什么的。我们在国外荒唐地出双入对。所有人都在谈论。

鲍里斯，我只承认你对我的现代性。

我根本就不知道该怎么和你一起生活。我会一生都为你感到惋惜，即使是和我自己在一起！也许恰恰是因为和我在一起，因为我不住在家里。我们会做什么？！我不想和你一起午餐（但晚餐可以）。我可不想和你在一起坐着吃甜食。我可不想对你不抱有任何期待，也不希望你不是我最后一个。我可不希望你走进房间，因为你就住在里面。因为我也住在里面。但我希望从你那里获得一个……

激情，正如现在，即使沿着思绪（梦想）以前的痕迹我也……

我永远也回不了俄罗斯了。因为这个国家根本不存在。我无处可回。我不能回**那几个字母**①，我不理解它的含义（给我解释了我又会忘记）。

---

① 指苏联的俄文缩写 CCCP。

42

帕斯捷尔纳克 致 **茨维塔耶娃**

1926年4月3日

　　我突然想到并以绝对的诚意赶忙告诉你——一个聪明而伟大的人。我最近的那些信绝不应该说服你去做任何事情。它们不会用回信来约束你。我并不指望回复。这就是你必须知道的原因。可能你正在工作，你有计划，尽管有诸多不确定因素，但你通过对工作事先的预期充分完整地预知了时间。那么，我突如其来的书信不该扰乱你的方式，如果发生了这样的事情，你也不会是我写信的对象。但是，如果你将我理解为我在以某种方式、在某处操心着你们对我的态度，担心这种态度是下意识的，那这就完全不是你了。

　　要不是因为我的信写得不好，这些书信就不需要这种匆匆忙忙、姗姗来迟的补充了。但它们确实需要。这就是它们不好的地方。

　　我担心，信里对回复有所强迫，它们希望获得应答，在读完它们以后就觉得好像应该要回复，甚至可以想象到该如何回复。难道它们真的这么令人讨厌吗？

　　但这种事情发生在从天而降的偶然类型的人身上时，这种对呈现出来的感觉的服从让他们振奋起来，高贵起来。但对你，活生生的形式之源，有自己特有的、**灵魂许可的**随机性系统，这简直是有害而危险的。说到底，这是无法泯灭的怜悯之心涌起的浪潮，正因如此，我们被称为伪君子并非没有表面上似是而非的道理，殊不知，这种摧毁我们的自我牺牲是多么纯粹。所以，请你不要回复我，请用茨维塔耶娃式的回信写写自己，写写你的事，请按照自己的思路默默思考，或者如果你现在还顾不上的话，干脆就不要写。如果你在工作的时候恰好碰到这个请求，你会理解的；如果没有，它便会给你泼上一瓢冷水。

现在说说正事儿。请填写所附的表格。我可以想象，当你看到这份萎靡乏味的、缺乏苯胺的调查表时，你会经历什么：一位苏联娇小姐活生生的化身，一个破损的机器上饱受折磨的螺丝钉的化身，这个机器可以追溯到尔热夫斯基，始于木材和粟米，是腐烂的蝴蝶正消弭的印记，让你丝毫无法和它的祖先毛虫联系到一起！德·谢·乌索夫[1]会写关于你的文章，他非常喜欢你。他也在写关于我、勃洛克、阿赫玛托娃的文章，我不记得还写了谁。你想提供多少资料就提供多少，如果你精力充沛且这件事不会耽误你，请在多次与机会擦肩而过的情况下抓住新的机会写一个自我介绍，如果这件事现在不在你的计划中，那就仅对你感兴趣的进行简要回复吧。在对我的口头询问中，他把编者的工作描述得相当简单。按照他的话来说，这会是一本干巴巴的不带定性、哲学思考和评价的参考资料集。但也许他是怕我坦率的抨击，因为怕长篇大论而对词典进行了不客观的描述？我不知道。无论如何，你可按你的喜好来回答，但别拖延，他需要在两周后得到回复。他建议寄到我的地址。他还有些别的话想说。对，如果你觉得值得，就请转载《波将金号》吧，它已经发表了。《加朋》[2]（《我14岁》）当然更好，但它还未被刊载，虽然秋天就已签了预售合同。如果没有《加朋》这

---

① 德米特里·谢尔盖耶奇·乌索夫（1896—1943），俄语诗人、翻译家。
② 帕斯捷尔纳克的长诗《1905年》中《童年》一章的最初题目。

章，恐怕《波将金号》就是个寓言。只要别转载类似《水兵》[1]之类的旧玩意儿就行。

对了，我把重要的事给忘了。新莫斯科出版社按照编纂文选读本的方式出版了20世纪诗人选集，就是说，编者叶若夫和沙穆林把免费再版的书凑成了一大卷。出版社不仅没有考虑被转载作者的稿费，甚至认为没有必要将已经出版的著作送给他们。这本书的价格是15卢布，当然，我们任何人都拿不到。我没亲眼看到过这本书。基里洛夫和格拉西莫夫[2]起诉了"新莫斯科"并胜诉。法院判决出版社按照一行50戈比的价格支付转载的稿费。按照这个判例，新成立的全权作家工会（教育工作者部门）将根据已记录的申请把应支付的稿费发放给每一位申请人。你将获得约90卢布。你按照我说的来做。给阿霞写一份授权书，委托她代你接收"新莫斯科"应向你支付的转载稿费等。我不太相信能收到这笔钱。但请你还是给阿霞寄去授权书。没有收到你的来信，她很惊讶。

（写在空白处）

> 泽林斯基来找过你吗？我很快就会把关于自己和作品等东西写完。这不是一封信。这是苏联娇小姐的护卫。你的工作干得如何？

---

① 指《莫斯科的水兵》（1919）。
② 弗拉基米尔·季莫费耶维奇·基里洛夫（1890—1943）和米哈伊尔·普罗科菲耶维奇·格拉西莫夫（1889—1939），俄语诗人。

附件：

国家艺术科学院

1925年1月至2月，国家艺术科学院革命艺术研究处举办了1905—1925年俄罗斯革命文学展。展览上的全部材料都提交到由该部门成立的革命文学办公室进行研究编制。该研究室的主要任务之一是编纂20世纪作家传记词典，目前正在着手为这项工作收集材料。为了获得只来源于第一手资料的最准确和最完整的数据，研究室希望所有作家都能提供自传；研究室要求对下列问题做出全面答复，不限陈述形式或篇幅：

1.姓名（笔名）。

2.地址。

3.诞生地和准确的诞生日期。

4.社会出生。

5.简历：（1）环境；（2）童年时代的影响；（3）工作的物质条件；（4）旅行；（5）创作过程。

6.普通教育和专业教育。

7.主要专长。

8.文学、科学和社会方面的活动。

9.处女作。

10.最初的反响。

11.文学影响。

12.喜欢哪些作家？

13.在哪些定期出版物和文集中发表过作品？

14.属于何种文学组织。

15.作品目录。

16.创作研究参考书目。

莫斯科，克鲁泡特金街32号，国家艺术科学研究院，革命文学研究处。

43

帕斯捷尔纳克 致 **茨维塔耶娃**

1926年4月4日

　　挣脱出来。冒着所有的风险（断断续续地）给你写信。噢，我是多么爱你！如此简单，就像你爱我一样，我这般相应地爱着你。这就是我，这就是茨维塔耶娃，这就是我的工作，这就是她的工作，这就是我对她的冲动，这就是她的理解，这就是她的领域，刚好包罗需要的一切，以便同自己一起迈步，她的灵魂从身体脱离，这是我的灵魂（还有我的时代，在其他人身上、在其他国家的我），她的灵魂和我的灵魂在一起，裸露却并不觉得羞愧！我如此爱你，甚至变得粗心大意，冷漠无情，你仿佛一直是我的姐妹，我的初恋，我的妻子，我的母亲，是女人之于我的一切。你就是那个女人。

　　妹妹从柏林寄来一张德国的剪报，某个迪德里克萨教授的文章，还有里尔克给父亲的信的复印件，里面提到了我，作为对这份爱的回报，对你的感谢，关于我是多么爱她——玛丽娜的话，这份爱包含：妹妹、母亲、地平线，以及要发生的一切，**它就像应当了解的那样，就像我认为应当了解的那样了解一切**。愿他们都存在，亲切的，独立的，在注视着你的生命中扮演各自的角色，愿他们活下去并继续发挥自己的作用，我们会温存地对待他们，我们会关心他们的健康，祝愿他们顺利，爱他们，我的一切，我的全部，我的就像生活一样的，聪慧的，崇高的，能干的你！就像人们拥抱这种感觉那样，我拥抱和亲吻。

就这样把信寄走吗？还是写一页纸？那就会是两封信了。第一封信就此结束。没什么可说的了。我的幸福是实实在在的：它在面孔上、在意外中、在诗歌里（只有一处修正：在曾经有过的和即将出现的诗里，而不在《1905年》里！），在讨厌和喜欢的天空的**交替中**（听着：是**在交替中**，如果光有喜欢的天空会让人喘不过气来），在家乡的辗转反侧里，它时而背对你，时而面向你，在青丝初变白发时，在穿着皮夹克朴素的活动里，我伴随天意的幸福是实实在在的，我和你在一起的幸福不是一种灵性，在某个地方我和你已经在做着什么事情。必须到达那里。别"拐弯抹角"地数落我。别在隐喻中捕捉！你就在隐喻中?！一半的隐喻都成真了。我清楚那些隐喻。我知道它们是如何体现的，如何像幽灵一样映照在窗户上，然后又像人一样走进房间。我没有立刻前往西方不是没有道理的。但我为什么要说这些，你是清楚的。这不是两封信，而是一封。你的叶赛宁写得怎么样了？我会在见到你的时候对你长久而详尽地坦白，这个坦白将以我和他的关系史的糟糕结局而告终。这是一出象征主义戏剧。现在还不是谈这个的时候，应该看着对方的眼睛来说这件事。现在我没有心思说这个，命运将它玩弄于股掌之间。当我出现在电影院熙攘的人群中观看《波将金号》演出时（与我的解释完全吻合），我得知他自杀了，我惊恐万分，不由自主地大声迸发出最痛苦的坦白。特列季亚科夫① 说："你们会在彼世把账算清。"不。我再也见不到他了。我们的彼世是不同的。递过手来吧，在彼世。②

谢谢你送的霍拉尔的版画。想必，这是对"神性的信"的回应？非常感谢。别给我写信，好好工作。你有我的地址，感谢上帝。

---

① 谢尔盖·米哈伊洛维奇·特列季亚科夫（**1892—1939**），诗人、剧作家，"列夫"成员。

② 引自茨维塔耶娃的《请替我致敬俄罗斯的黑麦》一诗，此诗是献给帕斯捷尔纳克的。

茨维塔耶娃 致 **帕斯捷尔纳克**

1926年4月6日 **前后**

  鲍里斯。我刚从旺代回来，我在那儿待了三天，15日会再去待半年。因此，我边读着你的"头朝下"，边回了家，不，结果我并没回家（回巴黎），我也没有从那里离开，我仍旧在捉摸不定的潮汐线（海洋）前。鲍里斯，我热爱高山，喜欢战胜，喜欢自然中的情节，喜欢形成，但不爱状态。海洋的我——你会嘲笑……同时成为自己和高山。高山在脚下升起，自脚下升起。明白吗？

  我要在海边待半年，为了儿子，为了阿丽娅，为了谢·雅，他是我的礼物。还有，鲍里斯，你不会笑话我，因为你的诗句：

   一切都让人厌烦——[1]

  如果你说过，你知道，的确如此。我会学习海洋。我将自己放逐到学习中去，鲍里斯。沙丘，广阔的（à perte de vue：l'infini[2]）沙滩，还有**它**。（不是大海，整个都是它，无人知晓的。）没有一棵树。有两片荒漠。渔民的小屋：67岁的老太太，74岁的老头子。没有认识的人。笔记本，鱼。

  鲍里斯，我，自伦敦起，不，更早！早到你能想到的任意一天，我就不能同你分开了，我写的是你，呼吸的是你。在旺代我有

---

① 帕斯捷尔纳克的长诗《1905年》中《波将金号》（《海上暴动》）一章的开头。

② 法语：目之所及，无边无际。

一张巨大无比的床，我从未见过这样的床，我躺下，想着：如果和鲍里斯在一起，这就不是一张双人床，而是心灵的港湾。我便是在心灵的港湾里入睡的。

旺代（我把它走了个遍）绿草茵茵，草地广场，草地和……著名的talus① 在哪里？无影无踪。还是拿破仑在1815年下令把它们都推平了？孤儿一样的国家，这里只有捕兔子的陷阱。我差点哭了。

我在的这块儿是St. Gilles sur Vie② 的渔村（这条河的名字是Vie）。伴随着钟声，拿破仑的将军Grosbois③ 在观察部队行动时被杀。而在七公里外的农场上竖立着马蒂的十字架——死于1815年的拉·罗切贾奎林侯爵④ 的纪念碑。女人们在白色的炮塔里，穿着没有后跟的木鞋。民风淳朴，彬彬有礼。古时说的："Couvrez—Vous donc, Monsieur."⑤（正如公主曾对国王说的。）

这不是地理学，这是半年前我的心境。

鲍柳什卡，这两天伊·格·爱伦堡要去莫斯科。我会把《山之诗》（带标点的）、《终结之诗》（手稿）、《捕鼠者》、关于勃留索夫的文章⑥、关于批评家的文章⑦ 和其他所有能给的东西都交给他。如果爱伦堡同意的话，我请他替我转交送给你和你儿子的礼物。别生气！其中没有粗鲁无礼，只有牵挂在绒衣羊毛上软弱的温柔。你几乎会将它当成动物，仿佛我寄了一只小狗给你。

---

① 法语：斜坡。
② 法语：维河畔圣吉尔。
③ 法语：格罗斯布瓦。
④ 拉·罗切贾奎林（1777—1815），法国"百日政变"期间旺代起义的领袖。
⑤ 法语：请戴上帽子，先生。
⑥ 指茨维塔耶娃的散文《劳动英雄》（1925）。
⑦ 指茨维塔耶娃的散文《诗人论批评》（1926）。

啊，对了，还有照片，真的照片，我想了很久，一张给你（写上题词），一张给阿霞。但是不要太过关注，这些东西只有在第一次的时候不会撒谎。

（写在一旁）注意！标点符号。

你的信让我很痛苦。不可能肆无忌惮地阅读这些东西。我就用一句话来回答你。我有……一生就一个，它会和我一起烧掉（因为我将被烧掉，我不会让人把我埋葬！），当我看到你时，我会把它给你。我再没有别的东西了。

《终结之诗》没有标点，**整首诗**都处于停顿中！讽刺还是Kraftsprobe[1]？你喜欢**它**带有拼写错误（每一个音节都很重要!），没有统一的标点（只有它们是重要的!）**的样子**，为什么，鲍里斯，跟我说说作者吧，我能在你信中的每一行里听到**读者的**声音。你读完了它，这就是**奇迹**。第二次沿着（依旧陌生的）每个被破坏的足迹写下来。你像狗一样在混乱中嗅出我的足迹。（词汇是不一样的。是的。相遇的狂热之美就在于此。）

最吸引人的，是它自己找到了你，赶在我的（现在正在实现的）愿望之前。事情不等人，它们的精彩之处就在这里，比我们更精彩。你还记得吗？

　　但万物扯去自己的假面……[2]

---

① 德语：强度测试。
② 引自帕斯基尔纳克的诗集《主题与变奏》中的《我不会让倾斜的画》一诗。

234

噢，等等，鲍里斯，必要时我会把你写得与众不同。请你读一读斯维亚托波尔克–米尔斯基（这就给你寄来）[①]，他说得对吗？我不知道。我不懂康德。我只是因我的柏格森（我也不懂他）和你的康德而感到痛苦。总的来说，请记住这点：你是我唯一的考验——听力的考验，比我**年长的**听力。（我听到的**声音更大**，你……）并不是因为我爱你，我相信你，事实恰恰相反。我爱（这可怕的）有着惊人的空虚、令人恐惧的容量和延展性的词语，我爱一切词语，除了它。它只有一种力量，快如闪电的（承载闪电和持续闪电的）说服力，不容置疑，是通往其他人（任何人）的捷径。"我爱"是一个假定的符号，它背后**一无所有**。你理解我的意思吗？我绝不是在告诉你，我对你是**确切无疑**、实实在在可以证明的，只因前方没有封闭才如此可怕。我对现有的每分每秒都负责任，我像绘图一样清楚地接受它。一条没有前景的山中路，一条通往山上的道路。明白吗？你的一切是海，我的一切是山。让我们分开，从这里来看。我会老老实实、认认真真地学习海洋，因为这就是在学习你。我会到你身上去寻找，而不是到旺代去寻找。

（添写在一旁）

每一秒钟的洞察力。

唯一可能会打扰到我的，如果/—/—[②]，那就是，他**是我的**（还有我的）。

---

① 指米尔斯基写的关于《美少年》的评论（1926）。

② 原文如此。

你写信问我读了些什么。那和很久以前在苏联读的一样，在这里我没有写一首关于它的诗。但我读了，因为需要为了某个……

续

如果我死了，我会委托你来写我来不及写完的东西，只需给你准确的听力指导和词汇。你会写你自己的东西，但你也会写我。我们的词汇不同，这多么令人高兴。

你，就像我一样，出生在明天。

（恰好出生在昨天——这是谎言。恰好出生在明天。）

我有眼泪，《终结之诗》只是因为我没有足够的眼泪喊个痛快，哭个痛快。还有，别从桥上跳下去，以免在泪水里淹死。

你知道，伦敦是我们的城市，是街头流浪汉的城市。我看见了他们晚上过夜的地方。

把没有名字的诗给我，我希望它们被人知晓，谁知道呢，猜猜看吧。毕竟，它本质上就是无名的。

"我只是部分被爱着"，鲍里斯，当有人在生活中爱我时，我备受折磨，就像被埋入地下，先是及脚踝深，然后到膝盖，再到胸口处（我开始喘不过气来）。我被带离整个世界，被赶入一个像澡堂一样炙热的坑里。我带着敏锐的怀疑追踪被驱赶的那一刻。人不再说话，只是看着，不再看，只是呼吸，不再呼吸，只是亲吻。但他亲吻的不是我，因为他已经忘了我，他亲吻的只是被卷入到这个过程（不洁净的词汇！）中的嘴唇。有时我也被卷入其中。总之，嘴唇亲吻嘴唇，它们想日夜都亲吻。我很快就厌倦了，因一成不变而痛不欲生。再说说爱情。

茨维塔耶娃 致 帕斯捷尔纳克

1926年4月9日 前后

鲍柳什卡！这是给你的预兆。我总是在笔记本上给你写信（也包括这封），浮光掠影，就像诗的草稿。总是没办法把文稿誊抄好，两份草稿，一份给你，一份给我。你和诗歌（作品）对我来说密不可分。我不需要从诗歌中走出来给你写信，我就在你身上写信。这是我对你那一瞥的回应，为此我感受到人性的伤害。（这两件事让我痛苦不已！）鲍柳什卡，我和你什么都没有（既然什么都没有，我就不一一列举了！），除了**肯定**。这些年我一定痛打了你，笔下见真实！不是**互相打斗**，而是痛打了你，就像敲打着一只看不见的飞鸟——敲打着你的灵魂。我打中了，因为这只鸟无处不在，哪里都有它的身影。

写回信。我不知道这是什么意思。我知道如何回应你，呼应你，归还你，千千万万次，对你的信也是一样。你是在给谁写信？请你想想。是从《生活是我的姐妹》（这首诗同我相遇，这是多么美好的事，仅此而已！剩下的一切都已就绪）的第一句起就挪不开眼的人，所有的诗都经过了所有的人（因为既有所有人也有所有的诗！），无可救药，因为**彬彬有礼**，相信词语，我不会加上动词，因为这是所有词里面最空洞的词。不脱离自己，去爱另一个人，不离开诗歌，去爱一个人。（这里有一处不一致的地方，因为我整个人都是从自身分离出来的。）

说到彬彬有礼，想想勃洛克和马雅可夫斯基，我可能会爱上他们两个（现在不会了）。勃洛克近在咫尺，人群推搡着，在我身旁。1921年，我在16岁的时候写道：我不会直呼其名，也不会张开臂膀①。于是我便没有张开臂膀。他死了。马雅可夫斯基呢，清晨在大卢比扬卡街，一声雷鸣般的叫喊：茨维塔耶娃！我出国了，你认为我不想现在，在早上六点，在**大街上**，在没有人看见的情况下，向这个高大的男人的胸口扑过去，然后和俄罗斯告别吗？我没有扑过去，因为我认识莉莉娅·布里克②，我不知道还有别的什么情况……（把头埋进胸口。）

鲍里斯，既然这些年你没有呼唤我，我也就没呼唤你。既然你没有邀请我，我也没有邀请你。我毕竟是个女人，而且可悲的是，受过良好的教育。（直到1926年，在接触了伦敦显贵之后我才明白：我接受的不是知识分子的教育，而是贵族教育——一位早逝的母亲的气息。自此，从她那里，便开始了对资产阶级的厌恶和对知识分子轻微的不屑——但并非不无好感，我从**不**认为自己和他们是一类人！正如一个人在莫斯科告诉我的那样：封建制度。大门不在了，徽章还保留着。）这就是我写下这些的原因：是为了让你知道，当你给我写信时，你也在写给自己，当你呼吸时，你也在对着我呼吸。一劳永逸了，哪怕我明天就死去，哪怕我能活一百年。没有降低，没有升高，脱离形成或者处在形成当中，成为一种状态，**就像灵魂的成长**一样。我在此对你……

还有一个麻烦的请求，但请你理解，别通过阿霞来推断我。我和哥哥是意料中的，但妹妹不是。你别误解，也别混为一谈。别跟她说起我，别引导，别推断。莫斯科，不，俄罗斯对我来说只有

---

① 引自茨维塔耶娃的组诗《致勃洛克》中的《你走向太阳的西方》。
② 莉莉娅·尤里耶夫娜·布里克（1891—1978），马雅可夫斯基的情人。

你。不可能有两个"那里"。我全身心都在于你。**我的俄罗斯**。当我在说莫斯科的时候,我飞快地说出了:帕斯捷尔纳克。凡是和你不相关的(在你的视野和预期范围之外),俄罗斯的一切我都毫不在意。你就是我在俄罗斯的耳朵和眼睛。它们的领域有多大,我的领域就会有多大。这不是爱情的盲目性在说话,我把**我的**听觉和**我的**视觉都交给了你。请替我看,替我听。

可以谈谈确定的事情吗?

自伦敦返回后从巴黎发出的第三封信。伦敦旧城的风景你收到了吗?伊利亚·格里高利耶维奇20日左右离开。我将《捕鼠者》《山之诗》、《终结之诗》(没有打印错误)、关于勃留索夫的文章、《诗人论批评》,以及给你和儿子的东西都交给他,让他替我送过去。给你和儿子的东西,我想,也许你的妻子看到被我碰过的东西会反感吧?但我忍不住,请原谅我!我给你寄来了。不过是对一个小男孩生活上的关心罢了。可以这么说吗?况且这个男孩在某些地方还有些像你,不是吗?

确定性是最重要的:如果你**真的**想明年(1927)夏天到这儿来,我会在一个崇拜你诗歌的人的帮助下给你提供便利。我们会在巴黎和伦敦举办晚会。我有一些音乐家朋友(名义上的),我们邀请他们一起来。这不是天马行空。请你写下来吧,大方地写下一个**数字**!这一趟需要多少钱(护照、机票、旅途上的花销)。我们会照顾你的饮食起居,一切都会安排妥当。我们一起去伦敦吧。一个人很难支撑一个晚上,你来帮我一把,我很受欢迎。我会读新诗,和搭档一起读。不要相信人们在莫斯科对我的评价。我读了以前的(1917—1922)《天鹅营》,我曾经在俄罗斯也读过这首诗。没有什么言论，我不关心政治，我厌恶右翼，不会在他们那里发表作品。我不会损害你的名誉，你放心，我知道自己在做什么。

鲍里斯，你回答我。不必着急，但你要回答。请给我明年一年的喜悦吧。我这半年会住在旺代。时间很快就过去了。回答我吧。

你会见到列米佐夫①、舍斯托夫②，你还有什么朋友？我一个也没有。

我们会提前三个月公布晚会时间。我的观众把大厅都挤爆了。你的观众也一定会这样。另外，还会有我没经历过的，所有犹太人都会来。鲍里斯，你会赚到一万法郎，我保证。去伦敦是忠于内心（我的内心和你的内心），但在那儿我们也能赚上三千法郎。

对我来说最困难的是控制住别爆炸了。大厅应该能撑得住。

我要拿走你毛茸茸的头。你的头就像一顶帽子一样。

最奇妙的是，你传递给我的东西都没有凭空消失。在我身上你会寻得**注意力**完全的**纯粹**（你对于阿赫玛托娃的关注）。正如于我而言，你的每一个印刷记号、任何声音的和其他的偏见，都不会白费。财富的源泉不仅是一个物品，还有我们对它的关注。我的关注是无穷无尽、源源不断的。我的关注和耐心一样，耐心地专注一个物体。我要付出巨大的代价才能知道在我一生中这最终会是怎样的结果。（我对它深表怀疑。）如果出现奇迹，那一定是借助于你。

鲍里斯，我对你的爱够用一生。出口就是不朽。

---

① 阿列克谢·米哈伊洛维奇·列米佐夫（1877—1957），俄语作家。

② 列夫·伊萨科维奇·舍斯托夫（1866—1938），俄语思想家、哲学家。

我有一种感觉，这是**世上**唯一一次两个人的相互吻合。你减去我，我减去你，世界被偷走了，以这样或那样的方式把世界重建起来的人不是我们。我们不会成为小偷。

别跟我说可惜，我全部都知道，一直到底，到底层，到底部（因为总共有三层底！）。最深不可测的深渊。如果你虚伪，那我就是无情。不管把声音降到多低，我依然觉得声音太大。（不是实体的，声音是作为力量的本质。）

简而言之，完全一致。放心吧，整个都在……

该怎么办呢？（该拿你和我怎么办呢？）我想死去，以便重新和你生活在一起。要是你可以成为我亲兄弟，或者儿子，随便什么都可以，那就好了！我也许会对血缘兄弟情态度冷漠，我可能会对儿子的身份并不认同，我也许能认出一岁的你。你不知道，**你的**儿子对我来说是多么大的伤痛啊！

有一封我写给你的信不见了，很早以前的一封，应该是1924年6月，那时我刚知道**我有了**一个儿子。还原不了了！这一整封信就是一声哀号，无法复原了——因为现在他已经一岁零两个月了，我认得他的脸。

请原谅我偏离了可靠的轨道，原谅你和我的分离。我知道，远距离并不该那样。（没有危险！也没有责任！）**在我的生活中**不该那样，也不会那样。我一点都不害羞，但我很有礼貌，你永远也听不到你并不**打算**要听的东西。但请让我这样号叫吧，穿过空隙，像火车一样，像狼一样。

我只会像狼和蒸汽机车一样对你说呜——呜——呜——

鲍里斯！你可能会在夏天的时候去某个地方，那么每到夜晚，野外所有的声音都是我。当一棵树在风中摇曳，当一列火车鸣响汽笛，这就是我在呼唤你，无法阻挡。

我明天把表格寄走。

（信末附记）

给鲍写写魅力。令人讨厌的魅力。（可恶，低级。）

帕斯捷尔纳克 致 **茨维塔耶娃**

1926年4月11日

　　霍达谢维奇的消息刺痛了我。我该如何让你躲过瞄准我的"箭矢"？也许该写信给他？总的来说，我并不把他算作敌人。我甚至和他通过信，这让伊利亚·格里高利耶维奇又好笑又好气。我敬重他和他的作品，他不拖泥带水的理解和他的姿态，我认为这些只是暂时的现象。在我看来这有点类似吃旅店套餐时拖拖沓沓的过程：一个人把新的认可和成功吃掉，解开餐巾纸，将其卷成真实的样子，我们就会看到处于混乱的个人成长中的他。正因如此，我对他的发展有不一样的设想。如果不是你所说的他出于对我的不满而对你做的那些龌龊之事，我现在也不会失去对他的友善之情。这样的卑劣行为已经无法给予它一个名字了。他知道该如何称呼我，该如何诋毁我。他本可以直接这样做。而我的地址，就各方面而言对他来说都是很清楚的。他选择你作为靶子，妄图给我致命一击，这个想法真是太不精明、太荒诞了。他可能不知道这一点，尽管我在柏林已经和他谈起过你，这感情不可能再炙热一些了。我们的通信中断了，原因就是他在勃洛克死后写的那封信。我一点也不喜欢这封信。他重复了麻木不仁、无情无义的一句话，这句话我们都知道，但可以有不同的感受。在我看来，关于勃留索夫的这个公式是一个个人的悲剧，即便他没有那么喜欢作为一个诗人的我，情况依旧如此。他的命运像一个悲剧之谜引起思考，在我对他的怜悯中表现出极大的好感，没有任何冒犯他的迹象，虽然出于同样的感觉我也做好了欺骗他的准备。然而，这似乎从未发生过，尽管让娜·马特维耶夫娜① 称我为她最喜欢的学生时，我并未阻止她。正是在霍达谢维奇给这部冷冰冰的戏剧奠定基础的时候，我们这些疯狂的、一知半解的人都把这句出现在关于他自己原型的书信里的话挂在嘴边（这是一个人轻易能脱口而出的话，谁呢，霍达谢维奇!）。那些年恰恰因为他们、因为他们的不冷静，我**不得不**在让娜·马特维耶夫娜的葬礼上痛苦到令人抽搐地说，勃留索夫呼吁记忆、**公正**和历史文学研究，而不是呼吁他不讲感情的那句话。令人惊讶的是，正如从他那里走出了勃洛克，走出了谢维里亚宁，从维尔哈伦② 的译著中走出了马雅可夫斯基；我也从某处走了出来。你明白这些的吧？对，古米廖夫呢! 把重要的忘记了。这些话在吃饱喝足的人当中播下了困惑的种子。能够理解而且深深理解我的话的，只有拉钦斯基③ 一人，他对我又拥抱又热吻。的确，我不会说话，我总是颠三倒四的，况且在这里人们还喝了很多酒。其他人几乎要数落我吃吃喝喝。"他非常爱你。"让娜·马特维耶夫娜不由自主地说道，我告诉她，没有人因此惋惜，无论是她还是他的记忆。与人人皆知的刻薄言语相反，人们想要甜言蜜语，却惊讶地发现，并没有人听话。很快我就收到一封心急火燎的信。可能出于偶然，我并没有回复这封信，通信也随即停止。对霍达谢维奇的态度就如对勃留索夫的态度一样，我随时准备抵挡任何冲动言语的攻击。我不知道，是什么促使他来反对我。一个人必须掌握技术，必须聪明，必须避免粗俗和可笑，必须能够工作。霍达谢维奇的优点总的来说构成了

---

① 让娜·马特维耶夫娜·勃留索娃（1876—1966），勃留索夫的妻子。
② 埃米勒·维尔哈伦（1855—1916），比利时诗人、剧作家、文艺评论家。
③ 格里高利·阿列克谢耶维奇·拉钦斯基（1859—1939），俄语文艺理论家、哲学家。

最小的艺术理想的必要组成部分。但你可以想象，如果创作《哈姆雷特》这种任务落在这个平庸的傻瓜身上，会发生什么事情。从它应该是世界上最好的戏剧这一立场出发，一个傻瓜都会知道这个立场，他得出的结论是，必须在写出世界上最好的戏剧相同的条件下创作出这部作品，也就是说，为此，有必要染上五世纪时埃斯库罗斯的咳嗽等。莎士比亚知道，应该尽可能**在家**写这封信。霍达谢维奇绝不是个傻子，我们必须还他一个公道。这种愚蠢的戏剧及其所有误解和对古老技艺的崇拜联系得如此紧密，以至于只有少数人带着自己的面孔从中学假面舞会上离开。只有在偶然的情况下，可能是命运的某种特殊性让我们能够在真实的世界里看到文化的**自然**全景，在空中俯瞰它那种原始的宏伟，并以此保持它稳定的汇率。你从小就明白这一点。"不重复的名称：玛丽娜、拜伦和坎肩。"①（引文不甚恰当，但我想回忆一下这首诗。）这就是弗拉季斯拉夫·费利齐亚诺维奇② 标记边界的地方。他不知道，除了绝望的湿度，还有力量的湿度，最大形式的困难的湿度。也可能他知道，但是不想知道。同时，这条线把大的现象和小的现象分开。第一个现象带着自己的自然属性，带着它的沙沙声和秘密的车队而来。它有粮食供给，有一个可靠的后方。但是即使在这方面我也从未说过对霍达谢维奇冒犯的话。就算我在冬天对他的第一任妻子安娜·伊万诺夫娜③ 说的关于他的话传到了他的耳朵里，那也没有什么不好的东西，那些话是带着遗憾和善意说的。我说他是一个典型的妄想受害者，这种妄想在技巧的范畴里压倒了大多数人。顺便说一下，阿

---

① 引自茨维塔耶娃的《相遇普希金》一诗（1913）。

② 霍达谢维奇的名字和父称。

③ 安娜·伊万诺夫娜·霍达谢维奇（1887—1964），霍达谢维奇的第二任妻子，茨维塔耶娃误以为是第一任。

赫玛托娃绝不是一个未来主义者，她不仅承认了借鉴，而且看来，在对诗人的研究中只看到了对其来源的研究，她也赞同我的观点，认为像丘特切夫一样为了感知树木而走到了户外去的信念不可能是演员的道德。此外，这总能助奥夫相尼科–库利科夫斯基[①]一臂之力。他们的学术视野限制在公文包的皮革里，皮革的种类就像城市的街道、街心公园、人行道和其他品种的夹心糖一样，随意地同普希金的名字联系起来。重要的是，这种皮革以普希金命名，正如列宁格勒以列宁命名一样。因此，你很清楚他们的喜悦，当在《报复》[②]中开始感受到抑扬顿挫的轻微的噼啪声时，或者当别雷诗歌中的拆裂声将作者完全排挤开时，或者这甚至忽然发生在我身上时〔萨库林[③]就憋得喘不过气（《崇高的疾病》）〕，或者叶赛宁干脆在萨库林的公文包里安家落户时，也就是说，不仅接受他的祝贺，还准备为丢失诗意的内容而祝贺自己。但关于霍达谢维奇已经足够了。我竟然谈了他这么多，实在令人惊讶。也许我下意识地希望你与他和解。我记得，他曾经对你、对我都很好。

《施密特中尉》已经完成了一半。我想两三周后，在交稿前，我会把它寄到你的"最高法庭"（如果能写完的话）。已经确定的是，它低于你对我的评价水平。它的诗意水平被现实主义、心理真实等沉重的砝码降低了。的确，要把这些全都做到并非易事。但这有必要吗？这个问题无法解决。当前的工作开始被突如其来的半听写状态、听着诗句的失眠打断了，关于这点我并不总是确定像《生活是我的姐妹》里说的那样，是我自己的（accusativus

---

① 德米特里·尼古拉耶维奇·奥夫相尼科–库利科夫斯基（1853—1920），文学史家、语言学家。
② 勃洛克的一部长诗。
③ 巴维尔·尼基季奇·萨库林（1868—1930），俄语历史学家、文学理论家。

temporalis^①=恰逢其时，在星期三）。我害怕太过夸赞反而引起不好的结果，为了等到这一年我似乎已经等了八年。那时我有一本厚厚的对开本，用来做这种下意识的记录。总的来说我喜欢这种状态，一种病态的幸福，但我对它们的记录一直持怀疑态度。也就是说，其中极少出现闪光之处。但这是一个相当特殊的体裁。这些东西必须要积累。当它们足够多，就能搞清楚它们想要你做什么，然后你就可以遵从它们了。每个部分都不适合单独进行处理。你问我在说什么？我在说两种类型。一些出现在手里握着笔在书桌前创作的过程中。另一些出现在床上，在一个糟糕的夜晚洗漱干净以后，等等。从中我给你寄去两个，这样我就能在《施密特中尉》完成之前跟你进行交流。一个是我躺着想你的时候写的，很流畅，跟我说话别无二致。关于另一个我先说两句。

> 不是演戏的农民，
> 玛丽娜，我们往哪儿？
> 一个公众的游园会，
> 带着土地的企图。

> 刚刚献身于事业，
> 当我们沿着不同的路，
> 像罗马元老院中的马，
> 在这些孩子间显得野蛮！

> 我们走在林中空地。

---

① 拉丁语：指称时态。

十个舞台热闹非凡。

一些舞台在说祝词，

另一些舞台随意说笑话。

听着，只有我们

会从阴间给他们读诗，

就像《吠陀》和《圣经》的作者，

就像逝去的普希金。

只是别爬向厚底靴，

也别爬向蒸汽管。

从浮华的深处步出？

你在墓中也写不出它们。

你仍是无穷的原野。

死亡是你的笔名。

不能投降。别用笔名

发表任何作品。

　　为了试验一下，在这个基础上是否有可能过渡到从前那种真正的诗歌，即有着想象、理想化、深度等等的诗歌，我在《施密特》之后就不再著书了，我想为拉里萨·莱斯涅尔[1]写一首《安魂曲》。她是第一位革命女性，或许还是仅有的一位，就像米什莱[2]

①　拉里萨·米哈伊洛夫娜·莱斯涅尔（1895—1926），俄语女作家、革命家。帕斯捷尔纳克的《悼莱斯涅尔》（1926）一诗后收入诗集《超越壁垒》。
②　米什莱（1798—1874），法国历史学家，写有《法国革命史》等著作。

写到过的那些人。这是草稿里的一段：

  …… 而我多么遗憾。

  我不是死神，与死神相比我是零。

  我或许知道，不用胶水，

  人的故事如何附着于岁月的残片。

  我对素材的观察多么仔细：

  冬季横卧，雨不停地下，

  暴风雪散发被子的气息，

  胸前抱着吃奶的城市。

  一切都在飘落，匆忙落入水中，

  在拐弯的地方转化成冰。

  一切在躁动，会相爱半年，

  我一次甚至爱了一整年。

  鲍里斯，拉里萨，我俩的名字押韵，

  我在一年年远离梦境，

  我身上的一切都已掺进

  你封闭的立场，构成呼应。

  把你置入创作的偶然性，

  让造物主越来越大的慌乱，

  与幽灵和植物的慌乱

  从头到尾地押上韵。

请原谅我以这种无所畏惧的态度跟你长篇大论。我也不担心你看到这押韵的纸张。你大概也不会认为这些**伴随**着自然发展并参与其中的笔记有什么意义。这不是成果，而是过程。还有一个解释。这封信是对你从伦敦回来时寄的双色信做出的回复。谢谢你和安娜·安德烈耶夫娜[①]。你对伦敦之行和失望之情（耳朵的地形测绘）的见解非常好。还有关于诗人缺乏自然性的问题（专注于文字，专注于意义）。当然，就是如此。只是这里可能需要一个修正，它让我们又回到了有关霍达谢维奇的话题。应当作一个大诗人。飞驰，心不在焉，情绪激动的视域，许多同类的东西，这些都是自然性，更确切地说，只有这些才是行星的自然性，从其中间断的、日常的自然性又被切割成不同的风格。关于爱情当中强有力的开端也很好。我不自觉地强调了在读你这封信前不久想到的一切。你会在我的信里找到很多。那么，比方说，在原文里，就是在我请求你不要回信的那封信里，因为这是有原因的。8号公寓，18号房，阿霞的家（梅尔兹利亚科夫胡同）。在转载《波将金号》的时候，请保留完整的诗节，就像我给你寄去的那样，而不是《新世界》上被打散的形式。你看到了吗？如此改动会不会给人留下极不好的印象？

你的鲍

---

① 阿赫玛托娃的名字和父称。

47 〰〰〰〰〰〰〰〰〰〰〰〰〰〰〰〰〰〰

帕斯捷尔纳克 致 **茨维塔耶娃**
1926年4月12日

　　我收到了关于你和孩子们一起去海边的信。巧合，巧合，还是巧合。巧合的是，你不想立刻回复我的信，而我的信里也有同样的请求，可能已经实现了。你所说的关于长诗主人公的内容和我说的关于我的主人公的内容在字面上也是巧合。这句附注融入了整体，即你不经意间就略过了这不知从何而来的摘录：他把典型的书信献给女人[①]。**他从头到脚整个人——掌握了奔跑的能力。和里尔克相关的巧合。**如果你收到了他寄来的什么东西，请通知我[②]。如果有什么给我的东西，你就看一看，或许还需要改写一下。此外，我们和瑞士好像也没有通邮关系。对了，你有一次提到想要照片。请向爱伦堡要，我给他寄过。我在这里会用别的替代（半真半假——我现在手边没有）。但是你别说这件事。我仅有的一次拍得还不错，因为在一瞬间把所有东西都拍到了。摄影师在拍热尼娅和儿子，当他们提出让我也站过来的时候，一切都已就绪。我还没反应过来，照片就拍好了，所以拍得很成功。那时很热，那是夏天在彼得堡的时候，我刚把儿子抱上六楼，在屋顶的玻璃下十分闷热。通常我拍出来像个傻子和大猩猩，不是指一瞬间的情形，而是说在现实中。但这些巧合已经够多了。现在说说请求。看在上帝的分儿上，我亲

---

① 约指施密特。

② 在给里尔克的信中（1926年4月12日），帕斯捷尔纳克曾请求里尔克把后者的诗集寄给茨维塔耶娃。

爱的、最令人不可思议的爱人，请摒弃这样的想法：你**还从未像任**何人一样谈论过我，你必要的时候会这样做。请赶走自己脑海中打算及时回答的想法。首先，它已经完成了。其次，假如不是这样，那就在同一个方向做得更多一些，我可以告诉你：我不怕你，我和你在一起自由简单，因为你是个天才。

另一个请求。看在上帝的分儿上，请别给我儿子寄任何东西。你给我写下这些文字，描述孩子们，描述格奥尔吉的方式都让我深受感动。我知道一切，但你并不知道一切，也就是说，你知道的并不是全部。你曾问过我，为何不写关于他的事。因为他在一个被四个家庭挤得满满当当的房子，因为他没有一个我想要的、曾经有过的那种保姆；因为人口拥挤和保姆（白俄罗斯人）教坏了他的语言；因为他的母亲从早到晚都在国立高等美工实习学校[①]，除了她经常不在引起的困难外，她的身体状况也每况愈下；因为我什么都不能告诉她，因为我知道，我本可以去学校，我的家人也不会阻拦我；因为所有人的爱让这个男孩变得自私，变得娇气，在我眼里，这会削弱他的感性和真实，我有时也会用不同的眼光看待他；因为我对他的爱写满了各种批注；因为我的这篇文章是用别人的手写出来的，而我没办法改写，因为这些没有意义的话传得越广，我就越要多挣一些钱，那么我就更少属于他；因为这是一个没有出路的圈子。这就是为何我不喜欢谈论他。他和我小时候的照片简直太像了，甚至在整理爸爸的档案时不小心翻到我的照片，竟以为是他的照片。也许他不像我这么难看，只是换了一种方式。但这一切都不得不在某一天进行改写。

第三个请求。如果在信里，相对于巧合，我们会遇到不同时间

① 叶夫盖尼娅·帕斯捷尔纳克是这所学校的学生。

相互交叉的分歧，请你不要在意它们。这就是我的想法（我总是喜欢说教!!）。不仅在我们这里，在整个人类大气环境中完全对立的观点就是一种显而易见的荒谬。我说的不是观点中生动的多样性。这是不可侵犯的。而是关于真理的争议和矛盾的。这总是基于缄默，基于遗漏。这种状态自它在心中诞生起就这样表达，作为一种信号从内部迸发出来，迎接展翅腾飞的**理解**，并期待它不间断的守候。就这样，我们生活在同样枯燥、不幸、**失败的**言而未尽中，因为即使我们想发展和阐明它们，我们从一开始就在算计中上当受骗了：值守被平庸遮蔽或者排挤开了。人们在大多数情况下无话可说，因为他们没有人可以说话，这种断断续续、被误解的吠叫已经成为精神生活的一种常见形式。无意义已变成它的风格。因此，我说的关于勃留索夫的、也适用于霍达谢维奇的话，在前往邮局的路上同你给我寄《劳动英雄》的愿望相遇了，你不该为此感到尴尬。既不是这件事，也不是今后类似的情况。我们之间任何的言而未尽甚至都是重要的，为了说得更清楚，在任何情况下都不应该有注定会成为言而未尽的东西。

1926年4月14日

　　我已经带着这种难以忍受的牙疼开始写信了。这已经是最近一年的第三次了。在工作得正紧张的时候，随着神经活动的增加，我的右下颌就会疼。不久前出现的牙龈脓肿是另外一边，在左边。现在所有的症状都一模一样。这种疼痛因牙的部位和难以忍受的程度而变得更加高贵。只需把一句糟糕的诗句改为充满活力的诗句就足以让疼痛发作一次了。看来这是一种面部神经的炎症。两周后，这种折磨消退时，它总会以左眼部的奇怪现象来结束：眼皮跳动，太阳穴时不时疼痛，但不抽搐，从外面看不出来。真是遭罪啊！我该怎么办？明天我要去拍X光片。现在我正处于这种折磨的顶点。最主要的是，疼痛的周期性表明了些什么，诉诸了些什么。也许这是神经系统的怨念，永远无力地奉献、付出，却没有任何回报。几乎没有得到休息。我当然不知道该如何休息。也就是说，我什么都没有做的那些年，我走到了另一个极端：我失去了精神生活的模样，而这种休息在心灵上比其他任何工作都更令我疲惫。但我必须漫游，必须旅行，独自在路上，在改变中。这都是人们做梦都想不到的事情。

1926年4月15日

这不是牙疼。这种疼就像在我父亲的笔下，它把我整个分为两行：右侧的下颌和左侧太阳穴。我只剩下了脸部痛苦的轮廓。泽林斯基从巴黎大使馆寄来的，回应我要求寄书给你的那封信，进入了这个被疼痛摧毁的，因为无力创作和思考而逐渐被施密特、安魂曲等抛弃的空间，让我兴奋不已。如果还需要的话，有机会再让你了解我有多爱你，对我而言这是怎样完整的真实，如此生动，即它首先包含了那些似乎与个人情感无关的生活方面。也就是说，和你在一起，我爱历史，爱历史中的你和自己，也许还有更多，在它的精神当中，作为它的一部分，俄罗斯社会的命运，原生的、不明确的、需要澄清的命运，但绝不是迄今为止从任何方面给予的东西。

我要中断这封信。我进入了一个无法用三言两语来谈的领域。也许我之后会在跟伊利亚·格利高里耶维奇谈话的时候触及它。在信中你也不要涉及它。但是，如果你记得普希金耳熟能详的那句：在教养上与时代并进①（大概是这样？），那这就是指导性的公理圈子，这个圈子确定了我不准确的、空白的、正不断填补的视野。这是一种信念，真正活生生的艺术在我们的童年时代就已经是社会主义的了。根据那条让以前时代的所有元素把每个时代的文化都和自己等量齐观的法律，莎士比亚和歌德在我看来都是同一个音符的代言人，正如应当给浪漫主义者呈现出浪漫主义者的样子，给象征主义者呈现出象征主义者的样子（我开始非常心不在焉地写作，动辄有笔误）。在我所看到的社会主义文化的迹象中，这是一个漫长的对话，我可能会认真地写给你，并从伊利亚·格利高里耶维奇那里寄走。与此相关的是一种渗透我所有意图的趋势。（多么愚蠢的同义词！）人们必须对19世纪下半叶至今的俄国历史有充分了解。在大部分情况下，也是最好的情况下，俄国历史是地下的。这就意味着我对它知之甚少。更重要的一点是，这意味着仍然没有足够认识它：在这种形势下，它既不会让你满意，也不会让我满意。但是，一旦了解了它，就应当让它**臣服于那种可塑的、与整个世界重新结合的美学**，这种美学被覆灭的国家官方的历史所利用，这种美学让官方的历史窒息又不配拥有，通过我们的家庭、我们的神经、我们的天赋、我们的过去与世界联系起来。

---

① 引自普希金《在这里我忘了往年的惊慌……》（1821）。

（写在空白处）

这一段时间别等我的来信。我怕是无法写字。当你健康的时候你甚至不会注意到，你会为此担心。但现在你就像在挑动疼痛的神经。一阵接着一阵。

我再也不会像这样写信了。我打算接受治疗。最主要的是，我必须放弃我的工作。我就这样给你寄去，因为总得寄点什么。

你怎么会想到用大海来检验我的"理想"？应该用沙丘！我也喜欢大山（柳韦尔斯的乌拉尔）。

如果可以，请从这一切里减去对巨大东西的巨大柔情。

我要最终中断这封信了。疼痛越发剧烈了，令人难以忍受。让自己满意……

茨维塔耶娃 致 **帕斯捷尔纳克**
1926 年 *4* 月 *18* 日 前后

有趣的是，你那些信我读过一次，然后就没有再读，也许无意识地把它们变成了活生生的语言，不能再听第二次了。而这封信（有关霍达谢维奇和勃留索夫）却多次处于完全平静和武装的状态。

鲍里斯，不要因为琐事发怒。他（霍达谢维奇）不曾喜欢你，也不会喜欢你，重要的是，他不可能喜欢你，就算喜欢，那喜欢的也不会是你，也不会是他喜欢。"帕斯捷尔纳克是一个高度膨胀的现象。"这是他对你信口开河的评价，他在我刚从房间离开的时候背着我对谢廖沙说："顺便说一句，米·伊对帕斯捷尔纳克评价过高。就像他对其他一切的评价一样。"

不要伤心，你要霍达谢维奇的爱做什么？你要他的爱干吗？你是个大人物，你也可以爱（包括）霍达谢维奇。他因你而痛苦，愤怒，在你身上失去控制。他对你的讨厌是出于自卫。他了解你的价值（正如了解我的价值一样）。

请你不要安慰我，我反对所有徒劳的冷酷，不受别人的左右。我不需要假朋友。

你关于勃留索夫的论述很有远见。我正在考虑是否要把关于他的长篇文章（去年夏天写的）让爱伦堡一起带给你。那么，请读一下这篇文章。我不想提前跟你透露。

对了，说明一下：阿达利斯①，我故意将她作为一个活生生的、不幸的和微不足道的人，有意识地将她锐化了。我可以讽刺地塑造她（即自然主义地），简而言之，就是用我塑造她的方式来塑造的。别被骗了，别当我是傻瓜。

"我俩的名字很押韵。"②那好，您的名字就是声音，而我们的名字，就是意义。我也不会为了你的名字或押韵而舍弃自己的名字。

她是第一位革命女性，或许还是仅有的一位？好吧，那我肯定是第一位，也是唯一完全相反的女性。我甚至不会用我这唯一性来交换你献给我的*Requiem*③。

关于我，鲍里斯，当我要死的时候，你不要写《安魂曲》，请给我写一首出生的赞歌。

> 我迟到的诗句在祝贺
>
> 可爱的婴儿出现在天国……④

Requiem，请安息。我已厌倦宁静，厌倦强制睡眠。

非常好——把吃奶的城市抱在胸口⑤。

别给我写诗。那些可以写的，你不敢（**我的唯一性**），个人的东西，我们和你抓取的更多。请写大的东西，施密特，《安魂

---

① 阿杰林娜·叶菲莫夫娜·埃夫隆（1900—1969）的笔名，俄语诗人、翻译家。

② 引自帕斯捷尔纳克《悼列伊斯涅尔》（1926）一诗的草稿。

③ 英语：安魂曲。

④ 对莱蒙托夫诗句不太准确的引用。

⑤ 引自帕斯捷尔纳克的《悼列伊斯涅尔》（1926）一诗。

曲》，请写**自己**，那么你就更能与我同在。

谢谢你的诗。如果读懂了它，结尾尤其好。

我俩的主要区别，你很善良，我却不是。我是火焰和石头，干燥就是我的基础。总是这样，无论在爱还是恨的时候。

你想在最后一封信里引入理智的元素（词和词之间更长的停顿使呼吸平缓下来）。你在其中就像是主要的劝导者。

注意：
我们之间的另一个区别——你有一本客观的（对所有人的）词典，而我没有。

倒数第二个诗节的第三行有些莫名其妙。"浮华"是一个书生气的词，已经成了非现实的。此外，"深处"和"浮华"是相对立的。不需要。替换了吧。

对了！还有。请在分别的时候把诗留给我。现在是相聚。（**所有的诗都是写分别的!**）在这里相聚就是分别，因为在这里我们是分开的，不是今天，而是经常，"永远"。现在，充分而完整地全力以赴，乘风破浪。

我依旧呼唤你，尽管内心沮丧。我们会穿越**它**。

在这之后，我就不再有什么更高的期待了。不会再有什么更多的东西。（我一生都在听对自己的说这些话。但我却是第一次说这些话。）

49

帕斯捷尔纳克 致 **茨维塔耶娃**

1926年4月20日

　　明天我将会以另一副样子起床，将会克制住自己，并着手工作。但今宵要与你共度。他们终于各自回到两个房间里去了。今天我动笔给你写五封信。儿子患感冒，热尼娅在照看他，还有弟弟和弟媳。家人走进走出。那道你汲自我体内并为你饮用的语言流中断了。我们相互躲避。书信一封接着一封，全都见鬼去了。哦，你工作得多么奇妙！但是你别毁了我，我想与你一同生活，长久、长久地生活。

　　昨天我在你填的表上读到了关于母亲的那段话。这一切太奇妙了！我的母亲在12岁时演奏过肖邦的协奏曲，似乎是鲁宾斯坦担任的指挥，或者是鲁宾斯坦出席了彼得堡音乐学院的演奏会。然而，问题并不在于此。当小姑娘演奏完毕时，鲁宾斯坦把她高举过乐队，热情地吻了她，并对全场的人（当时是彩排，听众均为音乐家）说："就该这样演奏。"小姑娘名叫考夫曼，是列希蒂兹基[①]的学生。她还健在。我想必很像她。她是谦逊的化身，在她身上已没有丝毫神童的痕迹，她把一切都献给了丈夫和孩子，献给了我们。

　　但我现在是在写你。早晨醒来后，我想到那份调查表，想到你的童年，我泪流满面地哼唱一首又一首叙事曲，还唱小夜曲，唱你与我在其中熏陶出来的全部曲子。我大声痛哭。妈妈已不再为我们

---

① 列希蒂兹基（1830—1915），波兰钢琴家。

演奏。我将终生记着忧郁的、富有爱心的她。

　　我需要给沃申申[①] 和阿赫玛托娃写信。两个封好的信封很快就摆在了一边。我想与你谈一谈，并立即察觉出了差异。犹如一阵风掠过发际。我实在是无法给你写信，而是想出去看一看，当一个诗人刚刚呼唤过另一个诗人，空气和天空会出现什么样的变化。这就是鞋楦，这就是相互依存的我们，这就是一份不够吃的口粮。如果你能活下来，并允诺我说我也能活下来，那我们就应当靠它来度过一年。我亲爱的友人，我不是在开玩笑，我从来也没有这样说过。让我确信你是信赖我的，你是相信我的感觉的。我将告诉你，这延迟自何而来，为何与你相伴的还不是我，而是夏夜，是伊·格[②]、柳·米[③] 和其他人。

　　这一点我以后再做解释。

　　与自己的梦境相反，我在一个幸福、透明、无边的梦中见到了你。与我平常的梦相反，这个梦是年轻的、平静的，并毫不困难地转化成了梦醒。这是在前几天发生的事。这是我对自己和你称之为幸福的最后一天。

　　我梦见城里的夏初，一家明亮纯净的旅馆，没有臭虫，也没有杂物，或许，类似我曾在其中工作过的一个私宅。那儿，在楼下，恰好有那样的过道。人们告诉我，有人来找过我。我觉得这是你，带着这一感觉，我轻松地沿着光影摇曳的楼梯护栏奔跑，顺着楼梯飞快地跑下。果然，在那仿佛是条小路的地方，在那并非突然来临，而是带着羽翼、坚定地弥漫开来的薄雾之中，你正实实在在地

---

① 沃罗申（1877—1932），俄语诗人、画家。

② 即爱伦堡。

③ 即爱伦堡的妻子。

站立着，犹如我之奔向你。你是何人？是一个飞逝的容貌，它能在情感的转折瞬间使你手上的一个女人大得与人的身材不相符，似乎这不是一个人，而是一方为所有曾在你头顶上飘浮的云朵所美化的天空。但这是你魅力的遗迹。你的美，照片上反映出的美——你在特殊场合下的美——亦即硕大的精神在一位女性身上的显现，在我坠入这些祥和之光和动听音响的波涛之前，它就已经在冲击你周围的人。这是你所造就的世界状态。这很难解释，但它使梦境变得幸福和无限。

这是生活中首次强烈体验到的和谐，它十分强烈，迄今为止只有疼痛的感觉才如此强烈。我置身于一个对你充满激情的世界，感受不到自己的粗暴和迷茫。这是初恋的初恋，比世上的一切都更质朴。我如此爱你，似乎在生活中只**想着**爱，想了很久很久，久得不可思议。你绝对的美。无论是在梦中，还是在墙壁、地板和天花板的生活类似物中，也就是在空气和钟点的类人体中，你成了茨维塔耶娃，也就是成了诗人终生向其发问却不指望得到回答的那一切东西的一副公开的喉舌。你是广大爱慕者奉若神明的原野上的大诗人，也就是极端的**自然人性**，不是在人群中或在人类的用词法（"自发性"）中，而是自在而立的。

因此，当两年前我在那同样的波涛中着手收集你的作品，并开始遇上兰夫妇①时，我不认为兰夫妇有任何意义，这违背你的凭证，也许还违背你如今的意见，兰夫妇在你的心目中还是有分量的。因此，对我而言，只存在一个谢·雅②，以及我的生活。

你在信中问到那个手指僵直的女人："你也许爱过她吧？"你

---

① 指作家、翻译家叶夫盖尼·兰（1896—1958）和他同样是翻译家的妻子亚历山德拉·克里夫佐娃。
② 茨维塔耶娃丈夫埃夫隆的名字和父称的缩写。

就是这样看我并说你了解我的吗？但是要知道，即便艾·尤[1]是一个完全相反的人，那么，我当时仍需要某种特殊的东西，它会让我摆脱某些岁月和人而回归生活的本原，回到入口，回到起点，换言之，仍需要你，好领我步出旧途，获得某一相称的命名。我并不只是个已婚者，我还是我，我是一个半大孩童。也就是说，在这一点上我没有那种具有歪曲生活之危险的频率。再问一句，你明白吗？

有过几件使热尼娅因不充分的理由而感到痛苦的事，也就是我刚刚开始爱恋，甚至还没有迈出第一步就爱完的那些时刻。有**成千上万**的女性，如果我放任自己，我都**不得不**去爱她们。我准备迎向女性温柔的任何一种流露，我的日常生活充满女性温柔的假象。也许，我生来就是这一特征的补充，我正是在强烈的、几乎是绝对的克制中形成了自我。

就这样，艾·尤可能对我怀有反感的全部引人注目之处就在于，甚至在造成热尼娅痛苦的不充分理由中也没有她。我在交际场合见过她两三次，但常在别人的圈子里，而不在自己的圈子里。我在场时，她曾向众人宣布，她如何如何，而我甚至没去理会她。我因她的不知分寸而害羞，推说我不过是个草包或无灵魂的木偶，我还讲了在那些场合下该说的一切。我不得不去她那儿，并不是因为她的提示，而是由于你的叶赛宁，是根据那条会将一切来自陌生世界给你我各种帮助的东西的价值夸大得十分离奇的自然法则才这样做的。她给我读了她的散文，我在她值得夸奖的地方夸奖了她。她不无才能，但我告诉她，作家与作品是由第三维——深度造就的，深度能让所叙述和展示出的一切垂直腾升在书页之上，更为重要的

---

[1] 俄裔法国女作家特里奥莱·艾尔莎·尤里耶夫娜（1896—1970）的名字和父称的缩写，特里奥莱后嫁与法国作家阿拉贡。

是，能使作品脱离其作者。我告诉她，她缺乏这一点，这一点的获得需要付出努力。我不知道，她为何突然想讨好我，或是竭力想来同情我。她并无与我结交的真正理由。我想说，从各方面看来，我对于她只可能是个零，或是无关紧要的，如同那些因模仿我和其他人而深感矛盾的大多数人一样，都是无关紧要的。在你的来信之后，她开始使我感到不快，你当然能相信我，这并非由于那些评论《加朋》的话（那段诗她只听过一次，而且我不是单为她念的），这些言论对我而言并不新鲜，而是因为你自黑夜中出现于你的信中，出现于你的第一封信中，它使得我难以再忍受没有你的未来生活。

玛丽娜，请允许我停止这自我折磨，这种自我折磨对谁都不会有任何好处。我现在要向你提个问题，在我这一方没有任何解释，因为我相信你的理由，这些理由应当为你所有，它们应当不为我所知并构成我生活的一部分。请你回答这一问题，如同你从不对任何人作答——如同你对自己作答。

我是立刻就去你处呢，还是过一年之后？我这种犹豫并不荒诞，我有在行期问题上拿不定主意的真实原因，却又无力坚持第二种决定（即一年之后成行）。如果您支持我的第二种决定，那么则会产生下列情况：我将尽可能紧张地干完这一年的工作。我会转移，会前行，并且不仅是迁移到你身边去，而且也可能成为生活和命运中某种对你而言（请做最广泛的理解）更为**有益的**东西（若去解释，则要写上好几卷书），胜过此时的一切。

因此我请求你的帮助。你应当想象得出，我在**如何**读你的信，读信时在我身上发生着什么。我将不再给你回信，也就是说，永远不再放纵感情。也就是说，我将在梦中见你，而你却对此一无所知。这一年是个尺度，我将遵循它。这**仅仅**是指工作和装备，是指继续努力，其目的在于向历史**奉还**显然已与它相脱离的那一代人，**即我与你所处的那一代人。**

什么话也不再说了。我有一个生活的目的，这个目的就是你。确切地说，你成为我生活的目的还在其次，你是我的劳动、我的灾难、我如今的徒劳作为的一部分，当能见到你的幸福感将在今夏遮掩了我的一切的时候，我便看不见这一整体的各个部分，那些部分也许只有你能见到。在此说得过多，就意味着模糊不清。玛丽娜，如我求你那般去做吧。请环顾一下四周，深思一下**自我**，只深思你周围的一切，哪怕这是**你对我的认识**也好，或者哪怕这是你的那些法国渔夫在清晨当着你的面所说的话也好——仔细望一望，并在这一环顾中获得回答的动力吧，可是别在你想见到我的愿望中去汲取回答的动力，因为你知道我多么爱你，你必定想看到这一点。

请立即回信。

如果你不阻止我，我将两手空空**仅仅奔你**而去，甚至想象不到还能**去哪儿**，还能**干什么**。

别屈从于你心中的罗曼蒂克。这很糟，且并非很好。你**本身**就比这"**仅仅**"宽广得多，我与你同样。而且，如果说世上还有命运，而且我在今春已见到了它，那么这还不是那环抱我们俄罗斯人的空气（也许是遍布全世界的），在那种时候可以相信偶然事件的人性，或者说得更好听一点，是可以相信诗人等同于默默无闻。这时应当用自己的手充实自己。而这便是一年。可我几乎确信，我此刻就会抛下一切工作去你处。反正一样，当你还没有让我安定下来时，我什么也干不了。

（写在空白处）

给你寄上一张照片。我很不像样子。我也就是照片上这个模样——照片照得很成功。我只是眯缝着眼，因为我在对视太阳，这就使照片变得特别糟糕。眼睛应当闭上。

别听**我的**。随意回信。恳求你。

茨维塔耶娃 致 **帕斯捷尔纳克**
1926年4月28日 前后

过一年以后吧①。你是一个巨大的幸福，正慢慢走来。你问的是谁？问的是那个打记事起就接连三天把信随身携带的人，只是为了不把信读完！当本该一周以后来到的小男孩或者小女孩今天就来了的时候，她哭了。书信，男孩，女孩，都是你。而我的回答仍然是一样的。

（你是一场即将来临的暴雨。）

不是现在！

这是我说的，那个总是第一个进入，第一个呼喊，第一个伸展，第一个弯曲，第一个挺直的人。和其他人在一起，也是的。这第一个人紧接着，因为就像在梦里一样，马上就过去了。我看不清楚。（翻译过来就是，我不大喜欢！）我仔细看，但我看不清楚。就用双手对着自己，双眼愈合了，对着自己！如此才能**用自己去爱**。给你很多个拉纳②，不计其数的拉纳。我一生中从未遇到过力量。《终结之诗》是一种简单的（请原谅我的粗鲁）、男性的力量，是激情的力量、爱的力量、盲目的力量，这种力量突然变成了灵魂。曾经有过一些灵魂，但是还在胚胎中，当我吹气的时候，它们在空中飘浮着。

---

① 这是茨维塔耶娃对上一封来信中帕斯捷尔纳克提出的"我是立刻就去你处呢，还是过一年之后"问题的回答。
② 约指拉纳（1769—1809），法国元帅。

有一件事你是对的，谢·雅是唯一重要的事情。从第一次见面起（1905年，科克捷别里），"这就是我愿意嫁的人！"（17岁）。

现在，鲍里斯，我不会嫁给任何人。你知道我儿时的梦想（许多人的梦想，我亲耳听到过几十次的梦想，从小姑娘那里，从老太太那里听到的，时间的梦想），一个孩子，我一个人。和他在一起的生活，在他体内的生活，没有他的生活。或者说，就是此刻和他一同死亡，在他体内死亡。这是间接的，但很重要：我完全无法理解第二个孩子的出现。如果我是男人，我会害怕，我的灵魂会被撕裂。孩子把一切都冲刷掉了。经过这样的洗礼，又回到了起点?！但这是括号。我很着急。

鲍柳什卡，我还想象不出那个城市（真可怕，它竟有一个名字！）。想象一个钟头，不是夜晚，不是夜晚！是黎明。梦幻**纯洁的**（**妙极了**，虽然我也讨厌这个词）旅店，就像在普叙赫的城堡①和Belle et la Bête②，以及阿克萨科夫③的《小红花》（里的一个）城堡里双手侍奉。也许还有声音。房间的条件性。天花板——要延伸。地板——要塌陷。

不是罗曼蒂克！（悄悄地：ce n'est que ça④?！毕竟罗曼蒂克是我的印章，这样人们才能立刻明白和谁交往，不和谁交往！）两只眼睛准确的视力。

生活吧。工作吧。《1905年》是你的功勋。完成它吧。一行接

① 指阿普列乌斯（约公元前124—180）的长篇小说《金驴记》。
② 法语：美女与野兽。
③ 谢·季·阿克萨科夫（1791—1859），俄语作家。
④ 法语：仅此而已。

着一行。不是诗句，而是砖块，一砖一瓦，把大楼建起来吧。我爱你。我不会死。你也不会死。一切都会有的。

谁的梦想会成真，你的还是我的，我不知道。也许我的梦只是你的梦的开始。我的寻觅。你的相聚。

平静地生活吧。幸福不能落在头上。我就像你一样，是de longue haleine①的闪电。过好**自己的日子**吧，写作吧，不要计数日子，而要计数写好的句子。我从容地、充分地爱着你。因为我现在甚至没有给你写诗，不把自己逼疯，不去召唤，不去冲淡距离，不把你置于屋子的中间，**不召唤你的灵魂**。

毕竟，我知道是什么，是诗歌。（这与你对散文起源所说的相同。）诗歌是唤起。*Meisterlehrling*②（又是歌德！），你记得吗？③诗歌就是浸透空气的**所有东西**。所有曾经是的人，再次希望成为这样的人，所有不曾是的人，但已经希望成为的人。诗歌就是魔咒。诗歌在某种限度上是无限的权力。但我不是Meister④，鲍里斯，我是Lehrling⑤。

阿赫玛托娃大概是在1914年写下并发表了这样的诗句：

> 请夺去我的朋友和儿子，
>
> 和神秘的歌唱禀赋。⑥

我总是（从那时到现在）都颤抖着读这些句子。下定决心了！

---

① 法语：长久的呼吸，长期的动作。
② 德语：大师学徒。
③ 约指歌德的叙事诗《魔法师的学徒》，后来帕斯捷尔纳克翻译了这部作品。
④ 德语：大师。
⑤ 德语：学徒。
⑥ 引自阿赫玛托娃的《祈祷》（1915）一诗。

什么是自己承担的！（古米廖夫——审讯。）

我不仅不会写下这些诗句，我甚至想不出这些诗句，如果我不小心想到了，那么也会战战兢兢地回避，吐口唾沫避免不幸。

因此，鲍里斯，我被你填得满满的（是什么——大海！），我不给你写诗，同样也不会写那样的信，**但完美的信**。

我知道，我不应该再给你写信了。毕竟你这样**要求**了。你是对的。否则，数着日子过，生活将不再是生活。让我们做个约定：我会给你写信，不那么频繁，安静地写，关于这里，关于诗歌，关于思想。没有必要中断这个联系。毕竟……

我将对着你沉默，向着你生长，写入你的内心。我有几个大的计划，我至少要完成其中一个。我整天都很忙，忙儿子，忙家务，手忙脚乱。

鲍里斯，照片上的你真好看。既然马雅可夫斯基是**意志**，那么你就是灵魂。灵魂的面容。我清楚地记得你，我们在黑暗中拿着爱伦堡的信。当我和你说话的时候，我抬起头，你却低着头。我记得这个回应的姿态。

下一封信是关于旺代的，我会写写我最近过得怎么样。

那么，一年以后，我会亲自帮助你出行，清醒地、愉快地，在对赢得的权力正确性的认识中。我对你的（问题的）解决方案感到非常高兴。对方必须完全正确，我才能去爱。在感觉上毋庸置疑——就是这样。

但我有一个请求，令人羞怯的请求：即便是空的信封，地址也要是你手写的。不要一整年都把我删除。不要这样。请成为我难得的快乐，我啇嵩的神灵（噢，我喜欢并坚持这个词，这不是"天才"），但，**请你变成这样**。请你不要完全放弃，不要彻底消失在黎明中。

我不知道爱伦堡什么时候离开。东西都给他了。我还向他要了蓝灯，用于治疗神经痛，你有插座吧（在墙上，适用于立式台灯）？

信就写到这里。我要到花园里找我儿子去。

艾·尤——我笑了。你读得不对。我写道：你可能爱她（即允许、接受、容忍，有好感），你读道：你可能**爱过她**。（好感还未消失。）即曾经的好感，即**并非**曾经的好感，而是爱（在过去使用的，有分量的或严厉的动词）。亲爱的鲍里斯，你不能爱这样的人（可以对任何人有好感，就像在吃晚餐时，只需要把身体转向另外一边），你曾经可以（现在也可以）反过来爱自己，却一样强烈。她还不足以作为一条街道来让你爱她，还不足以作为一个广场，不是勃洛克的卡吉卡，只是一位女士。只是一位女士是不够的。

微笑舒展开了——拉纳。因此，他在引用重要的证据。（书籍、题词、书信，还有什么？）是的……

夏天你会在哪里？夏天你的家人会在哪里？你儿子的身体如何？你的第一个复制版。

茨维塔耶娃 致 **帕斯捷尔纳克**
1926年5月1日

鲍里斯！你要拿我怎么办？是你让我不要再写信，但你自己却给我寄了一本题了词的书。但我要保持坚定，不会写你，也不会写自己，现在不会写，我将以朋友的身份来行事。

《超越街垒》里的诗真美妙啊！鲍里斯，我必须有这本书。如果没有，就去买一本，从熟人那里偷一本。首先是《暴风雪》。我曾经有一次和塔·费·斯克里亚宾娜在这样的暴风雪天里（只出现在暴风雪里的城市，或者只出现在郊区的暴风雪）去买植物油（只是借口！暴风雪是不会邀请的，尤其还在一个如此功利的时间！），当然，最后没有买到。我们被刮倒，风劈头盖脸地吹过来，亲吻着我们。木栅栏和斯克里亚宾娜惊恐而幸福的眼神，她认出了丈夫和儿子、气息、亲近的东西。

52 ~~~~~~~~~~~~~~~~~~~~~~~~~~~~~~~~~~~~

帕斯捷尔纳克 致 **茨维塔耶娃**
1926年5月5日

　　你的回信这几天就会来的。也许它需要以电报作答。到那时，对于你来说，这个巨大的停顿就会被紧急情报般嘀嗒作响的简言短语所打断。很久，很久，我已记不清多久了，你从巴黎寄来了最后一封信，你的信有点冷淡，谈的是霍达谢维奇，也就是说我错了：你以同样的冷淡回答了我那封谈论霍达谢维奇的信。在那一天里，我知道，我是不会在圣吉尔见到你了。这事发生在接到信之前，而信中的冷淡减轻了我这一感觉的沉重。

　　你完全可以用冰块来包围我，可这是难以承受的。请原谅，我当时确实无法走开。不能这么做。在见到你之前，这将一直是我一个萌动的秘密。我可以、或许也应该在见面前瞒住你的情况是，如今我再也无法不爱你了，你是我唯一合法的天空，非常、非常合法的妻子，在"合法的妻子"这个词里，由于这个词所含有的力量，我已开始听出了其中前所未有的疯狂。玛丽娜，在我呼唤你的时候，我的毛发由于痛苦和寒意全都竖了起来。

　　我不问你愿意还是不愿意，也就是说，我不问你让不让我去，因为在凭着自己的秉性追求光明和幸福的同时，我会把遭到你拒绝的痛苦等同于你，也就是等同于我永远也不会放弃的那种动人心弦的唯一性。

　　我几乎什么也没说，可热尼娅已经知道了一切，主要是知道了事情的大小程度和它的难以挽回性。在这阵猛烈、滚烫的穿堂风中，她的脾气越来越大，大到令别人完全认不出她了。目睹并明白这一切，在这种增大的脾气和折磨中爱她，这是一种多么可怕的痛苦啊，同时我还无法向她解释清楚，我内心的一切都是以你命名的，我对她像对儿子一样温存，虽然我不知道该怎样、该在何处安排这件事，也不知道最近会出什么事。——如果可能，我就打发她带着孩子去慕尼黑我妹妹那里。如果我来得及在一个夏天里把事办成，我就在秋天亲自前往。如果来不及，那就将面对一个可怕的、精神上茫茫无边的冬天，然后，则又将是春天。世上没有更久的期限，那样的期限是不允许的，也是不可思议的。

你的调查表上的最后一句话——"生活就是车站；我很快就要离去了：去哪儿——我不说。"——是什么意思？（我手头没有那份表，我是凭记忆引录的。）

我不担心，我明白这就是不朽之宣言，就是说，重音在秘密上，在信念上，**而不在字面的速度上**，即如阿霞所理解的那样；她的理解使我感到万分不安（因为这是你妹妹的理解）。请别忘了回答这个问题。唉，有时的胡言乱语真是愚蠢啊！我不是求你回答那样的事。但是请你告诉我，说我的理解是正确的，而如果——这是无法想象的——不是这样的话，我就要求你，说服我吧！

前几天，慕尼黑的妹妹寄来一封信。她念咒似的要我相信，我今年是不会死的。在短暂的莫名其妙之后，她的信使我回忆起了不久前的两三次失眠，当时，死亡的恐惧一直在折磨我。显然，我将那些胡话告诉了她。但是我已记不起我的信了，而且，若没有她的回信，我甚至不知道我还写过那样的信。

可这每日的体验有多么强烈啊！一切都在欢庆，在冒进，在馈赠，在起誓。无法一一列举。突然，我成了一个对于众人而言的好人。众人记起了我，从四面八方涌来。当你非常偶然地在这场同情心旋风中飞驰而过的时候，似乎你是特别的好。例如，关于我的情况也正是如此。然后，突然（需要补充一句，这是一个连我和你是否相识也不清楚的人所说的），传来一个令人喜悦的消息：《里程碑》（你的）的抄本在莫斯科流传。

或者，有时是间接地，有封信说，最近我大概出了一点事，因为男记者或女记者常常梦见我，等等等等。

好像是你，又好像是别人，将一些专职的女巫带到了我这里。我荒谬地开始把两个字混为一谈：我和你。

1926年5月8日

我感谢，我相信。写信有多难啊！要写的太多了，这一周又白费了。你指出了岸。哦，玛丽娜，我完全是你的！处处，处处都是你的。

瞧，它就是你的回信。奇怪的是，它在夜间并不发出磷光。我也不认为会有这种奇迹。我在它的四周徘徊。我20次想出发，可又20次被那个我所痛恨的、暂且还是我自己的声音所阻止。这也为你所预料到了。太准了！你知道吗？你一开口说话就总能**超越**概念，甚至是因崇拜而产生的概念。

前几天，我就这样向一个人表达了这个意思。写信给我的是一个我忘我地爱着的人。但这是一个非常伟大的人，书信中随处都可以证实这一点，因此有时候会觉得对他人隐瞒这些信是一件痛苦的事。这痛苦又叫作幸福。

你并不明白全部情况。你让我坐下来工作。但是该怎样感谢你呢，因为你以此来减轻我的别离之痛，同时你两个多月来一直把一部分人和环境比作自己。

我谈论你，就像谈论一个开端。这一点该如何解释呢？就像人们对待珍品那样。像对待一件被满怀爱意地、小心地填满金子的东西。因为我已被你填满了，所以为这一态度而爱他们大家。为这种感觉，为这种对我显然会因之而腾升的那种东西的臣服态度。

等《施密特》一写就，我马上给你写信。只有这样，我才能强迫自己工作。这大约是在三周之后。到那时我要向你谈很多事。你反正还像是住在这儿，并且完全**觉察**得到发生在我身上的一些事情。但是关于这一点，今天不再谈了。我再给你写信的时候，我将是单独一人了。

你的回信奇特、罕见。如果我关于**合法**之轰鸣（无限遥远的、充满神性高贵的轰鸣）的话，让你觉得与你最后那些关于出嫁的话相去甚远，那么就请你抹去我的那些话，好不再看见它们。实际上，我想用那些话来表达那构成你的书信之实质和气质的东西。

如果我们觉得我们已错过了春天，那么夏天、秋天和冬天里将会有机会和时间。我祝你在这些日子里幸福，祝福你，也祝福我自己。

随此信附上一封在等待你的回信时开始写但尚未完成的信。无论是那封信，还是这后一封——我在后一封信中向圣吉尔海滩的沙粒陈述了自己的胆怯、恭顺以及那为讨好空气所必须做的一切——你都不用回复。就让我们默默地生活、默默地生长吧。请别超过我，我已经落后了。七年来，我一直是一具精神的僵尸。但是我会赶上你，你会看到的。

我无法想象你可怕的天赋。总有一天我会猜透的，会本能地猜透的。你公开的、鲜明的天赋所具有的诱人之处，就在于能使让人变得崇高这件事成为一种**义务**。它把**自由**当作一种使命，当作一个可以在那儿与你相见的地方来强加给人。1917年的夏天是一个自由之夏。我谈的是时代的诗歌，也是自己的诗歌。在《施密特》中，我非常令人兴奋的个人命运得到了阐释，它是以这样的诗行疲倦地衰退的：

> 哦，国家的偶像，
> 自由的永恒前台！
> 世纪溜出了牢笼，
> 野兽在斗兽场徘徊，
> 手永恒地伸出，
> 伸向世纪阴湿的细雨，
> 用信仰训练鬣狗，
> 脚步永恒地迈着，
> 从罗马竞技场走向罗马教堂，
> 我们，地穴和矿井的人们，
> 我们以同样的标准生活。

到此为止，诗句是生动的，甚至可能是不错的。我是为了思维而援引这几句诗的。这里的主题中有你的影响（《终结之诗》中的犹太人、皈依基督教等等）。但你永久地、悲痛地将它当作象征，我则准确地将其作为一种经常的转化，近乎**历史的**宏伟规范：舞台转化为露天剧场的前排，苦役转化为政府。或者更好：看一眼历史，就可以想到，理想主义的存在，最有可能是为了让人们去否定它。

请原谅，这里有一个小小的吹毛求疵的请求，请别因为这种突如其来的认真性而感到吃惊。不是所有的人都能理解《波将金号》中的这几句话："没坐到锅旁去用午餐，默默地**吃**着面包和水……"这并非偶然的笔误，而是深思熟虑后的落笔。正是这个"**吃**"字是一个士兵用语，更确切地说，是一个兵营中的用语，而家里家外都常用的"灌"或"吞"等其他一些动词却并非士兵的用语。再说，这个词是从材料中得来的。我也正想问问你。像"冲甲板""缆桩"这样一些词是否要加脚注？是否要将"**吃**"一词归入它们的行列并加个脚注？如果你同意这样做，我便想在星号下干脆附上一段文件上的引文："喝不上热汤。因此船员们没有正规的午餐，**只吃面包和水**。引自'波将金·塔夫里切夫斯基公爵号'装甲舰水兵暴动第七公文组的警察局档案，卷宗1905年第3769号。这是水兵库兹马·彼列雷金的供词。"——当然，原件中使用的是旧体字。

还有一份题为《"波将金号"实情》的文件。是"波将金·塔夫里切夫斯基公爵号"装甲舰上的水雷机械兵阿法纳西·马秋申科下士写的。文件中有这样的话："弟兄们，你们为什么不喝汤？""你自己喝吧，我们要**吃水**和面包。"这份出色的回忆录（马秋申科在1907年被绞死，是阿泽夫① 出卖了他）的整整一页都充满着这样的"吃水"。因此，有人居然会对这个字眼感到奇怪，这叫我吃惊。我认为，在语言的自然状态中，就是没有上述那些文件，我自己也会脱口说出这样的词来。脚注中只引彼列雷金一人的

---

① 阿泽夫（1869—1918），沙皇警察部门密探。

话就够了。

其他脚注则用于一些相关的词。后段甲板——军舰的中部，被视为舰上最可敬甚至最神圣的部位；缆桩——一个系缆绳用的小铁墩；冲甲板，就是冲洗甲板，要把所有入口处的舱盖都关严；炮台——军舰中部带有装甲的部位，有通道与机舱、鱼雷舱和弹药库相连；护板——一种铁质装置，用于大炮运动中射击时的瞄准；灶房——舰上的厨房；上甲板——一个小平台，它构成军舰中部设置的顶棚；后甲板——后桅以后的船尾部分。也许，这一切全都没有必要。这样做太蠢了。你以为呢？

我真的多么痛恨我的这些信！但是，因为我将用《柳韦尔斯》的续篇和尾篇来回答你的信，因为我无论写什么其他东西来代替这涂满了三页的关于脚注及折磨的胡言乱语，其结果可能还是一样，所以我只好把我忘乎所以的笨脑瓜的这些闪念都寄给你。玛丽娜，我说的是真心话，宿命论，也就是以整体的信念和对局部的长时间轻视，使我无所畏惧了。

我完全离开家庭已经一周了。去年冬天，家人常常以关于年龄和疾病的种种提示来打扰我。令人吃惊的是，痛苦却使人康复、使人年轻了。我突然看见了自己的久未察觉的生活。

请你原谅这封信、这些愚蠢的诗行和那些关于脚注的毫无用处的冗长废话。我在夏天里将写得很好，我将从下到上地回忆一切。我将写信给你，谈你，谈极限的东西，谈最珍贵的东西：谈绝对的、"客观的"你。还要谈我是怎样想象与你相接触的。我在谈论，词语倒错的现象堆积如山。这是因为一切都成了生活。

我在等待来自英国的什么——也许只不过是你，也许是某种类似物。也许，相见得愈轻松，生活也就愈轻松。

你对我关于调查表中最后一句话的问题做了回答。谢天谢地。你信中的诗句片段被我视为抒情力量和抒情高度的浓缩典范。这多好啊，我们不是率先彼此唱这样的赞美歌的，而是早就跟着无数人的声音在唱。

（写在空白处）

> 但无论如何，我没去你那儿——这仍是一次错过、一个错误。生活又一次可怕地艰难起来。但这一次——是生活，而不是其他什么东西。

帕斯捷尔纳克 致 **茨维塔耶娃**

*1926*年*5*月*19*日

在此之前已写了三封没有发出的信。这是毛病。应该将它压下去。

昨天传来了你所转达的他的话：你的缺席，你的手明显的**沉默**。我以前不知道，可爱的笔迹在避而不答时竟能掀起如此悲凉的葬礼音乐。我一生中还从未有过昨天那样的忧伤。我看到的一切都是漆黑的。阿谢耶夫患了咽颊炎，一连四天高烧四十摄氏度。我害怕，害怕说出我怕的是什么。一切就是这样。

我不能、不想也不会再给你写信。我非常珍惜时间，这时间已成为你的有机溶液，这液体只会激起我的欲望。我珍惜岁月和生命，我害怕神经不安，害怕炫耀这非人间的幸福。

出于同样的原因，我对有关帕尔诺克的那封信也没有做出反应。我没什么事可为她做的，因为我从未与她熬过同一锅粥，而且，你的信寄到的时候，我刚刚与她发生了一场新的争吵：前一天我离开了"纽带"①，部分原因也是因为她。也许，只有圣塞巴斯蒂安才能描写处在这一框架中的有着你抛给我的那些资料的二十岁的玛丽娜。我害怕斜眼打量这只盛满因你而起的痛心、嫉妒、号啕和苦难的莱顿瓶，最好用一个肩膀的边缘处去碰这个在上一个世纪已半裸身体的美女。我在任何方面都没什么过错。

我是在楼梯上接到信的，当时我正要去《消息报》，我已经四

----
① 一家出版社。

年没去那儿了。我给他们送一首诗去，这首诗对于我而言写得太快了，写的是英国的罢工，我确信他们不会采用这首诗。在电车上，我读了信和诗（如果说这是一只电瓶，那么就有正、负极，其中当然也就有一切音乐、整个地狱和全部秘密：你干吗，干吗要我这颗斯巴达男孩的灵魂）。就这样，离开你和为了你，我飞进了编辑部，虽说也有着足够多的自己的东西。他们不知该如何摆脱我。他们唯一可能说出来的人话也许就是：诗人进了编辑部，就像大象进了瓷器店。而且，我那天在那里说了太多的话，也许，我常有的恐惧又回到了那个傍晚。一番谈话之后，我说：他们开始扮演乞丐后，他们全都成了乞丐，那样的乞丐不常见，这样的乞丐只能在动物园里展出，如果天性如此，等等等等。

　　日常生活方面的考虑迫使我承认已写好的关于《施密特》的一切乃是一个整体的"第一部分"，相信能写出第二部分，并把写就的篇章交给杂志社。我不会半途而废。这项工作能完成。但是，在结束这一切的时候，我想为你写一首献诗，好好写一写。应该把它放在开头。昨天，在交稿之前，我终于写了出来。

献　诗[①]

手和脚的闪动，然后，

"抓住它，穿过时间的黑暗！

快！比号角更响地喊！否则，

我闯进树枝的梦，开始追赶。"

---

① 此诗为一首贯顶诗（又叫藏头诗），每一行的第一个字母纵向连成一句话："献给玛丽娜·茨维塔耶娃"，汉译无法传导。

283

但号角摧毁岁月潮湿的美，
而自然的岁月，像林中的叶。
寂静笼罩，每个树桩都是萨杜恩：
旋转的年龄，圆圆的年轮。

他该以诗句游进时间的黑洞。
树洞和嘴巴里有那样的宝物。
让喊声响彻整个山川，
那自然的呻吟，像林中的叶。

世纪啊，为何没有围猎的爱好？
请用树叶和树桩，用树枝的梦境，
用风和绿草回答她和我。

　　这里有一个概念（逃亡的魂灵）：英雄，历史的不可幸免性，
穿越自然的历程，——是我给你的献词。主要的一点，你能看出，
这是一首包含你的姓名、从你的姓名开始的贯顶诗：左边一行是你
姓名字母的纵向排列，右边是一方白纸，是感情的逃亡特写。我是
在一种奇异的状态中写这首诗的，在为报纸写作那首差劲许多、可
以说简直很差的关于英国的诗时，我也有一点处于这种状态。因为
那首诗和献诗一样，也是以一个指环般又小又紧的字眼作结尾的，
这便是那首诗：

　　泰晤士河上的事件，沿着排气管，

你放出一连串要求吧！
哦，未来！哦，撞击风门的精神！
你独自汹涌吧，但别扇风，要干燥！

呼啸的排气口！哦，牵引力的牵引力！
你将报纸揉成一小团，
吸入，吐出，再把它吐到街上，
让它任凭时间处置。
今天是周日，图章休息，
我也无处可抄袭颂歌。
科尔佐夫本会帮你塞进表格的虎钳，
但节日里的《星火》没有生意！

瞧，汹涌的拍岸浪，今天你我独处，
这可不能把我责怪。

沥青路闪烁，马蹄声响，云朵在追逐。
辕门和马的流动中是世纪的流动和奔跑。
一切都喘息飞驰，像抹香鲸，目标一闪。
岁月将岁月摞在人行道上。

急躁的掌声顺着书架往上爬。
岁月放平世纪，抓着阄看游戏从谁开头。
时代的脸庞就是你的形象，你不是小溪，
而是一串手工放飞的圆箍。

泰晤士河上的事件，你是痴情山冈

表面的花体字，你是冰川冲出的破折号。

你在建造柱子，历史啊，在岁月的移动中

我将相遇一天，在这一天我与她相逢。

　　虽说我今天稍稍平静了些，又记起并明白了我为何留下来度过这一年，由此而产生的问题是：**为的是什么？**但是，在接到你的信之前，我是无心去触及里尔克的主题的[1]。这封信正是我梦寐以求的，却又觉得自己连它的百分之一都不配得到。他立即做了回答。但是，你是清楚的，当我向你吁求解决这一问题之局外的、有效的支持时，我替自己选择的正是这样一封像命令似的信，更确切地说，我选择的是这封信到来的时辰。

　　我不去计数，它将如何结束旅程，它面临的不是两个终点，而是四个以上的终点（找机会捎到我在德国的家人那里，从那儿再寄给他，也许还不是直接寄去的，从他那儿再寄到Rue Rouvet[2]，然后漂洋过海，最后才由你寄给我。）我事先就做出一个决定，如果他的回信与你的解答装在同一封信里，我就会只听从自己的急躁情绪的支配，而不去听从你，也不会听从"另一个"自己的声音。如果那时候你与他分开了，那自然好。但是，如果你第二次与他分开，如果与他一起到来的不是你，而只是你的一只手，这就会使我感到震惊和恐惧。快来安慰我吧，玛丽娜，我的希望。别去理睬信中那些可恶的诗。你将看到完整的《施密特》。如果献诗不好，就请你马上出面阻止。

---

① 也无心去思考他，更不用说给他写信了。——帕斯捷尔纳克原注

② 法语：鲁文街。茨维塔耶娃在巴黎的住址。

（写在空白处）

你关于娜·亚① 的请求我还没有照办。你得原谅我。这也是一种自我保护。我怕在一天的事情中有过多的你。我将推迟履行你的这一请求。

---

① 茨维塔耶娃的好友诺列－科甘（1888—1966）的名字和父称娜杰日达·亚历山大罗夫娜的缩写。

54a •••

茨维塔耶娃 致 **帕斯捷尔纳克**
1926年5月22日 **前后**

　　我与生活的**决裂**越来越难以弥补。我迁居了，已经迁居好了，耗尽了所有的激情、所有的余力，不是被幽灵，不是被疲惫的生活，而是被活生生的人。

　　我一生的表现就是证据。我表现得像一个奴隶。只有把东西从屋子里拿走，我才能理解它，同时退缩，分散注意力。

　　你不了解我的生活，正是这个字眼：生活。你永远也无法通过书信来了解，我太迷信了，我害怕大声说话，害怕夸夸其谈（很显然，这一切都是幸福）——即不做解释。我害怕自己会忘恩负义。但是，显而易见，这种可爱的不自由完全不合乎我的本性，于是我便从自我保护迁居到了自由——完全地。融入你体内。

　　鲍里斯，没有一个小时是属于我的。我哪里也不能去，都是事先安排好的。我甚至不能死，因为这也是安排好的。被谁？**被我自己**。被我的事情。我不能让阿丽娅不洗澡：阿丽娅，去洗澡！要说十次。我不能让煤气白白燃烧，我不能让穆尔穿着脏兮兮的外套，我不能。我有乞丐的骄傲，尽管囊中羞涩，能力有限。瞧，就像上满了发条。鲍里斯，我想要你，没有发条的，在某个生活的间隙里，处于停顿的状态中。这样的停顿，像一座桥，一辆火车，一切运动的事物：可移动的地板，maison roulante①，属于我的（也可能是你的）童年的房屋。

---

① 法语：移动的房屋。

我仇视物体和因它们而造成的拥塞，就像一个对妻子允诺一切都会好起来的男人。因此，这不是生活的有序性，而是疯狂。在交谈时，我会突然脱口而出："我忘了毛巾是不是晾出去了。有太阳。应该利用一下阳光。"

像一个被牢记的教训——就像"我们在天上的父"，你决不会背错它，因为你一个字也不懂，一个音节都不懂。

现在说说阿霞的来信。有关于《美少年》的内容。"鲍里斯以其善良在结尾处看到了一种解脱，并且为你而高兴。"你又是正确的。当然，这是一个简单的解脱：从何解脱？从生活的强制性，从生活的必然性中解脱。（她**诚实地**防备着幸福。幸福还是来了。难道重要吗？恰好是在颂唱天使的赞歌《赫儒文之歌》的时候。）在完稿的时候，我为她——即自己而感到幸福，我叹了一口气。"在那蓝色火焰中"他们将做什么？永远地向着它飞翔。于是我看到了幸福。没有任何的魔鬼崇拜。只是一个故事，就像吸血鬼，借助爱的力量变成了人（他不断增强、不断巩固地提前防备，他的祈祷！）。而人类，玛鲁霞，同样借助这爱的力量，变成了吸血鬼（越过了母亲！越过了自己！最终：越过了孩子和父亲）。正如在希腊所说的：爱能让神变成人，让人变成神。

赫儒文之歌？人们想要的正是这样。需要说一句，他们很好地选择了时机。鲍里斯，我不知道什么叫作亵渎。爱。也许，爱就是火焰的程度？红的火焰，蓝色的火焰，白色的火焰。白色（上帝）可能是白色的力、燃烧的纯洁吗？纯洁。这是我热爱的词。

能够完全燃烧而不留下灰烬的那种东西就是上帝。是这样吗？

而这些东西——我的作品却会在空间里留下大堆大堆的灰烬。

续

你写你自己的那些话，我也可以用来写我自己：四面八方都是爱情，爱情，爱情。但这并不让人高兴。名字（没有父称的名字），我以前是很喜欢用它的，连名字竟然也会被用旧。那些以前没有注意到的人，突然看到了，死死盯着，呆住了：而我也是这样。

我以前也是这样。

当我走进房间，就想尽快离开。

我完全无法和别人生活在一个屋檐下。

你回答我说："或许，我们去见一见里尔克？"我却要对你说，里尔克已经超负荷了，他什么东西、什么人都不需要。像晚年的歌德——年轻的时候需要一切，而晚年的时候，只需要一个爱克曼（只需要后者对第二个浮士德所抱有的意愿，一双耳朵和一个笔记本）。里尔克超越了爱克曼，他比歌德更了解永生。从他身上向我袭来的是一位有产者的最后一阵冷漠，我已被列入了他的财产。是的，是的，尽管有书信的热情、听觉的完备和倾听的纯洁——他仍不需要我，也不需要你。这个见面对于我来说是一个很大的刺激，是对心灵的一次打击，是的。而且，他是对的，我自己在我最有力、最冷漠的时刻也是同样的。也许正是由于这一点，为了自救，一连四年并肩走着，由于没有歌德，我成了爱克曼——谢·沃尔康斯基[①]的爱克曼?！就这样，我一直在希望，不要存在于任何人和任何事之中?！

噢，鲍里斯，鲍里斯，如果你在这里，我会闭上这个胸膛冰河时期的双眼，冲进你的胸膛。

---

① 谢尔盖·沃尔康斯基(1860—1937)，俄语作家，著有多卷本回忆录，茨维塔耶娃曾帮他抄写手稿，故在此自比为歌德的秘书爱克曼(1792—1854)。

54 b ··

茨维塔耶娃 致 **帕斯捷尔纳克**

*1926*年*5*月*22*日 **星期六**

鲍里斯!

我与生活的决裂越来越难以弥补。我迁居了,已经迁居好了,耗尽了所有的激情、所有的余力,不是被幽灵吸光了血,而是我自己消耗精力太多,多得似乎能把冥王的奶全都挤尽,并将他灌醉。哦,他会在我这里开口说话的,这冥王!

我一生的表现就是证据。人们就这样扮演着被教给的角色。你不了解我的生活,正是这个字眼:生活。你永远也无法通过书信来了解。我害怕大声说话,害怕夸夸其谈,害怕惹事,害怕忘恩负义——即不做解释。但是,显而易见,这种可爱的不自由完全不合乎我的本性,于是我便从自我保护迁居到了自由——完全的自由(《美少年》的结尾)。

是的,关于《美少年》的意见,你还记得吧?——你是正确的,而阿霞是不对的。"鲍(里斯)以其闻所未闻的善良在结尾处看到了一种解脱,并且为你而高兴。"

鲍里斯,**随便飞到哪里去,我都无所谓**。也许,我的深刻的非道德性(非神性)就在于此。要知道,我自己也就是玛鲁霞:尽量诚实地(超出自己能力地紧紧地)恪守诺言,自卫着,抵挡幸福,半死不活地(对于别人更是这样,但我知道原因),我自己也不是很清楚,为何要听命于自虐,甚至要迎着天使的赞歌走去——听命于一种声音,听命于他人的而非自己的意志。

291

在完稿的时候，我为她——即自己而感到幸福，我叹了一口气。"在那蓝色火焰中"他们将做什么？永远地向着它飞翔。没有任何的魔鬼崇拜。天使的赞歌？人民想要这样做。（请读一读阿法纳西耶夫的童话《吸血鬼》。请读一读！）需要说一句，他们很好地选择了时机。鲍里斯，我不知道什么叫作亵渎。反对无论什么样的grandeur①都是有罪的，因为没有很多壮丽，只有一种壮丽，而其余的一切都是力的程度。爱！也许，爱就是火焰的程度？红的火焰（那是带有玫瑰的床第的火），蓝色的火焰，白色的火焰。白色（上帝）可能是白色的力、燃烧的纯洁吗？纯洁。我一成不变地把纯洁看作是一条黑色的线。（仅仅是一根线条。）

能够完全燃烧而不留下灰烬的那种东西就是上帝。

而这些东西——我的作品却会在空间里留下大堆大堆的灰烬。这作品也就是《美少年》。

我将这首长诗献给你②，并非没有原因。《小胡同》和《美少年》——这便是迄今为止我自己所喜爱的作品。

再来谈谈生活。我仇视物体和因它们而造成的拥塞，就像一个对妻子允诺一切都会好起来的男人。（而她已经死了，或者似乎死了。）因此，这不是建筑在理性基础上的生活的**有序性**，而是**躁狂**。在与一位十年未见的朋友交谈时，我会突然脱口而出："我忘了毛巾是不是晾出去了。有太阳。应该利用一下阳光。"然后是一双完全呆傻了的眼睛。

像一个被牢记的教训——就像"我们在天上的父"，你决不会

---

① 法语：壮丽。
② 《美少年》一诗1924年在布拉格首发时题词献给帕斯捷尔纳克，题词为引自俄国古代叙事诗《海王和萨特阔》的两行诗："为了你伟大的游戏，为了你温情的乐趣。"

背错它，因为你一个字也不懂，一个音节都不懂。（有最细小的词的划分。也许，《美少年》就是以这样的划分写成的。）

你写你自己的那些话，我也可以用来写我自己：四面八方都是爱情、爱情、爱情。但这并不让人高兴。名字（没有父称的名字），我以前是很喜欢用它的，连名字竟然也会被用旧。我不禁止。我不回答。（名字需要名字。）突然有人发现了美洲——发现了我：不，请你为我发现美洲！

"你我在生活中能做些什么呢？"（像一座荒无人烟的岛！在岛上——我知道。）"或许，我们去见一见里尔克？"我却要对你说，里尔克已经超负荷了，他什么东西、什么人都不需要，尤其不需要牵引的**力**：诱导的力。里尔克是一位隐士。歌德在晚年只需要一个爱克曼（只需要后者对第二个浮士德所抱有的意愿和一双能记录的耳朵）。里尔克超越了爱克曼，在上帝和"第二个浮士德"之间他不需要中介。他比歌德更年长，他离事业更近。从他身上向我袭来的是一位有产者的最后一阵冷漠，我分明已被事先列入了他的财产。我没什么可给他的：一切均已被取走。是的，是的，尽管有书信的热情、听觉的完备和倾听的纯洁，——他仍不需要我，也不需要你。他比朋友们更年长。这个见面对于我来说是一个很大的刺激，是对心灵的一次打击，是的。而且，他是对的（不是他的冷漠！是他体内的防御神!），我自己在我最有力、最冷漠的时刻也是同样的。也许正是由于**这一点**，为了自救（自己体内的防御神!），一连三年并肩走着，由于没有歌德，我成了爱克曼，并且是**大**爱克曼——谢·沃尔康斯基的爱克曼！就这样，我一直在希望，不要存在于任何人和任何事之中。

一生我都想和大家一样，

但世界，披着优美衣裳，

却不听我的牢骚，

并试图像我一样。①

　　甚至没有引号。早在1925年春天，我就从爱伦堡的话中记住了这节诗。它对我来说显得更加亲切。要知道，世纪就是对世界的修正。

　　对了！爱伦堡到了没有？信是否已经捎到？我又给你寄去一个笔记本，写诗用的。今天我们这儿是第一个**太平洋**的日子：连一丝风也没有。（——也能写出这样太平的书信来吗？）

　　不久前我有过神奇的一天，一整天都是为了你。我很晚才起床。你别相信"冷漠"。你我之间刮的就是这种穿堂风。

　　请把《施密特》寄来。他的儿子到我的布拉格的家里来过，他姓氏上添加的"奥恰科夫斯基"对于他而言是一场悲剧。② 他是一个奇妙的男孩，像他的父亲。我还记得1905年他站在雅尔塔码头上的样子。祝你健康。拥抱你，亲爱的。

玛

　　在那些已经被生活所歪曲了的、已经具有两重含义的词句所具有的恐惧中，我完全能理解你。你警惕的听觉——我是多么爱它呀，鲍里斯！

---

① 引自帕斯捷尔纳克的《崇高的疾病》一诗，但有所改动。

② 帕斯捷尔纳克的长诗《施密特中尉》的主人公是1905年塞瓦斯托波尔水兵起义的领袖彼得·施密特（1867—1906），他的儿子叶夫盖尼·施密特于1926年在布拉格出版一部关于父亲的书，署名"施密特–奥恰科夫斯基"，"奥恰科夫斯基"可能源自那艘起义巡洋舰的名称"奥恰科夫号"。

帕斯捷尔纳克 致 **茨维塔耶娃**

1926年5月23日

　　我对你有一个请求。你不要事先就对我失望。这一请求不是没有道理的，因为我现在暗自、凭听觉相信了"对我失望吧"这句话，我明白了，等到我有资格时，我也能说出这样的话来。但在此之前，请你别转过身去，无论你见到的是什么。

　　还有一点。我没有用一个月的日期中的个别变动，即不按次序地强求你。只是请你使我相信，我与你呼吸的是同一种空气，并爱这共同的空气。我为何要向你提这样的请求，为何要说这样的话呢？先谈原因。是你自己引起了这种不安。这是在里尔克附近的什么地方。不安是从他那里传来的。我有一种模糊的感觉，似乎你正使我与他渐渐疏远，但是，我是将一切都拥抱在一起的，因此这就意味着你正在与我疏远，却不吐露自己的走向。

　　我准备承受这一切。我们的一切仍将是我们的。我曾将这称之为幸福。就让它成为痛苦吧。我无论如何也不将那会分离我们的实质性问题引入自己的圈子，无论如何也不想要。诗的意志能预料到生活。我本人从不记得自己有过任何意志，而永远只有预见、预感和……实现，——不，最好还是说：检测。

　　可是不久前，与你一起，我身上绝对是**第一次**出现了人们常有的那种人的意志。

你为简洁发现了无级别的欢乐。程度成了根据[1]。

你现在很愤慨，似乎是我在勾起意外的plusquamperfect[2]。

什么都没有改变。

反正都是**同样的**孤独，同样的出路，同样的寻觅，同样的对文学和历史迷宫的爱好，同样的角色。斯维亚托波尔克-米尔斯基关于你的文章写得很妙。同一个泽林斯基来了信，对政治上的诬陷感到后悔和害羞，它们都是从库西科夫[3]那里来的，而库西科夫是一个极其渺小的家伙，什么好事也干不出来，通过在柏林与他们的冲突，我很好地了解了他。在柏林，他们占据《前夜》[4]，诽谤别雷，在需要的时候又厚颜无耻地将他的功劳转抄在别人的账下，因此能够预料到将会有一期报纸，鲍里斯·尼古拉耶维奇将完全被删去，照片下面有一个签名："阿·尼·托尔斯泰"。库西科夫就是这样一个"匹夫"，地地道道的匹夫，说实话，他完全是一个无耻小人。请你将这些话埋葬掉，不值得记住。他开了一家书店。万一他有一天开设一家肉铺，由于记仇，你也不要去他那里采购。

文章用打字机转抄在一张薄薄的外交信纸上。不仅仅是舍不得它，而且是意味着找到了，标出来了，交给了女打字员。她让打字机开始了工作。一篇绝妙的文章，非常出色，所言极是，很正确。

我喜欢斯米尔斯基。但是我不敢肯定，他是否会公正地**对我做**

---

[1] 关于这一点（关于无限放电的意志、预期和简洁），我有一个1916年的故事，没有完成。现在我决定要在夏天完成它。——帕斯捷尔纳克附注

[2] 德语：往昔。

[3] 亚·勃·库西科夫（1896—1977），俄语诗人。

[4] 俄国侨民在柏林创办的一份报纸，下文提及的阿·托尔斯泰是其作者之一。

鉴定。我指的不是评价，而正是鉴定。要知道，这看上去有点像你曾将《时代的喧嚣》①定义为静物写生那样。不是吗？而我觉得，我是不透光地、迂回地、缓慢地、自地下而开始的，戴着现实主义的面具开始拯救和坚持理想主义，这种理想主义是被揣在衣襟下带出来的。问题并不仅仅在于一个禁止，而在于整个制度的再生：读者的、地图的（时间和空间中的）制度和自己本人的、不由自主的制度。

我要在"第一诗人"这个我不喜欢的词前抢上一步，好在它之前挡住你。你是一个大诗人。这比"第一诗人"更含蓄，更富有变化，也更大。大诗人是一代人的心脏和主体。第一诗人则是杂志，甚至……记者们发出赞叹的对象。我没有必要自卫。对于我来说，我是第一的，但和你一样又是大诗人，也就是说，是被一代人藏匿着的、搂在怀里焐热的诗人，就像巴拉丁斯基和雅济科夫之间的普希金，像马雅可夫斯基。但也是第一名。至于文章中的这个词，对它的攻击也许是一种短见的挑剔。术语不同。斯米尔斯基的"第一"指的是真正的大诗人，也就是我认为的那样：一代人的统一——抒情要素的统一性——在自己的斗争中于此刻集中于此人身上的统一性。只有我们成为这一统一性的传播者或接受者的那种能力才是常在的。这些波浪永远处在运动之中。被命名事物的要素比名字更让人震惊。就精神方面而言，固定的名字就像物质学说中的原子一样：是一个近似的概括。

---

① 曼德尔施塔姆的散文作品。

（写在空白处）

我谈的是《当代纪事》^①上的一篇文章。我手边没有这篇文章。读完后立即就寄给了维里雅姆^②，寄到克拉斯诺亚尔斯克去了，希望爱伦堡能快些把它带来。因此回答得很简短。应该再读一遍。

我还想谈一谈预先发出警告的目的。在我没发话时，你用不着给他写任何典型的、请求的信。比如，当杂志上刊载了我的某篇东西时，我便会收到那些杂志。在大型杂志上总有一些有趣的东西，甚至有很值得读的东西。我正在通过诗歌克服**现实主义**，在这个对于我来说很**困难**的时期，那些杂志中总会有一些比我的作品更好的东西，时常还会有下面这样的情形：**整本**杂志以其节日般的轻松基调而比我沉重的日常生活高出一大截，并且显得更正经。我不读这些杂志，也就是说，我无法集中精力阅读。我心不在焉。如果你在这里，我也许会读得入迷。

这样的例子很多。如果你收到的新杂志上有两三页被裁下来做修改之用的话，你别以为我这是急切地想用自己的不成功逗你开心，也别以为我只关心整本杂志中的这些不成功之处。不，这完全是另一个意思。我完全有可能给你寄去原封不动的书籍，里面有很多好东西（比如，《勺》的整体水平就高出于我）。我将利用这一可能性。

---

① 俄国侨民在巴黎创办的文学杂志。
② 维里雅姆－维里蒙特（1901—1986），苏联的德语文学研究者，帕斯捷尔纳克的朋友。

《斯佩克托尔斯基》无疑是很糟的。但是，除了《施密特》中的三两章外，我带着这部作品和《1905年》爬进了这种乏味和无节律的地方，对此我并不感到可惜。我要啃掉这座山。应当这样：因为就环境的性质而言，这是难以避免的，还因为这一做法能够在将来使节奏脱离与传统内容的黏合。但这样的事情三言两语是说不清的。你会错误地理解，并认定我追求的是空洞的节奏，是节奏的外套？噢，从来都不是这样的，而是恰恰相反。这里所谈的是这九个月里话语所具有的那种节奏。

翻阅过去的胡言乱语，我在1922年的一本集子中找到了两页作品，我全力维护这些文字，以便与所寄杂志中的那些东西相对峙。我建议，你别急于读它，别受形式的诱惑：这不是格言，而是地道的信念，也许甚至就是思想。是我在1919年记下的。但是因为这些思想与其说是倾向读者的（海绵和喷泉），不如说是不可与我分割的，所以头部的转动和肘部的挪动都可以在表达的形式中被感觉出来，这也许会使人感到形式的难解。斯维亚托波尔克–米尔斯基说，我俩不一样。读一读吧。难道真的不一样吗？难道这不是你的作品吗？

我只有这仅有的一本。如果你在什么地方有异议，想要争论，就请把所涉及的地方整个儿地寄来，否则我便不知道你说的是什么。在杂志众多的篇目中，也许能在《1905年》的片段（载《星》杂志）中找到两三句真正的词语。

我现在不给里尔克写信。我对他的爱不亚于你，你竟然不明白这一点，这使我很伤心。因此，你想不到要在信中告诉我，他在送给你的书上题了什么词，这一切又是如何发生的，也许，信里还有其他什么话。要知道，你原本站在一场感情波澜的中心，却突然——倒向了一边。我在靠他的祝福而生活。如果有什么，请通过邮局直接寄来。我想是能收到的，只要不贴瑞士邮票。

（写在空白处）

我必然会忍不住，会寄出《施密特》的第一部分的。把它交上去之后，我又找到了一些无比重要的素材，比先前用过的材料要重要得多。要改写——应当掌管好领地。没有办法。我把这一章像个楔子一样打了进去，实质便会因此而向两边散开。写完这新加的一章后，我马上就寄出去。

如果此信使你感到奇怪，那就请你赶紧回忆回忆此信开头处的请求。

请问候阿丽娅，吻你的儿子，并问候谢·雅。我们两个家庭也许将成为朋友。这不是一种限制，而是一种比从前的一切更为庞大的东西。你会见到的。

这个春天，我的头发白得很厉害。吻你。

茨维塔耶娃 致 帕斯捷尔纳克①

1926年5月23日 **星期日 圣吉尔**

阿丽娅去了市场，小穆尔正在睡觉，没睡觉的人在市场，没在市场的人在睡觉。只有我一人没在市场，也没在睡觉。（一种为形单影只所加深的孤独。为了让自己感觉是个未睡觉的人，需要让其他人都入睡。）

鲍里斯，我写的不是那样的信。真正的信是不用纸写的。比如，今天我推着小穆尔的小座车，一连两小时走在一条陌生的道上——在多条道上——盲目转悠，怡然自得地始终知道，最终会登陆的（沙滩——大海），边走边抚弄开花的刺丛——就像抚弄别人的小狗一样，不停地——鲍里斯，我不停地与你说话，往你的心中说话——我高兴——我在喘息。有时，当你沉思得太久时，我就用双手把你的脑袋转过来说：瞧！别以为有什么美景：旺代是**贫乏的**，除了各种表面的heroic②，只有灌木、沙滩和十字架。驴拉的两轮车。枯萎的葡萄园。天色也是灰暗的（梦的颜色），没有风。但是有一种在异乡过圣灵降临节的感受，驴车上的孩子们令人感动——身穿长裙的小姑娘们神气十足，戴着我童年时流行的那种便帽（正巧叫"卡赫"！）——样式很怪——正方形的底部和放在侧面的蝴蝶结，戴上这样的帽子，小姑娘像是老太婆，老太婆像是小姑娘……但是不谈这个——谈些别的——谈这个——也谈一切——

---

① 茨维塔耶娃给帕斯捷尔纳克的这封长信断断续续写了四天。

② 英语：英雄的。

今天谈**我们**，谈谈不知是来自莫斯科还是来自圣吉尔的我们，谈谈正打量着贫乏的在过节的旺代的我们。（就像在童年，脑袋抵着脑袋，脸贴着脸，看雨，看行人。）

鲍里斯，我不会后退着生活，我不会把自己的6岁或16岁强加给任何人——为什么我想进入**你的**童年，为什么我想——想把你引入自己的童年呢？（童年是一个地方，一切东西全都**照老样子**留在了那里。）此刻我与你在一起，在1926年5月的旺代，不停地玩着一个游戏，说什么一个游戏——是一些游戏啊！——与你一起捡贝壳，从灌木上掰下绿色的（绿如我的眼睛，这不是我的比喻）醋栗果，跑出去看（因为当阿丽娅奔跑时——就是**我在奔跑**！），Vie①是凋谢了还是出芽了（是潮涨还是潮落）。

鲍里斯，但有一点：**我不喜欢大海**。我无法去爱。那么大的地方，却不能行走。这是一。大海在运动，而我却只能看着。这是二。鲍里斯，要知道，这大海就是那样一个舞台，也就是我被迫的、早就明白的静止性。我因循守旧。我只得忍耐，无论我愿意与否。在夜里呀！大海是冰冷的、汹涌的、隐秘的、不爱的、充盈自我的——就像里尔克！（充盈的是自我还是上帝，都一样。）我怜悯陆地：它感到冷。大海却不觉得冷，这就是**它**，它的内部充满恐怖，这就是它。这就是它的实质。一台硕大的冰箱（夜），或是一口硕大的锅（昼）。是绝对的圆形。是一只神奇的**茶盘**。它是**浅平的，鲍里斯**。是一个巨大的、时刻都会将婴儿摇翻出来的平底摇篮（船舶）。它无法熨烫（它是湿的），无法向它祈祷（它是可怕的。比如说，我最好还是恨耶和华。如同恨一切权力）。大海是一种专政，鲍里斯。高山才是神灵。高山各不相同。高山能缩小至穆

---

① 法语：生命。

尔（为他而痛心！）。高山也能增高至歌德的前额，为了不让他难堪，而且还能高过他。高山有溪流，伴有洞穴，有变幻。高山——这首先是**我的双足**，鲍里斯。是我真实的价值。高山是一个巨大的破折号，鲍里斯，请你用深深的叹息去填充这个破折号。

但我还是——不后悔。"厌倦了一切，除了你……"[①] 我是携此而来、为此而来的。到底是什么呢？是我携之而来、为之而来的那种东西：**你的这行诗**，也就是事物的变形。我真傻，竟希望**亲眼看见你的**大海——眼后面的、眼上面的、眼外面的大海。"别吧，自由的元素"[②]（我的10岁）和"厌倦了一切"（我的30岁）——这便是我的大海。

鲍里斯，我不是瞎子：我看得见该看的**一切**，听得到该听的一切，我能闻到、呼吸到该闻、该呼吸的一切，但这对我来说还不够。我没有说出主要的话：只有渔夫或海员才敢爱大海。只有海员和渔夫才知道什么是大海。我的爱最好是一种超越法则的东西（"诗人"在这里**什么意思**也没有，这是所有借口中最可怜的一个。此处要付现金）。

一种受到侮辱的自尊，鲍里斯。在山上我不畜山民，在海上我却甚至算不上一个旅客：只是一个避暑客。一个热爱大海的**避暑客**……呸！

我不会给里尔克写信。这是一种过于巨大的折磨。而且是徒劳无益的折磨。摆在面前的Nibelungen—hort[③]把我弄糊涂了，把我从诗歌中驱逐出去了——能轻松地承受吗？！他不需要。我很痛

---

① 帕斯捷尔纳克的长诗《1905年》中《海上暴动》一章的首句。

② 普希金《致大海》一诗的首句。

③ 德语：尼伯龙根宝物。

苦。我不比他小（在将来），但是比他年轻。年轻许多个人生。鞠躬的深度是高度的标尺。他深深地向我鞠了一躬，也许**竟深过**……（这不重要!）——我感觉到了什么？**他的身高**。我早就知道他，如今我**亲身**了解了他。我对他写道：我是不会降低自己的，这样做并不会使您变得更高大（也不会使我变得更低矮!），这只会使您变得**更孤独**，因为**在我们诞生的那个岛上，众人均与我们同高**。

> Durch alle Welten， durch alle Gegenden，
> an allen Weg'enden
> Das ewige Paar der sich—Nie—Begegnenden.[①]

　　这两行诗如同到来的一切，自动到来。这是某种叹息的结果，而前提永远也不会与之相连接。

　　对于我的日耳曼来说，需要一个完整的里尔克。和往常一样，我从拒绝开始。

　　哦，鲍里斯，鲍里斯，把伤口治好，舔净吧。告诉我，这是为什么。证明给我看，一切都是这样的。别舔，——**烧灼伤口吧!**
"我尝了一点蜜"——你还记得吗？什么——蜜!

　　我爱你。市场、驴车、里尔克——这一切的一切都汇入你的心中，汇入你的大河（我不想说——大海!）。我十分想念你，仿佛就在昨日还见过你。

玛

[①]　德语：越过所有的世界，越过所有的边疆，在所有的道路尽头／永远有一对永远无法相遇的人。

1926年5月25日　星期二　圣吉尔

鲍里斯，你不理解我。我非常爱你的名字，以至于在给里尔克写信时，如果我不把你的名字再写上一遍，就像是一个真正的损失，一个拒绝。当他们离去时，不用从窗户里叫一次，情况也同样如此（在他们离去后的十分钟里，一切皆无。一个甚至连你也没有的房间。只有忧愁在弥漫）。

鲍里斯，我是自觉地这样做的。不削弱里尔克带来的欢乐冲击。不将它一分为二。不将两种水混淆。不将**你的事件**变成我自己的机会①。不做低于自己的人。要善于不做。

（我最好能提示俄耳甫斯：别回头！）俄耳甫斯的回头，就是欧律狄刻之手所做的事。（"手"——穿过整个冥间的长廊！）俄耳甫斯的回头，要么是她对爱情的盲目，即不会驾驭爱情（快点！快点！），要么是，哦，鲍里斯，这太可怕了！你还记得吗？1923年，3月，山，以及这些诗行：

> 俄耳甫斯不该去见欧律狄刻
> 兄弟也不该去惊扰姐妹——

要么是回头的**命令**——于是便失去了。她身上还在爱着的那一切便是最后的记忆、身体的影子、尚未被长生毒药触动的心之一隅，你记得吗？

---

① 不"利用"给里尔克写信的"机会"再叫一次你的名字。——茨维塔耶娃附注

随着蛇的永恒的一咬，

女人的激情结束了！①

　　她身上还能与其女性的名字相呼应的一切都跟随着他走了。她
不能不走，也许她已经不想走了。（比如说，变形的和崇高的，我
梦见了阿霞②和别雷的分手——你别笑——你别害怕。）

　　在欧律狄刻和俄耳甫斯的身上有同玛鲁霞与小伙子相呼应的地
方——再次请你别见笑！——现在没有时间去考虑成熟，但是既然
来得很快，那就是对的。啊哈，也许，一声拉长的"别害怕"就是
我对欧律狄刻和俄耳甫斯做出的回答。啊哈，清楚了：俄耳甫斯是
为她而来的——是来求生的，那个人是为我而来的——不是来**求生**
的。因此她（我）才这样使劲挣开了。如果我是欧律狄刻，我会感
到……羞耻的——退回去！

　　谈谈里尔克。我已经写信向你谈了他的事。（却没有给他写
信。）我此刻有一种丧失殆尽的安静——丧失的一副娇美面貌——
拒绝后的安静。这一切是自然而然地出现的。**我突然**明白了。为了
与我在信中的缺席一同结束（我真的想**光明正大地**、确确实实地缺
席），鲍里斯，需要一些不十分寻常或十分不寻常的事物的寻常的
谦恭态度。——就这样。

　　你神奇的带有主题的鹿是"自然的"③。这个字我听起来像在
强调，像一个活生生的责备，像所有不赞成的人。当这只鹿在用角

---

① 茨维塔耶娃的《欧律狄刻致俄耳甫斯》一诗中的诗句。
② 指别雷的第一任妻子安娜·屠格涅娃（1891—1966）。
③ 指《施密特中尉》的献诗，参见第 53 封信。

撕扯树叶时，这是自然的（树枝——号角——相互吻合）。而当你们带来电锯时，却不是这样了。森林是我的。树叶是我的。（我是这样读的吧？）在一切之上是绿叶的篝火。——是这样的吗？

鲍里斯，我六岁的时候读过一本书（旧的，翻译过来的），名叫《绿荫公主》[①]。读书的不是我，而是母亲读给我听的。书中，有两个男孩从家里跑了出来（有一个名叫克洛德·比扎尔——Claude Bigeard——比扎尔——逃走了——奇怪吗？[②]），一个掉队了，另一个留下来了。两个人都在寻找**绿荫公主**。谁也没找到。只有后一个男孩突然意外地**变好了**。还有一个什么农场主。我记得的就这些。

当母亲用声音标出最后一个句号——并用停顿——标出休止的破折号以后，她问道："那么，孩子们，这个绿荫公主是谁呢？"兄弟（安德烈）马上回答："我哪里知道。"阿霞岔开话题，撒起娇来，我却脸红了。母亲理解我和我的脸红："那么，你是怎么想的呢？""这就是……这就是……**自然**！""自然？啊哈，你呀！——真聪明。"（这个回答真的迟到了一个世纪吗？1800年——卢梭。）母亲吻了吻我，超越任何教育法地答应奖赏我（她突然想了起来，很快地说道）："你听得很认真，所以奖给你……"一本书。她给了我一本书。但这是一本最恶劣的书：*Marienstagebuch*（Mariens Tagebuch）[③]，以及一些更糟的东西：《玛莎日记》是反自然的，因为**玛莎，**——还有**吉尔德别尔特**姨妈、"三国王"的节日（Dreikönigsfest）等等。它是反自然的，

---

① 作者为安德烈·特里耶（1833—1907）。

② "比扎尔"和"逃走了"在俄语中谐音。

③ 德语：《玛莎日记》，作者是亚当·施泰因（1816—1907）。

还因为世界被难以扭转地分割为富有的女孩和贫穷的男孩这两个部分，富裕的女孩要脱下自己的衣服给贫穷的男孩穿上。（穿裙子，是吗？）阿丽娅读了这本书，并肯定地说，那儿也有一个男孩，他逃进了森林（因为鞋匠打了他），但又回来了。一句话：是**自然**（多么——经常）导致了反自然。母亲在送书给我时考虑到的是对**她的自然**的这一痛苦的报应吗？我不清楚。

鲍里斯，我刚从海边回来，我明白了一点。自**第一次没爱成**[①]之后，我经常想要去爱它，怀着一种也许长大后会改变的希望，简简单单地：突然就喜欢上了？真的带有爱。完全相同地。可是**每一次**：不，这不是我的，我做不到。同样的狂热的赌博（哦，不是游戏！从来不是），极端的灵活，想要通过词去识透它的尝试（要知道，词比物大——词本身也是物，物只是一个标志。命名——使其物化，而不是分散地体现）——和——反抗。

又是那意外的幸福，你刚一步出（步出水，步出爱情）就会忘记的幸福，——它无法恢复，难以计数。在海边，我在本子上记下了要对你说的话：有一些东西，我常常与它们处于隔绝的状态中，比如：**大海，爱情**。你知道？鲍里斯，当我此刻在沙滩上漫步的时候，波浪明显是在谄媚。海洋像君主，像金刚石：它只听得到那些**不歌颂它**的人的声音。高山则是高贵的（有神性的）。

我的长诗到底寄到了吗？（《山之诗》）《捕鼠者》，可能的话，请出声地读，半出声地读，用嘴唇的运动来读。尤其是《离去》一章。不，算了，算了。它和《美少年》一样，是根据声音写成的。

---

① 就像爱情一样，在童年爱过。——茨维塔耶娃附注

我的书信没有什么目的，但是，你和我都需要**活着**和**写作**。我不过是在——转移一支箭。写你和我的那部作品①我几乎已经完成。（瞧，我并没有和你分手！）某些事情的印象是珍贵的，但——是一些碎片。**词**对**物**的揭示多么深刻啊！我在构想几行诗。——我非常想写欧律狄刻：等待的、行走着的、远去的欧律狄刻。借助眼睛呢，还是借助呼吸？我不知道。要是你能知道我是怎样**目睹**冥间的，该有多好！显然，我处在一个不朽的、还很低级的层次上。

（写在空白处）

鲍里斯，我知道，你为什么不到娜·亚那里去取我的东西。是出于某种忧愁，是出于自卫，就像是在躲避一封需要你完全投入的书信。这将以一切、以我全部有关歌德的作品的失踪而告终。要不要转托（你不会转托吧？）阿霞？我期待着《施密特》。

玛·茨

我的信是不是写得太频繁了？我时刻想与你交谈。

---

① 指茨维塔耶娃的《房间的企图》一诗。

你好，鲍里斯！早上6点，一直刮着风。我刚才正沿着林荫小道朝井边跑去（两种不同的欢乐：空桶，满桶），并用顶着风的整个身体在向你问候。门口（已经有一只满桶了）是第二个括号：大家都还在睡觉——我停下了，抬起头迎向你。我就这样和你生活在一起，清晨和夜晚，在你的身体内起床，在你的身体内躺下。

是的，你不知道，我有一些诗是献给你的，在《山》的最高潮处（《终结之诗》是一种。只是《山》要更早些，是一张男人的脸，一开始就很热情，很快就达到高音，而《终结之诗》则是已经爆发的女人的痛苦，滚滚的泪水，当我躺下时，我是我；当我起床时，我已不再是我！《山之诗》——是一座从另一座山上所看到的山。《终结之诗》——是我身上的一座山，我在它的下面）。是的，像楔子一样插入的诗是献给你的，它们没有完成，有些像对我体内的**你**的呼唤，对**我**体内的**我**的呼唤。

一个片段：

> 西徐亚人相互射击，
>
> 鞭笞派教徒跳基督舞。
>
> "大海！"我用天空挑战你。
>
> 就像我停下脚步，
>
> 小心谨慎地面对
>
> 每一行诗句——
>
> 每一个秘密的哨音。

每一行诗句中都有"站住！"

每一个句点中都有宝物。

"眼睛！"我借助光在你之中分层，

变形。我用忧伤，

根据吉他的调子，

进行自我调整，

进行自我剪裁……①

一个片段。由于有两个没有堵住的洞，我不将全诗寄去。如果你想要，诗就能写完，这一首，还有其他的诗。对了，你那里有没有这样三首诗：即我在两年前的1924年夏从捷克寄给你的《**两人**》（"海伦，阿喀琉斯——被拆散的一对"；"我们——就这样错过"；"我知道——只有你一人与我并存"②）？别忘记回信。到那时我就寄出。

鲍里斯，里尔克有一个成年的女儿，已出嫁，住在萨克森的什么地方，还有一个外孙女叫克里斯蒂娜，两岁。他还几乎是个小男孩时就结了婚，在捷克，两年后就分开了。鲍里斯，接下来——是一件不光彩的事（我的）：我的诗他读起来很困难，虽然早在十年前他就能不用字典地阅读**冈察洛夫**的作品（当我告诉阿丽娅这件事时，她马上说道："我知道，我知道，**奥勃洛摩夫的**早晨，那儿还有**衰败的长廊**。"）。冈察洛夫——很神秘，是吗？我马上就感觉到了这一点。在走出时代的黑暗时（Tzarenkreis③）——是出

---

① 引自茨维塔耶娃的《鬓角白了》一诗。

② 组诗《两人》由三首诗构成，茨维塔耶娃在此分别引了三首诗的末句。

③ 德语：沙皇组诗。

色的，在奥勃洛摩夫的时候——则差多了。变形的——里尔克的奥勃洛摩夫（这里的里尔克是第二格，如果你愿意，就用第五格好了[1]）。怎样的浪费啊！在这一点上，我于一瞬间将他看作一个外国人，也就是说，视自己为俄国人，视他为德国人。有失体面。有一个坚挺的（和低级的，就其低级而言是坚挺的）价值的世界，他里尔克不需要知晓任何语言，以便来谈论这些价值。冈察洛夫（我丝毫不反对他在四分之一世纪的俄国文学史中的意义）在里尔克的嘴中会丧失太多。应该更仁慈一些。

（无论关于女儿，还是关于外孙女，还是关于冈察洛夫的事——都不对任何人讲。双重的嫉妒。有一重便已足够。）

还有什么，鲍里斯？这张纸就要写完了，一天已经开始。我刚从市场回来。今天是小村的节日——第一批沙丁鱼！不是罐头中的沙丁鱼，而是网中的沙丁鱼。

你知道吗？鲍里斯，大海已经开始对我具有吸引力了，由于某种愚蠢的好奇——相信自己的无力。

我拥抱你的脑袋——我觉得它之所以这么大——是因为其中有一座山——我拥抱的便是整整一座山。——乌拉尔。"乌拉尔的石头"——又是来自童年的声音！（母亲和父亲为了博物馆要用的大理石去了乌拉尔。家庭女教师说，夜里有耗子咬了她的腿。塔鲁萨[2]。鞭笞派教徒。五岁。）乌拉尔的石头（**密林**）和加拉赫伯爵

---

[1] 俄语中的第二格即指"里尔克的奥勃洛莫夫"，若用第五格则意为"里尔克一般的奥勃洛莫夫"，但里尔克的姓氏在俄文中看不出格的变化。

[2] 茨维塔耶娃夫妇曾在塔鲁萨休养，茨维塔耶娃的母亲在塔鲁萨别墅去世。

的水晶（库兹涅茨基桥）——这便是我所有的童年。童年——在黄玉和水晶中。

夏天你去哪儿？阿谢耶夫的病好了吗？你可别生病。

那么，还有什么呢？

——没有了！——

（写在空白处）

你发现了吗，我是在**零星地**把自己给你？

玛

57 ••

茨维塔耶娃 致 帕斯捷尔纳克
1926年5月

鲍：

当我开始写大海，照顾大海，领会大海的时候，我会爱上大海的。

你把一切我放进超时间这个词里的，都融入了现代这个词当中。

你不只是一个被约定的人。

我有我的大海，我与你的大海。

帕斯捷尔纳克 致 **茨维塔耶娃**

1926年6月5日

衷心感谢你所做的一切。——请你将我忘却一段时间，忘却两周，但别超过一个月。我如此请求的原因是这样的：我这些天里生活杂乱无章，充斥着琐事和忙乱。我本该比前些日子更多、更严肃地和你谈一谈。之所以如此，已散见在你的前几封来信中。可此事现在还不能做。顺便提一句，我至今还没有对里尔克的祝福表达谢意。但这件事，像写作《施密特》一样，也像阅读（真正的阅读）你的作品以及与你交谈一样，都不得不搁置一下。也许我算错了日期，但所有这一切很快都可能做到。

现在我连能与你的大幅照片独处一会儿的地方也没有，而当我以前在弟弟和弟媳的房间里工作（他俩有半日出门上班）的时候，倒还能与你的小照片待在一起。可我暂时还不想谈论照片，因为我此刻能说的话远比我想说的要少。一整天，我手中捧着的是《山之诗》和《捕鼠者》。出于它们并非出自己手笔的同一种原因，我很乐意地把它们送给阿霞去读。

这两部长诗我都是一口气读完的。从这种在你看来是不能容许的和不大可能做到的阅读中，我感到，结构奇妙、紧凑的《捕鼠者》中有一些在诗歌创作上新颖的、异乎寻常的独到之处。这些地方如此突出，以至于在重读它们时，我必将对创新之定义略加思索，思索它们那种难以捉摸的创新、风格的创新，对于这种创新，语言中似乎没有现成的词，不得不去寻找新词。不过请你暂且认为，我什么话也没对你说。正是这一次，我比以往任何时候都更想在你面前显得成熟和精确。阿霞更喜欢《山之诗》（超过《终结之诗》）。初读时我便偏爱《捕鼠者》，至少是偏爱作品中我一时还说不出所以然的那个方面。

爱伦堡来过我处，他到达此地还不满一周。他尚未把全部东西都转交给我。清样中，他只给了一份《山之诗》和一份《捕鼠者》。在他落脚的那套住宅里，总也遇不见他。

最好的东西是那件毛衣和那个写诗用的皮面笔记本。我把两样东西都收了起来，前者是留待冬天用的，后者是用来（无望地）记录某个前所未有的思想的[1]，——没有苦涩，也没有那种由其他礼物凝聚在我如今囊空如洗的生活上的目光在我身上所引起的痛苦。那些钱[2]，在得到之前我是想给阿霞的。但这些钱是在非常关键的时刻来到我手上的，所以我暂时不得不放弃这一愿望。

初看，情况就是这样。一个人在看到一帧小照片时即感到乐不可支，精神振作，现在突然又得到了一帧大照片。一个人因一部长诗中的某些地方而欣喜若狂，现在突然又得到了两部长诗。一场黄金雨落在他身上，发际闪烁着黄金的雨滴，他对着源泉说：等着吧，明天我将向你致谢。无论你想见到大致如此的这一幕的欲望有多强烈，无论形象有多逼真，还是请驱走这与真实毫不相像的主观幻想吧。最好还是不折不扣地履行我的请求：将我忘掉一个月。看在上帝的分上，你别发怒。不过，我已准备忍受来自你的极端做法。我十分坚持自己的希望，以至于准备重新开始一切。

---

[1] 茨维塔耶娃托爱伦堡捎给帕斯捷尔纳克的礼物，帕斯捷尔纳克后来用这个笔记本抄写了他的自传《安全证书》。

[2] 帕斯捷尔纳克在茨维塔耶娃丈夫埃夫隆主办的《里程碑》杂志 1926 年第 1 期上刊发了作品，茨维塔耶娃因此托人捎去了帕斯捷尔纳克的稿费。

我曾想在这次通信的间歇给你寄去已写就一半的《施密特》《超越街垒》①及其他一些零碎的小东西，可是有一个条件，这就是：在我尚未重新开始与你进行关心体贴的交谈之前，关于这些作品请你别对我写一个字。但我又不想用附带条件围住《施密特》，所以在它尚未完稿之前，干脆不寄。同时，整个计划也落空了。又出现了一些局部的偶合：茶碟（写大海），长诗中的许多用语、韵脚等等。

非常想尽快地安顿好家庭，好一人留下，重新着手工作。加快进度的机会确已错过，可又有什么办法呢？

我害怕城里的夏天——也就是害怕闷热、尘土、失眠、别人的却又容易传染的卑劣行为的突然出现：受苦的念头（无形的痛苦）。如果接受无数邀请中的一个，我又怕因对精力恢复所产生的新感受表示感激而喘不过气来，精力的恢复眼下绝不会出现，定当在数年之后才会出现。我怕恋爱，怕自由。此刻我不能。我握着我手中的东西，可不是为了将它弃置一边。我将更敏捷地抓紧这个年头，也就是暂且还被巨大的开销和入不敷出的工资钉在这个窗台前，钉在工作台前——不恰当的比喻。

春天曾有过一个坚决的冲刺。我本来已从被迫轻视热尼娅、你、我自己和（一个多么愚蠢的序列）整个世界的圈子里挣脱了出来。让人苦恼的却是向散布委屈和怨诉的虚幻回归。我说的是一种精神上的迷惘，当工作成为日常生活中唯一纯洁而又不带任何条件的地方，日常生活中便充斥着那种迷惘。

你认为，即便这是痛苦的，却也是正常的。我却不这么认为。

---

① 《超越街垒》是帕斯捷尔纳克的一部诗集，写于 1917 年，后于 1929 年改写。

1926年6月7日

词汇和手法是如此相吻合，因此我还是寄出了写作提纲，以便表明《施密特》和《超越街垒》不是在《捕鼠者》的影响下写出来的。

谈谈《街垒》。请别沮丧。大约从第58页起开始看得到快乐一点的东西。书的中间部分最差。开篇是灰暗、北方、城市、散文、革命来临前的预感（暗暗躁动着的使命，它受到每一个劳动运动的激怒，无意识地在工作中进行着反抗，如同在哑剧中），——这一开篇我认为还可以忍受。对语言的使用却不可容忍。为着韵脚的需要而变动重音——请吧：听这一随意性支配的是方言的偏向或外来词与词源的接近。多种语体的混合。使用фиакры代替извозчики[①]和使用小俄罗斯的жмени[②]，因为来自哈尔科夫的娜嘉·西尼亚科娃（此书就是献给她的）就是这样说的。一大堆各色各样毫无价值的东西。此书内容紧张，可怕的技巧贫乏也许比后来的几本书更甚。

有许多人错误地将此书视为我最好的一本。这是胡说八道，其性质**多少有点**与你近几封信中偶尔出现的你的创作**哲学**的错误相同。

请原谅我的大胆——我兜了一个圈子，这我知道。

---

① 均意为"出租马车"，前者是来自法语的外来词，后者是俄语词。
② 乌克兰方言：一大把，小俄罗斯指当时的乌克兰。

（写在空白处）

印刷错误比诗句还多，因为我当时（1916）住在乌拉尔。鲍勃罗夫尽力了。一个非常忠诚的人的典型过失。也就是说，是他校订、出版了此书。

关于《施密特》只说两句话。忍不住**寄出（仅仅是寄出，送交邮局）**。第七和第八两个数字之间有一段空白。将有一封写给妹妹的信（与致"情人"书信的作者不同，那**完全是另一个人**写的）。有一个非常重要的增补。几乎完成了，——但我会连同悲剧刚才开始的第二部分一起补寄给你。（一个人在他所不相信的事业中变成英雄，消沉和灭亡。）行行好吧，在我尚未对《捕鼠者》做详细汇报之前，请别写信谈论这些作品。劳驾，无论喜欢与否都请暂时保持沉默。干吗要说别的废话，我前面已有解释。

阿霞称他为谢廖沙[①]，我也与这个名字交上了朋友。认识他的人全都为他着迷，说的都是好话。我觉得，我好像有些爱他了，因为我也由于他而痛苦。不，我只是男人般地、奇怪地爱他，**尊重**他。

《共青团真理报》给我打来电话（前所未

---

① 茨维塔耶娃丈夫的名字谢尔盖的爱称。

有的事），请求我应允发表《我14岁》（一个
提供给共青团的选择！）。作品刊出时，如果
你想要的话，将有可能附有《里程碑》在"共
青团号"上的引文！你恨我，我能感觉到这
一点。

59 ••

茨维塔耶娃　致　帕斯捷尔纳克

1926年6月6日

（关于长诗《房间的企图》）

　　我想在空虚中给予爱：一切都变成**虚无**。我觉得爱情没有奏效，因为还有更大的事情。它们奏效了。此外，我对你（和你在一起）有一种奇怪的胆怯、贫乏。我没有触碰。更准确地说：我一点都没碰。你是我所爱的**东西**，不是我所爱的**人**。

茨维塔耶娃 致 **帕斯捷尔纳克**
1926年6月 初

鲍里斯，我多想给你展示我的草稿。给你——给你——只给你
一人，别无他人。给你看，不是将你当作偷窥者，而是当作同谋，
共犯。对于四句诗来说列数和含义太多了。这是一种极其深刻的思
想敏锐性，这种敏锐性把我们带入死胡同，并将我们扔到床上。取
代理性的智慧！

帕斯捷尔纳克 致 **茨维塔耶娃**
*1926*年*6*月*10*日

那些信是追不回来的，也不会在路上被截住。不过，明天我将试着发一封航空信。那些信中没有任何可怕的或不好的东西，但它们道出了我在见到里尔克给你的第二封信之前一直处于其中的抑郁状态。此刻我爱一切（爱你，爱他，爱自己的爱），而且是无限地热爱，就像上一次在5月18日（即你沉默地转寄书信的那一天）时那样。

你知道最近一段时间使我感到苦恼的是什么吗？在你谈论他的话中我似乎看到了界线——关于孤独和创作的命题，我已知的东西也像你已知的东西一样，并不少些；但是，就像面对一切极其重要的事情时那样，在我承认它们并与它们相接触的时候，我对它们的认识较为粗心、随意了一些，一定是在某个局部中，而不是在你无可争议的措辞中，我的认识才会更轻松、更活跃。你把它们表达得近乎谎言。

我怕你爱他爱得还不够。我很难从一开始、从有了一种预感时就把所有这一切都告诉你，这一预感唤起了整个春天、走向你的旅程、写给他的信、对本该随之而来的一切的感觉：应当从未来飞向我们的一切之预感。我清楚地理解（在我的一封未发出的信中体现出了这一点）你发信时的矜持态度的高贵性和内心的分寸感。但是，正是在偶然的失策（没有沉默不语，结果便不是金子，而是一个未知的组成部分）面前体现出的对这天生的内心活动的偏爱，方才使我感到伤心。这个信封即便没有消除无限，也已使无限模糊了。我的、我所预见的（无限）是涉及我们的，在你的优美中我分辨不出矜持。玛丽娜，你没有必要愤怒、吃惊：我自己接下来会对这一点加以解释，只是让我把话说完，我这不是在指责你，而是在为自己辩护。你后来写的一切都加大了差异。如今一切全都清楚了。

我让自己的感觉以下面这个假设为本：我们是彼此透明的，也就是说，我的信通过你转给了他，我关于你们相识的推测等于未被看见的事实。你关于他的话，亦即未被看见的事实的另一面——**派生的**一面，是用来回答我的**混乱**和不安的，它们不仅不能起到安慰作用，反而加深了那些混乱和不安。话我都已经说了。这些回答有些像两个空想（**我的**过错）。我想象到，你有一些我可以看清的界线（请你想象一下痛苦的精确性！）。我突然想到，你并不像应该和可能的那样、像我那样爱他（请想象这一点！！）。可是你仍在火上浇油：冈察洛夫、Marine等等。

如今这些幻想都已散去，不是被你驱散的，因为即便在你的上一封信里（桂冠已被评定和被吞掉了）——你仍在继续击打我的同一个痛处：你在叨叨地说他的、也许还有你对他的感情的界线（杜撰的），与此同时在这一部分里虽说有我对你全部的reconnaissance[1]（《善意》，茨维塔耶娃[2]）——你仍在滔滔不绝地说自己本人的主观幻觉。

这些幻想是被他写给你的奇妙的第二封信所驱散的。根据这封回信很容易推断出你对他所说的话。可这样的话我却一直听不到，

① 法语：感激。
② 指茨维塔耶娃的《论感激》一文，该文刊于《善意》杂志 1926 年第 1 期。

奇怪的是，你竟然不明白这一点。你不应该抄下他关于**我的**书信之力量的那句话，而是应该将他信中关于你的力量、关于他与你的力量的话也至少抄上一句。那样的话，时间也许就不会倾斜得像现在这样了。不错，有一次你终于想到要告诉我，这一切在你那里有多么伟大，奉献有多么伟大，这一点对我而言也就足够了，只要当时在同一封信中你没有因为什么事而生气，也没有用分界激情的最初爆发去掩饰说出的话就好了。现在，一切都是一样的，都上升到了原来的高度，分开是自由的，合为一个整体则是美满的。**无须再联络交谈此事了。**①

我坚信，即使你已经在那一方面有了过失（当着你含笑的信，我并不害怕这一点），那么在这些判断（我想它们是会令你讨厌的）之前很久，所有这一切也已被你恢复了。我非常痛苦，因为我此刻无法写信给他，此刻还不是时候。我已经对你说了，我这儿一片混乱，尘土飞扬，既要弄到钱，又要把自己的钱寄到国外去。《捕鼠者》我重新读了一遍，想今天就给你写信谈谈这部作品。如果这封信能以航空信发出，三四天后就能到。我们应该按你的规则（《感激》）来彼此相爱。**我并没有看错你。**但是，我是如此相信你的每一个字，因此，当你开始贬低或僵化他的时候，我竟信以为真，并陷入了绝望，如果没有他给你的那封信（5月10日），我还会处在绝望之中。是他的那封信将你还给了我。

这一喜事是昨天降临的。在此之前我一连梦见你两次。夜里一次（我在清晨快到5点时躺下）和白天一次（我一直睡到傍晚）。

---

① 也就是说，不需要转寄"请注意""随时了解情况"之类的东西。但有一次由于无知应该标出。——帕斯捷尔纳克附注

我只依稀记得夜里的那个梦。你来到了这里。我领你到几幢房子里去见你的几个妹妹（她们并不存在），你认为这些房子中的每一幢都是你童年的家，在你抛弃她们的那个年龄时，她们也跑出去了，于是，在一个非常深刻的主题（我拥有了这一主题，你是我白发苍苍的心灵面前的一个小女孩）循环变奏的喧嚣声中，夏天的、拥挤的、静止地燃烧着的莫斯科从一个橱柜到另一个橱柜、从一层架板到另一个柜子层架板地颠簸着，在我们的面前吃力地掠了过去。

　　紧紧地拥抱你。原谅我的一切。

茨维塔耶娃 致 **帕斯捷尔纳克**

1926年6月12日

鲍里斯，我怕你的下一封信。我需要和你谈谈——这件事让我更害怕。既然你不满意，那就是我的错——错在哪儿呢？**歪曲**罪过的行为。请你不要暗示我有罪，这太容易了，不要成为我无穷无尽的指控者里的一员，当所有人指控所有的罪过，只有一个回答：无罪。从没有过，毫无过错。如果**我**有罪，那就是上帝的错。请你不要又一次用我的罪过向我暗示正义。请不要把我的头抛向后方，不要把我一个人置于所有人和你的对立面。我没有罪，我生来如此。我的生活是按照乐谱来的。写在一张纯洁的白纸上的乐谱。

我知道，除了罪过还和什么有关：和未来的罪过。别管它。请你只把希望寄托在意外之上，我没有任何在我的生活里实现你、在你的生活里实现我的构思和途径。我可以思考一年，但思考不出来。请你不要预先决定。我不想害怕你。命运不会提前预告，你也不要提前预告。

（写在两个段落之间）

我们要看向一边。

如果你通过和平与和谐来解决一切，会厌倦的。如果你通过火与剑来解决，还是会厌倦。不要为生活**做决定**，记住你关于树说的那些话。请你不要干涉。你（我）放过的意外有千万个。记住自己的波浪（向一侧）。我不是波浪。你也不是。

别带着**现成的**来找我……

我讨厌生活……

我怕给你写信——但有很多话要说，关于里尔克，还有别的。这是他的新地址：……①（并未写出。）你请求我忘记一个月，而你自己一个小时以后就会忘记（你已经忘了请求的内容）。在白天忘记，不要等待来信，不要写信，不要打扰。记住，是你自己要我这么做的。

"怕自由，怕恋爱"。这让我想起了一个漫长的日子，开春之前岛民们在草地上、在胸前度过的日子。在返回的路上，同伴若有所思。"我多想环游世界！但肯定不是独自一人。我多想恋爱！"我像母亲一样说道："去恋爱吧！会实现的！"鲍里斯，刚刚，不能更近，也不能更深，嘴和心脏，被我填满——"恋爱！"

您不像那个人，那个人告诉我的是同样的意思，即清楚明确地说：**你不算数。**

你的这种高声呼喊让我觉得……更年长，更平静。还有，双眼睁开了！你的波浪向我涌来，我和**障碍**都没有了，你撞死在任意一个东西上面（迷恋）。还有：我们不想爱新的东西（旧的也受够了），我们想要亲吻新的东西。

---

① 此处用省略号是因为原文并未写出地址。

328

画面很简单：房子，亲情，永恒的价值，我（在某时某地），内心可爱的清凉，还有新添了一张吃饭的嘴巴（创作的活期储蓄？）。你比我更直接，我的那件事不会落空，因为已经刺入了另一个人。

让我高兴的一点是：因为你的迷恋产生的和里尔克交流不畅的沉重已被解除，彻底解除。

我不痛苦。我感到**成熟和清醒**。

我为你艰难的生活感到遗憾。我和你之间（永远）保留着怜悯的同盟。

这是米尔斯基给你的信，希望我的信能消融在其中。［不是我消融在米尔斯基的信中——（我说的话）——消融在他说的话里。］

（写在空白处）

里尔克的信寄到了吗？你有时间的时候，我会把剩下的都寄去。

63 ●● ●●●

茨维塔耶娃 致 帕斯捷尔纳克

1926年6月 中旬

你不觉得我和你都被打上某种烙印了吗？跳跃一下——多少毒眼的诅咒！我和你都会被打量（就像被啃啮了一样）。噢，我多么讨厌眼睛，讨厌它们的记录。不知为何现在我看到了我和你，在7月，顺着普列奇斯金林荫路一路向下。你和这个人道别，我和那个人道别，一次又一次……鲍里斯，还从来没有过一次见面像我们的见面一样让我如此胆战心惊：我看不到这次见面发生的地方。你的想法很不错：里尔克。我能想到他住所的景色：Muzot①，13世纪的城堡，一个在山里的孤独建筑。

起初我疯狂地爱着你的诗，然后我给你写诗，再然后是我向你回归（你近在咫尺），而现在，好像我爱的只有你。

---

① 慕佐，瑞士瓦莱山区的城堡。

帕斯捷尔纳克 致 **茨维塔耶娃**
1926年6月13日 前后

我的朋友：

我又读了一遍《捕鼠者》，论这部惊人作品的那封信我已经写了一半。你会见到的，并且不会懊恼。我无法现在就把它写完。我将随后再把一切都告诉你。在谈论《捕鼠者》时，会引用一些我自己的作品：不久前发表的那部不好的作品（《崇高的疾病》）——我不喜欢——我会附上；也会引用一部很久以前的、真正的、没在任何地方发表过的作品（只要一有机会能继续写那封信，我就会抄下来寄给你）。在你收到《别人的命运》（1916年的手稿）和论《捕鼠者》的那封信之前，请你不要对已寄出的和正在寄出的东西（甚至包括《街垒》）发表任何意见。到时候我会完整地向你请教一切问题，也就是说，我要与你商量一下该怎么办，这十年是否可以补救。对了，还要给你寄去《施密特》第七章的增补，是给姐妹的信。请你将所寄出的一切均视为诉讼材料。我将逐步寄些东西去，以便在我们开始交谈时你手边有些材料。在论《捕鼠者》的信中所谈的将不仅仅是作品，而且还将谈很多事、很多个人的事——总之是谈论作品所引起的所有的事。《山之诗》还没有读透。因此暂时还没谈到它。我全心全意地爱你，并紧紧地拥抱你。我不相信自己在见到你之前的这一个年头。如果还需要解释我将与你的会面理解为一件什么事的话，那也将写在那封论《捕鼠者》的信中。

65

帕斯捷尔纳克 致 **茨维塔耶娃**

1926年6月14日

　　我前几天就开始写的那封论《捕鼠者》的信是写不完了。我又重新开始写，否则我定会把它毁掉。它的开头写得太宽泛了，一下子就从四面八方谈起，太个人化了，充满了太多的回忆和个人的懊悔。也就是说，它过于个人主义化了，它的个人主义是消极被动的个人主义：这是一个因你复杂的、多重音的长诗而受到冲击的人的挣扎。我觉得《捕鼠者》好像没有《终结之诗》那样完善，却比后者更丰富，它的跌宕起伏更为感人，它还孕育着更多的意外。它之所以不太完善，是因为它会使人想要对它做更多的谈论。

　　我对《终结之诗》的赞赏是诚心诚意的。长诗的一股向心力甚至将读者可能有的嫉妒也拖进了文本，使它附着于自己的能量。《终结之诗》——是一个抒情的、封闭的、被肯定至极端的自我世界。也许这是因为作品是抒情的，主题的展开是以第一人称进行的。无论如何，这里也有作品的最后统一。因为，甚至连强制的、创作上的作品统一的基础（戏剧现实主义）也服从于第一人称的抒情事实：主人公就是作者。作品的艺术长处，甚至更为广阔，就连可以将作品也纳入其中的抒情诗种类，在《终结之诗》中也被当成了女主人公的心理写照。它们被她据为己有了。在一个大人描写了一个大人的情况下，第二部分胜过了第一部分，被描述者会使描述者的优点增加到十倍。

　　一般而言，什么是非个人的、非第一人称的抒情诗的统一和完备性的基础呢？为了别考虑得太久，并立即做出回答，我就会信赖一种转瞬即逝的感觉。这里有两个焦点。它们很少相平衡。两者常常斗争。然而，一部作品要达到彻底的封闭性，要么需要两个中心的平衡（几乎是不可思议的），要么需要其中之一的彻底胜利，就算是局部的、不充分的胜利，那它也必须是**稳定的**。我所认为的这两个焦点就是：

一、整体的结构思想（是解释一个显然幻想出来的形象或一个虚幻逼真的构思，或其他某种具体的倾向吧），这是一个中心。

二、被调进游戏中的动力的技术特征，在第一股动力的掌握中已变成世界的那种物质的化学特征：对这一天体的光谱分析。第一浪潮的无限性遇到的是对象（宇宙）之理想中的不朽。第二浪潮的无限性，以能量的热烈、**真实的**不朽为终结，其实，它就是诗歌——在其关键性的斗争中的诗歌。

在《捕鼠者》中，尽管你有天生的**综合**才能，这一才能在"童话"中已得到了熟练、多样的体现，尽管你所有的组诗都倾向于长诗，最后，尽管《捕鼠者》本身就具有令人叫绝的结构（老鼠作为作品整个思想的形象中心！！老鼠的社会化再生！！——简洁得惊人的思想，天才的思想，像密涅瓦①的显灵）——尽管如此，作品主旨的诗歌特性还是太大了，大得也许会破坏结构统一的凝聚力，因为这部作品的情节正是这样的。作品中已完成的一切在用**潜能**的语言说话，正像许多大诗人在年轻的时候那样，或像一些天才在刚刚起步的时候那样。这是一部年轻得令人吃惊的作品，还不时地闪现出特殊的力量。赤裸裸的诗歌原料的情节，或者更简单地说，不成熟的诗歌的情节，它压倒了其他的长处，因此，最好是将这一方

---

① 罗马神话中的女战神，即希腊神话中的雅典娜。

面称为作品的最终核心，并疯狂地把它写透。

也许，它正是这样被写出来的，并且在接下来的阅读中会在我的这一角落统一起来。斯维亚托波尔克-米尔斯基关于反复细读之必要性的意见非常好，也是正确的。

出色的是，结构本身就包含两个主题，它们推着你走上露出诗歌本质的路和用纯酒精写作的路。首先，这是讽刺作品的挖苦腔调，这一腔调将描述浓缩到了荒谬的程度，这样一来，还与之平行地将表达的**激情**推至极端，以至于说话声的**物理性**方面在说出的话中间变得强烈起来。接下来便把握住词语，将词语作为第二分条的对象，并开始在其中**现实地**活动，就像身体在衣服中动来动去那样。

这当然是未来派诗歌的最高形式，正是亘古以来就被置于诗歌中的那种形式。出色的和重要的一点是，它在你这里不是零碎、表面的体现，不像未来派诗人时常表现的那样，而是由内在的面部表情所唤起的，它非常清晰，像音乐作品中的一个片段那样服从于整个结构（如"天堂城"等）。此外，它极度地、近乎肉体般地有韵律。

音乐魅力的主旋律是在情节中放纵诗歌的第二个理由。这本来就是一个十分困难的任务！也就是说，它因其他叙述的现实主义而变得难以完成。这就好比，江湖术士在展示自己的奇术之前先谈一通催眠术，或者是变戏法的人在变戏法之前先对自己的方法做一通解释，在解除武装之后，他们仍然能够叫人大吃一惊！

也就是说，你明白，若是你用《印度》的"蒂里利"开始写整部长诗，那就要比用同一种语言和手势先给人以逼真的印象（对奇迹的否定），然后才展示奇迹的方法容易一千倍。总之，无论怎样夸奖这部杰作的这一部分、这一杰作的**这**一奇迹，都不过分。

但是，不管我如何谈论《捕鼠者》，将它视为一个有着自己品质的完备世界，但那些对于所有**潜能**来说都是典型的圆环仍会不断地增大。谈论的原是一部作品，可偶尔也会谈论起整个诗歌来；谈论的原本是你，可自己的遗憾也会不断地油然而生：你置于作品中的力量与我的很相近，尤其是在过去。如果不读《捕鼠者》，我也许会比较平静地站在自己妥协的、已成为自然而然的——道路上。

——**间断**，用另一个思想的（尽可能均匀地）跳跃的括号，有节奏地划开一个思想。"无花果女人！因为叶子／是无花果的（Mensch wo bist？①）——／如果不是她的原型，那到底是什么呢？（Bin nackt②）我赤身裸体，因此害羞。"

这是奋起攻击自己的韵律的狂怒，是被加速的单调的发作控制下的着魔，这种单调会抹去词的差异，并会使飞驰的语调具有词的形象和特性。

在"天堂城"的声部中，这一要素在过渡中被**极端地**具体化：谁既不冷漠也不热情，谁就直接到加麦利恩城去吧——一个熟悉的、早已因其野性而使人吃惊的主题，像一匹马跳进河里去似的，整个儿地扑向继续飞驰的叙述，好让自己立即就被守夜人的号角打断。（很出色。）

这样一种对词的死记和麻醉，不止一次地出现在长诗中，并常常成为嘲笑的等价物（近乎伸舌头），或成为长笛主旋律的化身。概括地看，你在这一方面是一个女性的瓦格纳，你的主题是一种优越的、自觉的方式。比如，同一主题在下一章的短暂出现也很神

---

① 德语：人啊，你在哪里？
② 德语：我赤身裸体。

奇，除作为提示外，它在这二章里还是热情的又一变体（取代冷嘲热讽的是一股傲气）：在我的作品中（越过边界去到城里）。

在这第二章中，过渡是出色的，即从关于梦的那番反对刨问意志的懊丧议论的比较无节律，转向好像是被压韵律在发怒的"没打开锁"的声部的过渡。这一感觉并没有骗人，韵律猛烈起来，正如你作品中所惯用的那样，又开始构成**一种抒情的判断**。（不是事物的实质，而是实质的物性。不是事物的实质，而是一个事物的本质。）这本来就是未来派作品的诗歌极地，就其全部意义而言。也就是说，我一直是这样体验它的。

完全的对立现象只是作为同类环境的完成才有可能发生。它们足以用来构建出一个同类环境，也就是说，它们既给予一切，又消解一切。是怎样的**同类**性将莱蒙托夫完美的抒情箴言与他诗歌另一些成分的那些具体到无意义程度的声响结合在一起的呢？（我之所以举莱蒙托夫为例，是因为尽管他有时会对与诗无关的许多事情加以一知半解的鼓吹，尽管他写有不少糟糕的诗，尽管他在情感的问题上具有两面性——在一种情况下是诗人的真正情感，在另一些情况下则似乎是一种更大的东西："真诚"的弱点和无序，尽管有这一切，他那干巴巴的厌世**格言**仍双倍地令人吃惊，这种格言只是给他的抒情诗定调，它即便不是他的诗歌面貌，那也是一个有声的、不朽的、永远有感染力的深度指数。）

正是这样。将两种极端联系在一起的是一个共同的源头：运动。你那些相互堆砌的定语总是携带着韵律的顶点，它们的形式和内容也总是归功于这一顶点，最后，它们恰恰在这个地方总是十分自然的，因为本能在这儿上升到了极限，它开始思考，并开始滥用定语、习惯的说法、女巫的"对数尾数"、一段段已定形的意思。

好像是，韵律的弯曲和转折同样也会造成误入可触摸到的词语死胡同的现象，也就是误入唇、喉和颈肌的紧张或修饰的组成部分。但是，在这一诗学的物理学中，你总是能获得"无穷大"（定语、格言、哲学化的词），它要比"无穷小"（基本内容、形象的调性、独创性等）的表达方法大得多。——又一次高兴地得知，在重复之中，滚动的部分成了主题的部分（门闩没有卸下，锁没有被触动过）。我已经说了，在这部作品中，你对**细节**的选取比平时更为细致：

> 给公证人使用的鹅毛笔；
> 陶器铺里摆着小狗的柜子！

在《灾难》中又出现了神奇的音乐。

在此前几分钟，热尼娅过来说，她已经拿到了出国护照。我要停止写信了。需要去弄些钱。总是安定不下来，杂事很多。我以为在此之前来得及写完——结果还是没写成。

1926年6月18日

你知道这是什么吗？暂时就给你寄去这些胡言乱语。听觉骗不了你。你根据萎靡不振和原地踏步的情况能够再现出，我在其中抽时间记下了这篇评论要点的那种混乱状态。等一有可能（我想是在一周之后），我就把它写完，并寄给你。最出色的部分当然是《离去》和《孩子的天堂》，以及《灾难》一章的一部分。我肯定会忘记我在这里所写的（**如此**写下的）东西。因此，如果在接下来的讨论中你看到了重复的地方，请你不要有意见。

接下来再写几句。你自然会觉得，在这篇萨库林和科甘式的评论[①] 中没有生活（我的生活，你的生活，每一种真正的生活）的气息。在此对你解释一下。一年多以来，我们的生活中一直没有那些曾战胜过我们的老鼠（废墟的果实）。在读你的长诗的那一天，它们又突然出现了，是从外面跑来的，院子里在施工。请你随意解释这件事。我当然不能与它们和睦相处，要赶它们出去，尽管它们是被抒情诗吸引过来的。无论如何，这件事很有趣。

我非常想工作。休息时间拖得太久了。只要一重新开始工作，我就会在心理上进入一个更明朗、更有序的状态。现在我不属于自己。

如果你对我不满，尽管我做了那些解释，尽管有那些原因，你的想象力若是愿意，就能够生动地再现出那些原因；如果你还是对我不满，那就直接说出来，而不要让这种感觉消融在总的语调之中。

这样的溶液永远比最强烈、最纯粹的不满还要令人伤心。这会

---

① 萨库林（1868—1930）和科甘（1872—1932）均为俄语文艺学家，社会学批评的代表。

大量地派生出猜疑和忧伤。

《施密特》的增补部分也同样被耽搁了下来。也许我已经将它寄出了吧？在我的记忆中，最近这几周全都搅在了一起，我的写字台虽然一片荒芜，却还是会对我的上一疑问做出回答。如果没有补寄出，我再附寄一份。等家里人走后，我就将开始写第二部分。要操心的事啊，太多了！

我还没有向里尔克表示感谢。他能原谅我吗？

（写在空白处）

> 我不想再读一遍了，就此寄出。你什么都会明白的。

茨维塔耶娃 致 帕斯捷尔纳克

1926年6月21日

我亲爱的鲍里斯：

　　刚刚收到《施密特》《街垒》和几份杂志。给你写这封信，就是为了告诉你来信收到了。我什么都还没来得及读，因为今天早晨很忙。与此同时，从捷克也来了一封信，要我立即回到那里去，否则就意味着我们放弃捷克的奖学金（"放弃"——这是一个构造得不成功的句子，其实就是，如果不返回，他们就要停发）。

　　立即回去是不可能的，——房子已经租下了，一直要租到10月中旬；再说，此时是阳光灿烂的最好的日子，有最好的大海，鲍里斯。无论是立即，还是随后，**我**都不可能回去：捷克我已经**住够**了，它的一切都已写在《终结之诗》和《山之诗》里了（两首诗的男主人公在13日结了婚①），捷克已不存在。我要返回的目的地就是深藏的手稿。

　　因此，——不返回——我就要无家可归了。我认为（曾答应把奖学金至少给到10月的捷克人，莫名其妙地要停发奖学金）——这是巴黎围攻（《诗人谈批评》——围攻）的回声②，或者是某个住在布拉格的俄国侨民的告密：到处发表文章——丈夫是编辑，等等。谢尔盖·雅科夫列维奇能从杂志（《里程碑》③）那里领到一

---

① 《终结之诗》和《山之诗》的主人公是罗德泽维奇，他后与俄国哲学家谢·布尔加科夫的女儿结婚。

② 茨维塔耶娃因在巴黎俄侨杂志《善意》1926年第2期上发表对阿达莫维奇颇有微词的《诗人谈批评》一文，受到巴黎俄侨界许多人士的"围攻"。

③ 《里程碑》是由米尔斯基、苏福钦斯基、埃夫隆合办的一份杂志，1926—1928年间在巴黎出版。

些钱，但是第1期还没出，第2期预期到10月才能出版。

我给捷克方面写了一封信，请求他们给我弄一份**函授**奖学金，就像他们发给巴尔蒙特和苔菲①的那种，捷克人从未见到过他俩，却一直资助他们（至于我，捷克人倒是能经常见到，见到我总是提着水桶或背着口袋，**见了三年半，——**也许，还没看够！）。

写了这些，我知道都是毫无意义的。这显然是某个嫉妒者的诡计。（嫉妒——我！经过短暂的思考：是的，可以嫉妒，但这样一来就应该祈求上帝，让上帝拿走我的救济，而不要祈求捷克人。）

再说，回到捷克去，谢尔盖·雅科夫列维奇也无事可做。既没有收入，也没有希望，甚至连工厂也不要他，因为俄国人在互相排挤。

我的生活转折就是这样的。你别往心上去，远远地看着就行了，——就像我这样。我为什么要告诉你呢？为了解释一下与《施密特》有关的短暂停顿，——三天将用来写信，实际上是一天半——每天有两个小时我要用来画画，画几幅线条画。

鲍里斯，我们在哪里见面？我现在有一个感觉，认为我已经不住在任何地方了。现在暂时住在旺代，往后呢？我的现实生活整个儿萎缩了，我不仅没有过现实的生活，甚至从来没有驻足其中。

彼得·司徒卢威（他从来也不写论文学的文章）那篇震耳欲聋的文章，还有雅勃洛诺夫斯基、奥索尔金和其他许多人②——即所有被触及的人的文章（你读一读《诗人谈批评》，就会明白

---

① 巴里蒙特（1867—1942）和苔菲（1875—1952）均为俄语作家，十月革命后流亡法国。
② 彼得·司徒卢威（1870—1944）、雅勃洛诺夫斯基（1870—1934）、奥索尔金（1878—1942），为流亡巴黎的俄语文人。

的）——是某个人的嫉妒——是某个人的不幸——我无家可归，我——怎么啦！——孩子。

穆尔会走路了，你先别夸奖！他只能在沙滩上走，转着圈儿，像星球一样。在房间和花园里，他却不愿走，你放开他——他也站着不动。他会离开我的手向大海扑去，不停地转圈（然后倒下）。

好的，鲍里斯，该谈些别的事了。《时代报》[①] 转载了马雅可夫斯基那篇谈论书店职员不称职的文章。我逐字逐句地引一段："书店的售货员应该更多地说服读者。走进来一个女共青团员，抱着一个几乎是坚定的打算，要买一本比如说是茨维塔耶娃的书。他应该一边掸去旧封面上的灰尘，一边对她，即对这位女共青团员说：'同志，如果您对茨冈人的抒情生活感兴趣，请允许我向您推荐谢尔文斯基[②]。同样的主题，但写得多么出色！一个男人！但这一切都是暂时的。因此您不应当降低对红军的兴趣；请试着读一读阿谢耶夫的这本书吧。'"诸如此类的话。

请转告马雅可夫斯基，我这里也有一些他根本就不知道的新封面。

我们私下说说，马雅可夫斯基的这种攻击比捷克的奖学金事件更伤我的心：我不是为自己伤心，而是为他伤心。"但这一切——都是暂时的，"而——

> 时间——一个不大的痛苦：
> 我与你的心灵一起生活……

① 由克伦斯基创办的报纸，1922—1933 年间在柏林和巴黎出版。

② 谢尔文斯基（1899—1968），俄语诗人。

我很快会再给你写一封信，鲍柳什卡，这封信不算数。

玛

于圣吉尔

（写在空白处）

　　《施密特》已收到，你很快就能接到谈论你和我作品的信。还会收到里尔克的（写给我的）《哀歌》。我爱你。

茨维塔耶娃 致 帕斯捷尔纳克

1926年7月 **中旬**

　　有没有可能，爱着里尔克，却不爱他胜于世间的一切；有没有可能，爱着帕斯捷尔纳克，却不爱他胜于世间的一切；有没有可能，爱着自己的儿子，却不爱他胜于世间的一切。有没有可能，爱着歌德的同时……有没有可能，敢于说出，或者甚至不敢说出我爱，不把自己的全部都奉献出来，退后，向前，永远，直至天荒地老，阿门。

　　鲍里斯，我爱他胜过世间的一切，胜过爱你。这就是你想要的吗？如果是，那你完全是一个像我一样神性的怪物，但这是一个括号。

　　我—里尔克，我—你，我—儿子，等等，这些路线只存在于直接的电线。我把这些话说给他听，对你而言，我就是在撒谎。

　　真理是存在的——要小心——通过诗句，第二次从我到他的那一秒内。我对你讲述的关于他的故事，对他讲述的关于自己的故事，都将是谎言，因为这是一个并非由故事来实现的故事。每个故事都是谎言，因为是朝（向你的），却是在没有方向的情况下发生的。从一个（动词时态）状态派生到另一个状态。

　　我给里尔克写信谈了我自己：ich bin Viele, Unzählige vielleicht. Eine unersättliche Unzahl und Keiner will vom andern wissen, soll nicht. Sie kennen sich gar nicht, sie treffen sich manchmal nur im

Traum.[①]监狱有单独牢房，没有敲击的暗号。或者只靠我那颗在每个人身上跳动的没有个性的心脏来连续不断地敲击。

鲍里斯，当我和你说话的时候，我对着你的内心说话，也就是说，**一切都是你。你唤起**语言，这些语言并不是我说出的。**你拿取**了的，并不是我给予的。我在你的压力之下，我也是你的。

为了让我所有的爱（歌德 + 荷尔德林 + 海滩上的小女孩 + ……）都消融于一份爱当中，夜晚回家时，要像流浪的（因为是分散放牧）羊群一样——对吗？

（写在空白处）

　　　　　　　　每个人都是绝对，也都需要绝对。

　　　　　　　　鲍里斯，你是否注意到有几个人在相互通信？

---

① 德语：我是许多人，也许是不可计数的许多人。贪得无厌的大多数，（其中）没有一个人想了解另一个人，不应该了解。他们彼此根本不认识，只是有时在梦中相遇。

茨维塔耶娃 致 **帕斯捷尔纳克**

1926年7月1日

我亲爱的鲍里斯：

一个月的第一天，一杆新笔。

不幸的是，你选的是施密特，而不是卡里亚耶夫①（谢廖沙的话，不是我的话），是一个时代（不走运的时代！）的英雄，而不是古代的英雄，不对，最贴切不过地说——这次我借用的是斯捷蓬②的话：是幻想性的牺牲品，而不是幻想的英雄。施密特何许人也——根据你的纪实长诗：是一个经历了1905年的俄国知识分子。完全不是一个水兵，而是一个地道的知识分子（请回忆一下契诃夫的《在海上》！），以至于那么多年的漂泊也未能使他抛弃知识分子的习惯用语。你的施密特是个大学生，而不是水手。90年代末一个热情洋溢的大学生。

鲍里斯，我不喜欢知识分子，也不认为自己属于知识界，那全都**戴着夹鼻眼镜的**知识界。我喜欢贵族和人民，喜欢花，喜欢蔚蓝的勃洛克和辽阔的勃洛克。你的施密特像是个知识型的勃洛克。同一个不恰当的玩笑，同一个不逗乐的玩笑。

在这部东西里面，较之在其他作品中更缺少你——你，硕大的

---

① 伊万·卡里亚耶夫（1877—1905），俄国社会革命党人，因在1905年刺杀谢尔盖·亚历山大罗维奇大公被处绞刑。

② 斯捷蓬（1884—1965），俄语作家、批评家。

你，置身于这一瘦小身躯的阴影里，被阴影遮住了①。我深信，书信几乎是逐字逐句抄录的，——不是你的。你交出一个人性的施密特，带有本质的弱点，十分感人，但又如此无望！

《自然元素》一章很出色。原因不言自明。在这里出场的是巨大的事物，而不是渺小的人。《马赛曲》一章很出色。所有他不在场的地方都很出色。长诗从施密特身旁飞驶而过，他是一个刹车。书信是十足的遗憾之作。你为何需要这些书信？如果我来写，我会把它们沉进记忆的最底层，堵住，盖上房屋。你为何不提供一个视觉的施密特—— 一连串的手势——你为何不提供一个"一百张光辉夺目的相片"的施密特——这些相片不让人看清的是什么？——是这张脸上的沮丧！你为何需要这些逐字逐句的东西？你让施密特行动吧——只需要一系列的场景——你就能将他高举到那种扎根于他的废话里的现实生活之上。

施密特不是英雄，但你却是英雄。抄写了这些书信的**你**！

（如今我完全清楚了：我所抨击的正是这些书信，也仅仅是这些书信。剩下的一切——就是你。）

对了，还有非常重要的一点：丢钱的事是如何结束的？没有交代清楚，为何要有这段情节？同样不能让人信服。军官很好！却有一副愤怒的样子！军官身上装着团里的公款被偷走了，于是他说："真卑鄙！"只有文件才如此的不真实。

亲爱的鲍里斯，我在笑。此刻，我翻动书页，看到了这几行："奇怪，请问，干吗要打这种报告？这些小事也与主题有关？"你已经以接下来的两行诗回答了我。但是我没有被说服。

---

① 也就是说，这个阴影强行遮盖你，但你依然没有被遮住。你是树木、旗帜、传单、誓言。施密特是书信。——茨维塔耶娃附注

鲍里斯，此刻我是彻底清楚了：我想要一个**不会说话的**施密特。想要一个不会说话的施密特和一个会说话的你。

你知道吗？我久久没能理解你评论《捕鼠者》的那封信，——大约有两天。我读信——信上的字却逐渐模糊起来。（我俩的词汇不同。）当我不再读它时，它的字却变得清晰了，显现出来了，挺立起来了。我觉得，关于游离情节的诗歌结构之多样性的话，最为准确。关于主题的话，非常正确。关于瓦格纳风格的话，已经有音乐家对我谈过。一切都很正确，我一点也不反驳。说我不知怎么喊叫、跳跃、翻滚到随后支配我写下一系列诗行那层**意思**。带助跑的起跳。你说的是这一点吗？

鲍里斯，你别以为我这是在谈你的（长诗）《施密特》，我谈的是**主题**，谈的是你对原型那种悲剧性的忠实。在爱一个东西时，我看不到其弱点，一切都是力量。若在我这儿，施密特也许不会成为施密特，或者我根本就不会选取他，就像我无法（暂且）选取叶赛宁一样。你给出一个活生生的施密特，一个契诃夫加勃洛克式的知识分子（我自小就恨契诃夫和他那些玩笑、调侃、讥讽）。

鲍里斯，亲爱的，在第二部中少一些书信，或者让书信中多一些自我。让面临死亡的他在你那儿长大。

我的命运是变幻不定的。我给在捷克所有我可以去信的人都写了信。《善意》停刊了。我完全无处发表作品（我与两份报纸和两家杂志吵翻了）。一有时间，我就会给你寄去商量我们如何会面的信（我丢了抄件）。我正在写一个大东西，一个非常难写的东西。

半天在海边度过——散步，更确切地说，是与穆尔在一起静坐或行走。晚上从不写作，写不出来。

也许，秋天我要去塔特拉山（捷克山区），去一个最隐秘的去处。或是去喀尔巴阡的罗斯。我不想去布拉格——我太爱它了，羞于面对自己——即那个布拉格。请给我写信！其实，既然我今日给你写了信，或许明日就会收到你的信。你的家人走了吗？你独自一人，觉得更轻松呢，还是更艰难？

爱伦堡把我的散文《诗人谈批评》和《劳动英雄》带到了吗？别给我单个地写关于它们的意见，除非有什么非常特别的事。杂志我暂且还没读，只读你的作品。

希望有人能把他一天的时光当作礼物送给我。那样，我就能为你抄出里尔克的《哀歌》和自己的诗。

给我讲一讲夏日的莫斯科。写一写我酷爱的、在所有城市中我最心爱的莫斯科。

帕斯捷尔纳克 致 茨维塔耶娃
1926年7月1日

　　你是不可能得到对最近这三封信的回复的。而且，一推测到那只你伸去的手在某种意义上将是空的，我就感到痛心，不适当地伤心，也就是说，除一般的疲倦和衰弱外还因一个多余的痛苦而痛心是有害的。我不想多谈，写也是写不完的。我现在不得不比任何时候都更关心安静和精神上的平衡，像一个老姑娘那样，既自私又可笑。

　　我一个人留在城里，原因很多，其中一个主要原因就是你的占有，而唯一的目的就是要有效地工作一阵子，也就是说要更努力地、更快地工作，以便明年能有更多的资金和闲暇。我现在只匆匆点出一件事，也许你已经通过其他途径知道了这事，或许这甚至还是一件难以理解的事。也许，这件事会暴露出我新的、不好的一面。但是我并不羞于承认。我害怕**城里的**夏天，因为这是一个活着的、存在着的人最重要本质的纯粹汇总，而且这每一种本质，从太阳开始直到你认为是的那种东西为止，都被翻了一个个儿，**被歪曲了**。孤独生活的样子等同于疯狂，或等同于地狱之苦。生活的主题，或曰众多生活主题中的一个，连同有破洞的神经系统一起，被野蛮地、狂热地突出了。尘土，沙子，闷热，非洲般的炎热。

　　如果我继续说下去，就会惹你发笑了：这里也许会有……圣安东尼①的诱惑。但是你别笑。有一些可怕的真理是你能在克制的血

---

① 圣安东尼（约250—356），基督教隐修院的创始人。

液这一荒谬的沸腾中发现的。请你原谅，我说了这样的话。在这些只有在受到震撼时才会公开的真理中，就像在呻吟的车辀中，包含着精神应具的所有高贵，这高贵自然是傻到极点的，是天使般悲剧性的。

这是宇宙中最响亮的音调。较之星球的音乐，我更信赖这一穿透世界空间的声响。我听得见它。我无力重复它，甚至无法在它旋风般的、总体的简洁中想象自己，我的语言的力量就在这一核心的呻吟之中。我在一门心思地抱怨，我的抱怨如此之多，以至于若是在游泳时淹死的话，那么关于伸出的两手的沉重抱怨也会沉向水底，——我抱怨说，无论是妻子还是你，也就是说无论是自己还是生活，我都永远也不会爱的，如果你们是世界上仅有的女人，也就是说，如果没有你们千千万万的姐妹；我抱怨说，我感觉不到、也不理解创世纪中的亚当：我不知道他的心是如何造就的，他是怎样感觉的以及他为什么事感到遗憾。因为我正是因此而爱的，我要在爱的时候用右肩觉察到宇宙右侧的寒冷，用左肩觉察到它左侧的寒冷，也就是说，要掩盖住我打量和向往的一切，与此同时，她却在兜圈子，在翻寻东西，像夏天城市中在许可范围内裸体相搏的无数飞蛾。

我对你说这些没什么用，我亲爱的女友。痛苦的或许就是**我了解**感觉的机制，是自它有时从内部给我造成的那种疼痛中了解到的。干吗还要将它展示给你呢？天晓得你还会怎么看它一眼。之后，机器永远不会散发出任何好闻的气味。能给你写信，我感到很高兴。和你在一起，我就会变得较为纯真、安心一些。——在主要的问题上，我们的想法是一致的。你不明白那种对"坠入情网"的半开玩笑的担心。情况正是这样。同样的两面性，没有这两面性也就没有了生活，同样使人感到窒息的**痛苦**，这痛苦是多种性质的，——它们是亲切的，有名有姓的，扎根在我身上，**又**超出了我的控制范围，整整一个世纪都在敲打着我的皮囊。

世界就是由它们构成的。我爱这个世界。我想一口吞下它。我的心跳常常会因诸如此类的愿望而加速，以至于第二天心跳就会变得衰弱起来。

我想吞下这亲切的、巨大的一块世界，我早就拥抱和哀悼过它了，如今它在我的周围游动，旅行，射击，进行战争，在头顶上的云中飘浮，像莫斯科郊外夜间青蛙音乐会的乐声般回荡，是供我去永恒地羡慕、嫉妒和围绕的。（熟悉吗？熟悉吗？）这又是统一的声调，为了**声响的诞生**，它在一大把松开的七度音上被大量地用于配音。这又是——深度的悖论。

上帝啊，我是多么爱我不曾是和不会是的一切啊！我只是一个我，这叫我多么悲伤。我觉得那丢失的机会，像零一样不再是我的机会，就像蒙住我的一块绸布！黑色的、神秘的、幸福的、现出崇拜神情的绸布。黑夜就是为了这种绸布而造就的。是物质上不朽的。死亡使我感到恐惧，仅仅因为我还来不及成为其他所有的东西就要死去了。只有在给你写信和阅读你的来信时，我才能摆脱死亡那吱吱作响的、脚步匆忙的威胁。就让我此刻紧紧地、紧紧地拥抱你吧，热烈地吻你，就用在进行这些议论时聚集起的所有热情。但是，柔情就藏在所有这些思想中。你感觉得到它吗？

关于彼此不相排斥的独特性，关于绝对，关于有现实意义的真理的瞬间性。

谢天谢地，情况就是这样的。我们将来会很轻松的，——同一特征的共同语言。你明白我指的是什么吗？是谈论里尔克，谈论歌德、荷尔德林、海涅的那封信。是谈论"世界上最伟大的人物"的那封信。主要是谈论真理的瞬间性。

在这一点上我与人们有分歧。关于自己，我早已习惯说，对于那些知道瞬间仅与永恒抗争却又大于一切钟点和时间的人来说，我可能是亲切的、易处的。应当引出一些非自我的、完全他人的东西，以便在时间的持续中与一个能在时间中清楚地意识到自我的人坐在一起。这就像羽毛动物和淡水动物的对局那样。

而在爱情中，这是多么可怕啊！

*1926*年7月2日

我有意不再重读一遍。写完最后一行，我马上就去见打算去车站的爱伦堡。我赶上了一个像是告别宴会的午餐。赴宴的有迈娅、索罗金①和另一个我不认识的人。大家喝了很多酒，我不知不觉被灌多了。

他那儿离车站很近，他要去基辅，从布良斯克车站出发，而他落脚的他前妻的那套住宅，就在多罗戈米洛夫斯基桥上方。我们沿着河岸走去，这一地区还保留着18—19世纪的混乱景象。天色已近黄昏，两岸都有人在游泳。此处的风景，不知你还记不记得，是很开阔的。夕阳之下，这片风景朦朦胧胧的，像是为一片轻尘所笼罩，又像是为一种干燥、呆板、安静的阴霾所覆盖，在城市的傍晚时分常常出现这种灰蒙蒙的空气抑郁症。只是在遥远的中学时代，

① 迈娅即玛丽娅·库达舍娃（1895—1985），俄语女诗人，后成为罗曼·罗兰的妻子；吉洪·索罗金，俄国历史学家，他的妻子叶卡捷琳娜是爱伦堡前妻。

我才有过这么严重的忧郁感。

眼前的风景充满着一种忧伤，这忧伤刚从遗忘中步出，又立即返回到遗忘中去了。"请您转告玛丽娜。"我刚开了口，就说不下去了，尽管他一再热心地问我需要转告什么，他还时而露出笑容，仿佛比我还大几岁似的。

他未必能对你讲一些什么。我们见了几次面。他看到了什么？也许，他看到了我的家庭，但那是很表面的。看到了众人中的我。在他来到这里的最初几天，他见到的我是满怀希望的，并且坚信，这里使他感到绝望的一切都是些不值一提的小事和浮在面上的泡沫，而实质则被完整地保存着。最后，他最近几天看到的我则完全处在另一种情绪中，如果我自己不对他说起这一转变，他也许会忽略这一点。他是个好人，他一帆风顺，见多识广，也爱活动，他思想轻松，生活和写作也很轻松：他是一个轻率的人。我从不在他面前掩饰自己，但也不记得自己曾在他面前高谈阔论或敞开心扉。我不明白他怎么会爱我，为什么爱我。他并没有简单到可以做我的一个无拘无束的生活朋友（我最寻常的一个交谈者）的地步。他也不是一个能使我在交谈中成为时间、环境或从家里带来的情绪玩具的艺术家。尽管他卓有成就，我仍认为他是一个不幸的人，所以我从未向他谈起我内心的这一感觉，我愿他好运，装模作样和固执地祝福他。我非常希望你会不同意我的意见，并劝阻我道：他根本就不是一个艺术家。我也希望，你持有另一种意见。请你在他身上发现我没有找到的东西吧，那样的话，我就将用你的眼光来观察。在我写了那封论《贪婪者》①的信后，我非常害怕他的到来。我本以为，我们回避不了一些令人难过的谈话。但是没有出现这样的场

---

① 爱伦堡写于 1925 年的一部中篇小说。

面，一切都很顺利。

我对《捕鼠者》开头部分的说法是过头的。你读到这里肯定不高兴。在对前几部分说过那番空话后，此刻我原该以更多的篇幅来按比例地谈论其他部分的长处。但是我却要破坏这一比例。我将尽量说得简短一些。最好的章节：《离去》和《孩子的天堂》。在它们的高度之上（但就主题而言是没有长笛的；这就像是一盘没有王后的棋局！）——是《灾难》。我不太喜欢《在市机关》。

就像在前半部分那样，需要说的将几乎仅仅是韵律、有效组成部分的音乐特性和主导旋律。《离去》和《孩子的天堂》中的韵律特权几乎是极限的：这正是一个抒情诗人所能向往的那一点，即写作者的主观韵律，他的激情和气魄，还有振奋，亦即那种几乎永远也得不到的东西—— 一种用对象来选取自己的艺术，请你想一想戏剧、小说等等之中的诗人、艺术家和怪人，想一想这一贯的粗俗俚语，以便你能正确地衡量出你自己的功绩。

《灾难》中的韵律是描绘性的。它描绘得多出色啊！它天生是一种中心商场的东西，就像音乐永远知道这种调性。只有它的光彩才使你能像一张转瞬即逝的拉网一样在市场上走一圈，占领整个广场，极偶然地步入两三个有韵律的定语所构成的小花园。闲聊的主题（我们这里，我们这里）因其力量（丰富的未来可能性）而出色，尤其当它在具体得**惊人的**老鼠赋格曲后重又出现的时候。这简直使人觉得，你同时描绘出了鼠群和个别的老鼠，并将这幅画带到韵律的视网膜上，用线条在它上面打出记号后，再将画带向结尾，这是一种滚动的、渐渐迫近的、越来越频繁的缩减！韵律在这里就像它所说明的那种东西，这种情况是很少有的。仿佛它不是由词语而是由老鼠构成的，不是由重音而是由老鼠的灰脊背构成的。

关于最好的几个章节的评论最为简短：前面所有的观察结果都是由这些内容丰富而又有吸引力的中心章节所激起的。因此，这里也已间接地说了许多评论它们的话。《离去》！！！我的话将是简短的，没有次序的。除了《在市机关》，都写得不错。勃列多瓦尔[1]。它们的出色之处就在于**风格统一**，这一风格倾心于遥远国度的一种现实生活，章节的整个构词法也很出色。它们聚集在一个幻想现实的枢纽上。这一枢纽带它们去的那些地方有着特殊的植物、气候、风土人情和秘密：用它们可以解释这套词汇可怕的一贯性。总的说来，在这童话般的一盘棋中有着感人的抒情性。蒂里利。——它所具有的克制之最主要的特征，就是有韵律地塑造出来的**长笛现实主义**。长笛现实主义在第44页上得到奇异体现，在那儿，在两个惊叹号之后，——"不要怜悯"落到了行尾，在"怜悯"和"林荫小街"之间有一个被勾掉的或是故意漏掉的韵脚"长笛"，这一韵脚因假缺位而被加长了一倍。

总的说来，《捕鼠者》的韵律形象（主旋律）是惊人的！这一最真实乐句第一行的语调发音就非常准确。印度斯坦。做得真可怕，**一个词**（一声感叹）就占据了∪∪—[2]。由这个抑抑扬格所唤起的、其使命是去工作的想象，作为一个已定型的句子因遇不到阻力而带助跑地塑造着一个长笛手的形象，也可以说是他的**姿势**（躯体探向前方，是受到束缚的，并且是以∪∪—这个三项式的发声法为形式的：射入绒毛里！）。在长笛主题的很有吸引力的综合性消失的那些瞬间，主题思想的波浪（构思的滚动）是令人吃惊的。在这时，印度是实用得令人昏昏欲睡的。色彩的搏斗——这是你自己

---

① 即《捕鼠者》中的主人公吹笛人。

② 即抑郁扬格。

在评论你的手时所说过的话，你的评论是正确的。而在与犹豫和清醒的主题新的汇合中，长笛的主题获得了动人的新力量。

这实际上是一首完整的**葬礼进行曲**，是从一个不习惯的地方意外地窃听来的，是从后门放进来的，或者说是从后门放进心灵的：其实我们总是从将要出殡的一方，通过隆重的 Te Deum①，进入贝多芬的葬礼进行曲、肖邦的葬礼进行曲、瓦格纳的葬礼进行曲和所有的葬礼进行曲。在《在市机关》中，你放进了很多的思想和机智。就**意义**而言，"来自浪漫主义的拉特斯盖尔"一节是出色的。作为一个人物，他请求加入跟随、支持浮士德的那一派。这一章的冷嘲热讽是非常富有思想的，并且不是漫画式的。

> 你们哭泣吧，唤醒吧，好让我们入睡。
> 你们屏住呼吸吧，好让我们繁殖！

"我"的主题也很好。外套很灵活地发展成了象征。是可供咀嚼的纸制成的。但是在此章行将结尾之处，一个熟悉、亲切的声音发出的威胁像犁一样划破这一章的复杂涟漪，这声音就是：绝对见不到，就像见不到自己的心一样！这是在模仿那业已确定、不可更改的一句："绝对见不到，就像见不到自己的耳朵！"这时你就会明白，为什么这一章虽然具有诸多大的长处，却比第一、二章显得冷漠一些。（因为只有第四章和最后一章是无法与其他章节做比较的。）这是因为，在《离去》之后，注意力已被吸引到捕鼠者之命运上去了，它甚至不是在迫不及待地盼着结局，而是在为他祈求幸福，它已不愿去做任何事情，无论它对那件事情多么感兴趣，它将

---

① 拉丁语：赞美我主。

第五章看作是与主题的发展有关的东西，也就是对词的背叛，它很快接受了那些东西，并因激情爆发的延迟而苦恼。

对日常生活的描绘也许是此处最为成功的东西，它始终在折磨这个地方，使其痛苦。也许，这正是你的计划。令人痛苦的一章。

然后又是——画面，画面。画面和音乐。我多么爱你啊！爱得多么强烈和多么久啊！正是这一波浪，我爱的正是你身上这种莫名的东西，这种东西从内部蚀穿了我的命运，从外部使我的命运变得既黑暗又凄凉，它既碍手又碍脚。正是**由于这种**激情，我才像现在这样既迟钝又不走运。你以为人之妇的年龄，对我们将怎样相见和为何相见一无所知，而我昨天对魅力还怀有信念，如今这一信念已跳过一年，并将对我封闭一个年头，仿佛也停止存在了。这一切都处于这种感情下。这一切都是改变不了的。我这里谈的是《孩子的天堂》。残酷的、可怕的一章，整个章节都源于内心，整个章节都含着笑容，却是——残酷和可怕的。对学校的描写令人神往。喧哗声和分数。匈奴和高卢人。透过这一忽冷忽热的、令人不安的、清晨的韵律被放出来的是：

> 小学生？胡说。记分册？交了。
>
> 暴雨，暴雨的鼓点。
>
> 地球仪？砸了。小书包？放下。
>
> 石子，石子的瀑布。

这一段诗，也许是昨日的、展示过自己力量的《印度斯坦！》，∪∪—这一可怕的抑抑扬格，它仍有昨日的韵律磁力，只是改变了声响。在那一瞬间，只要你一听出它的旋律，你便想冲过去保护孩子们免遭旋律之渐进的攻击（对结局的认识）：

> 孩子们
> 金色黄昏的小蚊子！

这一切注定会一下子就全部进入韵律的视野。使人有些轻松的是，对于动物来说，长笛奏出的是真实的长笛之音（绝对的、注定的现实主义），对于心灵来说它却是在打比喻，是在用号角声召唤（在韵脚的语音中不自觉地：特拉，拉，拉）。葬礼进行曲同样也纯净、明朗了起来。它的和声被分作两半。诺言的主题（听起来几乎是诚实的，**的确是**吉祥的）：我这里有——

还有安魂祈祷的主题：在我的王国中……（听起来像赞美诗：驱除疾病，没有忧伤，也没有抱怨。）第一主题在深处增大，躲在诱惑的网后，获得了硬度和真正的高度，该高度是在"男孩的欢乐是女孩的沉重"这一行之后戏剧性地、用个人的语调表达出来的：

> 尘世激情的底部
> 和一个人的天堂。

但是，关于《捕鼠者》谈得够多了。我怕这篇评论的细致烦琐会让你讨厌。Summa summarum[①]：是韵律的绝对、垄断的统治。这一点是由情节的特点自然地引起的。它在充满戏剧性的、创造并展示出其奇迹的两个章节中得到体现，然后又扩展到其他章节，在那些地方，韵律虽然失去了第一人称，却仍然（在其他方面）是有

---

① 拉丁语：总之。

力的，并会激发出思想、形象、主题的转换和交织。

我接到了你关于捷克奖学金不幸事件的来信。我的痛心之情简直难以言表。你别离开法国，我求求你。我觉得，你在法国比在捷克离俄国要更近一些，虽说就地理学而言情况恰恰相反。我不知道该如何解释这一点，但是我认为，你也会有同样的感觉。我相信，你遇到的这些事都会过去的，不过我也不会过低地估计你突然遭遇到的这些困难。

唉，这些永恒的诡计！近来我也在因这样的诡计而受苦。我不想谈这些，但在一个月前我觉得比较轻松（在物质上，就前途而言）。现在则觉得很困难，像去年一样的危险又出现了。但看在诸神的面上，你别回捷克去。你所引的马雅可夫斯基的话我并不知晓，因为我根本就不读任何作品，也不知道身边发生了什么事情。你别管这些！我要给你写信谈谈他。他的为人很古怪。也许他认为，他这是在热情地回忆你呢。他早就住在克里米亚了，否则我便会和他谈一谈。我非常爱他，但一生中只因同样的理由和他争吵过两三回。争吵时，我会反驳他对所谈问题完全的无知。请原谅这封枯燥、冗长的信。如今，通向《捕鼠者》的路被清理干净了。现在可以舒舒服服地来读它了。

但是，《捕鼠者》不是这样的作品，你无法说"非常喜欢"，无法说一切都已完成了。它的特点使我激动，很想将这些特点搞清楚。

茨维塔耶娃 致 **帕斯捷尔纳克**

*1926*年*7*月*10*日 圣吉尔

如果说我不能与你生活在一起，那么这不是由于不理解，而是由于理解。由于别人的、同时也是自己的真实而感到痛苦，由于自己的真实而感到痛苦——只是因为这也是别人的真实——因此必须不断地感到痛苦——这一屈辱我是无法承受的。

当只有我一个人是真实的，即便有相同的话语（较为少见）和相同的手势（较为多见）相遇，那种推动力也永远是外在的。除此之外，**你**的来信也不在你的水平上，——不完全是你的信，比不上你的回信。与你相遇的时候，我就是在与自己相遇，与所有锋芒都转过来针对我的那个自我相遇。

鲍里斯，我不能与你一起生活在7月的莫斯科，因为你也许会向我**发泄**——

关于这一点我想得很多——在你之前就想过——想了整整一生。作为一种自我战斗方式的忠诚，我是不需要的（我就像做好事的理由）。作为一种永远充满激情的忠诚，我感到不解和陌生。第一种忠诚和第二种忠诚让我与人分离。我回头看。它跟着我走了一生（它也许并不存在，我不知道，我并不善于观察，但是我很敏感）。由于赞赏而产生的忠诚。赞赏淹没了一个人心中其余的一切，他甚至连我也爱得**很吃力**，使得我也由于爱而离开了他。这适合于我。

我与你在一起，鲍里斯，在莫斯科能做些什么呢？难道我**一个**

人就可以给你一个总和吗？（尽管我自己就是总和，不仅是我本身的总和，也是我所有祖先的总和。）我可以一直处于忧郁之中，这忧郁会让我感到深深的羞辱。承担身旁另一个人的**生命**是不可能的。

我再说一说理解的问题。我是从远处来理解你的，但若是我看见你所迷恋的那一切，我就会开始**发出**像夜莺歌声似的蔑视之音。我会因为它而高兴。我会一瞬间就摆脱掉你。就像我在看了一眼歌德和海涅的卡琴-格蕾琴之后就摆脱掉他们一样。

请理解我：普叙赫对夏娃那种无止境的、由来已久的仇恨，鲍里斯，尽管我竭尽全力，但我身上没有任何来自夏娃的东西。我的一切都来自普叙赫。哪怕用我来交换世间的第一美人——用普叙赫交换夏娃（人们不能用普叙赫去交换普叙赫），请理解我那像瀑布似的高度蔑视。用灵魂交换肉体。失去**我的灵魂**和**她的灵魂**。你立即被定罪，我却不理解，我在退出。

妒忌。我永远也弄不明白，非常谦和的塔尼娅为什么突然认定，对于X而言她就是唯一。为什么？她应该看到，还有更漂亮、更聪明的东西，她也欣赏美、智慧等等。我的情况之所以复杂，是因为它并非个例，是因为我的cause①一下子就不再是我的了，它成了半个世界，即**心灵的**cause。对我的背叛激起我的怨恨，**甚至**痛苦。对我的背叛是**显而易见的**。

妒忌？我只不过是在退让，就像心灵一直会向肉体，尤其是向别人的肉体让步一样——由于最诚实的轻蔑，由于闻所未闻的迥异。我向X的一切屈服，而我自己却退让。因此我没有回头看。

还没有一个聪明人会对我说："我用你去交换自发的力量：

---

① 法语：事情，机会。

无个性的多数，从你那里得到休息——放电。"或者更好：我想要**街道**。

我若是因坦白而发呆——那么我也许会明白一切。（没有阳性的街道，而只有阴性的街道。每一个女人都不会与工人同行，所有的男人、**所有的诗人**都在与姑娘们同行。）

我有另一种街道，鲍里斯，一条抒情的、没有行人的、通向四面八方的、有着童年的、有着除了男人之外的一切东西的街道。我从不看男人，我对他们视而不见。他们不喜欢我，他们有他们的嗅觉。只有老人、女人和狗喜欢我。赤裸的本能不喜欢我，**男人**不喜欢我，就让我消失在你的眼睛里吧，很多人曾被我迷惑，却几乎无人爱上我。没有一颗射中脑门的子弹——你想想看。

为普叙赫而决斗呀！但是她是不朽的，因为普叙赫从来就不存在。决斗是为女主人而不是为女客人进行的。我毫不怀疑，在我那些年轻朋友的老年回忆中，我将是第一个恋人。至于男人的现在——我从未在其中挂过名。"如果我爱过您"——仅此而已。

对莫斯科街道的嫉妒心爆发，——你就这样解释这封信吧。宇宙的主导旋律。是的，是宇宙的男性主导旋律，我向你发誓！这是一个我**从未**听到过的旋律，没有这个旋律我也能愉快地过下去。宇宙的男性主导旋律。

吞没宇宙——整个——等等，等等。噢，不！我不想要里面的东西。内陷的深渊，喷发的火山。**摆脱**自己，不要汲取。

我的抱怨——是抱怨不可能成为……[1]

---

[1] 省略号为译者添加。

70b ●●

茨维塔耶娃 致 **帕斯捷尔纳克**

1926年7月10日

如果说我不能与你生活在一起，那么这不是由于不理解，而是由于理解。由于别人的、同时也是自己的真实而感到痛苦，由于真实而痛苦，——这一屈辱我是无法承受的。

直到今天，我都仅仅在因为不真实而痛苦，只有我一个人是真实的，即便有相同的话语（较为少见）和相同的手势（较为多见）相遇，那种推动力也永远是外在的。除此之外，**你的来信**也不在你的水平上，——不完全是你的信，比不上你的回信。与你相遇的时候，我就是在与自己相遇，与所有锋芒都转过来针对我的那个自我相遇。

鲍里斯，我不能与你一起生活在7月的莫斯科，因为你也许会向我**发泄**——

关于这一点我想得很多——在你之前就想过——想了整整一生。作为一种自我战斗方式的忠诚，我是不需要的（我像一个跳板，是没有尊严的）。作为一种永远充满激情的忠诚，我感到不解和陌生。（忠诚和不忠一样，——都是瞎扯！）它跟着我走了一生（它也许并不存在，我不知道，我并不善于观察，于是不忠及其形式走近了）。由于赞赏而产生的忠诚。赞赏淹没了一个人心中其余的一切，他甚至连我也爱得**很吃力**，使得我也由于爱而离开了他。不是喜悦，而是赞赏。**这适合于我**。

我与你在一起，鲍里斯，在莫斯科（在任何地方，在生活中）

能做些什么呢？难道单个的数（随便怎样的单个的数）就可以产生出总和来吗？性质不同。原子的另一种划分。存在的一切不可能分裂为现有的一切。英雄不会提供广场。广场更有用一些，以便再一次以新的方式产生出英雄（自己）。

我再说一说理解的问题。我是从远处来理解你的，但若是我看见你所迷恋的那一切，我就会开始**发出**像夜莺歌声似的蔑视之音。我会因为它而高兴。我会一瞬间就摆脱掉你。就像我在看了一眼歌德和海涅的卡琴–格蕾琴之后就摆脱掉他们一样。街道像多数，是的，但这是体现在个体之中的街道，是自命为单个数的多数（你自己也会相信它的!），是一条有着**两只手**和**两条腿**的街道——

请理解我：普叙赫对夏娃那种无止境的、由来已久的仇恨，我身上没有任何来自夏娃的东西。我的一切都来自普叙赫。用普叙赫交换夏娃！请理解我那像瀑布似的高度蔑视（人们不能用普叙赫去交换普叙赫）。用灵魂交换肉体。失去**我的灵魂**和**她的灵魂**。你立即被定罪，我却**不理解**，我在退出。

妒忌。我永远也弄不明白，非常谦和的塔尼娅为什么仅仅因为X还爱着其他人就生他的气。**为什么？**她应该看到，她身上还有**珍贵的东西**，它们比她失去的东西更漂亮、更聪明。我的情况之所以复杂，是因为它并非个例，是因为我的cause一下子就不再是我的了，它成了半个世界、即**心灵的**cause。对我的背叛是**显而易见的**。

妒忌？我只不过是在退让，就像心灵一直会向肉体，尤其是向别人的肉体让步一样——由于最诚实的轻蔑，由于闻所未闻的迥异。可能产生的痛苦会溶解在忍耐和愤怒之中。

还没有一个聪明人会对我说："我用你去交换自发的力量：无

个性的多数。我用你去交换自己的血液。"或者更好：我想要街道。（从没有人对我以"**你**"相称。）

我若是因坦白而发呆，因精确而感叹——那么我也许会明白一切。［没有阳性的街道，而只有阴性的街道。——我说的是构成。——男人用自己的渴望建造街道。它处于开阔的原野上。——每一个女人（例外是反自然的）都不会与工人同行，所有的男人、**所有的诗人**都在与姑娘们同行］。

我有另一种街道，鲍里斯，一条近似于河流的流动着的街道，鲍里斯，一条没有行人的、通向四面八方的、有着童年的、有着除了男人之外的一切东西的街道。我从不看男人，我对他们视而不见。他们不喜欢我，他们有嗅觉。**男人**看不上我。就让我消失在你的眼睛里吧，很多人曾为我所迷惑，却几乎没有人爱上我。没有一颗子弹击中脑门——你想想看。

为普叙赫而决斗呀！但是普叙赫从来就不存在（不朽的一种特殊形式）。决斗是为女主人、而不是为女客人进行的。我毫不怀疑，在我那些年轻朋友的老年回忆中，我将是第一个恋人。至于男人的现在——我从未在其中挂过名。

宇宙的主导旋律吗？是的，是主导旋律，我相信，并看得到，但是，我向你发誓！这是一个我**从未**在自己身上听到过的旋律。我想，这是一个男人的主导旋律。

我的抱怨——是抱怨不可能成为肉体，是抱怨不可能沉没（《但愿我总有一天会沉入水底》）。

鲍里斯，这一切是如此冷漠和理智，但在每一个词的背后却都有一个生动的事件，一个活生生的、重复出现的、有教益的事件。如果你见到了一个人，或许你就会认为我的本能（或本能的缺乏）是合理的！"很自然……"

现在是结论。

信的开头是这样的："不是由于不理解，而是由于理解。"而信的结尾是："我不理解，我在退出。"怎样将它们联系起来呢？

同一水平上不同的推动力——这就是你的多数和我的多数。你不理解只爱夏娃一个人的亚当。我不理解所有人都爱的夏娃。我不理解这样的肉体，不承认它有任何权利，尤其不承认声音——那种我从未听到过的声音。我与它——显然是女主人——并不相识。（血液对我来说就较为亲近，它是流动着的东西。）"克制的血液……"唉，但愿我的血液能有所克制！你知道我想要什么——什么时候想要。我想要暗淡、明朗、改观。想要别人心灵和自己心灵的远角。想要你永远也听不到、永远也不会说的那些话。想要不同寻常的东西。想要神奇的东西。想要奇迹。

鲍里斯，你将得到——因为你当然会得到吗？——一个奇异的、忧伤的、瞌睡的、善歌的、想要挣脱出你双手的怪物。你记得吗，就是《美少年》中带有小花的那个地方？（整部《美少年》——全都是写自己的!）

鲍里斯，鲍里斯，我们若在一起会多么幸福啊，——在莫斯科，在魏玛，在布拉格，在这个世界上，尤其是在**一切都已在我们心中的**那个世界上。你永恒的离去（我看到了这一点）和——你的眼睛自下而上的张望。你的生活，是不与世上所有的街道会面的，却回到了我的家。我不能出席，你也不能。我们似乎是协调一致的。

亲爱的，抛掉那颗被我所充满的心吧。别自寻烦恼了。好好活着。别因妻子和儿子而感到窘困。我给你充分的自由。去把握你能够把握的一切吧——趁你还想把握的时候！

请记住，血液比我们年长，尤其是你的闪族血液。别驯服它。请从抒情诗的——不，请从史诗的高度去把握这一切！

你给不给我写信谈论这一切，全随你的意。我，除此之外——不，在此之前和在此之后（在第一道黎明的曙光之前！）——我都是你的朋友。

玛

于圣吉尔

《里程碑》出版了。《波将金号》是以四行诗形式排出的，结尾有注解。我们的照片刊登在同一页上。

《里程碑》十分出色：厚厚的一本，很漂亮，很正规。这是一本书，而不是一本杂志。批评界会攻击它，零零碎碎的事够扯上一年的。在下一封信里我将给你寄去目录。

这几天斯维亚托波尔克–米尔斯基将来这里，我将给他读你的《施密特》，这部长诗我正在读第四遍，并且正在写一封长信评论它。我会在信中给你写米尔斯基的反应。（新闻界现在要把他撕成碎片，尤其是因为你和我。）

捷克的事这几天就要有眉目了。无论如何我们都会见面的，也许离开捷克对我来说会更方便些（——便于去见你，去随便什么地方）。也许——一切都会好起来的。

我要去邮局了。再见，亲爱的。

论《捕鼠者》的第二封信我立即就全明白了：你的阅读，一如我的写作，而我对你来信的阅读，又一如你的写作和我的写作。

我还会再谈谈你和我，谈谈里尔克的《哀歌》。我记得。

你收到《诗人谈批评》和《劳动英雄》了吗？（交给了爱伦堡。）

帕斯捷尔纳克 致 **茨维塔耶娃**

1926年7月11日

亲爱的玛丽娜！

　　近来我非常**害怕**会接到你的这样一封信，你会在来信中不自觉地强迫自己夸奖《施密特》。我**害怕**的正是这一点。我并不羞于承认这种恐惧，但是我不会说我为什么担心：也许是因为你的形象既完整又高大，也许是因为对你怀有坚定不移的信心，或者就是因为你的良心是纯洁无邪的。和平时一样，从这短暂的停顿中走出来的你是忠于你自己的，是没有一星污点的。愚蠢的状态伴随着创作，在这里，A不等于A，逻辑是无力的，或者永远是不体面的，醉醺醺的。

　　尽管我有着刚刚向你袒露的这种恐惧，你的来信还是让我很伤心。这里没有什么可奇怪的，你使我坠入的这一情绪，也完全是我应得的。写了一部不好的作品，这对我们的兄弟来说是一种真正的痛苦。问题是如何把这样的情感控制在理性的界限里，怎样来界定它们。整部《1905年》也正是因为这一点而失败的。

　　写了一本不好的书，这是更大的痛苦。但更痛苦的是，你意识到你早已跌倒，并且永远也爬不起来了。最后是因你而起的不断增长的痛苦和害羞，它们需要某种类似"整数"的绝对简短的总结，它同时会舍掉所有的分数，并走向极限：成为对一个人的讽刺性模拟品和对一个抒情诗人的讽刺性模拟品是最使人痛苦的（此时正是这样）。

我在心中飞快地越过了所有这些悲痛的阶段，只在最后一个阶段上停了下来，这当然不是你的意见的过错，你的意见和我自己的意见非常吻合。现在，这些绝望的心境有了感激的基础。你问道：我一个人独处时，是轻松些还是困难些？困难极了。

我有一些只因意志薄弱而失去活力的病态特性。这些特性完全隶属于弗洛伊德，我这样说是为了简短，为了表明它们的种类。

所有这些多愁善感的软弱方面，同时也是基督教的情感，纯动物的情感，在我身上被表现、被提高到了说胡话、心灵震撼的程度。我的生活自形成时起就是与我内心的动力相矛盾的。我记得这一点，永远明白这一点，在正常的情况下，我也总是因这一矛盾而感到高兴。在孤身一人的时候，我便与这些内心的动力独在了。如果我向它们的作用让步，我就会被击倒在第一个转折处。但是，没有一个人会在这样的爆发中被理智阻止。我也不例外。但是，我一旦屈服于这些力量的作用，我就会立即与我生命中所有珍贵的东西，与我命运中所有的人永久地分别。为了不要扯得太远，我简单地说一句：在这样的震撼之后，我也许会认为，去看一眼自己儿子的脸都已经是不可能的事了。

正是这一点，即这种永远笼罩着的黑夜的恐惧，在阻止我。

你把我形容得比真实的我要更简单、更好一些。我身上有非常多的女性特征。我深知那被称为"被动性"的性格的许多方面。对于我来说，"被动性"不是一个表示某种缺陷的词；对于我来说，它比整个世界还要大。一个完整的现实世界，也就是现实生活都被我（在趣味中，在痛苦的反应中，在体验中）恰恰归结为这样的被动性，因此我的长篇小说中的主人公是女人，而不是男人——这不是偶然的[①]。

尼·吉洪诺夫[②] 现在在我这里做客。他在战场上度过八年。他打破了我的孤独，我也直截了当地告诉他，他对我**有什么妨碍**，又有什么益处。他干扰我的情绪。而听了他讲的故事，我却比一人独处时显得要开朗和轻松一些。

这是一个男人。在与他为邻时，我的特性获得了少女的力量，甚至超越了那可以被称为女人天性的水准。

Ich habe Heimweh unbeschreiblich
Von Tränen ist der Blick verhängt
Ich fühle ferne mich und weiblich

I. R. Becher[③]

但是，你也许不知道我说的是什么。我说的是假象、幻想、可能性、情绪和虚构对我具有的致命影响。从最初的童年时代到现在，经过一个个年头、一件件事，我一直被笼罩在一些摆脱不掉的思想所构成的帷幕中，这些思想永远是病态的，永远在蛀蚀着心灵，永远与事情的真相相矛盾。变换的仅仅是这些帷幕。其他的人能正确地、经常地看到的那种生活，就连这位尼·吉洪诺夫也能看到的生活，我却从未看到过，也永远看不到。

我还必须向你谈一谈热尼娅。我现在非常想念她。从根本上

---

① 指《柳韦尔斯的童年》。

② 尼古拉·吉洪诺夫（1896—1979），俄语诗人。

③ 德语："我无比地怀念祖国/泪水模糊了我的视线/我感到自己是遥远的，是女性的。/I·R·贝歇尔。"贝歇尔（1891—1958），德国作家，民主德国首任文化部长。

说，我爱她超过爱这世界上的任何东西。在别离生活中，我常常能见到她在我们还没有结婚时的那副模样，也就是她在我还不认识她的亲人、她也不认识我的亲人时的那副模样。那时，空气中充盈着的一切，我要因之而自我倾听、因之而不得不对爱的原因做出询问的一切，便步入了一个险恶的深渊，这个深渊就是爱或不爱的能力。

内心的意义与其日常的嬉戏形式分了手。应该体现它，实现它。

在这件事上我没有得到成功。无法体现的阴影这些年来一直笼罩着我们，并破坏了我和她的生活。正因为如此，我才如此经常地、也许是不应该地在给你的信中谈起了她。你与她肯定会相识的。如果她去巴黎，就总会有机会让你们相遇的，我肯定，否则我便不是我了。

我对你有一个重要请求。请允许我把给你的献诗从这个水平一般的作品上撤下来（但只是要好好地撤下来）。如果你能理解这件事，并且同意，我就会感到轻松多了。我把你的名字扯了进来，也就是说，把关于你的思想和这样一个苍白的斑点联系在一起，你将会由于我的过错而与它为伍，这个想法使我感到痛苦。你应当明白这一点。希望你在这件事上也像你一贯的那样直爽。你与捷克有关的事解决了吗？我在物质方面的情况有望好转。国家出版社大概要再版《姐妹》和《主题》。

急切地等待着如你所说的那些关于我俩的诗。就是说，在等待着你肯定出色的新诗。

你的鲍

（写在空白处）

在你写信的时候，别忘了谈谈献诗，我求求你。吉洪诺夫非常喜欢《捕鼠者》。随后我又把《终结之诗》给他看了。他很高兴。他说，在阿赫玛托娃之后，这是诗歌中第一个严肃、伟大的声音。如果这还不能让你满足的话（也就是说，如果你认为这一表达不成功的话），那么就请你要考虑到，吉洪诺夫本来就是另一个与我们趣味不相似的圈子里的人。但是，他是一个非常好的人。

茨维塔耶娃 致 **帕斯捷尔纳克**

1926年7月20日 前后

给鲍的书信片段（用铅笔写在st./gill的plage a l'infini^①上）^②：

上次离开捷克，这次来到巴黎，来到伦敦（虚构的，他的，1939年），似乎都是有意为之的，目的就是让你爱上我。现在我要去捷克了，而你在世界上最爱的却是你的妻子，一切都很正常。

鲍，一个女人在这里，另一个女人在那里，这是可以的，**两个人都在那里**，却是不可能的，是不可能会发生的。

我不与任何人分享……这是**我的**地盘和**我的**角色，因此你根本就不关心我。

无法紧盯着两列火车。（两只眼睛只能盯着一列火车。）

你去思念吧，爱吧，苦恼吧，和她远距离地一同生活吧，就像和我远距离地一同生活过那样，但是别再拉我下水了。

人的心足以承受一次缺席，因此它（缺席）才如此充实。

……不要害怕我会以某种方式缩减你对你妻子的爱，"我爱她超过爱这世界上的任何东西"——你干吗要**对我**反复说这句话，应该知道这句话的是她，而不是我。

---

① 法语：无边无际的沙滩。

② 帕斯捷尔纳克7月11日写给茨维塔耶娃的信令后者失望和伤心。帕斯捷尔纳克在信中请求茨维塔耶娃允许他在发表《施密特中尉》时撤下当初写给茨维塔耶娃的题诗，还言及他对远在德国的妻子的思念，这都激怒了茨维塔耶娃，她立即回复帕斯捷尔纳克，称他俩的通信已步入死胡同，她再也不可能给他写信，并请求他也别再给她写信。茨维塔耶娃的这封信未能保存下来，但此信的底稿片段保留在她的笔记本中。

（注意！你反复对自己说。然后就和她分手了。）

我已经习惯了生活——在一个完善的世界里的生活：心灵中的生活。因此我不想待在此处，不可能待在此处，不值得待在此处。

73 ～～～～～～～～～～～～～～～～～～～～～～

帕斯捷尔纳克 致 **茨维塔耶娃**

1926年7月30日

如果我开始给你回信，那么一切都将积极地、有凭有据地继续下去。莫非你是相信变化的？不，主要的东西已被永久地道出。先前的状态已被打破。我们被并列在一起。我们将这样生活，这样死去，这样存在下去。这是命中注定的，这是命运的导线，这是超越意愿的。

现在来谈谈意愿。按我的意愿，本不打算给你写信，并把你不可能给我写信的话当作不写信的**许诺**来抓住不放。同时，我既不是在与你过不去，也不是在与自己过不去。双方都很强，我并不可怜他们。求上帝让其他的人也这样吧。我不知道这种情况还要持续多久。这要么会带来好处，要么就是行不通。你也不会给我提出这样的问题：会给谁带来好处？只有活跃的绝对真理的好处才能成为好处。

你别费劲去理解。我不能给你写信，你也别再给我写信。

如果你的地址有变，**请给我寄来你的新址**。切切！

请允许我不谈自己，不去计较我真诚、自愿地迈出的步伐。

彻底再见。原谅我对你犯下的全部过错和失误。你用铅笔加了着重号的关于友谊的誓言和诺言（允诺来见我），我永远也不会再退还给你。就此作别。我不谈自己，**你什么都知道**。

别忘了地址的事，我求求你。

在阿谢耶夫给你写信之前，我想亲自告诉你这件事。冬天，我在勃里克夫妇①那儿试着读了《终结之诗》。我们的关系不太融洽，有人要我朗诵自己的作品，我便读了起来，我的样子肯定是具有挑衅性的。他们马上就用最敏感的方式报复了我。我忍受不了这样的轻蔑，读到第二页就停下了。我发了火，嚷了起来，晚会被弄得不成样子。上周，我把《终结之诗》和《捕鼠者》的清样交给阿谢耶夫去看，他也参加了上次的晚会。我给了他一个月的阅读时间，以便得到一个心平气和的、与什么都不相干的评语。他一清早就给我打来电话，他显然受到了这部无与伦比的天才作品的强烈感染。然后，我又在勃里克家里听他出色地朗诵了这部作品。丽莉娅和马雅可夫斯基去了克里米亚。阿谢耶夫的学生和崇拜者基尔萨诺夫，指头上沾满了墨水，正在抄写这部作品。看来，他已经抄了整整一夜。阿谢耶夫还读了《捕鼠者》，他用不同的声音朗诵，同样很出色。我们仔细地讨论你的作品，一直谈到凌晨4点钟。他们想在《列夫》上转载这部长诗。我没有征求你的意见，因为我认为这一想法是实现不了的。出版总局是不会让你的名字出现的，大概只有马雅可夫斯基能在出版总局说上话，至于马雅可夫斯基，大家都相信，他一定会很喜欢这部作品。

看来，在斯维亚托波尔克–米尔斯基朗诵《施密特》时也出现了类似的情况吧？是的，甚至是在同一天。（我们的熬夜从27日持续到28日。）噢，不对，不对，三倍的不对，我的痛苦，我亲爱的，我的命运，我的不可比拟的诗人，不，请别贬低我和你自己，这里没有类同。

为何要有这位斯维亚托波尔克–米尔斯基的朗诵呢？我想说的

---

① 奥西普·勃里克（1888—1945），俄语作家、文艺学家；丽莉娅·勃里克（1891—1978），俄语先锋派沙龙女主人，马雅可夫斯基的情人。

378

不是为何由他来读，而是指读的**内容**！你对《1905年》的严厉评论使我感到非常伤心！我有时会屈服于你，所以才会出现献诗的荒唐之举！但是请你相信，就写作《1905年》的力量而言，它处在办公和**写作**的中间状态。对于**诗歌**来说，我甚至不想去确定它的坐标。

你的掩饰的、压低的怜悯使我感到屈辱。但这都是些小事。我还没收到薪水，我将把《1905年》写完。在这首诗中我将不会给你写任何献诗，因为我想在这本书上写下这样的献词："献给一位普通的读者及其监护人。"或者是："及其小木马。"

别给我写信，我求你，你也别再等我的信了。也请你记住我一个字也没提的那首"关于我们"的诗。你反正有罕见的想象力，读完并理解这一切，就是一个普通人的想象力也足够了。我能应付一切。

完全属于你的鲍

（写在空白处）

> 不过地址一定要寄来。我要亲吻法国，由于她给予我的一切。你在解释迁居的原因时还忘了里尔克。你还记得吗？
>
> 你问到了《诗人谈批评》和《劳动英雄》这两篇文章。爱伦堡没有把它们带来。还会有机会吗？

帕斯捷尔纳克 致 **茨维塔耶娃**

1926年7月31日

　　请你别担心，我无限爱恋的爱人，我爱你爱得发了疯，我昨天写好那封信后就生病了，但是我今天还在复读它。我不能告诉你，我为什么要这样做。

　　但是必须这样。如果我牺牲你的声音、你的书信和只把你一个人奉若神明的我的整个自我（除了意愿）所换来的那一切——如果这不是局部，而是命运的力量，是高度，那么这就是生活的事业，它的事业就是要在我们中间被发现，要使它的独特性和我们的独特性并列地获得优势。即使这也是局部，那么我就对局部负有义务，一个无止境的义务。

　　如今，你是多么担心你曾伤害了我啊！噢，抛开这个念头，你一丝一毫也不曾伤害我！你不会伤害我的，但在一种情况下，你却会彻底地**毁灭**我。那情况就是，有朝一日，你不再是命运所赐予我的那个崇高的、有吸引力的友人了。当我离开勃里克家所在的塔甘卡，在清晨4点回家时，我漫步在空旷的、披着霞光的莫斯科，城里车辆很少，只有清洁女工和公鸡；在关于《终结之诗》的谈话中，你被说成是"我们的人"，也就是阿谢耶夫说，鲍里亚和沃洛佳①才有可能写出这样的诗来（这是胡说八道，你别生气，而要高兴，你要明白，这是他的一番厚意和兄弟情谊，而不是用限度指责奇迹、突然性和无限性。是的，还有一点需要告诉你，阿谢耶夫所

---

① 鲍里亚是帕斯捷尔纳克名字鲍里斯的爱称，沃洛佳是马雅可夫斯基名字弗拉基米尔的爱称。

点名的都是他最亲近的朋友），在这样的谈话之后，我像是置身在春天里，脊椎、太阳穴和整个右侧身体都再次感觉到了你近在咫尺的气息，感觉到了你那拂动头发的、瓦尔基里亚女神①般的全部寒意，感觉到了我对你的力量的全部温情，那温情洁白无瑕，一直铺向目光的尽头。

我只求你一件事。任何时候你都别让我觉得，我会比阿谢耶夫和马雅可夫斯基离你**更远**。在你心里，还没有任何东西能向你说明我的这一担心的理由。而且，由于不明白我的意思，你有理由因这一嫉妒的预兆而动气。理由在我心里。因为我非常想让你和这些杰出的朋友、人和诗人结为同人。

阿谢耶夫说："她怎么能生活在那个地方呢？"接着，他又奇怪地补充道："生活在霍达谢维奇们中间。"我接过这个相提并论的话头，想到了你的一封来信，便告诉他们，说你并不喜欢霍达谢维奇，说你曾因我开始为霍达谢维奇辩护而感到我很讨厌。我知道，他们会为了你而向我猛扑过来（他们丝毫也想不起霍达谢维奇，并且恨他），然后我才说，并把一切都说得与现实不同。上帝啊，听到他们在说你怎么的好，而我是多么愚蠢和傲慢时，这是多大的享受啊！

我昨天的请求仍然有效。求求你，别再给我写信了。你也知道，接到你的信却**不作回答**，这将是多大的痛苦。就让我的这封信成为最后的一封吧。祝福你、阿丽娅、穆尔和谢廖沙，祝福你的一切，一切。别因这一波涛而吃惊，它也在一瞬间让我吃了一惊，并使我的这一举动具有了意义，更加坚定了。我含着热泪在结束这封

---

① 瓦尔基里亚女神是斯堪的纳维亚神话中的人物，她们帮助英雄们战斗，并引领阵亡英雄的灵魂进入瓦尔加拉宫。

信。拥抱你。

（写在空白处）

地址有变时请告知我。祝你去捷克时一路平安！

《后门楼梯是怎样生活和工作的》是一个深邃的题目。许许多多平铺直叙的、藏匿着的诺言，许许多多已说出来的每一个词的抒情含义。一个巨大的、轻松地表达出来的比喻！

你别发笑，也不要蔑视。你对我的理解并不都是正确的。也许，你对我的整体评价过高了。但在一些重要的方面，你却评价不足。

但是，这些评价、过高的评价和理解——这一切全都是荒诞的。你不必在意。

茨维塔耶娃 致 **帕斯捷尔纳克**

1926年8月4日 **维河畔圣吉尔（旺代）**

一

亲爱的鲍里斯。你的来信听起来像是一声沉重的叹息——手臂被切断了，感谢上帝：它再也不会疼了。你因我而痛苦许久，病痛越来越重，最终结束了。鲍柳什卡，你是多么完整，和生活中的自己多么相似，从诗句翻译过来得多么准确！只重视内部，甚至像切断一个**理由**一样，切断外部。完全外部的平淡无奇。我们的见面——这是什么？你的任意四行诗，发生的地点、时间、方式都是未知的，只知道一切正是像完整的一切（不可分割的!）发生的那样。

今天在前往市场的时候（我一直在想你），抒情诗和史诗的准确定义：抒情诗将外部的东西转化为内部的东西（转入自身！**沉浸**），史诗将内部的东西转化为外部的东西（离开自身，以便生活在外部）。你是一位抒情诗人，鲍里斯，是世间少有的、上帝未曾创造过的抒情诗人。你是内部所有层次的集合——较低层，最底层，第一层——深渊。（不要把这当成一封信——这是一个总结。）斯维亚托波尔克-米尔斯基会亲自给你写信，**他动作很慢，**沉默寡言，不可改变，充耳不闻。现在告诉你他的一句话："我有一种印象，觉得这是暴力。但是和**斯佩克托尔斯基**一样"[（他非常**爱**斯佩克托尔斯基。）"他生来便是抒情诗人，却不让史诗得以休息。"(**因为书信而处于惊恐之中,就像我一样。**)] 这种暴力在《崇高的疾病》里已经有了。

鲍里斯,放下故事情节(**停下《1905年》!**),情节是低于你的,不仅在非自由的方面,它本身就低得多。情节就是缝合处("怎么打结?")。你不是被解开,而是被敞开。这种努力(暴力)永远不会回报你。有东西的地方(Dinge①)是壮丽的,有人的地方是薄弱的。你对世界的划分单位不是人。事物服从于你,人们自己说话。你是如此的非人类(神性的,从第一天到第七天都是神性的,真是一种下降),是这样的第三天(从第一到第四),以至于任何一个编剧都比你强。情节是可鄙的,情节于我而言就是手段,是对力量的检验,只不过我的力量被它引诱了。对我来说,这几乎就是暴力,对你来说,这就是超级暴力,粗鲁可以用精确来弥补,这是对你本质的抢夺。事件没有必要。**存在**是无事件的,事件是碎片,存在是所有事件已经(立刻)发生的内容和地点。世界末日前法国的历史都写在诺查丹玛斯②的四行诗里。你在写作时,一个动作就把诗置于纸上,没有第一行和最后一行。你就是这样的。你就像一个爆炸一样完整。

鲍里斯,alles rächt sich③:你与人无关。和货运站有关。东西通过你说话,你压制住Ding④。(像没写过一首长诗的里尔克。他同源又**奇怪的**散文更加适合他。)你认为里尔克不会写吗?我认为(他的内心比你年长),他不确信,但既不能也不想。**不能做**什么呢?意志想要做,但**整个**本质不想做。

---

① 德语:复数,东西,事物。
② 诺查丹玛斯(1503—1566),法国占星师,预言家,留下以四行体诗写成的预言集。
③ 德语:一切都会遭到报应。
④ 德语:单数,东西,事物。

你写到意愿，某种有意愿的、自愿的和坦率的举动。那些不愿死在刽子手里的死刑犯就是这样写的，**他自己**就想这样做。谁给你判的刑，鲍里斯？我想，通过这个意愿的举动（我觉得我认识它，**超出**个人地），你在我们之间画出了唯一的界限，那条界限让我无法越过，从**这里**向你走去。如果那是我所想的，我会等待天国。

你知道，我总是脸色苍白，我的脸昨日一整天都在发烫，由于某种绝望的提升，就像由于一个决定，甚至在晒过太阳以后，因为意识到你的信是无法补救的。你和我在一起痛苦到了极点。我是你的，你却看不到我，我和你在一起，在非常遥远的地方。你想握住我的手，你必须抓住我的手。

请你原谅我，原谅我缺乏仁慈、耐心，也许还缺乏信心，原谅我缺乏仁爱之心（很惭愧，但就是如此）。

（鲍里斯，在失去你的情况下，没有任何东西能够安慰我。）

我读到关于阿谢耶夫、马雅可夫斯基和出版总局的内容，泪眼蒙眬（但眼泪并未流下），太过夸张（身体上的），与世隔绝到就像来自另一个世界。我什么都不需要，不需要认可，不需要名望，我只要你的脑袋在我的怀里，一生中某个**安宁的**时刻，向后再向前。

我对发生的事情一无所知，你不仅是不可预知的，你还是神秘莫测的。又是那堵同样的沉默之墙，就像在1924年（又经过一段时间——你的笔记），三年前。我又是独身一人，你又是**形单影只**。我心烦意乱——维持关系。

我要彻底压垮你，你是我驯服的伤口（驯服如一只野兽），噢，它已经开始燃烧。

这是里尔克的哀歌。为此表示感谢，但在彼岸世界我会去找你，而不去找他。还要说什么呢？我的儿子说的：拿破仑在圣赫勒拿岛，在一个世纪的时间里，这个岛上修建起了"小屋子"。鲍里斯，我永远不会有"小屋子"，哪怕有一俄里。你永远不会因为我的幸福，甚至只是因为我而**感到羞愧**。信已经漂走了。亲吻你的手——为了一切。

请在特别紧急的情况下允许我写一封信——公务信函——我不想让别人来写，请让我来写。再说说我自己：我把长诗《后门楼梯的生存状态》[1]写完了，现在正着手攻克一座大山，对《忒修斯》进行整理（有50处待修改的地方）。之后，我希望完成《忒修斯》和《费德拉》。我设想的是三部曲。现在，当我有了如此的痛苦（你），会写得很好的。希波吕托斯不仅会被爱，而且会被溺爱。

有一封信我还没有写给你（"关于对你的第一次接触"——来自你的书信）。我同一切拉开了距离，现在它（接触）比（最远的）卷云还要远。鲍里斯，真是太痛苦了。

二

鲍里斯，看我现在哭泣的样子，我就知道你要走了。不久前我也是这样为前往阿索斯山的《善意》的编辑沙霍夫斯基而哭泣。在这样的离别之前我……生活：你要从我身上离开。通往你的道路只有一条，我知道，我昨天就知道了，要么流出的那些将我淹没的泪水只会轻轻推我一下。你离开俄罗斯前往那几个字母[2]，去往那个

---

① 即后来简化为《楼梯之歌》。
② 指苏联的俄文缩写，参见第 41 封信。

我永远也不会回去的地方。我有可能低估的那一方，我知道。

我一下子全都明白了。和我道别的同时，你也在和这一切道别（愚钝的言辞是**大敌**。我是过客——客居在世界的各个地方[①]）。你和客居也道别了。你把我和霍达谢维奇在一起的那一页撕掉一半，你扯掉、抽出。你**依然**变换着身份（不是匿名）。确切地说，匿去党派编号**能救人**。

我不参与评价，我敬重自由……

你的第二封信对这一点进行了即刻的回应。我刚写上最后一个句点（我发誓!），阿丽娅的笑容就暗示我，你的信来了。

鲍里斯，鲍里斯，你已经回答我了。

鲍里斯，我已经失去了理智。现在，我不再相信了，我告诉你：从这两封信中的（我的）眼泪里我明白了——你领了党证。你明白我的恐惧吗？这是唯一让我们永远分离的事情（生命中短暂的永久），现在我知道了，你想让我告诉你吗？你不能始终生活在不断延伸的背叛中，朝向两个战线，在那些书信里我是对的，对吗？鲍里斯，如果我的痛苦就是你的家庭——我祝福他（她）。在这冰冷的恐惧之后，一切都变得轻松了，我将可以承受一切。我躺在沙滩上，躺在沙丘上，我藏在那里，躲开人群，突然—— 一个无关紧要的人像上帝一样说道："愚蠢! 胡说八道! 党证与此毫不相关。**简单点，简单点!**"噢，我不哭了，再也不会哭了。只有一个想法能让我们分开：一个无生命的物体。

鲍里斯，我的绝对听力! 但有一点你弄错了：马雅可夫斯基和阿谢耶夫已经将我剖开。以前我们在黎明时独自行走，在这封信

---

① 引自帕斯捷尔纳克《崇高的疾病》里的诗句。

里，黎明迈着步子走过我们几个。除了你，我不想要别的兄弟。我的俄罗斯，我的莫斯科，就像我的彼岸世界，我的两个"彼处"都被叫作**你**。你知道你在做什么。你悄无声息地——这样就不会那么痛——把我转手送给谁？阿谢耶夫？不重要。只要能保持联系，噢，不是**你和我的联系**，是我和莫斯科的联系。让我和这些人结识，我就不至于如此形单影只。你没有预料到我的嫉妒心，它已经在燃烧。对**自己**的嫉妒落在别人手中。一种比拟。斯维亚托波尔–米尔斯基要了你的地址，要给你本人写信。而我已经听到了自己的声音：他现在要走了，请你把信寄到我的名下。我不想要别人知道你的地址，我不想别人在精神上和我一起走在沃尔洪卡大街。**我的沃尔洪卡！**

我想在俄罗斯得到的一切，都必须经过你。我不想要其他接收器（为了接收）。除了你，我根本不需要别人任何东西。

鲍里斯，**在我内心深处你不会觉得陌生**。你还记得那些岁月吗？你只是回到了我的最底部，**默默生活**。这个春天是一场爆炸。（摘自我打算写的关于你的一篇散文：鲍·帕的宝藏爆炸了。）你1926年的春天被我引爆了。

鲍里斯，我要再一次用你的名字来称呼：水井，路灯，最贫穷，最孤独的东西。Car mon pis et mon mieux – sont les plus déserts lieux.[①] 鲍里斯，这是**我**写的。

这是我最初的眼泪，是我儿子第一次看到的眼泪。你还会有更多孩子的。

如果可能的话，我会把所有写下的东西都寄给你，在你召唤我之前，我一句话也不会寄。现在我没有情节了，我必须开始创作

---

① 法语：最好的和最坏的其实是我心里的两片荒漠。

《费德拉》。

（写在书信之后）

　　　　我要让自己沉醉于行走。我发觉自己似乎
处于完全的平静，就好像是一瞬间流下了所有
的眼泪。在理解了不是血液在中间（因为对
我来说这是血液）之后，我明白了，中间什么
都没有，也就是说，是那些一直都有的东西，
熟悉的**山**，灾难，墙壁，并非新的。来自回声
（伴随回声!），不是床垫的山。

茨维塔耶娃 致 帕斯捷尔纳克
1926年9月

　　亲爱的鲍里斯。我忍不住想要给你写信谈谈《施密特》。我把它抄了一遍不是没有原因的，不是没有私心，也不是毫无益处。通过我自己的手（笔迹）来吸收另一个人，凭借自己的右手成为他，成为另一个人，我已经有过一次这样的经历——和你一起。在1922年，当我收到你的第一封来信的时候。

　　鲍里斯，自1917年起，这些年来我一直很匆忙，一生都**没有空闲**，以至于到了1926年，终于忘记如何去感受。感受就是深入领会。单单只是感受，这是无稽之谈。因此既不要用**闲暇时间**来解释那时的通信或现在的《施密特》。为了理解另一个人（不足地理解），我需要大声念出他的话，或者用自己的手去读他（另一个人），让他翻倍。

　　我现在完全明白《施密特》了，也就是说，我用以回应它的感觉如此强烈，以至于你现在或者永远都不能**间接地**了解我。

　　（以下两段在信上被删去）

　　根据你的长诗，施密特中尉让我感到极其厌恶。一个夸夸其谈、口若悬河、神经质、爱发牢骚（摇摆）的人……

　　这就是施密特，出现在你的长诗里。一个没有责任感的怯懦的人。抛弃舰队去"解开阴谋"……

从你的长诗里出现了一个怎样的施密特？首先，不是一个水手，没有海军荣誉的影子（一线光亮）。家里刚刚出现一点争吵就抛弃舰队去"解开阴谋"。责任在哪里？他带走公款……然后在车厢里昏昏欲睡，让陌生人把钱偷了去。醒来以后，他想起自己是一个非法移民，什么都没做便在恍惚的浪潮里逃走了。在塞瓦斯托波尔的讲话没有显示出来。这是一个巨大的缺陷。为什么你没刻画一个行动中的施密特，有权力的施密特，精确无误的施密特？讲话是存在的，不是吗？（讲话很好，显而易见！）接下来：他被逮捕了。第一件事是什么？抱怨和自我陶醉。身着中尉的制服上衣陷入迷恋。巧妙地传达出晕船的感觉，但……为中尉感到羞愧。"Ne daigne"①——这是一名水手和每一个正直的人在这种情况下对大海的回应。

男人的信件——最为粗暴、恶心的自恋的顶峰。如果你本想加以讽刺，那没有成功。（相信我的听力！）"而文章和争论的对象，真理的热烈捍卫者，是施密特。**真是不幸啊。**

鲍里斯，你是否爱自己的主人公？我觉得你在努力去爱。他完全和你相反。雷声大雨点小，只有语言没有行动，一切都化为泡影。

关于施密特（事件）我会这么说。帕斯捷尔纳克的一切都很好，不是帕斯捷尔纳克一切都是笑料。这些章节非常不错：《自然元素》《马赛曲》以及《十一月集会》和《起义》（后面这章水兵的姿态）的部分。明显令人沮丧的是四行诗，难道是写在官营窗台上的字② 等等。鲍里斯，我的左手用尽全力握住右手，以免右手立

---

① 法语：你不要屈尊；我不会屈尊。
② 引自《施密特中尉》第六章的最初版本《十一月集会》。

即（可能会被当作是笔误）写下：

> ——自己的⁇！
> 自己的。

因为是自己的，奉天①，对马岛、阶层，还有兵营，早就属于自己的，是自己骨肉相连的。这四行诗是给书刊审查官的。

我给你另外一个建议，鲍里斯，让超现代派磨成粉，它们也会（部分）成为自己的。

我知道，我知道，我知道，你如此不像（任何人），因而想对真实的人予以嘲笑。我会这样说（行动，感觉），因此"简单，真实的"施密特说话，感觉，做的正是相反的事情。你的施密特是一个自吹自擂的人。那个被俄罗斯所钟爱的人，这已经在姓氏的声音里，他是**羞怯的**。

鲍里斯，问题还在于语言。施密特的信是用黑话写的。如果《1905年》没有自己的语言，你就不应该让施密特写信，你应该完全通过动作来刻画他。毕竟令人讨厌的并不是他把钱弄丢了（即便是这样，他也是一名好水兵！好军官！好领导！），而是他醒来以后说的话。正是如此。真是太下流了。没有纸包②了。他在这一刻是令人厌恶的。

不会喜欢1905年的当局，也应该很高兴地不喜欢他，就像许多也不喜欢他的人一样，站在这一边。

我不知道斯洛尼姆给你写信没有。他备受鼓舞。

---

① 沈阳的旧称。
② 黑话，一包剪裁整齐的纸，顶部和底部放钞票以蒙混过关。

听着：你有一个相当**古典的**地方（我现在所处的世界）——誓言。

你们起誓吧，

像幽灵命令你们那样。

冥河之誓。我很高兴你没有想过这一点。只是1905年应该像**尸体**吩咐你的那样（绞刑架，乱葬岗，等等）。

哎，鲍里斯，为什么**你会有**这个负担？

我思念，我渴望你的新散文，你没有主题的大作品，你在其中自由地徜徉并无阻地沉溺。我思念神秘的、水底的、沉睡的、空虚的、黑暗的你。一年要结束了。我想问，还会有什么样的章节，我想起来了，我们不再通信了。请你允许我，在非常必要的时候mentalement① 偶尔给你写信。我只和你的思想交流。

---

① 法语：想象地。

茨维塔耶娃 致 帕斯捷尔纳克
1926年9月

　　谈谈鲍·帕的《施密特中尉》。这是一个人的胜利，但这个人不是你，在你的身上没有这个人。是所有人对一个人的胜利。施密特在呻吟。施密特的唾沫星儿乱飞。施密特是个爱发牢骚的家伙。眼泪和鼻涕。

　　施密特的书信是押韵的1905年黑话。

　　孩子们，你们会抛弃我的！

　　孩子们，你们会记住我的！

茨维塔耶娃 致 帕斯捷尔纳克

1926年12月31日 贝尔维

鲍里斯！

莱内·马利亚·里尔克死了。我不知道是哪一天，——是在两三天之前①。人们来叫我去过新年，同时也告诉了我这个消息。

他给我的最后一封信（9月6日）是以哀叹结束的：Im Frühling? Mir ist bang. Eher! Eher! ②（谈的是见面的事。）他没有答复我的回信，后来我从贝尔维给他发去了只有一行字的信：Rainer, was ist? Rainer, Liebst Du mich noch? ③

请转告斯维特洛夫④（《青年近卫军》），他的《格林纳达》一诗我非常喜欢，——我甚至要说，这是我近几年来读到的最好一首诗。这样的诗，叶赛宁一首也没写出来。不过，这句话你别说出去，——让叶赛宁安睡吧。

我们什么时候见面？

祝他新的一生好，鲍里斯！

玛

---

① 里尔克死于 1926 年 12 月 29 日。

② 德语：春天？这对我来说太久了。快些吧！快些！

③ 德语：莱内，你怎么了？莱内，你还爱我吗？

④ 斯维特洛夫（1903—1964），俄语诗人。

79a ···

茨维塔耶娃 致 **帕斯捷尔纳克**
1927年1月1日

　　鲍里斯，他是12月30日去世的，不是31日。又是一个生命的荒诞、误差、失落。是生命对一个诗人最后的小报复。他新的一生始于1927年，我最爱的数字。"7——meine Lieblingszahl！"[①]

　　鲍里斯，我们永远不会去见里尔克了。没能实现！又有一件没能实现的事情。为什么，鲍里斯，你和我想要的那么少，却不努力争取？那些去见了里尔克的人不如我们这样爱他。[难道不是因为（不够渴望）缺乏信心。] Ich will nicht wollen – ich darf nicht wollen。[②] 这从何而来？我崇尚的和胆怯的是什么，没必要解释。

　　……鲍里斯，我们的护照现在更没有什么价值了（我除夕时了解到的）。如今，我在夜间（新年前夜）梦见了一艘远洋轮船（我乘坐其上）和一列火车。这意味着，你将来到我这里，我们将一同去伦敦。以伦敦为立足地吧，我对伦敦抱着早已有之的信念。（天花板上的鸟儿，莫斯科河南区的暴风雪，你还记得吗？）

　　我从未召唤过你，如今是时候了。我们将孤独地住在硕大的伦敦。那是你的城市和我的城市。我们将去动物园。我们将去伦敦塔（如今是兵营）。伦敦塔前有一个陡峭的小街心花园，花园已经荒芜，只有一只猫从长椅下跑出。我们将坐在那里。广场上将有士兵在操练。

---

① 德语：7——我最爱的数字。
② 德语：我不想去希望，我不敢去希望。

我们从生活中撕下这块（不朽的）碎片。一次，一小时。

鲍里斯，你瞧：三个人都活着时，反正什么也没发生。我**自知**：我也许不能不去吻他的手，也许不能去吻它们——甚至当着你的面，甚至几乎是当着自己的面。我也许会拼命挣扎、肝肠寸断，会滔滔不绝地诉苦，因为**这个**世界毕竟还存在着。（鲍里斯！鲍里斯！我多么熟悉那个世界啊！是根据梦，根据梦的空气，根据梦的紊乱和迫切熟悉它的。线条的精细。我对此岂能不知道，对此岂能不喜爱，我在其中又遭受了多少委屈！）那个世界，你只要知道：亮光，照明，被你我之光异样照亮的事物。

在那个世界——只要这一用语还存在，人就会存在。但现在谈的不是人。

——谈的是里尔克。他的最后一本书是用法文写成的——《果园集》——他用自己的母语已经写累了。

> 我因你们这些敌人，因你们这些朋友，
> 也因谦和的俄罗斯语言而累……[1]

1916 年

他因全能而疲倦，想要做学徒，抓住了语言之中对于诗人而言最为吃力的一种语言——法语（"poésie"[2] —— Dichtung[3]）——他又成功了，再次成功了，然而却立刻困倦了。（不是因为德语而

---

[1] 茨维塔耶娃的《莫斯科组诗》中的诗句。
[2] 法语：诗。
[3] 德语：诗。

困倦。）问题并不在于德语，而是在于人类的语言。对法语的渴望原来就是对一种天使的、阴间的语言的渴望。他以《果园集》一书说出了天使的语言。

请给我时间。我会把所有的东西都寄给你：照片和每一句话。现在我不想展开，不想要死亡的这个理由，事实证明他真的死了。真是胡说八道——在我现在写信的时候，他还没有下葬（1月1日，除夕12点），或者有可能刚刚下葬。他的灵魂就在你我的身边。你看，他是一个天使，我一直觉得他就站在我的右肩后面（不是我的这边，我总是倾听左边的声音）。

鲍里斯，两年，不会更多，这是一个绝对的数字。我凭借这些年赢得了你。几乎三年的缺席。最微小的诱惑，都过去了：不值得。我会好好珍藏。

附 a：

茨维塔耶娃 致 里尔克[①]
1926年12月31日 **悼亡信**

　　一年是以你的去世作为结束的吗？是结束吗？是开端呀！（亲爱的，我知道，你读我的信早于我给你写信。）——莱内，我在哭泣。你从我的眼中涌泻而出！

　　亲爱的，既然你死了，那就意味着不再有任何的死（或任何的生）。还有什么？萨瓦的一个小城——什么时候？什么地方？莱内，那梦的巢穴（网络）[②]又怎么办呢？你，如今懂得俄语，知道Nest即гнездо，还知道其他许多事情。

　　我不愿意重读你那些信，否则我就不想"活着"（"能够"？"我能够"做一切，这个词不适合），我会想去找你——不想待在这里。莱内，我知道你此刻在我的右边，我几乎能感觉到你光辉的头颅。你可曾想起过我？明天就是新年，莱内，1927年。7——是你喜欢的数字。就是说，你是出生在1875年的吧（报纸上说的）？——51岁？还很年轻。

　　孙女是多么不幸，她再也看不到你了。

　　我是多么不幸。

　　但是不许伤悲！今天午夜我将与你碰杯。（噢，是悄然无声的，我们俩都无法忍受吵闹）。

---

① 　此信用德语写成。
② 　德语：**Netz**（网络）和 **Nest**（巢穴）形似，是茨维塔耶娃的文字游戏。

亲爱的，你让我时而梦见你吧。

我与你从未相信过此地的相逢，一如不相信今生，是这样的吗？你先我而去（结果更好！），为着更好地接待我，你预订了——不是一个房间，不是一幢楼，而是整个风景。

我吻的是你的唇吗？鬓角吗？额头吗？最好是你的双唇（你并不是一个死人），就像吻一个活人的双唇。

亲爱的，爱我吧，比所有人更强烈地爱我吧，比所有人更不同地爱我吧。别生我的气——你应当习惯我，习惯这样的女人。

还有什么？

也许，你飞得太高了？（……这令人振奋的奇观过于接近。）

不，你尚未高飞，也未远走，你近在身旁，你的额头就靠在我的肩上。你永远不会走远：永远不会高不可攀。

你就是我可爱的成年孩子。

莱内，给我**写信**！（一个多么愚蠢的请求？）

祝你新年好，愿你享有天上的美景！

玛丽娜

1926年12月31日晚10时

于贝尔维

莱内，你仍在人间，时间还没有过去一个昼夜。

茨维塔耶娃 致 **帕斯捷尔纳克**
1927年1月1日

你是我对其写下这一日期的第一人。

鲍里斯，他是12月30日去世的，不是31日。又是一次生活失误。是生活对一个诗人最后的小报复。

鲍里斯，我们永远不会去见里尔克了。那个城市已不复存在。

鲍里斯，我们的护照现在更没有什么价值了（我除夕时读报了解到的）。如今，我在夜间（新年前夜）梦见了一艘远洋轮船（我乘坐其上）和一列火车。这意味着，你将来到我这里，我们将一同去伦敦。以伦敦为立足地吧，建设伦敦吧，我对伦敦抱着早已有之的信念。天花板上的鸟儿，莫斯科河南区的暴风雪，你还记得吗？

我从未召唤过你，如今是时候了。我们将孤独地住在硕大的伦敦。那是你的城市和我的城市。我们将去动物园。我们将去伦敦塔（如今是兵营）。伦敦塔前有一个陡峭的小街心花园，花园已经荒芜，只有一只猫从长椅下跑出。我们将坐在那里。广场上将有士兵在操练。

奇怪。刚给你写完这几行关于伦敦的文字，走进厨房，女邻居（我们两家合住）就来了：刚刚接到一封信（她说了一个我不知道的发信人的姓名）。我问：哪里来的？答曰：从伦敦来的。

此刻，与穆尔一同散步（一年的第一天，空旷的小镇），十分

惊奇：红色的树冠！——这是什么？——是新长出的嫩树条
（不朽）。

鲍里斯，你瞧：三个人都活着时，反正什么也没发生。我自
知：我也许不能不去吻他的手，也许不能去吻它们——甚至当着你
的面，甚至几乎是当着自己的面。我也许会拼命挣扎、肝肠寸断，
会滔滔不绝地诉苦，鲍里斯，因为**这个世界**毕竟还存在着。鲍里
斯！鲍里斯！我多么熟悉那个世界啊！是根据梦，根据梦的空气，
根据梦的紊乱性和迫切性熟悉它的。我对此岂能不知道，对此岂能
不喜爱，我在其中又遭受了多少委屈！那个世界，你只要知道：亮
光，照明，被你我之光异样照亮的事物。

在**那个世界**——只要这一用语还存在，人就会存在。但现在谈
的不是人。

——谈的是里尔克。他的最后一本书是用法文写成的——《果
园集》——他用自己的母语已经写累了。

> 我因你们这些敌人，因你们这些朋友，
> 也因谦和的俄罗斯语言而累……

1916 年

他因全能而疲倦，想要做学徒，抓住了语言之中对于诗人而言
最为吃力的一种语言——法语（"poésie"）——他又成功了，再
次成功了，然而却立刻困倦了。问题并不在于德语，而是在于人类
的语言。对法语的渴望原来就是对一种天使的、阴间的语言的渴

望。他以《果园集》一书说出了天使的语言。

瞧，他是天使，我始终能感觉到他就站在**右**肩后面（非我一方）。

鲍里斯，让我感到高兴的是，他从我这儿听到的最后一个词为：贝尔维。

这便也是他在天堂打量着地球所说的第一个词！但是，你一定要动身。

于贝尔维

附b:

茨维塔耶娃 致 里尔克[①]
_1926年12月31日_ 悼亡信

　　一年是以你的去世作为结束的吗？是结束吗？是开端呀！你自身便是最新的一年。（亲爱的，我知道，你读我的信早于我给你写信。）——莱内，我在哭泣。你从我的眼中涌泻而出！

　　亲爱的，既然你死了，那就意味着不再有任何的死（或任何的生）。还有什么？萨瓦的一个小城——什么时候？什么地方？莱内，那梦的巢穴（网络）又怎么办呢？你，如今懂得俄语，知道Nest即гнездо，还知道其他许多事情。

　　我不愿意重读你那些信，否则我就会想去找你——想去那里，——可我不敢去想，——你当然知道，与这个"想"相关的是什么。

　　莱内，我始终感觉到你站在我的右肩后面。

　　你曾想到过我吗？——是的！是的！是的！

　　明天就是新年，莱内，1927年。7——是你喜欢的数字。就是说，你是出生在1876年的吧（报纸上说的）？——51岁？还很年轻。

　　我是多么不幸。

　　但是不许伤悲！今天午夜我将与你碰杯。（你自然知道我的碰法：轻轻的一击！）

　　亲爱的，你让我常常梦见你吧——不，不对：请你活在我的梦

① 此信用德文写成，与第 **79b** 封信所附的那封信略有出入。

中吧。如今你有权希望，有权去做。

我与你从未相信过此地的相逢，一如不相信今生，是这样的吗？你先我而去（结果更好！），为着更好地接待我，你预订了——不是一个房间，不是一幢楼，而是整个风景。

我吻的是你的唇吗？鬓角吗？额头吗？亲爱的，当然是你的双唇，实实在在，就像吻一个活人的双唇。

亲爱的，爱我吧，比所有人更强烈地爱我吧，比所有人更不同地爱我吧。别生我的气——你应当习惯我，习惯这样的女人。

还有什么？

不，你尚未高飞，也未远走，你近在身旁，你的额头就靠在我的肩上。你永远不会走远：永远不会高不可及。

你就是我可爱的成年孩子。

莱内，给我**写信**！（一个多么愚蠢的请求？）

祝你新年好，愿你享有天上的美景！

玛丽娜

1926年12月31日晚10时

于贝尔维

莱内，你仍在人间，时间还没有过去一个昼夜。

茨维塔耶娃 致 帕斯捷尔纳克

1927年1月12日 贝尔维

（此信写在斯维亚托波尔克–米尔斯基致帕斯捷尔纳克信的信封上）

亲爱的鲍里斯！

我把米尔斯基的信转寄给你，我没把你的地址告诉他，我也求你别告诉他。原因是内在的（毒眼[①]等等）——因此也是有分量的，请相信我。把信写给我或把我的地址给他，如果这样做不方便的话（注意！我最好是一个消声器）——你就给他一个作家协会或诗人协会或其他什么社会组织的地址。他那样死乞白赖地要你的地址，所以**无论如何也不能给**。此外，沃尔洪卡街14幢9号——这是我的地址，**我不与别人分享**。等见面时我把一切都告诉你，你会明白的。

目前你只要知道下面这件事就够了：一天，有个人来找我——我急忙用衣袖挡住了报纸上的里尔克像。你的沃尔洪卡街和里尔克的像是同类的东西。别背叛我。

拥抱你，并等着你的复信。

玛·茨

---

① 毒眼（斜眼），**дурной глаз**，是许多民族中的一种迷信，认为某些人的目光（毒眼）会产生有害影响，使人和动物生病、树木枯萎并带来厄运。

（写在信封的另一面）

　　我有意写在他的信上，好封住（他对你的
地址的）意愿，以及你对他的别墅的意愿。

附:

斯维亚托波尔克–米尔斯基 致 帕斯捷尔纳克
*1927*年*1*月*9*日

尊敬的鲍里斯·列昂尼多维奇:

请原谅我斗胆写信打扰您。事情是这样的:前段时间,法国 *Commerce*[①] 发表了您两首诗的译文("雨滴落下,但没有压弯树枝"[②],另一首发表在《俄罗斯同时代人》上,译文很一般)。他们想为此付给您一笔费用,而且可能是一笔可观的费用。对您来说最方便的汇款方式是什么:汇往哪里,以什么形式(支票、转账、现金)?

我正在把《柳韦尔斯的童年》翻译成两种语言,法语(也是为 *Commerce*)和英语(还不知道提供给谁),我也想借此机会与您建立联系,以免您在这件事上蒙受损失。

我不知道您是否收到了《里程碑》,您又是如何评价的?这份杂志之后的命运尚不明确。

在如此实质性的话题之后,我不敢按照自己所愿写下我对您深深的喜爱,这种喜爱长期以来让我与您,尤其是作为《生活是我的姐妹》一书的作者紧密联系在一起,然而这部作品内容含义如此深远,以至于在不断深入其中的过程中,我依然不知道我是否抵达了它最里面的一圈和中心点。如果我敢于认为我的评价可能会引

---

① 法语:《交流》;法国的文学杂志。
② 帕斯捷尔纳克的《闷热的夜晚》一诗。

起您的兴趣，我还想告诉您，自黄金时代以来，我们俄罗斯还没有一位像您这样的诗人，而在欧洲现在只有T. S. 艾略特能与您一决高下。

　　我将托付玛丽娜·茨维塔耶娃将这封信转交给您；如果您能直接按上述地址给我回信并告知您的地址，我会非常高兴。

深深敬重您的
德·斯·米尔斯基
1927年1月9日
School of Slavonic Studies
Malet St., London WC 1.